女儿的选择

丛虫 著

中信出版集团 | 北京

图书在版编目（CIP）数据

女儿的选择 / 从虫著. -- 北京：中信出版社，2019.7 （2020.1重印）

ISBN 978-7-5217-0268-2

Ⅰ. ①女… Ⅱ. ①从… Ⅲ. ①长篇小说－中国－当代 Ⅳ. ①I247.5

中国版本图书馆CIP数据核字(2019)第050196号

女儿的选择

著　　者：从　虫

出版发行：中信出版集团股份有限公司

（北京市朝阳区惠新东街甲4号富盛大厦2座　邮编　100029）

承 印 者：中国电影出版社印刷厂

开　　本：880mm × 1230mm　1/32　　印　　张：15.875　　字　　数：400千字

版　　次：2019年 7 月第 1 版　　印　　次：2020年 1 月第 3 次印刷

广告经营许可证：京朝工商广字第8087号

书　　号：ISBN 978-7-5217-0268-2

定　　价：58.00元

我们不知道选择是对是错，

但是，我们必须选择，

选择成为自己，

选择属于自己的生活。

人物关系表

张文扬

父亲	母亲	丈夫	女儿
张天阔 小城市里清贫的老诗人	刘招娣 小城市里财务局总会计师	杜峻峰 电脑工程师	小叶子

秦静姝

父亲	母亲	前夫	儿子
秦宽仁 某城教育局副局长	李云珠 特级语文教师	袁洛平 金融行业高管	元朔

车唯一

婆婆	父亲	母亲	丈夫	女儿
李劲松 大学退休职工	车继业 小城退休厂长	王梅 小城歌舞团台柱子	孙天行 北京某创业公司CEO	乐乐

目　录

CONTENTS

第一章

chapter

1

到来

叔本华说：我们生活中的事件就犹如万花筒里面的画面，每次转动万花筒都让我们看到不同的画面，但其实，我们的眼前就只是那同一个万花筒而已。

李云珠说：性相近，习相远。苟不教，性乃迁。教之道，贵以专。告诉你们，学习经典不光是让你应付考试，经典还会教你们做人。不管时代怎么变，这道理不会变。

飞机落地的一瞬间，王梅总是觉得有一阵剧烈的恶心，这种浓郁的不适感，跟她早年登台时的紧张有些类似。她也累积出了有效的应对办法，那就是吸一口气，屏住呼吸，把自己像一个溺水的人一样，压到水底最深处，等肺部有了更大的压迫感，几近窒息，再缓缓地把气拉成一线，细细吐出，似乎那些紧张和焦虑就都随着这口浊气被排出了体外。

于是，她依然可以光彩照人、步履轻盈地走到麦克风前，眼神往下一扫，就笼罩全场，接着，伴着音乐声，她深沉圆润的歌声就出来了：我和我的祖国，一刻也不能分割……

通常来说，这一句一出，下面就是一个满堂彩，谁能想到像齐镇这种弹丸之地，能听到如此高雅正统的女声独唱呢，简直就把在座的各色人等，都统统提升了一个等级，似乎他们并非坐在小镇礼堂的硬板椅子上，而是在大城市的歌剧院里，身穿燕尾服，正襟危坐，欣赏着这远离现实生活的天使之声。

而王梅走下飞机时，一样顾盼神飞，及肩卷发弯出迷人弧度，丝巾在左肩处系一个小小的蝴蝶结，她笑得比空姐们更为优雅自然，反倒衬得那些年轻美貌的空姐有些做作。有位空姐甚至还跟同事议论：“前面那个女的，年纪挺大的那个，是不是在电视上见过，好像是个角儿。”另一个见多识广，嗤之以鼻道：“得了吧，哪个角儿穿这种货色的鞋子，一看就是小地方来的。”

车唯一一边在出口处等着妈妈，一边飞快地在手机上打字。她是一家大网站的娱乐副主编，今天正赶上她值班，临时找了个编辑盯着，自己也丝毫不敢怠慢。新闻点漏掉了不是玩的。现在明星们爱自己爆料，比如什么女明星刘某第二次离婚，男明星张某第三次生子，比如什么韩国天团闹不和，日本天团要重组，大众看了不过一笑作罢，对记者和编辑来说，这都是性命攸关的。

每个事件背后都有激烈争夺，是你们虎站先发的，还是他们羊站先发的，是他们鸡毛报出的快评够劲爆，还是人家酱油周刊找的评论员嘴更贱，这些争夺的背后，是庞大的流量数据，流量的背后，是成亿的广告投放，上百亿的投资。车唯一是这台庞大机器上的一颗螺丝钉，每天在新闻里疲于奔命，别人八卦为娱乐，她八卦是为了生活。

等王梅像个大明星一样款款行来时，车唯一赶过去接了妈妈的拉杆箱，抬脚就走，王梅微皱眉头："怎么还是这么毛手毛脚的，你慢点！"

车唯一说："妈你快点吧，我送你回家还得去公司加班呢。"

王梅一听又多了对女儿的心疼："这不是周末吗？周末也要加班啊，哎呀你们这个工作也真是要命。"

车唯一打断她："知道要命你就别唠叨啦，赶紧的，机场高速现在车多，不知道堵不堵。"

王梅说："乐乐在家呢？"车唯一说："跟她奶奶在一起，奶奶是下午的飞机，你一来她就走，人家还得给自己闺女看孩子去呢。"这事她心中颇为不满，可也不便发作。

走到座位处，车唯一让妈妈坐下，从随身大包里掏出个鞋盒子递给妈妈。王梅心里一暖，这是母女俩之间的老规矩，以前王梅来看女儿，女儿来接都这样，总记得要给她带着轻便跑鞋，换下她脚上带跟的鞋。

没办法，对王梅来说，出趟门就跟登台一样，必须要收拾得处处完美才能出去见人的。人活一口气，何况她是齐镇一枝花。

鞋是车唯一从香港买来的耐克，鲜艳时髦，王梅穿上左右看看，虽然跟自己的装扮实在不般配，但毕竟是女儿一片心意，而且那双微微肿起的脚，也确实扛不住半高跟皮鞋了。

王梅在女儿一声声的催促中加快了脚步，这匆忙一走才显出了老态，毕竟她上了五十了，毕竟坐了两个多小时的飞机，要说不累那是假装的。

她一向喜欢把人多的地方当成自己的舞台，就凭她的美貌气场，不知道吸引了多少陌生人的目光。现在虽然年纪大了，照样引人注意。但是到了这人人都在快步走、车水马龙的北京城，王梅也露出了茫然。她走得有点踉跄，虽然想努力保持住原来的那份高人一等的优雅，却力不从心。

* * *

李云珠下了火车，跟上下铺的几个同行旅客告别。其中一个是家乡的半熟人，一路向她讨教，拼命想说服她抽点时间给他儿子补习功课："李老师，哎呀李老师，能遇到您这样的特级教师我是三生有幸了，咱不都是为了孩子嘛，李老师我绝对不打扰您，就是您有空的时候，哎有空的时候给我儿子点拨点拨，课时费您怎么说就怎么算，哎李老师，我这天天在外头跑，真没空管孩子，管不了啊也。像您多好啊女儿也成才了，哎李老师您就帮帮我。"

那张中年男人的脸，浮现出猪内脏似的深红色，这样焦急而满怀期盼的脸，在李云珠从教的几十年里，看得太多了。不用说他们家里统统都有一个"聪明，就是不爱学习"的孩子。

她都会毫不留情地告诉这些给孩子找借口的家长："一个人如果在该学习的时候偏偏抗拒学习，那这孩子聪明不到哪儿去，至少在升学这方面就是在犯傻。不信您可以看美国私校教育，一样是强调勤奋，自律，付出大量时间发掘自己的能力，人家难道不是从爷爷辈开始就是聪明人、名校生吗？”

这话犀利，直白，给那些沉溺在假象里的家长和孩子猛地一盆冷水泼上去，然后至少有一半人就清醒过来，开始踏实写卷子做题了。

一个智力正常的孩子愿意踏实写卷子做题，那成绩提高起来指望就大了。被李老师这么当头棒喝点醒的家长孩子，都对她奉若神明。严师出高徒，不那么高的徒弟，也知道李老师没有私心，只是为了学生好才如此要求。

书山有路勤为径，这是李老师送给她所有学生的临别赠言。她也是一样，勤劳坚定，说到做到，像这次来北京，过年时就跟女儿静姝说过了，现在，她如约而至，正好来看看自己的外孙。

李云珠出了北京站，已是黄昏时分。她有点恍惚，在火车上吃不下东西，只喝了点水，胃里有种烧灼感，她知道这时最需要的是一碗热粥，但眼前还有大约四十公里的路要赶。火车站周围也不是没有饭馆，但在李云珠看来，所有的饭店都是又贵又难吃，谁去吃谁傻，她李老师德高望重，在学生和家长中都是智慧的化身，还能上这种当吗？

地铁正是下班高峰期，人挤人人挨人，李云珠挑了一个座位旁边的角落，先放好自己的两个大包，一个双肩背一个手提包。座位上的小伙子眯缝着眼睛瞄了她一眼，还是继续装睡不让座。

李云珠知道这些年轻人有多疲惫，她按了按自己的胃部，忍吧，再忍一会儿就到站了，到站了，找到女儿家，给全家都做上一碗热乎乎的豆粥。李云珠退休后研究了不少养生食谱，知道糙粮豆子最有营养了，不但中老年人应该吃，年轻人和孩子更应该吃。外孙子元朔身体不大好，得好好调养才行。

每次来北京，她都充满忧虑，只要她说要来看孩子，秦静姝永远拒绝，表面说是怕她累着，其实李云珠知道，女儿是不愿意自己参与她的生活。

想到这里她就皱眉，亲母女啊，亲生的外婆，一位特级教师，还不如她找来的保姆不成？眼看元朔要上幼儿园了，静姝还是人仰马翻不知道忙些什么，李云珠不等她订机票了，自己上了火车。反正已经到了家门口，你总不能不让我进去吧。

站了五站地，李云珠脚有点麻，身子摇摇晃晃，这时那小伙子到站了，侧身示意她来坐下。李云珠还是很郑重地跟他说了声谢谢。李云珠普通话极好，字正腔圆毫无口音，小伙子慌乱地嘟哝了一声不用，赶着下车了。

车刚开动，前面拥挤的人里忽然有人说："哎哎姑娘你别往下倒啊！"本来很挤的人群瞬间散开一大片空地，人缝里能看见一个年轻女子脸色苍白倒在了地上。幸好旁边就有位阿姨看似很专业地去给摸了脉，拍拍额头，大声说："没事没事，这就是低血糖，来，谁有糖给一块，有水也行。"

几个人簇拥着把那女子抬到李云珠旁边的座位上，又有人送来了糖和一瓶矿泉水，果然喝了水吃了糖，那姑娘就慢慢坐起来了，声音很轻地跟大家道谢。给她摸脉的阿姨大声回道："别客气不要紧这都没什么，你呀，准是减肥不吃东西吧，我跟你说你们年轻人，老了就知道厉害。"

那姑娘低头说："不是，今天工作太忙我没顾上吃午饭……早饭也没吃……"

说话间李云珠翻开了自己的包，给她递上一个小饼："吃点吧。"

那姑娘也不推辞，接过来就咬着吃上了。

李云珠看着那姑娘吃东西的样子，一阵心酸。心想女儿静姝在北京漂泊，不知是不是也有这样的时候。这就又要回到多年前她心里的疙瘩了：在北京当个中学老师，多好的事儿啊，不，秦静姝就敢自己辞职跳槽，去卖什么广告了。

旁边的阿姨大发感慨，痛斥现在无良公司都要把人给榨干了，突然话锋一转：“可又说了，拼命干工资也高呀，哎就说你们要回自己老家，能挣着这些钱吗？”

旁边也有个搭话的：“那是别想了，我知道，小城市那工资水平，也就北京的三分之一吧。”

阿姨更有底气了：“敢情！要不说啊人就是拿命换钱，人往高处走水往低处流，不奔这个你奔什么呀！”

那姑娘吃完了饼，感激地跟李云珠说了声谢谢，又说：“这饼真好吃。”

李云珠说：“这是我们老家的梅干菜烧饼，我这还有，你再吃一个。”

那姑娘说：“不吃了，地铁上不让吃东西，谢谢您了阿姨。”

到底是年轻人，吃了点东西喝了口水，又精神起来了，看她打了几个电话，两站后下了车，远远看见出口处有个小伙子接她。李云珠也暗暗松了口气。

出了车站，天已全黑，李云珠背着包，凭着记忆往女儿家的小区走。秦静姝昨天给妈妈的微信留言，长篇大论地说她最好别来，保姆现在刚熟练，磨合起来又是麻烦；她最近有些活动在筹备，整天不着家，没空照顾她；另外她自己身体也不好，医保都在老家，看病能找到熟人，来了北京万一生病，加入茫茫看病大军那就没个头了。

当然，最重要的一点，也是她最害怕的一点，她没敢告诉妈妈，现在嘶吼乐队的主唱加键盘手，加上词曲原创，总之都是他一个人——黎天意，正在她家里住着。

音乐圈跟别的任何一个圈子都一样势利，红人赚得数钱都嫌累，不红的挣扎着吃口饱饭都难。黎天意这些天跟着秦静姝，除了谈爱情谈人生以外，着实吃了几顿饱饭，又有力气写些愤世嫉俗的歌词，放在网上供粉丝们膜拜了。

他穷而且帅，还有一身没卖出钱的才华，要说谈恋爱真是好对象，要说结婚那就扯太远了。可是按照教育局副局长秦宽仁和特级教师李云珠的观念：同居不结婚，大逆不道，找的还是个流浪歌手，简直该报警，天理难容啊。

然而最害怕发生的事，往往就是马上发生的事。秦静姝一整天忙工作，聚精会神，早把家事忘在了脑后。等她想起来已经傍晚，她一边叫苦一边开车往家狂奔，却被堵在三环和四环的高速上，放眼过去一大段路已成停车场，纹丝不动。

李云珠找到了女儿的家门，力气已经用完。一开门还是个陌生男人，疑惑地问："您找谁啊？"李云珠赶紧回头看了看门牌，没错，她说："我找我女儿啊，秦静姝。"

黎天意尴尬得要死，把门推开，伸手提起了李云珠的包，结巴着说："阿，阿姨好，我是，我是静姝的……男朋友，您叫我天意吧。"李云珠听了眼前一黑，差点没当场晕过去。

幸好保姆抱着元朔过来了，保姆跟李云珠视频过，一迭声地让元朔叫姥姥。李云珠接过外孙子，保姆又给她倒了杯茶，喝下这杯热水，李云珠才回过神来，这颗心才来得及怦怦怦惊疑不定地跳起来，一股由来已久的怒火，也噌噌地蹿了起来。

* * *

刘招娣远远地看到张文扬抱着小叶子站在公交站牌处，气就不打一处来，看她那副畏畏缩缩的样子，要不是自己喂奶接尿亲手拉扯大，真不敢相信是自己亲生的。刘招娣堂堂总会计师，怎么能有这么一个窝囊女儿，不要说，随她那窝囊老爸，那死男人除了能写点酸不拉唧臭烘烘的诗，文不能做饭炒菜，武不会通马桶修下水道，根本就是个废物。也就靠着文联这种傻瓜机构收留，给他发一份饿不死的工资，要不然，这种人到了社会上，一天都活不下去。

创造价值的是刘招娣这样的社会精英，创造了价值全他妈的喂了狗，连同自己那宝贵的青春。虽说果断离了婚，可拖着一个哇哇大哭的婴儿，刘招娣那些年的路走得要多难有多难。出去培训进修得抱着孩子去，考证时孩子在外面等着，她第一个交了卷，出去给孩子换尿湿的裤子。成绩一出，她在头批领证的人里排第二名。

就算这么难，刘招娣还不照样出人头地，成了安城财务局头一个女总会计师。只可惜自己这么要强能干，养出来的死丫头偏偏跟她老爸一模一样，有用的东西不学，多愁善感那一套来得个勤快。

刘招娣最讨厌看到女儿哭唧唧地跟她说这个说那个，什么没有爱啦，什么应该多理解她心里想什么啦——你想得再多，不去行动，那也是死路一条。

百无一用是书生，天下事要都靠他们想想想，而不是靠刘招娣这样的人去干干干，那全国人民都要饿死了。

张文扬看到了妈妈，脸上挤出笑容，心里叫苦。如果不是杜峻峰失业快半年，两人的收入支撑不了保姆的费用，杜峻峰父母离异各自再婚，小叶子没有奶奶照看，说什么她也不会让自己这位母后来北京给自己看孩子的。

张文扬最害怕的就是女儿会像自己那样长大，表面看是受尽宠爱的独生女，在妈妈面前却战战兢兢，动辄得咎，说什么都是错的，做什么也都是错的，统统都是妈妈眼里的垃圾废物。

谁能像她那么完美呢？而她又确实那么完美，全城的经济报告要靠她主笔，市长可以轮流换，刘总可是铁打的。这样的女人放美国就能当总统，放中国嘛，做到这么高的位置，也就到头了。刘招娣和所有家长一样希望女儿青出于蓝胜于蓝，结果事与愿违，张文扬别名张失望，专门是给她妈带来失望的。

张文扬抬手想打车，被刘招娣不由分说按住了："这才几步路，不会走？今天打车明天打车，钱都这么糟蹋掉了，你呀！"

* * *

王梅到了车唯一的家，看到门厅一堆衣服乱七八糟堆在那里，不由皱皱眉，正要伸手收拾，车唯一说："妈你别动，那是乐乐奶奶的。"王梅最看不上亲家的邋遢劲，把自己的外套和包包端端正正挂好了。

车唯一的婆婆李劲松是大学教工，是个热心肠硬脾气的人。虽然她学历不够知识分子，但身上的毛病有一半是知识分子的，对别人的嫌弃最敏感。之前孙天行和车唯一的婚礼，生孩子坐月子，两位亲家母有过明争暗斗，针尖不让麦芒，芥蒂尚在。这会儿听见了母女对话，李劲松撇撇嘴，提高了嗓门说："乐乐，可把姥姥盼来了，你是不是不要奶奶啦？"乐乐搂着奶奶的脖子不放，顺着她的话说："要奶奶，不要姥姥，要奶奶，不要姥姥！"

李劲松看着王梅和车唯一同时阴下来的脸，笑容灿烂："不要也不行啊，你看姥姥都来了，得了，奶奶该走啦。"

乐乐大哭起来，眼睛鼻子挤在一起，一张小脸上只剩张嘴，车唯一抱着女儿哄，真想给婆婆来几句狠的，可在孩子面前又张不开嘴。

难道要让她在一个钩心斗角随时吵闹的环境里成长吗？如果是这样，那还养孩子干什么？车唯一能在职场上打拼出个小位置，业务强归业务强，最后靠的还是情商高。情商高是什么？忍字头上一把刀啊。这边是婆婆那边是妈妈，这刀只能自己插自己心口上。

* * *

李云珠和黎天意对坐无言，李云珠问："那……小黎，你做什么工作的?”黎天意心说来了来了，这帮庸人就知道问这些，下面就是你挣多少钱，你买房没有，你什么时候结婚生孩子，老子要是愿意陪你们聊这些，还不如去考公务员呢。

面子上他还保持着冷淡的客气：“啊那什么，我写点歌，也唱，就是表演。”

李云珠心说这就等于是说没工作喽，坐在家里白吃我女儿的喽，挺大个子一男人，还好意思说自己的工作是表演，你表演给谁看哪，春节晚会上没见着有你啊，一个成年男人连赚钱养家都做不到，还有脸睡在女人的屋檐底下呢。

李云珠也客气着：“嗯那挺好，你有什么作品，我能听听吗?”

黎天意笑了，说不值当一听，可能不适合您的口味。李云珠也笑了：“听听有什么，我跟你们年轻人学习学习。”

话不投机，两人都敏感地发觉了对方看自己不顺眼，幸好这时秦静姝流星似的赶回来了，一进门叫了妈，接过孩子，喊保姆去做饭，又对黎天意说：“英国那边有个民谣活动，在国内的负责人，就那Jerry今天问起你了，你赶紧给人家回个电话。”黎天意一听这事，赶紧把自己关房间去回电话了。

李云珠看女儿还是那副风风火火说一不二的样子，叹了口气，她问：“你怎么跟这小黎在一起了?”与此同时，秦静姝也开口问：“妈你怎么来了?”

母亲和女儿都说得一口流利的普通话，李云珠的声音低沉些，秦静姝的声音脆亮些，但如果隔了一道墙听过去，还以为是同一个人，同时说出了不同的两句话。

* * *

刘招娣抱起小叶子，也不搭理张文扬在旁边问寒问暖，快走到家了，刘招娣才问：“峻峰还没找到工作?”张文扬说：“他接了独立的项目做……”刘招娣哼了一声：“那就是没单位，没有单位，保险谁给交，将来养老金怎么领，现在你们是没病没灾，等老了看病没有医保你就要了命！”

她把小叶子抱着颠了一下：“你呀，孩子，你就不该来！也不看看你爹妈能不能养得起你！”

张文扬实在忍不住回嘴了：“有我吃的就有她吃的，我怎么养不起她了。”

刘招娣又重重地哼一声：“吃粮，还是吃糠，那能一样吗？说你养不起你还不服气，连个保姆都用不起了，得让我来，我返聘工资多少你知道吗？请保姆能请三个五个的。”

张文扬跟妈斗不起这嘴，说不起狠话，她在亲妈面前永远矮半截，谁让她没考上北大清华，没继承老妈的光辉事业做个好会计，考了三年都没考上研究生。

文凭上糊弄事，找个男人也让老妈看不起。杜峻峰原本硕士毕业去了国字头单位，鬼迷心窍出来创业，结果一个小企业说死就死，换了两回工作都不稳定，现在失业在家快半年了，高不成低不就，有点颓废。别人都催着儿女生孩子，只有她，妈妈劝她最好别生，话就在这摆着，做事得力所能及，你们得养得起啊。

果然，刘招娣做经济计划高瞻远瞩，对这个小家庭的预测也是精准无比，事实就在眼前：真的养不起，而且拖累了老妈。

* * *

乐乐不要姥姥抱，她早习惯了奶奶身上的米粥味酱菜味，对于喷了雅顿绿茶香水的姥姥不适应。奶奶李劲松也舍不得孙女，虽说脸色还要摆着给亲家看，但看了孙女这么久，也实在放不下，只好揉揉眼睛，说：“乖乐乐，你跟爸爸妈妈姥姥在一起，奶奶去姑姑家看小弟弟，很快就回来看你。”

乐乐哪里肯听："不要弟弟，不要弟弟，奶奶不走！"一边念叨一边拍打姥姥一次次伸来的手。

王梅眉心轻皱，本来她就不喜欢带孩子，车唯一小时候都是请了保姆带的，那时车继业事业正好，她在歌舞团演出有工资也有奖金，常常出差下去演出半个月都看不到孩子。车唯一被乡下来的保姆带得土兮兮一口农村口音，拖着鼻涕啃指甲，那时的车唯一见了画中美人似的妈妈，不就像乐乐这样躲着她嘛。

再加上这亲家，王梅一看见李劲松就火大，那副邋遢抠门的德行吧，说她五十也行，说她七十也行，还不乖乖闪一边去，她带孩子，能带出什么好样的孩子？是，孙家三个儿女个个有出息，可咱家女儿比谁差？从小镇考上重点大学，他们北京户口的孩子，考分比外地生可低多了。

这边李劲松看王梅更烦心，啧啧，上了岁数的人了打扮得花里胡哨妖精似的，亏她还是从我们那年代过来的，不知道什么叫艰苦朴素自然美啊，不懂什么叫不爱红装爱武装啊，腰那么细还束腰带，画眉毛涂嘴唇，背影看像大姑娘，正面远看也就三十左右，这是要勾引谁去啊。一个当妈当姥姥的人了，装饰得比自己女儿还风流，果然搞文艺的都是狐狸精，不是省油的灯！

李劲松正气凛然："亲家母，您这身上香味忒大，孩子闻了不好，毕竟这都是化学的东西，人报纸电视上都说过。您看连唯一生了孩子后都没再化妆了，您这可不行，带孩子就得素着脸。您这也不是上台演出，打扮太隆重了谁敢多看哪。"

王梅原本也懊悔自己喷了香水，一听这话，冷笑："我身上味道大吗？不觉得，一到您身边，就光闻见酱菜味儿了。"

李劲松丝毫不动气："酱菜那多天然哪，大酱都是我拿黄豆自己晒的，纯天然无污染更没有转基因，跟您这化妆品可没法比。真的，您去洗个澡，完了再抱孩子啊。”

王梅款款地端坐下来：“本来刚从飞机下来，是该洗个澡，不过现在就不想洗了。乐乐，你愿意跟奶奶是吧，那你去吧，奶奶带你去姑姑家，跟你一起看小弟弟。”

乐乐一听满口嚷着要跟奶奶走，搂住奶奶不撒手。

李劲松大怒：“较劲是吧？还拿孩子说事了？”

王梅哼了一声：“还用说吗？亲孙女不看，去看外孙子，我来给你收拾烂摊子，还受你教训？该不该喷香水我自己知道，轮不到你管。”

车唯一在这会儿插话：“妈，奶奶，咱别吵架，孩子看见了不好。奶奶，您一会儿就撤了，不如趁这会儿跟乐乐好好亲热亲热。妈，你累了吧，要洗澡就赶紧洗澡去。”

她自己觉得话说得八面光，谁也不得罪。谁知娘家妈有气：你也嫌我化妆喷香水了？还催我洗澡？婆婆更有气：还没等我回嘴你就插话，明摆着就是帮你妈喽，炕哪头热哪头凉，一比就知道啊。

两张嘴同时说：

“我不去洗！我等着抱乐乐，来了不就是为了看她吗？不让我看我就走了！”

“亲热什么？跟姥姥多亲热去吧，哟不乐意，那也没办法，谁让你姥姥就这么爱打扮爱风流呢……”

送外卖的小伙子敲门，把几盒包子递给车唯一，吓得战战兢兢：“我不就是来晚了点吗？至于一屋子人吵成这样吗？”

* * *

李云珠直到夜深才喝上自己熬的豆子粥，尽管秦静姝一再劝她吃点保姆做的米饭炒菜，尽管黎天意也下了点面条做夜宵，捧着问她吃不吃，李老师一律回以客气，冷淡，带着一位女知识分子常年维持的优雅："不吃，谢谢，你们自己吃吧，我等着粥好。"

她用砂锅慢慢熬粥，开放式厨房里飘满蒸汽，飘到客厅，无孔不入，像她一目了然却始终不肯明说的愤怒。

秦静姝毫无办法，从小她就对妈妈这种"不搭理你，晾着你"的愤怒异常熟悉。

孩子不听话是吧，你自己去哭闹，我该干什么干什么，好话也都说了，你不是不听吗？不听拉倒。这些大段沉默的时间用于惩罚你，让你自己去反省自己的无理取闹。丈夫跟自己有矛盾是吧，咱们是知识分子家庭，吵嘴打架成何体统，你自己去生闷气，我该干什么干什么，等情绪冷却了，大家能坐下来讲道理再说吧。

李云珠崇尚那些优美、直白、固化了千百年的道理：书山有路勤为径，海纳百川，有容乃大，玉不琢不成器，勤有功嬉无益。如果天下人都能明理，并且能身体力行，那么这世界上就全是好学生了，一个全是好学生的世界，那该多美好啊。身为特级教师的李老师，为此奋斗终生。

而她的女儿秦静姝，却早早知道，好学生的世界，有多恐怖。有一位优秀教师妈妈的世界，就像跟在恐怖分子身边，你不知道什么时候，嘣的一下，那大段冷冰冰的沉默，就降临了。没人搭理你了，你想唤起注意的那些手段，一位老师早就司空见惯了，别人都在做该做的事了，就剩下你，剩下你手足无措，仿佛一下被身外的这个世界给挤出来了。

直到你装乖，你走过去说：妈妈，我错了。这还不行，要问：你知道错在哪里了吗？熟练回答：我错在看电视不写作业，没有好好收拾房间，跟妈妈顶嘴，东西没有放回到原来的地方，这次小考只考了96，这次期末考只考了第二名，这次竞赛预赛没有某某考得好，这次演讲虽然拿了冠军但是最后致辞说错了一个字……身为一个好学生，那些微小的遗憾是多么多呀，需要道歉的地方多么多呀，你妈妈是位名师，理应出高徒，而你竟然没有顺理成章地成为高徒，你有罪啊。

一路幼儿园到高中，秦静姝读的都是重点，上的高中是全省名校，五中的学生经过接近满分的中考线筛选，高考一本上线率百分之九十,二本上线率几乎百分之百，也就是说，在这所学校里吊车尾的学生至少也能有个三本大学读。

秦静姝在五中也是位好学生，高一时排名前十，高二分班进了文科班，一直保持班级前五。按老师对她的期望，她应该首选北大清华，次一点，也可以去北外或者人大。不过秦静姝选了北师大，大家也没有意外，毕竟她爸爸是教育局副局长，妈妈是特级教师，一家子都献身教育事业，书香传家也是佳话。

谁能想到，秦静姝迟来的青春期叛逆在大学时代发作，毕业后才干了一年中学老师就出逃了，把档案挂在人才市场，从此献身于新兴的互联网广告事业。这次职业选择引发了家里大地震，李云珠痛心疾首，母女就此反目。

秦静姝背离原来循规蹈矩的轨道，天高任鸟飞，做了网络广告代理后，又承办国内的音乐演出。她认为自己天性中喜爱艺术、追求自由的部分原本受到极大压制，现在逐渐苏醒。

但在她妈妈李云珠眼中，这叫一步错步步错，女儿似乎是专门为了跟父母对着干，才特地选择了这么不靠谱，投机取巧，一身铜臭，与清高洁净的教育事业背道而驰的人生。

豆子粥快熟了，元朔已经跟保姆睡了。黎天意也读懂了冷战中母女的僵持，缩进房间不出门了。只剩李云珠背对着秦静姝，秦静姝心烦意乱地刷着手机，她们都知道这一场唇枪舌剑在所难免，所以提前悲从中来。

* * *

张文扬有一项绝技，也算是她在世上的生存技能，那就是妈妈在开启滔滔不绝、绝对正确的教训时，她有本事不用手捂耳朵也不戴耳机，但听力暂时关闭，整个世界陷入静音状态。

这是她打小练出来的，没有这一招，她就活不到现在，不是发疯就是跳楼死了。

而这两种情况，肯定在一位理性、精密、才智过人的女会计师的世界里是不存在的、不可思议。刘招娣一定会说："遇到问题就死？遇到问题你解决问题啊，死什么？死了问题就不存在了？死了问题自己就解决了？你不解决问题，死了就会留下更大的问题，那你想让谁解决啊？人要学会承担责任，不能任性。这世界现在这么乱，就是很多人自私、任性、不负责，不肯努力去解决问题，偏偏要胡思乱想，无病呻吟，自己不能承担压力，能怪谁啊？这样的人要死就死吧，还减轻负担了，省得给社会添麻烦。社会需要有用的人，有能力的人，那种懦弱、任性、叽叽歪歪、不能解决问题只能增加问题的人，死一个少一个！"

然而，人生与问题并存，没有问题的人生是不存在的。刘招娣自己努力解决了大部分人生的问题，论生存，她买粮买油修水电洗衣做饭样样精通；论事业，她下苦功在系统内步步晋升，全省财会系统比武她连续两年夺冠；论成就感，周围人等没有不钦佩、不敬服、不害怕她的；论荣誉，这些年得的奖状奖杯根本摆不下，都被她按年度分类，收好在一个柜子里了；论钱，自己的收入不说，随便要出去兼个顾问，或者拿资格证书出去挂个职，每年就自动有大笔收入进账，这是刘招娣奋斗所得，谁能说出二话。

刘总会计师这辈子最大的问题，或者说污点，大概就是自己的前夫，以及前夫留下的这个跟他如出一辙的女儿了。

自己当年瞎了眼，被文艺男青年张天阔的情诗和帅脸给骗了，还什么“把世界捧于掌中，献给我心爱的人”，屁！你捧下试试，世界有那么好捧吗？你献个试试，你献出的只有自己的无知和愚蠢，世界回你的是嘲笑和唾弃。

只能怪自己当年年轻心软，一时糊涂被他拉了手亲了脸。没办法，那个年代拉手亲脸，基本就等于结婚证盖了章，也只能跟着他去领证了。要不然怎么办，被他玷污了纯洁的肉体，再跟别人在一起？刘招娣光明正大前途无量的好姑娘，干不出这等羞人的事。

等到婚后才发现这死文青张天阔啥也不会干，看书念诗写写写，有了时间只会擦亮自己的皮鞋，梳齐自己的头发，既不会给加班的老婆提前做好饭菜，也不会把自己换下的内裤和臭袜子洗了，遇到蟑螂还得刘招娣打，打死了他才敢回来。

而刘招娣对他等于零的生活能力恨之入骨时，她又不幸怀孕了。张天阔为她写了诗，“一个世界在孕育中，我听到了花开的声音”，他的诗无一例外发在报刊的夹缝处，诗集还得自费出。

他写诗赞美刘招娣，却没空陪她去产检，说看到很多大肚子会害怕，会破坏他对女性肉体的美好感觉。刘招娣破口大骂让他去死，他当然不会死的，还等着刘招娣产检回来给他做饭呢，不然他倒真有可能会饿死。

这些事如果给了刘招娣一个线头，她会用五分钟为你编织出整件毛衣，瞬间一部充满血泪的家庭小说就被她严密、精细、动人地描述完了。

当听众听得热泪盈眶、目瞪口呆的时候，张文扬满脸茫然，她已经自动变成聋人，将这些内容自动过滤了。

不是这样，她活不到今天。有时候人要想活下去，就得靠一点没心没肺。

* * *

要说钩心斗角，无论当面一套背后一套，还是当面背后都来上几套，别说一套，就是十套，百套，王梅也不会害怕。

她从小被发掘文艺特长进了宣传队，自己考上曲艺学校，从演地方戏挑帘红，走遍十里八乡，从唱戏又改美声独唱，最后能把户口档案都调到齐镇歌舞团——虽说现在解散了，但是早些年还是很风光的单位——这过程真可以说是一部战斗史。

向来文艺团体中都挤满了最爱慕虚荣的女孩，这跟她们的品质无太大关系，这本来就是天下最虚荣的行业，谁是主角，谁就天天露脸，迎接掌声爱慕，每个月的补助比别人多一倍；谁是配角，谁就只能在主角旁边旋转、伴舞，没有人的掌声是专门给伴舞、丫鬟和服装道具的。

谁能当上主角，除了嗓子身材相貌都出类拔萃，还要应付无穷尽的暗斗、嫉妒、猜疑、流言蜚语的中伤。

王梅从这种环境里走出来，到现在都看不起电视上的宫斗剧，就她们那种暗中带刺的话，看上句她就能补全下句，就她们那点小伎俩，别说去当皇后了，想当个主角候选的 B 角都难。

所以，王梅怎么会害怕跟亲家过招这点小事呢？她哭是因为她委屈，她委屈自己早晨赶火车去省城，从省城赶飞机来北京，路上奔波四五个小时，除了几口难以下咽的飞机餐以外什么也没吃，一下飞机又在高速上奔波几十公里，结果椅子还没坐热，就被嫌弃了，迎接她的是这样的怠慢和挑衅。这是她亲女儿家呀！

王梅哭得也很有美感，她捏一块手帕。是的，这个年代她仍然随身带着手帕，纯棉，有精美刺绣，带着香水味。她边落泪边用兰花指拈起手帕轻擦，虽然略显做作，但这是多年练功的痕迹。

李劲松哭起来可没那么多讲究，她一边哭一边念叨：“这都什么玩意儿啊，临了要走了还给我添堵啊，看孩子到现在我连口水都顾不上喝，你们给我来这一套！”

她的委屈直白，粗糙，结结实实，跟她以前干过的农活一样，苦和累一目了然。

想当年在农村，李劲松敢跟妇女队长叫板，十九岁就自己当上了妇女队长，慧眼独具，看上全村最没出息、最爱学习看书的瘦小伙子孙有财，斗败了爹娘——其实也不用斗，她一个大姑娘自己抱着被褥跑去在光棍小伙子的炕上过了夜。

虽然那一晚把个孙有财吓得直哆嗦，想报警又怕辜负了姑娘的这番美意，想拒绝，开玩笑，人家这么棒的姑娘能看上你这窝囊废，你有资格拒绝？孙有财睁着眼睛熬到天亮，李劲松呼噜打得比他还响。

两人成婚后唯一的财产就是孙有财祖传的破草屋和他积攒下来的一箱子烂书。李劲松干农活是好手，拿最高工分还喂了十几头猪，到了过年大家一看，孙有财和猪都胖得圆头圆脑，人人都夸这李劲松实在能干，也人人都惋惜她怎么找了这么个屄货。

恢复高考后，孙有财悄没声地备考，两年不中，又多了笑柄。但是第三年大家就知道李劲松的眼光是全村最好的了，孙有财一举高中北京某大，成为全县高考状元——全县统共考中了两个，那一个是专科。他也是这方圆几百里地，独一无二的大学生，绝对的金字招牌。

消息传来，全村放了鞭炮，李劲松杀猪摆了流水席，来的人都随了份子，三毛五毛，一毛的也有。这以后，咱们村就在京城里有人了啊。啊啊那金銮殿咱们也有份儿了！这还了得！就是县长也没去过北京啊，更别说村主任了。

村主任也算是能人，早年年成歉收，走到省城要过饭，算是全村最有见识的人了。他挥舞着烟袋，高声说：“有财出息了，不能忘了咱乡亲父老，你和你哥早年没了爹娘，吃过村人百家饭。以前你不会干农活，村人贱看你，是狗眼看人低了，劲松就是那王宝钏，彩楼上绣球打得准，打出了你这个状元。有财，将来你做了京官，咱村的叔伯兄弟要饭到了你门口，你可不能放狗咬！”

孙有财还是往日那副低眉顺眼、局促不安的样子，说：“哪能，哪能呢。”

村主任给了一份重礼，一块钱！再就是李劲松娘家，也给女婿出了一块钱，附带许多好话，包括当年闺女怎么有眼光看中了他，他们也觉得他不凡云云。隔壁邻居听见，嘴都撇到村口去了：“拉倒吧，睁眼说瞎话！要不是你那闺女跑人家炕头去了，你们能吐口答应？还不凡，呸！可这全村数数，十岁娃娃都比他孙有财能干些，连个猪草都不会打！吹！还有眼力，那时谁不说劲松这傻丫头瞎了眼鬼迷心窍，她妈还坐门口哭了三天呢！”

孙有财带着李劲松给缝制的全新被褥，用岳父给打的木箱子装了被褥和烂书，绳子一捆扛在肩上，在全村父老乡亲的目光相送中走出了村子。还没走出十米远，就累得放下歇歇，村里立即出了两个精壮小伙子上去给有财哥扛行李，送去车站。

以前他扛东西总是遭人耻笑，这回没有，人人都说读书人嘛，状元命，干不来这些粗笨活，贵人贵命，人家天生一双手，是捏笔杆的，不是扛大包扶犁头的。

到了大学，孙有财眼界陡然一宽，同学来自五湖四海，农村同学纷纷自动学习人家大城市同学的说话做派。暑假同学们相约去旅游采风，孙有财寒假临过年才回村，村口大槐树下几个老头正晒暖讲古，远远见一个穿着中山装、戴着金丝眼镜的男人走过来，要不是背着大包，走一走歇一歇，还以为他是干部下来办事，待走近了听他满口“大爷、爷爷”地叫，定睛细看才知这是孙有财。

老爷爷们纷纷说："鸟枪换炮，不敢认了，原来是咱们的状元回来了！看这气派，可不是以前的有财了。"

确实，孙有财鸟枪换炮，口音变了，名字也改了，改为佑才，天佑英才。孙佑才发现了北京诸多的好处，包括北京姑娘的大气、柔情、爽朗可爱，隔壁班同学杜敏华，跟青石村来的孙佑才一见钟情。

之前孙佑才还是孙有财的时候，只知道男女事是俩人并头睡一铺炕，以及有人为他烧火做饭，喂猪生娃，见了杜敏华，他才知道心如火焚热血沸腾的滋味。

他咬牙要做陈世美，可惜，李劲松可不配合他做秦香莲，听他说一个"分"字，嗖的一把菜刀架脖子上："我这就死在你面前，你衣服上沾了血再走！"孙佑才知道她干得出来，只好在炕头上默默流泪。

第二年又提这事，李劲松嗖的又一把菜刀拿出来，孙佑才横下一条心，自认了狼心狗肺，心说你死就死吧，没想到李劲松把刀比着哇哇大哭的儿子的脖子："先杀他，我再杀你，然后自杀，咱们一家三口死一起，让你那个狐狸精自己活着哭去吧。"孙佑才又没能走出这个热炕头。

第三年不用提了，大儿子会走路了，小儿子又在肚子里了。李劲松左手有菜刀，右手有儿子，孙佑才除了去把尿布洗好，晾干，学着给儿子擦屁股，也没什么别的闲话说了。别说走到北京，他就是上了天堂，他骨子里也是青石村的男人，青石村的男人没有不把儿子当命根的，老婆没什么，但命根子可不能放弃。那时也有离婚一说了，要是离婚了，自己的儿子去跟别的男人叫爹，羞死先人了。

孙佑才毕业留校任教，再过几年考了博士，教师家属优待，李劲松进京做了教工。

在村里人眼中，一家子都上了天做了神仙。李劲松一个人拉扯孩子外加老公，做了教工还要跟大学里老师学生们天天扯皮的苦楚，也只有她自己知道了。说到底她还是个敢拿菜刀的女人，能在这么一大堆鸡毛蒜皮里杀出一条血路，也算是百炼成钢。

但是面对着跟孙女的离别，李劲松也哭了。她带孩子多辛苦，有谁体谅过她吗？这孙女娇生惯养被保姆纵出多少坏毛病，好容易才调教得像回事了，一下要走，她也舍不得啊，交给姥姥管她还不放心呢。就这样，临到要走，不说摆酒做饭欢送欢送吧，说一声“没有功劳也有苦劳”吧，还跟你东一榔头西一棒子地作起来了！

人就是不能老，老了受欺啊，这是亲儿子的屋檐下，自己拿血汗钱帮儿子买的房子啊，还这么眼睁睁地受气！

婆家妈和娘家妈背对背垂泪，车唯一鼻子一酸，也哭了。她哭自己没本事带好孩子，如果自己不是舍不得工作，咬牙当了全职妈妈，何必麻烦两边老人如此辛苦？

她哭自己没本事护好老妈，自己老妈辛苦跋涉几千公里来北京，就受了冷脸，她也哭婆婆这人又可气又可怜，脾气刚硬不懂说软话，她做事不惜力，可从早忙到晚结果临走没个好收场，自己还把她惹哭了。

最让车唯一难过的是乐乐，那么小的孩子，从保姆换给奶奶，从奶奶换给姥姥，一个小小人儿得适应这么多变化，不知道她心里会不会有阴影。乐乐更是哭得惊天动地，她是奶奶的亲孙女，相貌像爸爸随奶奶，脾气也跟奶奶一样倔，哭起来就没完。

乐乐爸爸孙天行到了家，一开门，跟快递小伙子一样吓得不轻，自己生命中最重要的几个女人哭成一团，难道是自己已经死了？一时间不知道该先哄哪一个好，还是自己也应该加入战团，不问缘由，哭一场再说。

* * *

豆子粥好了，红豆绿豆白米混在一起，粥汤呈褐色，李云珠盛了两碗，一个大半碗自己端着吹，另一个半碗凉在一边。沉默久了不得不打破，李云珠问女儿：“你跟这个小黎，是怎么回事？”

秦静姝最讨厌妈妈这副居高临下的口吻，虽然知道她当了多年老师习惯了这么审问不听话的学生，可是她早就受够了，她不耐烦地说：“什么怎么回事，你说怎么回事就怎么回事吧。我现在跟他一起住，怎么了？有什么问题？”

李云珠听她机关枪似的打出这么一排，心知女儿又慌了，从小她就这样，动不动就恼羞成怒了，好好地忽然就胡闹起来了，要说叛逆期也该过了，以往那么多浑蛋事妈妈也就忍了不追究了，现在怎么样，你看被老妈都给堵在屋里了，脸上又挂不住了吧，拿老妈来撒气了。

李云珠多年来教学相长，对学生心理洞若观火，更不用说这个从自己肚子里爬出来的女儿了。

她喝了口粥，淡淡地说：“没什么问题，我能有什么问题，人都是你自己选的，元朔爸爸那会儿我说你，你听吗？你不听，你看现在怎么样？”

不提元朔爸爸袁洛平还好，一提这事，秦静姝实在没办法冷静，声音也高了起来：“都是我自己选的，对！我自己负责呀！我没用你管呀！你为什么就非要插手到我的生活里呢？要不是你们拼命催拼命催，要不是你们跟袁洛平站在一边，我能生下这孩子吗？我早就知道他不是个好人，可你们不管啊，你们就觉得同居了，怀孕了，就应该顺理成章结婚，就得以后白头偕老了，那时我们就已经有很大问题了，怀孕也只是意外，这些话我跟你反复说了多少回了呀妈妈？你就当没听见，从小就是这样，我的感受你永远都当听不见！”

李云珠实在伤心了，她的胃又痛了起来，毕竟这么久只喝水没吃上东西，她赶紧又喝了几口粥，缓过气来，说：“这你也怪妈妈？静姝，你来北京以后你听过妈妈一句话没有？考研你不考，你去当老师，当老师一年就跑了，去卖广告，还骗家里，不告诉家里。自己开个公司朝不保夕，不接我电话，害得我和你爸爸天天提心吊胆还以为你是出了什么事了。你找男朋友根本不告诉我，怀孕了还要自己打掉，要不是我拼命拦住还能有元朔吗？你离婚也不告诉我，什么重大决定都瞒着父母，你说你做的这些事哪一件是对的，你就是到大街上，找个路人评理，也不能说你对吧？”

秦静姝站了起来，声音反而低了，她一字一字地告诉妈妈：“这些话我不知道说了多少次了，既然你都听不见，我也只好再说一次，那就是我的生活我自己管，不用你管，我没有必要向你去交代什么。我在北京有工作，有收入，也有一点财产，我现在退休也没有问题，我不明白你为什么非要在那里纠结工作的事。我是个成年女人，和谁结婚，和谁生孩子，也是我自己的事，我不明白你为什么一定要插手，一定要勉强我！我不后悔生下元朔，但你要知道那不是我情愿的！我产后抑郁想过多少次要去死，你管吗？承受这些压力你懂吗？你们只知道结婚生孩子，低等动物也会做，有什么了不起的？为什么你就一定要这样干涉我的人生，就一定要按你们的要求来呢？好吧，就算你们都是对的，那你们就自己按照对的去活啊！不用管我，我也不需要你管啊！”

李云珠低头喝着粥，镇静着情绪，女儿这些话说了太多次了，流利得她听了上句都知道下句了。这些话之外，她还要“自由”，要“艺术”，要“爱和美”，是，这些东西人人都喜欢。可是孩子，你没有一个安稳的体制做保障，你攒那点财产，一场病就能让你家徒四壁，更别说将来还要养孩子，养老人啊。

做生意风险多大，能跟公务员老师比吗？结婚生孩子的事更不用说，一个女人到了年龄不结婚不生孩子，好，你自由吧，等你自由到三十五,四十，那时你想结婚你找谁结，你想生孩子你找谁生？那时你就知道艺术、爱和美在生活里，顶不过一个知冷知热、生病了给你端杯热水的伴侣，顶不过一个每天长大、张开小嘴叫妈妈的孩子。

孩子们永远就是不懂事，懂事了才是长大了，这过程何其艰难，伤人伤己，可你不长大不懂事，那始终都是不行的啊。

豆子粥到了胃里，安抚了疼痛，暖热升腾上来，疲惫也席卷全身，每次都是这样，每次啊，说不了几句话就要这么撕心裂肺地吵起来。

李云珠看着女儿，灯光下，看着年过三十的女儿感觉很陌生，在她的印象中，静姝应该还是小学时的样子，马尾巴扎得高高，露出光洁的额头，红领巾飘在胸前，手捧鲜花，给评上了优秀教师的妈妈献花……

那张照片还上了报纸，女儿是优秀少先队员，妈妈是优秀教师，那年老公也在单位评上了先进，多么优秀、完美、幸福的一家啊。流年似水，面目全非。

* * *

不用说，张文扬六十平方米的一室一厅乱得插不下脚去，张文扬心说要让杜峻峰收拾屋子那算是白说，早知道他懒得干自己应该早点起来把屋子收拾一下，省得让老妈看着太不像样。

刘招娣毫不惊奇，在她心目中女儿一贯邋遢懒散，得过且过，她的屋子就是她的人生，一贯地这么窝囊，没有出息——就像她死鬼老爸！一个模子！男人她可以一脚踢掉，女儿就没办法了，这小孽障是身上掉下来的肉，扔给后妈还有好？扔给她那重男轻女的爷爷奶奶，转头把她搁路边扔了都是说不定的事。扔给她爸爸？更是笑话了，他张天阔不要说会带孩子，哪怕会洗个碗，他俩还不至于要闹离婚呢。

不到二十分钟，小公寓收拾得整整齐齐，高压锅里焖下的肉也飘香了。小叶子崇拜地看着姥姥，讨好地给姥姥鼓掌，刘招娣洗好手坐下，把外孙女搂在怀里：“怎么样，姥姥棒不棒？”小叶子拍手：“棒棒棒棒棒……”

刘招娣跟她亲个脸，毫无欣喜。当然了，那还用说了，刘总会计师还有不棒的时候吗？没有！就跟张文扬在妈妈面前一样，有不狼狈的时候吗？也没有！

杜峻峰一直在咖啡店磨蹭到黄昏，实在磨蹭不过去了，晚饭要四十八一份套餐，以前工作时不在乎这点小钱，现在失业了，好比龙游浅水，兜里就剩两百块还是这几天的烟钱。他一边想着要面对丈母娘那双激光似的洞察一切的眼睛，一边头痛。

等回了家，一开门跟刘招娣照了面，他的头痛得更厉害了。“妈你来了。”杜峻峰打了个招呼就想钻回卧室，却发现家里格局已经完全变了。

“现在是我睡客厅，这边小床，扬扬带孩子在卧室睡，沙发我挪到书架后面了，你反正上网睡得晚，在那边睡吧，离电源还近。”刘招娣一一指点给杜峻峰看，她心里说：按说这都是男人该干的活，丈母娘来了睡什么地方你都不给想好，你还能干个啥？怪不得会失业，我是老板我也看不上这样的。

小公寓打扫干净，床归床，沙发归沙发，零乱的书报都归了位，整个家居清洁明快，每个角落都发挥了用处，能容纳下三个大人一个孩子外加一切杂物和玩具。这个家在一个小时内就变得不像张文扬和杜峻峰的家了，这个家是刘总会计师的家，朝气蓬勃积极向上，绝无半点颓废懒惰之气。

杜峻峰小心翼翼地把自己塞到书架后面的沙发里，跟火车下铺一样，正好能躺进一个人。他笑了：“挺好，妈你真行！”

刘招娣这才有了笑模样，虽说这样的夸奖她不当一回事，不过她听得出女婿衷心的佩服。那是，不服也得行啊，算你小子有点见识，岳母大人来给你看孩子管家，把你狗窝收拾得这么利落，你还敢说二话，信不信我把你赶出去。

要知道这公寓是刘招娣出的首付，一百八十万付了八十万，房本上写的是刘招娣的名字，杜峻峰失业后，没用的张文扬挣的那点钱，刚够三个人糊口外加一应日用杂费。就这，女儿女婿还敢在她面前挑剔什么不成？再说，刘总做的事，什么时候能让人挑出毛病来？

＊＊＊

车唯一给秦静姝留言："实在受不了了，我妈和我婆婆，想好了安排好了不让她俩碰上，一个上午来一个下午走，中间就三个小时的时间，她俩就能把天给吵翻了。"

秦静姝回："彼此彼此。我妈也来了，一来就先跟我大吵一架，我一跟她吵架，就想有把左轮，直接对准我的太阳穴，砰地来一枪。"

车唯一："明明针鼻儿大的小事，我妈喷了点香水，我婆婆就是容不下，我妈能是好说话的主儿？一听就炸了，俩人一杠上，把乐乐吓得哇哇哭。我劝不了我也哭。你猜我老公说什么？一进门还以为是自己已经死了，要不怎么全家人都跟那儿哭呢。"

秦静姝："喷香水带孩子那不靠谱。别说你婆婆，要我妈遇见也得说她。就我妈那嘴，专注教育事业四十年，别说活的了，真死了都得把你气活过来。"

车唯一："你家太后不是特级教师嘛，那还用说，人家就练这个的。我能不知道喷香水不对啊，可我妈要出门，跟上台演出似的全套打扮，你不让喷，能行？"

秦静姝："也不知怎么了，咱们这些妈事儿怎么这么多，晚上吃饭不？你叫上文扬。"

车唯一："文扬家母后也驾到了，她那妈更厉害，刚才我还跟她诉苦呢，有朋友就是好啊，我诉苦可以诉两次。”

秦静姝：“我除了跟你们说，还要跟我发型师说，抢他的话，让他别推荐年卡给我了，本来收费就那么贵。结果你猜怎么着，他主动给我八折，说咱们能静静吗，不说您家里那点事儿了。”

……

秦静姝和车唯一做了好几年朋友，而且大有要继续做下去的感觉。在北京这么一个漂泊无定的城市里，充斥着许多临时、散漫、目的性极强的社交关系，工作上打个交道，吃了几次饭，有可能从此就称兄道弟起来，等你离开了这份工作，换了环境，那么很可能你周围的兄弟也就换了一帮人。

秦静姝也有要好的大学同学，可惜一个去了美国，另一个去了上海读研读博，大家只能靠着互相发发邮件和微信留言保持联系。她也有相处不错的前同事，隶属一个小圈子，定期聚聚，每隔一段时间，就有人发了财，有人辞职去创业，有人创业后发财然后又破了产，又开始四处找工作。

车唯一当时刚从一个小网站来到现在的大网站，跟秦静姝算是业务来往的关系，秦静姝对合作伙伴素来慷慨，即使一个小小编辑，她一样照送年礼节礼，送实用的超市卡、代金券、名牌丝巾、化妆品、低调有品的小饰物，车唯一得了好处，自有回报。

秦静姝那年割阑尾，一个人去，护工陪着，自己卧床还抱着电脑手机干活。车唯一听她说了一句，下班后打车穿了大半个北京去到那家医院，看望孤零零的秦静姝，手里抱着花，还提着一罐从餐馆里打包的猪肚汤。秦静姝大为感动，引为知己。

果然此后两人交情日深，互相照应，后来车唯一被调去娱乐频道，出任副主编，升职加薪分了股票，恰好孙天行那时跟朋友合伙创业赚到了钱，两人合力凑出五十万，孙佑才李劲松掏空老本出了二十万，末了车唯一的父母，王梅和车继业也出了二十万，九十万首付，外加每月一万的月供，买下一百一十平方米所谓的四环豪宅。虽然小夫妻忙得像狗，累得像牛，但是房价年年看涨，买的时候三万一平，转眼已经过了五万，于是也喜滋滋跟赚到了一样。

* * *

要说房子，张文扬最感激的有两个人，一个不用说是她的金主，老妈刘招娣，另一个就是车唯一。

当时张文扬在家给各种杂志写些烂稿度日，车唯一给她在网站开了娱评专栏，虽说也没什么人气，但以后个人简介中至少可以写上专栏作家。后来两人私聊，车唯一动员她买房，她心说自己全部积蓄才五万大元，买那时的好房刚够买一平方米，略次的也只够买两平方米，而且人家不单卖。如果能单卖，相信照样有好多人愿意奉献全部身家来北京城买个一两平方米，而房产商也准有本事把这一两平方米设计得能住人，或许还能挤下一家三口。

但是车唯一天天说，房东那边确实也是房租天天涨。张文扬跟杜峻峰商量，他开口就是这种破地方都涨到两万，房价已经疯了，等跌了再买，然后给她滔滔不绝大讲美国经济危机日本房产泡沫。

张文扬已在老妈的磨炼下有了关闭耳朵的神功，倒也不怕他这些大道理，反正大道理也不会让房价减一分不会让积蓄增一分的。她咬紧牙关，做了平生最没出息的决定——不，既然一生还没结束，她的没出息肯定还没有到达底线——回家跟老妈要钱买房子。

刘招娣对女儿的狼狈相习以为常，安慰话没什么用，行动最重要，要说买房投资也是正经事，难得这糊涂女儿还能干点正经事。第二天她就买票随女儿回京看房子。本来张文扬觉得车唯一住的小区就不错，所谓的高档社区，门禁森严，有园林设计，绿化也好，但是刘招娣看了不置可否，附近的光华小区明显不如这个，房价却同样三万，理由只有一个：学区房。而且刚刚就出了这么一套小户型，再晚就没了。

刘总会计师一听这话，立即掏钱下定，六十平一百八十万，她付了八十万，不用小夫妻掏一毛，剩下一百万平摊二十年贷款，每个月等于也就出四千多，比房租还低。当然，条件是房本上写她的名字。

她不能不留这个心眼，这世界上她不护着女儿一点，就凭她那点写写文章零碎卖着糊口的本事，能有什么好下场？

杜峻峰见丈母娘全盘做主本来不满，但人家大笔花钱，他就出个房租钱，住上了相当于自己的小房子，那些经济危机的大道理也就只好憋回肚子里红烧了。

事实又证明了刘总的英明神武，车唯一的房子由三万涨价到五万已经偷笑，张文扬的小房子则是从三万翻倍到六万，六万又到八万，眼看就要到十万了。而且她的是小户型，均价比市价还要高。

刘招娣自己在小城有财务局分的房子，省城有自己投资买的商铺，还有在乡下老家给娘家买的小楼，再加上这套在北京买的房子，没有一套不跟她本人一样争气，迅速升值的。

这事成了杜峻峰的短处，不管他再嘟哝抱怨什么，张文扬只要一提房子，他立刻气短，虽然他还贼心不死常常唱空房价，但也不得不承认，连三万都算是买巧了，买值了，超值了，可惜自己就偏偏那时连这个钱也拿不出来。在人屋檐下，不能不低头，他从此跟张文扬一样，永远在岳母面前矮半截。

* * *

秦静姝跟车唯一交情好，车唯一跟张文扬交情好，三个人单身时常在一起吃饭，经过一通鸡毛狗血的折腾，又都手忙脚乱地当了孩子妈。秦静姝遇上好的婴儿用品，一买三份，自己有的，另外两个也跟着有一份。车唯一在网站蹭到母婴频道的优惠，品牌纸尿裤、婴儿辅食之类，成大包地快递给两个姐妹。只有张文扬有时混在图书公司做编辑，有时失业在家写稿，号称自由撰稿人，其实穷得叮当响，常接受两位朋友的馈赠，却无以为报，只好找机会写篇妈妈经的小文发了，领得稿费三百五十大元，刚好够请两个朋友吃一顿水煮鱼的。

这一日的孩子妈们聚会，开了一个“丧尽天良”的话题，居然是抱怨姥姥们。三个人也只好先骂自己不孝，明明也当了妈，尝尽了千辛万苦，而太后们那年月条件艰苦，带大了女儿不说，现在老了还要来给女儿带娃，并且还要被女儿们背地埋怨，搁封建社会，这不就是大逆不道嘛。

车唯一本来吸烟，现在带孩子不得不戒，她夹了根筷子在手里过瘾：“一物降一物，你说娱乐圈这种大染缸我都混下去了，什么牛鬼蛇神没见过，就对我这两个妈没辙，那是真没辙啊。我妈，绝对的女明星气场，虽然没挣着明星的钱，但一身明星气派，你得捧着，宠着，随时起立鼓掌，不然人家就给你看脸色。我婆婆，绝对的母老虎气场，我的地盘得听我的，你听我的，我疼你，你不听我的，我咬死你。我公公好歹也是一大学教授，见了我婆婆一身武功就废了，让他上东他不敢上西。我这俩妈的本事，要是能传给我就好了，哎结果她俩掐起来了，我生不如死！”

张文扬说：“那我妈得是什么气场呢，她那会儿是财务局最年轻的总会计师，还是女的，下属有的比她大十来岁，见了她说话都站着，毕恭毕敬。”

车唯一说：“太后老佛爷呗！就跟静姝她妈似的，特级教师。反正都是气吞山河的主儿。山河都能吞了，更别说我们了。”

秦静姝说：“没那么夸张。我妈没那么厉害。”

她说得有点心虚。

张文扬喝了口汤，轻声说：“那是因为你随了她，你自己就厉害。

我还记得第一次跟你们吃饭，一桌子人，最后服务生都直接把账单递到你那里，你看都不看就掏金卡，那派头，大老板一个，再出门一看，开辆宝马，吓死我了，我还在想唯一怎么跟你是朋友呢。”

车唯一说：“可不。不过熟了才知道你这人吧，派头是够了，可惜脸皮不够厚心也不够黑，不然你真有可能会是那种大老板呢。”她夸张地两手一比，中间比出一大段距离，把秦静姝逗乐了。

秦静姝知道自己做不了大老板，除了皮厚心黑之外，大老板还需要能对很多人负责，但是秦静姝只打算对自己负责。实在是从小对老妈老爸那套又红又专，知识分子两袖清风心忧天下的样板价值观反感透顶，秦静姝只崇尚个人奋斗，对于集体她表面顺从，内心跟对父母一样，能反就反，能逃就逃。

这样的人是不能做大老板的。秦静姝尝试过了，自己的底线是给十个人发工资上保险，再多就不行了，她的公司也有人看中过要投资要招很多的人，再搬个大办公室之类的，可是，等到事情真的开展，她就心烦意乱，想出种种借口来逃避。

她把那个错失的事业转机归罪给了元朔的爸爸袁洛平，袁洛平也是条汉子，凡是她赖到他身上的，他都一股脑地认了。

因为在袁洛平这种大男人眼中，女人嘛，天生就是给男人制造麻烦的，男人嘛，天生就是为了给女人解决麻烦的。当然，男人的牛×之处也就在于，你能承受和解决的麻烦越多，你的个人魅力就越大。个人魅力越大，当然应该享用的女人也就越多喽。秦静姝在他眼中不适合做老婆，这女人不算怎么太漂亮，能干嘛也不算最能干的，只有一份骄傲是一等一的，这种人只能做对手，不能做老婆。他的老婆漂亮能干之外，必须是要以老公为中心而不能是以她自己为中心的。

不过骄傲对他是种挑战和吸引，袁洛平自己也眼高于顶，征服一个骄傲的女人对他来说跟开辆新车上路一样，特别爽也特别刺激。他五年换了二十辆车，女朋友换得不多，前后有六个，其中有两个还是娱乐圈的四五线小明星，在娱乐新闻里露过面的。秦静姝是其中唯一的一个事业女性，那些都是肤白貌美波斯猫一样能带出去应酬也能付点钱甩掉的。而他这种自以为是的情圣做派，向来也是秦静姝最讨厌的。

也许恰恰因为如此，两个人的碰撞就显得火花四射，掉进了恶俗电视剧里欢喜冤家那种俗套。秦静姝见了袁洛平就皱眉头，袁洛平就非说她对他眉来眼去。听说有袁洛平在的饭局，秦静姝绝对不去，但是偏偏她不去的地方，他也不去，而是人盯人出现在了她以为他绝对不会来的地方，还一脸深沉地假装偶遇，就差没文艺到底地说一句：哦原来你也在这里。

一个跑一个追，躲躲藏藏，搞得当事人和旁观者都有些弄假成真。有次秦静姝的车在路上爆轮胎，她开了后备厢，自己下去换。好死不死袁洛平正好路过，看着秦静姝套裙高跟鞋打扮着，挽起了头发在那里折腾，他停了车，脱了外套下去，塞给秦静姝一包湿巾让她擦手，他几下给换完了。

秦静姝只好咽下恶气，低声冲他说声谢谢，心说这种色狼一定邪魅狂狷地贴上来问：怎么谢啊。结果他可能是碍于光天化日，不好施展，很君子地说了声“不客气”，上车走了，倒让秦静姝有些空落落的，下回见他，态度不觉就和颜悦色得多。

男女间一旦互相有些容让，气氛就暧昧起来，袁洛平流水似的送花，搞得秦静姝的小公司跟开了花店一般。半夜里加班，袁洛平上去看一眼，自己下去给订了盒饭。就算鲜花不管用，盒饭管用，盒饭不管用，他还有绝的，秦静姝没谈成的一个合作，他屈尊去做了项目经理，给她跑成了，等于双手送了几十万给她。

秦静姝这下知道不是一句谢谢就能了结，怀着羊入虎口的心情，艳妆打扮，约到酒店西餐厅请他吃饭。

一餐无话，吃到深夜。袁洛平问："去我那里还是你那里？"秦静姝说："就这里好了，到客房部开个房间。"袁洛平大怒："你把我当什么人了，好吧，就算我是那种人，可你也不是啊，你把自己当什么了？"秦静姝说："也只有这一次而已啊，不然你这样的人还图我什么。"

袁洛平也拿她没办法，想了想说："我错了，我应该正大光明地请问你，愿不愿意做我的女朋友？"秦静姝说："那我当然不会愿意，实话实说我对谈恋爱没什么兴趣，现在只打算努力多赚点钱。"

袁洛平如释重负，整个人都容光焕发起来了："你早说啊，我对谈恋爱也没有兴趣啊！"

两个人第一次达成共识，顿时轻松许多。秦静姝心情大好，袁洛平为她拉开椅子，两人本该下去停车场取车，却在电梯里聊着说着到了大堂。袁洛平看到大堂一侧的饼屋甜点甚多，过去给秦静姝买了块提拉米苏。秦静姝两手捧着就咬了一口，又是一口，走出了大堂，也吃完了，异常舒畅。

正打算就此告别，袁洛平的吻落下来，躲闪不及，蹭得两人都是半脸奶油饼屑。

两个号称对谈恋爱没有兴趣的人，对肉体倒没有丧失兴趣。秦静姝醒来时已近黎明，她拥着酒店的被子，看着旁边袁洛平熟睡的脸。无论多么老谋深算的人，熟睡时都像婴儿。秦静姝轻轻抚过他的浓眉，心想这人实在皮相不差，不知道自己是否应该给他枕边留点现金，对这一夜风流表示感谢。

她穿戴整齐悄悄离去，开车上了几乎是空无一人的三环，劲风扑面，似欲洗去所有荒唐。

等她昏天黑地忙完了这一天，北京的夜空满天星斗是休想，加班的人们个个眼冒金星大有可能的，秦静姝赶走了眼前的金星，打算出门去楼下吃碗面，袁洛平的时机拿捏得分毫不差，就在此时出现，一块跟昨天一模一样的提拉米苏送到秦静姝的面前。

秦静姝是有骨气的人，本来想说少来搞这套无聊的玩意儿。问题是她的弱点就是爱甜点胜过爱男人，而肚子饿时骨气也扛不了太久。闷头吃完了喝了点水，锁上了办公室出门，袁洛平紧跟左右，她心说这讨厌家伙看来一时半会儿是甩不掉了。

袁洛平低头看着她的一头乌发，心说等下跟到她家去，要看看她用的是什么洗发水。

这段情事车唯一经常拿来八卦，有时在财经版看到袁洛平的大名，她准要跟旁边的同事说："就他呀，我认识，真人还帅些。你猜我怎么认识的，嗯我最好的朋友，是他儿子的妈！"

接着就给鬼扯出一套霸道总裁未婚生子之类的现代小言，反正她做的是媒体，还是时下流行的新媒体，不会鬼扯那才是活见鬼。

问题是人人当她胡扯，悲剧的是这故事至少得有八成是真的。

有次秦静姝办一个音乐活动，带着两个乐评人去网站聊天，一群八卦编辑出来瞻仰她的芳容，她莫名其妙直回头，还以为周杰伦跟她前后脚来了嘉宾聊天室。那满怀理想满脸青春痘印的长发胖子乐评人，被感动得直叫：年轻人啊，音乐永远属于年轻人！

他不知没有人冲他那本出了只能摆在文艺书店里落灰的乐评书而来，倒是个个都想看看秦静姝何许人也，能活活按照白痴言情小说的情节真人演出。

秦静姝得知是车唯一大嘴巴造孽，气得差点跟她绝交。车唯一赶紧求饶："你原谅我嘛，我天天见名人，可没有跟你关系这么近的名人哪，人家忍不住嘛！"

三个人里面，属车唯一最会撒娇，她的撒娇得自老妈王梅的真传。王梅年轻时的那股妩媚天真的劲头，迷倒过一位省委书记，差点为她离掉了多年的老妻。

车唯一从小耳濡目染，得其皮毛，至少也够迷倒自己老公孙天行和两位好闺密了。

秦静姝不会撒娇，老妈老爸都是天然端庄的一本正经。秦静姝清水脸一板，说好听的算是冰山美人，冷若冰霜，说难听的就是面瘫，僵尸脸，不知谁欠了她八百吊钱。跟袁洛平这种动不动就满面春风桃花眼的发电机比，实在是南辕北辙的风格。

袁洛平开始被她的骄傲打动，下功夫越多越舍不得放手。去过了酒店，去了秦静姝的公寓，又去袁洛平在郊外的别墅，袁洛平知道女人是感情动物，越陷越深，早晚有一天她会迷恋上自己。

谁知秦静姝偏偏不上这个当，你睡了我，我也睡了你，没赊没欠，你不当真，我也当做戏。搞得袁洛平反而神魂颠倒起来，心知最后必定没结果，可这当下，到底算个什么结果呢？

结果才是谁也没有想到的，秦静姝意外怀孕，事前全无准备，吃过感冒药，也喝过酒，内心斗争一番，自己查查工作日程，下了狠心做掉。

恰好此时她新房装修完毕，就请老妈老爸来京暖新房顺便旅游。李云珠一看女儿苍白渴睡，时有呕吐的样子，明镜高悬洞察一切，立即就要秦静姝跟袁洛平去登记结婚。

秦静姝刚把堕胎的话说出口，就遭了老妈一通长篇大论的社会风尚以及传统道德还有生理健康之类的残酷说教。秦静姝败在身体欠佳，没能及时还击。袁洛平那边听说她有了孩子，也立即赶到，这下春风桃花都安息了，一张脸板得比秦静姝还严肃："我们这事，要正式结婚比较难，你也知道，还涉及公司股权的问题……"

秦静姝打断他："你以为我要和你结婚？袁洛平，我们这连谈恋爱都不算哪！”

袁洛平长出一口气，赶紧做感动状：“那这孩子，那你实在太辛苦了，以后你就把公司关了，住我机场路那边的房子，保姆我安排，不用你操心……”

秦静姝又一次打断他：“你的意思是让我偷偷藏起来养孩子？那然后呢？是不是还要带着他去认祖归宗啊？”

讽刺的口吻袁洛平当了真：“说了就是这个比较难嘛，本来我是准备四十岁再结婚，生孩子……”

秦静姝实在忍不住，哈哈大笑起来：“你太把自己当回事啦。不用你管，我告诉你，我自己可以选择做母亲或者不做，如果生了下来，这孩子姓秦，不姓袁。”

说罢起身欲拂袖而去，谁知拂袖而去不过是写出来看比较潇洒，现实中是她一起来就晕得又坐了回去。

袁洛平见她比平时柔弱得多，怜惜之心大起，咬牙认了：“好吧，就结婚算了。”

他边说边把秦静姝抱起，开车直奔某家昂贵的私立医院，刷卡买下最贵的从产检到生产的全份套餐。

秦静姝发现一瞬间怀孕也成了真的，结婚也要成真，吓得手忙脚乱，忙乱中又抽空跟老妈和袁洛平各吵几架。

要论伺候女人，袁洛平算是此中高手，但既然两人已经不幸有子，约好领证就成夫妻，那么，女人就不光是女人那么简单了，为人妻为人母的道理就得好好学学了。谁的道理呢，当然是他的道理。

他的道理也简洁明了：一切以我为重。因为男人是一家之主，男子汉大丈夫照顾妻儿不用说，妻子儿女也得把男人当成天地间唯一真理才行。

秦静姝一听他说这种话，还以为自己肉身已穿越回了清朝，不知道他接下来要不要劝自己束胸裹小脚。

话不投机，两人罅隙渐生，本来想不去领证，可是李云珠宁死不答应，对女儿的作为简直痛心到无法形容：“静姝啊，你的名字是外公取的，贞静美好，对你有多大的希望啊。风气开放，你们年轻人乱七八糟的事我不说，也不管，也管不了！可你怀孕了，这是一条人命，人命关天，你能说不要就不要吗？你不结婚领证，那你准生证怎么开，不开准生证，谁敢给你出生证明，你的孩子没有出生证明，怎么上户口？你忍心让自己的孩子成黑户？你们不结婚我不答应！妈妈求你过什么没有？就求你这一次，去登记结婚！我的女儿和外孙得有个明白身份！不然哪，你在这世界上可怎么活啊！”

秦静姝怀孕后脾气坏了很多，但是唯独对老妈她发不出脾气了。每天呕吐七次，让她知道当妈有多不容易。老妈当年带着她，挺着大肚子还去做公开课，培训那些农村中学的教师，精神饱满讲完四十分钟，下课铃一响，就跑进厕所去洗手池吐个天翻地覆。

妈妈为她受过这些罪，她要做的不过是装聋作哑听些她的唠叨，听了就听了吧。再说，老妈是对的，一条小生命需要无数证件，才能得见天日。至于她自己，秦静姝向来觉得自己在这世界上活得理直气壮，别说带着一个孩子，就是带着一个幼儿园，她也能活得逍遥自在。

袁洛平觉得无所谓，他不用说是大男人做派，秦静姝是他不喜欢的那种大女人做派。不过大女人的好处是在钱上面不计较，袁洛平早有一份婚前协议准备好，秦静姝签了，另出一份合约让他签。袁洛平一看，说的是等孩子满了周岁就离婚，他又惊又怒，男子汉尊严受到极大侮辱。

当然，他向来也只认为男子汉才有尊严，别人是没有的。

他质问：“结婚又离婚？你神经病啊？那你为什么还要生孩子？”秦静姝说：“我没办法啊，本来想做掉，现在会动了，我也舍不得了。”袁洛平竭力压下怒火：“我们可以试试，也许我们能相处好，做好夫妻，做好父母，给孩子一个完整的家。”

秦静姝嗤之以鼻：“能吗？你能还是我能？我不喜欢你这种对女人要求多多，对自己全无要求的男人，你总觉得自己高高在上，跟谁结婚都像施舍似的，可你要知道，你也不是我理想的结婚对象，我还不愿意我的孩子有你这样的爸爸呢。”

袁洛平想发狮子吼，受到的教育终于发挥作用约束了他，对着孕妇发飙这事他干不出来，何况孕妇腹中还藏着他的后代根苗。

离婚那天是个雾霾天。秦静姝带着保姆，抱着元朔去打过了预防针，袁洛平本来也要来，结果临时有会没来成。不过打针他抽不出时间，离婚是有空的，在民政局门口远远地等着，秦静姝一身米白套装，黑发披肩，大步流星地走过来。

袁洛平看着她气色红润，还是一副神气活现的模样，暗中咬牙。他这段时间又找了个新女朋友，年方二十，演艺学校大三女生，样貌清纯气质温柔，好一只可人的小白兔，正好用来安慰他备受伤害的男人心。

女人啊，温柔如水这才配叫女人，像秦静姝这种竟敢跟他分庭抗礼还占了上风的，不知道是什么动物。聪明女人就不该跟男人比谁更强势，你赢了又怎么样，这样只会把男人吓跑——想到这里袁洛平发现自己要承认输给了她，还被她吓跑，不由得黑了脸。

以前结婚容易离婚难，不但街道社区出面劝解，两边单位还要大做思想工作，更不用说两边家庭里的阻挠了，等到了民政局，又要遭受一番诸如“百年修来同船渡，千年才有共枕缘”之类的洗脑，有了孩子更不得了，看看孩子啊看看孩子，为了孩子也不能离啊不能离。

还有个新闻报道说民政局有绝招，他们看夫妻实在劝不了了，竟说自己要下班了，不给办，要么就是什么打印机坏了，不给办，然后还得意扬扬地说被他们一拖一劝，多少夫妻就此和好了。

总算时代进步，现在离婚办事效率高些了，只要两相情愿，这边就给发出证件。秦静姝和袁洛平再次领证，各自收好，分道扬镳。

袁洛平本来还有几句话说，看秦静姝目不斜视，他一口闷气无处发作，和着想说的话吞回了肚子里。这边领了离婚证，那边还有小白兔等着他，他现在开辆保时捷卡宴，儿子有人养着，自己养着新女朋友，而股票又在飞涨，这不就是杂志上经常赞美的成功人士嘛。

前妻不长眼，那是她自己命薄没福气啊，太可惜了，本来她还曾有机会可以做袁洛平夫人呢。

秦静姝这边的想法比较简单，这段婚姻总算摆脱了，最头痛的是如何向老妈交代。她不得不承认，即使自己已经是个成年女人，在社会阶层里爬到了一个不高不低的位置，经常有可以自己左右一切的幻觉，但最烦恼的事情，跟她的中学时代一模一样：如何跟妈妈交代？

你永远得对老妈做出交代，没有这个交代，你们之间的关系就成了荆棘，刺骨刺心，她在流血你在痛，谁也好不了。

＊＊＊

张文扬被车唯一从茫茫的稿件堆里挑出来，是因为她写过一篇小稿子，标题奇特：随身携带的妈妈。大致意思就是说，每个人从小到大被老妈灌输的那些道理，已经形成了惯性，随时播放。

比如妈妈曾经评价说一个女孩主动找男孩子玩，是不知羞耻，那么，即使等你成年了，你对异性感兴趣，动了心，你耳边响起的，仍是多年前妈妈那轻蔑的声音：不知羞耻！骨头轻！不要脸！悲剧的是这时现实中的老妈却往往是在催你恋爱，结婚，生孩子。她曾经给你的心理障碍，她自己早就忘了，只有你一个人，还在随身携带。

车唯一看了一拍鼠标：可不就是这么回事！当时张文扬毫无名气，写点散碎小稿也是被退稿居多，但车唯一力排众议给她开了专栏。

张文扬为表感激约她吃饭。一见面两人从穿衣打扮聊到家庭爱情，车唯一自打考来北京念书，还很少跟人说起老妈，跟张文扬算是有话说，而张文扬要说别的不算在行，要说起自己那英明神武的妈，那真是痛说革命家史，三天三夜数不完。

说得痛快了，车唯一说："我还有个朋友哪天介绍给你，她是女强人，也是单眼皮哟，不过她眼睛大，很好看的。"

这位单眼皮大眼睛的女强人，当然就是秦静姝了。张文扬远远在多人饭局里看着她，那对大眼灼灼有光，长发乌亮光洁，长腿走路生风，一口清脆标准的普通话，说起话来斩钉截铁。

张文扬叹了口气，心想：这才是我妈最想要的女儿吧，这样出众，能力又强，一个人开个公司养活十几口员工，在北京城不算大人物也算是个人物呀。跟她一比，张文扬简直去给她打工都不配。

而在秦静姝眼里，估计车唯一才会是自己妈妈的贴心女儿，车唯一只有单眼皮不够美，还是从妈妈王梅那里继承来了五分姿色，皮肤白鼻梁挺下巴尖，身材饱满曲折，上了妆漂亮得跟洋娃娃似的，她活泼，爱说话，会撒娇，待人热情喜欢抱抱。在聚会上遇到了老友秦静姝，她还会凑上来来个法式亲脸礼。

这些事杀了秦静姝也干不出来，别说撒娇了，就是说话嗲一些，她也后背寒毛凛凛，十分不舒服。一本正经的特级教师李云珠，大概最伤心的就是女儿总是跟她不够亲热，如果有车唯一这套本领，想必母女关系会缓和不少吧。

但是车唯一想想自己的老妈需要什么女儿，想了半天，王梅需要的是观众，不是女儿，就算她自己就是自己的女儿，她也不会喜欢的。她喜欢自己，喜欢被宠爱，被迷恋，被欣赏，但是让她去喜欢别人，有点勉为其难。

车唯一希望自己的女儿最好能力做事像秦静姝，张扬泼辣雷厉风行，容貌如果能像张文扬最好了，虽然张文扬自己不觉得自己美，可是她的相貌随她那文艺帅老爸，瓜子脸柳叶眉，单独看五官并不算好看，组合在一起很有几分像 87 版红楼里的黛玉姑娘，美得楚楚可怜。

别管性格如何，这种长相在男性世界里太占便宜了，可以横着走。如果遇了事，估计秦静姝是奋不顾身，一脚把男人踢走，自己搞定；车唯一得想点办法，撒撒娇说说好话，把男人哄好了为自己干活；而张文扬那张黛玉脸，根本不用说话，眉尖微蹙，看男人一眼，估计就会有人自动来帮忙了。杜峻峰当年就是这样，被她看了几眼就晕了，醒来时已经成了她的男朋友。

饭局散了，两个没吃过的菜给张文扬打包，秦静姝另叫了一份锅贴给妈妈带回去。车唯一买了单但什么都不带，母后王梅大人晚上最多就吃点水果润喉，有时喝一碗银耳汤。一位女演员有着比囚犯还苛刻的作息，借此保养自己的容貌和嗓子。

车唯一要说受过妈妈的什么好影响，那就是她打小知道：不——可——多——吃！另外也被老妈下腰压腿折腾过，虽然在唱歌跳舞上面实在没天赋，但是车唯一的好身材必须感谢妈妈的栽培，她上了大学被无数师兄师弟追求过，有几个就坦白承认是为了她的迷人翘臀。

车唯一穿衣走欧美休闲风，但内搭一定要修身以便露出她的傲人曲线。秦静姝常常开会，习惯穿套装，打扮成所谓商务精英女性。她跟袁洛平在一起时，车唯一总说他俩的同框画面简直就可以直接给手机、电脑、汽车、手表之类的产品做广告。

张文扬说："那我呢，我能做广告吗？"车唯一说："能，你穿条短裙，可以去代言卫生巾，美少女风，穿条长裙子，就可以卖洗衣粉，美少妇。"

秦静姝就笑骂她这张嘴，比男的还贫。车唯一说："你没事跟我们家孙天行多聊聊，才知道什么叫贫。"当年要不是两人贫到一块儿了，比着谁更贫，车唯一说不定就嫁入豪门了，根本不用陪着小孙当房奴。

临起身，秦静姝忽然想起包里还给两个朋友带了东西，赶紧拿出来：“喏，你俩尝尝，以前我跟你们说过的，梅干菜烧饼。”

车唯一掰开一个，跟张文扬分了。秦静姝说：“不怎么好吃吧？我小时候最喜欢这个。那时我妈我爸忙着上班，放了学自己脖子上套着钥匙回家写作业，路上有个摊子卖这种烧饼，我妈会给我一毛钱，每天买一个吃，热乎乎香喷喷，放了学最想吃这个了。”

她怀念的不光是烧饼，还有摊子上卖烧饼的女人那温柔的眼神，有时还会摸摸她的头，问问她今天学校学了什么。秦静姝有时幻想，如果自己的妈妈也有那样的眼神就好了，真的是看一眼你就知道她有多爱你了。

但是李云珠不会的，她只擅长推动，推动，推动，你好了是应该，更好是必须，最好才是理所当然。不好？根本不可能，差了点，那你就要更努力，差一点点，那你就要想办法，动脑筋，世上无难事只要肯登攀，吃得苦中苦方为人上人。

她从来不会问秦静姝学校里学了什么，而是会问考了什么，成绩多少，满分就要记住别骄傲，保持成绩，没有满分就要找原因查缺补漏，避免下次再犯同样的错。

李云珠是位老师，优秀至极的老师，所以，她容不得任何不优秀的因素存在。她知道女儿爱吃梅干菜烧饼，但不知道女儿在这烧饼的味道里，为自己幻想了一个温柔宽容的妈妈，不问考试成绩，只关心她饿了没有，开心不开心。

然而这样的事情，在李云珠和秦静姝身上，从来没有发生过。你饿了你就找吃的啊，你不开心那你就应该反省自己为什么不开心。学海无涯苦作舟啊，为了奋斗拼搏，为了做最好的，吃苦也没什么啊。

张文扬说："我小时候最爱吃的是面条，我爸不会做饭，有次我妈骂了我，我哭着去找他，他给我下了碗面，一点调料都没有，就从食堂打了份酸辣白菜拌上了，特别好吃。以后再也没吃过了。"

车唯一说那吃的不是面条，是你爸给你的爱和安全感。张文扬说："是啊，别看我妈那么厉害，我还就是喜欢我爸！"

张天阔原本也算人中龙凤，农家子弟考上中专，又分到了小城里的大工厂宣传处，写点稿子诗歌三句半之类的，总在大广播上播来播去。二十世纪八十年代最爱才子，何况张天阔男生女相天然秀美，小白脸大高个，后来名声渐大还被调去了文联。

本来他这人时髦又浪漫，跟各路美丽姑娘拉拉小手谈谈情，写写小诗弹弹吉他，没那么着急结婚，谁知道，别的姑娘拉手就拉手了，甚至亲嘴也就亲嘴了，那年月女人都要等男人主动，男人太主动了还被骂耍流氓，但有这么一位奇葩，排众而出，将张天阔手到擒来。不用说，就是张文扬的老妈刘招娣了。

经由领导介绍，财务局的好姑娘，业务尖子刘招娣认识了工厂宣传干事，大厂著名才子诗人张天阔，见了几回面，不慎被他拉了手亲了脸。

亲了脸的第二天，刘招娣已经把张天阔每个月挣的工资都怎么花的搞得一清二楚了。张天阔知道她做会计出身，倒也正常，不过接下来她就洗干净了他臭烘烘的工作服，掏干净了他乱糟糟的衣服口袋，饭票菜票零钱分类，连钢镚都给他买了只小猪储蓄罐存起来了。

张天阔问她要干吗，刘招娣说："还能干吗，咱俩一起攒钱啊，结婚哪里不要花钱的。"张天阔一听结婚吓得吉他都走调了，定了定神说："结婚还得再商量吧。"

刘招娣一听这话，竟然有想赖账的意思，面对财务局业务最好的会计师，你小子敢赖账？她腾地起身，义正词严道："张天阔！那你为什么亲我？你也说了你爱我了，难道你不想和我结婚？那你就是耍流氓喽？我也听说过一些流言蜚语，说你这个人作风有些问题，但是我不相信他们，因为我认为一个人对待爱情和人生的态度是一样的，都是纯洁和严肃的。我相信你是一个作风正派，经受得起考验的人，我们之间的恋爱关系，也是纯洁和严肃的。如果你认为我们不能结婚，那你要说出原因来，现在恋爱自由，婚姻自主，我不会强求你！但你要是耍流氓，我们现在就去保卫科，再去公安局，我要去告你！”

这话现在听了好笑，然而在八十年代，判个流氓罪关起来个三年五载的，真是屡见不鲜。

张天阔听了产生两种极端的感受，一种是吓得魂飞天外，两腿发抖根本站不稳了，另一种是看到年轻的刘招娣那副神圣不可侵犯的样子，迷得他头脑发晕，反正也站不稳，索性往她身上一倒。

刘招娣虽然认定了恋爱和婚姻是纯洁和严肃的，但她没有任何经验的肉体却经不住考验，于是那个下午在工厂男宿舍的下铺，两人终于铸成大错，除了立即草草结婚之外，没有第二条路好走了。信不信由你，那个年代的性关系就这么严肃。

张文扬想念老爸的面条，纯粹是精神上的依恋，事实上是张天阔连个面条都煮不熟，他跟刘招娣结婚后一经鸡毛蒜皮的磨炼，立刻原形毕露，刘招娣一言蔽之：窝囊废！

车唯一想不出自己记忆中有什么美好的食物能拿出来跟朋友们分享，她记得妈妈演出后吃的夜餐很丰盛。不过她不敢多吃，多吃妈妈会骂她讨吃相，馋鬼，而一个女孩子露出馋相最要不得。你露出了馋相，就证明你吃不饱，证明你见得少，证明别人随便给你点吃的，就可以随便哄走，馋就是贱，这是王梅一次又一次告诉女儿的。

露了贱相，你就只能演丫鬟不能演小姐，只能做伴舞，不能当主唱，在舞台上你只能站后三排，看着主角在你眼前流光溢彩，看得见，够不着，你可要知道，这就是一辈子的命！

* * *

女儿们的聚会将散，三个妈妈分别在家里等着女儿回来。要数王梅最简单，她给乐乐喂了玉米粥，乐乐觉得不饱又吃了饼干，王梅皱着眉头把饼干屑扫了，才自己也喝了几口玉米粥果腹。

乐乐跟姥姥虽然亲不起来，但身边只剩这么个人可以依靠了，她也只好乖乖坐在姥姥怀里看电视。王梅趁机教外孙女怎么跟着音乐打拍子，歌词都怎么唱，一老一小闹得莺歌燕语，十分温馨。

李云珠在家做出两个家乡小菜，保姆饱了口福，元朔也跟着吃了，似乎并不反感。黎天意关在屋子里搞创作，李云珠喊他吃饭没吃，等大家都吃完了，他才神游天外地晃荡出来，找到饭锅盛了点热饭，就着剩菜吃了。

李云珠看着他，又觉得厌恶又有点可怜。秦静姝回家给妈妈带了锅贴，李云珠吃了一个，剩下的让她给黎天意送去：那么高个子，就吃点剩饭剩菜能饱吗？

张文扬回家给妈妈带了菜，刘招娣也给她留了菜，整整齐齐四个碟子。再看小叶子，早都洗澡换好干净衣服呼呼睡了。家里水洗过似的干净，杜峻峰在上网，刘招娣正在手机上看新闻，告诫女儿："以后晚上要少出门，你看社会新闻，又有抢劫的。"

张文扬看了看女儿，跟妈妈聊了几句，打开电脑写自己的小稿：

> 生活是什么呢，我们总以为自己可以掌控生活，却无时无刻不被生活推着走，每个人的生活都是琐碎的，零散的，随时会出现令人沮丧和绝望的时刻，但转眼之间，我们又开始怀抱希望，等待着明天的到来。

第二章

chapter

2

口音

叔本华说：世界和人自己一样，彻头彻尾是意志，又彻头彻尾是表象，此外再没有剩下什么东西了。

刘招娣说：能做又能想，那这世界就是你的。光能做事不去想，你就是给别人当牛做马，累死了还不落好。光是想不去做事，那你就牛马不如，猪狗不如，一辈子啥也不是。

口音里住着一个人的故乡。北京城天南地北哪里的人都有，他们怀着不同的热望和念想，奔向北京，他们是一个个浮动的孤岛，亲戚，同学，朋友，同乡，是这些岛屿间或远或近的联系。有些人会因为陌生人熟悉的口音而涌起一丝亲切，但也只有一些孤独和热情的年轻人，才有可能会扑上去认老乡。有了社会经验的人是不会的，他们会含蓄地打量对方，考虑着是否有搭讪的必要。

老乡见老乡，两眼泪汪汪，大约存在于农业社会，商业社会听到更多的是“老乡老乡，背后一枪”。事实上的老乡关系没有那么戏剧化，不必相拥落泪也不必落井下石，多半只是互相说一句：“我也是那里人。”而后多半还客气一句：“听不出来啊，你一点口音都没有。”

车唯一住的小区附近有个公园，王梅熟悉了环境后，每天把自己和乐乐都打扮漂亮去公园，就成了日常工作。打扮漂亮，写出来只是简单的几个字，而车唯一知道那是个多么浩大的工程。

王梅自己的衣服不用说，多年修炼此道，衣服裤子裙子成龙配套，连搭配的丝巾和鞋子都是现成的。她的搭配经验如果写成文章卖给时尚类杂志，千字可以拿到八百块钱，如果写成畅销书呢，一本日本人写的收纳书轻松就卖出去了十万册。所以，拥有这样高级经验的王梅女士，绝对有资格流露出一种远远高于常人的高贵气质。

而乐乐就不同了，车唯一自己穿衣服都图方便走休闲风，奶奶李劲松骨子里是个农村人，乐乐有不少小裙子还没穿就放小了。奶奶喜欢给她穿的就是层层叠叠的衣服裤子，外面罩个围兜、口水巾。

这样的乐乐到了王梅手里，顿时让她回到了多年前，演出回来妆都没卸，就去看大半年没见面的女儿，好嘛，被乡下保姆带得土了吧唧，剃个光头，乌眉黑嘴，喊她“么么”。

什么“么么”，是“妈妈”。王梅无名火起，接着就是好一通洗刷改造，第二天车唯一就穿着粉红色小裙子雪白长筒袜加小皮鞋，跟着妈妈学跳新疆舞了。

对乐乐也不例外，王梅宝刀不老，把她的衣服都过目一遍，唰唰抽出几件，鹅黄小上衣，纯白蕾丝蛋糕裙，黑色打底裤，头上夹了一个鹅黄色白点点的蝴蝶结。这一打扮，乐乐坐在那里不动，还以为是从商场里刚买回来的洋娃娃。

孙天行看了都惊呆了，拼命讨好丈母娘：“妈，妈您真有一套！您看您这专业人士，就是跟我妈不一样。乐乐，闺女，宝贝儿，咱得多大的福气，能有这么会打扮的姥姥啊。”

孙天行虽然爹妈是青石村人士，但他在两岁就来北京，不算土生也算土长，一口贫得不能再贫的北京话，不惜牺牲了自己老妈去捧岳母。果然王梅很受用，笑着点点头：“不管怎么说，干我这一行的，是比较注重外表，人是衣裳马是鞍，乐乐是个女孩子，从小应该多学点穿衣打扮，不然将来怎么走到人前去。”

车唯一听了这些熟极而溜的话，立即在后面脑补了一大串话，走到人前去，去做主角不做配角，去当主演不当陪衬，去出人头地而不是默默无闻——这就是王梅的生存哲学：我——是——主——角！

如果她不是被人关注的中心，那她宁可去死，也绝对不愿意去做绿叶衬红花。幸好，她的一切都在周遭出类拔萃，所以不必去死，而是小范围内红了。说是小范围，也就是影响力到了省城为止，王梅最好的成绩，是省级会演的二等奖，是的，二等奖，不过也是齐镇历年来的最高荣誉了。

三十八岁的王梅，手里捧着二等奖的奖杯，看着得一等奖的那十八岁光彩照人的歌舞演员，人家是省城人，从小在少年宫接受训练，十岁就过了声乐十级，到北京演出了好几次，拜的名师是中央音乐学院的教授。

更何况，那女孩身材相貌无可挑剔，王梅都不得不承认，自己容颜最盛时，估计也只能跟人家打个平手，要论化妆服装，那就没法比了。

一等奖上面还有特等奖，特等奖是省城德高望重的戏剧女演员，编排的大戏在全国获过一等奖，出身于演艺世家，爷爷辈就是全省红角，一红红了四代，她的女儿也参加汇演并获得了三等奖。

王梅喜欢比，喜欢把人比下去，但她也害怕比，最害怕的就是这些一比之下，她根本无法望其项背的高手。他们让她更清楚地看到了自己：唱野台子戏出身，唱戏改了唱歌，为了正式工作，争主演，费尽无数心机，她走到齐镇就到头了，做了齐镇歌舞团的主演，也就是人生巅峰了。

所以王梅谢绝了省城戏剧院的邀请。人家是真的爱才，即使她年纪已大，也想把她收罗进来，但王梅已经累了，她又累又怕，害怕再去跟那么多年轻美貌的小角竞争，她知道自己必输无疑。

当然面子上不能这么说，面子上王梅还是矜持微笑，妩媚端庄，流露出恰到好处的为难："我女儿都上中学了，这时再调动工作，可能不好。"领导还在坚持："省城教学质量好，你女儿来这边读书不是更好吗？"王梅笑得就更开心了："我女儿成绩很好，我常常跟她说，你到了哪里都要好好学习，将来要考北京的大学。"

这话一点不掺假。车唯一小学成绩平平，但被王梅每天又是当主演又是出人头地地洗脑一直洗，她在初中身体发育起来，成绩也突飞猛进，忽然之间就成了学校里的明星，能唱能跳不怯场，考试门门过九十，长得甜美可爱一笑俩酒窝，从齐镇中学顺利考上齐镇的唯一重点高中一中。

一中升学率不怎么样，但年年也都有考上北京上海重点大学的。车唯一有个声乐特长生的加分，高考超常发挥，踩线考上中国传媒大学，也就是之前著名的北京广播学院，诸多明星主持人的摇篮。

消息传来那一天，王梅简直乐得开了花，本来她和女儿设想的是另一所二本院校的新闻系，只要能考去北京，学校差一点也没关系，哪里想到，竟然能上这么好的学校，全省也只招十二个人啊。

王梅热泪盈眶，终于承认了这才是自己亲生的闺女，人尖子！出人头地！这才配得上她的心劲儿，当年跟师傅偷偷学戏，半夜不睡觉爬起来练习，最后临时出场，一出去就是挑帘红，台柱子。闺女比她强，她也没上过这么牛的大学啊，还在北京。

车唯一觉得平生最丢脸的事，就是在升学宴上跟老妈合唱了一曲家乡戏，虽然在齐镇被传为佳话，可是她觉得没有比这更土、更衰、更丢脸的事了。而且，毫无疑问，只要上了舞台，王梅就是主角，她是配角。王梅还直用鼓励的眼神看着女儿，车唯一想的却是赶紧结束赶紧结束，她等不及跑到北京去，把这个一地鸡毛、衰败凌乱的小镇给远远抛到脑后。

到了大学，车唯一就跟王梅到了省城一样，知道什么叫天外有天人外有人了，有相貌长得像林青霞的学霸，才貌双全还成天闷闷不乐，因为人家考北大就差五分；有已经独舞获过全国级奖项的专业舞者，年纪还比大家小两岁，出场费已经以万计了；还有电视上露过面，参加过全国主持人大赛，入围前二十名的；还有出过书的小作家、出过专辑的小歌手、演过电视剧的小演员……

车唯一跟另一个也是来自小镇的姑娘组成了失败者联盟，没等相处几天，发现人家钢琴十级，画得一手好漫画，去参加街舞社团稍微露了一手，就被选为了副社长。

车唯一失落了一段时间后豁然开朗："是，我是处处不如人，但是，我可以不用争做主角了呀！反正也争不上！哟，原来人生不用争做主角，也是可以活的。"

想通了这一点之后，车唯一成为人缘儿最好的女生，嘻嘻哈哈过得不知道多开心，身后跟着一大帮追求者。富二代丁国志开着豪车发誓非她不娶，在宿舍楼下搞了蜡烛心鲜花阵，还有乐队，这么大阵势的表白，车唯一愣是没动心。

同班男同学孙天行跳了出来，冲那个富二代喊："别做梦了！我是车唯一的男朋友！"他自觉非常英勇，没想到大学男生听到这话哪有肯闲着的，纷纷在后面喊："我也是啊！""我才是啊！""嗨，还有我哪！……"

一大堆喊声夹杂着笑声，女生楼里还传来一声尖脆的："我是她女朋友！"

大家笑得都崩溃了。丁国志也傻了，宿管阿姨舞着扫把杀出来，让他老老实实把一地蜡烛蜡油收拾完了再走。

车唯一第二天去揪孙天行的耳朵："臭不要脸是吧！男朋友是吧！神经病啊你！"

孙天行任她揪，揪完左边递给右边："只要您乐意，切下去凉拌下酒都成！"

车唯一说那你没了耳朵怎么办？孙天行说我可以插两把蒲扇。说着拿两本书举起来比一比。

车唯一扑哧一笑，也不揪了，说："以后别乱说，我还要嫁人呢。"孙天行大声说："那我就不说是你男朋友，我是你老公。"

班里同学大笑鼓掌，车唯一恼羞成怒，这下孙天行差点真的失去宝贵双耳。

两人这点若有若无的意思，直到毕业了才挑明。都说毕业前的恋爱是垂死挣扎回光返照，没想到这没正经的一对偏偏坚持修成了正果。

孙天行给学弟们传授经验：女生揪你的耳朵？三生有幸啊！那就是有戏。你看她都没有揪别人，为什么只揪你呢？十有八九还是对你有意思！骂你臭不要脸？那就对了！你说谈恋爱时你要脸干吗？要脸你就甭谈恋爱，谈恋爱说的那些话做的那些事，能是要脸的人干出来的吗？想要女朋友，你就不能要脸！

这是孙天行从小学会的宝贵经验，捶过他后背的，拿胳膊肘顶过他胳膊肘的，踢过他屁股的，无一幸免，统统都成了他的女朋友。

饶是谈过这么多真假大小恋爱，孙天行还是就喜欢车唯一，他喜欢她漂亮，但不是那种咄咄逼人的漂亮，那身材没的说，完美。

他喜欢她那种大大咧咧满不在乎，心里在乎但也不较劲的气质，这种气质孙天行很熟悉，北京大妞有一半是这样的。但是北京女孩如果认真较劲了，那么一个北京男孩是无论如何较不过她的，只有抱头倒地，说声："您别打我脸就行。"

车唯一不是这样，她不较劲是真的不较劲。因为小镇姑娘车唯一心里有着根深蒂固的自卑感，她觉得没有跟人较劲的资本。孙天行看出了这一点后，对她喜欢之外大动同情，说到底，车唯一也只是一个无依无靠，孤身考来北京，除了一张文凭之外，一无所有的女孩子。

她又这么甜美、可爱，爱搞笑爱胡扯不爱哭，还长着迷人翘臀，孙天行毕生的保护欲都被她给激发起来了。两个人一起熬毕业论文，准备考研，虽然平时成绩都不怎么样，但总该考一次试试。

两个人一起找工作，孙天行是北京户口，又是男生，找起来不要太容易，车唯一是外地户口，想留京，难如登天。好容易才找到一家，愿意给她办北京居住证。

在这过程中，孙天行向车唯一求婚无数次。车唯一开始当他是搞笑，后来见他认真，也颇感动。但孙天行这人做个嘻嘻哈哈的玩伴还好，真的要结婚过日子，估计靠不住。但是车唯一对结婚过日子也缺乏具体想象，从小见到的也就是老爸对老妈唯唯诺诺，打了洗脸水又打洗脚水。

孙天行一个北京小伙让他给女人倒洗脚水他干不出来，自己也是被老妈宠大的少爷坯子，但是他有北京男人得天独厚的优势：能说！能侃！能聊！能让你在最轻松的氛围里，跟他一聊聊上十来个小时。

车唯一的一切烦恼都可以告诉他，在他那里胡扯八道一气，都不算是事，而他的烦恼只有一桩，那就是：你什么时候嫁给我呢?

张文扬有次写一个话题，关于职场新鲜人如何适应从学生到职业女性的变化，她去问了车唯一，车唯一想了想说：如何适应？从来就没适应过啊。

在车唯一内心中，无论是从一开始的大单位小职员，到小网站小主管，再到现在的大网站小编辑，大网站高级编辑，大网站的频道主编，身份资历收入或许在变，但是她心里始终认为自己还是那个大学女生，嘻嘻哈哈藏着一肚子心事，表面看起来阳光灿烂，灵魂深处总有自卑感在作祟。

不过那段时间她好自由，不是谁的女儿，也不是谁的女朋友，更不是谁的儿媳妇，谁的妈，她就是一个大学女生，成天逃课，傻吃傻玩，最喜欢吃食堂的鱼香豆腐，一听见有什么新鲜事就去扎堆儿，追求者多，随便找个谁去约会。

对了她还有份兼职，去给附近的一个培训班教朗读，纠正学生们天南地北的口音。那些孩子也不知吃了什么熊心豹子胆，一个个非要冲着中央电视台的主播方向努力。

天知道，传媒大学正经学生一大批一大批的，也没有几个能进央视当主播的。像车唯一这种普通学生，既无过人天资，也无深厚背景，还缺少野心和勤奋，真不敢去想进中央电视台或者北京电视台。

她后来找到的单位算是电视台下属的公司，主管留下她和另外两个女孩子试用。那两个比她漂亮也比她强悍，实习期一个找到了更好的单位，炒了老板，另一个直接打扮好，去了大老板的饭局。如何表现大家不知道，其后发生了什么也不知道，反正两个月后人家办入职时开辆崭新的丰田。之前她还跟车唯一搭伴挤地铁呢。

车唯一遇到竞争时也能表现出她的长处，那就是处变不惊，毕竟是被老妈那套主角理论灌输出来的。她想的是让我当主角我不怕，不让我当我也不怕，当配角我也得活啊，毕竟不是人人都像王梅那么拔尖，拔不了尖她就要死啊。

所以主管反而看她挺顺眼，随和、大气，带出去参加个饭局，跟别人也能说上话，好相处。

最重要的一点是，在一个广告客户的饭局上，大客户的公子一见到她就紧张了："唯一！唯一你怎么在这里？"车唯一也紧张了，大学时代连看都不愿意多看一眼的富二代丁国志，原来是某某集团的少东。

当年蜡烛心鲜花阵被大家传为笑柄，这种土财主或许是嫩模们喜欢的对象，但车唯一真的就没兴趣。这下饭局上狭路相逢，一顿饭吃得风起云涌，主管在其中说了无数疯话，别人也看出端倪，拼命撮合这对郎"财"女貌的年轻人。

末了丁国志送车唯一回住处，车唯一说自己现在租住一个多人间。丁国志把车停在路边，手指窗外一个小区："那边就有套房是我的，你可以随时搬过去住。"车唯一失笑："我现在住得挺好。"丁国志说："真的吗？我一直想知道你过得好不好。"

车唯一也有些感动，毕竟他还是很关心自己的，有人喜欢也不是什么坏事，他土豪又不是他的错误。丁国志没多话，把她送回去。第二天公司拿到了那个久谈不下的广告，车唯一办理入职，成为正式员工。

孙天行去的是直属央视的一家电视制作公司，有事没事还往车唯一那里跑，跟她扯皮说笑，听她说说烦恼自己也扮扮小丑再请她吃个大盘鸡，反正谈恋爱就是慢慢磨嘛。

谁知道半路杀出阴魂不散的丁国志，孙天行感觉大势已去。论身家不用说了，跟人家比一天一地，丁氏集团那是五百强企业，在央视也是广告大客户，论学历丁国志虽然本科没在北京读，却读了清华的MBA，论做派也就是那次蜡烛心比较夸张，其实他本人有点土有点保守，算是富二代里的老派人。

孙天行仰天长叹，也只能靠外表比他帅了。孙天行普通脸普通身材，身高一米七五也很普通，不过，丁国志就身高是硬伤，只有一米六八。车唯一一米六一的娇小身材，正合丁国志的心意。如果车唯一嫁入豪门当贵妇，成了某某集团总裁的夫人，那时候，还会不会记得被她揪耳朵的孙天行呢？

想到这些，孙天行五内如焚，心灰意冷，玩自虐搞户外穿越去了。等他黑炭似的从四姑娘山那边爬回来，领导痛批他一顿不用说了，同事也臭骂他一顿。他装了一整天的孙子，乖乖加班到九点，一看手机，好几个未接电话是车唯一的。

他拨过去，车唯一说：“我还以为你挂了。”孙天行说：“我哪儿那么容易挂，要挂你先。”车唯一说：“我又不作死，不作死就不会死。”孙天行说：“你当然不会死了，要死也是我死啊。”

车唯一忽然沉默了，然后大吼：“少他妈的胡说！你这不是死回来了吗？你找死就死远点去国外死，别在国内作死！”孙天行也气了：“你管我去国内国外啊，你他妈的管我死活呢！”车唯一说：“好好好我不管，你去死吧！快点去啊！”

挂了电话眼泪就流了下来，车唯一着实为他担心了些日子，平时看见什么户外爱好者被困住啦、骑行者失踪之类的新闻，心里就揪起来了。

跟孙天行相处四年，加上工作差不多快两年，车唯一太了解他了。知道他满嘴云山雾罩，其实胆小心软贪吃懒惰，根本不是个狠角色，这块料跑去挑战什么户外穿越，不是自己作死是什么。好端端的一个小伙子干吗去作死，车唯一心里明白，为了她啊。

同学圈里消息灵通，早都四处传说她要嫁入豪门了。可不，有丁国志这么一个完美的结婚对象，还不立即嫁人，嫁人之后生生生，生女是小公主，生男立即成为未来财团继承人，吃燕窝，坐豪车，还用得着上班下班，为了北京户口纠结不已吗？

要说车唯一没动过心，那是假话，可要说让她就这么把孙天行给甩了，她舍不得。

丁国志没逼她没催她，只是约她吃晚饭，吃了一次又一次，吃到第四次就掏出了戒指，钻石大得吓得车唯一直哆嗦，不敢收，害怕戴上后那只手不知道该放哪里好，就此成了独臂人。丁国志人不错，虽然其貌不扬个子矮，但那种身家背景足以把一切矮个子都打扮成高帅富。

车唯一婉拒了大钻戒，也不想坐他的车，一个人穿着吊带裙子高跟鞋在马路上慢慢走，心绪如麻。走了好长一段才发现丁国志在她后面慢慢跟着，开着车，车唯一停了他也停了。车唯一就在这一回头间，明白了自己的心意，即便是到了这个时候，吃了龙虾看到了钻戒，开跑车的男人就在眼前，她也没忘了孙天行。

她知道看来自己是个穷命，注定就要跟那个嬉皮笑脸的死男生在一起扯皮了。

因为在他眼里，她也永远还是那个咯咯傻笑爱揪人耳朵的大学女生，他俩打了饭菜一起吃，肉归他，菜归她，他买零食送她吃，她买泡面给他吃。他买电影票她买爆米花，为了抢爆米花还能打一架，当然永远是她赢。车唯一没有豪门命，她喜欢的是那个没有正形吊儿郎当又馋又懒的贫嘴男生。

抹干了眼泪车唯一想，跟孙天行这一架吵得莫名其妙，明明自己怕他出事，结果一出口却成了咒他去死。平时信口胡诌惯了就是这下场，说不出一句正经话。

她收拾好东西，下楼去赶地铁，快走到地铁口，迎面来了个人，伸手就来搂她，车唯一吓得直躲，定睛一看，孙天行同学瘦了一圈黑得跟李逵似的，还露出白牙冲她笑。

车唯一抡起包就打，他就任她打，打了两下不打了，伸手掐他胳膊，掐肉。孙天行扑上去紧紧地抱住她，把头埋在她的长头发里，哭了。

车唯一心说你哭什么，恶人先告状，却已经撑不住自己也哭得稀里哗啦。

两个人抱成一团哭得好似受了天大的委屈，谁也看不见丁国志开着车在他们后面悄悄离去。是你的就是你的，不是你的，何必强求。

* * *

刘招娣经历了自己的婚姻失败，痛定思痛，对女儿严加管教。以前人说男怕入错行，女怕嫁错郎，刘招娣认为这是屁话，无论男女，首先都不能入错行，其次，女人尤其不能嫁错郎。刘招娣全靠入对了行，才有今天这一番红红火火的事业，全靠这番事业，饶是她嫁错了郎，拖着孩子，还是把自己的人生经营得风生水起。

会计这个行当好，虽然会计们经常被要求用数字说谎，但是数字本身是不会说谎的，数字那么简洁、明白、理性，你赚了三百就三百，花了五十就五十，单人沙发两百五十六，收音机一百二十八，你少赚一块没问题，去商店少一块钱看看人家卖不卖东西给你?

你这个月存一块钱，下个月存两块钱，再下个月你存三块钱，也就是说每三个月你存六块钱，一年十二个月，你就存得下二十四块钱。

这二十四块钱就够你买一块好布料，回家给你妈妈做一件褂子，你一晚上缝好了，喷口水熨平，她第二天要穿在身上，告诉给每个人，这刘家三女儿多么大的本事，多么孝顺，懂事，顾家。财务局的会计啊，吃皇粮不说，别人吃的粮要靠她给算!

刘招娣每次回自己的村子，除了大包小包带给家人吃食衣服外，村长和村会计准会找上门来请她吃一顿饭，一桌子男人都是陪客，要听她说话，看着她拿支笔在纸上算来算去。

要是会计带了算盘，刘招娣双手能打狮子滚绣球，看得老会计除了一个服字说不出什么。想想多大的风光，要知道虽然八十年代了，小山村里的饭桌子，还讲究男人们吃饭，女人孩子不上桌呢。

即便刘招娣在娘家和村里地位超然，她离婚的消息还是招来了不少非议。村子里的男人说公鸡打鸣母鸡下蛋，母鸡也跑去学打鸣，那就没好。女人们说刘招娣人强命不强，她再能干，咋会是这样的寡妇命，又生的女娃，又没拴牢男人家。

刘招娣的老妈哭天抹泪，闹着让刘招娣复婚，在她看来张天阔是多么好的女婿啊，个子大，牙口齐，脾气温，吃饱了就看书睡觉也不打女人，还有份正经工作，工资只比刘招娣少五块钱。

丈母娘亲眼见过女儿破口大骂女婿没用，女婿就那么赔了个笑脸，还劝她别生气呢。哎呀这样的男人到哪里找呀，招娣怎么这么不知足，那些地下灶上的家务事你自己会做就好了呀，为什么非要男人帮手，他们手笨脚粗，也干不来呀。

张天阔离婚后冷锅冷灶，袜子也跟单身时一样，得攒一攒自己拿水龙头冲了，也回想起刘招娣的干净利落，再怎么忙都把两个人一个娃的食物衣服照管好，虽然要听些狠话，但生活琐事不用自己操心。家有悍妇适合搞创作，苏格拉底还不就是吗？

他受了丈母娘鼓励，半夜摸回前妻的屋子，拉开被窝上了床，本来想怎么说男人也有点体力优势，床头打架床尾和，床上的问题解决了，下了床就拉手去复婚。

没想到刘招娣自从离婚，独自带孩子怕有坏人，枕头下藏着把大剪刀。张天阔还没等卧下去说出他那套诗人情话，眼前寒光一闪，早把他吓得掉下床去。刘招娣坐起来，看着他手忙脚乱地穿裤子，狠狠地呸了一口，连骂都不屑骂他了。

一个男子汉跑来爬女人床，连这点技术问题他都解决不了，还能干什么？

刘招娣没看过《西厢记》，不知道张生全靠莺莺自己跑到他床上去才能成事，还得红娘给抱来被褥枕头。她也没看过《聊斋》，《聊斋》里书生们全靠狐狸精主动勾搭，还得倒赔银子，管生娃。文人宿命如此，倒不止张天阔一个人。

所以刘招娣对于入行和嫁郎两个人生目标，都对女儿做了严肃的规定。入行不用说，妈妈这一行天下无双，人要想活就得会算账，你要说算账，那谁能跟会计比？

做生意的饿死了，种粮食的饿死了，会计们也准活得好端端的，因为他们还得统计死亡人口，算出吃多少口粮不至于饿死，以便拯救剩下那些奄奄一息就快死的。所以你看，什么超级英雄圣斗士，那都是胡扯，真正救世界的，不是蜘蛛侠，而是一位短发亮眼双唇紧闭的中年女会计！

刘招娣在体制中领工资一辈子，但观念开放，并不认为体制就是最好的，她老早就知道一个好会计对企业来说有多值钱。九十年代初就有人给她开出月薪五千，恭请她去一家大厂，那时刘招娣在财务局，薪水刚一千出头。那一年她老爹生病，弟弟又要结婚。

接了这份私活，刘招娣三个月就把各种陈年烂账整理清楚，各种打马虎眼的漏洞借款拖欠白条也统统另行给查清了。自己厂的人查账总是碍于面子关系，她一个外来的人，谁也不认识，光明无私唰唰把事情给理清了。

厂长也是个人物，请刘总去了大酒店吃饭，饭后递上牛皮纸袋一个，里面厚厚两叠现金，两万块。一万五是说好的价钱，额外给的五千是图以后再合作。刘招娣是第一次在工资奖金外挣这么多钱，摸上钞票比张天阔摸她的手还要激动。好会计有多值钱啊，会算账，你就明白了这世界是怎么回事啊。

可惜，她越是苦口婆心地教导张文扬，越是让张文扬反感到死，等到高考填报志愿，张文扬说："只要不是会计，学什么都行！"

刘招娣多少大风大浪都见过，却被女儿这一句话险些气昏了！简直是否定了她引以为豪的整个人生啊。这不懂事的小畜生！不愧是她那死窝囊老爹生的，随她的死根！

张天阔的名字是上学时老师给起的，本来他小名叫狗蛋，上学时老师看他洗干净了脸眉目如画还是个白皮，肚子里的墨水发作了，说海阔天高，前程远大，就叫天阔吧。果然张天阔成了那所烂中学里唯一一个考上中专的，跳出农门，确实有了份好前程。

张文扬的名字是老爸张天阔起的。张天阔抱着皱巴巴的婴儿，欢喜落泪，虽然不是男孩，心中遗憾，但女孩也好啊，永恒的女性引导人类上升嘛。张天阔本来取名时想的是儿子，不过这名字也可以给女儿，文采飞扬，就叫文扬了。

爸爸没能做到海阔天高，一辈子也就混在这小城里了，爸爸希望你文采飞扬，名扬天下。刘招娣听了没什么意见，反正不管叫什么，总比招娣强吧。

刘招娣目光如炬，料事如神，张文扬果然随了爸爸，从小《小猫钓鱼》只听一遍就倒背如流。在幼儿园就人称小神童，有个家长是小学老师，拿了小学一年级课本给张文扬看，张文扬不认识字，倒着拿书，一个字一个字清清楚楚给念下来了，全文一字不错，但其实她不认识，全靠在旁边听记下来的。

老师称奇，找了刘招娣，于是张文扬五岁就上学去了。自从上学，从小学到高中，语文从来没考过第二名。数学因为有应用题，小红小明跟说故事似的，也能学进去。初中学了几何，可以画圆画曲线，张文扬学得也不差，高中以前一直轻松轻松考第一。

人人都夸这刘总会计师自己就是大天才，做账如流水，好基因遗传给了女儿，女儿是小天才，天天玩天天看课外书，一考就考第一，看这意思，将来北大清华都有希望啊。

国人历来如此，只要见了孩子，三句话必问学习，学习不好当然要鼓励好好学，学习好的当然要夸，只要夸必夸将来要进北大清华。

无奈家长爱听的就是这些，没有一个家长听了别人夸孩子要进北大清华，她心里不燃起希望的，何况刘招娣这种本来就是靠个人奋斗起家的女强人了。

张文扬在老妈高压锅似的教育下成长，一颗文艺敏感的心苦不堪言，没事就喜欢往爸爸那里跑。爸爸那里没吃的穿的，但是有书。张天阔住的地方只需要被窝和书，他订阅了市面上几乎所有的纯文学杂志，还专门给张文扬订了《儿童文学》。在老爸那里看书，就是张文扬最快乐的事，而且，毫无疑问，她的语文成绩，就来自这些别人远远不及的大量阅读。

初一张文扬作文比赛得了一等奖，初二她的作文获奖还被刊登在了省城报纸上。初三要面临中考，张文扬还写出了差不多十万字的武侠小说，肯定不能给老妈看，连老爸也不敢拿去给他看，只好在无人处自己偷偷欣赏一番，还画了几幅“男侠爱女侠，女侠救男侠”的插画。

中考张文扬成绩不错，加上作文竞赛的成绩，不但考上了重点高中，还被分配进了尖子班。只是别人的拔尖靠的是数理化，就她一个靠的是作文成绩。张文扬长得好，多少小男生一看到她就头昏，而她一开始接触高一课本，就自己先昏过去了。期中考试成绩出来，除了语文还是第一名，英语也还凑合，其他的统统最后一名，数学只考三十分。

刘招娣虎啸一声，第一次打了女儿。张文扬受了打并不冤屈，她觉得自己活该挨打，考得这么烂，应该去死，挨打太便宜自己了。刘招娣打了女儿又心痛，给女儿煮了溏心蛋吃，端进去一看，张文扬拿着大剪刀正琢磨如何下手割腕自尽。

可怜她写武侠小说写遍人体多少多少大穴，牛皮吹尽，连自己的动脉都找不着。

文人无用又可见一斑，连死都死不成。

刘招娣夺走剪刀，抱了女儿痛哭，张文扬安慰老妈，百般解释并不是因为挨妈妈打了才想死，而是考试成绩太丢人活不下去。

刘招娣说：“你有这份心劲儿，就一定能学好！我告诉你妈妈当年怎么学数学，妈妈把书抄下来了，背下来了，老师有本辅导书，我也抄下来了，背下来了。考试遇到有不一样的题，但结构跟书上题可能是一样的，那我就先把背下来的题写出来，再对照着考试卷上的题一点点做。好在那时考试也简单。上中专听课做题我是最用功的，熟能生巧。工作了只要有不懂的我都四处问人，一个问题我问十个人，然后我自己还买书，对着书琢磨怎么办。后来局里培训，我们去了大学进修，那的老师水平高，听了人家的课才明白自己以前有多笨，只要一点拨就全通了。可是，就那么笨，我也学下来了，考出来了，把账做下来了。扬扬我告诉你，人不怕笨，怕懒，人不怕失败，怕没志气。能做又能想，那这世界就是你的。光能做事不去想，你就是给别人当牛做马，累死了还不落好。光是想不去做事，那你就牛马不如，猪狗不如，一辈子啥也不是。”

张文扬一听话题又回到老妈最熟练的血泪家史外加成功学的范畴，连自杀都不想了，一溜烟跑到老爸那边去吃他煮的面条去了。

关于嫁对郎这件事，女儿们有过业务探讨。那时车唯一跟孙天行大局已定，张文扬来北漂投奔杜峻峰，秦静姝也还正跟袁洛平较劲，玩着猫捉老鼠的游戏。车唯一认为爱情就是两人必须得有话说，每天上班下班累成狗，如果两个人再不能互相诉苦，互相安慰，再扯皮搞笑地闹一闹，那日子真的很难过。

秦静姝说：“你那是小女孩的看法，我觉得爱情是灵魂肉体都得有呼应，大家思想上得能互相欣赏包容，肉体上也得合拍，如果两个人能说到一起，但是睡不到一起也不行啊。”

张文扬问车唯一能不能跟孙天行睡到一起去，车唯一哈哈大笑，笑完了扭捏着说：“还行，还可以，嗯不错！”

张文扬写了不少情感小文了，但让她说爱情是什么，她想了又想，只能以文艺电影名回复：爱情是狗娘！要回顾张文扬的恋爱史，真是狗血满满。刘招娣把自己婚姻失败的原因归结为两个，一个是找错了人，她找张天阔这样的本来就是个错误，另一个是肉体没能经受住考验，用她们家乡的粗野土话说，那就是裤带要拴牢。

于是张文扬从小被灌输最多的，一个就是老爸这样的人有多么没用，另一个就是女人贞操最重要，千万不能随便失身与人。

要从刘招娣的角度看，这两点都是世间真理，没有什么错，但从张文扬的角度来看，第一老爸是天下最好、最温柔、最英俊有才华的男人，配了老妈那才是天大的错误，第二老爸老妈之间的问题是没有爱情，爱情就等于幸福，一个没有爱情的人就找不到幸福的。

张文扬在租书店里看全了琼瑶小说，看得面红耳赤，春心萌动，老妈说的贞操不贞操，那完全是二十世纪的老古董啊，封建观念害死人。你看看人家琼瑶写得多美，多热烈，再看那些粉红书皮的言情小说，根本上床不算是一回事嘛。

现实也是如此，家长总不能把周遭电影电视剧里的男欢女爱都给删掉，如果真的都删掉，那些作品也就剩不下什么了。九十年代欲望洪流滚滚，孩子们听着港台金曲，看着港剧、欧美大片、日本漫画，什么该懂不该懂的，一股脑全懂了。

高中一个学期后，同院的邻居，高三优等生小达哥哥帮张文扬补习数学，两个人也开始学着抱抱亲亲，这方面张文扬也随了自己的老爸，她觉得抱抱亲亲还好了，也不见得大家抱了亲了就怎么样了。

但后果还是很严重的，因为有次两个人亲着就被刘招娣看到了，天雷滚滚，山崩地裂，台风海啸不足以形容她的愤怒和痛心！

张文扬第二次挨打就不服了，她一边拿着靠垫挡老妈的衣架，一边大声回嘴：“怎么了怎么了，就亲一下你说怎么了?!”

刘招娣咆哮了：“不要脸！你一个女孩子怎么这么下贱！你这是要干什么？自甘堕落，你要当妓女吗，出去卖吗？你才这么小就搞这一套，你将来可怎么办，你还要不要考大学，找工作，要不要结婚嫁人？”

要说别的刘招娣或许还能说服女儿，要说结婚嫁人她可真是选错了话题。

张文扬冷笑：“结婚嫁人怎样啊，像你和爸爸还不是离婚了？单亲家庭孩子都有心理阴影，我要去当妓女那也是你害的。”

刘招娣瘫坐下来，又痛哭了起来。无论如何，能把一位铁打女金刚似的总会计师逼得痛哭，除了做假账，也就只有她的亲生女儿了。

张文扬把这段故事告诉给女朋友们，女朋友们想不到她娇滴滴的模样居然还会挨打，十分同情。

秦静姝说："哪有打女孩子的，我们家那边也打孩子，但也是打男的多。"车唯一说："我们那里打女孩呀，尤其家里有哥哥弟弟的，女孩子要做家务，做不好打得更狠。"秦静姝说："那你肯定没挨过打喽。"车唯一说："你听听我的名字，唯一！我家就我这么一个，谁敢打我？"张文扬叹气："我家还不是就我一个，照样挨打呀。"

＊＊＊

车唯一没说实话，她挨过打，小时候王梅训练她压腿，走趟子，把自己小时候那套学艺的严苛手段照搬到女儿身上，在她来看，理所当然，在别人来看就实在是个后妈不是亲妈。

车唯一练身段被打过，后来学琴时手被抽成胡萝卜，也就声乐学习她坚持下来了，因为她音准好，挨打挨得少。王梅赏罚分明，做好了，吃巧克力，做不好，打！也不狠打，但肯定是要打疼的。师傅说了，打疼你才记得住！

人生在世，记吃更要记打。那竹枝条柔韧笔直，打在身上一抽一道血痕。

排演大戏如果一个人唱错了，全套班子个个挨打，这叫打通堂，有讲究的，患难与共，有福同享有难同当，能一起挨打，才能一起卖力换回观众一个好，观众叫了好，往台上扔了钱，这一天夜餐就可以吃肉。

王梅想起早年的学艺的历程，想起师傅的竹鞭子，心中满满的都是亲切之感。不吃苦中苦，难为人上人，打你才是为了你好，打你才会让你更好。没有谁比王梅更明白这其中的道理了。

而车唯一最讨厌的就是挨打，她也不能理解老妈这种人格分裂的行为，爱她的时候就亲亲宝贝地叫着搂着，忽然变脸就上来揍她。还有板有眼地告诉她哪里错了，怎么错的，下回不要再错。

车唯一装乖有一套，可她心里念叨的是：你们大人全是神经病，疯子！有病啊！

她说的其实也没错，本来演艺行业，演戏的是疯子，看戏的是傻子，王梅人家是专业演员出身，天然自带神经质气质，戏剧人格。

成年后车唯一多少也有点暴力倾向，开车不顺心了，骂起脏话来跟个胡同老爷们儿似的。她上大学的时候野蛮女友正流行，所以她对男生踢踢打打的行为不招人反感，反而更多人喜欢，也算是她走了运，如果换到现在，流行的是绿茶小公主，她就得被唾弃为女汉子了。

秦静姝是真的没挨过打，教师家庭书香门第，打人固然没有，粗口也是绝对没有的，如果有什么矛盾了，李云珠擅长的是冷暴力，不说话，当你不存在，把你当成空气看过去。

秦静姝小时候被老妈这一招吓得几乎精神崩溃，好处是后来她反叛起老妈来劲头特别大，向着自己认为对的方向前进特别坚定，坏处是她外表强悍，内里其实有颗玻璃心，对人缺乏信任。

袁洛平追她时如胶似漆，她却总觉得不真实，总觉得人与人之间，疏离分散才是最终的结局，要那么亲热干吗呢，反正最后还是路归路桥归桥。袁洛平只看到了她的骄傲，却没有看到她骄傲下面隐藏的没安全感。

袁洛平只想征服一个骄傲的女人，但她内心世界到底如何，其实他并无兴趣，因为在他眼中，女人也不该有什么内心世界，外边的世界还不够她们享受的吗？内心世界如果说要有，那也应该像英文童谣里说的那样，是香料糖果玫瑰花，又香又甜的好东西啊。而且，女人注定是要被男人享受用的好东西，不然，女人还有什么存在的价值。

王梅走在哪里都是一道风景，然而这风景远观则赏心悦目，近看就真有些扎眼。她看孩子时穿家常衣服，但她的家常衣服也是碎花盘扣中式小袄，下面一条纯黑筒裤，裤脚有暗花刺绣。喷香水是不喷了，但免不了要上淡妆，走起来一样暗香浮动。乐乐被她打扮得跟画报上的小模特一般。

两个人走出去，头两天小区里的熟人根本没敢认，本来乐乐有两个小朋友一起玩，这乐乐穿了蕾丝裙子戴着头花，看着面熟，可不敢上去认啊。

等大家搞清楚了乐乐原来有这等年轻漂亮的姥姥，就开始围观看新鲜了。原本李劲松带娃轻松随和，跟谁都能玩在一起，现在这王梅跟仙女下凡似的，一说话眉毛一挑，一摆手还翘个兰花指，啧啧，其他那些姥姥奶奶可看不惯了。

要说别的老人家也不差，有五十年代大学生，有大单位中层干部，还有退休老教师，不过无一例外，过了五十大家都接受了自己步入老年的事实，从打扮上就开始穿得更像奶奶和姥姥了。

王梅这种文艺妖孽，放在台上看最合适，放在身边，简直就是异类。大家自动自觉地和她保持距离。王梅觉得孤独，乐乐倒是天真无邪，照样找小朋友们一起玩。而别的奶奶跟王梅礼节性地客套几句，就没话了。

当面虽然没话，但背地里有话，不用说，大家对这位老年狐狸精表示了不同程度的反感。到了这个年纪，穿着上素雅庄重为上，哪有还把自己穿戴得那么风流的。

退休教授孙奶奶说："我妹妹在总政歌舞团，什么大明星我都见过，人家也就穿蓝的绿的，平时没有这样花哨。"棉纺厂原来的人事处长李姥姥比较直率："小地方来的人吧就是这么着，什么都敢往身上招呼，饶是上了岁数了，人老啊，这心还不老！"

王梅不知道这些议论，但她能感受到这些人对她的孤立，这种孤立有大城市的人对小镇人的蔑视，有体制内中规中矩的女人对花不棱登文艺分子的鄙视，还有一种掺杂了嫉妒和不屑的排挤。王梅对这种排挤太熟悉了，她就是在这种排挤中成长起来的。

毫无疑问，她只要跟以前一样，放下身段，施展社交手段，先去拉拢几个态度比较温和的，表示自己随和大方，接着再结成小团体，把几个强烈反感她的人吸引过来，全套流程她闭着眼睛都能完成。只是，她为什么要花这份心力呢？

她的退休生活本来何等悠闲舒适，没事受剧院的邀请去省城讲讲课，再不然以前的同事组了团请她去演出，一登台一亮相还是个满堂彩，退休金拿着，掌声和恭维受着，车接车送丰盛大餐之外，演出费和讲课费一分不少，不是打到卡里就是用一个精美的红包包好了双手捧给她。

王梅走到哪里不是个人物，可来到北京城，除了看孩子就是做饭，要知道这一辈子王梅也没做过几顿饭啊，不都是车继业伺候着她吗？

车继业退休后又被返聘，他第一件事就是为王梅请好保姆，怕饿着自己如花似玉的太太。是的，不管王梅多大年纪，在他眼中，永远如花似玉，是玉得天天拂拭，是花得洒水施肥，总之要精心照料，绝不能让这玉污了光彩，花没了精神。

现在呢，虽然车唯一早知道老妈做饭本领有限，请了小时工每天中午收拾下房间，做一顿午餐，可是乐乐的全部生活都要人打点啊，小时工做的是大人饭，孩子饭一天四顿还不是要王梅操心。还有那些吐脏的衣服要收拾要洗，王梅自己头上一把脚上一把还得修饰。

这些杂事说起来没什么，每天做就要了人命。王梅心里有气，可是看到女儿每天早出晚归，加班加得跟毛驴拉磨似的，也觉得心疼，心疼归心疼，该骂还是要骂她："车唯一你就是不能吃苦，你要是早听了妈妈的话，好好学艺，就凭妈妈的关系你进省城剧团那多容易的事，十六七岁就给你算工龄发工资，演出还单独有钱拿，要是命好唱红了，什么别墅好车出国旅行还用说嘛，就算命苦红不了，像你妈我，至少也有份安稳薪水，演出讲课照样拿钱。你呀，上了个破大学，屁用没有，还不如咱们齐镇五岁红呢。”

车唯一每天早早被乐乐踢醒，给女儿换尿不湿，把臭臭，喝了奶，擦脸洗手穿衣打扮，收拾好了还要做点简单的早饭，自己赶紧吃几口再抱孩子，让老妈吃，老妈吃过接了孩子，她就得去单位盯新闻，一整天都盯着明星吃喝拉撒之外，还有什么离婚出轨捉奸之类的大事，没事能早点回家，一有事就忙着做专题，熬到九点以后是常事。

想不到这样的牛马生涯，换来老妈的评价是“不能吃苦”，她除了苦笑也没别的了。

齐镇五岁红她真比不了，那孩子的爹妈都是齐镇歌舞团打杂的，当爹的跑龙套，当娘的管服装，五岁红是老二，她姐学唱戏她在旁边玩，刚会走路就能唱全本大戏，再到师傅旁边看看，连身段都学得有模样了。团长知道了悉心指点，爹妈不用游说，这苦日子过了几辈子了，就盼着有人能出头呢。

五岁红四岁半登台，头戴凤冠身穿霞帔，娃娃音唱大戏，那岂是一个挑帘红能形容，简直是地震啊。这等小天才立即被省城戏剧院搜罗而去，第二年就上戏曲联欢晚会，要说全国走红还差点意思，但要说在本省一带，五岁红无人不知无人不晓。

她接了好些广告代言，全家住进了高档别墅，当爹的开上了奔驰当妈的挎上了爱马仕包。车唯一有时候还能看到她的娱乐新闻，现在又去接演电视剧了，反正人家一年挣的钱够车唯一加班加十年的，前提还得是身体够好能持续加班，不像自己的同行们，年纪轻轻动不动就过劳死了。

别人看了还好，王梅看了五岁红可真是不服。要论基因，王梅比那一对爹妈强哪儿去了，歌舞团大台柱，压轴的角色，要论培养教育，王梅什么没倾囊教授给自己的女儿。

就算论天资，车唯一没到两岁也能开口唱歌唱戏，不比那五岁红差呀，论脑子更不用说，车唯一是全国重点大学堂堂正正的本科生，五岁红才念几天书。

所以，还是不能吃苦！学戏苦，身段眼神要一点点磨，吐字腔调一关关地过，王梅学戏的时候，就为一个字的转音，偷偷下苦功练了有七八天，果然上了台，那一个字就唱得百转千回催人泪下，师傅一听也拍腿：成了！

看那小小五岁红在台上唱得举重若轻，采访时还一脸天真说自己就是喜欢唱戏，王梅嗤之以鼻，什么喜欢不喜欢的，那都是千锤百炼才有的真功夫。

外行看热闹，内行看门道，这五岁红的爹妈和师傅都够狠，真敢练这孩子，这孩子年纪虽小，不用说心劲也是上了天了，就这么活活地磨出来了。

王梅就痛悔自己教车唯一，还是心太软，打少了，她不能吃苦，她就是欠揍。要是那时候狠着点，把女儿培养出来了，一招鲜吃遍天，五岁红现在的风光，还不都是车唯一的嘛。就说要做个星妈，王梅站在镜头前，不也比那管服装的矮粗胖女人强太多了嘛。

现在，眼看车唯一算是废了，注定就是穷人穷命了，不过，王梅看着外孙女乐乐，眼睛里又闪烁出梦想之光。车唯一提前警告她妈："妈我告诉你啊，你说我行，骂我行，打我也行，谁让我没本事，害得你来看孩子受苦了呢。但是乐乐可是无辜的，你可千万别练她，什么两岁唱戏三岁登台那些个，你想都别想，我的小孩我就希望她快乐长大有个美好的童年，我可不指望她红了替我去挣钱。"

王梅听出她话中带刺，气不打一处来："怎么着，你这是说谁呢？你的童年怎么不美好了，缺吃缺穿还是不让你上学念书了？好吃好喝供着你，四岁就给你买钢琴，我出差给你买的裙子跟我自己的衣服一个价钱，别说全镇上，就是省城里的孩子穿得也没你好。练不练的你还有脸说呢，烂泥扶不上墙，你以为你考上个大学就了不得了，你自己看看，人家五岁红一个广告就能买套房。你还怕我练乐乐，告诉你，谁要想请王老师练练，他得烧了高香请我，我还不一定去呢。”

孙天行最怕岳母和太太顶牛，哪个他都得罪不起，只好两边赔笑和稀泥，打自己的脸，承认还是自己混得不够好，不然何必让太太和岳母大人如此辛苦，至于乐乐能不能唱戏乃至能不能红，这就再议吧。孙天行是个爱女狂，别说学戏拿竹鞭子抽了，这种事就是听见了他都倒抽冷气，不行！咱可绝不受这份罪。

王梅一身绝艺眼看就要失传，也只能闷闷不乐地接着带孩子擦屁股瞎溜达了，这一辈不如一辈，真让她伤心。

车唯一也问过王梅：“到底怎么样你才满意啊，真让我像五岁红那么着，住别墅，吃大餐，拍广告？她撑死了算是个三线小明星，靠着各种绯闻维持热度，您还觉得挺风光是不是？”

王梅哼了一声：“不是风不风光的问题，做人嘛，不蒸馒头也要争一口气，我这么培养你，也算是走了正道读了重点大学，凭什么我女儿倒比不上她了，她妈是谁呀，管服装的胖嫂，在我面前端茶递水都没她的份儿……想不到今天，唉，看着你起早贪黑，我心疼。”

听了一句心疼，车唯一也心软了，要说心疼，她难道不心疼老妈千里迢迢委屈自己来做保姆？这要不是亲妈，谁给你出这份儿牛马力？

一咬牙车唯一给老妈买了个LV小挎包，王梅自此出去经常背着。里面虽然不过放点给外孙女擦鼻涕的纸巾，但毕竟LV是LV，女儿的心意她领受了。

* * *

李云珠同样从来不缺少崇拜者，她教书几十年桃李满天下，满天下的意思当然包括了这北京城。毫不夸张地说，能来北京的，差不多算是各个地方最精英的一部分学生，李云珠的学生里，当然也有不少北大清华人大北外之类的毕业生。

李老师到北京来了，以前的学生们口口相传，连续几天都有人约请老师吃饭，李云珠开始婉言谢绝，但学生们不答应。李思源尤其不答应，他亲自开车上门来接李云珠，李云珠只得把孩子留给保姆，换了件衣服去了饭局。

饭局设在五星酒店的中餐厅包间里，大圆桌坐了十几个人，有几个是李云珠以前的学生，剩下的都是李思源的下属。大家让李老师坐了首位，轮流给老师敬酒，李云珠以茶代酒，跟这些也已中年的学生言笑甚欢。

李思源又给老师倒了杯茶，自己端起酒杯说："有些话我埋在心里好多年了，今天必须得说说。以前我念书时挺浑蛋的，仗着有点小聪明数理化学得好，看不起文科，全靠了李老师教导我，找我单独谈了好几次，那时我只想考上省城大学就行了，是李老师鼓励我，让我学好文科，学好语文英语，多下功夫，总成绩一下就上去了。可以这么说，不是李老师，上北大我是想都不敢想。而且，是李老师让我知道，我还有这么多潜力能挖掘出来，我才有了信心，创办企业，有了点成绩。这一切要不是老师教导，对我另眼相看，就凭我那时贪玩偷懒，考个省城大学就到头了，怎么可能还读研读博，严格要求自己？是老师给了我鼓励和支持，是老师看到了我，激励了我！这是我父母都没做到的事……"

说到这里，李思源动了感情，泪光闪动："我父母离异后，我跟父亲和继母生活，每天面对的都是打骂和责备，那时也不懂事，有了情绪都到学校发泄，我是个问题学生，要不是成绩还算可以，早就被劝退了。是李老师没有放弃我……”

李云珠离席站起，抱住了李思源，师徒二人相拥而泣。李云珠教过无数学生，这段浪子回头上北大的故事一直是她的经典案例，事实上也是如此，那时李思源在学校打架生事，还招惹了社会上的小流氓，要不是李云珠跟校长说情，又跟校长一起去派出所领人，李思源真的可能就进工读学校了。

他那老爸畏后妻如虎，后妈又视前房儿子为眼中钉，李云珠是他黑暗少年时代的阳光，为他指明前行之路，从此长风破浪，前途大好。

然而，李老师帮助过、激励过的人多了去了，如此知恩图报，多年后还特地摆酒谢她的人，也实在不多，李云珠激动感动，也落下了泪：“思源，那时我就知道你一定会有出息的。你那么聪明，不听讲都能考九十分，只要你不走歪路，用心学习，你错不了。老师看到你有今天，真是说不出有多高兴！书山有路勤为径，学海无涯苦作舟。你的故事，也激励了很多后来的师弟师妹，不放弃自己，好好努力，一定会有好成绩。”

大家都起身敬酒，共同干了一杯。李思源也问长问短，尤其关怀老师家的小师妹近况如何。李云珠想了想女儿的处境，工作嘛开个小公司忙忙碌碌不知道干些啥，生活一团糟糕结婚又离婚拖着孩子家里还住着个男朋友，男朋友还是个……歌手，这也算职业吗，无法让人说出口啊。

她只好含糊回答说都好，北师大毕业后当了一年老师，现在自己也做个小企业。李思源哈哈大笑，说自己是多虑了，老师这么高的水平，师妹还能有什么问题，当然是人中龙凤。

陪客们也纷纷恭维，只有李云珠有苦说不出，勉强笑着，全无得色。于是更是被大家夸李老师修养深厚，有如此优秀的女儿还不在人前炫耀，实在难得。

自己奉为铁律，按今天的话说也是充满了正能量的价值观，却被女儿无情唾弃，眼看自己的学生成才无数，大学教授有，企业家有，厅长局长有，科学家也有，就算不能像他们那样，做了好医生、好老师、公务员、国企单位好员工的，也不计其数啊。

女儿是中了什么邪，好好的正路不走，非要自己搞个小公司，成天不知忙活什么，钱确实挣到了，可当特级教师和副局长的父母，需要你拿钱孝敬吗？眼看着女儿穿着光鲜周身名牌，但这种快钱热钱可靠吗？等到老了，谁给你发一份铁打的养老金呢？

今天你能赚到钱，你风光，明天呢，如果破产了，你到哪里去找一日三餐，何况身边还拖着个没有爸爸的孩子啊。这些事不能想，想起来李云珠就窝火。

此时，秦静姝恰好也在这家酒店吃饭，她的饭局是新晋的几个选秀歌手和他们的经纪人的，马上要开展一个音乐节，大家讨论参加这个活动的细则。饭吃完了，秦静姝又打包了一份米线。这家店中餐厅的云南菜做得不错，她打包了米线准备回去给妈妈吃。

结果，母女两人分别被人簇拥着，在走廊遇上了。秦静姝知道妈妈有饭局，没想到在这里。李云珠看到女儿，意外之喜，忙拉了李思源给秦静姝介绍。秦静姝见他中等身材脸容清瘦，冲她笑着竟有几分羞涩的样子，灵光一闪：“有一年暑假，你是不是来过我们家？”李思源笑得更开心了：“好记性，那年你刚上初中吧，师妹，你长大了。”

当年穿着背带裤白衬衫的小女孩，现在一身深色套装，手提Prada包，正是他最熟悉的那种职业女将。所谓拼命干拼命赚拼命享受，偏偏她们还越拼越美越有钱。李思源欣赏这样的人，会招聘这样的人，也愿意跟这样的人合作，但不赞成这样的人。他的太太师大毕业后一天班也没上过，生下一对儿女，打点着一家人和七八套房子，有时在网上晒晒饭菜、家居，还粉丝众多，她的公号为不少厨具餐具投放广告，收入也颇可观。

你看这世界，女人有好多种方式可以边享受生活边赚钱，还拥有家庭幸福，何必在外面跟男人一样冲杀呢？如果女人冲杀得比男人还英勇，那么又如何与男人相处，为男人生儿育女呢？

李思源的下属中正好有人是选秀节目的粉丝，这下陪老板吃饭却无意中遇到心中偶像，兴奋得几乎昏了过去。大家少不得又赞秦静姝如何能干，李老师如何谦逊云云。

母女客套敷衍一番携手而出。到了地下停车场，秦静姝给妈妈开了车门，李云珠上了车，秦静姝又把装米线的餐盒递给她："妈，你吃点。"李云珠说："我刚吃过了呀。"

秦静姝开车上了地面，进了公路，说："我还不知道你，在外面吃饭从来都吃不饱。这家米线还挺好吃，用的火腿是地道云腿，妈你尝尝，别饿着。"李云珠这时才发自内心地一笑，也不跟女儿客气了，就打开吃了起来。

秦静姝太了解老妈了，她只有在自己家，吃自己的饭才吃得饱，不管是出去聚餐，还是别人请客，还是请别人，还是吃喜酒，就没有吃饱的时候，那种社交时要保持自我清高矜持的焦虑情绪会控制她的全部，导致的结果就是吃不饱，吃不下，就算山珍海味也吃得不安心。

到底还是亲生女儿，李云珠把餐盒端得稳稳的，喝了口汤，这米线确实不差，用的清鸡汤，喝下去胃里舒服。李老师毕竟不是专门来跟女儿吵架的，在这碗米线里，母女之间有了片刻的和解。人生虽然漫长艰苦，有时我们就是靠着这一点点和解不致分崩离析。

* * *

刘招娣在孩子们玩的沙坑边上，目睹了一场小小纠纷。一位衣着鲜明整洁，花白卷发的奶奶，对着另一个穿着土气，一看就像是从农村来的奶奶发飙了：“您说说这怎么回事儿，有你们这样儿的吗？你们孩子推人知道不？知道不？告诉你啊玩就玩，不带撒野的，要撒野您回自己个儿家里撒，别出来丢人现眼！”

另一个奶奶涨红了脸，声音也不小，可惜，她辩解的话大家都听到了，只是谁也听不懂。对方奶奶是一口流利的北京话，每个儿化音都发得柔软流利，匕首似的扎向对方：“爱玩就玩，不爱玩一边儿待着去，在这儿撒野能行吗？乡下人没教养，没教养就自己在家慢慢学，学好喽，您再出来！”

两边的孩子各自看着自己的奶奶，小孙子躲在被训斥的奶奶腿后面，不明白大人说什么，但知道奶奶受了欺负，气得嘴巴一撇一撇，要哭了。

刘招娣看不过，站出来了：“说几句就行了吧，孩子们玩我也看见了。这孩子是推人了，你们孩子也还手了，谁也没吃亏，多大的事，还这么说人家！都是当了奶奶的人，给孩子做个好榜样，少说几句。”

盛气凌人的奶奶瞥了刘招娣一眼：“你算干吗吃的，有你什么事儿啊？”

刘招娣可不像另一个奶奶那么容易服软，一挺胸，往前走了几步：“怎么着，我劝架的！有我什么事，路见不平，就要管管！你差不多就行了吧，说起来没个完，你看看你那孩子，愿意自己奶奶跟人吵架吗？”

那奶奶一听就知道这位不是个善茬，再看孙子也不玩了，瞪着眼睛看着大人斗嘴，弯腰把孩子抱起来，顺便冲着前一个奶奶的方向说：“得得，咱们不跟野蛮人玩！”

她把野蛮两个字拉得老长，说罢走到健身器材那边跟孙子玩去了。

这边剩下的家长都围上来了，七嘴八舌，大意都是说这个奶奶人霸道，凶得很。有位姥姥说话了："这位，还真不是我们北京人，说话挺像，但她家河北的，非说自己是北京的，哎没辙啊，名声都坏这些人身上了。"

要说起北京人外地人，那题目可就来得大了。大家没接这个话茬，都赞刘招娣，说这位老姐妹人不错，仗义执言。刘招娣听了也高兴，笑着跟大家聊开了。一聊起来，里面倒有两位也是退休会计，听说这位大姐是某市财务局总会计师，肃然起敬。一个就说了："我到现在还跟我们家孩子念叨，就我这资历，出去再接点工作，多了不说，一个月三千五千没问题吧，这钱请个保姆也够了呀，再说工作多自由，还能有点成就感，可是看孩子这事，还真是不行，就得靠亲人。看着您我平衡了，总会计师啊！好嘛，敢情也得跟我们一样跟家耗着！这要不是真爱女儿，那绝对做不出来。"

张文扬从小到大从来没听老妈说过爱字，当然她知道老妈爱她，可是刘总会计师那样高高在上雷厉风行的人，让她开口说个爱字那比什么都难。刘招娣没跟女儿说过爱，觉得肉麻，再说爱不是靠说的，要靠行动。

想不到，在这异乡的沙坑旁边，陌生人替她说出了心里话。可不是嘛，这要不是真爱女儿，谁会干这吃力不讨好的活啊。刘招娣感慨万千，咳了一声，想说点什么，又说不出来。

小叶子在腿边看着姥姥，又充满崇拜之情，看看自己的姥姥真了不起，在家里跟风车似的，一瞬间就把家里收拾一新，好吃的一样样做好端出来，在外面也威风八面，那个奶奶好凶的，姥姥一出来三言两语她就走了，别人也都夸姥姥呢。

一会儿有个奶奶拍拍小叶子，递给她一个橘子。刘招娣一看，赶紧推辞。那个奶奶就是前面挨训的那个，她把橘子塞给小叶子，很坚决，接着艰难地吐出两个字，像是雪雪又像是鞋鞋，不过这下大家都听懂了，她说的是：“谢谢。”

虽然还带着浓重的口音，但是她用尽了全身最大的力，让人听懂。

奶奶姥姥们都感慨了，又开始齐声安慰她。她听出大家的善意，眼里闪出了泪花，也想努力说话，奈何口音实在太重。只有一位奶奶是生意人出身，走南闯北，听出来她大约是广西一带的人。

刚说了广西两个字，那位奶奶就跟见了救星似的拉她的袖子，唧唧呱呱地说了一大气。急得她直摇手：“听不懂，哎对不起，我不是广西人，我就是去过你们那里……”

刘招娣拉了那位奶奶的手，说：“你别着急，慢慢说。”

这次费尽力气的交流花了差不多得有半小时的时间，孩子们又玩到一起了，大人们也渐渐散去。刘招娣也终于从对方那难懂的话里打捞出了一些信息：她是来看自己孙子的，一辈子都种橘子，卖橘子，儿子考上北京的大学了，找到了大单位留京，孙子是北京人，虽然她没读书，但儿子是研究生，虽然她是外地来的，但儿子孙子都是北京户口呀！她没读过书，不会说普通话，但她能听得懂，她也后悔自己没读书，现在连吵架都不会吵，让孙子看着奶奶受欺负了。

刘招娣看着她那张黑黑实实的脸，五味杂陈。当年刘家三女儿考上财会中专，要不是双膝跪着哀求双亲让她读书，甚至以死要挟，说不让念书她就喝农药，要不是那一年夏天她上山采山菜摘野葡萄，再走上三十里路去卖，赚到了一半学费，要不是本家姑姑看她哭得可怜，借钱给她出了另一半的学费，她哪有机会去城里读书。

有了学费，没有生活费，为了省钱刘招娣每天只吃一顿饭，经常饿得快昏过去了，去水房喝些冷水。拼了命才换得这张文凭，不是这张文凭，她怎么能进财务局，成为祖祖辈辈第一个端上铁饭碗的人。要不是磨炼出一身本事，她凭什么一路直升，做到今天的总会计师。

站在眼前的，分明就是另一个她，是她的大姐和二姐，领娣和盼娣，没有书读，大姐甚至都不识字，到现在也一句普通话都不会说，只会写自己的名字：刘领娣。二姐出去打工，没有文化只会跟着别人走，差点被同乡给拐卖了。

那些趾高气扬、衣着时髦的老太太们，她们能懂这些苦楚吗？她们不需要懂也不会懂，她们有幸生在城里，受过教育，有份不错的工作和退休金，所以，她们就有资格去鄙视没有这些幸运的人吗？

刘招娣自己来自乡下，她比谁都清楚乡下人的种种毛病，她自己也会时常嫌弃乡下人抠门儿自私，粗野蛮横，不讲卫生之类的，但她在一些无限度表现优越感的城里人面前，是毫不犹豫要站在乡下人一边的。

那个乡下奶奶还在絮絮叨叨地说着，她也知道眼前的这位姥姥听不懂，但是她知道人家同情自己，为自己说了话，她打心眼里敬重人家，想跟她倒倒苦水。她来到北京带孩子，受过很多冷眼，口音像一层看不见的屏障，把她和外面的世界隔开了，连自己的孙子有时都表现出不耐烦，有意无意跟奶奶疏离。

她也想努力去学普通话，学着像电视上的人，像周围的人一样说话，可是她做不到，羞于出口，一说出口的，还是自己的家乡话。只有自己的家乡话是最亲、最暖的，到了这偌大的北京城，这是她跟家乡最后的一点联系了。

只有等儿子下班了，她跟儿子才能说上几句家乡话，还时不时要被儿媳妇嫌弃："妈你们小点声，孩子正学说话呢，现在让你们给带的，吃非说切，说恰，到现在还扳不回来，等他上了幼儿园，小朋友要笑他的。”

儿子赶紧换了普通话，而她就不得不闭上了嘴。是啊，有口音要被人笑，说家乡话这里的人听不懂，不会说普通话，一天到晚连个说话的人都没有啊。

小叶子捧着那个橘子回了家，刘招娣给她剥了皮，她非给姥姥塞一瓣进嘴。那橘子清甜多汁，皮薄如纸，确实是最好的橘子。橘子也不会说普通话，不过橘子可以卖出高价。而人不会说普通话，身价却因此低了，就算你再好，也剥不开与这世界隔绝的一层薄皮，吃不到里面的味道。

* * *

李云珠没有口音的负担，她的普通话放到北京城，在北京城的中学老师里，也一定是最最标准的一种。她没有赶上去考普通话证书，不然的话她必定能考到 97 甚至 99、100 分，也就是一级甲等，可以去电台电视台播音。作为一名语文特级教师，朗读是基本功，李云珠培养出来的学生，朗读和演讲的佼佼者不计其数。秦静姝当年在北师大，拿过辩论大赛冠军，演讲比赛亚军，1997 年香港回归时她上中学，学校选派了她去参加省城排的庆回归晚会，表演诗朗诵。

很多人觉得那种过分纯正的普通话太做作，但秦静姝习以为常，因为她从小就听妈妈这么说，自己也从来就这么说话，没觉得有什么不对的，因此她耳朵也异常敏感，一听到话音里有口音杂音的，她差不多马上就能判断出对方是哪里人。

但是哪里的人重要吗？重要的难道不是遇到爱你的人，懂你的人，帮你的人？

* * *

口音是一个人的来历。不过这来历可以用各种方式掩盖。王梅说的是一口南方普通话，普通话里带着些电视主持人们常有的港台腔。

但是她也能说出八九不离十的北京话，无非是鼻音重些，儿化音把舌头多翘翘。王梅是位演员，小时候听戏就能学唱，对于口音她毫无畏惧，听不懂可以学，在学中自己揣摩，演员擅长的是模仿，模仿得像了，别人就信以为真。

上了大学后很多人一直到了毕业都以为车唯一是个北京女孩，她穿得好，长得好，一口含糊不清的北京胡同口音，一直等到一个北京男孩追她，说咱们北京人如何如何，她才露出个恶作剧的笑容：是你们北京人，我呢就不是北京人，我是个世——界——人。

杂志中提出过这样的概念，比如一个人在内地小城出生，随父母工作搬迁辗转数个省份，后来去了上海读完中学参加高考，到北京读了大学，香港读了硕士，在美国读了博士，去法国工作，然后派驻瑞士，他算是哪里人呢？这样的一个人，娶了异国女性，生下混血儿，回到上海跟爷爷度过童年，又回国外跟爸爸妈妈生活，随着父母亲的工作辗转几大洲，最后又回到北京定居，他又算是哪里人呢？未来世界中，应该是这样的世界人更多吧。

车唯一也曾有过这样的梦想，做广播电视，走遍天下，做战地记者，拍野生动物的纪录片，做人物采访，今天在伦敦明天去巴黎——一切梦想在英语成绩前面断裂破灭。车唯一上大学后就放了羊，托福成绩惨不忍睹，GRE 报了名根本没敢去考。虽说出去留学也要打工洗盘子，但没有个好成绩，连洗盘子的资格也没有。她也只有趁着互联网风潮大起之时混在里面当牛做马加班到十点，专门盯着明星们的花边新闻了。

英语不好，连盯外国明星那点家务事都盯不住，看自己新招的小编辑，一口正宗英式口音，没的挑剔，只好嘲笑他普通话不好：带着天津味儿。

小编辑对这大大咧咧没正经的上司也没什么敬畏，不甘示弱：

“您那英文口音，也带着我们天津味儿呢。”大家一听，笑得死去活来，车唯一边笑边悲从中来，暗地发誓以后一定要盯乐乐学好英语，不然长大了让人笑话呀！

* * *

刘招娣的口音不算重，但一听就知道是哪个省的人。她不以口音为耻，只会以此为荣，她听到女儿张文扬北漂后学了一口半生不熟的北京话，毫不留情地训斥了女儿：“忘了本！你不是北京人，你有自己的根！”

刘招娣是有根的，她走到天涯海角，也不会忘记自己长大的刘家村，将来有终老之日，她还希望自己埋回祖坟去。虽然女儿出嫁了不算自己家的人，但是她已经离婚了，再说娘家的楼还不是她给盖起来的，阳间的楼换阴间的墓还不行吗？

张天阔可不听她那一套，他给女儿的信上写：你喜欢的人在哪里，哪里就可以安家，你深深地爱着哪里，哪里就是你的故乡。

关于心灵啊，爱啊，喜欢啊，这些问题，张文扬永远跟爸爸更有共鸣，她在自己的专栏里写：

> 你出生在哪里，哪里就是你的故乡吗？而我们生长的地方，为什么在我们长大之后，却会成为我们第一个逃离和背叛的地方？爱是不能强迫而来的，我们爱着故乡，但我们向往的是更好的地方。那里有爱情和理想，在那里你愿意付出自己的青春，你为了未来而奋斗过，那里才是你的故乡。乡音难改，比乡音还难改的，是一颗不安定的心。

第三章

chapter

3

三餐

叔本华说：我们不应该只是计划和考虑将来，或者一味沉湎于对往事的回想。永远不要忘记：现在才是唯一真实和确切的。

王梅说：想成全自己得靠着好人，能发现好人，用着好人，跟着好人走，你才能有份好生活。做人要靠自己有本事，最重要的本事是有眼力，能找到好人。

阳光洒满阳台时，秦静姝家的早饭已经吃完了。李云珠做的早餐中西合璧，有白粥腐乳、豆沙包，也有煎鸡蛋、烤吐司和蔬菜沙拉。还有坚果，和一盘切好的水果。保姆喝粥吃鸡蛋；秦静姝吃吐司、沙拉、数颗坚果加半个橙子；李云珠喝粥，吃沙拉，豆沙包掰开跟外孙一起吃；元朔还要吃一碗牛奶麦片。

李云珠待人宽厚，保姆知道秦静姝就很好，但绝想不到来的这位太后也如此随和，感到受宠若惊，少不得又要向老教师请教学习法门，好回去灌输给自己家的留守儿童，你谦我让一团和气。

黎天意起得晚，等到九点左右才爬起来，打开冰箱，把里面剩的饭菜用微波炉叮一下，神游天外地统统吃下去。有时不够吃，他就泡个面吃，边吃边拒绝李云珠要另给他做饭的好意，这好意他消受不起。本来就是蹭女朋友的吃住，可真没脸让人家的老妈再伺候他。

而且，吃人嘴软，万一吃了人家特意下的面，得听这位大仙儿谆谆教导四十分钟，那还不如流落街头，冻饿而死呢。

* * *

杜峻峰对岳母大人的动手能力彻底服气。本来他是个工科生，也不算不能干，家里外头，能动手的事基本都是他做，不用张文扬做，她也做不来，或者说做了还不如不做。

可是刘招娣跟周杰伦唱的一样：爱情来得太快就像龙卷风——不，不光爱情，她老人家干什么都像是龙卷风。嗖地一下，小叶子吃的西红柿鸡蛋面，大人们吃的菜肉馄饨全上桌了。

请注意，这馄饨是她现包的。刘总把外孙女收拾好了放在那里坐着，给她一块面让她自己捏小兔子玩，那边自己唰唰唰包完馄饨就下锅了。一手抱着娃一手拿勺子，看锅开了搅搅。三个碗排好，里面放了榨菜紫菜虾米，一勺热汤一勺馄饨，三个碗里，杜峻峰是十二个馄饨，张文扬和刘招娣各是八个。小叶子到姥姥那里吃一个，再到爸爸那里吃一个。这孩子肠胃弱，不敢多吃肉。

面皮和肉馅正好用完，一点不多一点不少，每个馄饨一样大小，捏着一样多的褶，端正漂亮得像经过美图秀秀处理。整个过程她连围裙都不穿，全身不沾一点菜渣、面粉，动作像经过训练的士兵做的一样，没有一招一式是多余的。刘招娣如果去做保姆，也肯定是最优秀的保姆，绝对不含糊。

杜峻峰以前就领教过了，现在更是佩服得五体投地，跟女儿小叶子一起，成了姥姥的脑残粉。刘总习惯了被人崇拜，如果她是美国人，肯定会耸肩摊手，觉得这一切真的没什么，不值一提嘛。

张文扬也习惯了她老妈那套永远把事情做到最有效率最漂亮的规矩，所以她就散漫、拖沓，尽量跟老妈反着来，后面总会有老妈收拾残局。再说你再能干还能比她更能干吗？那是不可能的啊。刘招娣也看惯了女儿那副邋遢德行，不用说啊，她死鬼老爸张天阔那劣质基因还能生出什么好苗来。

* * *

要属车唯一家的早饭最凑合了，真需要保姆的是她，可惜请不起。如果孙天行在家，他就给自己定好了闹钟，再困也得六点准时起床，穿衣洗漱后下楼去早点摊，给宝贝女儿买豆腐脑，两份，岳母大人也要吃些，他和车唯一吃油条包子茶鸡蛋。这样早饭由他解决了，别管外面卖的干净不干净的，车唯一可以多睡一小会儿，或者赖在床上跟女儿玩一会儿。

很可惜，孙天行一个月有半个月出差，车唯一不是早起不梳头不洗脸地直奔早点摊，就是上完厕所赶紧进厨房，把昨天剩下的干饭煮成白粥，里面扔点南瓜、山药、红薯，有什么扔什么，再煮几个鹌鹑蛋，这就是他们家三代人的早饭了。

有时候王梅看不过，下点青菜面条，算是换了花样。乐乐反正有零食，实在吃烦了就吃饼干蛋卷小面包薯片等膨化食品，什么都抓着吃。有王梅看着，她也吃不了多少，因为姥姥坚决执行美丽女人的铁律：不——能——胖！

王梅年轻的时候腰围只有一尺六寸五，现在过了五十，自然规律作用下，也只有一尺九，要上台表演的话就少吃两顿饭，能穿上腰围一尺八的演出服。车唯一也算是细腰，可是在自己老妈眼里，那胖得真是神憎鬼厌，而且天天穿的那叫什么衣服，披披搭搭还不便宜，完了王梅还训斥女儿，要好好打扮打扮。

车唯一崩溃："妈我这已经打扮过了呀！"

王梅崩溃得比她还严重："什么？你这也算是打扮？"

车唯一气极反笑："要不，把你们学戏那凤冠给我戴上，再勒上头贴片子，这才算是打扮？"

王梅嗤地冷笑一声："你以为凤冠是谁都能戴的？你脸型不好，戴上也不会好看的。"

乐乐跟着学话："不好看不好看，妈妈不好看！"

车唯一咽下这口没吐出来的鲜血："好好好，我丑，您美，你们祖孙俩最好看哈。你们都是白雪公主，我是白雪公主她后妈。"

王梅还是不同意："要说呢，白雪公主的后妈也是皇后啊，倒是可以戴凤冠的。你还是不行。"

当然了有了这样的母后大人，车唯一戴的不是凤冠，活活就是金箍。王梅来看孩子，大材小用不说，日常生活也受了诸多委屈，生活水准下降，难免有抱怨。

车唯一算算小账，按说背着房贷车贷，真应该能省就省，多攒点钱还债，可是为此自己节衣缩食可以，苦着老人孩子，那就实在不应该了。

每个上有老下有小的成年人都知道，每天当牛做马地忙活，是为了什么，为了家里老的小的过上好一点的日子，至于自己，唉，顾得上孩子和爹妈，哪儿还能顾自己啊，凑合着活下来，没半路驾崩就不错了。

请保姆是个大题目，随便找个请保姆的人家，都能给你滔滔不绝地说出一肚子苦经。保姆们啊，便宜的不勤快，勤快的不细心，细心的不贴心，贴心的有人惦记着蒙你、骗你，占你的小便宜，想找勤快、细心、贴心、人品端正、家务熟练、整洁利落的保姆，告诉你，出得起价钱的都住郊外大别墅，保姆提着古驰包包去买菜。不是说有位北京老人无依无靠，保姆精心照料，老人家干脆写了遗嘱，过世后把房子都送给她吗？

想想吧，北京的房子，不说千万也得几百万吧。一个愿意全心全意为你的生活服务，把你伺候得舒服熨帖的保姆，就值这么多！只是，不是每个人都出得起这么多啊。

车唯一到中介公司交了钱，去选保姆。保姆们穿着入时，个个戴着金首饰，还有文眉化浓妆的。问的问题也都非常实在，包括你们家多大，几口人，老的多老，小的多小，有无宠物，每天工作量细化出来。要求的工资一个比一个高，最高的一个月六千，保姆大姐穿着套装，手戴玉镯，大专学历，懂英文，以前在老家也是坐办公室的，知书达礼，说是把以前的孩子从月子里一直带到上幼儿园，国际双语幼儿园，园长跟小朋友英文对话，孩子受到过园长表扬呢。

车唯一倒抽冷气，心说这样的人咱用不起，也不敢用，因为那家国际幼儿园她还是在娱乐新闻上看到的，明星某某家的孩子就在那里上学，一年学费就二十万哪！车唯一那点薪水，不吃不喝，刚好够交十个月学费的。按说也不算低，可这是在北京，富人名人扎堆的北京，再说，就算你真的不吃不喝，供女儿去了那种学校，那房贷车贷还要不要还了。这些钱都从哪里来，就凭车唯一和孙天行这点本事，真得精打细算，才能保住一份不好不坏的生活啊。

相看了几个保姆，车唯一大致明白了，自己付得起的保姆工资是四千到五千，准确地说，就是四千五到五千之间浮动，四千想找到住家保姆很难了，何况还要带孩子。会讲英文的不指望了，说话没有口音，看上去比较干净利索的就行了。目标一明确，当天就给中介公司交了一年的中介服务费九百块，说是全年推荐保姆，不满意管换，还有服务质量跟踪云云。

王梅听说要找保姆，鼻子里重重地哼了一声，心说什么意思，嫌你妈我伺候得不好？车唯一连忙哄着妈妈，说是怕她吃不好饭，怕她带孩子太辛苦，眼看要给乐乐报早教班了，到时妈妈就更忙了，找个人做饭而已。王梅这才作罢，本来嘛，她那十指纤纤，一比就是花开凤舞，天生不是干粗活的人。

早在车唯一还在王梅肚子里的时候，王梅就开始用保姆了。要说保姆也不全是，是车继业的一个远房姑姑，地道的乡下能干女人，全副本领都是实实在在地好用，衣服全部给你手洗，扯平，晾干后叠得整整齐齐，裤子给你压出裤线，饭食一天四顿，要吃啥就给你做啥，这边吃了两口鸡蛋不愿意了，她放下碗就去做酸汤面。

等车唯一出生后，王梅忙着演出，姑姑在家带娃，那本领也是乡下的，把娃放在地上满地爬，吃饼掉地上捡起来拍拍接着吃，头发怕生了虱子统统剃光。王梅回来一看大怒，请姑姑下个星期就回老家去，钱上面不亏待她，可是脸色摆出来了，实在不好看。

家里都是王梅指挥车继业做家务，又要实用，又要有美感，不合适就得推翻全部重来。车继业当年能在诸多竞争者中脱颖而出，除了他是那个年代最时髦的万元户，个体厂长，大学学历，还有就是这份常人所不及的忍耐和宽容，王梅说什么就是什么，洗脚水要热就热，要温就温。

王梅说为了保持身材，不想要孩子。那年月就连城里女人只怕也不敢说这种被传统视为大逆不道的话，但车继业听了，眉毛都不皱一皱就答应了。

这反而让王梅有些愧疚，问他找了自己后悔不后悔，车继业说："我能找了你，你能看上我，我还有什么后悔的，这一辈子都够了，不要孩子，行，我就要你一个！"王梅长年唱戏的人，什么甜蜜情话都听多了唱多了，听了这话也不禁泪流满面。

就在那一年，车唯一跑到了老妈肚子里，车继业捧着爱妻的肚子，喜得泪花闪闪。到了此时，车继业才确定王梅是真心爱他的，不然，她那么虚荣爱美，把台上事业看得高于一切的女人，凭什么肯为了你去冒身材走样的危险。更不用说在这以前，王梅可是被传说过要嫁给某某省委书记当新太太了。什么男孩女孩，那都不重要，重要的是自己的爱妻一切平安，孩子健康无事。

要说车唯一后来不选富二代选了爱情，应该是这死心塌地爱太太的老爸，和不选省委书记，选了车继业的老妈，各自传授了一半经验给她。

她选了内心所向，而孙天行果然对她也是死心塌地。他在产房里大声喊："生男生女无所谓，其实不生最好了，我害怕！"还是车唯一安慰他："你怕什么，是我生又不是你生。"孙天行跺脚："就是你生我才怕啊！"

一句话出了口，这小子号啕大哭起来，把医生护士气坏了，喝令这位情绪失控的家属滚出去，不要影响产妇们的心情。新爸爸们看到娃娃哭起来的很多，哪有这还在待产就哭号起来的，滚！孙天行滚了，也没滚远，在门口来回走，忧心如焚。

车唯一生得慢，在里面挣扎，他在外面煎熬，二十二个小时没吃没喝，当年玩徒步穿越的体力发挥出来了，俩眼灼灼跟着了火似的。

等到乐乐呱呱坠地，孙天行让奶奶去看去抱，他等着车唯一的床被推出来，饿虎扑食，搂住车唯一又哭上了。

车唯一筋疲力尽，又想看女儿又想吃东西又想睡觉，实在不需要这个大男人硬邦邦沉甸甸的拥抱。不想孙天行连连亲她的脸，哽咽着说："我好怕，怕你万一出不来了可怎么办哪。"车唯一有气无力地骂他："少放屁了，我才没那么容易就死了。"

孙天行抬起那张眼泪鼻涕糊一团的脸，笑了："还会骂人，看来是真的没事了。"车唯一忍不住回亲他那张脏脸："神经病。"

两个人这套戏码演个没完，推床的护士们看呆了，也受了感染眼睛红红。这对新手爸妈，这一刻竟把宝贝女儿给忘了。

车继业家兄弟三人，他是最小的，前两个家里都有儿子还不止一个，一看老三家生了女儿，据说还只要这一个，取名唯一。乡下惯例，难免撇嘴翻白眼。可是车继业照样把王梅伺候得跟太后一般，前一个保姆走了，又出高价请了一个保姆，老护士出身，每天连餐具都消毒，一时在镇上传为笑谈。

老护士干活没问题，嘴巴有些碎，王梅听她说话不顺耳，又有些不开心。车继业立马劝退老护士，自己一心一意地把家务事都挑起来。出差前把饭菜都做好放进冰箱，让王梅热热就行，衣服脱下来放那里不用管，他回来会分门别类去洗。

车唯一从小学会了热饭菜，操作洗衣机，不为别的，为了老爸不在的时候，她能接班伺候母后。而王梅整天戏词里温习的是风花雪月，修炼的功夫是唱念做打，让她去洗衣煮饭，那不是赶鸭子上架，是赶凤凰去扮鸭子，学不来，扮不像，实在太委屈。

王梅来北京前，有国营大厂厂长找上门，厂长也是车继业早年的同门师弟，一直叫他哥的人，亲自跑上门几次来请他出山，车继业盛情难却。他做工厂几经起落，跟着中国制造业一起浮沉，幸好稳扎稳打，经过风浪后还有些剩余实力，本想到了退休年纪，就安度晚年。可是师弟头发也白了，口口声声让他拉兄弟一把，他一身精熟业务闲着也是难受，于是就接了聘书去当高级顾问。但这家里的事搁置不得，车继业精挑细选，找来了一个下岗女工吴姐，手把手教会她家里一应事务，让王梅一尝饭菜还是原来的味道，一试洗脚水还是原来的温度，这才露了笑脸，点了头。她点了头，车继业才放心出山，大展拳脚。

本来赴京给女儿看孩子，老两口也说好一起来，还说要把保姆也带上，可是车唯一的爷爷奶奶八十多岁高龄，还坚持要种地，两个去插秧，累病了一双，一辈子连头疼脑热都少有的人，一倒下就起不来了。

车继业回乡看到双亲惨状，心头揪痛，先把保姆派过去伺候起居。他顾得了老的顾不了小的，只好让爱妻自己去京城看护外孙女，自己留在齐镇，城里乡下两头跑，累得倒跟当年创业时差不多。

只是那时他年富力强精力充沛，现在真是疲于奔命，顾此失彼。毕竟上了年纪了，不说别的，腰酸背痛，身体就跟你过不去啊。

在家一向都是可心受用，这月薪四千五请来的保姆，叫王梅如何看得上。来了一个，王梅嫌她脾气太急，烧汤没烧滚就端上桌，不是滚热的汤，那能杀死细菌嘛。说她还不服气，说本来饭菜热热就行了，看那飞机餐不就是半冷不热的吗？王梅冷笑："可咱这是居家过日子，不是坐飞机，您也不是空姐，别拿这糊弄我。"

又来了一个，王梅嫌她指甲长，还涂指甲油。保姆说："您不是也涂吗？"王梅说："我涂怎么了，我是演员，职业需要，你这职业需要涂指甲油吗？"

保姆也是个有个性的，不等她赶，自己走了，临走撂句风凉话："您是哪儿的演员哪？电视上可没见过您。"

堵得王梅好一阵子气闷，又想起亲家李劲松不让她喷香水的旧事了，抓住女儿女婿说了半天，小两口互使眼色，把这位不得志的齐镇台柱子好一通吹好一通夸，直到她脸上重现笑容为止。

* * *

秦静姝请保姆有自己的一套，首先是不怕花钱，你出的价钱高些，愿意来的人就多，来的人多了，你就可以细细挑。其次是不怕保姆有缺点，用一个人，要用的是他的长处，不是他的短处。比如这个保姆做饭好吃，那她收拾房间马虎点就凑合了，不必非要她把地擦成镜子。再比如这个保姆对孩子特别有耐心，饭做得对元朔胃口，元朔也非常喜欢她，那么她做大人饭差点就差点了。反正，人没有十全十美的，能发挥好长处就不错。

之前秦静姝单身时用一个小时工阿姨，跟她相处得亲如一家，后来，要不是阿姨回家去看护女儿坐月子，看外孙女，她还想给秦静姝当住家保姆呢。等有了元朔，第一个保姆勤勉细心，相处很好，中间家人生病，保姆回家看护了一个星期，秦静姝自己调整工作时间，中间轮流请了两个小时工帮忙，等保姆回来了，她只问她家人好不好，工资按整月照发。保姆被感动得不行，看孩子益发出力，不过后来家人病重，她只好回去了。

现在用的保姆人不错，会说话，元朔跟她玩得好，就是收拾屋子很一般，主要是孩子比较缠人，她也腾不出时间来弄。但是秦静姝觉得，有这一样长处就挺好，不多要求。保姆没有压力，也知道这样好说话的东家难找，珍惜机会，怕失去了这份工作，干活也很上心。李云珠来了，本来怕多一个人挑剔，没想到人家知识分子就是素质高，保姆还多了个说话闲聊的人。

* * *

但是道理都是道理，得分人，对车唯一来说，第一条不怕花钱她就做不到，她只能请得起四千五的保姆，五六千的她不敢请。四千五的水平就是四千五，到不了五千五。价值五千五的人，也绝对不肯只拿四千五。劳务市场很残酷也很公平，对雇主和雇员来说都是如此。

第二条尽量用人长处，车唯一也做不到，因为要说她自己其实要求不高，能给老人孩子做上饭，哄着他们高兴，就行了。问题是乐乐不是个好相处的宝宝，她会挑人，会看脸色，欺软的怕硬的，软的她就要赖，硬的她就表面装乖乖背地捣蛋，姥姥王梅和奶奶李劲松，哪个也不是软柿子，却在这位小祖宗面前没辙。

这两位亲家水火不容，但对孩子的意见却出乎意料完全一致：都是被她爸妈给惯坏了！

车唯一自己就大大咧咧贪吃爱玩，对孩子大撒手除了宠就是宠，孙天行比她还更上一层楼，车唯一要看见乐乐玩泥巴可能还说她两句，怕她感染细菌生病，换了孙天行是一定要跟女儿一起玩，互相扔，爷俩都玩成泥猴子才肯回来的。

生孩子不是为了爱，生孩子干吗啊，生了孩子不陪着玩，要你又干吗？西方教育理念都说得有足够的爱孩子才有自信，心理才阳光健康，跟咱们老一辈信奉的严是爱松是害大不一样。何况姥姥、奶奶看了那花朵似的小脸儿，你舍得有多严？

要哄这位小宝贝，已经不是容易的事，再加上王梅这位娇生惯养的太后，别说保姆不行，就是车唯一，王梅的亲生女儿，也没做到天天哄妈妈开心啊，这历来都是老爸的工作嘛。

所以，保姆难找啊，而且年年都是供不应求，没有经验没有证的新手保姆黑保姆不敢用，有经验有口碑的好保姆，早就不断加薪被挖角，去了待遇更好的人家了。

车唯一听了妈妈对保姆们的抱怨，心想别说保姆了，就是我面对您的挑剔，都早就想撂挑子不干了。

可惜，天下没有这回事，老妈十月怀胎生你养你，大把花钱供你读书，出钱帮你买房子，到头来还远赴他乡，放弃了自己的舒适生活，来给你一把屎一把尿地看孩子，你敢训她？你敢给她提意见？你敢说一句她的不是？没有这个道理啊。要说有不是也是你的不是，谁让你没出息，没本事，出不起高价，请不到好保姆呢，谁让你当年放着富二代不嫁，猪油蒙心非要找穷男生呢？

这也就是想想罢了，车唯一找了孙天行，还从来没跟他说过这样的话。但是孙天行大受刺激，一身懒筋不说全部抽掉至少也抽走了一半。

领导不知这里面的三角纠结，见他玩了穿越回来后忙得跟陀螺似的，跟以前那个赖了吧唧贫了吧唧的毕业生判若两人，以前也就是个类人猿，现在居然能当个人使唤了，不由得心生感动，于是勉励一番，把一些重要项目一个又一个地压到小孙身上了。

孙天行本来是懒鬼，考试只求六十，多考一分他都嫌累得慌。北京孩子嘛，一出生就有了北京户口，随大溜念书按部就班，成绩别太差劲，好赖都能上个大学。再加上他脑瓜不笨，学区划片分到一所著名好学校，近朱者赤在班级排个中游，轻松就考上了传媒大学。考研他差了两分但是也不想重考了，找工作找到第二份一看离家比较近，也就签了。

本来一切都顺风顺水没有一件不顺心的事，可是喜欢的女孩车唯一差点被富二代抢走，这事让孙天行坐不住了。

领导吩咐的活他来一个接一个，每天对着电脑八小时不够就十小时，十小时不够就熬夜，熬到凌晨不够就洗把冷水脸连轴转。这小孙一夜长大，陡然间就成了部门里的重要人物了，看他年轻，没家累，干活又肯拼命，领导索性把出差的各种活一股脑都派给他了。

要说出差其实待遇不错，吃住行都报销还有补贴，多半都是参加活动，有主办方邀请，机票给你订好，下了飞机有专车接你去大酒店，活动灯红酒绿流光溢彩，看看大明星拍拍照片，回去把视频剪剪放在网上就得了。

而且，车唯一也有机会出差，他俩的工作性质有相似，好几回一个活动同时邀请了他们俩单位，他俩就可以携手出行，度蜜月一般，这也算是狗一样的工作生涯里，为数不多的福利。

有次两个人都出差去厦门，活动主办方安排住处，车唯一跟另一家传统大报的女记者分到了酒店的海景房，车唯一厚起脸皮跟这位多年前就成名的美女名记商量，吞吞吐吐说自己晚上约了老公。这姐姐一听就懂，马上打了两个电话，在厦门找了个朋友家借宿。

车唯一千恩万谢，名记姐豪迈地摆摆手："还是你们年轻人开放，以前那都叫小情儿，你们现在直接叫老公啊。"车唯一黑了脸："真的是我老公，不信你看我手机，这是我俩结婚照，他也在这出差。"

名记姐顿觉无味，也就不看他俩那种 4888 元一套的流水婚纱照了。

是夜海风如诉，窗外万顷波涛，明月初升。车唯一给自己吹了大卷发，换了条透视裙子，手拿红酒杯，打算扮演一回电影里风情万种的坏女人。孙天行当然要配合她，扮演坐怀不乱但终于忍受不住诱惑的好男人。

结果孙天行接了几个私活，来趟厦门搂草打兔子，还要见好几个人办好几件事，忙得脚打后脑勺，好容易脱身来赴约，一进门就进洗手间方便，出来一看车唯一这香艳的阵势，先打了两个大呵欠，振作精神要上前。

车唯一等了他半天，小情调也快坚持不住了，就让他赶紧洗澡回床等着，她还有情趣内衣要换呢。

小孙洗了澡，爬上床拉上被子，又催她快点。越急越出错，车唯一费尽力气才把自己挤进那套性感得吓死活人的内衣里，抬头一看，床上那位情圣已经呼噜震天响，睡死过去了。他实在太累了。

车唯一上床躺在他身边，摸摸他的脸，瘦了不少，刚才在浴室里估计洗澡也着急，胡子刮得马马虎虎，漏下好几处胡茬。小夫妻就在海景房里相拥而眠，跟明月、大海、红酒、情调都绝了缘，就这么一夜无梦睡到自然醒，醒来了匆匆亲一个就赶着坐飞机回家了。

为了工作拼命其实也值，孙天行没多久就有了一个副主管的头衔，工资加了，认识的人也多了，认识的人多心也野了。副主管本来就是主管不爱干的活统统他要接着，主管不喜欢的项目他统统都得喜欢，小孙心眼灵活，正行之外还接点私活跑一跑，有时候公事私事一起办了，倒是事半功倍。

这一年下来，他买了辆二手车，还是一个客户淘汰下来便宜折给他的，车老了点，但是是奥迪呀。孙天行开着二手奥迪带着车唯一上路转了一圈，哎呀咱俩也是有车的人了，一高兴差点被堵在西直门桥上。

按说，有了在大学里就瞄上的理想女孩车唯一，还开上了二手奥迪，收入也在翻番见涨，小孙的人生应该知足常乐了。

可是，还有房子呢？还有孩子呢？将来还有爹娘养老呢？还有他一个大男人，爱面子的小伙子，总不能老开着个二手车吧。想法这么多，钱却不够多。

孙天行跟几个从大网站出来的哥们儿混在一起，大家没事就带着电脑手机，找个咖啡馆一坐，谈人生，谈理想，谈创业，个个都好似乔布斯再世，比尔·盖茨附体，再不济也得像马云似的。聊着聊着激动了，还得拿咖啡馆免费赠的柠檬水碰杯，走一个！

服务生见怪不惊，以前说是街上掉个广告牌，砸中五个人，四个人都是经理，现在掉个广告牌，砸中五个人，五个毫无疑问都是创业的，只有他们那么爱往外跑，还那么倒霉。

秦静姝那时就劝过车唯一，请她转告孙天行，创业不是那么好玩的。当年她自己创业，是因为积累了几个可靠的大客户，稳定的现金流是公司的基础，赤手空拳出去套白狼，搞不好就被狼吃了。

车唯一告诉了孙天行，孙天行根本不当一回事，嗤之以鼻："要不说秦总怎么只能做个小公司呢，这境界就不行，现在都互联网思维了，国外十来岁的小孩做个技术网站，就他一个人维护，转手就卖了一个亿！美元！我也不那么贪，有个两千万就退休了，我就带着你和孩子环游世界去了，宝贝儿！"

车唯一也被他这嘴上梦想迷昏了头，说："你去创业吧，我支持你。"

孙天行搂住她，知道这就是传说中的真爱啊。创业的要不就光棍一条，死活各凭天命，要不就得家里有安稳后盾，不能后院起火。

车唯一正是爱打扮爱漂亮的年纪，又混在娱乐媒体圈，就这样她还支持他创业，冒的可是以后化妆品连倩碧都用不起的危险啊。

小孙也不完全不靠谱，他那个小团队有两个技术强人，一个做页面设计的女艺术家小青，还有一个搞融资的丁蜀，比他还能吹，全靠一张嘴外加几个 PPT 混在金融圈，剩下他就一边平衡技术和设计之间的掐架，一边在外面拉广告，谈合作。

五个人建设起一个小网站，办公室设在郊外一个破写字楼里，家具都是捡的一家倒闭网站的二手货。办公桌底下放着睡袋，随时打个地铺睡了，起来了继续工作。

这样的小公司在北京成千上万，人人都做着融资、做大、上市的美梦，他们像泡沫一样浮起又像泡沫一样消失。与他们一起消失不见的，还有创业者们之前辛苦积攒的几十万、几百万的血汗钱。有人回到大公司继续打工，有人不甘心还要继续创业，这条路累累白骨，但人们能看到的永远都是成功的幸运儿。

这些幸运儿早年被叫作数字英雄，现在登上财经杂志封面是数字精英。网站从 1.0 到 2.0 外加一堆让人眼花缭乱的业界术语，反正成百万上千万的钱就这么奇迹一般地跑来跑去，跟孩子们玩的丢手绢游戏一样，悄悄地放在小朋友的后面，没准儿，你就是那个幸运的小朋友呢。至于不幸的，谁要管啊。

这个小网站是其中的幸运儿，做了半年果然有人投资进来了，大家穷了六个月，总算从郊外搬去了四环，新的办公室装修一新还有了个青春无敌的前台妹子。五人小团队扩大到了二十个人。原来的五个人不是副总就是总监，别管手下多少人或者有没有手下，都印在名片上过个瘾。

技术副总李明健结了婚，视觉总监女艺术家小青跟技术首席架构工程师阿坚每天掐架掐出了战斗友谊，恋得如火如荼，搞融资的 CEO（首席执行官）丁蜀是大家的财神，自己也跟着发财，送太太到国外生了二胎。

而副总孙天行本来想把二手车换掉，但终于没换，他跟车唯一掏空口袋，又各自厚起脸皮接受爹妈周济，凑齐首付买了四环一百一十平方米的“豪宅”，背上了月供一万的债。两人志得意满，越发觉得创业这步算是走对了。

* * *

创业跟结婚生子一样，毫无浪漫可言，有的全是拳拳到肉的现实。秦静姝非常了解这一点，所以她自己创业做老板，但从来不劝也不鼓励别人去创业。她说这就像自己吸烟但是不给别人敬烟一样，知道不是好事，就别去害别人了。

当年创业初期，秦静姝跑饭局，跑客户单位，跑外地，跑得一觉睡醒了都不知道自己在哪个城市，那时网络方兴未艾，很多客户根本不知道网络广告是什么东西，有的客户干脆请她帮自己修理电脑，安装软件。

秦静姝一一照办，等把客户伺候好了，是不是咱们可以往下谈了，不，你猜怎样，那乡镇企业家嘿嘿一笑，请秦小姐回家，帮我把我儿子的电脑也搞一下吧。

还别以为他有什么坏心，人家的小蜜是模特大赛前十名，根本不会对秦静姝这种跑业务的女销售起色心，人家就真的是想请你去给修——电——脑。

那为什么不去找专门修电脑的人呢，现在骗子多啊。再说你们搞互联网的肯定都精通电脑，让你们给搞一搞，不费吹灰之力嘛。电脑搞好了，关系也搞好了，关系搞好了，咱们再往下谈嘛。

这样的事说起来像是个段子，而在那几年，就是秦静姝实实在在的生活。在别人看来，她飞来飞去，拉尔夫·劳伦的套装穿着，路易威登的包包背着，手机电脑统统都是最新最贵的，这背后给人弯腰修理电脑的苦，讨余款被人赖账的难，到哪里去说呢。

也恰恰是这样，她在网络广告这里挖到了第一桶金，之后承接各种艺术活动，做网上音乐下载，独家代理一些项目的网络宣传，手下招了干活的人，相对来说业务运营顺利多了，但这前期的付出，真让她想想都打冷战，根本不愿意再来第二回了。

* * *

孙天行们没有经历过这些，互联网里充斥着热钱和拿到热钱的传说。比如某站长做一个地方网站，苦苦运营了十年，眼看就要倒闭了，忽然被一个投资人看上，站长在自家小县城的银行提款机，插了卡一查，哇好多个零啊，兴奋得几乎跟范进中举似的喜疯了。

再比如一个容貌身材都平平，但脑子显然过分灵活的乡下姑娘，愣是靠着用修图软件修图成了网上红人，粉丝数十万，她穿一条裙子瞬间就能卖掉上千条，累计上万的销量，这百万现金就到手了。

媒体去采访时一看她那拍摄环境，根本就是个乡村照相馆，就那种鲜艳廉价的背景，营造出了豪华生活的假象，让万千粉丝硬是相信她是个天真善良冒傻气的白富美，成天不是下午茶就是吹海风，时不时还到国外来个街拍。

这些东西跟粉丝们无关吧？不，有关！她就是要告诉大家：我在过着你过不上，但你非常想过的那种生活。至于这种生活是不是真的，只要照片里看着像是真的就行了。

渴望过上这种豪华生活的女孩子们，发疯似的买那些 299 元、398 元的裙子，穿上了只要有自己更像偶像一点儿的错觉，就值。

天上不是掉馅饼那么简单，根本是在下馅饼雨，你不坐好了，张开大嘴去接，那不就傻了吗？

孙天行的小网站人气日升，引起业界注意，他也开始西装革履地跑活动，见记者，接受过几回采访了，孙总也算是一枚互联网业界新秀，滔滔不绝讲构思讲前景做预测，还有地方请他去做培训了。孙天行能说会侃，课堂上被他搞得笑声不断，请的人渐多，他也有了出场费。

车唯一后来跳槽去了大网站，IT 频道的同事知道她跟孙天行是一家，直接请孙天行去开了专栏，做嘉宾聊天。此后，孙天行在业界名声再上台阶，也开始有论坛、IT 新产品的发布会邀请他了。

挣的钱多了，孙天行不忙还房贷，终于换了车，全新的宝马，车唯一也开着一辆新车。提车那天孙天行问她开心不开心，车唯一说还好吧。

孙天行有些失望，自我激励说以后必定让太太开上一辆玛莎拉蒂。车唯一却说谁想要跑车了，开心是开心，不过还是你给我买包那次最开心了。说罢两人四目交投，竟有点泪湿。

以前孙天行苦哈哈给领导跑腿，四处接私活干苦力，攒了点钱正好有机会出差去香港，那时北京很流行去香港购物，大家涌进名牌店就跟不要钱似的大买特买。孙天行走进专卖店，把自己卡上那点积蓄统统刷光，给车唯一买了一个香奈尔包。双链，菱格，醒目的锁扣，经典款。

以前车唯一也有名牌包，多是老妈不要的，这是孙天行第一次给她买贵重礼物，一出手就花光了所有的钱，他还假装满不在乎，把包递给车唯一，豪气地挥手："以后给你买车！"

车唯一见他脚上还穿着那双大学时代的耐克球鞋，磨花了，自己穿烂鞋，给她买上万的包，车唯一眼泪汪汪，哭了一鼻子。

这个包跟丁国志一样在小夫妻的恩爱史上地位非凡，被他俩统称为"买包的那次"。车唯一就算有时对小孙不满，想起买包的那次，也就没脾气了。

* * *

张文扬没有什么名牌包，她一天到晚在淘宝上面寻找些比较小众的设计师品牌，务必少花钱又把自己打扮得艺术范儿十足。所谓艺术范儿十足，也就是刘招娣十足地看不上的范儿。

如果张文扬要选衣物有些为难了，她会请刘招娣帮眼，老妈选中的那件，就是她放弃的。刘招娣何等人，中招过一次就看出了小妮子的诡计，你反着来我就拧着来，负负为正，张文扬后来次次选的都是老妈私心相中的衣裙，她还自鸣得意觉得自己叛逆到底了。不知道刘招娣在背后偷笑：看你能逃得出我的五指山！

张文扬也会给老妈下套，比方妈妈舍不得吃的什么东西，非要省着给她吃，她就装挑食，闹脾气，最后刘招娣恨恨连声，也就一边可惜着一边自己吃了。虽然张文扬又得挨批，但她心里挺高兴，不然节俭成性的刘招娣连个完整的鸡腿都舍不得啃。

然而人生路处处都是分歧，比如当初张文扬高二文理分班，全班同学恭送这位未成名武侠美少女小说家去了文科班，谁知刘招娣早已决定让女儿学理。

就文科生那糊涂脑子，那生活能力，她已经在张天阔身上见识过了，女儿虽然像足了她那窝囊老爹，但毕竟还有她的一半基因呀。好好的一个人，学文写诗那就算是废了，完蛋了，悲剧了。

那张天阔把饭烧煳了，还给她念顾城的诗："我所渴望的美 / 是永恒与生命 / 谁知它们竟水火不容。"

刘招娣重新做了饭，他又给她念舒婷的诗："四月的黄昏 / 仿佛一段失而复得的记忆 / 也许有一个约会 / 至今尚未如期。"

刘招娣开始还觉得他这一套有点感觉，后来总是这一套，就不能不让她火大了："你说那些诗呀词呀的能顶上一顿热饭吗？你烧坏的铝锅要五块钱知不知道！你就不能学着点干好这些活，让我也喘口气吗？别的不会扫地你也不会，连拖把你都能弄坏，一个拖把三块钱！那是钱啊。咱俩一个月工资能挣几个三块钱，几个五块钱？你念诗念得好，有什么用？一个月发表一首，稿费两块二，还买不来一个拖把！你说你那些黄昏啊，约会啊，能换回来这个锅和这个拖把吗？没有锅和拖把，你还过什么日子？你要是不想过日子，你结什么婚，生什么孩子？什么永恒啊生命，卖多少钱一斤啊?!"

张天阔当时被她骂得脑子嗡嗡响，离婚后回忆起这一段，竟觉得刘招娣的语言充满了现代派诗歌的风味，有惠特曼的粗犷之风，又有金斯堡的那种细腻的神经质。他为此还写了首诗，取名《我前妻的拖把》，发表后颇受好评。

等他成了老诗人，代表作头一首就是这个。幸好刘招娣永远不读这些没有用也没有什么发行量的文学杂志，不然准会再骂他一顿，拿她的话出去当诗卖，这个臭不要脸的窝囊废！

男人就这么完蛋了，女儿千万不可走这条断头路。刘招娣坚决让张文扬学理，这份坚决就跟她的爱一样，结结实实，没商量。

张文扬本来都在文科班上课了，又被老妈强行送回理科班，班主任和同学们大眼瞪小眼，等班主任搞清楚了刘总一心想让女儿学会计的想法，如释重负："早说啊，文科照样可以报考会计的，你看以前的文科班，多少人上了财经大学，完全不是个事嘛！文扬，学文好好努力，将来你当了作家，记住，不许写我！"张文扬感激老师，大鞠躬，又跑回文科班去了。

谁知刘招娣不依，张文扬为表明心迹，又操起大剪刀威胁老妈要寻死，这次刘招娣还不怕了，斜眼看她："剪吧，你看看剪哪里能死，你能找着血管吗？要能找着，我就送你去学医。不当会计，那你就去当医生，治病救人，要不就当老师，教书育人，反正这些好赖都算一门手艺，你要是学了你爸，天天写诗念诗，那你把剪刀拿来，你拿来！我这就帮你把血管剪开，你死了算了，当我没生过你。"

张文扬败下阵来，她和她爸张天阔一样，遇到刘招娣这样跟现实一样冷酷无情的硬角色，是绝对无计可施的。另外，因为提前上学，张文扬十四岁上了高二，她在武侠小说里写杀人跟家常便饭似的，现实里可绝对不想死，要死那应该是三十岁的事，天哪三十岁那多么遥远！

张文扬还没有去看过爱琴海，还没开过直升机，还没穿过高跟鞋和晚礼服，还没有收到过鲜花和情诗，拥有的感情经历仅仅是跟邻居哥哥的地下恋，她可不甘心！

第三次回到理科班，班主任疯了，但是他们学校也算是好学校，老师负责任，不忍心埋没张文扬这样偏科严重的好学生，何况她年纪小，就算第一次高考不理想，还可以复读，去年有好几个复读的考去了上交、北航、浙大，还有一个考上北大的。

班主任找来刘总，摆事实讲道理：“文扬同学语文成绩不是一般的好，实在太突出了。语文老师也反映了，她上语文课都在做数学卷子。数学老师也说了，她不是不努力，就是没开窍。咱们私下说，数学老师补课费可是全校最高的，可是他愿意给文扬免费补课。你就知道大家对她期望有多高了！要是她学了文，算成绩稳稳一本绰绰有余，要是学理，她物理化学可是要拉分的，可能二本都悬。我觉得她还是应该去学文，在文科班也主攻数学。只要把数学拿下了，别说一本了，要是潜力爆发，北大都有希望！”

每个负责的高中老师，都能给自己的问题学生算出一本细账，这种分斤掰两算细账的作风，刘总最欣赏。分数也是数字，其实张文扬的成绩明明白白就摆在那里，刘招娣心里有数，只是实在不想让她学文，走上死鬼老爸的不归路。

可班主任说的又都是硬道理，刘总想了又想，还是听了班主任的话。于是张文扬又杀回了文科班，作为一名从来不听课，在文科班里专攻数学的奇才，一鼓作气杀奔高考独木桥。

要说几次模拟成绩，张文扬真是充满了希望，在那个小地方，最好的中学里的高考模拟考试第一名，就有机会冲击全省前二十名，有机会去北大清华。虽然仅仅是“有机会”，可这样的机会，也是充满了血泪，用一人多高的卷子换来的呀。

每个从小地方的好中学向着北大发起进攻的好学生，人人都有一部奋斗史。如果张文扬就此考上了北大，那么，她老妈刘招娣也一雪前耻，以后在人前更得横着走了。

刘总一生要强，前耻就是离婚，要在她娘家村里，还得加上一条，生了个女娃。但是，如果这离婚留下的拖油瓶——不值钱的女娃上了北大，那可就不一样了。

刘招娣看着女儿的好成绩，兴奋得晚上在床上翻来覆去睡不着觉，这时她倒有点想念张天阔了，这没用的家伙别的干不了，但是他好歹能陪着她聊个天啊。文人能写也能说，而且毕竟他俩是扬扬的亲爹娘，在女儿的前程上，能说到一块儿去啊。

在这一点上，张天阔跟她心有灵犀。离婚后张天阔的文人心在伤害中爆发，一口气写了几十首诗，发表了有一多半，出了本诗集还被几个圈内人士给开了研讨会。如此出色的创作成绩，被本城文联看上了，直接发调令把他从工厂调去了文联，工资没高多少，但好处是不坐班，可以专心搞创作，还能四处走走采风什么的。一起谈天说地的也都是跟他差不多的人，《红楼梦》里的诗说了上句在座的都能接个下句，没事还在一起写旧体诗，对对联。张天阔如鱼得水，离婚伤害不治而愈了。

在一群谢顶的矮胖子中，白面长身的张天阔地位有如文坛吴彦祖，是小城的一颗明星。围绕在他身边的女读者、女诗人、女文学爱好者多的是，也有不少主动去他单身宿舍给他洗袜子，炖鱼汤，献出灵魂求解读同时还献出肉体的。

无奈张天阔离婚后对婚姻心怀畏惧，刘招娣也不是没有温柔可人的时候啊，可这女人一旦露出了爪牙，实在太可怕了，另外他也不得不承认刘招娣其实是对的，他就适合一个人乱糟糟地自由生活，如果进入到婚姻里去，柴米油盐一日三餐就能要了他的命，如果这些都让女人伺候着，他也觉得于心不忍。

再说，就算女人可以任劳任怨把他伺候好了，那这后妈跟他女儿的关系如何相处呢？白雪公主的故事可是张天阔讲给张文扬听的，讲罢张文扬说："爸爸你会不会给我找后妈？"张天阔亲亲女儿那头软软的头发，坚定地说不会。

反正他也不缺少丰富多彩的两性生活，进入九十年代后，大家开放多了，也没有谁会因为上过床就要逼他结婚，或者把他扭送去公安局了，拉拉小手亲亲嘴更不算是一回事了。

只是这一转眼间，女儿也已经长大了，懂事了，眼看就要参加高考，实现爹妈渴望了多年的梦想，要去大学，而且是北大了！

一对离婚夫妻为了女儿的前程，还是有话可谈的。谈着谈着重温了旧梦，也没什么奇怪的。黑暗里张天阔抱紧刘招娣，两人都不敢大声，怕吵醒了女儿。家有高考生，父母如履薄冰啊。

张文扬做卷子做到十一点，早晨照样七点起床背英语单词，背得差不多了，吃了碗老妈献上的醪糟蛋，一扭头看见了老爸，还以为自己是在做梦没醒，这些天做梦反正也是在写卷子背单词。

张天阔看到女儿呆呆的，忍不住笑，刮她鼻子。张文扬一个激灵："爸你怎么在这里？你快跑，我给你挡着我妈！"刘招娣在后面收了女儿吃的空碗，哼了一声故意在她面前走过去。张文扬再次以为自己做梦没醒，掐了自己两把，一直到了晚自习大腿还隐隐作痛。

爹妈离婚是否给张文扬带来了阴影呢？有的。但从另一方面来说，既然去爸爸住的地方坐公交车只需五站地，她能享受爹妈各发的双份零用钱，受了老妈气可以告诉老爸，老爸给她买了好东西她又可以告诉老妈，激励老妈比着对她好，根本是比父母双全的孩子更优越。

像别的孩子有时还抱怨父母吵架，有的吵架还拿孩子撒气要打孩子，张文扬没有这种苦恼，离婚父母根本连架都不用吵，而不吵架的父母是多么难得。

所以张文扬很适应爹妈离婚的局面，如果她情绪低落，就可以多想想自己家庭破碎的表象，如果她乐观饱满，就可以想想爹妈离婚带给她不少比别人多的实惠。

而且跟着老妈生活，享受无微不至完美无比的生活照料，没事再去老爸那里疯狂读书，坐在乱七八糟的书堆里想看什么就看什么，想看多久就看多久，这是何等幸运的事啊。

然而，这种独特的幸福就在高考的前一个月，被打断了。张文扬看书看不进去了，她开始琢磨老爸老妈这是唱哪一出的戏，以及对她的生活发生何种影响了。

回家后她直接问刘招娣："妈你们俩怎么回事？要复婚干吗不去办手续？同居？你俩还挺新潮的。"

刘招娣脸一红，斥女儿胡说："哪有的事！你爸……他就是过来看看你，听说你模拟考试考得挺好，我们俩聊了几句，就这些。没别的。"

张文扬根本不信："还没别的，没别的你们就睡在一起过夜啦？我都不好意思说你，妈你还骂我什么什么的，你看看你自己呗，真不像话。"

刘招娣上去给她一记栗子："我说你怎么了，你那不是瞎胡闹嘛，我跟你爸，哎，再不济我们俩一起生的你！滚回去看书。"

如果时光停留在这一刻，也许这是三口之家罕有的美满团圆，可惜很快就高考了。这一年的数学难度适中，适中的意思就是说能拉开差距，好的就是好，不好的就难浑水摸鱼。

张文扬数学依旧考砸了，语文满分一百五考到一百四十，可是没有用了，语文就算她考到一百五，也离北大的分数线差二十分。

省城大学也是全国重点，然而对她这种从小听惯了别人夸奖，说她轻轻松松能上北大，模拟考又超乎寻常地考了高分的人来说，可以说是从天堂到地狱，什么都完了。

刘招娣大失所望，但她没敢说什么，害怕女儿再次操起大剪刀。她做主给女儿报了省城大学的国际金融专业，主要是这种名字一听就唬人。

而且这个专业也出会计师啊，该考证考证一点不耽误，将来能去大银行。刘招娣早埋伏好了，省城某大银行的主任黎美芝，跟刘招娣的好闺密黎美萍法官是亲姐妹，三个人都是身居要职，在男人堆里杀出一条血路的女强人，还都离了婚，碰见了能聊上一天一宿不用歇气，有什么事真是互相说一声就把事办了。只要张文扬把这四年念完，该考的证给她考完，将来可以说是一马平川。

张天阔当然希望女儿学中文，或者外语也可以，当然他的这种建议，刘招娣是自动忽视的，连听都懒得听，既然不学理那你就学金融学财会，要不然就去师大，总之千万别学中文。

张文扬压根也不想去什么国际金融专业，那些课程看看都倒胃口，再说省城大学怎么配得上她啊，她要复读，复读去北大！又是原来的班主任把她劝住了："文扬，本来我觉得你年纪小，这次没考好复读一下还有机会上好大学。但是你说，省城大学算是不好的大学吗？这是我母校，老牌名校，走到哪里都说得出去，我同学也有去麻省哈佛、牛津剑桥的。你现在去上大学，就是省大正式学生，两三年后你去考研啊，读了研以后你去考博啊，都可以冲着北大去。你现在要是回来复读，那你就是高四生，过去的一年你经历过了，你确定想再来一回？你确定下一次你准能考上北大吗？这次咱们学校的文科班整体都没考好，最好的也就去了北外，你的成绩其实还是前五名呢。你再想想吧。"

张文扬含着眼泪，去了省城大学，就读国际金融专业。同班同学无不意气风发，只有这位年纪最小，男生们私下评为最漂亮的女同学，垂头丧气，成天徘徊于学校小花园，颇有林妹妹葬花的风范。一时间招蜂引蝶，搞得不少男生没事也跟着在附近转悠。

刘招娣跟张天阔携手送女儿去省城上大学，难免又为了行李装备之类的琐事吵上几架，毫无疑问也都是刘招娣赢。张天阔看着她那动作依然潇洒利落，但鬓边已露白发，岁月没有饶过谁，自己当然也不是以前那个穿喇叭裤留大鬓角的时髦青年了。

默默听她骂了一通，张天阔低声说："招娣，咱俩去领证好不好？"

刘招娣后背一僵，也不转身，继续忙活：“一把年纪了证不证的要它干什么。”

张天阔搂住她后腰：“算了吧，你别生我气了。”

刘招娣背对他，不回头：“你放手，我嫌你恶心！这么多年了，我可没找过别人。”

张天阔一听这话，叹气，松手。也许只有他知道，人前威风八面的刘总会计师，还固执而天真地认为，男人和女人睡过了，就应该结婚，还有，无论男人还是女人，都应该只跟一个人睡觉，一睡就睡一辈子，不然就干脆自己睡。

当年她所说的“纯洁而严肃”的两性关系，真的就让她这么硬生生地保持了纯洁而严肃。

张天阔在刘招娣面前，真的各个方面都矮半截，包括这一点：他不纯洁。虽然他自己认为一个单身男人没有什么非要纯洁的必要，但是就在这上面，他就又一次落在了刘招娣的下风。

而刘招娣，不是跟自己旗鼓相当的人，她是看不上的，看不上的人，那是没办法睡在一起的。就算为了女儿的事，勉强跟他在一起凑合了几天，可终究还是不行，这死懒鬼窝囊废她受够了，还是得让他滚回自己的单身宿舍去。

＊＊＊

车唯一的生活能力也不见得有多强，她也就是胜在性格好，其实在婆婆李劲松眼中，她各个方面，那是比女儿孙天爱差远了，不说别的，有孙天爱在家，就不用李劲松做饭，女儿会自己一样样做好了，连筷子都摆上，再喊妈妈来吃饭。可是这女儿，却不是她亲生的。

青石村独一无二的大学生孙佑才留京当了大学老师后，理所当然他们家就成了青石村驻京办事处。孙家和李家人口不算多，但是周边亲戚密，同姓的有血亲，异姓的有姻亲，大姑姑的二表嫂，三舅公家的堂侄子，堂叔家的外甥女婿，谁找你你都得接待，就算只是吃顿饭过个夜，买张车票，那花费也就不少了。

把李家和孙家的直系亲属拉拔得差不多了，在村子里好赖也落下佑才会办事的好名声了，更难的事来了。

孙佑才家户口本上写着两个儿子，大儿子孙天知自小一骑绝尘，一路考着第一名在重点高中里直接保送了清华，从清华又直接考了麻省理工去读博士、博士后，一走数年醉心科学，跟爹妈的联系全靠发照片。小儿子孙天行虽然比他哥大大不如，可也勉强跟着哥哥一路上着重点校，轻松上了个传媒大学，自己还创业有成。孙家父母对这对宝贝儿子不用说十分满意，在人前引以为荣。

户口本上虽然没写，他们家其实还有一口人，孙佑才大哥家的女儿孙天爱。跟孙天知同岁但生日小，算是孙天知的妹妹，孙天行的姐姐，一直在北京读书，最后却考上华东师大，去了上海安家。

天爱的名字是叔叔孙佑才给取的，本来连个名字都没有。她妈妈据说跟人跑了，抛下她一头虱子骨瘦如柴，大哥人憨只会做地里活，父女俩在家吃饭有一顿没一顿，孙佑才帮补彩礼，大哥又娶了一房，后妈无论如何不容这个前房女儿。

李劲松听说了去了一看，天爱浑身青紫，五岁大的孩子光着脚在猪圈喂猪，还偷偷地吃猪食。李劲松眼泪直流，跟后娶的大嫂狠狠地骂了一架，那嫂子在乡下人里算是会说的，倒地撒泼，抡了切猪草的刀跟李劲松大闹。

还是大姑娘的时候李劲松就敢跟妇女队长叫板，这点泼妇伎俩对她来说小菜一碟。她拿出把铡牛草的大刀，比嫂子的那把大三倍，冲嫂子一亮，只见那倒地不起拍心口要死要活的人腾的一下就跳起来了，躲得老远。

李劲松也不追击，就是一手拿了那把寒光闪闪的大刀，一手拿了个大白萝卜，一边一块块地切着发狠，一边大声说："人心都是肉长的，你这么折磨孩子，是人干的事不是？不是你生的，也叫你一声妈，当妈的人能这么对待儿女吗？你这么往死里打，是容不下她，她一个女儿家，连双鞋袜都不给穿，猪食都不让吃饱，还打成这样，你这么毒，就不怕天打雷劈？"

那嫂子远远地回嘴："谁家婶子敢管大伯子家里的事，你不毒，你不毒你领走，就你是人，就你当妈，那你领回去当她的妈去！她妈那不要脸的傻子跟人跑了，留下的也是孽种！"

李劲松一听又骂回去，这边衣角让人扯住了，低头一看，那脏兮兮的小手怯生生地抓着她的褂子边，小女孩一双乌溜溜的大眼睛看着她，叫了一声："妈！"

李劲松本来眼泪停了，被这一句妈招得又哭了起来，她把白萝卜块翻翻，挑了一块最好的给天爱吃，弯腰把她抱起来。

天爱抓着萝卜，不吃，只是看住她，又叫了一声妈。

李劲松这才知道她是看自己没答应，不放心啊。这孩子才五岁，心眼灵透了。她响亮地应了声："哎！妈妈的好闺女，跟妈妈回家看你哥哥弟弟去！"

那嫂子等她抱着天爱出了大门，她才追出去大声骂："狗拿耗子多管闲事，冲你叫妈你就得管，你给领到北京养去，谁要养两天就送回来，谁就不是人！"

李劲松回身站住，大声回："你虐待这孩子，我就要管，我认她当女儿，将来她给我养老，谁要那时反了悔，谁就是畜生！"

孙天爱偎在她怀里，一动不动，抱着轻若无物。她把孩子带回孙家祖屋，把她放下梳头洗脸。李劲松拿了篦子，给她一下下把头发里的虱子虮子都篦出来掐死，烧好了热水放一大盆，给她脱光了用香皂洗得干干净净的，又给换了衣服鞋袜。天爱吃不饱营养不良，天知衣服穿不下，穿了天行的衣服还晃荡。

收拾好了一看，好个清秀孩子！孩子开口对她小声说："妈，将来我给你养老。"

李劲松搂住她亲不够："妈不要你养老，两个儿子，还要女儿养老？妈妈供你好好读书，天爱，好孩子，妈妈要供你上大学！跟你叔一样，将来到学校里当老师！"

孙佑才见两家已为此事撕破脸，也只有顺水推舟，再说家里两个儿子，又多一个女儿也不错。

天爱虽是乡下孩子，可容貌秀气，会看人脸色，听人话音，会帮大人记事，在车站她能看着行李和两个打闹的男孩子，让妈妈去厕所，爸爸去吸烟；李劲松车票忘了放什么地方，找得一头汗，天爱直接告诉她在旅行袋最外面的口袋里，看她一出来就把车票放进去了。不是她提醒，全家人险些误了车。

还没等到家，孙家夫妻已经知道，这个女儿将来必是个可靠的小棉袄。跟她一比，两个浑小子简直是还没孵出来的小鸡，一天到晚傻玩，老大还能背个九九表，老二只背鹅鹅鹅，天爱跟他俩混了几天，九九表和鹅鹅鹅不教自会，俩男孩跟着她学会了洗袜子。

不但如此，李劲松还发现她给自己洗了换下来的袜子，感动万分。她洗惯了全家人的衣服袜子，哪儿有过别人给她洗袜子的时候啊，还是闺女好。

没有亲生父母给材料，孙天爱办不了收养手续，上不了户口本，哥哥弟弟按学区去上小学，她只能靠着孙佑才的面子，去大学附小里当借读生。孙天爱打小懂事，见孙佑才天天忙工作，李劲松每天家事也做得马马虎虎，她早早学了做饭，人比灶台高些，索性连菜也学会炒了，两个男孩被她带动也学会了买菜择菜。

那时孙老师在学校最受人羡慕，两口子下班回家不用自己动手，孩子们自己就把饭菜给做好了。孙天爱蒸的大馒头，比学校食堂做得还好呢。

孙家两夫妻更加疼这个女儿，一是她身世苦，二是她太懂事。孙佑才出差给孩子们买了文具分三份，还要额外给女儿买条发带，买条纱巾。李劲松早早私下给孙天爱上生理卫生课，后来孙天爱月经初潮也处变不惊，自己处理好一切，连红糖水都自己冲好了。

家里有三个孩子，还有川流不息的青石村亲戚，日子实在不宽裕，但是男孩子穿什么无所谓，孙天爱该有的都有，小女生喜欢的彩色衣服、花花绿绿小卡子、带花边的长筒袜、贴画……从来不比同龄的北京女生差。

有次孙天行还气哭了，说妈妈偏心姐姐，他总穿哥哥的旧衣服。李劲松训他："你个秃头小子跟姐姐比什么，你姐是女孩就得穿漂亮点。不信你看看，外面不都是小女孩穿得比男孩好吗？"孙天行噘嘴，到底闹得老爸领他去买把枪才破涕为笑。

而孙天爱对这个家的贡献，应该说也不比她得到的关爱少。她会做饭菜做家务，一个人把自己连同哥哥弟弟的内务打理好，只要有她在，孙佑才和李劲松就尽可放心大胆去陪亲戚看病，陪亲戚找工作，在单位工作加个班或者跟同事吃个饭都没问题。

孙天爱十三岁，小学五年级，李劲松得了胆囊炎住院开刀，孙佑才那时正要评职称，在大学里带着本科班，在外面还兼职讲课，晚上还得写自己的专业书，一时间苦得头上生草。

孙天爱自己去跟老师请了假，后两节自习课不上，下午一点就去医院看妈妈，给妈妈擦擦洗洗，把衣服换了拿走，到家天知天行两兄弟做了饭菜，按她说的炖一份汤，三个小孩再带着这份汤，坐着公共汽车去医院，陪妈妈吃晚饭。

反正这些琐碎细活指望老爸那是指望不上，老妈才是家里的顶梁柱，这下顶梁柱倒了，天却也没有塌，孙天爱早就不声不响在这家里顶起了半边天。

同病房的病友看李劲松这日子过得热火，羡慕至极，说实在想不到北京孩子跟乡下孩子一样泼辣能吃苦，大人病了他们能顾上自己就不赖，这还反回头照顾妈妈，身上衣服一个个干净整齐，红领巾都系得好好的，这么懂事能干的天下少有。

李劲松点头，觉得她说得真对。这个女儿本来是自己可怜她捡来的，本来觉得桌子上多双筷子就养大了，随她来去自由，可哪里想到，天爱这份心劲儿志气，她把这个家真心当成自己的家，把婶婶真的当成了妈妈。

多少人就算到老也未必能享受儿女伺候，可有了这贴心的女儿，自己躺在床上，三个孩子小雀似的抢着给她倒水，盖被子，拿了汤给她捧到嘴边，比着对妈妈好。李劲松热泪盈眶，她自己扛着家这么多年，也就是生病这段，好生歇了歇，出院时都胖了。

这样一个女儿远嫁上海，听说她有了难处，李劲松能不马上收拾行李就走，帮女儿一把吗？可是她一走家里乱了套，连顿热饭吃起来都费劲了。车唯一看着母后伺候着难搞的女儿，自己和保姆又怎么都伺候不来难搞的母后，孙天行越来越忙，在家里少见踪影，自己只有抓住两个闺密诉苦，没几次就自己嫌自己烦，唠叨，嘴碎。人要长大，总得学会不抱怨，那些星星点点的委屈，也就自己存在心里慢慢消化，谁也没有替你承担的义务。

* * *

秦静姝的午饭一般在外面吃，水准起落很大。好的时候，不是她请人就是人请她，京城好一点的馆子差不多吃遍了，从川菜到日本料理，从淮扬菜到泰国菜，有时候赶场子还会连吃两顿。吃饭为次，说事为主。中国人的规矩跟阿拉伯风俗不谋而合，在一个屋顶下同吃过盐和面包，就可以成为朋友。中国人在一个饭桌上吃过饭了，大事小事在饭桌子上也就拉拉杂杂地谈了办了。

不好的时候，就是一个盒饭，有时错过饭点，连盒饭也没有，秦静姝就从最下格抽屉里翻出点面包饼干巧克力之类的填填肚子。

现在的小助理是个大学刚毕业的女孩，英文名叫Summer，活泼俏丽，会说话会办事，缺点就是还活在自己的世界里，她不懂得怎么去关心人。秦静姝的午饭不是她的工作范围，她自己忙起来都经常忘记吃饭，吃点零食算一餐。

这时秦静姝会想念以前的助理陈维翰，有他在的时候，她从来没挨过饿。他永远会悄悄观察她吃了饭没有，吃了就算了，没吃他就会默默地把一盒还温热的盒饭放在她的案头。不说什么，不张扬不夸耀，但悄悄地把事情都做到了，秦静姝知道这人大有可为。

他这样做了两年，从她的助理做到她的副手，她视他为左膀右臂，而他显然对她期望更多。秦静姝害怕职场恋情，她觉得两人之间那点化学变化，也无非是异性离得太近荷尔蒙作怪。她害怕他的认真，更害怕自己会认真。找同事已经是大忌了，还要找下属，那秦静姝会觉得自己跟调戏女实习生的油腻中年男子没什么区别。

她眼高于顶，袁洛平那样的还不入法眼，可要说她看不上陈维翰，莫名其妙自己心虚，不如说她是看不上自己。自己天天这么忙得跟陀螺似的，恋爱可以结婚免谈，费心经营一段亲密关系，最后分崩离析五内俱伤，那又是何必？明知道是“何必”的事，就不要去做，这不就是节约时间精力，低碳环保爱护地球吗？

终于，秦静姝在饭桌上听说一个朋友的大公司要招人，大力推荐了陈维翰。陈维翰听她介绍了那个职位，只问了一句话：“我做错了什么？”秦静姝说：“你在我这里，大材小用，去了那边有更多发展空间。”

陈维翰不说话，只是看着她。秦静姝把眼睛转过去："你这么年轻……"陈维翰打断她："我只比你小四岁。"秦静姝略尴尬，把眼睛转回来说："不是这个问题，维翰，你在小公司里太委屈了，你学历好，外语好，现在工作经验也足够，跳去大公司一定会被重用。"

陈维翰低下头："可是大公司里，没有你。"这也就算是明明白白袒露心迹了，了解他做事风格的人，就知道这有多不容易。

秦静姝的脸和眼睛都有点发热，也只好干笑两声，继续公文腔："千里搭长棚，没有不散的筵席，陈维翰，我招你的时候就知道，你是个有抱负的年轻人，去了大公司，祝你大展宏图。"

那一天，陈维翰加班到深夜，把各种文件整理分类清楚，该打印的打印，该删除的删除，他又把办公室打扫了一遍，第二天，去了大公司面试笔试，果然被录用去了市场部门。

陈维翰是秦静姝亲手带出来的人才，亲力亲为，严谨踏实，事前有计划事后有总结，每天都有个人工作的时间表，这一切不用说，最符合大公司热爱流程、讲究规矩的偏好。几个大项目做过去，从跑腿打杂到独当一面，到自己出马谈下一个大型合作，陈维翰在年末拿到了最佳员工奖，次年被提升为部门主管，晋升速度之快被传为新闻。

秦静姝有时还会看看他的朋友圈，看那些为数不多的消息。陈维翰一般只发自己工作上的事，有次发了个小视频，秦静姝看到他在一个公关活动里代表公司发言，态度沉稳，语速适中，心里想起陈维翰刚来面试的时候，满头汗，眼神有点仓皇，她给他倒了杯温水，看了看简历，本来想拒绝，可他忽然说："您的名字，也是从《诗经》里来的吧？我的也是。"

秦静姝笑了，就为了他这点天真的书卷气，留他做了助理。这年头谁还谈《诗经》啊，可见这小伙子还把自己看成个学生。

师傅肯教徒弟勤学，两人合作无间，而这朝夕相处中，她渐渐看出这年轻人起了情思，可怕的是自己居然也有点心动，所以赶紧找个好地方，放他远走高飞。这一步走对了，陈维翰果然在大公司里走得更顺。自他离开，每年新年秦静姝总能收到他的年礼，秦静姝也照样还他一份，算是善始善终。

陈维翰也时常看秦静姝的朋友圈，还是一样，如果有什么他能帮的，他就默默地做好了，发个邮件给她。秦静姝知道他还在坚持，也知道他在坚持什么，一时间有点恍惚，却什么也不敢说，怕一开口，全说错了。

李云珠的午饭吃得也不错，她自己做饭水平一般，但是再加上保姆，两个人轮流看着孩子，怎么也能做出两三个菜来。有时早晨就炖了汤，中午和晚上都可以喝，有时西红柿鸡蛋汤、酸辣汤这种简单的汤随手做一个，两人带着孩子，就吃得比较丰富了。黎天意有演出的话早早就出门了，深夜或者凌晨才回家，没有的话他就窝在房间里，有时候出来给自己煮点速冻水饺，有时就等到晚上一起吃。

他是李云珠一块心病，冷眼看他和女儿的关系，似乎也就是那么回事。秦静姝的房子有二百平方米，五室两厅，三个大人各占一个房间。黎天意住的房间本来应该是保姆房，最小最暗，里面塞着他和他的乐器、电脑，还有一张床垫。

秦静姝也讶异自己看男人的眼光，简直可以算是人生污点，跟袁洛平本来说好了不当真，结果意外怀孕留下孩子各自还留下一次婚史，跟黎天意本来也觉得不当真，没想到他可怜兮兮背着行李到她门口求收留，最后还就住下来了，一住快半年了。秦静姝觉得自己也不算是风流豪放女，可为什么总是处理不好这些乱七八糟的关系呢?

对，乱七八糟。李云珠痛心疾首说的“你们年轻人这些乱七八糟的事”这句话，总在她耳畔回荡。

是啊，在一位特级教师的眼中，这些莫名其妙的两性关系，实在是荒谬至极，可是，对这座大城市里四处漂泊的男女们来说，该如何才能找到一份体面、登样、稳定、两心相许又能两情相悦的情感关系呢？这比一份像样的工作还难找啊。

＊＊＊

王梅的午饭吃得有时好有时马虎，这取决于她的心情。心情好了，她锅碗瓢盆都操作起来，做酸汤面下鸡蛋，炒茄子肉丝，焖烧排骨给乐乐解馋，当然做完了一堆餐具她可不刷，不能把手就这么洗粗了。

车唯一戴上大手套，奋力洗完后再接着做晚饭，也就只能做点青菜粥，吃点中午的剩菜了。

王梅心情不好的时候，可能做点鸡蛋羹给乐乐吃，自己就拿乐乐的饼干吃两块糊弄事。车唯一不能洗锅洗碗反而会心疼这一老一小中午没吃好，要不做点好的，就是叫外卖，也顾不得什么外面的饭菜地沟油不地沟油的了。

说到底还是要找保姆啊，好保姆你在哪里呢？世界上好保姆肯定少不了，但自己没挣到足够多的钱，又凭什么用上像样的保姆呢？

王梅说："想成全自己得靠着好人，能发现好人，用着好人，跟着好人走，你才能有份好生活。做人要靠自己有本事，最重要的本事是有眼力，能找到好人。"

车唯一求饶："妈您说我去哪儿找啊，保姆市场我都转遍了啊。"

王梅一边把乐乐的衣服搭配出来，一边不咸不淡地说："我说的是我找的你爸，他就从来不会让我为这些事烦心。"

车唯一没想到老妈埋伏在这里，一时间脑补了许多婆媳剧的情节，都气笑了，哄王梅绝对不能乱哄，你得唱戏一样，踩在锣鼓点儿上。孙天行专门搞销售，营销自己还是很有一套，知道丈母娘对自己不满，立即搞来几张温泉游乐园的票，带着岳母女儿，直接杀了过去，车唯一提前下班，也赶过去会合。

一看那富丽堂皇欧式农家乐的背景，王梅容光焕发，孙天行给拍了好多照片，不少服务员都在旁边问乐乐是不是王梅的女儿，车唯一到了，大家又异口同声地说女儿没有妈妈好看，王梅不缺少奉承，但在这磨磨唧唧看孩子的苦海里，有人奉承是难得的，不由得也矜持一笑。

游乐园里还有小舞台，游客交点钱自己也能卡拉 OK，孙天行见岳母兴致不错，马上交钱，亲手把话筒搁托盘里端过来，王梅推让了几下，孙天行立即大声说：“妈您赶紧来一个，您是专业演员，别人比不了，谁能听见，那算是有耳福，赚到了。”

车唯一趁他坐下，给孙天行一个大拇指：好小子，这马屁拍的，有里有面的。

王梅一捏上话筒，整个人气场都变了，她不再是看孩子的老太太了，十八岁挑帘儿红的少女又回到她身上，她一开口：

我爱你春天蓬勃的秧苗，
我爱你秋日金黄的硕果，
我爱你青松气质，
我爱你红梅品格，
……

末尾的高音直冲云霄，全场掌声四起，确实，王梅永远不丢份儿，明星气就算在日常琐事里磨丢了一半，她还是技压当场。师傅说了，人就活这一个好，你要好，要强，才能真的好，真的强！

这日子也就慢慢混过去了，小夫妻溜须拍马，美丽的太后放低身段将就，小公主学着扮靓，学着要好，索性连地方戏都学了几句，字正腔圆。在王梅眼中，孙天行当然跟自己的男人车继业不能比，但第一谁让女儿看上了，第二这小子确实有几把刷子，虽然忙得脚打后脑勺，在岳母面前永远满面春风，礼物总送得知冷知热，熨帖，不讨人嫌，也不由得她对这小孙不露出好脸色了。

* * *

刘招娣就根本不要找保姆，她一个人能顶三个能干的保姆，就家里那点活她一小时以内就弄清楚了，小叶子受了姥姥影响，自己连穿衣服穿袜子都学会了，虽然还是慌慌张张的，但是很显然将来肯定也是刘招娣这种麻利迅速的急脾气了。

杜峻峰也被带动了，手里接的工作本来还想犯懒拖延拖延，这下熬了几个夜就交出去了。他怕，真怕自己再颓废下去，让岳母看不起，张文扬好糊弄，这太后可不是眼睛里能揉沙子的人。

只有张文扬受的影响是负面的，本来还多少做点家务，等妈妈一来，她就缩头回了乌龟壳。不用你干你也干不好，干了反而落下一堆挑剔，而且要连累老妈再来一次，那你还干什么？

她觉得一跟老妈在一起，自己就会变得特别懒惰无用，邋遢得连自己都讨厌。她也看了点心理学的书，觉得这是另一种依赖的方式，那就是因为你太有用了，所以我就干脆把自己变得无用，好让你在我的生活里显得更加有用，因为你太强大了，所以我就干脆自废武功，趴在你背上让你背着我走。她在自己的专栏里写：

> 这样，我就可以永远做你长不大的小女儿，而你永远是那个强大完美的妈妈。你负责照顾我，而我负责仰视你，接受你的照顾，同时也接受你的挑剔和指责，而我并不会因为你的挑剔和指责变得强大起来，因为我不能夺走你的位置，我应该安静地坐在小女孩的位置上，崇拜地看着妈妈，永远这样，不要改变。

第四章

chapter

4

意外

叔本华说：我们紧抱着这一个假定——我们可以在生活中寻觅到幸福。我们的希望由此持续不断地落空，而我们的不满情绪也就由此产生。

刘招娣说：我知道天有不测风云，人有旦夕祸福，可也有说善有善报，恶有恶报，我一辈子没有做过恶，为什么会有这样的恶报?

生活充满意外，虽然我们总是期望生活在我们的掌控之中，包括意外也是，但怎么可能呢，生活从来就没有放过任何一个人，你又凭什么例外。

秦静姝的家里和办公室里各有一个移动硬盘，方便她随时把自己的重要文件备份。车唯一的后备厢里放着一个生存包，里面的方便食品和水她和孙天行定期更新，有一次俩人开车出去玩被堵在高速路上，六个小时全靠这点东西救了急。

张文扬以前看过一个高楼火灾的新闻，她上淘宝给自己买了绳梯。这东西刘招娣收拾房间的时候看见了，本来想扔，听女儿说是为了应对火灾的，倒很赞同。不过她对女儿的肯定，也就是仅止于不骂她，绝不可能说一句“你是对的”。

张文扬发现老妈连“乱花钱”这句万能金句都没用，就知道她做对了，老妈也认为住高楼有个绳梯以防万一是对的。

只是，充满不可预测的人生中，仅有硬盘、救急包和绳梯，是远远不够的。

每个人都希望自己生活在准确、安全的世界里，害怕一个小小的意外带来不可知的破坏，然而事情并不会只按照我们的希望发展，面对意外，处理意外，才是生活常态。

* * *

车唯一跳槽到了大网站娱乐频道，感觉自己之前学的新闻学其实派不上太多用场，什么新闻道德新闻规律更是无从谈起，娱乐频道的新闻推荐不需要文化，只需要八卦，只要足够势利眼，红的狠推，黑的狠踩，那就错不了，每天流量稳稳。

想流量陡升，也很容易，只要冒点风险，发几篇当红人物的黑稿，立即，那些疯狂粉丝就把你门槛踩烂了，虽然都是跑来骂作者祖宗八代以及编辑脑子进水的，但是，要骂也得到我的地盘上来骂吧，负面评论也是关注度啊。当年的网络红人荷花姐姐，就是靠着被万人骂给活活骂红了，出场费现在跟五线小明星差不多了，自己还有了工作室。

除了这些，流量爆发式增长还要靠突发事件，某某论坛就是因为2008年“艳照门”一夜成名，因为他们在一片删帖狂潮中，把那些清晰无码艳照外加周边八卦保留到了最后一刻。还有一些罕见的独家信息，比如某某人在街上无意间拍到了某明星私会婚外女友，那女友也是一个三线小明星，于是这张照片连带两位明星，以及明星太太，还有这位爆料的路人，瞬间就在网上红爆了。

车唯一喜欢意外发生的新闻，对她来说这就意味着大把的流量，而流量的背后是工作业绩考核，是她的工资和奖金。不过发生了突发新闻，也同时意味着她不能按时下班回家，家里的一老一小，可能又要发愁晚饭怎么办了。

王梅渐渐也摸出了女儿小家的生活规律，那就是无规律可言，谁勤快谁就多干点，谁看不下去了谁就伸手干点必要的家务，不然就两个人都懒着，懒到大家都觉得太过分了，就一起大扫除。

有了孩子之后车唯一勤快多了，但在王梅眼里也就那么回事。她想起自己早年演出繁忙还给孩子喂奶，喂完照样登台献唱。不是不会做家务，是她觉得做这些活太浪费自己的时间，但她也不会允许自己待在脏乱差的环境里的。到了女儿家，看到这些懒惰的年轻人混日子的情形，王梅真是看不下去。

为什么我们老一辈讲究的体面，在年轻人眼里就不当回事，以前的女人七八个那么生，扔在地上见风长，我在那种小地方，自己一边唱戏，调动工作，一边也亲手带大了独生女，怎么轮到外孙女，出生在这大城市，爹妈工作也算是体面，多少算是个小干部，反而日子还更艰难了？

王梅也跟车唯一说别那么忙，至少也让自己歇口气，别成天看手机，把眼睛看坏了。车唯一说别人看手机，是为了娱乐休闲，让别人娱乐休闲，那就是我的工作。再说，我和小孙不努力工作，不多挣点钱，眼看着乐乐将来上小学，这学区房我怎么也得来一套吧，就算现在这套大换小，还得有两三百万的缺口呢。

王梅什么都没说，但是车唯一心里替她说了——“人家五岁红一个广告买套房”，孩子都是别人家的好，自己也确实没人家那赚钱能力，车唯一也什么都不能说。

晚饭不是没有饭，有山药粥和煮鸡蛋，还有几块蒸的红薯，可是乐乐已经吃腻了。她抱着饼干盒，啃啃饼干，问姥姥：“妈妈怎么还不回来？”王梅说乖别着急，妈妈就快回来了。乐乐一巴掌把粥碗打翻，大哭起来：“妈妈，妈妈，我要妈妈！”

王梅弯腰去擦地上的粥，乐乐一骨碌从沙发上滚到地上，这下一塌糊涂，身上地下还有沙发上，到处是米粥。

看了一整天孩子，到了傍晚，已经到了最累的时候，王梅这几天本来就有些烦躁，看着这一团糟，她也懒得弄了，直接把乐乐抱起来，去卧室找几件衣服给她换了，地上也不收拾了。等车唯一回来她得好好说说，看看你家多么脏多么乱，看看你女儿多不听话，一代不如一代！

车唯一不知道这些，她这一天处理了好几条突发新闻，先是无名女星爆料被家暴，四肢青紫、伤痕累累的大照片触目惊心。放心，如果只是一个家暴新闻，就算上了社会新闻也不会有多少人关注的，但这是明星新闻，这女星虽然没名气，但家暴她的男朋友，是某大明星的儿子，所谓的星二代。于是各大网站纷纷做专题。

另一个新闻也是无名人士爆料自己被某著名主持人骚扰，有电话通话录音为证。这个新闻倒是车唯一早就知道的，早在半年前她就收到消息了，因为涉及名人的个人隐私，她先去请示了上级，上级历来最喜欢此类独家新闻，没想到给她的回复是压一压。

压一压的意思就是置之不理。现在事隔半年，人家还是把新闻捅出来了，别的网站报了，手快的报纸也报了，车唯一没有理由不报，再次请示上级，上级说低调处理。

临到下班时间，真正的猛料来了，一直以恩爱夫妻形象示人的明星夫妻离婚了，而且经纪人各自出了公告，互相攻击对方诸多罪状。这下别说准时下班，就是加班到第二天早晨也有干不完的活啊。车唯一忙乱中给家里订了份包子外卖，只能委屈妈妈和女儿吃点包子了。

孙天行本来也想早点回家，可是他出差飞机晚点，在机场等了三个小时，本来想下午能到家，跟女儿好好玩一阵子，然后下厨做几个菜慰劳岳母大人。孙天行在网上学会一道糖醋小排，哄全家三代女人不在话下。

结果本该三点半到北京，飞机六点四十才到，一落地开了手机，有个饭局在大老远的丰台，是几个相熟的做投资的朋友，要见一个外地来的做技术的牛人，孙天行毫不犹豫，拖着行李箱直接奔饭局去了。机不可失时不再来，万一哪个投资人看上你，而这个饭局你没去，那不是白白丢了一个亿？

圈子就是这么吃饭吃出来的，聚会聚出来的，你一天到晚不去混圈子，那么这个圈子也就把你忘了，一个被遗忘的人，没机会在业界露面，也就等于死了。这个规律倒是跟车唯一做的娱乐新闻不谋而合。

也许天下的人际关系都是一回事吧。

等车唯一回了家，已经十点多了，就这她还是丢下了一群加班的编辑战友，自私地逃回家，还很不要脸地跟大家解释："对不起对不起，有孩子嘛不是。"小同事们大度地挥挥手："走吧走吧，你丑你先走。"

车唯一认丑，孩子妈再也不能跟单身的时候一样熬夜到凌晨，第二天还精神抖擞去跑大电影的发布会。

这天限行，她没开车，公司写字楼下一溜趴活儿的出租车。她上了车司机还招呼她："这么早啊。"车唯一苦笑："是啊，今天早。"

司机师傅就给她讲一段某某网络公司老总在凌晨三点坐上他车的事，快开到他的家了，接了个电话，立即让司机掉转车头又回去了。车唯一心说这还不是常有的事，如果现在同事来个电话说某个专题立即要撤掉，或者公司有了什么突发事件要开会，她还不是一样要乖乖回去待命。

王梅好不容易伺候着大哭的乐乐喝了牛奶吃了点面包，给她洗了澡换了衣服，哄她睡下了，自己胳膊酸痛，累得抬不起来，又说又唱连口水都没喝上。再看饮水机里的水空了，换水桶这种粗笨活她真的做不来，去灶上烧了壶水，顺便把粥热了热，那粥冷凝成一个整块，看着都没胃口，车唯一订的包子送来也冷了，放在那里没人吃。

王梅喝了点半冷不热的粥，放水洗澡，还得开着洗手间的门，侧耳听着乐乐的动静，怕这位小祖宗忽然醒了，发现身边没人，她能一口气闹上仨小时。

孙天行跟车唯一是在自己家楼下碰上的，两人一见对方都是一惊，接着无名火起："你怎么才回来！"再接着又理直气壮地回："你还不是一样！"

两个人都累得脱形，孙天行身上还一股子火锅味儿，车唯一闻了更火大："合着你自己吃饱了就全家不饿了，我还饿着呢。"孙天行说：

“甭管咱俩了，那两位祖宗可不能饿着。”说着话两人上了电梯直奔家里。

开了门就听见王梅唱戏似的叫板一声：“哎——哟！”孙天行明白，赶紧大声说：“我还没进来呢。唯一你先进去。”车唯一进去放下包，给老妈关上洗手间的门，开了卧室的门，一看乐乐睡得还挺香，才松口气，到门口对孙天行招招手。

孙天行直奔书房，直到王梅把自己收拾好了，穿好了全套睡衣，他才满面笑容地出来：“妈，妈您辛苦了，乐乐今天闹了没有？”

王梅板起脸，把冷包子放进冰箱里，车唯一在那里收拾地上乐乐的脏衣服，还要擦沙发，孙天行赶紧抢过去自己来。王梅说：“没少闹！不是我说你们俩，管孩子不能太宠，该立规矩得立规矩，你俩倒好了，一天到晚在外面，我可是得天天对着她。咱乐乐脾气倔，特别能扛，一哭起来就不达目的誓不罢休。这都是平时惯的！你俩啊，连自己的生活都管不好，更别说管孩子了。”

孙天行点头如捣蒜：“是是是，这事还得让您来，要不说小宝宝都得摇到外婆桥去是吧，妈你吃饭了没有？要不再给你做点？”

他一边擦地一边对王梅露出灿烂笑脸，伸手你也不能打对你笑的人，王梅心火算是平息不少。

车唯一说：“你别擦了，就那样吧。有什么现成的你热点，我还没吃。”

王梅一听，心疼女儿，又把包子拿出来了，往橱柜上一放。车唯一走过去打开饭盒盖，抓了个包子就咬。王梅说你脏死了，那手，都没洗，包子还是凉的。

车唯一边吃边说：“顾不得那么多了，我中午就没怎么吃，刚开始吃午饭那边新闻来了。”

孙天行点火给车唯一热粥，这会儿乐乐听见外面有声音，醒了，大叫妈妈，车唯一把包子塞进嘴，嚼着就进去抱女儿了。孙天行给王梅赔笑脸说：“妈，这一段我和唯一都忙了点，这也是为了咱家将来。还是我不好，我这一段多努力，多挣点钱，就不让您这么辛苦了。再说保姆咱也抓紧找，好歹多个人手，不能让您累着，您是登台表演的人，明星！天天这么带孩子做家务，实在不合适！”

这话都是王梅爱听的，她脸色缓和下来，叹了口气：“还不是为了孩子，唉，没办法的事。打儿一下如同百下，打在儿身痛在娘心。当了妈，就看不得女儿受苦啊。就你俩这样，还想要二胎，我可真……你自己掂量吧。”

孙天行一脸正经：“是，妈说得对，不过呢一切都等我挣到钱，这事业一起来，人也跟着旺，妈您放心，我绝不会让唯一跟着我受苦的。”

王梅说：“你自己吃了吧，吃的什么，要不再喝杯豆浆？我今天新打的。”

孙天行热好了粥，又用微波炉热了包子，王梅进去卧室想喊车唯一再吃点热的，开门一看，车唯一搂着乐乐，母女俩就那么摊手摊脚胡乱裹着被子睡着了。

王梅不忍心叫醒女儿去洗澡，心想就这么算了吧也快十二点了，但转念一想，还是用力把车唯一推醒。车唯一迷糊中还记着女儿，轻轻把乐乐松开，急赤白脸地问老妈：“又怎么啦？妈你别催我洗碗，让小孙洗！”

王梅轻声坚决地说：“谁让你洗碗了！去把妆卸了！不洗澡可以，不卸妆不行，不然皮肤老得比谁都快！”

车唯一既然被弄醒了，就顺便起来吃点，顺便洗个澡，又做了面膜，吹干头发，揭掉面膜，一看时间正好两点，正想回去睡，孙天行那边已经穿戴整齐出来了：“我们网站那边出了点事，两台服务器宕机了，我过去看看，这两天正在谈融资，千万别弄砸了。”车唯一说：

“行吧你走吧。”孙天行跟她亲了一下，急如星火地跑出去了。

* * *

袁洛平在饭局上遇到个面熟但想不起来在哪儿见过的人，这样似熟非熟的人太多了，他也有应对策略，那就是面带笑容哼哼哈哈，让对方说着他答应着，一会儿就从话头里听出来跟自己大概是在什么事上认识的了。

没想到这次对方倒很直接：“袁总不记得我了吧，我叫陈维翰。”袁洛平说：“哦好好好，记得记得。”陈维翰说：“以前我是秦总的助理。”

这么一说袁洛平才真的想起来了，秦静姝那时办公室里是有这么个眼睛黑亮的年轻人，似乎也接过他的电话，告诉他秦总出去开会了。一想到秦静姝，袁洛平心中五味泛起，笑容全无。

身边的小女朋友敏感地捕捉到这个变化，倾过身子来问：“怎么了啦？”

她说话尾音多，软嫩娇嗲，本来袁洛平最喜欢，不知怎么这次听了有些烦躁：“没什么。”又觉得太生硬了，放软了口气：“以前认识的朋友，回去跟你说啊。”

陈维翰冷眼看着他，这人有什么好，长得是不错，带一身生意场上的油滑，还领着个比自己至少小十岁的小情人。说话夸张，带手势，张牙舞爪，眼神看似热情，里面是冷冰冰的，在外面历练过几年，一看这样的人，就知道毫无诚意，跟他们打交道必须来狠的，不然的话一定是你吃亏。

他通身做派，明明都是秦静姝最讨厌的那种，秦静姝教他说话要慢要清晰，打电话语速尤其不能快，抓住要点不东拉西扯，她提醒他说话别打手势，坐在那里别跷二郎腿，看人要专注。

陈维翰到了现在，也最喜欢跟秦静姝那个类型的人待在一起，他们沉默，简洁，实干，有效率，说一是一，说二是二，不拖泥带水，也不掺杂过多情绪，不跟你烧香结拜，也不会翻脸无情，他是他们的同类。

真正做事的人应该是这样的。绝对不是袁洛平那种看似精英，其实是个利益至上的小人。虽然小人能发财，能找到很多机会，但他也一定会被更多机会拒绝。陈维翰非常能理解秦静姝为什么跟他分手，但他完全想不通她为什么会跟这么个人结婚，还生下孩子。他喜欢秦静姝，大约是从面试时看她第二眼就开始了。

第一眼看见她的时候，她很严肃，长发盘髻露出脖颈，戴一串珍珠项链，职场新人陈维翰差点以为应该叫她阿姨。他紧张得说不出话，一头汗。她看着他，忽然笑了，她笑起来很好看也很温暖，陈维翰就在那一笑中，怦然心动。她给他倒了杯温水，聊了几句就录用了他。

此后他心甘情愿跟着她，学她想让他学的一切，做她想让他做的一切，不计时间精力，只盼着一直看见她才好。他肯为她做所有的事，包括她让他走，那么他就走。而这些年里，他也时刻在等着她喊他回来，那么他就立即回来。

可是，终究没有。只等来她结婚生子又离婚的消息。他送过婴儿用品作为年礼给她，她回以果篮和名牌领带。他知道领带是她年年都要采购的客户礼品，但仍然把那条领带放在重要的位置，在一些可能会遇到她的活动上，他都会系上。

陈维翰自幼丧母，在他心中，母亲，妻子，女儿，都应该是像秦静姝的样子，端庄，优秀，品质高贵，有大女人做事的踏实能干，生活中还有小女人的细腻趣味。然而，她明明知道他的仰慕，却从来不做回应，甚至到了最后，不动声色地把他推得很远很远。

大公司好吗？当然，大公司待遇优厚，工作有流程有规则，靠着大公司的名头，出去办事谁都给三分面子，秦静姝确实在领导面前大力推荐过他，不然新进公司的人就凭借自己的表现屡获晋升那是绝无仅有的事。

陈维翰任职三年，公司开创一个针对网络宣传的新部门，他就任总监，带领几个小同事把这个摊子迅速做大，现在手下也管着将近三十个人。公司老总专门跟他共进工作午餐，说明年还有更多机会，鼓励他继续努力。年终双薪之外，年终奖可以买一辆车。陈维翰没有买，他要再攒一攒首付，找机会买房子。这也是秦静姝之前不断提醒他的，她总是对的，他也总是听她的。那么，是不是她不爱他，也是对的?

秦静姝接到旧下属陈维翰的电话，很意外也很惊喜。陈维翰说明来意，想跟她谈一个合作，关于以后的网络宣传跟她的公司联手推广，秦静姝说:“这当然好了，没问题啊，基本条件差不多就行了，反正是你们大公司让我搭车，我领你的情。”

陈维翰说:“那中午一起吃饭?”秦静姝说:“中午没空了，晚饭吧，如果你不加班，我开车去接你。”陈维翰说:“不用，我们就去青竹吧，六点，我在那里等你。”

青竹是秦静姝公司楼下的日本料理，熟门熟路，秦静姝去的时候陈维翰已经到了，要了蔬菜天妇罗、烤秋刀鱼、寿司和乌冬面。秦静姝看他点菜笑了，确实不再是以前那个毛手毛脚的新人了，陈维翰没有了以前的那份紧张畏缩，很从容，自己舒服也让人舒服。

点完了他也笑了:“你还记得吗?你第一次带我来这里吃饭，点的就是这些。”

秦静姝真是不记得了，有点感慨:“是吗?那他们店的菜式换得太少了。”陈维翰说:“从那以后，我一直觉得最好吃的东西，就是日本料理。”

秦静姝默然，问他在大公司现在怎么样，陈维翰说了自己的近况，秦静姝由衷地为他高兴："我知道你一定行的，这一步走对了。"陈维翰说："是吗？但我经常会看手机，我总觉得好像不知道什么时候会接到你的电话，喊我回来。"

秦静姝笑着，低头去夹了一个寿司："怎么会，你发展得那么好，人往高处走。"陈维翰接着自己的话说："如果你喊我回来，我马上就回来。"

秦静姝把那个寿司放下，看着他："维翰，你前途大好，不用说这些，你能记着咱们这家公司，还回头来合作，已经帮我很多了，我对你就不说谢谢了，因为不论你是不是在我这里工作，我都当你是自己人，这一点从来没变过。"

她的话鼓励了陈维翰，他也放下了筷子，看着她："不光是自己人那么简单，我喜欢你，我一直想直接这么对你说，秦静姝，你也是知道的，我喜欢你很久了。"

秦静姝并不逃避他的注视："维翰，人和人如果没有一定程度的喜欢，也很难在一起共事。谢谢你，但我相信这种喜欢，就是同事之间的互相欣赏……"

陈维翰打断了她："不是。我很确定，我也换过几份工作了，我知道同事之间的欣赏是什么，也知道喜欢谁不喜欢谁是怎么回事。这个你不能教我，因为我自己知道我的喜欢是爱，不是欣赏。当然我也欣赏你，跟我欣赏其他很优秀很特别的人一样，但是喜欢就是喜欢，跟欣赏不一样的，我很希望能跟你在一起。"

爱和喜欢，还有在一起，可以就这么轻易地说出口吗？之前陈维翰一直在问自己，他不是一个善于言辞的人，但他发现面对秦静姝，说出这些话并不难，因为他已经想了无数遍了：总有一天，总有一天我会这样在你面前，说出我想说的话。就像你教我的那样，想做成一件事，应该努力争取，我不要默默地远远看着你，我想和你在一起。

“我父母的婚姻不幸福，所以我也不相信婚姻。”这句话一出口，秦静姝自己也吓了一跳，这么多年深藏于心的想法，原来可以就这么说出来，还是对着陈维翰。

“我父母都在教育系统工作，妈妈是特级教师，爸爸是在副局长的位置上退的休。我觉得他们俩之间的问题是双方都太理性和克制，太喜欢说教别人而忘记反省自己，他们都需要被人爱慕却吝惜付出爱和关心，也可能是这一行做久了，就忘了怎么去爱人，误以为挑剔和纠正别人就是真正的爱了。反正他们的相处方式就是几乎不交流，你做好你的事，我做好我的事，如果觉得对方做得不好，那就会吵架，那种我爸爸像在做报告，我妈像在做公开课的吵架，真是受够了。别人看我们家还是很和谐美满的，但我却知道，他们心中，都另有喜欢的人。我爸跟一个女打字员有过婚外情，我妈是和另一个男老师……维翰，你不了解我，我觉得我心态比较扭曲，不相信婚姻，也不相信异性，说了也许你会看不起我，我觉得两个人有了感觉上床倒是没什么，但是要去结婚，维持一个家庭，那太难了。我想我做不了一个好妻子，也做不了好妈妈，孩子来了是意外，但也只能这样了，幸福这种事，应该是有吧，但是我把自己的生活搞得这么糟糕，我不值得拥有幸福。”

陈维翰很认真地听着，他知道这是秦静姝推开了门，让他可以了解她的内心，使他震惊的是，面对婚姻秦静姝竟然如此迷茫和没有自信。

他一向都觉得，像她这样赤手空拳做起来一家小公司，给十来个员工发工资的小老板，毫无疑问也会是个完美的主妇，那时听说她跟袁洛平奉子成婚，江湖上还传说她就此收山回去当全职太太了。陈维翰那时虽然心如刀割，却也觉得这是一个好的结局，因为他觉得秦静姝这样的女人，应该住在大别墅里，每天陪孩子玩，指挥用人打点家居，自己没事再搞搞园艺、茶艺之类的，看着她每天做事那么辛苦，也真应该歇歇，有个男人在前面遮风挡雨，她尽情在家里享受一份常人不及的高品质生活，不应该是这样的吗？

他从来没有想过，秦静姝是这样看待自己，觉得自己心理变态，不适合婚姻，也不信任异性。她一向把自己收藏得很紧密，他以为那是因为她没有遇到值得托付的人，却从来没有想到，是她觉得自己不值得。

两个人还是默默地吃了点东西，秦静姝叫来服务员，陈维翰按住她的手："该我请你了，以前都是你请我。"

秦静姝笑了，也想起了那时带着他出去吃饭，还要催他把没吃的菜打包带回去吃。她说："这次我打包喽，秋刀鱼带回去给我妈吃。"陈维翰说："好啊，你也该早点回家了，孩子在等你吧。"秦静姝看看时间："这会儿估计他都睡了。"

秦静姝开车送陈维翰回家，到了他住的小区楼下，陈维翰下车前对她说："下次该我了。"秦静姝说："什么？"陈维翰说："我也要告诉你，关于婚姻我的看法，还有，我喜欢你，想和你在一起，你别忘了。"

看着他的背影，秦静姝忍不住泪湿眼眶，从来没有像这一刻，她懊悔自己的选择，生孩子太被动，结婚太草率，她表面一副什么都承担得起的样子，其实内心的崩溃只有自己清楚。

如果你不做个大女人，生活只会把你欺负得更狠，如果你不努力挣钱自己开创小小事业，那你永远是给土老板弯腰修理电脑的女销售，一口气泄了，结婚生子全职太太，永世不得翻身。

陈维翰喜欢她，她并不是不知道，也并没有想装作不知道，只是陈维翰跟她算是师徒又算是姐弟，她喜欢他也关心他，尽自己所能照顾他，但是要跟他恋爱结婚，那恐怕比跟袁洛平在一起还难以想象。

秦静姝走江湖久了，并不认为异性就不能做朋友，事实上，她随时能找到几个出于各种原因认识的熟男，一起打牌喝啤酒，顺嘴胡扯一气，心里痛快了各回各家。

她觉得陈维翰比起这些人来，还多了一些更让她牵挂的东西，他就像以前的自己，内心有着非同一般的骄傲却不知该如何与这骄傲相处，是她引导着他，或者说，是引导着从前的自己，慢慢走上正轨。看着他有了成就，她高兴之外还有自豪，而她对他的感受，并没有像与袁洛平之间那样，发生肉体上的互相吸引，甚至，也并没有像她和黎天意之间那样，他在台上唱歌，唱到一半走到台前，跳下来对着她唱完另一半。

秦静姝承认，自己的骄傲中至少有一小半是强烈的虚荣。她喜欢袁洛平对她疯狂的追求，她也喜欢黎天意这种文艺浪漫，至于她带过的徒弟坐在对面，诚恳地对她表白，想要和她在一起，她却立即理性地拒绝他。

是真的拒绝吗？如果是的话，为什么她会告诉他那么多自己家庭的事情，这些事是她从未对任何人说过的，因为她总觉得，不说就可以假装这些事情不存在，不说就可以把一些伤口埋起来，不见光，永不痊愈，永远在痛，也好过见光时的一瞬间，那赤裸裸的羞耻感。

陈维翰回到家里，他久久难以入睡，他知道自己离秦静姝又近了一步。你有你的骄傲，我也有我的，只是我从来没想过你是如此缺乏安全感，你激发出我最大的渴望，也许你想要的，是我能给你的。

* * *

李云珠从来没有想到过，女儿会窥破她内心中最深的秘密，那个秘密关于另一个人，她深藏在心里，以为谁也不知道的人。

他们所在的城市里，每年大约可以评出十五名特级教师，她是在自己的初中评上的，而他是在秦静姝的母校，全市最好的高中评上的。随后他又被调去了省实验中学，专门培训物理奥赛选手。只要是他编写的物理辅导书统统畅销，据说还有北京的学校三番五次去找他，要调他去北京任教。

任平林个子不高，皮肤黝黑五官鲜明，一双眼睛里总像是烧着两把火，他的右腿做过两次大手术，如果仔细看，还能看出他走路微微有点跛。他的普通话不大好，带一点点口音，但流利响亮，绝对想不到他原本是个严重的口吃患者。

任何一个讲台，他只要缓步走上去，用那双灼热的眼睛往台下一扫，再闹腾的学生们也会安静下来，想听听这人说点什么。

他抬起头，声音平静："我叫任平林，三十岁，是物理老师。你们觉得物理是好学还是不好学？是的，不好学。天下没有哪一门课是好学的，想学好就更难了。但是，我觉得去学好不好学的课，去把难学的东西学好，这本身就是最有价值的学问。"

他略提高声调："你们可以看看我，我现在站在讲台上，但我曾经拄着拐杖六年，我的腿做过两次大手术，连医生都说将来最好的情况也就是跛脚，你们可以看一看，我现在走路跛吗？对，还是有一点点跛。但是，我可以随时上场去打篮球，我们比比谁投三分投得准。"

这时全场都肃静了，有些学生还泪盈眼眶。他还是继续平静地说："我上小学的时候，还是个结巴，就是你们知道的，最严重的那种口吃。不过，到了初中，我参加了演讲比赛，那年全市中学生演讲比赛，我拿到第一名。你看，我现在说话口吃吗？我坐在轮椅上的时候，别人说我不能走路，我现在走得好好的。我结巴的时候，别人说我不会说话，我现在说得好好的。别人说我这样的人不能上学，腿坏了只能去讨饭，我照样考上了师大，四年成绩全优。"

他环顾台下，大声问："你们呢，能好好说话，也能好好走路，那你们说，能不能学好物理？"

得到的永远都是震耳欲聋的"能！能！能！"这种气氛，估计他就是让学生们集体上战场，这些热血沸腾的孩子们也会跟着他冲锋。

他依然平静，略一摆手："好的，现在我要开始讲课了，请大家专心听讲，谢谢。"

任平林是从农村中学调来市里的，第一堂课就让全校师生震惊了。难怪这人带出了那所农村中学前所未有的升学率，这么一个意志坚定，有着超强煽动能力的人，太能激发学生的积极性了。

每个老师都知道，只要学生自己主动认真学，肯花时间听讲，肯把注意力集中起来，那全班整体成绩没有不提高的。那年评全市优秀教师，只有他和一位德高望重的老校长来自农村中学。

他调来时理化教研室刚好满了，任平林在语文教研室借了张桌子，跟李云珠坐对面。

李云珠当年也是三十岁，女儿静姝已四岁，丈夫秦宽仁从教育局被借调下乡调研，路途遥远，两个星期才能回城一次，匆匆忙忙，换换随身衣物，看看女儿就走了。

幸好幼儿园就在中学隔壁，李云珠每天送静姝去了幼儿园，回学校上早读课，下午接了女儿，带着孩子在办公室批作业，五点下班再骑自行车带着女儿一起回家。她这样的情况还是大家羡慕的，因为还有不少老师只好把孩子托管给邻居，送到乡下给老人带，牵肠挂肚，她能把孩子放在眼前，已经很幸运了。

每天七点半开始早读，李云珠六点五十已经第一个把女儿送到了幼儿园，七点钟她在办公室打盆水，把每张桌子都擦一遍，再打两壶开水，就开始静静备课。

自从任平林来了，她每次来，都会看到办公室开着门，桌子擦完了，开水也打完了。任平林已经坐在那里静静地看书、做题、写教案了。李云珠也不打扰他，同样安静地坐下，拿出书本、卷子，不发出一点声音。

不过总是在她东西放好了之后，任平林会抬头看看她，两人视线相碰，同时点点头，说声早，然后各自低头忙自己的一摊事。

李云珠也是学校优秀教师，比谁都清楚一位优秀教师的素质要求，勤奋，冷静，有责任心，当然还要有强大的教学能力，能把书本上的枯燥课程总结成一个个知识点，再想办法给学生灌到脑子里去。

她自己就是这样的人，而任平林显然做得比她还要好。他冷静，克制，忍耐，一道题学生不会，他可以花时间找出十几种类似的题型，反复给学生们做训练，他不止一次地告诉学生们："别忘了，老师本来是有残疾的人，现在都能让自己像正常人一样生活、工作，你们呢，你们本来就是健康的人，要好好珍惜，你们可以成为更优秀的人。不要害怕学习和考试，学习会锻炼你的能力，考试会让你去到更远的地方，如果你连这些都做不到，那你不是连我这样的残疾人都不如了吗？"

这些十三四岁的孩子，每次听到他的教导都会热血上涌，谁都明白，一个腿上有残疾的人让自己跟正常人一样走路有多难，可是看看老师吧，老师在篮球场上还是得分王呢。一次任平林跟一个篮球体育生一对一，五投五进，带球过人漂亮极了，全场给任老师的喝彩声震耳欲聋。

这一年李云珠和任平林都是初三班主任，原本李云珠带的班是毫无争议的总分全年级第一，在十个班里遥遥领先，这也是惯例。她带的一班，历来就是公认的重点班，多少学生家长打破头也想进她的班。

没想到任平林一来，带的二班本来成绩倒数，经他一调教，第一次小考就追到前三了，而且物理成绩更是集体上升。

任平林自己有题库，每天上课二十分钟讲课，二十分钟就做题讲题，有时抽十分钟来个小考，考完马上就讲，让学生立即看到自己的解题思路是对是错。他的到来可以说掀起了一阵旋风，校长已经接到不少条子，家长申请把自己的孩子调去二班。那些孩子毫无疑问，又都是“聪明但就是不爱学习”的。

对于这一点，任老师也专门在班上和家长会上说过：“聪明但是懒，不爱学习，是很多人给自己成绩差找的借口。我很难想象，一个面对着激烈竞争不知道努力，不在学习中提升自己的人，他能聪明到什么程度？如果说，那种聪明是闭上眼就能考满分，那也没问题，这样的人甚至可以不上学，也不用要求老师和家长去管他了，只要考试的时候过来交上满分卷子，不就可以了吗？但是，请问在座的各位，谁见过这样的人？谁家里有这样的孩子？不，没有，只有懒惰，不爱学习，并且成绩不好的学生。如果你想提升你的成绩，请你认清楚现实，现实需要勤奋努力，对自己诚实，真正的聪明人是发掘自己最大的潜力，想方设法让自己学好各门课程，用成绩来证明自己的人。如果养成了懒惰、不诚实、不爱学习的习惯，就算走上社会，做事也很难吧。希望在这一点上，大家能跟我达成共识，不然的话，我觉得就是自欺欺人。你自欺就可以了，不要来骗我。”

家长纷纷感叹，这老师说话毒了点，成绩至上了点，可最后考试还就是要看成绩啊。再说，现在不学会勤奋努力，好好写卷子做题，将来怎么指望他们勤奋做事，努力应对工作和自己的家庭啊。这位任老师，他好狠，好厉害，难怪这样的人成了孩子们的偶像，对他敬若神明。

自此包括李云珠在内，所有的老师都不会再顺着家长的话说：“是，您家孩子是挺聪明的，就是上课不听讲。”其实这是废话，大家都会按照任平林的话来告诉家长：“不要自欺欺人，面对真相，你才能痛定思痛。”

李云珠感到了竞争压力，不过这也带来了兴奋。本来嘛，老师之间也有竞争，遇强则强。李云珠师大毕业从教以来，还从未遇到过对手，她一向是春风化雨，动之以情晓之以理，激励学生自我管理。只要自我管理能力够强，学生们就会重视起考试，重视了考试，就会自己想出办法来解决学习上的问题。

当然这也少不了她每天观察，点拨，深入了解每个学生的状况。比如有学生忽然遭遇亲人过世，她每天都花时间给学生写小纸条夹在作业本里鼓励她；有学生的父母离婚，她找来双方家长加上孩子，三人一起长谈，让学生解开对父母的心结，更专注在学习上；还有学生是转学生，不适应，她会委派个班级职务给他，让同学们都去跟他打交道，尽快让这位同学找到朋友……

一个班级几十个孩子，都需要你的关注和照料，李云珠带的班级从成绩到班风都是最好的，因为学生们知道老师是真的在乎他们。

就这样，李云珠带出了一个又一个优秀班，从初一教到初三，她把初三一班变成了金字招牌，连教育局局长公子，都是通过她丈夫秦宽仁介绍，校长亲自批条，来了一班当了半年插班生，后来踩线考上了五中。

每天早晨，两个最早到达办公室的老师，相视点头问候中，又多了一些说不出的内容。李云珠感觉，他们像两个默默的长跑者，在长长的跑道上互相追逐，并肩而行，既是竞争，也是做伴，从此不那么寂寞了。

会不会在那时，有一些什么在滋长？她时刻反省自己的言行，除了好老师、好妈妈，她也是一个行为上无可挑剔的好女人，李云珠的完美主义为她带来外界的荣誉，还有内里的自重。自己都不尊重自己，那你又怎么能要求别人尊重你？

所以，那时每天早晨的默默相对，每天互看一眼，互相问候一声，就真的没有什么吗？是什么都没有，还是你不敢承认有什么？

那一年的十班特别乱，据说是那届校花在十班的原因。这位校花姑娘家庭破碎，爷爷奶奶上了年纪管不了她，她在小学时就跟社会上的人混在一起，上了初中变本加厉。当时古惑仔正流行，她甚至还引起了学校里男生们四处拉山头、争夺地盘的风潮。

那伙社会上的小混混是放学后来到十班的，他们爬墙躲过了保安。秦宽仁这天休假在家带女儿，快中考了，李云珠在学校批卷子改作业。都过了下班时间，老师们都走得差不多了，只有对面的任平林还没走，还在那里伏案疾书。

她听到了外面的惊呼声，冲出去一看，走廊里几个小混混拖着那个著名的问题女学生，要把她带走，十班几个男生抡着从桌子上拆下来的铁腿，两边已经快要混战起来了。李云珠跑过去，把那个女生扶起来，看她长发散乱，一双大眼睛哭得眼泪长流。虽然是问题学生，可也是别人家的女儿啊，李老师是当了妈妈的人，她把女孩子护住，质问那几个小混混："你们这是干什么，这里是学校，不许胡来，保安要报警了！"

那几个小混混看只出来了个女老师，也不害怕，叫嚣着："别多管闲事，这是我们老大要的人！滚一边去。"

那几个男生冲他们抡铁棍："不许你们骂老师！你们滚出去！"

李云珠厉声喝止男生们："别冲动，都快中考了，你们别惹事。"

这时任平林在后面大喊了一声："再不走警察就来了！我已经报警了。"

说着，他疾步走过来，把李云珠和那个女生推到自己身后，跟那几个小混混几乎是脸对脸了。他声音也不大，还在劝说："要走赶紧走，不然你们可要去警察局了。"

没想到其中一个小混混有股狠劲，本来跟那几个男生纠缠得就不耐烦，好容易捉住女孩，又被个女老师夺走了，正好这里来了个男的，个子还不高，他上去揪住任平林的衣服，一拳打在了他脸上，任平林没躲，怕他打到身后的人，脸上挨了个正着。

小混混还想再来几下，任平林一手伸到后面推开李云珠，一手挡住飞来的拳头，下面一脚踹了过去。力道之重出人意料，那小混混被他直接踢翻了滑出去几步。

后面的几个慌了手脚，赶紧扶他。任平林说："你们听听，外面是不是警车的声音？"那几个小混混哪儿还顾得上听，七手八脚把地上那个扶起来，几个人小跑着逃走了。

李云珠安抚那个女生，给她的舅舅打了电话让他来领人，小镇警察跟电影里演的一样，总在事发后迟一步赶到，不过所幸警察也是本校出来的，做了笔录安慰了几句，承诺一定抓紧办。

李云珠回办公室去看任平林，他拧了把毛巾在擦脸，鼻血已经止住了，脸上青了一大块。

他们俩同时开口问："你没事吧？"又同时说："我没事，你呢？"

谈话就此中断，突如其来的沉默让气氛变得尴尬起来。

任平林脱下的外衣放在桌子上，一颗扣子垂得长长的，是刚才被那个小混混扯的。

李云珠拉开抽屉，拿出了针线包，她把他的衣服捧在手上，一针一线把那颗扣子缝得结结实实。任平林看着她缝，看着她的手指抚过他的衣领，不知为什么脸越来越红。他起了念头想走过去，但他用最大的力量去克制，他不知道自己走过去会发生什么，也不想知道。那是一片禁忌之地，写满了不可以。

他懂得爱人，也爱这世界，他更爱自己，所以他苛求自己，要求自己做个完美的人。他看到了她，第一次知道，有一种爱让他忘记了自己，只剩下单纯、热烈的思慕，让自己变得那么卑微。

缝完了，李云珠把衣服放回到任平林的桌子上。

“谢谢您，任老师。”

“不客气，李老师。”

他们是成年人，看多了情窦初开的少男少女，他们清楚地知道发生了什么。只是，能说出口的，也就是这么平淡的一句对答。

这两句短短的话，在空荡荡的办公室里不断回响，他们分离后的无数日子里，又一次次地荡漾在耳畔。我知道，我知道你知道，但是我们终于，谁也没有说。我们说的是“谢谢您”“不客气”。

那天那个女生还是回去了，熬过了中考，她上了附近的一所高职，据说成了那一带的大姐头。

有次李云珠骑着自行车路过那里，那个女孩骑着摩托，还特意跟李老师打了个招呼。李云珠有一肚子教导她浪子回头的话要说，却只能看着她长发翻飞，呼啸而去，后面还跟着几个追随她的小男生。

小城孩子成长不易，李云珠对秦静姝严加管教，也正是因此，一旦走上歪路，那是永无回头之日啊。

* * *

刘招娣在孩子们玩的沙坑边上交到了不少朋友，同样是来带孙辈的老年人们，聚在一起有话说。尤其那两位会计同行姐妹，还有那个她帮助过的广西奶奶，她们几个带着孩子经常在一起玩。恰好那三位领的都是男孩，只有小叶子是女孩，大家都说要让男孩子让着女孩子，有了一起玩还会谦让的小朋友，小叶子也一天比一天更活泼大胆了。

孩子们在一起玩得很好，大家都吃上了广西奶奶给带来的橘子，因为刘招娣努力跟她沟通，广西奶奶也竭尽平生之力，能说出几句似懂非懂的普通话，跟大家多少有些交流了。

那两位会计奶奶有次问刘招娣，愿不愿意再接点项目做做，刘招娣心里也松动了，对她来说，带着孩子做账那就是离婚后的生活，就现在这点家务活根本也难不倒她。再说，她还没看过北京公司的账呢。

刘总对做账的各种软件并不陌生，她是当地第一批学会电脑操作的会计。那位同行看她意思松动，就给自己一个老同事打了电话。

老同事姓白，开家财务公司，一听说有这等人才，很兴奋，当天就开车过来。刘总抱着小叶子，跟白总聊了半个钟头，白总真觉得相见恨晚。

财务公司承接外面小公司的账目，几十家公司的账目大约十多个会计做，挣的也是个辛苦钱。刘招娣大致问了问这些小企业的规模、人数、大致报税的情况之类的，心里有数了，嘴上说："我现在给女儿带孩子，没有太多时间。"

白总也痛快："每个月占不了您太多时间，有个三天五天的，各家账您帮我看一遍，盯一盯，您自己有退休金，我就按劳务费给您现金打到卡上，无税的，八千块钱一个月，您可别嫌少，咱们公司做起来了再加吧。"

对于白总来说，他的财务总监刚走，他得自己看公司的账还要盯手下的项目，财务总监月薪税后一万二，人家想加到一万五，白总抠门不答应，结果人家跳槽走了。这下天降奇缘啊，一位总会计师给他干活，不用缴五险一金，工资还少花四千，能再请一个外地来京的名校大学生，白总开车回去都一路哼着歌。

刘招娣回家做着家务，也轻快得跟跳舞似的。小叶子看到姥姥高兴，自己也跟在姥姥后面，跟着拿东递西。刘招娣忙完了家务，夸小叶子乖，赏罚分明，在淘宝上下单，把张文扬看了好几次都没舍得买的一套玩具买了，用了优惠券还四百多。

给孩子买东西刘招娣向来不手软，给女儿都能买房子，何况给外孙女买这点玩具了，再说姥姥能挣钱，挣的是这北京城的钱，姥姥有这金不换的手艺，才有你妈和你的今天，可惜啊，会计这么有用的专业，你妈就是不学！

张文扬对妈妈找到工作这事一点都不奇怪，向来她都认为即使天下的人都找不到工作，她老妈这种女超人也肯定会有工作的，她就是擦皮鞋都能擦出花来，能拿到擦鞋的诺贝尔奖。

她就是对着那套玩具和欣喜若狂的女儿满心惭愧，这算什么，自己是老妈养大的，难道自己的女儿也要妈妈养？你还有点出息没有了？

惊讶的是杜峻峰，惊讶之外也惭愧到死，自己失业了半年，高不成低不就，到现在还没找到合适的工作，自己好歹是名校硕士，科班出身的技术人才，怎么还不如一个小城来的退休老太太了。

这些天刘招娣没说什么，可杜峻峰再也不好意思躺在家里等馅饼从天而降。他四处奔走，也碰了不少壁，看了不少冷脸。看的冷脸多了，更觉得家里热饭热菜可贵。自从刘招娣来了，小夫妻再没问过菜价米价，这还了得，有手有脚，三个人排排坐啃老？杜峻峰心急如焚，再也坐不住了。

他连夜发了好多简历，还硬起头皮给自己的同学、朋友、学长都打了电话，挨个求人问他们公司有没有空缺。还好，毕竟他们算是小范围内的专业人士，恰好也到了招聘旺季，杜峻峰接到了好几个面试的通知。他把自己的面试套装拿出来，系好领带背上包，出去奔波去了。

刘招娣看着女婿毕竟还是比张天阔强点，最起码这务实的劲头是对的，越发每天买鱼买肉，变着花样做吃喝，小叶子都跟着歪歪扭扭学着包饺子了。

张文扬也感受得到这份熟悉的激励，只是表达得比较曲折。她拖延症发作，最近的稿子没交，正在被编辑们追杀，可是她该写的专栏写不出来，却写小说去了。

长篇小说就得坐下来写，张文扬总觉得时机未到，时机到没到不说，太后可是实实在在地到了。你再不写点东西出来，挣点小钱，买买小菜，出本书，给老妈看看自己没有白吃她的饭，你还像话吗?

小说这回写的不是武侠了，写的是青春纯爱，总的来说，就是她在大学里的那段狗血纠结。

* * *

大一张文扬刚过十六岁生日，生活里就出现了一位在别人看来，跟她天造地设的般配男生。江致远十九岁，研一，戴副眼镜笑眯眯，活脱是亚裔版的哈利·波特。他是真正的小神童，整个小学根本没念，全国小学生数学竞赛拿了一等奖。江致远的家在省城声名显赫，他的爷爷是省师大副校长，奶奶、姥姥、姥爷全是本校教授，不用说，父母也是本校教授，爸爸是系主任，姨妈姨父是国外学校的教授，叔叔婶娘是北京某大学的教授，还有个小舅舅也是本校硕士毕业，读博期间出去创业，书香门第唯一一个生意人，创业耽误学业，没拿到博士，但后来创办的公司上了市，有亿万身家。

江致远在这种家庭里长大，从小就通英法两门外语，他奶奶是法语教授，爷爷又留过学，不上小学是因为他太顽皮，老师管不住，结果他八岁上了中学，一听课觉得自己全懂，于是回家自学，其实是放羊一年。被大人们好说歹说，还是守了规矩去上学，继续拿些竞赛奖，中考全优直升某大附中，那时他才十二岁。

高一感受到了学习压力，毕竟某大附中里也都是人尖子，后来那个班前十名都进了全省前三十名。江致远小同学觉得不适应，大哭一场又在家赖着不上学了。这回在家发奋一口气读完了高中课本，回学校算留级生，又念了一次高一，成绩优秀，稳定在年级前十，高考得了高分，进清华没问题，可是——他反问：“为什么要去清华？我的家在这里，所有的亲人都在这里，我为什么要去北京？我不，我要跟奶奶在一起。”

奶奶说：“男儿志在四方。”他说：“我要留在你身边照顾你。”这话一出口奶奶老泪纵横，乖孙子真的没白疼。

就这样他上了省城某大，连家门都不用出，根本全家人都住在学校教工宿舍楼里，步行三百米就到了姥姥姥爷家，再走五百米就回了自己家。这里的一草一木都跟他从小玩到大。

不用说，他读完本科读硕士，读完硕士读博士，读完博士留校当老师，从助教升到教授，还是住在教工宿舍里。一辈子活动半径就整个大学这么大，未来一眼就看到了头，照样繁花似锦艳阳高照，说起来人人称羡。

江致远整个中学时代都比同学们小，一天到晚调皮捣蛋根本没有男女之念，本科时代他倒是到了青春发育期，开始少男怀春，但哪个青春正盛的女大学生，会跟一个十五岁的小男孩谈恋爱。

他老爸也是少年大学生，深知其中苦楚，背地里告诉儿子：“你应该找跟你差不多年纪的，你看我和你妈，就是我读研后，专门到本科班去找的学妹。”

一言点醒梦中人，江致远专心学业，考上本系研究生后，个子也长到了一米七五，作为一位研一学长，可以光明正大地去本科班找学妹啦。他本科时备受大姐姐女同学们的打击，所以看到高中生似的张文扬，一见钟情。

张文扬第一次在小花园遇到江致远，还以为他是中学生，听他说自己是硕士班的，张文扬哼了一声：“我还是博士班的呢。”根本不信。

第二次遇到江致远是在图书馆，他排在她后面借书，特地亮出学生证给她看，张文扬一看不假，回头瞄他一眼，又哼了一声：“硕士又怎么样？看着还没我大。”江致远忍住笑，去拿了本期刊集，坐在她背后看。张文扬把最新的文学杂志统统都翻过一遍，肚子饿了，起身去食堂。

江致远在后面追上来拍拍她，她拒绝男生已经轻车熟路，回头瞪眼睛："无聊不无聊啊你，告诉你，我对你没兴趣！"江致远还是笑眯眯，等她骂完，把她落在座位上的书包递给她。张文扬接过书包，连哼两声，扬长而去。

第三次遇到江致远，他直接在阶梯教室里找到张文扬，大模大样坐她旁边。张文扬问："这是我们专业课，你又不是我们系的，来干吗？"江致远说："我来旁听啊，不行吗？"张文扬想重重地哼一声不搭理他，结果不幸正值小感冒，鼻涕飞出来了。

江致远笑着拿一张纸巾递给她，她又羞又气，边擦边问："你有病吧？"江致远说："我没病，是你有病，你感冒了，下课我陪你去校医院，还有，少哼几下吧，你是猪啊？"张文扬好气又好笑："你才是猪。"

教这门计量经济学的董教授看了这两人会心微笑，心说江老师两口子有喜事了，这对小儿女还真般配，天真无邪两小无猜啊。

江家父母对儿子谈女朋友的事大力支持，江教授夫妇全无高级知识分子的架子，张文扬感觉自己比在家里还受宠，老妈也很少像江妈妈那样抚摸自己的头发，还给她梳出两条光洁的麻花辫。江爸爸看看未来的儿媳妇，白肤明眸，秀美单纯，直接可以判断出未来孙子孙女的容貌必定更上一层楼。

江致远的姥姥姥爷退休后致力开发私房菜，二老理工科出身，治学严谨，做菜水准直追五星大厨，吃得张文扬满嘴流油，自认下了饭桌要胖五斤。江致远的爷爷，师大老校长，只要见了年轻人上门都眉开眼笑，发表一通"世界是我们的，也是你们的，但归根结底是你们的"之类的教诲。

只有江奶奶，浸淫法语文学多年，看到张文扬，也热情接待一顿下午茶，但不置可否。

江致远背地问奶奶怎么样，奶奶说你喜欢就好。江致远听得出画外之音，求详解。奶奶说：“你还记得拉·封丹的寓言吗？”那是江致远小时候的启蒙教材，跟奶奶一起读得烂熟，当然记得。

奶奶说：“燕子提醒小鸟，说庄稼成熟后必有灾祸，小鸟不会听的，因为小鸟只会看到麦苗和麦子，吃在嘴里又香又甜，其后发生的事情，燕子可以预知，但小鸟不能。而且，即使能够预知，小鸟也还是会这么做的。致远，你以后会明白，不是现在。”

江奶奶一眼就看出十七岁的张文扬有颗不安定的心，她在第一眼对张文扬的判断，比刘招娣和张天阔，甚至张文扬自己，还要更准确。人生就是这样奇怪，父母子女未必能互相了解，一眼看穿我们的，却常常是毫不相干的人。

江奶奶其实更想说的是另一个寓言，狗向狼炫耀自己丰衣足食的生活，而狼却看到了狗脖子上被项圈磨光的皮毛，有些人，比如江家全家，生活在大学校园里，过着清高安稳的生活并视之为理所当然，而另一些人，则绝对不愿意在教工楼里安度一生。

她爱怜地看着孙子年轻的脸，这孩子注定要为了一个陌生女孩受苦，她注定要远走高飞，然而对于这件事，她是真的无能为力。

暑假江致远想跟张文扬回她家，张文扬严词拒绝，她可还记得老妈抡起衣架揍她那火辣辣的痛，心有余悸。江致远买了张半价硬座火车票，跟她一路相拥，等张文扬下车回家，两人吻别。他就地买张返程票，即日回省城。

张文扬回家一看，满屋子人都在等她，有她老妈刘招娣和老爸张天阔，还有邻居叔叔阿姨一家子，也就是说，邻居叔叔阿姨和他家独生子，害她挨打的罪魁祸首郑先达。这厮也长高了不少，那年他考上北航跑了，临走前还跟张文扬商量要不要一起私奔。

现在他看着她，笑着，不，是全屋的人都在看着她笑，笑得张文扬毛骨悚然，问她老妈：“这是在干什么？”刘招娣也有点难为情，扭头看邻居一家，还是邻居叔叔豪爽，大方地说：“扬扬回来了，我们是来向你们家提亲的。小达下个学期就大三了，成绩还行，打算考研，我们问他个人问题，他说你俩早就约好了。我和你阿姨还用说吗，从小我就认你是我干女儿了。今天大家都在这里，我们两家人吃个饭，把事情定一下，将来的事你俩自己商量，愿意去北京也行，愿意在省城也行，反正我们这些老的也是开明的，想去哪儿都行！”

张文扬提醒自己，千万不可在这时发作，一旦闹起来伤了两家人的面子，那可十足糟糕，小城人最讲究面子了，看他们这种架势，肯定是觉得两小孩的婚事十拿九稳才会自作主张。

郑先达太可恶了，竟然事先一点风声都不漏给她，难道说这算是惊喜？吓死人了，什么年代了还包办婚姻哪。那逃婚会不会浸猪笼？结婚了要不要立牌坊？她在省城有个江致远，反正牌坊肯定是立不起来了。

这顿饭两家大人吃得欢喜无限，养儿女一场如同养猪，订婚酒好比终于到了可以杀掉吃肉尝尝甜头的时候了。郑先达生日大，虚岁二十一，张文扬刚十七，等两小商量好了前途，要么去北京买房，要么在省城置业，买个大房子，邻居多年两家人也亲似一家了，在一起住没什么不方便的。

等张文扬到了结婚年龄，两人火速领证，生娃，四老荣升爷爷奶奶外公外婆，小两口子想念书就念书，想工作就工作，两家出了两个名牌大学生，青梅竹马，再添个小孙孙，这锦上添花的人生，还有更好的吗？没有了。

张文扬魂飞天外，心说这都是哪儿跟哪儿呀，就像江致远他妈似的，喜欢她喜欢得不得了，连小孙女的名字都给起好了，还说她就喜欢女孩，将来有了孩子必须给她亲手带，致远就是奶奶带大的，她那时忙工作没多跟儿子相处，要是有了小孙女，她可就万事足了。

八字都没一撇，结果大人自己都数到八万、八十万去了！

郑先达看着张文扬，一年没见出落得越发好了，就是表情还是呆呆的，跟没睡醒似的。他们俩高三时那点荒唐事，让他回味了好久。他的网名就是张文扬钦赐的“郑诗野”，张文扬自己从“司马扬眉”到“扬眉”，到“眉子”，到“子眉”，到“小文”，到“文阔”，到“文情”，现在叫“舒剑”，换了没有三十个也有五十个了。

任凭她千变万化，郑先达还是郑诗野，大学同学都叫他野子。

北京城几十所高校，他也跟着同学去围观过著名的北影、北舞，可是看遍万紫千红，还是忘不了邻居妹妹的芳容，忘不了两个人初吻时那狂热的心跳。

郑先达小城出身，看多了武侠小说深知第一次的重要，他认为自己必须要对张文扬负责，而张文扬对他也不用说，那本三十万字的武侠小说还不就是写给他的情书嘛，虽然有个哭笑不得的结尾，可是里面的郑诗野跟司马扬眉携手同游，打怪升级，一起练功一起冒险，这些难道不是一个文科女生对一个理科男生最好的表白吗？

写结尾前张文扬还问了郑先达，说怕不怕把他写死了，郑先达说为了你死我愿意。张文扬还是心疼小爱人，只是让他掉下了万丈悬崖。按照武侠小说的铁律，之后他必然大难不死，发现宝藏，练就神功，出来就一统江湖了。

而两边父母，养好了儿女上好大学，人生功业已经完成一半，剩下的就是盼着他们找好工作，好对象，生好孩子，然后给他们看孩子了，好大学出来的学生找好工作应该不难，好对象还有什么比邻居家自己看着长大的好孩子更理想的。

刘招娣因为早恋揍了张文扬，可是她私下回想这事，自己也忍不住偷笑，因为她也疼爱郑先达。郑先达小时候就知道给扬扬妹妹端小板凳，有人欺负扬扬妹妹，扬扬会去找哥哥，小达哥上去一巴掌就把别人推一边去。郑先达的妈妈早就跟她说过要定娃娃亲的。

眼看他眉目清秀少年老成，从小城考到了北京，成绩据说也颇优秀，准备考研，但保研也很有可能。他做女婿其实也不错嘛。总比自己当年两眼一抹黑，领导介绍谁就是谁强啊。

她可没想到这算是另一种形式的包办婚姻，而且她觉得自己是成全了女儿。早点定了早点结婚有什么不好，大学生都允许结婚生孩子了。

倒是张天阔有些纠结，他不知道女儿跟这位准女婿之间到底是少男少女之间的游戏还是真的非你不可，他老人家情事多多，深知这两者有天壤之别。刘招娣瞪他："还不够真的？都亲嘴了！就你闺女那臭脾气，她不乐意能让别人亲吗？"

张大阔心想：那也不一定，你到现在还不承认那次上床是你自己愿意的，总说是我强迫你的。我还没说结婚是你强迫我的呢。

但他万万不敢这么说出来，只好乖乖听从刘招娣的指挥，跟邻居夫妇见了面，四老先吃了饭畅想了未来，还在买房子的问题上互相谦让了一番。

幸好大家经济实力相当，细论起来还是郑家爸爸做布匹批发生意要赚得多些，他们早就筹划要在省城买房了，就是因为儿子考去了北京，他们才重新考虑去北京买房，首都房子虽然贵，几百万他们家也拿得出来。

刘招娣相信女儿嫁过去了绝对不会受气受苦，再想想小两口以前那种如胶似漆的情形，估计感情也很好，绝不会像她似的离婚成了单亲妈妈。单亲妈妈生活里的苦她一个人就全担起来了，可那背后的指指点点真是没办法，离婚就像是女人的污点，带着孩子似乎把女人仅有的价值也打了折，刘招娣刚强独立，可就在这件事上，不知吃了多少闷亏。

她恨不得早点给女儿安排好了婚事，大家签合同按手印，以后不许离婚。她吃过的苦头，绝对不舍得女儿再吃一次！

张文扬终于找到机会跟郑先达单独相处了，她劈头就说：“小达哥，这事不是你跟爸爸妈妈说的吧？”

郑先达笑了：“爸爸妈妈，你的还是我的？还是咱俩的？”

张文扬生气了：“你不能跟他们似的吧，这是包办婚姻！我可不乐意，咱俩早就没事儿了。以前你是我哥哥现在也是，将来也是，兄妹可不能乱伦。”

郑先达温柔地看着她，嗯，这性格是一点没变，三岁看八十，从小他就见多了，扬扬妹妹一会儿风一会儿雨，好好的就忽然跟他郑重其事地绝交了，有几次还惹得他挺伤心，结果没过多久她又来喊哥哥陪她玩了。到了高中情窦初开，两人恋得惊心动魄，难道说这还能有假的。

扬扬就是喜欢闹脾气，本来嘛，她一个女孩子，那么美又那么有才华，不闹脾气才怪呢。

他举起手说：“好好好，你说什么就是什么，我都听你的。”

张文扬这才松了口气，扭头回自己家去跟江致远聊天去了。江致远一听说她在家被定亲，急了：“不能这样，要是这样，我也可以让我父母去上门提亲！”

张文扬：“别添乱了，你说这都什么年代了，干吗都像活在清朝似的。再说就我妈那脾气，她敢抄家伙打人哪，我好怕。”

江致远：“那你也得说清楚，你不说就我说，我不信大人不能理解咱们这些事。你跟邻居家那个人已经是过去的事了，现在是我跟你好，将来也是我跟你在一起，你不能跟别人定亲。”

江致远绝不肯让自己跟张文扬似的把事情搅得一塌糊涂，丁是丁，卯是卯，半点不含糊。

张文扬："你听他们那些干吗？我们两家是邻居，真的撕破脸他们都会伤心的。我要跟你说的是别的事，你别管这些没用的。"

江致远："这怎么是没用的，这事如果不说清楚以后只会麻烦更多，你今天不应该跟他们一起吃饭，应该当面就告诉他们我的存在！"

张文扬："嗯嗯，你的存在好重要，你是上帝！我应该做什么不应该做什么，轮不到你管！"

张文扬一瞬间想拉黑他，想想又算了。这边江致远打电话过来，她统统按掉了。她其实有件更重要的事想跟江致远分享，但是气头上，不想听也不想说了。

以前被老妈管，定亲被两边父母强迫，现在还要被男朋友管，张文扬什么时候能有点宝贵的自由啊。

为什么在他们眼里，自己非得要别人操心做主呢？怎么就知道，张文扬不是个默默无闻的大人物，正等着一飞冲天呢？

她写的那本武侠小说被一个女同学录入到电脑又传到网上，在一家网站连载了几章，居然读者不少。那个女同学告诉她好消息，她一看来了劲头，一边修改一边更新，在期末考前一个月，小说已经颇受关注，她的网名"舒剑"也开始被称为"舒剑大人"了。

以前她觉得这事算是自己的小秘密，没对任何人说过，结果回家的这几天，她接到了站内消息，有位北京的导演要请她去改编剧本呢！

这件事像只小鸟在她心里怦怦跳着，世界上任何别的事情，都不能跟这件事相比啊。什么定亲不定亲的，什么郑先达江致远，这些跟她的文学梦想相比，那都不值一提。

马上她就要出书，出剧本，拍电视剧，第一本之后是第二本，然后是第十本，等她一年出了十本书，又在自小仰慕的那些纯文学杂志上发表了代表作，啊啊张文扬就进了文学史！现当代文学她就要留下名字！什么包办婚姻哪，什么生孙子孙女啊，都一边儿去吧！一位实力女作家怎么会跟这些庸俗的事情沾边。

等到张文扬去领诺贝尔文学奖的时候，只会感谢自己的文艺老爸一个人！还要当众朗诵自己和老爸写的诗……这么多激动人心的场面，简直把张文扬的脑子都塞得快爆炸了！

典型的少年狂想就是这样，有了一粒种子，她已经收割了麦子，还吃到了麦子磨成面粉后做成的面包，还为了面包吃多会长胖而烦恼不已，事实上她刚刚拿到一粒种子而已，而且，还不知道种下去长出的是麦子还是荆棘。

放暑假第七天，张文扬给老妈留下纸条，不辞而别，坐上火车去了北京，旅费来自平时的零用钱和那部小说在网上得到的打赏，连载一个月，不多不少，得到了两千大元。除了她中学时在报纸上发的模范作文换得十块钱，这是她平生收到的第一笔稿费，把她美得连东南西北都忘了。

那位导演大人真的好有派头，年纪不大脸也不帅身材也矮胖，可是，人家一身名牌衣服系着爱马仕皮带，脖子上还戴着大串项链，走在时尚最前端。站在他面前张文扬觉得自己又土又丑连句整话都说不出来了，其实这还是她第一次面对社会上的人，还是这么大的人物。

导演大人看出了这是个地道的菜鸟女学生，派头越发足了，三言两语说了张文扬的任务，就是把她那部小说改编成剧本。

当然要签合同，因为这是一家非常正规的公司，要签约保护作者的权益，绝对不会像一些草台班子说没就没了。

当然也要付报酬，而且会先预付三千，这就是大公司的做派，绝对不会像一些骗子公司，说给你多少多少钱，等你交了稿他们就消失了。

当然还有光辉灿烂的未来，培养张文扬这样有才华的年轻编剧、小说家成为一代文学新星，万千中学生的文学偶像，将来还要给她安排专门的经纪人、助理，而她只需要充分发挥才华，写写写，四处去旅游开阔眼界，四处签售多跟粉丝培养感情。

导演大人甚至说："我就是你的第一批粉丝！铁粉！"

如此美妙的前景梦一样地在眼前展开，让张文扬觉得手里拿到的那三千块现金都增值了。刚见面就先拿三千，之后会不会还有三万三十万啊，如果真有了三十万，那么多钱可怎么花啊，要不要给老妈买个名牌包，好让她装那些沉甸甸的账本，要不要给老爸买套名牌西装，帅老爸穿上阿玛尼得帅成什么样啊。

张文扬从车站直接被接到导演公司所在的商住两用楼，在房间里跟另一个女孩子封闭写作三十天，筋疲力尽，改了七次稿，写出了四十集电视剧的剧本。离开前导演又付了五千块给她，她拿着八千块钱现金，带着一份漏洞百出的合同，喜滋滋地回了家。

导演付了她八千，另一个是新手编剧付了两万，得到了一个以张文扬的处女作为基础，所谓青春武侠偶像剧的剧本，拉了一个半是新人半是老戏骨的班底，拍完之后名利双收，被誉为是他的代表作之一，片头写着"编剧舒剑"，而导演在发布会上谦虚地告诉大家，舒剑是他诸多笔名之一。

这些张文扬都是后来才知道，她当时还为了用这八千块钱付了下个学年的学费而自豪呢。关于剧本、小说、电视剧的事情，她都听了导演的，瞒住了谁也不说，商业机密！哼哼，到时候让你们大吃一惊啊！

多年后，张文扬跟两个女朋友说起这段经历时，车唯一听到那个导演的名字就笑了："他呀，行内有名的不靠谱。开始是中戏旁听生，出去揽活都说自己是中戏的研究生。揽到了剧本他就找几个小写手给他写，连哄带骗写完了他一个人把钱卷了。后来遇到了一个制片看中了他，也不知道怎么攒了几个电视剧，红起来了，还那样，坑蒙拐骗什么都干。最近有个明星吸毒的新闻你们看了吧？他也在里面，就是名气不够大所以没报道，进去了！他跟别人还不一样，别人只是吸毒，他还贩毒，少说也得坐几年牢吧。”

秦静姝说：“这人我也听说过，早先我认识的一个女歌手跟他还有一段，你猜怎样，分手时他把女朋友的电脑给昧下了，还说人家的乐器也是他买的。其实就是他陪人家去，姑娘自己付的钱。那姑娘说平生奇葩也见多了，还真没有见过这么猥琐的。”

张文扬也只好笑笑：“看来他能给我八千块钱还不错嘛，算是干了件人事。”

往事终将被时间洗涤褪色，而在当年，带给了年轻的张文扬多么大的震惊和愤怒。

她无处发泄，也无法上网去辩白，因为她觉得这个当上得太羞耻了。那合同上面的条款，细看有很多自相矛盾的地方，还有一条就明明白白说公司拥有她小说的永久改编权。

那个导演的电话，从此再也没有打通过。张文扬的一部处女作小说，就这么被当面偷走了，连舒剑这个笔名都被导演给当众认去了。这世界原来人不要脸真的天下无敌，而你没有半点名气，说的话都不会有人听有人信。

什么叫欺世盗名，原来就这么随时随地发生，没有一点办法去阻拦。打官司？保留证据？就靠当时站内联系的几条私信？这种人也不知道有多少马甲。靠手里的合同？合同明明自己签名按了手印。

一个满怀热望的年轻人，第一次接触现实世界，一盆冷水就泼了上来，这样的事情一点也不少见，但是每个人都认为这是自己独一无二的经历，高高兴兴地出门干活，充满希望，结果活干完了，却被重重一拳打倒在地，还被很多脚碾来碾去，被人指指点点嘲笑着：“看哪，这就是那个上了当的大傻瓜，还大学生呢，连合同都不会看！”

白白给人家干了那么多天活，人家挣了几百万，她几千块就被打发了，真好笑啊，知不知道，她还以为自己真的能成为名作家呢，还诺贝尔奖呢。

那段日子张文扬应该是得了抑郁症，而她不知道，她只知道自己烦恼，暴躁，失眠，莫名其妙就颓废起来。整个世界成了一个巨大的黑洞，在她背后不断地吸着她，要把她整个人都吸过去吞噬掉。

江致远研二了，正是做毕业设计的关键时期，导师带着他做的项目也快要发表了，每天泡在实验室里十几个小时还不够，他刚刚二十岁，实在没有余力再去应对张文扬无事生非无理取闹的坏脾气。

再说，他对张文扬在家定亲的事始终有芥蒂，每次吵架都要拿这件事出来证明，说张文扬对他并不真心。张文扬大怒，好啊，那我就变心给你看。说罢买张火车票，直奔北京而去。

满心的压抑，总要找到出口，张文扬也没有想到，她人生的重要角色，在这一刻才仓促登场、缘分从天而降，但并不是每次都如此奇突。张文扬写了多少爱情故事，男男女女爱来爱去，可她自己一样稀里糊涂不知所谓。

郑先达接到张文扬电话说她快到北航了，他又惊又喜，停下手里的论文，赶紧跑到大门那里去接。左等右等，不见人影，打电话她手机还没电了，好一个大乌龙，可是就这位扬扬妹妹的脾气来说，可一点也不奇怪。

杜峻峰前一天跟导师出去干活，累得半死打车回了学校。到北门下了车，抽了根烟算恢复了点精神，正想开步走回宿舍睡大觉，背后忽然扑上来一个女生把他抱住了，也不说话，呜呜直哭。杜峻峰还真是从来没遇到过这种事，自从本科毕业女朋友闪嫁到国外之后，他心灰意懒，对异性没什么想法，学妹们没事给他点暧昧的小眼神他都当没看见，女人是老虎，避之大吉。谁能想到来个这么猛的追求者，不，是神经病吧。

就从背影看，郑先达和杜峻峰胖瘦差不多，杜峻峰高一点，两人都是毛寸，都穿着大学男生人手一件的 Polo 衫。

张文扬是路痴，以为到了北门就是北航大门，其实主楼那边是东门。她哪顾得了那么多，泪眼模糊中看见了熟悉的背影，一头扑上去，抱住他就哭上了。

就算她跟郑先达不是未婚夫妻，至少他还是她的小达哥，小达哥从小就护着她哄着她，绝对不会像死江致远那样跟她硬碰硬。江致远也知道要对女生多包容，可是被她整天折磨也实在崩溃了。他的崩溃让张文扬觉得自己简直受了全世界的欺负，这欺负还都是对人说不出口的。她要跟江致远赌气，也想要找人诉苦，小达哥就是最好的人选了。

没想到见了他，根本一句话也说不出来，除了哭就是哭，整个人都被泪水给淹没了。

她把脸埋在杜峻峰的背上，哭得天愁地惨，眼泪溻湿了衣服，风一吹杜峻峰后背凉飕飕的。他心说这才是活见鬼了，那两只雪白小手还紧紧勒着他的腰，想动都动不了。

杜峻峰渐渐被她的悲哀给拉了进去，这姑娘遇到了什么难事会哭成这样，这得是什么智商和眼神，连男朋友也会认错。

眼看她挂在他背上不抬头，眼泪多了鼻涕也上来了，杜峻峰摸下口袋，还有半包纸巾，他把纸巾塞进她的手里。张文扬拿着纸巾还是继续抱着他不放，哭得差不多了，在他后背衣服上抹了抹，连鼻涕也擦了擦，这才放开手，勉强镇定下来，说：“行了，你回去吧，我也要走了。”

杜峻峰听了确定这人就是神经病无疑了，转过身来，心想应该报警救助一下。

张文扬一看抱着哭了半天的竟然是个陌生人，呆了。十八岁的张文扬不知道，她平时的样子娇憨明媚，有点刁蛮，这种犯了傻呆若木鸡，不知如何是好的模样，就应了古书里的话，叫作我见犹怜。

加上她哭得披头散发鼻子红红，又发现认错了人瞪圆了眼睛手足无措，十足就是从漫画里走出来的呆萌少女。

就从这一刻开始，杜峻峰脑子里轰轰作响，脸和脖子同时发热，呼吸急促，觉得上天一定是太同情他无辜被甩的遭遇，专门送来了这么一位可爱的神经病。

童话《丑小鸭》里说："要专门来描述一下丑小鸭如何度过漫长冬天的话，那这个故事就太悲惨了。"同样，张文扬坐下来想写写自己的恋爱经历时，觉得如果把她和这三个男生之间的纠葛一点点写清楚，那不是太悲惨，而是太啰唆了。

她与江致远相爱吗？没错，正宗的高中生恋爱，心动是真，心碎也是真，而且一旦破碎了就拼不起来，因为谁也不愿意委屈自己娇嫩的自尊心。江致远知道了郑先达之外还又来了个杜峻峰，他被气疯了。

他才不想听张文扬再去说什么烦恼不烦恼，认错人不认错人的话，他只知道自己对她可是一心一意的，而她就是这么回报自己的，家里又有定亲的未婚夫，跑到校园里又勾搭上一个路人甲。那些人能有什么好，江致远自己的条件，敢跟任何人比，怎么她就能这么随便地对待他呢？

她爱过郑先达吗？应该也是有过，那是少女对情欲世界张开眼睛的第一瞥，听从身体呼唤，享受人生的第一个吻。然而被老妈棒打鸳鸯，爱情来得快也去得急，小达哥还是小达哥，那时的亲吻回味起来只有尴尬了。

后来遇到江致远，张文扬喜欢他令人发指的聪明，喜欢他在她哼哼表示鄙视时说她是小猪，经常不用她开口他也猜得出她想要说什么。他们在大学校园里留下了纯美记忆，那时无论老师同学，看到他们两个，都会露出微笑，可以说得到了所有人的祝福。

而杜峻峰实在是一个意外，他觉得张文扬在他的生活里是从天而降，张文扬还觉得他才是马路当中裂了缝，自己跳到她面前的呢。然而，杜峻峰给她的，是江致远无法给她的，他会听她倾诉一直到深夜，他会安慰她开导她，让她从那次的剧本骗局中逐步走出来，他会专门从北京跑到省城，就为了见她一面逗她开心。

杜峻峰很有方向感，从来都要跟她确认约会地点，他也从来没有认错过人，而且很害怕她再认错别人，从自己手里再跑了。

然而，真正的原因，是刘招娣看到了杜峻峰就知道的，她在心里暗自叹了口气，再不忍心骂女儿移情别恋丢尽了她的脸。父母离异的阴影还是影响到了张文扬，杜峻峰人高，脸白，眼睛大，长得比郑先达帅多了，他活脱就像另一个张天阔。

张文扬一副没心没肺无忧无虑的样子，但父亲没有陪伴她成长，毕竟是内心的缺憾。也许就是因此，她在那天匆匆来往的路人中，选择了杜峻峰，她以为自己是错认了郑先达，但她的潜意识里，最委屈最无助的时候，其实是在找自己的爸爸。不找爸爸能找谁呢？老妈那么强的人怎么可能会让她哭鼻子诉苦呢？老妈那么强的人又怎么可能把自己搞得这么一团糟呢？

张天阔看到了杜峻峰倒很喜欢，觉得女婿有自己当年的风采，而且他是个工科生，电子信息工程这种文科生根本不懂的专业让老诗人张天阔心怀大慰，他半点也不了解这个领域，但他知道这个专业的人一定不会像诗人一样，轻易就被刘招娣唾弃。

而且杜峻峰是个实干家，一到家就检查了岳母和岳父家的电器和下水管道，手到病除，还很惊讶岳母家的问题比岳父的单身宿舍少多了，再一想他是个诗人，也就不用多解释了。

当然这些杂事不归他的专业管，可是既然学了这个专业，家里人以及亲戚朋友们都开始让他修理电器，他也只好熟能生巧，自学成才。

刘招娣硬起头皮，扛住了邻居夫妻痛心疾首的斥责，还是郑先达把父母给劝回去了。他心里难过但并没有失态，只是留下了一大片酸苦的惆怅。小说里郑诗野掉下万丈悬崖后，司马扬眉在上面说他们其实是一对兄妹，这样的狗血结局竟然就是他初恋的预言，他还是扬扬妹妹的小达哥，只是不知不觉她已经背对着他走了很远很远。

杜峻峰是他的校友、学长，他大三他已经研二，他们专业好，历来找工作都容易找到让人羡慕的大单位。就看外表，郑先达完全承认自己不如人家那么英俊，输得心服口服。

江致远找过张文扬几次，张文扬大声告诉他分手了就别来烦我。江致远默默转身，如何谈好一次完美恋爱而不受任何伤害，这是小神童也解决不了的难题。

他寄情学业，跟导师联合发表了一篇重要文章，申请到了国外十几家名校的奖学金。

江家的惯例也差不多这样，要么读博在国外读，要么当了老师出国做访问学者，反正肯定都会到国外生活一段时间，本来江家大人都以为张文扬也可以申读国外硕士，小两口携手出国，各自攻读学位，还可以趁机生个孩子，长辈可以到国外帮手带着。但毕竟两个人年纪尚小，还不定性，看来这场恋爱算是无疾而终了，那个女孩子真没有福气，当然江致远是可以找到更好的，可是她想找到比江致远更好的，那绝无可能。

只是，对于江致远来说，更好的，最好的，再好的，也都不是张文扬。

杜峻峰是不是比江致远更好倒不见得，但张文扬确实觉得他更适合自己。她觉得那段时间她被那个什么导演给害惨了，而需要安慰的时候，江致远却在她遍体鳞伤的心上又狠狠踩了几脚。她不是变心，她已经没有去爱的力气了，只有像黑洞一样吸收着大量的爱和关心，江致远给不了她，但杜峻峰给了她。

在杜峻峰眼中，她永远是那个双眼含泪楚楚可怜的美少女，在茫茫人海中命中注定要跟他相遇，携手一生。杜峻峰也不缺少恋爱经验，但他觉得这种能让他竭尽全力，去为了她付出所有的感觉，应该就叫作真爱了。

至于她对他是不是真爱呢，嗯，她太小了，他有耐心陪着她长大。

张文扬听从了杜峻峰的劝告，去医院看了医生，得到一个轻度抑郁的诊断。确实，开始服药后她的状况好了不少，但是持续服药后似乎又有了抗药性，状态几度起伏，经受不了一点点的打击。

那段日子她走得十分艰难，杜峻峰跟她的两地恋也真是尝尽甘苦。原本他很受导师青睐，可以继续读博，但杜峻峰对学生生涯实在厌倦，找了一家国字头单位，签约留京。老牌企业就是好，连员工宿舍这种福利都有。

他领了几个月工资，又跟着本单位学长接了几个项目做，有钱后立即自己租了个一室一厅，这样张文扬来找他的时候，好歹两个人有个独立空间。

两地恋谈得成本昂贵，连刘招娣都看不下去，本来她坚决不同意女儿北漂，可是既然杜峻峰留京有了户口，那么张文扬可以毕业后去考北京的研究生，两个人要在一起还是有指望的。

反正跟邻居哥哥断了，女儿这种神经兮兮又懒又笨的无用货色，总得找个人照顾她。能找到杜峻峰也不算坏了，至少，他不是文科生呀。

张文扬的成绩大一大二勉强凑合，数学部分还要靠江致远给她补习，大三就挂了好几科，好在本校善待学生，补考马马虎虎也就过了。

但她确实不是学金融的这块料，老妈要求她考的各种证更是绝对没戏。她的目标就是安全毕业，去北京，考中戏，考北影，考北大，重振自己文科小天才、美少女武侠小说家的威名，那时还要洗清身上的不白之冤，不讨钱也要把名声给讨回来。

抑郁导致厌食，张文扬那段时间病骨支离，被同学拍了照片发上网，还号称某大金融系系花，跟其他大学的美女图一起打包流传。江致远无意中看到，心里像打碎了试剂瓶子，酸液灼烧心脏，这根本不是他在小花园里看见的高中女生。

按一般人的看法，她比那时漂亮多了，发型也时髦了，可是那眉梢眼角的忧郁，再也没有了初见时的阳光。

江致远记性好，永远不会忘记那时活泼调皮的张文扬，皮肤水嫩眼睛水汪汪，下巴一抬头一扭，说自己还是博士班的呢，后来仔细打量他一眼，看得他心怦怦直跳，她说看着他还没她大，江致远竭力板脸才没笑出来。

他看着她走路蹦蹦跳跳，看着她没精打采去上计量经济学，一个人坐最后一排，一看就是来摸鱼的。他就那么走过去了，坐在她身边，她哼一声还哼出了鼻涕，他说："少哼几声吧，你是猪啊。"

永远不会忘记她那副又羞又恼又想笑的样子，气急败坏边擦鼻涕边和他斗嘴。永远都会记得后来他牵起她的手，多害怕被她拒绝，但她很自然地回握他的手，就像两个幼儿园的小朋友，手牵手，一起去食堂，一起去图书馆，一起去看电影。看个电影她都能看得眼泪横流，而他只是在看她，陪着她。

那么多细碎的时光，跟他的课业笔记一样，字迹整洁条理清楚，想忘也忘不掉。只是，在爱情这门课里，不是你认真了就能考到高分，不是你记性好就可以有个好结局，越是认真，越是疼痛，越是记性好，痛得就越深。

张文扬从食堂出来，心里还在想去北京的诸多琐事。走到小花园，看到了江致远。按说他们学院在操场另一侧，以前都是为了找她才到这里来，现在呢？两个人默默相对，一时无语。

江致远说："我要去美国了。"张文扬慢吞吞地说："那好啊。"

接着又是沉默。沉默像泥土一样，慢慢地把两个人埋了起来，张文扬觉得胸口发闷，她说："没别的事我先走了。"

江致远上前一步，一把抱住她，把她的头按在自己的胸口，在她的耳畔说："跟我一起走！扬扬，跟我一起去美国。"

从小到大，江致远每天一定要喝一盒牛奶，他身上有淡淡的牛奶味，那是张文扬熟悉的，但这一次她嗅到的是那种阴凉的实验室气味，也不知道他这些天在那里熬了多久。

张文扬觉得自己耳朵和脖子里一阵湿热，知道江致远哭了，她鼻子一酸，也哭了起来。说出的话还是斩钉截铁："我不去美国，我要去北京！"

江致远心中剧痛，把她抱得更紧："不许你去北京！"

张文扬哭着说："那你还不是要去美国吗？你别管我，我们各走各的。"

他们两个紧紧抱在一起，哭得如此伤心，别人看了还以为是小情人重归于好，只有他们自己知道，一放手就各自奔天涯。从此你我各有怀抱，人生一分为二，南辕北辙。不想放手，但却只有放手，因为我们都不再是初次相逢时，那么单纯明亮的少年。

我们选择了属于自己的方向，然而，却舍不得一同拥有的曾经。是谁说，放下就是自在，放下了你，那个过去的我，也将不复存在。我不要放下你，我要带着与你有关的记忆，一个人去到没有你的地方，在那里细细回想你和我之间的一切。

秦静姝听张文扬讲过些零碎的往事，心有感慨，跟一个歌手说了这些过往的一部分，这位歌手才思灵敏，写出了一首《你不在我身边时我最爱你》，在网上颇红了一阵子。张文扬听说这首口水歌是以自己的故事为蓝本所作，没等听就红了眼睛。后来她把这首歌设为来电铃声，还特地用了付费下载，好让秦静姝的公司能挣到她付的一块钱。

江致远在美国，有次上网在同学圈里碰巧也听到了这首歌，他回了句："好难听，还不如《两只蝴蝶》和《老鼠爱大米》。"当然又被大家嘲笑了一通品位低下。

包括江致远本人在内，谁也不知道他其实就是这首歌的男主角。

* * *

"我们各奔天涯，我们长久拥抱，我的泪水流在你的胸口，你不在我身边时，我最爱你。"

"我们曾经相爱，我们却又分开，你的怀抱记着我的温度，你不在我身边时，我最爱你。"

黎天意也唱过这首歌，不过他改编的曲风是摇滚范儿的，那天秦静姝去酒吧发掘新乐队，听说他们这支"嘶吼"正闹拆伙，就停下脚步来看看。黎天意唱完了，边骂鼓手给他捣乱，边回了后台，其实就是小舞台旁边的一个休息室。心烦意乱时一眼看见秦静姝，穿着银灰色套装，长发一束，目似寒星凛然有光，视线一碰，唰地一下让他的心安静了下来。

秦静姝看黎天意也就跟自己见过的大多数歌手没啥区别，表面上穿得顶尖时髦，摇滚的腰上都戴几串金属链子，民谣的就穿件上面有几句中英文的T恤，写的内容一定语不惊人死不休，大多数演出歌手都是又唱民谣又唱摇滚，于是就裤子上别几条链子，上身穿个文艺告白T恤。

就像《小王子》里说的："所有的鸡都一样，所有的狐狸也都一样。"

黎天意跟他们的不同之处倒不是唱得好，而是他长得好，高瘦，腿长脸也长，眼睛是老外喜欢的亚裔凤眼，鼻子高高令五官陡然立体起来。他在大学组乐队被发掘出道，没俩月就跟经纪公司闹掰了，一位创作歌手怎么能没事跑商演还给客户们祝酒呢，音乐理想大受现实玷污。他一怒离去，代价就是以后想被玷污还没机会了。

江湖没有回头路，有演出的时候演出，没有演出的时候也不能饿着，他还得客串模特去走秀。以前有个模特经纪人看上了他，三番五次给了不少工作，他虽然不愿意当模特，但走秀这事算是挣快钱，多走几次就多挣几次的钱，而且行业内的人认识你了，以后工作就会更多。他也只好收好臭脾气为稻粱谋。

他以前的女朋友们不是歌手就是模特，同行找同行，好处是窝边草吃起来十分方便，坏处是这一行离有钱人太近，还没等你们相处多深，一转眼女朋友们就戴上钻戒当名媛去了。

就是黎天意自己，也有开跑车的女人在外面等着，问题是他好歹受过教育，跟十来岁出来跑江湖的不一样，不一样的意思就是脸皮薄脾气大，反正教育程度在这行里远远没有外表吃香。模特经纪人领着他渐渐有点起色，一次酒会后就把他关在房间里上下其手，黎天意大怒说我卖艺不卖身，经纪人说眼看你就要红了，下个月带你去米兰。黎天意说你自己去吧老子可不去，我他妈的是歌手！

有骨气的人一般都富不到哪儿去，太有骨气往往还就落魄了。骨气变成成功的障碍，被统称为：情商低。高情商应该怎么样？脸皮厚实底线全无，该赔笑赔笑该陪睡陪睡？有利益就去抓，不管这点利益是不是烫手？反正成功后都可以说自己才华盖世外加勤奋过人，到底赔了什么不会有人看见，世人只会看到情商高几个大字。这现实太容易让人愤世嫉俗，何况黎天意这种没事都要愤怒一下的摇滚青年了。

黎天意被经纪人封杀后，着实过了一段苦日子，住在地下室里半饥半饱地等演出，谈好唱一晚上还指望再唱一晚上，好顾上下个月的饭辙。

有时候以前认识的杂志编辑看他可怜，找他去拍几个时装大片，他去了摄影棚，第一件事是借个地方洗个热水澡，把自己清理清理，再去套上那些博柏利和卡文克莱，露出腕上品牌提供的一块白金镶钻手表，整副行头够他吃方便面吃大半辈子的，要是跟大多数摇滚巨星一样英年早逝，就够他吃一辈子还有富余。

等拍完了，他照样得穿回自己的烂鞋和破牛仔裤，为了理想受苦，值！再说，谁知没准儿哪一天某一首歌就红了，他黎天意就成了天王巨星呢。就这些衣服，还不得是品牌们跪着求他穿才穿穿嘛。

在这些人里，秦静姝是一股清流，她就那么淡淡地看着他，不像一些女粉丝那么花痴，也不像一些经纪人和同行那样赤裸裸，把他当成个什么物件，她有点像大学里的那些比较高傲、成绩好的女同学，绝不对你失礼也绝不拉近距离。黎天意感觉到了前所未有的尊重。是的，被人尊重会让你自己也觉得自己更像个人。他觉得这是为人上的干净高贵，知道人和人之间有界限这回事的存在，他喜欢秦静姝，倒不是因为外表，模特一行是看脸的行当，反而让他不那么在意异性的原始条件，当然秦静姝的样子也是他喜欢的，简洁内敛，用杂志上的话说叫低调的优雅。

他首先喜欢上的是她说话的声音、语气，她对他的态度，那种平等尊重，斯文有礼，但又让你知道两个人之间保持一定距离的态度。

黎天意很久没有遇到这样的人了，她让他嗅到文明清洁的气息，这样一来就陶醉了。

而秦静姝经历过了袁洛平这么一场，用她自己的话形容，就是情欲快餐垃圾食品，深悔自己行为不端，虽然她自毕业以来，情感经历并不是真的那么放纵任性，可是她必须得反省自己好色贪欢，对于男女暧昧后可能发生的一夜情不主动也不拒绝，前提甚至都不是她看得上的人。

袁洛平的外形可以吸引她，对她的追求也会让她动心，可是他整个人就是她最讨厌的大男人，换掉西装穿上长袍马褂，他就是一土豪劣绅，赞同三妻四妾五子登科，还觉得让她做正妻是莫大恩典呢。她觉得对不起儿子元朔，尽力做好一个单亲妈妈照顾好孩子，在感情关系上，也洁身自好，跟异性保持距离，别给别人造成误解，给自己造成困扰，像袁洛平这种错误，犯一次也嫌太多了。

探戈大概是最好的男女关系的明喻，是战斗也是交欢，是追逐也是逃避，是窥探也是拒绝，节奏强劲步履铿锵，有进有退有攻有守，跳的人浑然忘我，看的人热血沸腾。

但是秦静姝那时真没空陪黎天意跳这种舞，她直截了当告诉他，自己离婚有子，不打算恋爱也不打算结婚，更不打算一夜情。没想到黎天意听罢来了句文艺大白话——我喜欢你，与你无关。说完还转身离去留给她落寞背影。秦静姝只想说："这哥们儿的牛仔裤得多少天没洗了，都看不出颜色了。"

黎天意有他的一手，文艺青年弹起吉他唱起情歌，这阵势女生十有八九都招架不住，要不说吉他是追女冲锋枪嘛。追女生真的冲锋枪有什么用，像黎天意这种外形出色的男生，再抱个吉他往草地上一坐，女生们就轰轰烈烈地扑着围上来了。他两年前的前女友还是模特大赛的优胜选手，听他为她弹唱一曲就跟他来了电，虽然最后跟了家具大亨的小开，但对他的才华和身材还是热烈点赞的。所以，他想不到居然秦静姝无动于衷，就那么坐着听完了，然后建议他把这段录下来剪剪，她给他到音乐网站上推荐推荐，或许适合情人节、纪念日之类的。

大概除了自己居然没有红，这算是第二件黎天意想不通的事了，居然有人是他看上了，而她对他没感觉的，退一万步说，就算对自己的弹唱没感觉，难道对自己的肉体也没兴趣？那除非她是拉拉，要不就是性冷淡。

黎天意住在地下室里也坚持健身，吃得半饥半饱最适合模特行业，虽然黎天意认为自己卖歌不靠脸，但他也知道，定期来酒吧看他演出的，十个有十个是冲他的外表来的。不过秦静姝确定不是拉拉似乎也不是性冷淡，她有时心情好了，还跟那些见人说人话见鬼说鬼话的经纪人和乐手们调笑几句，十足一个老江湖。

她唯独对他一本正经，除了说事就是说事，实在没的说，连天气她也敢聊。黎天意也想更自恋一些，觉得她对我与众不同可见是看上了我，但是明明她对大多数人都是一本正经的。这女人心海底针，黎天意没想到闯荡多年，唱熟的情歌有百八十首，自己也写了二三十首，到头来遇上这么一位，就是他看不透摸不着的。

女朋友们跟平常的八卦爱好者不同，车唯一是八卦编辑，职业贩卖谣言和闲话；张文扬写作数年，开着情感专栏也有娱评专栏，她自己说娱评就是靠人身攻击为生。连黎天意这么不红的冷场歌手她俩居然都知道。车唯一知道他是因为他是传说中给了某某著名经纪人一拳，得以保清白不失的贞烈汉，张文扬知道他当然是因为他翻唱过自己的情伤主题曲《你不在我身边时我最爱你》，所以聚会时秦静姝说起他在追求她的时候，那两个都“哇哦”一声，车唯一比较直接：“快，说细节！这人可是做模特的，那身材，嗯，看着就是味道不错。”

张文扬笑她太急色了，说孙天行听了一定被雷死了。车唯一说：“他嘛我都一周没见着了，这一周他忙那破网站，抱了床被子住在办公室里了。再说就算他在，论身材也差远了，你们家老杜还不错，我那次见了他还想问你俩，要想当模特我给介绍经纪人，后来一想那圈子太乱了，他还是做技术比较好。”

秦静姝笑喷了：“你连闺密的老公都惦记，车唯一你三观被狗吃了。”

车唯一点头：“要不是三观喂了狗，谁还干娱记这一行。”

秦静姝说：“别胡扯了，根本没有怎么样，还味道，你把男人当方便面啊。”

张文扬说：“他们还不如方便面，方便面只会伤你的胃，不会伤你的心。”

车唯一说这个题目好啊，快点写成专栏去卖钱。张文扬说已经没少写了，就这些东西能卖钱，想写点真实生活根本没人看，编辑们都说太没意思了，要写大酒店奢侈品加跑车，读者看了才过瘾。

秦静姝说有钱人和明星我也见多了，谁也不是天天这么过日子的，倒是那些富二代有可能，富一代天天忙公司的事都忙死了，还有空开跑车兜风？歌手明星们一样要讨生活，成天有看不完的脸色想不完的事，奢侈品他们不买不行，不买身价一旦掉了，一百年也翻不了身。

车唯一转着筷子说：“其实他们活得也不见得比我们好啊，我最近压下一个爆料，是某女明星的初恋，想拿他俩当年的照片出来卖钱，不过女明星的经纪人 Joe 消息灵通，抢先一步给了他一笔钱还吓唬了一下，他又通知我们说不公开了。那些照片我看了，很纯情的，不过女明星的下巴和眼角肯定整过了，跟她四处宣扬自己纯天然不是一回事。”

张文扬说："好还是要好很多的，我换算过，一个爱马仕铂金包我得写个几百万字才能买下来，还得确保这几百万字都按均价卖出去，而且铂金包没涨价。"

车唯一和秦静姝就笑她不愧是会计师的女儿，张文扬说我妈就别提了，提了她我吃不下饭。另两个就说谁不是呢，又不光你一个啊。

然而生活中充满了意想不到，黎天意在一次表演的间奏中，纵身跳下舞台，对着秦静姝唱完了下半首歌，全场本来就举着手机摇来摇去，这下有如此浪漫桥段，让观众情绪更上层楼。秦静姝兵来将挡水来土掩，心脏也着实咚咚跳了好几下。

黎天意正值事业低谷，邋遢长发唏嘘胡茬，眼神忧郁，到了后台秦静姝想跟他说点什么，不想他又一副备受伤害还死撑的模样，又说了句"我喜欢你，与你无关"。说罢还要拂袖而去，秦静姝就忍不住了，扑上去抱住他的肩膀："你喜欢我，凭什么和我无关！"

外面乐队唱着警察乐队的一首老歌，歌手发了疯一样打着混乱不堪的鼓点，后台每个人都在跑来跑去不知道忙些什么，还有一个神经质的女歌手喝高了在声嘶力竭地诗朗诵。而黎天意和秦静姝拥抱在一起，唇齿相依，一时间浑然忘了身在何处。

* * *

刘招娣接到家乡的电话，心里就是一沉，血往上涌，眼前有些模糊，她定了定神接起来，果然，那边是大姐哭号的声音，刘招娣只听出一声："姆妈走了……"她眼前一黑，险些晕了过去。

身体自己挪动几步，找了把椅子坐下，小叶子在午睡，刘招娣在北京女儿六十平方米的小家里，听着大姐一口乡音跟她诉说母亲去世的消息，全身的血液似乎在渐渐凝固，让原本无所不能的她，变成了一个脆弱的泥娃娃，而耳边分明能听到，那些泥巴在咯吱咯吱地开裂。

别人眼中的女金刚，也不过是刘家村走出来的泥娃娃，她生命的根正在断裂，这种锥心之痛，谁能体会到呢。

在别人眼中，刘招娣样样比人强，学习改变了农家女儿的命运，从男人堆里杀出条血路，有了自己的事业，女儿在北京有房子，有孩子，她风风光光在北京当外婆，捎带手还挣下兼职的工资，什么不是顺心如意的？可是，只有刘招娣自己知道，她跟姆妈是一样的命，那就是为了家人把心操碎了，还没人领情。想到这些，刘招娣的眼泪在眼眶里打转。可你哭能怎么样，你哭，姆妈也不能活回来了。

张文扬正在为杜峻峰找到工作的好消息高兴的同时，听到了姥姥过世的噩耗。

她对那位只喜欢自己儿子孙子的姥姥并无好感，小时候见过的几次，只有让她更加讨厌妈妈生长的刘家村。张文扬同情老妈，虽然老妈永远贬低她挑剔她，把她看成跟老爸一样的窝囊废，但张文扬内心还有两道底线在时时提醒她，不至于跟妈妈彻底闹翻。

一道就是她知道妈妈爱她，从小到大，单亲妈妈刘招娣给了女儿一个小城少女所能有的一切，自己扛起所有艰辛，绝没有让女儿吃半点苦。

另一道就是她爱妈妈，她可怜妈妈，可怜她是从那么一个愚昧落后的小村子里赤手空拳地走出来，自己打拼出一片崭新天地，而她的那片天地，也是敞开了供亲人肆无忌惮地索取和压榨的。

当然刘招娣也觉得天经地义，一个人出息了，贴补自己的家人，难道不是应该的吗？家人如果不是太难太苦，又怎么会轮到她贴补呢？

刘招娣还是怀抱一线希望，问了女儿要不要带着外孙女一起回去，虽然女儿一口回绝也是意料中事，她还是心中泛起了难过和愤怒：“那是你亲姥姥！没有她就没有妈妈，就没有你……”她说不下去了。

张文扬把纸巾盒递给妈妈："妈我也难过，我是为你难过，我跟姥姥有什么感情啊，她又不喜欢我的，你知道，她只喜欢男孩。你听听自己的名字，我大姨二姨的名字，领娣盼娣招娣，最后到底把我舅舅招来了，结果三个姐姐都得把他供起来。哎这些话我说得都不愿意再说了……"

啪的一声，那个纸巾盒被刘招娣摔出去老远："闭嘴！不愿意说就别说了。不给姥姥奔丧你都干得出来，狼心狗肺，将来我死了也不用你们管！"

刘招娣后背挺直，脸色铁青，又是那副张文扬见惯了的女金刚形象。只是只有她自己知道，悲哀和绝望把她逼到了崩溃的边缘。

姆妈死了，虽然刘招娣做了姥姥，但以后没有了妈，她就是孤儿了。姆妈不识字，不懂道理，重男轻女，可是她是她的亲妈，不管姆妈有几个孩子，偏疼了谁，刘招娣可只有一个亲妈。她苦了一辈子。坐了七次月子，只活了四个孩子。前面伺候了恶婆婆，后面还要做家务干农活，拉扯孩子们，姆妈不知道什么是爱，也没对孩子们说过爱，她只说疼。刘招娣小时候摔跤了，姆妈也会亲她疼她，有了好吃的，给弟弟吃大半，剩下的小半给三个女儿分，姆妈是偏心，是重男孩，可她自己一口也没沾过好吃的，甚至这一生的大半时候她都是在挨饿。

后来她给姆妈买好吃的，姆妈不是给了儿子，就是给了孙子，受苦成了习惯，竟是好吃的东西一口也吃不下去。

为上中专她跪下哭，姆妈也跪下哭，怎么办啊真的没有钱，后来好不容易凑够了学费，姆妈去工地上接了一份敲石头的苦工，每天都去敲，敲得虎口都裂开了，就为了多挣几块钱，贴补她的生活费。招娣在学校里挨饿，回家不说，人瘦了一圈。姆妈看了却流泪了，她也不说，就在灶火里烧几个土豆给女儿吃。

到现在刘招娣还是觉得土豆最好吃，因为那里面有姆妈没说出来的爱。

后来刘招娣有了工资，自己只留个基本生活费，按月给家里钱，家里日子就好多了。她是祖祖辈辈第一个捧着铁饭碗，按月领薪水的人。该买种子买上了，该买化肥买上了，头疼脑热吃上药了。大姐二姐没书读，弟弟可是上了学，还穿上新衣服新鞋了。

刘招娣攒钱买布，自己裁剪，给姆妈做了件新褂子，姆妈第二天就穿上了，满村走，逢人就告诉，欣喜照亮了她的脸，这是她一生中罕有的快乐时刻。

那件褂子姆妈穿了几回，就给大姐穿了，招娣再买布再做，姆妈穿了一回，又给二姐穿了。刘招娣给姆妈买了新鞋，姆妈只有赶集卖菜时才包好了放在菜筐里，挑着两筐菜走了几十里路，到了集上，先把新鞋换了，见一回人就夸一回女儿，说自己女儿多能干多孝顺。

刘招娣终于熬到自己能挑起大梁干私活，工资之外还另有收入时，姆妈的腰已经弯了。刘总会计师给娘家盖房，给弟弟办婚事，贴补姐姐出嫁，给爹爹看病，给姆妈买了几身她再也穿不完的新褂子，再也做不了更多了。她嫁人了，当了别人的妈。

一天到晚做账查账，开会培训学习，拼命工作，她还要顾自己换房子，带女儿，到省城买商铺投资，后来又进京照看女儿坐月子，给女儿买房子。岁月如流，就这么把一身的本事和精力都慢慢地交了出去。

只有在姆妈眼前，她还是个孩子，还是个受了委屈会哭、会难过的孩子。姆妈没有了，她把孩子扔在了这冷酷的世上，她走得安心吗？

想到姆妈这操心受累的一生，再想想自己，刘招娣满腔的热泪憋在胸口，她哭不出来。

不知多少人羡慕她，刘招娣稳扎稳打能力过人，在自己的那个年代，在自己的那个位置上，做到了最好，但只有刘招娣，或许还有张天阔知道，她付出了多少又错过了多少。

离婚招致非议，让她本来可以提总会计师，却推后三年，因为她是单身带孩子的女人，所以财务局副局长有三个位置，换来换去，一个都跟她无关，她就只能埋头干活，出尽苦力，把成绩拿去给别人立功。

提拔她？比她位置高的都是男人，提拔她一个三十几岁的单身女人，是不是跟她有暧昧？就算为了避嫌也不能提拔她，再说一个女人做到了总会计师，已经很厉害了，还想怎么样。

刘招娣年轻的时候有好几次机会都能调去省城，可她都没有去，宁为鸡口，不为牛后，去了省城又要打拼上几年才能站稳脚跟，谁帮补那个满是窟窿的娘家，谁拉扯她就要上小学的女儿？女儿是个小天才，聪明漂亮，五岁就上了一年级，小学就在家门口，老师们还经常抱着她玩，捧着哄着，人人都说她将来要上北大。

这些好条件，去了省城还会有吗？在小城，你刘招娣是个人物，别人把你当回事，办事求人说话有人听，去了省城可就不一定了。

这些烦恼纠结，跟谁说呢，女儿还小，又跟她爸爸一样风花雪月不问正事，跟张天阔说，他也就是听听，给不了半点好建议，帮不上她一星半点。

所有这些痛苦，只有回娘家的时候，远远地看着姆妈在黄土路上迎接她的那个孤单、瘦弱的身影时，才能缓缓地涌动起来，只有跟姆妈拉了手，说些家长里短的话，听着姆妈问她冷不冷饿不饿的时候，才能让眼泪哗哗流出来。

她和姆妈还是不说什么，也说不出来，女人在世上的苦，姆妈一个人亲身尝过了，尝透了。她心疼自己的三个女儿，可就算她把心操碎了，也挽回不了女儿们的命运。她也帮不上女儿，她老了，连出去做苦工敲石头的力气都没有了。

唯一能做的，也只有听说了女儿回家，就早早做完家事，喂完猪，去路边等女儿回来。她每次接了招娣给她的钞票，都会拉起衣襟擦拭眼泪，她知道那钱来得多不容易，她知道她的女儿有多能干，多要强，家里实在太穷了，对不起自己的女儿啊。

姆妈劝女儿别上学，她拦不住女儿，姆妈劝女儿别离婚，也拦不住女儿，姆妈劝女儿跟男人复婚，也劝不动女儿。刘招娣知道，自己在城里因为离婚受到的指指点点和议论，她身上担了一分，姆妈身上就担了十分。

女孩子上学干什么，早晚都是人家的人呀。女人离婚干什么，连自己的男人都不要了，可见不是个好女人。离婚后男人想复婚她还不答应，这还是人吗？至于刘招娣上了学出人头地，回头又能贴补娘家，反而是天经地义的。

那愚昧封闭的刘家村，也难怪自己的女儿坚决不回去，张文扬小时候回去过几次，小小年纪就看出姥姥对舅舅家的表弟跟自己不一样，岂有此理，我在城里当小公主好好的，干吗来受你们这份怠慢？

张文扬还没到十六岁，就考上了省城大学，在刘家村也是了不得的事情，只是她姓张不姓刘。刘招娣带她回去，结果这对处处比人强的母女被姥爷说：“猪不肥，肥到狗身上。”

也就是说，男人家应该做出头露脸的事，倒被女人做成了，这就算是长肉，也白长了。那谁应该长肉呢，应该是不会读书也不会干活，从小被宠坏的舅舅吗？应该是游手好闲沉溺网络游戏，连初中毕业证都拿不到的表弟吗？他们自己没出息，周围的人也放任他们没出息，所以别人有出息，就是长了肥肉的狗？他们自己连猪还不如呢。

张文扬无法按捺心中的怒火和鄙视，连那顿乡下酒席也没吃，起身就走。刘招娣追上女儿，不由分说给她一巴掌。这是头一遭，巴掌出手的第一秒她就开始后悔，心里痛得要滴血，立即就想给女儿揉揉，手僵在那里。刘招娣恨不得从空气里捞出一把刀，自己把自己手砍了。

张文扬一动不动，少女只知自己愤怒，怎么肯顾别人的为难，一字一句冒着火星："妈妈，你愿意被人说成狗，我可不愿意，你要不在这里打死我，要不跟我一起回家去！"

刘招娣看了看女儿决绝的脸，叹了口气，软了。看似刘招娣什么都占上风，但女儿就是她唯一的软肋，是她的命，她活一天就得为女儿盘算一天。故乡人面前她丢脸了，丢就丢吧，脸没有命重要。

回去收拾好行李，跟爹妈说了一声，母女俩走了。不用说从此在村里更落下进了城忘了本的名声了。

姆妈生病，刘招娣只回去照料了一次，二姐嫁在邻县，也只回去了一次，平时都是大姐和弟媳照看她。所幸当年彩礼出得厚，弟弟还是找到了一个好姑娘，弟媳嫁给没出息的弟弟，本来不愿意，但是为了给自己的哥哥换彩礼，她也只好依了。

弟媳嫁过来之后跟姆妈互相照应，亲如母女，对三个姐姐也知道以礼相待，尤其对她这个三姐更亲热也更恭敬。刘招娣因为弟媳对姆妈好，穿的用的，什么都给她，但她也知道，弟媳其实图的是她将来还能照顾自己的儿子，刘招娣的侄子，张文扬的表弟，一个读书不成又不愿意打工，只喜欢玩游戏的网瘾青年。

这一生里，大约只有这顿饭刘招娣做得感慨万千。她洗着菜，炖着排骨，忙得让自己没有空去悲伤。这顿饭必须得做好，因为回老家办丧事，又不知多久女儿一家吃不上像样的饭菜，拿外卖糊弄事儿。自己也是有了外孙女的人了，一转眼，时光匆匆把自己抛在身后，却带走了自己的姆妈。

早晚自己也会被带走，那时女儿能学会像自己一样，把生活操持得像个样子吗？那时女儿会不会也像自己一样，为了小女儿忧心忡忡，永远放不下这颗焦虑的心呢？

这时她手机上收到杜峻峰给她转发的短信，上面是航班号和出行时间："妈我给你订好了飞机票，你带身份证去机场就可以登机了，我上班，扬扬要看孩子，不能陪你回家，真对不起。"

这条短信让刘招娣悲苦的心得到了安慰，女婿关键时刻还是靠得上的，坐火车的话要坐一宿，明天还得继续颠簸。飞机俩小时就到省城，搭长途汽车再两个小时就可以回到刘家村了。天下大事还有什么比奔丧更要紧的。

刘招娣带着行李要出门，张文扬也收拾了，抱着小叶子，背着两个包跟着她。

想起刚才的争吵，刘招娣板着脸，不耐烦地问女儿："你不在家看孩子，跟着我干吗？"

张文扬垂下眼睛："妈我送你去机场，我叫了专车，就是那种私家车，很方便很便宜的。我送你上了飞机再回来。"

她没说出下面的话，刘招娣为了省钱，每次来北京都火车卧铺解决，她对机场不熟悉，张文扬怕妈妈走丢了。当然这是不必要的操心，可是她除了这些不必要的操心，没有什么能给妈妈了。

刘招娣心里软了，嘴上还硬："送什么送，你不会在家收拾收拾家？等我回来不知道你们还得多邋遢呢。打车多贵，你又乱花钱！知不知道要节省点，还要养孩子的。"

张文扬任她说，不回嘴。她知道妈妈心里难过，而她是为了妈妈难过而难过，妈妈失去了妈妈，虽然那老人跟自己丝毫也不相爱，可是，这提醒了她，有一天自己也要失去妈妈，小叶子也要失去妈妈的。

想到了这一点，她就心如刀割，再也不想跟老妈赌气顶嘴，也把怀里的孩子抱得更紧。

如果说，我们血肉相连的爱，最终结局就是看得见的生离死别，那人为什么要生孩子养孩子，孩子又为什么要被生下来？如果我们从一开始就知道，爱的道路是通向死，通向不可知的虚无，那我们是否还愿意开始这苦乐交织的生命？

一路飞驰到了机场，祖孙三人快步赶去办理了登机手续。张文扬打开一个包给小叶子拿了杯子喝水吃饼饼，又把另一个包递给刘招娣：“妈，我给你装了饭菜，你带着路上吃。”

刘招娣眼中泛泪：“明明有飞机餐，多此一举，你呀……扬扬！”

女儿长大了，女儿知道照顾妈妈了，她不是那个跟妈妈赌气转身就走，被妈妈用衣架打得拿靠垫招架的小女孩了，她怕妈妈饿着，她怕妈妈坐火车太累，所以打电话让女婿给她订机票，时光是怎样溜走的，一转眼女儿就也做了妈妈，可以把妈妈当成女儿一样照料了呢？自己的姆妈没有了，姆妈在世的时候，自己也没有给姆妈买飞机票，送姆妈坐一回飞机啊。

母女俩抱在了一起，小叶子不明就里，劝着她们：“妈妈不哭哭，姥姥不哭哭。”

张文扬哽咽着抬头，强颜欢笑，指着窗外：“叶叶你看，大飞机哟，姥姥一会儿坐上大飞机走了。过几天，姥姥又坐着飞机回来啦。”

上了飞机，刘招娣吃不下那白饭加块烂鱼还有菜叶子的飞机餐，她打开女儿给的包裹，里面是一个保温餐盒，她做好的晚饭红烧排骨和炒菜心还热着，配着飞机餐的白饭吃倒正好。她强迫自己把这些都吃下去，虽然没有胃口，但接着还要赶路办事，没有体力可不行。多年上班让刘招娣学会冷静对待各种状况，虽然急痛攻心，还是要把那痛压下去，压下去，天大的事还是要一肩挑，自己不挑谁又能挑呢？

吃完了，把餐盒盖起来装好，却发现包里还有一个信封，刘招娣一摸就知道里面是钱，一捆一万块的现金。她打开信封，钱上面有张纸条，张文扬的字随她老爸，龙飞凤舞：

妈妈，给姥姥办后事需要用钱，我只能拿出这么多了，微信转账怕你不收。

很对不起又惹你生气了，我不是故意要跟你吵架的。晚上我去买元宝纸钱给姥姥烧。你路上注意安全，按时吃饭，别太伤心了。

我和小叶子等你回家。亲亲。

扬扬

一年后，张文扬在自己的第一本书的后记里写：

无论我多么不喜欢那个遥远偏僻的山村，也要承认它是我的生命之源，就像我无论多么不情愿自己的妈妈是个传说中的“凤凰女”，也还是要跟她同一战线一样。

因为有一件事把我们紧紧地连接在一起，不可分割，那就是爱。来自最原始的生命深处的爱，可以逃离，可以叛逆，可以意见多多，可以痛心疾首，但是妈妈，我爱你，至死不渝。

第五章

chapter

5

变故

叔本华说：对于我们的幸福，勇气是一种非常关键的、仅次于聪明睿智的素质。

李云珠说：祸兮福所倚，福兮祸所伏。不见得有了名气就是好事，名气有重量，你能担得起来才行。没有名也不见得是坏事，宁静致远，平淡才能长久安稳。

车唯一处理突发新闻已有丰富经验，那就是要求编辑第一时间去网上发快讯，本来是要先审后发，但如果是女明星自己或者经纪人爆料说她跟男星甲分手，又跟富商乙热恋，那么这样的消息越快处理越好，最好能抢在竞争对手前面发。

接下来就要迅速挖掘这条新闻，比如此女星出道以来的感情经历，跟谁拖手跟谁开房，传说中的饭局价码几多，然后同理与她相恋的两个也免不了要罗列一下情史，越详细越好，编辑如果勤快点，给画出一条男女关系折线图，加分！包你刚发出去已经被转得满网全是了。

前面那些是粗糙处理，真正厉害的是背后的操作，车唯一得打几个平时很少用的电话，直接找到明星某某，或者明星某某的经纪人，请他们第一时间确认或者辟谣，采访得到的内容作为网站独家猛料发布。

有时领导也会从办公室里跑出来找她，告诉她某某经纪人联系到了他，要求发布独家新闻。而娱评也要跟上，这些事件一旦发生，立即就要找到几个得心应手的快手娱评人来发表意见。

张文扬就靠这些动笔就写转眼就忘的娱评，给自己混到了一份还不错的收入。而且一个网站找她，别的网站跟着也来找她，一篇稿从三百到五百到八百一千，多亏这些明星们的日子不好过，娱评人的日子才好过了。

秦静姝也喜欢这些突发新闻，对她来说，很可能就意味着她代理的某个歌手又要红了。自从盗版业冲垮了唱片业，网上付费下载占了音乐人的主要收入的一半，另一半只能靠现场演出。一年录两张专辑，剩下时间就去各处演出赚钱这样的好事是永远没有了，每天都录歌，每天都在大量各种音乐风格的冲刷下，不停地尝试，才有机会被大众接受，接受了你，你才有演出的市场。

秦静姝的公司去年全年入不敷出，全靠一首大烂歌意外走红，一路走高成为年度网络十大神曲，才让账面上的数字好看了起来。

签那位素人歌手贾婷婷，秦静姝应该说纯粹出于怜悯，因为她跟她一样也是单亲妈妈，而且一看就是山穷水尽。秦静姝心一软，买下她两首歌，签好合同付了她六万块钱。一般是三个月后才兑现，她直接就给贾婷婷打进卡里了。

贾婷婷热泪盈眶，不知道该说什么好。秦静姝也没多说什么，在公司里搜罗一下，找了个无纺布的大背包，把给员工加班应急用的易拉罐饮料、袋泡茶、薯片米饼甜甜圈奶糖夹心饼干之类的，统统搜出来装上了满满一兜，又把自己刚给元朔买的一套没开封的立体书放了进去，递给贾婷婷："带回去给孩子玩，别灰心，如果下载成绩好，还会有收入的。"

她本来想开门送客，贾婷婷却趴在她肩膀上大哭了起来。满腔热泪不轻弹，谁知道等到山穷水尽时，才会遇到知音。

贾婷婷原本是名牌大学出身，早年在专辑时代就被发掘过，出过一张天才少女歌手路线的专辑，但曲风缥缈很小众，而且专辑那时已经快绝迹了，她这张碟上市就死，统共也没卖出去二百张。音乐公司随后倒闭，她跟了另一个音乐人在一起组建独立工作室，做了三年，颗粒无收。音乐人回了台湾，她和他的恋情也终于了结。

这时贾婷婷发现，这些年里同学们在职场上已经大有斩获，再不济的也念到了博士，等着拿学位了。就剩下她两手空空。

极度恐慌下，贾婷婷跟一直追求自己的大学同学闪婚。结婚后她不会做家务，家里乱如鸟窝，她只喜欢坐在鸟窝里弹吉他，不做饭，丈夫做了饭她吃完了就唱歌，连碗都不洗。

原本在男同学心目中，她是音乐女神一般的存在，问题是女神只容远观，经不起细看，细看的话发现她矮小，婚后不走动迅速变胖，脸上不化妆雀斑浮现，不事打扮，蓬头垢面，坐在一团乱糟糟的家里弹弹唱唱，这场景或许在 MV 里还值得一看，如果就是现实生活，不论是男人还是女人都无法容忍。

《红楼梦》里说“一从二令三人木”，大约是很多婚姻的概括。开始是顺从，后面就变成喝令，再就是休弃。贾婷婷的丈夫有一种深深上当的感觉，这种破灭感很快就让他提到了离婚。

但是贾婷婷不敢离婚，她不得不承认自己一直没有工作经历，已经变成了米虫。

至少这男人能给她一个窝一张饭票，她发现自己所谓的音乐理想背后是太多的懒惰和依赖，年少时心高气傲觉得全世界都在脚下，随便写首歌就把那些口水歌都灭了，名利双收可以专门做慈善事业，谁会想到要为一日三餐发愁呢？

跟以前的音乐制作人爱人搞工作室，也从来没有操心过具体杂务和每月支出，两人吵架她还会理直气壮：“我可是名牌大学出身，你算算看找这么一个员工按月付多少薪水？现在可倒好，我每个月陪你节衣缩食，拿点零用钱，你还跟我算细账！真不要脸，我们同居是事实婚姻，男人养不起女人你就趁早别养啊，我还不用你养呢。”

后来他真的走了，她才发现，原来一个人要养活另一个人，真的是个很大的负担，即使每天只喂点饼干方便面可乐，也花钱不少。

她火速抓住了那个从大一就对她表白的男生，而嫁人之后，两个人之间的隔阂就再也掩盖不住，而她也越来越清晰地看到，自己作为一个没有收入的人，在社会上和家庭里，都毫无价值。而且，自己正在沉入一个深渊，依赖别人，算什么自由独立的现代女性，又怎么配写出这样的歌词?

婚姻走到谷底时，贾婷婷怀孕了，生了孩子并没有让她变得更能干，相反，她只有变得更胖，更邋遢。而且她惊恐地发现，以前那种源源不断的灵感已经被长期失眠给熬干了，她要唱爱情星空大海晚风，而现实是需要她随身卧倒给儿子喂奶，乳头被孩子啃得又红又痛，而他要持续地吃，不停地吃，每天吃。

她觉得自己变成了奶牛，也没有像样的食物，丈夫对她的感情已经降到冰点，月嫂走了以后，他每天勉强做一餐，放在冰箱里上班走了，让她自己微波炉热一下吃吃，可乐咖啡当然都不能喝了，只能喝牛奶。

他还在抱怨牛奶的价格也越来越高，意思是她喝得多了。

她忍不住辩解说饭菜吃不下去，只能喝点牛奶，他冷笑一声，斜眼看她："吃不下去，那你还那么胖。"

张爱玲的少年之作就写出了金句：生命是一袭华美的袍，上面爬满了虱子。大概少年人只看到华美的袍，而悲观的中年人只能看到虱子。

贾婷婷在这些虱子的折磨之下又过了两年，在丈夫对她呼喝之外甚至用上拳头之后，她离婚了。

在北京她没有户口，没有房子，没有工作，只有一张某大的文凭，毕业年头久了文凭也在不断贬值，她又没有任何音乐之外的工作经验。

这是条绝路，前方越来越狭窄，后面没有回头路。

她向音乐公司投过简历，一看年纪人家就不会要了。她也放下自尊向同学求助，碰壁多次，有个当了副总的同学给了她一份文员的工作，她问能不能兼职，还要带孩子，还想写歌……那同学实在无能为力，就这么一份税前四千五的工作，信不信随时可以找个年轻貌美的本科生来干。

前夫在离婚后倒是状态大好，毕竟，把邋遢老婆和爱哭的儿子扫地出门，他的二室一厅敞亮许多。他在大公司里升了职，新买了辆别克，有的是漂亮女下属和女客户冲他笑得甜甜的。

整个人焕然一新，对倒霉前妻也大方起来，他另给她租个电梯楼，自觉恩重如山：以后你就不用爬六楼了。

贾婷婷只好低头对他说谢谢。他看看她，老了旧了，本来就算不上好看，靠着年轻有种骄傲的神采，气质夺人，现在落魄多年，混迹在菜市场里就是一个买大葱土豆的阿姨。

他不敢相信自己竟为这样的女人神魂颠倒过，说了几句话就赶紧跑了。

贾婷婷安顿好自己和儿子，再煮点菠菜面条给孩子吃，儿子说："妈妈，我想吃草莓。"她忍住眼泪，把他嘴边的菠菜擦掉，说："妈妈给你唱首采草莓的歌吧。"

当你混得连水果都给孩子吃不起了，这时候忽然有人愿意拿六万块买你的歌，是值得大哭一场的。

贾婷婷坐在秦静姝的公司里，心里充满了多年来积攒下来的自卑。秦静姝也是离婚女人带着孩子，可是看看人家，小公司在租金昂贵的国贸区，手下十来个员工，个个都衣着精干时髦，跟客户谈事又能说英文又能讲粤语，贾婷婷当年英文也很好，可是这么多年没开口，已经生锈了。

她在学校还修了二外法文，现在除了说句"你好再见对不起"，也没剩什么了。以前她以文凭为荣，现在只觉得自己给母校丢脸。

没想到，秦静姝听了她的小样，找她来聊了聊，直接就问她出价多少。

她本来想说一万，又想说给点钱就行了，等着用，后来忽然泄了气，轻声说："你看着给吧，我听你的。"

这是一个备受打击的人，秦静姝心里涌起了对她深深的怜悯。

她那两首歌有一首还不错，挺文艺的情歌，另一首简直就是大杂烩，用网上的话说魔性十足，说好听的算是有记忆点，能造成洗脑的效果，说难听的就是恶俗，恶搞，毫无内涵，声音也是那种很刺耳的人声，没做修饰。

贾婷婷没钱买设备，也没学新的软件，直接就唱完合成做出来了。听着就像卡通片里那种疯狂的中年女人，反复地唱着大减价大减价大减价，她要推着购物车冲向大减价，还秀了一段糟糕的说唱。

秦静姝听了以后想买第一首歌，但她看贾婷婷那副落在了谷底还在竭力保持尊严的样子，一开口就说："三万，两首六万，现在签合同，我现在就付。"

贾婷婷没说话，做梦一般，颤抖着手在合同上签了字。

秦静姝要了她的卡号，直接在手机上把钱给她划过去，又搜罗了那些零食给她。

多年碰壁之后，贾婷婷简直想不到还会有这样翻身的时候，有人买她的歌，有人给她礼物，还答应她说如果下载成绩好，还会有收入的。

这句好话价值万金，贾婷婷背着秦静姝给她的那些东西，后背挺直，肿着眼睛，从写字楼里出去了。她第一件事就是去水果摊买了两盒又大又红的草莓，婴儿一样地抱在怀里，坐着公交车回了家，一个个洗干净，装好，接儿子的时候，带去给他吃。

而秦静姝一回头就被下属抱怨："秦总，您花六万买那样的歌儿？那我上回给您报的那首呢，才两万一首您怎么不批啊？"

秦静姝知道自己这事做得冲动，板起脸："我就是看贾婷婷比较有潜质！"

其实她心里叹气，这六万就当捐给希望工程，给这位单亲妈妈养孩子用吧。

自己运气好，在北京算有了点财产，能过上一份体面的生活，可是贾婷婷这样的人，她可怎么活呀。

艺术这种行当就是诡异，贵的上天，贱的入地，国际拍卖行多少现代画家的油画卖出千万美金，而宋村这种郊区画家村里，还有多少画家啃着冷馒头，接着画廊三十一幅装饰画的工作。

这样的工匠活儿还不一定找得到呢，找不到你就饿着，连馒头也没有。单身一个人生死随你，为了理想你自己愿意，可拖着孩子真是太作孽。

她的下属不服，但老板做了决定他能说什么，反正也不是他的钱。

等到贾婷婷的歌在网上神奇地大火起来时，这位年轻下属对自己的女老板终于佩服得五体投地。什么叫伯乐？这就叫伯乐。要不然人家是老板我是打工的，确实没有人家这种预言家一般的眼光啊。

* * *

车唯一因网络恶搞歌曲大红，火速搜寻作者及演唱者贾婷婷的资料时，一看签约公司是秦静姝的，顿时松口气。直接就找秦静姝要资料了，本来还想八卦几句，可是秦静姝忙得翻了天，一首歌火了，各方都找来了，得趁热打铁。

收线后车唯一又接到了孙天行的紧急电话，他俩约好工作时间没事不要互相联系，因为小两口经常逗贫，工作实在太忙，一说起来就该没完了。

孙天行的网站在最艰难时，终于得到了一笔投资，五人创业团队扩大到几十人，办公室一派欣欣向荣的景象。大家该结婚结婚，该生子生子，小孙成了孙总，按揭买房后意气风发，还惦记再苦几年，实现了财务自由就带着妻女退休环游世界。

危机悄然而至，是他们所有人都没有想到过的。

就按他们小网站自身的发展趋势，其实势头不错，也被业界看好，但是他们五人创业团队中，五个人其实都不擅长管理。技术人才只精于自己的领域，他们跟新来的工程师掐成一团，流水似的换人，无法形成一个稳定的团队。

视觉总监女设计师小青跟技术强人阿坚谈恋爱，两个人都变得情绪化，容易暴躁，闹起别扭来就在工作上为难对方，带累得技术和设计两个部门之间都不能好好合作。

技术总监李明健结婚后太太怀孕，他三天两头就得陪太太去孕检，原本他是阿坚和小青之间的缓冲地带，没事就缺席，让工作矛盾愈演愈烈。

CEO丁蜀跑融资，管找钱，孙天行自己也得在外面跑，拉广告谈合作，自己还给别人讲课，保住现金流，大家每天总得吃饭。公司内部这么一搅和，他不得不把精力放回到公司里，成天听大家诉苦，做思想工作，自嘲快成团支书了。

整个公司都是年轻人，朝气蓬勃，做事不惜力，可是年轻气盛，遇到问题不懂容忍，还没把事情说明白就先互相撕咬起来了。

表面上看，他们小网站和创业五人组算是创业潮中的幸运儿，其实里面的崩坏，已经到了一触即发的地步。

这下接到他的电话，车唯一不知道出了什么大事，之前那次接他电话还是给她惊喜，带她去提车的。而这次接起来，孙天行的声音很急躁："不好了老婆，我妈要回来啦！"

车唯一耳边轰的一声，接着孙天行又说："我们公司遇上事了，被上面勒令整改，好几天我没看见丁蜀了，都是我一个人顶缸，那几个也坐不住了都在问我怎么回事，唉，今年流年不利啊！”

车唯一耳边又是轰的一声，但嘴上也只得安慰他：“做事业还不就是有顺流逆流，你放宽心，我今天早点回去伺候两位太后，你忙你的。唉，她俩准得再掐起来！”

她虽然不是预言家，但想得一点都没错。而且婆婆李劲松，本来就是带着一肚子有苦难言的郁闷回来的。虽说她帮女儿撑了腰，可毕竟女儿是在别人家里，等于是孤身在上海啊。

孙家两儿一女。成绩跟年纪一样依次递减，大哥天知最好，从来没考过第二名，姐姐天爱其次，在班级里稳稳前三，就是天行这小子顽皮跳脱，好的时候也能考个前几名，不好的时候考了十几名，屁股上也得挨几下不轻不重的板子。

等到高考临近，天知提前被保送去了清华，天爱的班主任也找了家长，惋惜地说要看成绩，这孩子够保送了，可惜她户口不是北京的，自己考吧，要是北京户口准能考上北大，外地的话上个北理工也没问题的。

孙天爱高考稳定发挥，成绩优秀，报志愿却报的是上海的华东师大，师范专业提前录取。李劲松不理解，第一次训了女儿：“天爱！爸爸妈妈为了你的户口愁了多少年，好容易到了高考，你考来北京，愿意当老师，行，你在北京当，落下户口，你就是北京人了。哪有家在北京，还跑到上海去读书的？走那么远，你不要妈啦？你舍得我，我还舍不得你呢！”

她很少说“舍不得”这样的话，可眼泪都掉下来了，不说不行。

孙天爱看李劲松坐在沙发上扭着身子擦眼泪，她走过去，半蹲半跪，把头靠着她的膝盖：“妈你别难过，我想去上海，我读师大，免学费，去了我找份家教，不花咱家里的钱。我知道你疼我，我也舍不得离开家，但是……其实我不喜欢北京。”

这句话在孙天爱的心里深藏多年，终于说出了口。她不喜欢北京，在北京没有户口，她受了冷眼和歧视，在北京本来没有人知道她是被收养的，可是来来往往的青石村人会大惊小怪地把她的身世当新鲜事说。她努力融入这个家，努力回报父母给她的爱，可到头来，只要外人有意无意说一句：那个女儿不是亲生的啊，就会让她的心彻底凉下来。

她要去上海，去一个没有人认识自己，没有人知道自己身世的地方重新开始，她要在上海给自己打拼出一片天地，她要有自己的家，一个没有青石村的猪圈也没有青石村的人来往的家，一个简单干净透明纯粹的家。

那时她再把眼前这对父母接到身边，奉养天年。她说了要养妈妈的老，说了就要算数。这是自己认的妈妈，给了自己这么多爱，可终究要离开的人是自己，离开你我只是为了更好地回来。年轻的天爱这样想。

虽然十分不情愿，李劲松和孙佑才也只好送女儿去了上海，很少有机会旅行，这下一家五口浩浩荡荡来了个全家游。

孙天爱宿舍的同学问她家里怎么这么多人啊，她响亮地说：“我跟我哥龙凤胎，后面就是我弟，怎么啦？”

同学膜拜：“你们家龙凤胎一个上清华一个上华师大，真不愧是大学老师家的小孩。”

李劲松听了只是笑，心里深深遗憾，如果真是这样该多好啊。她最听不得养女俩字，无论谁有意无意说一句，她当时就顶回去。天爱就是自己的亲女儿，她俩的情分不是外人能懂的。亲母女斗气拌嘴的多的是，她跟女儿就是心连心。

孙天爱大一就开始做家教，此后四年经济独立，不但不跟家里要钱，放假回家一趟还给孙天知买套衣服，给孙天行买个电子词典，给孙佑才买他在找的外文书，对妈妈李劲松更不用说，从里到外的衣服、鞋袜、丝巾、包包、帽子手套，看见了合适的就买，买着攒着，等到放假回家时，一大箱子拖着回家去。

李劲松说不得这女儿的孝顺，一说就要流眼泪。她一辈子刚强，勤俭，不爱打扮也打扮不起，活得粗糙，可是个女人就爱美，这细腻的心思，只有女儿能体会到。那些衣物她穿起来上班，谁不羡慕她。

大家调侃老李又穿上海货了，老李也神气活现，脸都抬到天上去了："谁让我闺女知道打扮妈呢？你们想穿还穿不着呢。"

毕业后孙天爱顺利签下一所区重点中学，有了也是金子一样的上海户口，当了一年老师，她又读了在职研究生，读研期间跟自己的师兄结下百年之好。

师兄沈金海是上海郊区农村人，父母做小生意，也各自拖着一大家子。就此共同话题，跟孙天爱说得着。本来他觉得天爱是大学教授之女，他出身贫寒配不上，不料近年上海房价疯长，家乡人民个个因为拆迁暴发起来，沈家妈妈一撇嘴："大学教授了不起啊，他家在北京几套房？才住个教工宿舍嘛，能给女儿什么陪嫁？再说小海念了博士，还不是一样在大学当教授？谁配不上谁，说这还嫌早。"

背地这么说说，等见了人，孙天爱清丽温婉，斯斯文文的重点中学女老师，见了孙家父母脸一红，叫了伯父伯母，转身捧上水果篮和花束，香香甜甜好意头。喜得沈家妈妈拉她坐得近近的，从手上脱下个金镯子给她戴上了，还指指脖子上的项链："这个我戴久了，给不出去，回头给你买新的哦。"

要论家境孙天爱没挑，爸爸是教授妈妈做教务，哥哥是国外名校博士后，弟弟毕业于传媒大学还自己创业搞互联网。虽然她自己也特地说明教师家庭没多少钱，没有陪嫁傍身，可沈家父母更觉得她诚实可亲，沈家爸爸当时就说："我跟你阿姨结婚那时，连被子都只有一床。你跟小海也不是一天两天了，那时我们家也不知道会有现在这么多房子嘛，都不是有钱人家。不瞒你说，现在村里好多人都上来说亲，我还就怕他们是图财产不是图人，跟你们早早谈下的没法比。你俩早点定，早点让我们抱孙子！"

沈家拆迁给了五套房子，卖了两套，加上沈家两老的积蓄，在上海市区按揭买下一套三居室。写沈家爸爸名字，老夫妻心疼儿子媳妇，用其他房子的租金还贷。

孙家不让女儿空身嫁人，孙佑才和李劲松这些年来各自拉扯青石村的一大家子人，自己过得马马虎虎，几十年来攒了也就十来万存款，大儿天知申请全额奖学金留学，但怎能一分都不花，李劲松兑了一万美金给儿子带上了，那时天爱毕业刚两年，也带回家一万块人民币让给大哥拿上。穷家富路，多点钱总不是坏事。

这回人生大事，李劲松做主，女儿出阁给拿上六万块陪嫁，本来想再借点钱凑十万，但是天知听说了这事，从国外给转账了三万，说在这边天天工作也没有花钱的地方，妹妹要出嫁的大喜事，人不回来就让钱回来表表心意吧。

九万也挺吉祥，不过天行此时找到了工作，这小子鬼心眼多，胆子大，直接找公司领导天花乱坠地扯了一通，总之就要提前跟公司借款一万按月扣着还。姐姐出嫁他必须得出个份子。

领导好气又好笑，但念在他也不是自己胡吃海塞乱花，再说他一北京孩子，不怕他跑了，批准。

女儿出嫁前李劲松给了一个十万的存折，塞进女儿手心里，声泪俱下："天爱，妈要是有多的，就给你陪嫁车了。男方出房咱女方应该出车。爸妈没用，出不了更多，你别嫌弃，这就是咱们穷娘家的一片心。你嫁得远，得有点钱防身。妈也不想说啥大道理，你都当老师的人了什么不懂，你长大了，自己要成家了，一定要记着，你在北京有个娘家，妈妈永远开着门等你。”

孙天行也收起油腔滑调，正色说：“姐，我看姐夫人还不错，不过，他要敢欺负你，你得找我，我揍他。”

孙天爱泣不成声，妈妈和弟弟跟自己说的都是掏心话。她想起了小时候李劲松把她带到北京城，想起了跟哥哥弟弟朝夕相处，想起了爸爸给她买的小发卡和文具盒，想起了妈妈给她带的爱心午饭。这个家对她比亲生的更亲，孙佑才给她取名叫天爱取对了，果然她得到了许多梦想不到的爱。

两家人商议，本来婚礼想京沪两边办，节俭起见只在上海办了一次，席开五十桌，场面盛大，沈家全村人都进城来吃席随份子。时下婚礼流行半中半西，李劲松是娘家妈，给女儿穿了婚鞋，孙天行是新娘弟弟，背着姐姐送亲。孙佑才是新娘爸爸，臂弯里挎着女儿走了红地毯。李劲松和孙佑才坐了父母位，喝了女儿女婿敬的茶。两老喜泪纵横，看女儿如花似玉，穿起婚纱如图画中人，想起她在青石村光着脚站在猪圈旁边那可怜样，苦尽甘来，可甘甜里面，分外有一种苦涩在心间。

孙天爱知道他们在想什么，在耳边轻声告诉李劲松：“妈妈，我只认你一个妈妈，别人我谁也不认。”

李劲松一把把女儿搂在怀里，还当她是五岁那样紧紧贴在心口。

感动得诸多宾客也心酸落泪，养儿女一场诸多苦乐，纷纷涌上心头。看了人家父母儿女那份亲热，免不了也要跟熟人互相骂骂自己家小不死的老大年纪不肯结婚，结婚也不肯生孩子，你看看人家，你看看人家，咳！还是人家过得好啊！

小两口情投意合，沈金海也考上了博士，目标就是争取留校。孙天爱不负众望，怀孕了，公公婆婆恨不得天天把她抬起来走。

孙天爱是最知道珍惜父母疼爱的人，跟二老处得和睦无间。给李劲松买衣服鞋子，照样给婆婆也买一份，婆婆就要乐得四处告诉邻居，告诉村里人。公公喜欢喝茶，孙天爱班上有个学生家里是茶农世家，老师想买一律给批发价，公公端起紫砂壶喝着好茶，也感念这样的儿媳妇实在难得。

怀孕的好消息一传出来，公公婆婆从早忙到晚，就是惦记她吃什么，吃好了没有，要不要再吃。结果胎儿有些大，不得不剖宫产，得了个八斤重的胖小子。

沈金海花了平生最大的一笔钱，八万，送孙天爱进了月子会所。沈家父母虽然节俭惯了有些看不顺眼，但抱上了胖孙孙的喜悦已经压倒了一切，别说八万就是八十万也换不回这金贵的孙儿啊。沈金海是独生子，这怀中小小人芽儿就是沈家的后代根。

一定要把儿媳妇这有功之臣伺候好了，还指望她再生一个，两个孙子在跟前跑来跑去，那份乐子就是再给五套房子也不换！

没想到，有了孩子之后问题接踵而来，婆婆太爱孙子，跟会所的护士诸多小摩擦，一句半句漏在天爱耳朵里，就有些不顺心，又不便说什么。

等回家了，公公婆婆爱惜儿媳，给她坐双月子，又花一万请了个月嫂伺候一个月，本是好意。但是天爱已经下床洗澡洗头，开始尝试打理内务了，哪儿还是要倒在床上包着头盖着被子的月子婆，跟月嫂又有些费口舌。

女人产后抑郁多发，这些不愉快本来不算个事，但发生在月子里，就像天鹅绒里夹杂了几颗图钉，扎得疼。

公公婆婆那边也觉得费力不讨好，有些灰心，跟儿子抱怨说到底不是亲生的，怎么做都不贴媳妇的心。金海为安慰父母，就说天爱其实也不是父母亲生，是怎么怎么从乡下领来的。

沈家妈妈一听脸色都变了，哪能有这样的事啊，顿觉上当：“啊哟，本来不是说大学教授的孩子吗，我就冲这高看她一眼。原来也不过是个农村土妞，那怎么还这么作啊！啧啧，人心隔肚皮做事两不知，早知这样我不能同意这门亲！万一将来她那对农村爹妈来要钱，你是给还是不给？你给了，就是填不满的无底洞，不给，不赡养老人法院都不容你！小海你吃了这么大的亏还不知道，还帮她瞒父母！”

沈家爸爸也帮腔：“她认了大学教授的爹妈，就不要农村的爹妈，这人品也真不像话。本来害怕说亲的人是图咱们家财产，谁想到这还是上了当啊，将来要是你替人养两对父母，那我死了都不闭眼睛！”

金海知道自己说错了话，百般安抚父母，那边又去跟天爱沟通，但绝口不提自己泄露身世的事。天爱也觉得公婆对自己和孩子是太爱护了才有不愉快，跟金海倾诉一番也就算了。谁知后患已经埋下。

此后两边客客气气，相安无事。老两口心中另有所想，他们先是回顾了家庭财产，房本写的是沈家爸爸的名字，房贷现在沈家还，这些可不能让儿媳妇沾着。然后谋划着把孙子接回自己家带，这媳妇面子上过得去就得了，要是金海跟她还有情分，再生一个，要是他也厌倦了，早点分了还来得及再找新的呢。就这小区里，就有不少大龄剩女，都是打扮水水灵灵的上海小姑娘，独生女，来历清白，娶一个这样的多好，不比家里这个说谎骗人的强吗？

这种微妙的变化孙天爱捕捉到了，她也想尽力修复关系，但无奈她在公婆心中，已经有了人品问题。眼看他们除了喂奶就把孩子带走，表面上说让她好好休息，又说让她备课看书，却令孩子跟她日渐疏远，当她看着自己的儿子张开小嘴跟婆婆叫姆姆，眼看就要叫妈妈了，而自己要抱孩子他却哭着不肯时，孙天爱明白必须得有个改变了。

她跟沈金海说：“让我妈来带孩子，爷爷奶奶回自己家多歇歇吧。”

沈金海说：“自己的亲孙子，他们爱还爱不够，你不让带了，他们会以为你有意见。”

孙天爱说：“现在不是我有意见，你应该能看出来，是他们对我有意见，别假装不知道。都说家和万事兴，现在是谁在闹不合，你不能搅浑水。”

沈金海叹了口气，吞吞吐吐把他背地跟父母说的话七折八扣地说了，还解释：“我就是话赶话，他们说不是亲生的换不来真心，我就说你跟北京的爸妈也不是，还不是一样处得很好……”

天爱嘴唇颤抖，眼里冒火，被最信任的人出卖的感觉，活活就是背后被插了一刀：“沈金海，这件事我只告诉过你一个人！你赌咒发誓，如果告诉别人你就死无葬身之地，这话你忘了我可没忘，你是现在去死还是出门就去死？你怎么能这样对我，我把心里最黑暗最痛苦的秘密告诉你，我希望你能跟我一起守着这秘密，因为我要跟你过一辈子，可是你怎么能这么做！你看吧，现在孩子爷爷奶奶看不起我，他们根本就是要从我身边把孩子抢走了！”

沈金海吓坏了：“没那么严重，天爱，没有那么严重，一家人哪有什么秘密啊，你太紧张了，这段时间你一直睡得不好……”

孙天爱一伸手把他推开了：“你别碰我！你这是出卖了我呀你明白吗？我一直不愿意对别人说的身世，不是觉得羞耻，是我觉得自己太可怜了，一直就假装现在的爸爸妈妈就是我的亲爸妈，不是因为他们是大学老师，因为他们真心爱我，在乎我。买衣服先买我的，然后给哥买，我弟穿哥哥穿剩的。你懂不懂？难道你也觉得，我是为了虚荣才说自己是大学老师的孩子，不说自己是农村的小孤儿吗？”

沈金海解释：“我没有，我从来没有这么认为，天爱你别生气，是我错了，对不起，我说完自己也后悔了。爸爸妈妈是我最亲的人，我从来没瞒过他们什么事，实在对不起，你原谅我吧。我不是故意的。唉！”

秘密深埋下去，假装伤疤痊愈，但一旦要去赤裸面对，才发现脓血狼藉，创痛依然。为了逃避身世她甚至远离家人，放弃北京来了上海。孙天爱盯住沈金海，想把他的脸烧出一个洞，往日多少柔情蜜意，现在却那样陌生。最大的伤害来自最亲近的人，他们插刀特别准又离你特别近，让你后悔自己当时怎么就允许这样的人靠近了自己，自己怎么就那么笨，不设防，所以被一刀捅了个正着。

原本不想麻烦李劲松来给看孩子，毕竟孙天行的女儿也还小。可是孙天爱发现自己的婚姻已经有了一道细微的裂痕，必须当机立断，让公婆远离自己的生活了。

虽然百般不情愿，沈家父母面子还是做足的。李劲松来了，他们专门去了大酒店点了丰盛的酒菜。沈家妈妈口口声声说自己没照顾好天爱母子俩，以后就多麻烦亲家了。

李劲松本来就奇怪女儿忽然找妈妈来看孩子，她了解女儿，现放着爷爷奶奶不用，特意找妈妈来，必有原因。见面一看天爱瘦了，精神也不大好，对她勉强笑着。饭菜吃得很少，总闷头不接公婆的话，跟恋爱和刚结婚时那种喜悦洋溢的劲头完全不一样，这里就有蹊跷，心说这隔着好几千公里就是不行，女儿没有娘家，连个诉苦的地方都没有啊。

等背地里问天爱，她又强笑说很好，从小她不愿意说的事，谁也勉强不了。

李劲松去问沈金海，沈金海这下躲闪不掉，只好把两次对话原原本本告诉了岳母，李劲松一听，脸色变了：“金海，这就是你的不对了！我们跟天爱的关系，你看也能看得出来，不说比亲生的还好，至少也跟亲生的一样，以前在学校，谁要当面敢说一句天爱是领养的闲话，我敢抽他！你倒好，跟你爸妈传闲话去了！老辈人的观念我知道，这么一来，他们能不小看天爱吗？我告诉你，老话说，好媳妇两头瞒，坏媳妇两头传，女婿也是一样的道理！你自己说说，这事办的是好是坏？啊？反正啊，我，我是没法儿夸你。”

沈金海也只好百口莫辩地自抽耳光，骂自己不通人情世故。李劲松抱着孩子，心说天爱还是受了家庭影响，爸爸对她好，她就找爸爸这样的人，一辈子除了念书啥也不会啥也不懂，找了这种人啊算是一世吃亏，要是早知道结婚之后的那些鸡毛狗血，当年青石村最能干的大姑娘李劲松，说什么也不能去爬孙佑才的炕头！

女婿是娇客，重话说不得，李劲松背地教训沈金海，当面也不时点他几句，好在这沈金海虽说一直在学校里不懂家庭中的弯弯绕，可他知道事态严重，搞不好的话这婚姻就要出大事，天爱这人棱角都藏在心里，不过好在最听妈妈的话，只要讨好了丈母娘，转机就有了。

想清楚了这一层，沈金海对李劲松百依百顺，比对孙天爱还尽心。李劲松知道这种书呆子能做到这份儿上也不易了，敲打好了，以后让他善待女儿才是最重要的。

有了李劲松看孩子，孙天爱放心多了。起码她跟妈妈和孩子都能在一起互动，绝不会除了喂奶就把她给远远推开了。李劲松也感觉出这小两口之间气氛有点僵，她尽量让沈金海做些简单家事，给孩子洗洗玩具消毒，给孩子冲个奶粉喝，让他去换个纸尿裤，这些事一过手，他就明白了照看孩子有多不容易，而孩子看着爸爸妈妈咯咯直笑的乐趣，也是非如此不能享受到。

沈家父母过来探望，看了这情景可就不甘心了。自己儿子名校博士，将来要当大学教授的人，从小凤凰蛋似的捧大了，现在放着两个女人在家，要他给换尿裤，擦孩子屁股？沈家妈妈一把抢过儿子手里的尿裤，眼里都泛起了泪花：“这种事情不要你做！你有空不会去看书吗，这些零零碎碎的活，哪能用得着你？早知道……早知道妈妈就不走！在这里伺候孙子本来好好的呀。”

李劲松听出话音不对，毕竟在别人家，强龙不压地头蛇，不好发作，就平着声音说：“亲家，你别怪金海，我让他做的。那育儿书上也说，父子得多有一些共同的活动，才好培养感情。”

沈家爸爸在后面重重哼一声：“谁说的，金海小时候我天天在外面跑，三岁多了我才回家，我跟他感情有什么不好了？”

李劲松心有不快，碍着女儿的面子，没再顶他的话，手里把孩子小衣服一件件叠好了。

沈家妈妈见她不言语了，又说起来：“那时我一个人在家带孩子，我婆婆瘫痪，公公还要做地里的活，我照顾了老的又拉扯小的，没让别人给我洗过一块尿布。唉，也不知道是不是时代不一样了，那时的人就是比现在勤快些。”

李劲松听得出她夹枪带棒，不爱听了，也哼了一声：“要说勤快那确实，我们家三个孩子我拉扯大了，五口人的衣服鞋袜还是自己缝的。就说我这女儿，十岁就会做饭，能发面蒸馒头，我俩儿子能买菜择菜，吃完饭洗碗，哪个也不懒。我倒是觉得金海应该学学，总不能就光念书啥也不干，我们家老孙也是教授，他在家也得擦地洗碗！”

沈家妈妈不干了，话音酸溜溜的：“我的儿子我不会教？不麻烦亲家费心帮我教！”

李劲松慢悠悠地说：“这不是您说的谁勤快谁懒的事，就说到这了嘛。反正我和我闺女都挺勤快，谁懒谁自己知道。”

沈金海头大如斗，眼看这形势不对大打哈哈：“没事没事，妈你把孩子交给我，哎宝宝，你看这是谁？奶奶，你叫奶奶呀，你再看爷爷，爷爷，还有姥姥，叫姥姥。”

小宝咿呀学语，缓和了气氛。李劲松叠好小衣服，回卧室放着。孙天爱抬头对妈妈一笑，李劲松放下衣服，顺手摸摸她的头，尽在不言中。

李劲松在北京生活了大半辈子，北京人的语言能力不说天下无双也少有对手，论气势她又是青石村出身，敢抡着菜刀讲道理。这种小格局家庭内斗她根本不惧，就算沈金海一家三口都加在一起跟她吵，她也不会输。

想想看，李劲松在大学干教务，知识分子都见多了，那复杂心眼拐弯话她也见多了，就这些家里的鸡毛蒜皮，收拾起来还真不费事。要说也就亲家母王梅跟她算是棋逢对手，别人嘛那都靠边站。

外面沈家二老知道这亲家不好惹，抱怨了几句儿子就跟孙子亲热去了。天下大势分久必合合久必分，孙天爱跟公婆丈夫的关系本来有些僵，现在来了李劲松，硬碰硬把他们给压得矮了一头，满肚子闷气，反而看孙天爱顺眼起来。

婆婆偷偷跟天爱诉苦，又开始像最初见面那样拉她的手了，天爱笑笑："我妈就是那脾气，人不犯我我不犯人，她还说那是毛主席教导的呢。"

婆婆也说不出什么了，那个年代的人都会背《毛主席语录》，绝对心服口服。

再说，相处时间长了，李劲松的好处就看到了，干活虽然粗枝大叶，但是粗中有细，会立规矩，对宝宝的事都上心。小宝到了她手里，现在乖乖吃辅食能吃下半小碗，每天还吃一个完整的蛋黄。吃多了体重也增加了，小脸圆圆胖胖，嘟起嘴巴就是画书上的小猪。

虽说衣着有点随便不大讲究整洁，但孙天爱能收拾，天天跟在后面洗洗晒晒。但凡老人家，没有不喜欢胖婴儿，不把胖作为重要条件衡量养孩子这事的。李劲松抱着小宝出去，别人看了都赞一声："养得好"。

孙天爱对沈金海说："你看看孩子谁带比较好？"沈金海也只好出卖父母，连声说还是姥姥带得好。

孙天爱说："看在我妈的面上咱翻篇儿过去，要是你们家再给我搞什么小动作，我还不靠我妈了，别忘了孩子小的话，离婚后抚养权多半都判给妈妈！”沈金海抱着她亲来亲去，坚决不许她提离婚这两个字。

李劲松见女儿家里事态好转，起码那对公婆对媳妇和颜悦色，再也不敢说把孩子抢走不让母子互动，孩子也跟妈妈连心，不管什么时候都惦记着妈妈，拿个饼也找妈妈给她咬一口。

沈金海对岳母毕恭毕敬，下班回家帮手做家事，在厨房同时发挥博士的学习能力和南方男人的贤惠基因。沈家妈妈虽然看不惯，可是二老端坐吃上了儿子做的清蒸鱼和儿媳妇包的饺子，也有种养儿得济的窃喜。

李劲松更有话说了：“我自己就两个儿子，从小教他俩做事别偷奸耍滑，念书搞科研是人干的，扫地做饭洗衣服也是人干的，我也宠他俩，可是该自己拾掇家了，干点零活了，我觉得那是应该。成家立业，要是连家务都不干那还算什么家业了。我们家老孙也赞成，他说古人也说一屋不扫何以扫天下。这道理自古就有了。”

沈家妈妈吃了口鱼肉，脸色也缓和了：“唉，不就是心疼孩子嘛，总觉得他还没长大……”

沈金海接过去话：“妈看你说的，我眼看快三十了，小宝都会叫奶奶了，这还没长大得等什么时候长大啊。”

大家打了个哈哈，尽欢而散。收拾了饭桌子，孙天爱从里屋拿出两个包装袋，里面是薄羊绒围巾，给婆婆和妈妈一人一条，说：“妈，北京风大你到时候围上。奶奶，您先收着，等到冬天用，咱们这边湿冷，我总觉得冻鼻子尖儿。我买得有点早，看这会儿打折我才买的。”

婆婆妈妈少不得又夸她会买东西，孝顺老人。沈家妈妈摸着围巾柔软光滑，知道是好东西，也禁不住对李劲松说：“还是有女儿好，儿子不行，他想不到这么细。”

李劲松说："还用说，我俩儿子不顶天爱一个，结果还让你抢走啦。"

沈家妈妈笑得眼睛都眯了："可不是，唉，我也知足了。以前总觉得没有女儿挺遗憾，我媳妇对我好，也跟女儿一样嘛。"

趁着天爱带着小宝回了卧室，李劲松喊沈家二老去了阳台，阳台也有套藤桌椅，三人坐下喝茶，李劲松先给两位亲家倒上一杯："大哥大姐，我有话想说。咱也不用那些虚的，开门见山吧。要说血缘，天爱是我们家老孙的亲侄女，当年在农村，她亲妈跑了，后妈虐待她，打骂饿饭什么都来，我看不过，出来说几句话，这孩子才五岁，自己走过来跟我叫了妈！后来就成了我们家一口人，有干吃干有稀吃稀没两样待，要是留给后妈那指不定能活多久……"

想起当年场景，李劲松眼睛红了："天爱这孩子吃苦太多了，也可能因为这一点，她特别懂事，特别贴心，我们从来没有把她当过领来的孩子，她跟我家里的俩儿子，也跟亲的兄弟姐妹一样。就这件事上，谁也不能说她一点的不是。"

沈家妈妈讪讪地说："哪能，不晓得她小时候那么可怜啊，造孽哟。"

李劲松毫不让步："不是可怜不可怜的问题，我们家反正听不得这样的闲话，也没想到金海居然把这话跟你们还当新鲜事说了。这可就不对了，她那双父母不闻不问好多年了，后来又生了儿子，现在也都当上爷爷奶奶了，谁还会把这些陈芝麻烂谷子翻起来讲。天爱不愿意说这些，是她要强，她也不愿意让别人可怜她。我不说，那是因为我从来就把她当我亲生的女儿，她自己认了我，我也认她，我们俩这点缘分，比亲生的还深呢。您说是不是这个道理？要是金海不说，您能看出她不是我亲生吗？不能！"

沈家爸爸还是不甘心："要是那边有养老的问题，可是为难。"

李劲松说："人家都靠儿子养老，谁是靠女儿养老的，再说这些年他们也没有抚养过女儿，就是上了法院也有话说。就我看天爱这孩子，人聪明，脾气温，但是性格硬，她认定了谁就是谁。好比她认了我了，对我的孝顺那整个学校家属院都有名的。考学她自己想考来上海，果然就来了扎根了。找对象她认定了金海，她就是一心一意，您说说，她来您家里这些日子，有二话没有？没有。要说家里的一些小事，勺子没有不碰锅沿儿的，还请您二老多指点她多包涵她，她也是诚心把您两位当亲爹妈孝敬。可要是说，让人见了外，我这女儿是有主意的人，我也劝不来她。唉，当爹妈难，您两位也不容易，我这话到不到的就说到这儿了。"

沈家爸爸干了一杯茶，叹气："家家都有难念的经。这里的茶不好，还是天爱上回给我买的茶好。"

沈家妈妈说："天爱喜欢吃那个生煎包子，明天你先去买嘛。"

李劲松一笑，眼泪却下来了，赶忙擦了："大哥大姐都是明白人，我女儿孤零零一个人在上海，你们就是她的爹妈了，全靠着你们多疼她，我是想疼她，太远了我够不着啊。"

沈家父母对此事还有不甘，毕竟身世是个大事，都结亲了还隐瞒不说实在有点过分。但被李劲松挑明了把话说亮了，也不好再说什么。儿媳妇到底是孙子的妈，跟儿子又是大学里处朋友处来的，感情深厚，如果不是生孩子后诸多琐事起了摩擦，也不至于被翻出身世来讲。现在亲家母一半是示威一半是恳求，他们俩也就告一段落了，要是再闹下去，看来自己也是要吃亏的。

虽然小两口一再挽留，李劲松还是起身回京，她放心不下小孙女乐乐，不过就此走了，又要惦记外孙子小宝，进退两难。

天爱眼里含泪："妈，又让您受累了。"李劲松摸她头发："哪有跟妈说这话的。你结婚爸妈没出钱给你买房，让你在别人家受委屈了。”天爱摇头：“没什么委屈，反正生活就是这么回事吧。我以后也要多个心眼了。妈我将来一定养你的老，房子我自己也可以买。”

李劲松心说买上海的房子谈何容易，但还是笑了：“妈妈早就说，有两个儿子还用闺女养老吗？再说，妈将来去老年公寓挺好，不打扰你们年轻人，有空到时候去看看我和你爸就行了。”

说到这里两人都心酸泪下，小宝看情况不对，也瘪着嘴要哭，孙天爱连忙哄孩子去了。

沈金海给岳母买了机票，沈家父母也给亲家带了许多土产，两边少不得互相客气推让一番。李劲松上了飞机，把随身包拉开找老花眼镜，摸着一个小盒子，丝绒面的首饰盒，打开一看，里面是一条金项链，有个心形坠子。

不用说，这是孙天爱偷偷给她塞进去的。妈妈给女儿看孩子，报酬什么的那是说不上，可是女儿也有自己的一片心。这心思这情意，是说不出来的。

李劲松又想起了天爱小时候那只牵着她衣角的小手，还有那对乌亮的大眼睛。是的，她没有生过女儿，但是，女儿自己挑了妈妈，她认了她做妈妈，这一认就是心换心，谁也做不得假。

这个女儿苦命，这个女儿也要强，她一个人在上海读书工作，嫁人生子，遇到过多少难事，可是从来没听她说过一句半句，永远都说妈妈我很好，妈妈你好吗。她惦记妈妈，从小就能照顾妈妈，大儿子远走去了美国，李劲松还不怎么想，毕竟天知打小就是人上人，在校园里从来都自带偶像光环，大小伙子出去闯荡，干的又都是高深莫测的学问上的事，没什么可担心的。可是这个女儿真是把妈妈的心给揉碎了，要是他们一家人合伙欺负她一个，那可怎么好。李劲松在飞机上心潮起伏，怎么也放不下这颗心。

要说还是女儿好呀，李劲松自己里里外外的衣服，不少都是天爱给买的。车唯一在这方面就马虎，她大咧咧不在意这些事，另外也觉得每个人审美情趣不一样，买了人家也未必喜欢。再有就是像王梅那种难伺候的人，搞艺术的，车唯一到现在为止，也就是买几双鞋买点化妆品孝敬过她，买衣服她能精确到品牌和产品号，等车唯一从香港费尽周折给她背回来了，她老人家又说这批货是国内工厂代工，她要找原产地法国的。

车唯一没脾气，这就是她老妈。没有女明星的命但是有女明星的病，就这么小心翼翼地伺候，还不知什么时候得罪了她呢。

婆婆李劲松好答对多了。她跟车唯一都是粗线条的乐天派，说也能说得着，干活虽然互相瞧不上，随口扯两句乐一乐也就算了。车唯一和面，李劲松就给她讲懒媳妇和面水多放面面多放水的故事，车唯一也听过这笑话，哈哈大笑，说："妈那您赶紧钻被子里去，下面不是说要不是我把自己缝在被子里了，准出来揍你嘛。"李劲松也开怀大笑。

这么嘻嘻哈哈的，日子好过。孙女出生了，全家人一致决定小名就叫乐乐，这人生还有什么比快乐更重要的。不过没几天发现遛狗的也把自己家的大金毛叫乐乐，以后只好绕道走。

* * *

贾婷婷意外火了，秦静姝实在是没想到，眼看她的大减价神曲在网上野火燎原，报纸网站电视台也纷纷找上门来，她赶紧联系到了贾婷婷，带着自己做公关的下属菲菲开车过去了。

两个月没见，贾婷婷状态好了不少，母子俩穿衣整洁头发不乱，前面抱孩子，肩上背着一把尤克里里，解释说儿子现在对音乐也感兴趣了，给他弹着玩算是玩具了。

秦静姝直切主题，告诉贾婷婷现在形势喜人赶紧就要把她修饰包装一番，推出去见人。宣传多了能接到现场演出，那以后的收入就不用说了。菲菲专门钻研这些宣传事务，迫不及待拿出一份清单，从头到脚都要把贾婷婷改造一通，年轻人嘴直，连微整形的建议都提出来了。

贾婷婷静静地听着，微微笑着，末了却说："多谢你们的好意，我就是现在这个样子，不换衣服，更不会整容。我已经开始健身，练习舞蹈了，随时可以上台去表演。如果观众喜欢我，接受我现在这个样子，我就表演下去。如果观众不喜欢，那就让他们继续去看会整容会打扮的人去表演，我可以继续在家写歌卖歌。"

她静如止水，全无两个月前那份张皇失措。贾婷婷在网上已经看到了自己的歌火了，她并没有那么大的惊讶、激动和兴奋，她只是知道，以后自己可以找到一份有固定薪水的工作了。

如果没有这个资历，她这个年纪想进音乐公司没有可能。只要有稳定的薪水，可以好好养孩子，继续唱歌，对她来说就可以了，不求别的。

菲菲心说这位中年阿姨还是大姐的要什么性格，就她这矮胖雀斑黑皮，扔到平常人堆儿里都算是不好看的，眼看走了狗屎运火起来了，那要说不火也就是一瞬间的事，她哪儿来的自信敢这么叫板啊？

贾婷婷看着秦静姝："要说这些年来我有什么收获，那首先就是我看清楚了自己。"

认识自己向来是人类难题，秦静姝上大学的时候也读了些哲学书，然而哲学这种东西向来无用，要包裹些华丽外衣才勉强能向世人兜售出去。冷不丁在这么一位落魄歌手口中听到这样的话，倒真是有些发人深省。

秦静姝看着贾婷婷的眼睛，不知怎的有些心酸。在这首歌上公司赚了上百万的净利润，她能在没有利润的时候还为这个歌手花六万，现在都赚到了钱了，再花点又怎样呢？何况，一无所有只靠才华就能空手卖出六万块，谁能说这样人就没有出头之日？

秦静姝说：“就听你的！现在电视上素人歌手也受欢迎，还有好些那种职业走场的歌手都专门洗掉浓妆上去真唱来吸引眼球的。”

菲菲脑子活分：“对对对，秦总说得对，这些节目都要讲苦情故事，越惨越好，婷婷姐你倒是可以走这个路线。”

秦静姝瞪她一眼，继续说：“做自己最难得，我也觉得你这样挺好，因为那时我看中你，也是没有修饰的自己。不管什么境况，还是要追求梦想，还是要跟生活战斗，这种精神气质，不是什么微整容穿点名牌衣服就能有的。”

贾婷婷扭过头去，擦掉了眼角的一滴泪，转回来冲秦静姝一笑：“我知道，你能懂！”

秦静姝跟菲菲给贾婷婷定下了日程表，接受媒体访问走两个极端，一方面是接比较高端的媒体专访，发掘心灵讲述人生故事的，另一方面是接大众综艺节目，能展示才艺的。从两个方向让观众尽快对这个人有印象。

贾婷婷早已准备好了，蓄势待发，就等着这么一个机会让她走到台前去。

一直讨论了几个小时，反复敲定几个关键点。中间秦静姝还按了几个电话不接，要是保姆她当然接，其中有黎天意的就算了，工作到了忙的时候，哪有空跟他卿卿我我。

秦静姝开车回家，还给保姆和儿子带了些粥汤小菜，电梯到了自己家那层，门一开她着实吓了一跳，黎天意那么大个儿一条好汉，正坐在电梯门对面，眼巴巴地看着她，身边还有吉他盒子和大行李箱，虽然破旧，还看得出是新秀丽。

没等秦静姝开口，他先说：“房东赶人，我没地方去了。”

也不用太多解释，就算解释再多也不过一句话：我就赖上你了。就看你给不给我赖了。

秦静姝没说话，给他拿起了吉他盒子，回头看他一眼："走啊，还等轿子抬你？"

黎天意苦笑，心中却也有丝丝甜蜜，她还是喜欢他的，不然凭什么把他收留进自己的家。

秦静姝心里大叫倒霉，怎么别人搞个一夜几夜情就没事，为什么自己就牵丝攀藤纠缠不清。

这套二百平方米的公寓说起来也来得奇突，当年秦静姝有笔广告尾款怎么也收不回来，客户就说把这套房和同小区另一套小户型抵给她。

签了合同办好了过户，秦静姝进了小区才知道，这地段虽然不错，可是开发商换了两回，基础建设有诸多扯皮之处，导致房子一直卖不动，按那时的价钱算，两套房也不过三百万，而且根本卖不出去。她自己认了，就当在京置了产业。也不装修，买了几样白色家具，反而有种清冷工业风，小户型也租不出去，空在那里。

没想到三年后这小区楼下地铁站通了，房价飞涨，那套小户型被一个搞旅游民宿的长年租走，里面装修得浪漫无比，专门承接来北京旅行的新婚夫妻。她这套大房子粗算算也过了千万，袁洛平帮她找了个设计师好生设计装饰了一下。设计师也是爱乐之人，在她的房子里搞了许多音乐主题的装饰，新奇浪漫之外还饶有趣味，倒是跟袁洛平自己别墅的那种欧式土豪风大相径庭。

想不到的是欢迎父母来旅行暖暖新房，她就被发现意外怀孕，然后被逼婚，结婚生子又离婚，现在又招来一位不请自来的摇滚歌手，秦静姝也说不好这房子的风水是好是坏了。

黎天意听秦静姝说了贾婷婷的事，一提当年她出过的小众专辑，他说："有！我知道这个。老掉牙了。上回还是在一个哥们儿家听的，他专门收藏光盘，还说以后能增值，我看是做白日梦。"

秦静姝说："搞艺术的谁不做白日梦，你看贾婷婷，熬了这么些年，总算要出头了。"

黎天意嗤之以鼻："要靠写这样恶搞的歌红，你这就杀了我，我宁可去找工作上班也不干。而且你看唱网络歌曲的那些人，还不都是挣快钱，谁是真的红长久，把地位坐稳了？一个都没有！"

世事奇突，总是有人不走寻常路，在规矩之外另有所遇。三十五岁的贾婷婷上了电视专访，面对主持人侃侃而谈，她追求音乐梦想，遭遇婚变，在逆境中仍然写歌的励志经历感动了万千观众。本来那个访谈节目已经式微，靠着观众疯狂传播视频又火了一把。

综艺节目中贾婷婷素脸上台，在一片嘈杂爆笑声中轻抚吉他，唱出二十岁时写的小情歌，沧桑妇人唱少女情怀，全场肃静。在另一个综艺节目里，她跟主持人有说有笑，把大家注意力吸引过来时，忽地秀了一把电臀舞，全场尖叫。

主持人惊为天人，问她什么时候练的，她老老实实地说炒菜的时候啊。这段对答被做成了动图四处流传，网民们觉得这女人可亲可乐，又着实有才，越发对她产生兴趣。

就在贾婷婷人气暴涨的时候，她在一个大型选秀节目里做了表演嘉宾，主持人选手各种煽情之后，贾婷婷穿着衬衫牛仔裤，淡妆上台，整个人已跟走红前的家庭主妇完全不同。摄影棚里无数盏大灯一打，她神采夺人，目光深邃，对着摄影机说："今天站在这里，我想要感谢一些人，我要感谢那些欺骗我，伤害我，辜负我，得到我的信任，又把我打倒的人，是你们的践踏，让我有了更坚韧的灵魂。我也要感谢那些贬低我，嘲笑我，无视我，认为我写的歌是垃圾，根本不值得一听的人，是你们的轻蔑，让我决心付出更多努力深入自己的创作中。我还要特别感谢一个人，秦小姐，谢谢你，在我最低谷的时候，是你买了我的歌，给了一个单亲妈妈最大的鼓励和温暖。这首 *You Raise Me Up*（《一切因你》）献给你。”

一般来说，观众们对所谓的谐星并没有太多要求，反正他们的任务是尽力搞笑，出丑，让自己的水准降到正常人之下，娱乐受众才是终极目的。

原本贾婷婷在大家心中的形象，从一首搞笑歌曲出道，挖掘一些背后的故事，看了看她的才艺，对她发生了兴趣，她应该是个很会搞笑，爱音乐，很倒霉又不服输的中年妇女吧，这个类型还没有过，大家感到很新鲜——就在这时，她亮嗓一唱，尽展平生所学，把一首大歌唱得荡气回肠，连编导都听哭了。天哪原来她真的会唱歌，而且这么能唱。

贾婷婷红了，她特别感谢的秦小姐也被迫小红了一下，粉丝涨了五万。天天不是替偶像来感谢她的，就是毛遂自荐想当新偶像的，还有听说她是单亲妈妈来求相亲的。

秦静姝每天戴上大墨镜，天刚亮就出门，趁人少的时候再去公开场合约人谈事，其他时间办公室门反锁在里面办公，下属们对所有的媒体都说老板出国，出差，出门，反正是不在家。

她接的为数不多的几个采访，除了主流新闻节目，就是车唯一工作的巨风网站，由知名撰稿人张文扬执笔，把她跟贾婷婷两个单亲妈妈惺惺相惜的故事写得催人泪下，经车唯一头条推荐后，后面点赞的数量多达一万多。

* * *

李云珠在家接到不少家乡电话，说是在电视上看到了静姝，作为著名歌手的经纪人，还戴着墨镜接受采访啦！李老师对这些庸俗的事情实在不感兴趣，倒是秦宽仁也来电话，问候女儿近况，让李云珠提醒她别树大招风。李云珠叹口气，要说她跟秦宽仁虽然没有太多感情，但价值观真的非同一般地吻合，她说：“知道了，可你也知道，她不会听咱俩的话。”

挂了秦宽仁的电话，又接到一个老同事的电话，李云珠打起精神，敷衍了几句，那边老同事兴致勃勃，跟她说了不少远近熟人的八卦，无非是谁病谁死，谁离婚再婚，谁家里儿女还没结婚生孩子之类的闲事。她陪着说了几句，正想挂了电话，忽然听老同事说：“任平林你还记得吗？”

李云珠的心脏狠狠地跳了几下，竭力控制着语气问：“怎么了他？也……”她实在难把“病了”“走了”这样的词放在任平林身上。果然老同事叹气：“他呀，年初也来北京啦，说来也巧了，跟你前后脚吧。反正他的本事你也知道，北京好几家学校求他还求不来，结果他真不如不去啊，说是在那边签了一家培训学校，人家也买了他的教案出书。要说老任这辈子钱真是没少挣，可他病了，胃癌，一查都晚期了！”

就在那一瞬间，李云珠强迫自己忘记的种种往事兜上心来，她发现自己记得如此清晰，一幕幕犹如刻在心上，从来不曾有一秒忘记过。

任平林那微跛的步态，挺直的后背，个子不高却有种军人的风范，他对待自己也像个苦行的士兵，东西收拾得极其简单整洁，永远用一个写着“为人民服务”的搪瓷茶缸，里面从来不积茶锈，因为他只喝白水。

运动会上，有一次老师们的长跑他也参加了，出乎意料，他跑得飞快，竟然在体育老师之后，跑了个第二名，把那些年轻老师都抛在后面。跑完之后他拿了条毛巾擦汗，喘息着，和她投来的视线相对，忽然冲她一笑。李云珠赶紧转开眼睛，不看他。

那次小混混来闹事，他挺身而出，站在她的前面，男人身上的汗味隐隐传来，她的心跳得比面对那些敢动刀子的小流氓更厉害。在给他缝扣子的时候，她才渐渐安静下来。她知道他在看她，她知道他们之间发生了什么，她有些害怕又有些期待他可以走过来，然而走过来之后会发生什么，她无法想象。

后来又有多少次的默默相对，多少次的互相问候，多少次内涵丰富却无从描述的眼神交流，他没有说，她也没有，他们除了清晨最早来到办公室，对坐备课之外，再没有过一次单独相处。

直到他调去省城，大家凑了份子给他饯行，他大声说："我暑假寒假还要回来的！"她低着头，却知道他是说给她听的。

再后来的见面是在一次次的领奖大会上，优秀教师培训活动上，还有评上职称的交流大会上，特级教师的公开课上。见到了，仍然互道问候，仍然仅止于问候。

只有到了高考那年，他另说了一句："静姝考上北师大了？恭喜。"她说："是啊，谢谢。"他说："真快。"她点点头。随后各自去跟同行交流。真快，转眼孩子就大了，他们就老了。

李云珠夫妇从相敬如宾，到了相敬如"冰"。秦宽仁青云直上，却因为婚外情而永远停滞在了副局长的位置上，那个女打字员，据说后来嫁去了省城，跟一个生意人在一起，又有人说并没有正式结婚，反正别人看见她的时候珠光宝气，正在逛大商场。

小城无秘密，这些事，想必他也都听说过了吧。任平林始终未婚，单身，保持着军人一样苦修的生活。他培养出了许多物理奥赛选手，其中最优秀的入选国家队，在国际奥赛上摘金夺银，他也被视为中学物理界的一代名师，编写了数本教材，无不畅销。只是他依然朴素，穿着廉价干净的衣服，脊背挺直，步态微跛，但所到之处，学生永远热血沸腾。

这样的人啊，似乎永远不会老更不会死，为什么偏偏是他得了癌症呢?

老同事在电话那边还在絮絮叨叨说着些“好人不长命祸害遗千年”之类的话,李云珠说了声要去抱孩子,就匆匆挂了。

保姆带着元朔玩,黎天意在房间捣鼓自己的音乐,锅里的杂粮粥在咕嘟咕嘟响,而李云珠对这一切,忽然都充满了厌倦,疲惫和无力感像一座山一样压了过来。

她向来觉得自己是个抗压能力很强的人,她可以一个人带孩子,怀孕时还坚持带毕业班,别的老师休产假,她代课把自己每天日程排满,那段日子甚至站得小腿都肿了,这些事她都一一扛下来,像个苦力,身上压了一袋大米又要背一袋玉米,背了一块石头又要扛一袋水泥,似乎重压也成了一种存在的理由,一种被需要、有价值的理由。如果自己不能负重,不能做一个好妈妈、好教师,那自己在世界上还有什么存在的意义?

在教育系统中,跟现实世界的其他地方一样,女老师的发展空间很狭小。全市二十几所中学,女校长只有两位。秦宽仁所在的教育局,女处长只有一个,而局长副局长永远都是男人。

是的,你是女人,是女人你免不了要结婚,结婚忙于家务似乎是女性的天职,结婚后免不了要生孩子,生了孩子之后天性会让你把大部分精力放在孩子身上,所以,女性因为婚育而处于天然的弱势,男性就可以理所当然地占了这个便宜。

有时李云珠看到自己非常出色的女学生,内心先是喜爱,继而涌起的是深深的同情,谁能战胜自己的性别呢?在她从教多年的生涯里,女孩子们最好的也就是上了个重点大学,找了个不错的工作,而她们往往又被催婚催育,然后泯然众人。

只有一些极其少数的幸运儿,远渡重洋,在国外做了大学老师、科研人员、大公司的中层管理者,李云珠可以在社交网站上看到往日优等生们的幸福生活。

而她们的背后，是大多数小城女儿奔波劳碌，在一份平庸的工作和琐碎的生活中耗尽青春，她们中学时的好成绩，大约只有在教导孩子好好学习时可以拿出来说说，其他的地方根本用不上。

李云珠一向把自己的性别模糊掉，她知道有些女性可以用一个甜美的笑容就换来异性的帮助，也可以露出可怜相，轻而易举就让男人为她效力。还有人，比如她刚毕业时的一个姚姓女同学，在饭局上可以公然坐在校长的大腿上借酒撒娇，于是如愿留在了那所学校。多年后，这位女同学成了少有的几位副校长之一，结婚离婚多达三次。

这些事李云珠做不来，她只会像头牛一样卖力苦干。她教学出色，可是连续几年评优领导都来做工作，肯定成绩，然后说某某老教师也怪可怜的，再评不上就要退休了云云，所以李云珠就继续当黄牛。等到可怜的人们都如愿评完了，才轮到她。

她被这些不公平磨炼出来了，学会了讨价还价。当领导再来做工作的时候，她淡淡地说："不评就不评，那我不带毕业班了，不能总是让我带，让优秀教师带不是更好吗？"

此后十几年来，她都是金牌毕业班一班铁打的班主任，也是铁打的优秀教师。本该是你的东西，你不争，就没有。本不该你受的累，你不争，就统统都给你受。

李老师外和内刚的脾气，历任校长都领教了，而一位顶级好教师，确实可以享受到一些特权和自由，她可以对校长说不，可以为了自己的班级多争取一些资源，只要她做得出一流的公开课，只要还有省城的中学来要人，她就可以让自己站在一个超然的位置上，不必跟别的老师一样，为了职称和一级工资的浮动去打破头。她把自己变成了机器人，精密有效地完成任务，不断负重但从无惧色。

只是，学校优秀教师，秦静姝的好妈妈，秦宽仁的贤妻背后，藏着一个什么样的人呢？李云珠作为一个女人，在这世界上，又拥有些什么呢？当她这样问自己的时候，得到了一片可怕的空白。

然后，突如其来的脸红让她心悸，颤抖，强迫自己不要再想下去。

那片空白地带上，站着两个男人，她没有对任何人说过的两个人。一个是她大学同学王西岭，另一个就是任平林。

大学时的李云珠风华正茂，跟王西岭是一对学生情侣，然而王西岭的老母亲病重，病床前就要看儿子冲喜结婚，娶她邻居家的姑娘。

那姑娘跟王西岭一起长大，早就以未婚妻自居，在王西岭老母亲的病床前端尿盆，为王家料理家事，总该给人家一个名分。王西岭看着李云珠，情肠百转，两行眼泪溪水一样流下来，说不出一句话。李云珠那时虽年轻，却已有顶级教师潜质，遇到这等事都能沉得住气，说："那我就恭喜你们了。"

君子绝交，不出恶声，何况是自己深爱过的人。至于之后有多少伤痛，只有她自己知道了。

原本李云珠在校成绩好，签个省城学校没问题，但情伤太深，只想回家乡细细疗伤。回去后父亲为她郑重推荐了同事家的儿子秦宽仁，寡妇熬儿，他也是省城师大出身，比李云珠早毕业了两年，为了多年守寡的妈妈回了小城，母亲新丧，现在成了孤儿。而他在教育局深得倚重，两年就晋升科级，据说前途不可限量。

李云珠与秦宽仁互相看了看，都说不出有什么不好，教育局小科长配女老师天经地义。而他俩走在一起，人人都喝一声彩，男女都是清秀白皙，身材修长，身高恰好差着大半个头，时值冬天，两个人都穿黑色呢大衣，李云珠系米色围巾，秦宽仁系藏青色围巾，走在冬天的第一场小雪里，简直如同电视剧《上海滩》里的浪漫场景。

秦宽仁停下脚步看看她，李云珠转过了目光，想躲开这个必然发生的亲吻，没想到他解开了自己的围巾又解开了她的围巾，把自己的围巾给李云珠围上，又把她的围巾绕在自己脖子上，而后冲她一笑，也不说什么，继续走。

李云珠心里叹气，算了，就是他吧。秦宽仁跟岳父约定结婚日子，请客请什么人，李云珠坐在一旁不说话不插嘴，正是最乖巧的女儿最柔顺的妻。

夫妻间平淡如水，外人看了都说没有这么般配的，有了女儿静姝，并没有让这种情况改善，秦宽仁申请了各种外派工作，一方面是为了晋升多积累业绩，另一方面也是不愿意在家里相敬如“冰”。

王西岭离婚后来找过李云珠，谢顶，发胖，整个人面目全非，却还一团火似的滔滔不绝地表白，说自己当年如何不得已，现在如何想跟她重归于好，甚至还得意扬扬地说，他离掉了发妻让她回了乡下，保住了自己在省城分的房子，他现在已经是教导主任了。李云珠心里全是对他前妻的同情。李清照写“物是人非事事休，欲语泪先流”，却不知物是人非之时，根本无泪可流。

等他好容易絮叨完，李云珠看了看表，说了声再见，起身就走。王西岭根本没醒过神来，坐在那里呆若木鸡。

这次约会让她感到羞耻，当然也不会对秦宽仁说。而秦宽仁在局里跟一位女打字员之间的绯闻传进李云珠的耳朵，李云珠正色告诉传闲话的人：“我相信老秦不会有这种事！”

秦宽仁后来被政敌揭发，男女之事让他无法升任局长，但他永远感激李云珠对他的支持。

而李云珠内心深处想的是：我跟你是一样的。身体没有出轨，但我的心，我的心早已出轨了。

她在优秀教师的公开课上，讲了一节《季子挂剑》：

季札在出使路上途经徐国时，徐国的国君喜爱他的佩剑，但没有说。

季札知道他的喜爱，但季札也没有说。

他还要继续出使其他国家，当他完成了出使任务后，特地回到徐国，想把宝剑送给徐君，却只看到了徐君的坟墓。

他把宝剑挂在徐君墓前的树上，因为虽然两个人都没有说过这件事，但他已经在心里许下了诺言：要把宝剑送给真正喜爱它的人，这份许诺不会更改。

没有说，也不会改变，人死了，也不会改变！

她并没有看台下坐着的任平林，但她知道他在听。

两心相许，口不能言，或许这就是一个注定要带进坟墓的秘密。此生最大遗憾，不是我不懂得爱，不是我没有遇到爱，不是爱我的人不爱我，而是我们明明互相知道，却谁也没有说。就这样一年又一年。

* * *

张文扬在电话里听到妈妈的声音，就被一种强烈的不祥之感抓住了心。刘招娣的声音从来都中气十足，稳定自若，那种有着强大掌控力的声音是财务局的主心骨，是女儿讨厌了好多年的控制狂，但也同样是女儿的定海神针。无论发生什么事，至少妈妈不会变，妈妈永远是在那里的。

可是这一次张文扬险些以为自己听错了，电话那边的声音柔弱、飘忽，像风中的丝线一样游移不定，而且，刘招娣从来不要女儿接站送站，她认为离愁别绪那都是多余的，该来来，该走走，大步流星，一个人背着行李就出发。而这一次她说要接站。张文扬有些怕，她赶紧打电话给杜峻峰。

杜峻峰新找的工作是一家私企，时间紧任务重，听了张文扬的电话说自己实在没空。张文扬气得说要你真没用！我就跟我妈一样，都是单亲妈妈！杜峻峰也只有苦笑，怎么办，生活逼人，刚到一个单位，你总不能马上就请半天假去接丈母娘吧？

张文扬的小脾气他领教太多次了，除了哄就是哄，渐渐两人都麻木了，涌上来的是一阵又一阵说不出的委屈。你爱得比较多，那么注定你就要付出比较多，是这样吗？张文扬浑然不觉这微妙的变化，而杜峻峰心中有数。

他回到电脑前，心乱如麻。张文扬推着宝宝车带着女儿去车站了，孤立无援的心酸此时根本没空回味。

北京站永远熙熙攘攘。到了午睡时间，张文扬带着小车坐公交车又换地铁，一路颠簸，小叶子早在小车里呼呼睡过去了。张文扬出门都带条大围巾，专门在这时派用场，孩子睡了这就是个小被子，把小叶子从头到脚蒙严实了。

到了火车站人声鼎沸，张文扬累得出了一身汗，好不容易把自己和孩子都搬运到这里了，这口气不能松下来。

刘招娣背着重重的包出了站，以她的性格，不是到了不得已，绝对不会开口向女儿要求接站。这一次她实在撑不住了，连办了一周的丧事，山路难走，孝女要步行送葬，虽说这是老礼可以不守，可是难道说她连姆妈最后一程都不送吗？三个姐妹跌跌撞撞，互相搀扶，走完了那二十里路，大姐还扭伤了脚。

跟往常一样，回乡一次，刘招娣准会花光身上最后一分钱，除了一张车票钱外，什么都不剩。

背的大包里有许多乡下土产，是二姐和弟媳和几个老邻居给她装的，无论如何不能拒绝，拒绝了乡人的好意，就是羞辱人家。再说这次走了，谁知道什么时候还能回去？夹杂在人流中，爬着出站的长长台阶，刘招娣实在太累了。

她不得不承认自己上了年纪，走路慢了还踉跄了几下，差点摔在硬水泥台阶上。放眼过去是密密麻麻的人头，这北京城，那么大，自己的渺小软弱，谁能懂。

张文扬远远看着妈妈，腾出一只手挥了下。妈妈的脸竟然显得那么陌生和苍老，这次回乡，刘招娣老了十岁，她目光有点散，在人群里找到了女儿还愣一下，有点恍惚地走了过来。张文扬一把接下妈妈的包。那包重得她闪了一下，小车没地方放了，她憋了口气，猛地一甩把大包背上了后背：“妈咱们走，我打了车在街那边等着，这边不让停车。”

祖孙三人又爬上高高的台阶，走了过街天桥，刘招娣虽然累，可还是看不得女儿推着小车，还给她背包，一伸手把包夺下来自己背着，咬牙挺住。等上了车才长出一口气，这次破天荒没责备女儿打车乱花钱。

张文扬忙着把小车折叠起来，塞进后车厢，汗水一道道流下来，风一吹凉丝丝的。

那位专车司机看着这家人，觉得她们实在好惨，赶上北京又在刮大风，小的睡得不省人事，老的头发花白脸色青黄，打车的女子尚有几分清丽，可也头发蓬乱衣着随便，一看就知道生活不怎么样。

这段路不算短，本该收六十五块，司机只收了五十。张文扬谢了几声，知道人家是可怜她，上有老下有小一副仓皇惨相。

下车时风一吹，小叶子醒了，她从围巾里把头钻出来一看，姥姥就在眼前，高兴得伸手让姥姥抱，刘招娣在车上坐着，缓过了这口气，背了包，抱了外孙女，又大步流星地走起来了，就是嘴巴里有股铁锈味，心慌难忍。

张文扬付完车费，拿了小车，在楼下小超市买了把挂面，几听杏仁露，还有一袋有机鸡蛋，赶着跑回了家。

她新得了笔稿费，满心想着要不要跟妈妈说说，不为炫耀，只是让她少为自己担心，以刘招娣的脾气，把那一万块再摔回给她也不是没可能。张文扬心说钱就是底气，哪怕这一点稿费，是自己挣来的总比老妈给的强。

刘招娣进屋放下小叶子和背包，连气也不歇一口，先让小叶子上厕所，给她擦脸洗手，换了衣服，再剥个香蕉让她啃。自己洗了抹布，四处擦灰，随手归置东西，等张文扬进屋来，整个房间又收拾得差不多了。

张文扬也习惯了老妈这样的兵贵神速，少不了还要听她骂懒骂笨骂她没用，可今天倒是罕见地沉默。

想到毕竟姥姥过世了，可能妈妈还在伤心，她也加快了速度，直接去厨房煮汤、下面条，给妈妈和女儿各自卧了个鸡蛋，还有昨天剩的排骨也放进锅里了。

等张文扬把面条端上来，刘招娣已经完活儿，小叶子戴好了围嘴等吃饭。张文扬把三份面条和凉菜摆好，喊了声吃饭，自己就先开吃了。胡乱划啦几口进嘴，回屋写稿去，这些天她都是趁女儿睡觉了才有时间写作，现在小说快到了尾声，一定要抓紧时间写啊。

虽然杜峻峰有了工作，可谁知道是不是能长久，在他失业的这大半年里，张文扬真是精神压力巨大，那点微薄积蓄根本撑不了多长时间，保姆也用不起，夫妻两人自己带孩子，鸡零狗碎的杂事磨得人心里起火，钱的话大人可以省孩子总不能省。小叶子穿过不少两个好朋友家孩子不穿的旧衣服，当然人家都是一片好意，可是张文扬看到女儿穿着旧衣服无忧无虑玩耍的样子，心里就情不自禁地发酸。

妈妈说得对，你太没用了。如果你有刘总那本事，不说给女儿最好的，也至少应该都是新的吧。张文扬是家中独生女，从小到大没穿过别人的旧衣服，都是她的衣服年年洗好叠好，大包小包地拿出去送别人。

刘招娣把女儿小时候的一些衣服带回来给小叶子穿，那款式那质地，根本不过时，都是当年刘招娣领着女儿在省城买的，大商场货，不打折。现在看看张文扬自己，却要给女儿穿别人给的旧衣服了！

姥姥忽然去世，她看看自己的存款，只剩三千大元，跟杜峻峰商量，杜峻峰说还能凑出五千，她咬牙去跟车唯一说了，让她通融一下网站按月结的稿费，能不能提前支取两千。车唯一听老友竟然连两千块都要预支，直接问她从自己这里先拿一万好不好？张文扬还残余些许自尊，连忙说不用。

车唯一也明白，就先去查了她当月稿费，差不多有四千多，她发了个截图给张文扬，然后自己转了四千给她，说："等你结算稿费的时候我就把四千划走了。"张文扬谢了她，趁妈妈收拾行李时，赶紧跑到楼下银行，提了一万现金给妈妈放在包里。

张文扬从小不缺钱，会计妈妈给了她安稳无忧的生活，诗人爸爸给了她浪漫敏感的个性，即便在北漂的这段日子里，有一半时间算是杜峻峰养着她，她也没有为了钱发过愁动过心思。那点稿费从无到有到渐渐稳定在每个月五六千、七八千，在撰稿人里还算是不错的，只是要指望这钱买房子过日子养孩子，那就是个笑话。

老妈给她出钱买房，老妈来给她当保姆看孩子，张文扬不愿意这么啃老，可她又没本事不啃老，再说反正她在老妈眼里是个窝囊废，她也习惯了这么赖唧唧地活着。

可是，就这么一瞬间，姥姥去世让她看清楚了很多东西。首先就是妈妈老了，刘招娣在听到噩耗的那一天就露出了老态。妈妈老了也需要照顾了，她却没有能力照顾妈妈。

第二，她连一万块钱都要四处凑才能凑齐，如果不是杜峻峰找到工作，那他们三口人一个月就剩下两千块，光给小叶子一个人花都不够。

张文扬感到了前所未有的恐慌，她在小叶子睡觉后疯狂写稿子，什么题目都接，还一个人换好几个笔名，专门写立场相对的稿子，就为了赚那点千字三百、五百的稿费。她不是以稿子计算自己的工作量，是用钱计算，写到五千了，写到六千了，写到七千了……同时还拼命地写小说。尽早把这本书写完了，尽早变成钱，她就能多一点安全感。

等她唰唰写了两千字，侧耳听听外面没什么声音，出去一看，刘招娣竟歪在小床上睡着了，小叶子在旁边乖乖地自己玩。见妈妈出来了还做了嘘的手势，不让她吵醒姥姥。

张文扬看着妈妈一阵心酸，轻轻拉了毯子给她盖上，再看桌子上小叶子的饭吃完了，刘招娣那份面条和菜一点没动。

在新单位，杜峻峰一去就被他的女上司瞄上了，本来他们面试的人里面有两个资历比杜峻峰更好的，但是毫无疑问，从外形来看，杜峻峰最优。连见多了明星的车唯一都觉得他可以当模特，何况平常人了。

女上司周芳莉三十三岁，离婚三年，名校硕士，是老板从一家大单位挖角过来的，图的是她手里华北区的客户。周芳莉算是半个高干子弟，母亲赵桂荣是小地方著名的美人，离异后带着她北漂，跟一个生意人同居，一次饭局上竟被一位离休干部看上了。那位老干部很有地位，但晚节不保，见了美人凡心大动，跟周芳莉的妈妈正式结了婚。

周芳莉从小到大都上重点学校，自己也不笨，轻松考上好大学，又被保送读研。研究生实习又找到大单位，继父打几个电话，她的业绩就比别人好得多。积累几年人脉，业内也有了她的名号，跳槽到私企，年薪八十万加提成。自己能干，妈妈又私下贴补，在三环里买下一套一百二十平方米的公寓。

周芳莉的前夫章明亮是她硕士同学，同一导师门下。那人极有眼色，早打听出了周芳莉的背景，对她嘘寒问暖，百依百顺，周芳莉眼高于顶，也架不住这样的水磨功夫，两人恋爱一年后结婚，双双进了国字头单位。周芳莉本来就是北京户口，章明亮却是搭了她的顺风车，一下解决了户口和好工作。

看在周家背景的分上，单位还给他们分了套宿舍，无产权，但在北京城，这都是别人梦想不到的福利。于是婆家人轮番来京旅游，无数鸡毛蒜皮夹杂腐朽价值观扑面而来。周芳莉不堪其扰，协议离婚。章明亮背地早跟单位里另一个大龄未婚女暧昧上了，那个姑娘是家在北京郊区的独生女，家里是拆迁户，有数套房子。

等周芳莉知道这些的时候，章明亮已经跟新欢奉子成婚了，还在朋友圈里晒婚纱照。周芳莉岂是好惹的，自幼没栽过跟头，只有她踩人，哪有人敢踩她。

她跳槽去私企，离开旧单位，顺便给章明亮的工作设置了一大堆陷阱，反正他那点人脉关系还都是从她娘家那里转过去的，别人买周老女婿的账，可不会认识他章明亮是谁。果然，没到半年，他就灰溜溜地主动离职了。

章明亮一开始不知道周芳莉给他背后插了刀，居然在老婆坐月子的时候还去勾搭，要跟前妻叙旧情。周芳莉不动声色，把他诉苦抱怨岳家的话，调情叙旧的话，还有订房间约会的话，统统截图发给了他老婆。没想到他老婆忍了，关门如何教训丈夫就不知道了，反正事后没再看见章明亮秀恩爱，倒是每天都发一堆正能量鸡汤出来。

经过这么一场折腾，周芳莉放开怀抱享受人生，个个男朋友都年轻英俊，可惜这种人不是草包，就是跟前夫一样急功近利，看重她的身份。不过周芳莉也不傻，谈谈恋爱上上床，吃饭费用平均分担，用他们不错的肉体打发自己不错的时光。

转眼过了三十，也想认真找个人，不过谈何容易，她现在眼光比从前更高了，能看上的男人，一般都有了固定女友甚至结了婚，固然找些性爱没什么问题，但要走进婚姻，又要男人对她一片真心不图其他，那还真是够难。

杜峻峰只知道上司对他挺关照，知无不言，但周围的人已经看出了苗头，躲他老远，越发有机会跟女上司独处了。

刘招娣醒来已经傍晚，她看看四周，一时不知身在何处，只觉得四肢沉甸甸的，似乎连手都抬不起来。张文扬看了她几次，一见她醒来，赶紧给她端杯温水。刘招娣喝了，头还是痛得厉害。她知道自己这毛病，一受累就容易头痛，也许是多年来账本看太多了，谁天天被数字轰炸都难免头痛的。

一想到账本，刘招娣走了一星期，那边白总发微信催得急，她回来了还得继续看账算账啊。刘招娣用的电脑是女儿淘汰下来的一台戴尔笔记本，老是老了点，运行点办公软件还是没问题的。

她上网收了白总的邮件，下载了文件，一一核对起来。张文扬轻声问她要不要吃饭，刘招娣摇头不说话，两手如飞，聚精会神，就是时不时地停下来按按太阳穴。

张文扬给妈妈剥了个橘子放旁边，两个小时后过来看，橘子还在那里，妈妈还在继续专注工作。她自己胡乱吃了几口饭，喂了喂小叶子，在卧室里陪女儿看动画片，不让她去客厅打扰姥姥。

就听外面砰的一响，张文扬和小叶子都吓了一跳，她抱起女儿，跑进客厅一看，电脑翻在地上，刘招娣倒在了床上，整个人像个塑料人偶，肢体僵硬，全无生机。

张文扬放下小叶子，飞扑上去，又不敢动妈妈，只能惨叫："妈你怎么了，妈你听见我吗？妈妈我是扬扬啊，妈妈你可别吓我呀，妈，妈妈你醒醒。"

刘招娣这位女金刚平时极少生病，偶尔感冒咳嗽，自己多喝点热水也不吃药，熬过去就没事了。张文扬也就是念书的时候看妈妈感冒给妈妈做过饭，还被她嫌饭菜做得糟糕，厨房弄得脏乱，索性她就再也不管了。

张文扬承认自己晚熟，依赖性重，生活能力差，她老妈实在太能干，她没有成长的空间，稍微一试已经被她骂个狗血淋头，不如不做还好些。

遇到这样的事，就算再不能干，再低能，也不能看着妈妈倒下了不省人事不管吧。张文扬先打了 120 求救，然后给妈妈搓手，刘招娣双手冰凉，脸色煞白，张文扬疯了似的给妈妈搓热双手，又听心口摸脉搏，还是有微弱紊乱的动静，她只能祈祷急救车越快来越好。

小叶子看姥姥倒下了，妈妈不知道在干些什么，也吓哭了，喊着爸爸爸爸。

一句话提醒了张文扬，她又给杜峻峰电话，杜峻峰一听也急了，收拾东西就要回家。周芳莉问他怎么了，他说岳母忽然得了急病正在等救护车，周芳莉听了开车直接把他送回小区。

这时急救车还没来，杜峻峰三步两步回家一看，刘招娣眼皮微微动说不出话，张文扬抱着小叶子拉着妈妈的手急得掉眼泪，一筹莫展，见了杜峻峰说："急救中心说车都派出去了，我们快点去打车吧。"

杜峻峰实在没路可走，他给刚刚分手的女上司打了个电话，周芳莉刚开出小区所在的那条路，一听这事也没二话，立刻调头回来了。

张文扬抱着小叶子，杜峻峰抱起了刘招娣，张文扬给妈妈头上蒙了条围巾怕她吹风，一家人把周芳莉的宝马车都挤满了。张文扬满口称谢，周芳莉也爽快，一边把车开得飞快，一边说了几句安慰的话，一路飞奔着就去了协和。

刘招娣只觉得自己像是漂浮在水上，似乎身体又变得很小很小，在河里漂啊漂啊，两岸都是家乡熟悉的风景，小时候打猪草的地方，挖野菜的地方，摘山果、打柴火的地方，她似乎又成了童年时无忧无虑的小女孩，整天傻玩，家事有两个姐姐做，她只做些简单的，有时候还跟男孩子掏鸟蛋摸小鱼，真的掏到了鸟蛋，姆妈就给她放饭锅里煮熟吃，摸到了小鱼，在灶火上烧一烧，是一碗荤菜呢。

这一生啊，似乎只有童年才算是真正地玩耍过，歇息过，从她上学，工作，结婚，生女，她就再也没有休息过一天。

在这一生里，她周围的人都是需要她，依赖她，要她照顾的，也许就是因为如此，她跟张天阔决裂了，丈夫大概是唯一一个她能有理由依赖一下的人了，她也不求像女儿那样一直都长不大靠着妈妈和伴侣照顾，至少能让她喘息一下也好啊。

张天阔除了写诗给她，只有在她破水要生孩子那天，他笨手笨脚把她抱起来往街上跑，还是楼下一个卖废品的看不过眼，蹬起板车把他们送到了医院。但那也算是他对她好了一次，刘招娣永远记得自己在丈夫的怀里，他颠簸着小跑的感觉。

大概就像这时候，自己又被抱起来跑着走，在床上被推着走，想挣扎但是没有了力气，整个人像个空荡荡的面口袋，里面的面粉忽然被倒空了，肉体软软地垂了下来，与空中的灵魂相对苦笑。

张文扬抱着女儿，杜峻峰去四处办理各种手续，医生给刘招娣的初步诊断是脑出血，给她开了药，输液，先平衡一下体内的电解质，观察一夜，如果还是不醒就要开刀了。

小叶子撑不住趴在妈妈怀里睡着了。医院病床紧张，恰好有位病人过世了，张文扬赶紧去认领那张刚空出来的床位。一路听见家属们悲痛欲绝的哭声，她抱着熟睡的女儿，一边给孩子捂耳朵，一边泪落如雨。

路痴还是路痴，左转右转搞错了，白走许多冤枉路。她恨自己骂自己，这时的每一分钟都多珍贵，妈妈命悬一线，自己还这么马虎，真是太没用了。

好不容易找到了那张床位，她给杜峻峰打电话，手机里那仅有的一格电忽明忽灭。安置好了刘招娣，让她躺在床上，胳膊上挂上了吊针。在她脚边找了块地方，让小叶子也躺着盖上被子睡下。张文扬去租折叠床，一百一张，想了想没舍得花这个钱，她给女儿带的大围巾还在，往身上一披，坐椅子上，趴在床边也能睡。

杜峻峰看她这个样子，心痛难当，轻声说："我去租个床吧。"

张文扬说："不用，你先回家吧，正好明天周末，你给送点吃的来就行，还有家里的杏仁露和叶叶的牛奶、饼干、手机充电器、我的大衣你也给拿来。没别的事了"。

医院惨白的灯光下，这一切都似乎很不真实。如果这不是真的，那才是最好，可这真切发生在自己身上，连带自己也觉得自己在一个噩梦里。住院押金是张文扬跟秦静姝借的，一开口就是十万，秦静姝二话没说给她打过来了，还问要不要过来看看，张文扬连声谢绝，连累朋友已经够多，再麻烦她自己地缝都没的钻，无能就是无能，你得一个人结结实实地品尝这无能的滋味。

杜峻峰一一记下，本来想陪她熬一夜，可现在用人之际，万一大家都垮了倒下了，那找谁担这些事。他回去还得处理一下工作的事，还得去提款机提些钱带来给病人用，怎么也得再熬些粥汤给这祖孙三口吃。

他转身出门，在自动售货机那里买了一瓶水，回到病房时，却见张文扬已经趴在床边睡了。他轻轻把水瓶给她放在床头小桌上，在她头发上吻了一下，又轻轻走了。

在梦里，张文扬又回到了小时候，她穿着妈妈给买的粉红色小裙子，一口气把小猫钓鱼的故事讲完了。旁边的小学老师惊为天人。她五岁就上了小学，妈妈也露出了难得的微笑，嘴上却说："那么早上学被人欺负了不许哭，坐冷板凳小心尿裤子！"她偏要去，就要跟妈妈对着干。

跟妈妈对着干，是张文扬的生命中很重要的一部分，没有这个部分，她就不能成为自己。而现在的这个自己好吗？她散漫，懒惰，自命清高，任性，依赖心强，从来没学会过收拾东西，收拾家，要说文学是梦想，她也没有像妈妈那样为了事业去拼命，似乎只有在姥姥过世她发现经济掉进谷底的时候，才有了一点点动力——钱的动力，去迫使自己发愤。

张文扬在梦里似乎变成了妈妈，竖起眉毛，凶神恶煞地骂自己："没有用，没出息，窝囊废！"

而接着自己仿佛又变回了自己，一脸喜悦，扑上去搂着妈妈的腿："妈妈，你好了，妈妈，你没有病，妈妈，真是太好了，你把我吓坏了"。

这股强烈的喜悦把她从梦中推了出来，醒来发现满脸都是眼泪，她拉过围巾擦了擦，借着走廊的灯看了看妈妈，她还是闭着眼睛静卧，女儿倒是无忧无虑地打起了小呼噜。

张文扬想起包里还有备用的纸尿裤，赶紧轻手轻脚给女儿兜上，还好还没有尿床。她看到了床头的水瓶，想到是杜峻峰给她留的，心里一暖，拧开喝了几口。

她用手摸上妈妈的手，自己的手刚抓过矿泉水瓶，有点凉。忽然，刘招娣的手动了一下。张文扬探头去看，果然，刘招娣的眼皮颤抖着，微微张开了一条线。

张文扬赶紧按了叫人铃："快来人，我妈妈醒了！"她跪在床前，抓住妈妈的手，明显地感觉到那手有回应，颤抖着，挣扎着，也在努力回握她的手。刘招娣的手暴起了青筋，在昏暗的灯光下，分外苍老凄惶。张文扬再也忍不住了，她边哭边小声地喊："妈，妈妈我是扬扬，妈妈你快点好了吧，妈妈我好害怕呀！"

刘招娣清楚地听到了女儿的哭声和说话声，伴随着一片背景音嗡嗡作响，她挣扎着想对女儿说：“扬扬不怕，扬扬乖哟，妈妈在这里陪着你。”

她仿佛回到二十年前，那时张文扬上小学三年级，年纪小，被班级里的大孩子欺负了，气急败坏地哭鼻子，她也只好按下不耐烦，好好地哄她，最后还把女儿抱回了家。她那么大了还是轻轻软软的，趴在妈妈怀里，紧紧地搂着脖子，母女俩再也没有那么亲热过。

只见嘴唇翕动，话却说不出来，刘招娣张开了眼，眼前却是一片模糊，周遭景象像是电视机坏了，八十年代的电视经常坏，动不动就一团雪花点，刘招娣请单位男同事修了几回，自己也开始动手捣鼓，后来附近邻居家的电视都要她修。

郑先达家跟她最好，修的次数也最多，每次她去了，小达哥领扬扬妹妹玩，她边扯闲话边修电视，郑家大姐临走一定要给母女俩带些水果，自己做的小点心，摸着扬扬的脸说：“这么漂亮的女孩子，给我做儿媳妇吧好不好？”扬扬嘻嘻笑：“不好不好！”刘招娣就骂她没礼貌。

时光断成了一截截的碎片，在她眼前飘浮，扬扬现在多大了，七岁？还是二十七岁？怎么可能一下变成这么大了，那自己是不是也五十多岁了？不对，自己还是小孩子，摔了跤膝盖痛，姆妈正把她揽在怀里揉着。姆妈，姆妈在哪里？姆妈要带我走吗？我不能走，不能走，我走了，女儿可怎么办呢？

* * *

车唯一飞车赶到机场，李劲松已经到航站楼出口处张望几回了。李劲松对女儿的家事，还是心里煎熬。虽然现在表面看着一切都好，谁知道以后怎么样。

看到车唯一风风火火地跑来，额角还有汗，李劲松叹了口气，心里的不高兴还是按下去了，车唯一满口道歉说来晚了，单位有点事。李劲松答应了几声，问乐乐好不好，车唯一说都好。说罢递给李劲松一个塑料袋，里面是一杯热豆浆：“在那边路过永和我给您带过来了，妈您喝上，还热着。”

没等李劲松开口，旁边一个挺富态的老太太看见说话了：“哟真好嘿，多贴心哪，还得是女儿好。”

李劲松捧着豆浆冲老太太一乐，大声说：“这是我儿媳妇！我打闺女家回来的，闺女在上海哪。”

老太太凑趣：“你命好！都跟你亲！”

这话最入耳，李劲松得意扬扬：“谁说不是？我就是命好哎。”

要不是车唯一赶紧把婆婆大人请出去上车，这两位萍水相逢的老太太能就闺女儿媳妇的话题聊上个半天。李劲松慢悠悠地把豆浆喝了，胃里舒坦许多，坐上车，开始跟车唯一问长问短，车唯一也问姐姐好不好，小外甥好不好，她中间给快递了一个包裹，里面是给李劲松穿的衣服和鞋，还给小外甥买了两套新衣，不知可还合适。

李劲松说都好，穿了美着呢，我拍的照片，一会儿给你看啊。二子那边公司怎样了？

孙天行在家排行老二，小名就叫二子，天爱来了爹妈有时又叫他三子，反正天知小名就叫老大，二姐天爱永远叫天爱，连孙天行有时候没大没小也叫她天爱，就这个老小名字多，二子，三子，小三儿，老小儿，小子。全家人都疼他。

大儿子是科学家，远赴重洋好几年不见也不怎么想，二女儿是领来的，偏疼女儿之外另有一份小心翼翼的怜惜在里面，就这个小儿子，那着实是李劲松的心肝肉儿。就因为疼他，哪怕儿媳妇是外地来的都依了，幸好车唯一脾气爽利跟婆婆对胃口，就像机场老太太说的，她俩看着更像对母女，反而跟精雕细刻的小镇台柱子王梅不大像。

车唯一心说这问题可不好答，孙天行的公司遭遇了资金危机，这个月的工资他自己的都没发，先紧着给员工们发了薪水，问题必须本月解决，不然下个月的薪水就是拖欠。但这话对着李劲松可怎么说得出口，也只有一句："都好，没什么事，挺顺当的。"

李劲松听了更开心了，又问乐乐的生活起居，车唯一边开车边陪她聊天，心里叹气：您老人家恨不得连邻居家的猫狗都问候到了，就是不问我妈，看来这口气还憋着呢。请神容易送神难，要不是您老人家一动心要去给女儿看孩子，我妈能千里迢迢地来吗？现在您回来了，看这意思立马就要把我妈请走，我妈能是那么好说话的人吗？唉。做人太难了。风箱里的老鼠，两头受气，说的就是我。

王梅正在公园带着乐乐玩，这段时间祖孙已经混熟了，乐乐跟姥姥亲得很，也爱美爱打扮了，每天都跟姥姥把衣服、小纱巾、发卡挑一遍，居然自己懂得把相近颜色的东西放在一起，等穿戴的时候好搭配。

在公园，乐乐又交了一拨小朋友，这几个小朋友都是时髦辣妈带着的，开始还以为王梅是大龄妈妈，带着自己的小孩，一听说居然是姥姥，天哪，这不就是每个爱美女性梦寐以求的状态吗？五十多看着像三十的，细看也不过四十多。如果不是王梅大力阻挡，几个辣妈已经要给她拍了照片发上网，去宣传最年轻漂亮的外婆了。

物以类聚人以群分，王梅在这几个人里备受尊敬，每天不是向她请教保养秘诀就是参考她的穿衣经验，还有一位态度最谦恭的，干脆从她那里学了段小戏，公司活动时作为员工家属上台去表演，大出风头。

这位学生英文名字叫苏珊，学了戏后为感谢老师，送给王梅一套名牌彩妆盒，说不敢说是拜师礼，就是给老师用着玩的。

这牌子王梅倒是也用过，就大方收下："我就不跟你客气了，要说个笑话，我师父那会儿跟我说，他那年代师父带徒弟，徒弟头三年的收入都归师父呢。"

苏珊听了连声称是，还说自己留学时就见老外最推崇中国文化，那些在国外开了武馆的，教华裔和外国人学戏的，个个都是百万富翁啊。要是王老师到了国外去，一准儿不比他们差！

王梅隐隐自得中略有伤感，要说自得，作为一个明星，到哪里不发光，不受人瞩目？要说伤感，也就是亲生女儿不拿自己当盘菜。让学戏不好好学，金光大道倒让五岁红走了，那五岁红现在动不动在娱乐新闻里露个脸，据说身价越来越高。自己女儿呢？就是给人编新闻的。

按以前眼光看，人家走到台前成了大红角，吃香喝辣，女儿等于是小跟包，给人夹着衣包跑腿，根本就上不得台面。王梅发光发亮一辈子，走到省城上了年纪也照样拿个二等奖，到哪里输过？都说青出于蓝胜于蓝，怎么就有这样不开眼的后代呢？

这些天跟车继业电话，听他问长问短，王梅心里舒服一些，也问他那边工作怎么样，车继业说现在上了岁数，精神不行了，而且整个行业都在衰落，很多业务尖子都转行，留不住，也出不起好条件留人家。王梅说唱戏还不是一样，能有几个五岁红，以前戏班子里，多亏我先改行走了，现在才有一份退休工资领啊。不过转念一想，她又有些不服气："哼，五岁红那样的是赶上了好时代，要是我那年代能有互联网，我不比她红。"

车继业听老妻还这么孩子气，心里好笑，安慰几句。其实他没说的是现在车家二老状况不妙，他雇了两个本家亲人在床前伺候着，还有个侄女车茉莉常来探望帮手，大哥二哥加两个嫂子竟然谁都不理，他气破胸膛，说："你们就去看看，医药费都是我出不用你们出！"结果人家还是不去，大哥在家打牌，二哥在家看电视，就是没有人去看望在本村的亲生父母。世态炎凉，车继业不想把这些事情说给王梅听，就像王梅也瞒住了他，没把跟亲家吵架的事告诉他一样。老夫妻到了此时，互相扶携，比什么都重要。

眼看着好不容易跟外孙女混熟了，乐乐那难缠的脾气也改了不少，现在知道爱美爱干净，一听音乐就跟着摇晃身子。这下亲家要回来，王梅知道自己就该走了。原本不愿意来，现在真有点不愿意走，可不走怎么办，一山容不下二虎，终归不是自己的家啊。

她摸着乐乐系着大蝴蝶结的头，轻轻哼唱："舍不得来也要舍，分不开来也要分，流泪眼观流泪眼，断肠人对断肠人……"

她唱得一咏三叹，凄婉缠绵，可惜周围只有湖水长廊，唯一的观众是小外孙女乐乐，听着姥姥的吟唱，一时间听得呆住了。

* * *

任平林在北京有套房子，是早些年买下的，在三环里，五十多平方米的小户型，那时单价才刚刚过万。他来北京数次开会，又有学校请他编写教材，教辅书最好卖，书商们都是手提现金在门口等着谈。任老师卖了几本书，攒下的钱买了套小房子。因为这时候他已经知道秦静姝留京的消息，少不得将来她的父母也要跟着她养老，那么，虽然今生没有指望，跟她住在一个城市里，也许老了，还是能远远地看一眼她，那不是也很好吗？

一切如他所想，只有疾病是出人意料。任平林经历了两次抢救，一次手术，心里反而异常平静，他有公费医疗，有从前的学生们互相传递消息，轮流来看他，请人照料他。他看着那些学生熟悉又陌生的脸，这一生教过了多少人，多少面孔都在记忆中模糊了，大约只有李云珠的脸，雕刻在心里一样清晰。

毕竟她比他勇敢，她用"季子挂剑"表白了心意，她没有看他，而他也把自己控制得很好，只有在下课后，他把自己关在洗手间里，才流下了忍耐许久的泪。

他心里许下了诺言，虽然没有说，但也不会更改。

季子知道徐君喜爱他的佩剑，他已经决定了把佩剑送给真心喜欢它的人。

相对无言，心已相许，许下的诺言，就算死亡也不能阻拦。

李云珠的声音明亮悦耳，十分动听，她在班级晚会上的节目永远是诗朗诵，她会朗诵普希金和泰戈尔的诗，优美质朴的女中音本身就带着浓浓诗意。她做的公开课给很多人都留下了深刻印象，但应该只有一个人，他终身不忘。

她让他第一次心跳失衡，她让他晚上失眠难以入睡，她让他从未如此痛恨自己的残疾，自卑自己的外貌，人生其他引以为傲的成绩，统统宛若尘埃，如果不能得到自己喜欢的人，如果自己连一声我爱你都不敢说出口，那么，就算取得再大的成就，你也只是一个可怜虫，失败者，懦夫。

他狠狠地骂自己，他下了决心要么去说清楚，要么就断了念想。然而第二天一切照旧。他向来以自己的意志力为荣，却从来不知道会有这样一种力量将他碾为齑粉，随风飞扬，全然不由自主。

任平林为自己设想过无数次表白的场景，他在这些幻想出的场景中逐渐老去，三十岁，四十岁，五十岁，他始终未婚。父母跟前有兄妹替他尽孝，家人可怜他的残疾，总是催促婚事，但是看他把自己照料得很好，也无话可说。

送走了老父，第二年又送走老母，妹妹对他说妈妈临终前还不放心他，任平林热泪盈眶，却只是摇头。妹妹说哥你还是找人做个伴吧，我知道你眼光高看不上，可是人到老了，有人做伴只有好处没有坏处。退一万步说，谁要是有什么事倒下了，总有人报个信吧。

任平林还是摇头。这该怎么解释呢，他心里怀揣着一份滚烫的秘密，从未对人说也不敢对人说，也许恰恰如此，这份爱才保持了完美和纯洁。

妹妹是小学老师，家庭美满，这次为了他的病，千里奔波来北京，大哥在家乡也病倒了，冠心病，没办法过来照顾他。妹妹住在他的小房子里，每天去医院陪护，平时在家里打扫房间，偶然发现哥哥的案头有练字的草纸。

任平林一生俭朴，用的草纸都是最便宜的。上面写满了整洁的隶书，只有一个人的名字，应该是个女人：李云珠。

写完之后，他就烧掉，不留痕迹。这份相思大概只有打火机知道得最清楚。

妹妹悄悄地把草纸放回了原来的位置，把书房里收拾过的东西又归了原位，打定主意等他回来就告诉他，自己什么都没碰。

原来这就是哥哥不婚的秘密，他深深地爱着一个人，不知什么原因，却没有说出来。

妹妹落了泪，哥哥的性格她最清楚，小时候就看多了他挥汗如雨的样子，练习走路，朗诵，那毅力来自一个病残之躯，分外动人。但就是这样钢铁一般的人，却有这样软弱的一面，他为一份无望的感情付出了一生，那个人，她会知道吗？

* * *

秦静姝的公司因为贾婷婷，一年赚了三年的钱，而她也并不吝惜业内资源，尽自己最大努力把贾婷婷推荐给媒体和电视节目。贾婷婷接了许多现场演出，人也越来越瘦，她减肥前后的照片判若两人，在网上被疯转。她也趁机代言了一些健身器材，还跳了一套健身操广为传播。

而事实上，不过是她管住嘴少吃再少吃，每天只要一空闲就苦练舞蹈。贾婷婷也有撑不住的时候，这时她会默默地念一个词来鼓励自己：草莓。

是的，一定要让我的孩子吃上草莓，我绝不要再回到连草莓都买不起的生活里去。贾婷婷练出一身线条，六块腹肌，上台又唱又跳，然后还能接受采访逗趣搞笑，连声音都不会抖一下。

她的前男友，台湾音乐制作人，现在是一家音乐餐厅的老板，在视频上看到光芒四射的她，心说当年的眼光毕竟没有错，签下她就是看准了她是个明星，只是没料到要隔了这么多年才真的发光。

她的前夫来找过她几回，看着她，又想起了当年在大学里见到的那个才华横溢的女生，可望而不可即，自己只能仰视却无缘亲近。

只是，为什么跟她在一起的那些年，自己对她从厌倦到轻视，从呵护到挥起了拳头呢？现在的她已名利双收，原本，自己是可以陪着她走到今天的，又或者，没有经过离婚的挫折，她就成不了今天的大明星。

渐渐贾婷婷身边有了一个固定班底，做造型的阿璇，做宣传的盈盈，还有处理生活杂务的小静。阿璇有国外院校美术专业的文凭，以前是时尚杂志的服装编辑；盈盈是学计算机的文艺青年，网上小有名气的影评人，擅长做文案和网络宣传；小静原来是贾婷婷多年前在音乐公司同一批出道的歌手，那时还是美少女，想仗着青春无敌闯天下，几经浮沉，现在负责开车订饭安排工作日程，是位贴心的好助理。

这几个人资历不同，经历各异，但却都跟贾婷婷一样有个共同的身份，那就是单亲妈妈。

秦静姝心说这几个人再加上自己，要谈谈感情谈谈人生，能把网上那些情感专家们的饭碗都抢了。那些人知道些啥，成天鬼扯，睁开眼睛看看现实生活，根本不是你们那几句包治百病的鸡汤能解决的好吗？

人都是为了生活去拼命，而单亲妈妈特别勇猛，因为她们每个人身上都有两条命，自己的还有孩子的，就算自己的可以不在乎，但孩子的你必须在乎。

这个团队战斗力惊人，实干，高效，追求完美，花小钱办大事，项目做一个成一个，在行业中名声远扬。

经历了人生起伏，才更知珍惜手中所有，她们每天都精心打扮，尽力做好工作的每个点滴细节，贾婷婷买车时专门买了最大的保姆车，一方面方便自己和团队休息，另一方面也为了给孩子们活动空间。

她越来越红，接了各种广告代言，她又用赚到的钱投了一部分去支持一个民间救助单亲妈妈的机构。

在各种场合，贾婷婷都曾为单亲女性发声："你们不要自卑，更不要长时间陷于婚姻破裂的痛苦，你的人生已经到了关键的转折点，走好脚下的路，除此之外什么都不要想。因为是单亲妈妈，所以更要独立，因为只有你是独立、自信、乐观的妈妈，你才会有自信、乐观、勇敢、阳光的孩子。只有你活出了像样的自己，你和孩子才能过上比从前更幸福的生活。为母则强，但在妈妈的身份之上，请别忘记做你自己。为了我们自己和孩子的未来，一定要好好奋斗！"

通常在类似的简短演说后，她都会再度唱起那首 *You Raise Me Up*，让荧屏前本来已经泪湿眼眶的观众，深深为她的歌声打动。

贾婷婷写了很多歌，再也没有一首像意外走红的那首那么火，不过现在有了很多专业人士的认可，并且得到诸多音乐奖项的提名。一片闪光灯下，她一袭银白色礼服，走上红毯，身边牵她手的，是穿着燕尾服的儿子。

谁又能想象，在两年前，她还落魄地坐在秦静姝的小公司会议室里，盘算着一首歌能不能卖上一万块钱，如果能的话，她好赶紧给儿子买点草莓吃。

秦静姝也参加了那个活动，照常一身套装，盘了发髻，戴珍珠首饰。她在台下看着贾婷婷表演，时而深情高歌，时而变装劲舞，周遭掌声雷动，粉丝们大声喊着她的名字。秦静姝感慨万千，而这时，有人轻轻拍了下她的胳膊，她转身去看，陈维翰也穿着礼服站在她的身后，冲她微笑。

秦静姝摇摇头，也笑了，两个人礼貌性轻抱了一下，陈维翰凝视着她，而她却把视线投向了台上。

活动后照例要有庆功会，秦静姝多喝了几杯，本来想找代驾，而陈维翰公司的庆功会就在隔壁，他滴酒未沾，一路开车把她送回地下停车场。

四周黑黝黝的，秦静姝趁着醉意，在他脸上亲了亲。陈维翰用手按按她的嘴唇，说："这什么都不算，你别拿喝醉做借口，我可不会这么随便，除非你向我求婚。"

秦静姝说求婚又怎么样。陈维翰看着她说："你敢求，我就敢答应。"

一听这话，秦静姝酒都醒了，开了车门狼狈逃窜而去。陈维翰在后面跟着她，怕她喝多摔了。秦静姝上了电梯，跟陈维翰点头说再见，手上使劲按键，按了半天还开着门。

陈维翰两手插兜，在那里看她的笑话。秦静姝定睛一看，原来自己按的不是关门键而是开门键。

枉她平时一副英明神武职业精英的样子，这下颜面尽失。

电梯门关了，秦静姝松了口气，尴尬得全身冒汗。心说自己真是老了，连借酒装疯找点乐子都没机会了。

这种大活动的后遗症是第二天生活规律的混乱，秦静姝凌晨才回家，但早晨还是六点起了床，还有一大堆事情要办。她走到阳台去，却发现早饭都已经摆好，李云珠一脸憔悴，带着前所未有的坚定，对她说：“静姝，我有话对你说。”

秦静姝举手：“妈妈，如果你是想说我跟小黎的事还是别提了，我的婚姻真的不想听任何人的意见。”

李云珠说：“不，我不是要说这个……你的婚姻，应该由你自己决定。”

秦静姝简直不敢相信自己的耳朵，这样的话竟然是从妈妈嘴里说出来的，难道说最近事情太忙她听错了？

秦静姝的手滑到了胳膊上，掐了一下自己，确定自己是醒着不是做梦。

而接下来的话则更让她震惊，阳台的晨光照着李云珠的脸，她眼角的皱纹细密而深，绵延至发际。想起张文扬连夜借钱的事，秦静姝声音都变了：“妈，你怎么了，你是不是身体……你要去医院咱们赶紧去啊，千万别耽误！”

李云珠哀伤而无助地看着女儿，像一个闯了祸的女中学生，有些话实在不想出口，但已到了不说不行的地步：“静姝，我想告诉你，我要跟你爸爸离婚。”

她停了一下，不忍心看女儿脸上的表情。这么多年就为了维护家庭的完整，就为了自己还有孩子，为了外人眼中美满幸福的假象，让她错过了自己的一生。然而该说的毕竟还是要说，虚假的东西，毕竟维持不了一辈子。

“……我心里有一个人，很多年了，你知道你爸爸外遇的事，但我们感情其实一直不怎么好，他喜欢了别人我不怪他，我自己，我自己心里有一个人，很多年了……”

李云珠本来以为，这些话说出来，会有莫大的羞耻，像把自己剥光了，站在明亮的阳光下，瑟瑟发抖，但是并没有，她只听见自己的声音有点颤抖，张皇无措，语无伦次。

她只是害怕，怕会伤害到女儿，她是一个妈妈，一个妈妈可以去爱别人，喜欢别人，可以去结束婚姻，恢复单身身份，去寻找真爱吗？一个妈妈可以告诉自己的女儿，自己心里有一个人，并不是她的爸爸吗？她是妈妈，她女儿也做了妈妈，当了外婆的人，还配说什么爱不爱的吗？

秦静姝本来眼泪在眼圈里转，却完全吞了回去。不是生病，太好了，不是妈妈有什么病！她的心差一点碎了又神奇地活了回来。

她温柔地看着妈妈，就像看着儿子元朔刚出生时的样子，似乎在一瞬间，之前所有的挣扎疼痛撕裂都化作云烟，剩下的只有深深的怜惜和浓浓的爱意，她小声说："是任老师，对吗？"

阳台窗户开了一个缝，那晨风冷水一般激在脸上，李云珠再也想不到，年过半百的她会听到女儿揭破她内心最黑最重的秘密，却又是以如此平淡安静的方式。

她难以置信地看向女儿，却只看到了跟声音一样平静安详的目光，里面甚至还有鼓励："妈妈，其实我一直都知道。爸爸应该也知道，只是他不知道是谁。我知道是因为有一次你在家跟同事打电话，说起以前的旧同事，那边阿姨说任平林怎么怎么，你的脸一下就红了，我在旁边看得很清楚，你还在继续跟她聊，但我知道你其实只想打听他一个人的事。后来，我上了五中，任老师教高三我上高一，有次我去老师办公室送卷子，任老师问我你妈妈好吗，我说挺好的……我看到他的脸也红了，虽然他想假装没事，也没再问什么，但是那时我就明白了。你们是两位老师，可是你们比我们中学生还要笨。中学生的恋爱总是能瞒过家长和老师，可是你们俩，其实谁也瞒不过。妈妈，你是喜欢他的，他也是喜欢你的，这件事并不会让我有多难过，让我最难过的是，为什么你一定要假装没有这回事，为什么你一定要假装自己活在一个幸福的家庭里。这些年可能你觉得我很叛逆，不听你的话，但我其实一直在想，生活中到底什么才是对的。我不愿意活成你那样，我要找到自己真正想要的东西。”

秦静姝把这些年来深埋心中的话都说了出来，如释重负，阳光洒在母女两人的身上，她们仿佛两座雕像。保姆抱着元朔来吃早饭了，李云珠接过外孙，听着他童稚的声音喊她姥姥，她亲吻着外孙的小脸，借以掩饰自己眼中的泪光。

原来是这样，原来自己以为的委曲求全，其实伤害了所有的人。

李云珠明白了女儿为什么一定要选与自己背道而驰的路，她甚至也明白了秦宽仁为什么要出轨，她见过那个女打字员，明丽的脸，饱满的胸部，说起话来口齿有点不清，嗲嗲的。她在心里说了句艳俗，但心里明白这样的女人是大多数男人喜欢的狐狸精。

那次秦宽仁出轨的事被另一位处长捅到上面，还组织了调查组去查他。经济问题是子虚乌有，那最能搞死一个人的，当然就是作风问题了。李云珠那天正从省城开会回来，她一身深色西装，系着米色丝巾，拖着行李箱进了教育局会议室，面对那些调查组成员暧昧含糊的追问，她义正词严说：“谁要说我们家老秦有问题，谁就得先来问问我！我是他妻子，这么多年他在岗位上兢兢业业，外调下乡他一个人走的地方是别人的两倍，业绩有目共睹！勤勤恳恳做事却招来别人嫉妒，往他身上泼脏水。请问他出轨谁看见了？拿出人证物证，时间地点，说他们在办公室如何如何，那办公室也有摄像头，你们去查录像。只靠举报信，那是没有根据的谣言，拿出真凭实据，上了法庭也有个说法。请问在座的各位，如果没有证据，就平白说一句你们跟谁胡来了，有男女关系了，你们谁会低头承认这种肮脏事？将心比心，就靠着举报信就把老秦停职审查，这公平吗？老秦除了在单位，在外面下乡，其余时间就是在家，做家务，写材料，我和女儿都是证人。我想恳请各位，给老秦洗清不白之冤，不能让那些造谣生事的人得逞。这不光是为了老秦一个人，也是为了正义和公平，不正之风如果成了主流，那局里谁都可以举报谁了，谁都可能为了谣言就被调查了，在座的各位难道想看到这样的情形吗？”

李老师那铿锵有力的话语，顿时就取得了压倒性的胜利。调查组与其说相信了秦宽仁的人品，不如说相信了他妻子那番极有感染力的演说。

他们看到这样一个女人站在眼前，基本就相信了她说的话，另外一个反证是，他们绝对不信这样的女人会纵容丈夫出轨，也绝对不信这样的女人会被男人欺骗。她太强势太聪明，看上去太有说服力了。教育局的人见多了优秀教师，李云珠的口才确实让人信服。而且，男女之事的举报，确实很难找到翔实证据。

而他们不会知道，李云珠在自己内心，狠狠地骂着自己："李云珠，你太虚伪了，你这么做是为了什么，就为了保住这个毫无感情的家？就为了让别人夸你一句贤妻良母？还是为了让女儿有个爸爸，让女儿有一个父母双全，在别人眼中幸福美满的家？还是，你根本就不敢承认你们各自都有外心，他找了别人，你也一样喜欢别人，你还不敢说，不敢承认。"

这段李老师力护丈夫的佳话传得很远，整个教育系统里几乎无人不知，女人羡慕她有这样美好的家庭，还有勇敢维护的气魄，男人羡慕秦宽仁，竟有这种全心全意维护自己的好老婆。

任平林听说了，在心里长叹一声，很快他调动去了省城。她太美也太好，他没有一点点的机会，还是远远地看着她，想着她吧，也许注定此生无缘了。

秦宽仁保住了副局长的位置，但有了这种污点，想升任局长肯定无望。他回到家默默地把家里打扫干净，做了几个妻子女儿爱吃的菜，李云珠知道这是他以自己的方式表达着感激。

他们俩不像夫妻，更像一对心照不宣的同谋，他们一起营造了一个幸福家庭的谎言，欺骗了所有人，除了他们自己，还有和他们共同生的女儿。

生活在谎言里是痛苦的，而他们还都以为自己是为了家庭幸福做出了伟大牺牲。李云珠终于发现自己错得多么彻底，然而一切都太迟了。

早饭吃过了，保姆收拾了餐具去厨房洗，秦静姝对李云珠说："妈妈，想做什么就去做吧，我支持你。"

李云珠的泪水滚滚而下："我……我做的……也许是错的……"

秦静姝说："爱一个人有什么错呢？结束没有感情的婚姻，又有什么错呢？就算你做的是错事，我也支持你。不见得做的事情都是对的，人就会真的开心。妈妈，你应该去选择自己真心想要的，这没有什么错。我支持你。"

这些话如此有力又如此熟练，似乎她已经说了无数次，而事实上，这是秦静姝自己最想从妈妈那里听到的话。

多少次面对困难，多希望听到妈妈说一句："我支持你，就算你是错的，我也支持你。"多想听妈妈说："你没有错，你选择真心想要的，你可以这样做。"

最后，是由她来说出这些话，对着妈妈，虽然有着深深的失望，却也释然。对于爱的和解，多么艰难，但，有比没有好吧，既然你不会说，那么由我来说吧，妈妈，也许你站在这样一个位置上，才能真的理解我。

不见得你做到了旁人眼中的完美，你就真的得到了内心想要的幸福。也不见得你放弃了世人所认定的圆满，你就真的不幸。

一位特级教师，毕生做过无数完美的公开课，但她要承认，最好的课，其实正是女儿给她上的：你没有错，我支持你。就算你错，我还是要支持你。我们需要的爱，并不是要好，更好，最好，也并不是最好的，就最安全。我们需要的是家人的宽容和支持，在关键时刻的鼓励，让我们听从自己内心，做出真实的选择。

即便你费尽全部力气，去维持一个虚假的谎言，长达一生，到头来，你也必须要面对自己的心，让自己承受说谎的痛苦，以及纠正错误时的羞愧。

任平林的病情，促使李云珠做了今生最重要的一个决定，在现代社会，离婚真的不算是一回事，可是她却郑重其事，用尽了全身的力气，思前想后，才把这话真的说出了口。

我要离婚，我要和你在一起，这念头如此强烈，压倒一切。我是爱你的，我不能再骗自己。我老了，你也老了，可是，我一定要告诉你，我爱你，我不能再等了。而你，任平林，你一定要等着我！

* * *

医生对张文扬说："脑血栓这种病，在中老年人中是比较常见的。患者的情况还算是不那么严重，她现在的情况就是半身麻木无力，口眼略有歪斜，会影响她说话，吐字不清啊什么的都会有一些，家属要有耐心。另外可能也会出现小便失禁之类的状况……"

医生的话在张文扬心里一句句地流过，她觉得这些事情太荒谬了，不可能发生在妈妈身上，而另一方面她的心情简直有些雀跃：妈妈不会死的，妈妈还在，妈妈只是病了，但医生也说不那么严重啊！

她低头亲亲小叶子的脑门："叶叶，姥姥没事了，你说谢谢叔叔！谢谢叔叔救了姥姥。"

小叶子把两只手拱起来，给医生拜了拜："叔叔谢谢你，谢谢叔叔救了姥姥！"

张文扬抱着女儿，快步赶回病房。刘招娣穿着病号服，半靠着床头，神情呆滞，她的眼角和嘴角都不自然地下垂，右手颤抖得被子都起了波浪。张文扬放下小叶子，让她自己去看小画书，她坐过去，握着妈妈的手，柔声说："妈你别担心，医生说咱们没事了，咱这还是轻的，好好护理会恢复的，你不用怕，有我在，虽然我笨我懒，但是我会努力的，妈没事了，咱们没事了！"

刘招娣领会不到女儿的喜悦，她满心只有绝望，张了张嘴，想说什么，却只吐出一串含糊奇怪的声音："椰窝子了！椰窝子了！"

她想挣扎，用尽全身之力却动不了分毫，她还有半边身体有知觉，猛地一冲，竟从床上摔了下去。张文扬惊叫一声，从床这端直接爬到了另一边，坐在地上，又拉又抱，可是刘招娣拼命地把头脸往地上磕，张文扬用手插过去，让妈妈的头撞在自己的手上，刘招娣一下下地撞着，口水、汗水、眼泪沾湿了女儿的手心。

椰窝子!

护士来了，跟张文扬一起用力扶起刘招娣，把她放在床上。刘招娣的裤子湿了一大块，护士手脚麻利去扯下，被张文扬拦住了。她轻轻地给妈妈盖好下半身，说谢谢您，一会儿我换。

椰窝子！刘招娣反复地念叨着。护士说那你记得给她换，换完擦洗一下，不然容易感染皮肤病，卧床病人最怕褥疮。

椰窝子！护士听了听，叹了口气："她是说让我死，唉，病人都这样，好端端就不能行动了，谁也接受不了啊。"

张文扬打了盆水，兑些热水，拉好了病床边的帘子，让小叶子去姥姥脚边玩，她揭开被子，轻轻褪下妈妈的裤子，拧干了毛巾仔细地擦洗刘招娣的下身。擦完了又用干毛巾轻轻吸干上面的水渍。另拿了一条睡裤，搬起刘招娣的腿，一条，再一条，最后是抱住腰，使劲抱起来，腾出一只手去把裤子拉上。

这番工作完成，张文扬一身汗，还是笑着抬头。却看见妈妈满脸泪水，嘴里还在含糊地念叨“让我死我让死”。张文扬去把水倒了，换了盆，重新兑了温水放了条新毛巾，拧干，去给妈妈擦脸。

刘招娣的脸，张文扬再熟悉不过了。在这张脸上，她收获最多的，是一种嫌恶的表情。妈妈永远嫌弃她不能干，她也就永远自暴自弃索性什么也不干。

也曾有母女同乐的好时光，比如她又考了第一名，比如妈妈给她买了条新裙子穿起来，比如她为了讨好妈妈，给妈妈讲老爸的糗事。还有就是妈妈发了工资奖金的时候，刘招娣会带着女儿去新华书店，豪气地一挥手：“去吧，这次可以买五本！”张文扬就会欢呼一声，把自己早就看好的六本书拿回来，再跟老妈扭着身子撒撒娇，十次有九次妈妈是要妥协的，唯一不同意的那次，是她买的书太贵了。

刘招娣的眼泪，越擦越多，鼻涕也流了出来。张文扬擦着，小声跟她说：“妈妈，你别难过，不怕生病，我会好好照顾你的，你别嫌我笨就好了，我以前不听你的话，我错了，我应该跟着你学做家事，我错了，你太累了，你一定是累病的。妈妈我知道错了，妈妈你不要生我的气。咱不怕生病，我会好好照顾你的……”

她的声音那么软弱，却也有最后的坚强。妈妈倒下去了，轮到你照顾妈妈了，你别再要赖偷懒了，永远没有这种机会了。

这一天，张文扬忙着伺候病人，还要照看女儿，如果不是同室病友提醒，她连饭也忘了吃。给女儿喂剩的饭和鸡蛋，她统统扒光。又把给妈妈榨橘子汁剩下的橘子渣吃了，还觉得挺有营养的。

杜峻峰跟周芳莉出去应酬，吃到了一份糖醋里脊，他想起妻子女儿，打包带了一份去医院。到了医院一看，小叶子又睡在了姥姥的脚头。刘招娣也睡下了。张文扬坐在一个塑料小板凳上，抱着笔记本电脑在写作。他把打包来的饭菜给她放下，摇了摇手，又退出去了。

张文扬没空跟杜峻峰说太多话，她知道他也很难，这些天的医药费也不少，还得保留了单据等以后报销。杜峻峰每个月工资扣税之后一万多，还要还房贷，他俩这些日子积蓄耗得差不多了，偏偏在经济能力最薄弱的时候，老人病了。

张文扬没有别的出路，她只有写，什么样的稿子都写，只要有人约她写她就写。在那一个月里她第一次稿费过了万，只是这些钱在卡上还没逗留多久，就变成了营养品、水果、成人纸尿裤、一服服的中药，还有护工的工资。

她还欠着债，秦静姝虽然是朋友，可是自己从来都是沾朋友们的光，为朋友做过什么？不是说人家有钱，人家能力强，人家就活该拿钱给你用吧。张文扬那点所剩不多的自尊心发作了，比什么兴奋剂都提神。

她不能总让女儿睡在医院里，就请了个护工给刘招娣守夜，还好护工还算尽职，照顾病人很有一套。

张文扬每天只睡四个小时，早晨早早起来，做早饭，做营养餐，都做好了，伺候女儿起床洗漱穿衣，三口人吃完了，杜峻峰收拾东西，张文扬把食物和衣服都装好一个大背包，带着女儿去赶公交车。

坐上车，十二站地，到了医院，替换护工，给刘招娣洗脸擦身，喂她吃的喝的，换纸尿裤后照例还是要哭闹一下，连小叶子都知道哄着姥姥说不哭。还要去跟医生打听病情，把妈妈换下的脏衣服收拾了。这中间还要看住女儿不要乱跑，还要按时带女儿去厕所。

一整天都在忙着照顾一大一小，等到晚上护工来了，她才想起来赶紧跑一趟洗手间。

在医院洗手间里，写着一些联系电话，什么卖血的、联系卖器官的。张文扬对着那些电话，心想如果能让妈妈好起来，卖多少血我都愿意。器官的话留下能活命的，别的也都可以卖掉。

这些也就是胡思乱想，她也没空多想。照看病人孩子的余下时间，统统都用来写稿，只有写下去，别无选择。张文扬是个没用的人，唯一会的不过是这个，她希望自己能救下妈妈，让妈妈过得好一点舒服一点，为了这个目标她可以不吃饭不睡觉，也不上厕所。

妈妈那样强大的人竟然想死，妈妈，我不会让你死的，就是我死了也不让你死。

妈妈你不要死，你死了我就没有妈妈了。我也不会死，我不会让小叶子没有妈妈。

妈妈这么坚强的人竟然每天都在哭，妈妈，我不会哭的，你也不要哭。

她在专栏里写：

越到艰难时，才越知道生命的坚韧，好像一个人在长途跋涉中，如果负了重，反而要加快脚步。不知道自己什么时候就会倒下，那么一定要大步走，走快点。多走一步，就离光明更近了一步。至于光明是不是真的存在，那要看你是不是相信。信念会驱动你不断前行，而继续走下去，也许，光明就真的降临了。

第六章

chapter

6

承担

叔本华说：在这样一个充满缺陷的世界里，如若你能遇到真挚的朋友就好好珍惜吧。

秦静姝说：既不能断绝，又不肯和解，那不是自找苦吃？我们的聪明才智，总不能用来给人生制造痛苦。

虽然各有一堆事，车唯一和秦静姝还是约了去医院看望张文扬和她妈妈。车唯一先到，带了粉色百合花，一包海参还是李劲松从上海带回来的，还有一个客户送的电子相框，事先请张文扬把她的照片都传给她，她给存在内存卡里，一按就能看了。

秦静姝后到，她带的是瓶装燕窝礼盒，康乃馨和紫罗兰各一束，还有一篮子水果。水果篮子里还有个信封，里面有两千块现金。秦静姝深通送礼之道，对于客户要投其所好，对于下属和朋友，雪中送炭胜过锦上添花。

虽然知道张文扬境况不佳，一见面两位老友还是吓了一跳。她在自己小区楼下剪了个短发，毫无造型可言，近乎男人的毛寸，十五块，衬得一张脸越发小了。这些天张文扬瘦得厉害，衣服也从以前那些文艺范儿的大裙子变成了一身运动服，猛地一看还以为是个中学生，只是笑起来眼角眉间已经有了浅浅纹路。

车唯一和秦静姝都是场面人，见了刘招娣热情客套一番，刘招娣精神状态不好，但看着女儿的两个好朋友打扮得体样貌出众，心里也有些喜欢，只是实在说不出话来，嘴巴里含糊不清地嘟哝几声，意思到了也就行了。

越是这样，她心里就越是痛恨自己，这具肉体怎么一下就变得如此迟缓、笨重，什么都做不了了，还活着干什么呀！张文扬到了这边还是请护工看护妈妈，护工姓冯，爱说话，刘招娣不喜欢她话多，但有时听着听着，也就走了神，不想自己的烦心事了。

车唯一说说笑笑闲扯了一会儿，秦静姝陪着接话，过了一阵子就起身告辞。刘招娣也想欠身表示一下礼貌，可是身体怎么也不听使唤，护工冯姐问："阿姨你是不是要小便啊，是不是要小便啊？"刘招娣嘴角颤抖，说不出话，只得闭上眼睛。

三个女朋友许久没聚，没想到这次聚会竟然是在医院的走廊上。刘招娣被确诊后，市区医院病床紧张，她被转到郊区的医院，好处是硬件条件不错，床位费也便宜，坏处是每天张文扬要坐足一个半小时的公交车才能见到妈妈。

张文扬笑笑："这样也好，我在车上也能写，现在有人要找我出书了，唉，可惜就是没多少钱，要是给钱多的话我马上就出。"

秦静姝一听直接就跟她说："给我们公司做宣传吧，现在正用人，反正就是写写文案发发帖子之类的，具体的我让盈盈跟你说。兼职不用坐班，一个月五千，劳务费。这钱也是辛苦钱，但是肯定有，准时发。"

车唯一叹口气："自己当老板真好，静姝，这样的工作还有吗？给我留着，说不定有一天我也要去兼职。"

张文扬说："我不知道能不能胜任啊，反正现在写稿收入还行，上上个月一万，上个月也有八千，这个月刚过一半，我差不多写了有六千了。还行吧比以前强多了。回头我去跟盈盈聊。唯一，你怎么了？"

车唯一说："你现在遭难了，我不应该诉苦，不过也不瞒你们，孙天行搞的那东西砸了，他们的破网站发不出工资，这小子急红了眼，你猜怎么着，把房子抵押了……"

秦静姝大吃一惊："这怎么行。砸了就认栽，下次再来过，千万别有赌徒心态，越投越多，最后连抽身都不能了。他抵押房子，你呢？你不拦他？房本上有你俩的名字，你？"

车唯一又拿着笔当烟在手里玩，轻声说："我说我支持他……"

大家一时间说不出话。这时候家人不支持他谁支持他，风险不跟他一起扛找谁一起扛？车唯一淡笑一声：“就说我傻呗，我就天生穷人命。反正我跟他是在一条船上，好歹我还有份工作，他要撑不住了，我就养家，老的小的，反正不能让他们挨饿。文扬我得向你学习，看你一朵小花似的，还真能扛事。”

张文扬拍拍她的胳膊：“其实你这状况还好点，起码家人都很健康……唯一，静姝，你们俩也要多保重身体，千万别把自己累垮了。你看我妈，多能干的人，要论以前，十个能干的人都不顶她一个，现在一下倒下来，连……就连小便都控制不了……我妈心里多难受，别人不知道，我知道。”

秦静姝也感慨：“真是病来如山倒，唯一，最近我听说你们对手网站里有一个猝死的，不到四十吧，还每天健身的那种。”

车唯一说：“柳庄尼。新闻总监，素食，跑步，一身肌肉活得好健康。那天加班到深夜，趴桌子上睡觉到早晨，早晨同事都来了，有一个去喊他签字，结果，人都硬了！你说这叫什么事，要说他真算是把生活搞得特别好了，身材也没的说，还上过健康杂志的。”

秦静姝说：“多半是他天生身体有点什么缺陷，平时不知道，工作压力一大起来，长年累月熬着，忽然一下就爆发了。别说他，我妈还告诉我，就她来北京那天在地铁上，还有一个姑娘昏倒了，一问说一整天都没吃东西了，忙得忘吃了。我就奇怪了，再忙也要吃饭啊，不吃可顶不住。”

张文扬说：“我现在就这样，经常一眨眼一天过去了，才想起来就吃了早饭。还忘了上厕所的事。”

两位好友听了着实心痛，又对她劝慰一番，都不能久留，说些体己话就匆匆走了。郊外路远，两人开车各自要将近一个钟头才能回到自己办公的地方。

车唯一开着车，心想总得想办法多帮文扬找几份写稿子的活，秦静姝开着车，心想得出去打探一下孙天行那网站什么毛病，一下子就要卖房子卖地的那真是命悬一线了，北京这种小企业多的是，可谁让自己的好朋友被卷进去了呢？

手机响了一声，张文扬转账了一万块钱给秦静姝。秦静姝一看，拒收，语音留言：“这不是闹意气的时候，我知道你不愿意欠人钱，可能更不愿意欠我钱，但是我也不是什么人都借的，你早晚能把这笔钱挣出来，你急什么？我是上门来看望阿姨，你当我是讨债？少来了，你再这样我翻脸啊。”

张文扬听着秦静姝的话，哭了，她看着手机，两分钟过去后迅速擦干眼泪，她没那么多时间悲伤。是啊，她羞愧得要死，连妈妈治病的钱都得借，虽然朋友体谅你，可你真要靠着别人的体谅才能活下去吗？

她需要钱，比什么时候都需要钱，但她也需要自尊心，妈妈当初是不是就靠着那一份要强，硬把自己活成了女强人？人光是要强没有用，你得真的强才算数。

回到病房，张文扬修剪那些花，再插好放在妈妈的床头。刘招娣呜呜作声，张文扬听懂了，说：“我谢过她们了，妈妈，其实她俩都是我好朋友，不用那么客气的。”

刘招娣又呜呜几声，张文扬说：“对，都结婚啦，妈你操心真多，她俩也是孩子妈了。静姝家里是儿子，唯一家里是女儿，小叶子有不少衣服就是唯一家的小姐姐乐乐给的。咱家那消毒奶锅还有辅食机都是静姝以前送的。她俩可能干了……”

张文扬絮絮地跟妈妈说着这些，她心里高兴，妈妈开始关心外面的世界了，又跟从前一样，要催着年轻人结婚生孩子了。张文扬不用闭眼睛也能想象出刘招娣平时的那副神情语气：“什么？三十了还不结婚，喂，那你什么时候生孩子？啊？不生？太不像话，要都像你们这样，人类就要灭绝了！”

她平时那副介于理直气壮和趾高气扬之间的样子，多么令人讨厌，又多令人怀念啊。原来那么一副神气活现的模样，也是要有旺盛生命力才能撑起来的。张文扬看着眼角和嘴角都在下垂，嘴角不自觉流下口水的妈妈，她拿纱布给妈妈擦了口水，情不自禁凑上去，亲了亲妈妈的脸：“妈你现在好多了，你都知道开始八卦了！你会好的。”

刘招娣看着女儿，眼睛湿润，但眼泪没有掉下来，她又呜呜几声。

张文扬说：“叶叶也很好，明天带她来看你。小杜也还行，他单位忙，我这几天也就早晨能看见他，晚上都好晚才回家。白总？啊对，会计公司那人，他脾气真急，我说他了，我妈都病了他还催。对了妈妈你真了不起，我回家看了你电脑，原来你把账都弄完了打包好了，我发给白总了，拿到账了他也不啰唆了，还说了不少好话。”

就在刘招娣发病前的一分钟，她还集中精神把自己完成的文件都打包保存好，一键就可以发送出去了。白总听张文扬说她是发病时在看账，本来很担心她做的出差错，打开一看，账目整整齐齐，跟以往一样条理分明严谨细致。

白总也是老会计，听了刘招娣发病的消息，只是震惊没怎么难过，但是看了这些账目他内心震荡，眼睛发热。顶级的责任心和职业素养，才能有这样的表现，眼看身体都不行了，还是撑到了最后一刻。

会计都知道最怕那种做到一半撒手的任务，那就意味着后面的人得付出双倍努力，还不一定能做完整。刘招娣毫无疑问是最好的会计，她不会写作，她的账目就替她说了话：绝对不给别人添麻烦，要完美，零瑕疵，要做就做到最好。

白总把刘招娣的薪水打过去了，想了想又添了三千。他没给刘招娣上五险一金，等于偷偷地占了她的便宜，这点钱就算表达一点他的歉疚了，再说刘招娣这样的人，她的价值远远大于他出的那点工资啊。

张文扬过着一种从前不能想象的生活，她不睡一个懒觉，洗澡十五分钟就解决，头发剃短了，洗脸的时候顺便就洗了头，送女儿去了托管班，再收拾好食物衣服坐车去医院。

在车上她写完一篇娱评又写一篇情感文，这边批评女明星跟前夫争夺孩子影响孩子的心理健康，那边就调解夫妻纠纷劝女方务必要打官司捍卫个人财产，最后还要给一家儿童刊物写首诗，从小燕子樱桃树写到春雨小蝌蚪。

她老爸是诗人，每天要么喝点小酒，要么点起檀香，要么流连山水，要么搞点露水情缘，才会激发出他老人家的诗情。张天阔是万万想不到女儿可以在公交车上写诗的，他参加过了前岳母的葬礼，就匆匆地跟着一个作家团去了某穷乡僻壤的大山沟里采风，一般来说一个月左右都不会有消息。为了保持诗心纯净，他还把手机留在城里了，完全不知道前妻住了院，女儿正在为了老妈爆发小宇宙。

旁边还有乘客在大声讲电话，还有报站声，还有司机被前车别了一下愤怒地大骂，这些都不耽误张文扬写：

春雨洗过的樱桃树啊，在等他的朋友。去年飞来的小燕子啊，你在哪里？

小燕子飞呀飞，去找她的妈妈，樱桃树开满了花，妈妈还没回来。

小燕子找呀找，一定会找到的。樱桃结满了树枝，妈妈就回来了。

她每天做饭，给病人吃的饭，给女儿吃的饭，给杜峻峰吃的饭，杜峻峰负责收拾家里和换下来的衣服，但张文扬也要每天手洗一些衣物，刘招娣换下的尿裤子，小叶子的尿裤子，杜峻峰的西装还要专门送去干洗。

至于张文扬自己，不管是谁剩下的饭吃一口就算吃过了，衣服就是一套运动服外加几件长袖T恤，晚上洗了甩干晾起来，第二天早晨又穿上了。

以前的自己什么样子，张文扬忘了。她的女朋友们记得，她长发及肩，光洁柔润，目光如水，长裙子配高跟鞋，深具古典美，谈人生谈理想口若悬河，时有妙语，然而一谈稿费就脸红。车唯一说她这种人难怪被某导演骗，不骗她这样的小天真骗谁啊。

杜峻峰也记得，她爱睡懒觉，爱哭，爱闹脾气，也爱趴在他后背上让他背着走，当妈后，公主病好了不少，但有时也跟小叶子抢零食吃，她可爱也挺招人烦，可是谁让他爱上了她，也只好接受她的无能，对她诸多照顾。而她现在不用人照顾了，他反而觉得陌生。

刘招娣也记得，女儿总是把家里搞得一团糟，被她骂急了就捂耳朵，后来放空眼神，刘招娣骂她是白痴，张文扬自己说已经学会过滤杂音。为了杂音俩字又挨了一通骂。

那个懒散邋遢任性拖延的张文扬，在妈妈病倒的一瞬间就死了，她甚至来不及埋葬那时的自己。

现在的她头发短得露头皮，眼睛亮得冒火，两颊瘦削，不知道的还以为是韩国削骨师的杰作，照说瘦了更美，稍一打扮立刻让人惊艳，可是她运动服穿到磨破了袖口，冬夏都是一双李宁鞋，穿到烂也不换。

每天出入的地方是超市、医院、托管班和自家小区，好多人误以为她是住家保姆，她笑笑也不否认，反正她以一当三，干的活相当于两个保姆，还饶上一位专栏作家。

有人找她约稿她马上就问多少钱，然后是多少字，什么时候交稿，绝不多聊一句闲话。她在行业内有了名声，说是写得还行交稿快，人嘛，就认得钱！连那种五百一篇的小稿她也要写，儿童诗五十一首也要写，啧啧，真是想钱想疯了呀。

不想钱是不行的，幸亏房子买得早，每月的房贷只有四千多，孩子每个月的杂费差不多也要两千出头，张文扬以前跟杜峻峰二人世界，没事就吃喝玩乐，两个人加起来每月小两万的收入，不说月光也所剩无几，就这还是没穿什么名牌衣服，出去旅行靠蹭杜峻峰出差，只出张文扬一个人的机票钱，吃饭也是小馆子一顿饭不超过三百。

现在什么都不用提了。基本的支出七千块，加上买吃的买点日用品，一万已经没了，剩下的钱要给小叶子交托管班的费用，还要给刘招娣付住院费。还有的剩，张文扬就统统都把活期转定期，眼看小叶子要三岁了，上幼儿园的钱还没着落啊。

杜峻峰把卡交给张文扬："扬扬，用钱的时候到了，你该花就花不用担心，有我在。回头我再去接几个项目干干。"张文扬没空陪他说情话，收好了卡问他吃了没有，吃了就赶紧走吧，我还要写稿。

杜峻峰也确实该走了，周芳莉在外面等他。他察觉出了这位女上司对他过分热情，不说别的，就这车接车送，他就嗅到不一样的气息。

杜峻峰外表俊美，从小到大都不缺少异性的挑逗，他早培养出了见惯不惊的心态。他也生在离异家庭，父母各自成家，他跟着爷爷奶奶过，虽然祖孙情深，但是爷爷奶奶相继离世，他上大学后也就相当于是孤儿了。本来高中就有个青梅竹马的女朋友，没想到本科四年经历各种考验，最后临毕业她嫁到国外去了。自那以后杜峻峰对女人实在没什么兴趣，直到张文扬那冒冒失失的一抱，彻底夺走了他的心。

这些年他和张文扬在北京，相濡以沫，他照顾她，宠爱她，任凭她撒娇。而且他也喜欢张文扬的小幽默小温柔，时不时制造惊喜，让他感受到自己真的有了家，有了倾心相许的爱人。

虽然这段婚姻中有诸多争吵，比如买房子的事他永远说不过她，也有诸多矛盾，张文扬坐月子时，杜峻峰的妈妈远赴北京来照看，跟刘招娣大闹一场，当面发誓说以后再也不登儿子的门。

杜峻峰对岳母，跟张文扬一样有种爱恨交织的感觉，爱她是因为她太能干，把人照顾得无微不至，好生感动，恨她也是因为她太能干，整个空间都充满了她一个人的能干，把别人都比成了弱智和残障。

岳母这次来京，杜峻峰连房间都不愿意收拾，因为他已经跟张文扬一样自暴自弃了：反正怎么做您都是要挑剔的，反正怎么做您都是要自己卷起袖子再来一把的，得了那索性我就不干了，省得您还得费两回事。

事实上这也是刘招娣工作的风格，跟她一个团队就最轻松了，因为她一个人事无巨细统统给你干完了，而且绝对干得没有一点问题。可是她的下属就只能在观摩中成长，她带出来的人个个都能独当一面，有一个勇闯大城市还进了著名的大公司，他们身上都带着鲜明的刘招娣风格，务实、勤奋、追求完美，但是团队合作就是软肋，他们看不上别人干的活，总忍不住自己再去重干一遍。

跟张文扬在一起久了会觉得累，她依赖性太强，人又敏感，杜峻峰靠着最初的心动能坚持这么久实属不易。但跟刘招娣在一起就只能跟张文扬一样，只有一条路，就是安于做个窝囊废。

这边，周芳莉对他的兴趣已是呼之欲出，周芳莉身高一米七二，高挑秀丽，衣饰名贵碎钻闪闪，一只纤手伸出来，上面玉色指甲油涂得完美无缺，她用全套香奈儿化妆品，外罩博柏利风衣，手提芬迪包，走动起来香风细细，整个人就是一座移动的高档大商场，周身打扮都够贵够好，随时可以上杂志拍照，或者出镜各大网站的街拍。

张文扬现在有什么呢，她从前是校园里的漫画美少女，而后来成了车唯一说的洗衣粉广告里的美少妇，妈妈病倒后她疲于奔命，整个人散发出囚徒的气质，穿着丑陋制服，剃着光头，禁欲，每天就严守纪律做好苦工。张文扬内心还有深深的愧疚，都是自己太没用了，妈妈才这么累，妈妈是被自己拖垮的！

如果自己当时努力考上了北大，如果自己学好会计跟妈妈一样干好工作，如果自己像现在一样勤奋写作多赚钱，那么，妈妈是不是至少也会有些开心的时候，也不用给自己出钱买房，也不用操心自己的工作和未来的养老金啊。

想到妈妈骂自己狼心狗肺不给姥姥奔丧，张文扬就心如刀绞，是的，妈妈没有说错啊。那天真把妈妈给气坏了。长年累月的劳累，还要被自己气，妈妈也不是铁打的，她撑不住了，可是，自己还这么没用，根本不能给妈妈和女儿一份好的生活。

张文扬每天都对自己说：要努力！要把今天的事情都做好！她怕自己会忘，每天晚上都详细写好明天要做的事情，然后按照上面的项目一项项去做，做完了的就划掉，剩下的看一眼再接着做。

杜峻峰这些天看着她觉得陌生，她不大像自己认识的张文扬，浑身散发出焦灼和压迫感，跟他说话也是命令为主，如果他稍有犹豫就会给他不耐烦的脸色。为排解这些不爽，杜峻峰找了以前的同学，又接了个项目做着，可巧这个项目周芳莉能帮上他，两个人相处的时间就更多了。

如果张文扬在这个时候，记得多跟杜峻峰说几句好话，记得关于妈妈的事情，跟他商量几句，两人一起分担体谅，也许情况就会向另一个方向转变？可惜，谁也不会预知。刘招娣猝然病倒，杜峻峰也承受了很多，至少在他心中有一点很清楚，千万别再失业，家里少了他这份收入，那就算彻底完了。

而张文扬对杜峻峰，习惯性的依赖下已经有了一种想当然，她自己为了老妈去拼命，当然他会支持她的，她因为老妈的病很痛苦很焦虑，当然他也会感同身受的。他们是夫妻，夫妻不就是一体的吗？而且杜峻峰帮着妈妈住院，分担家务，按时把家用打给她，每天加班到很晚，不也是在跟她并肩战斗吗？

但事实并非如此。杜峻峰能理解张文扬为了妈妈的病情打拼，但他也看到张文扬现在眼里除了妈妈和女儿，再没有别人。没有她自己，也没有他。他们两个成年人的冷热饥饱，那不在张文扬的考虑范围内。

他有点怀念以前那个情绪敏感的小姑娘，他心甘情愿为她奔走，而不是现在这样，她对他呼来喝去视若无物。他同情岳母，同情她那么要强的人卧床不起，他也感激岳母，感激岳母出钱给他买了房子，可是这忽然降临的灾难，带来了一大堆的琐事，比生孩子还让他头晕。再加上工作中同样有大堆琐事，一时间杜峻峰真有点不知所措。

一团乱麻中，大约只有周芳莉算是他唯一的指路明灯，工作上她会提点他帮助他，吃饭时也叫上他一起，还给他点些爱吃的菜。杜峻峰受之有愧，但也真没想到，最后要以身相许来报答。

事情到底是怎么发生的，杜峻峰没搞清楚，但周芳莉很清楚，那天晚上加班后她开车送他回家，中途回了她自己的家。杜峻峰本来不想去，但周芳莉说有份资料在家中电脑上，给他拷一份过去。

杜峻峰进了她的家门，她去吧台给他调了杯酒，他微醺之下随她从客厅走到了卧室，结束后各自穿衣。周芳莉到书房去把资料拷给了他，然后两人下楼，上车，一路无话。

杜峻峰回了自己的家，几乎怀疑刚才的一切是一场春梦，他总不能说自己是被强奸的，这事两相情愿，也总不能说自己没有动情。他睡得比平时更沉，一觉醒来，浑身出了冷汗，就此陷入深深自责中。

他没觉得自己算是什么坐怀不乱的圣人，可也没想到自己竟然这么的……低级。这时节老的病在医院里，小的还没上幼儿园，张文扬要是知道了这事，再跟他闹起来，那算是全完了。他起来赶着收拾厨房，洗衣服，看着洗衣机呼隆隆地转着，心里乱糟糟的。

周芳莉回家后开了电视，自己又斟了杯酒，这次的果子酒清淡芬芳，跟刚才那杯后劲猛烈的不大一样。她早看出杜峻峰是个土包子，估计对酒的认识还停留在大学男生们聚餐买个红星二锅头这层次，一起吃了几次饭也知道他没有酒量，沾酒脸就红。周芳莉有张品酒师的资格证书，深知一杯酒在何时何地最能发挥效力。

回味了一下，周芳莉觉得杜峻峰身上还有些大学时代残余的气质，就是那种男生从篮球场上回来，一身汗味路过你身边的青春朝气，或者说是不加掩饰的荷尔蒙。等他们混好了，杰尼亚西装穿习惯了，男士香水喷多了，运动只去健身房了，那么他们身上就只会剩下那种打开一辆好车，坐进去嗅到座位的皮革味儿，精明，理性，不容置疑。

周芳莉的前夫章明亮就成了这种人，当然在周芳莉眼中，他身上永远还有一种掩盖很深，但是挥之不去的农村田埂泥巴味儿。

章明亮被周芳莉摆了一道丢了工作，后来他搞清楚了咬牙切齿，想出来的主意也剑走偏锋，他想勾引回周芳莉，等她再迷醉于他的好，利用了她之后再给她一记狠的打击，一个女人再厉害，也经不住被男人一甩再甩。结果周芳莉不上这个当，将计就计，直接把他跟她的对话记录发给了他的现妻高雅虹。毁了他的工作不算，最好再拆了他的家。

高雅虹见了不用说，心痛心碎恨不得把章明亮剐了，可她还是心软了，毕竟他们还是没上床嘛，毕竟他俩以前是夫妻嘛，毕竟章明亮因为孩子还小，跟她也好久没有性生活了嘛。高雅虹跟章明亮狠狠地闹了一场，逼他写下保证书认错，章明亮又下跪又痛哭流涕确保内容深刻，她才忍下了这口气。

周芳莉觉得报复得差不多了，幸灾乐祸又跟章明亮聊上了，要看他的热闹。没想到这回他正人君子起来，对她若即若离的。周芳莉心说看你那德性吧，跟我装什么大尾巴狼。

章明亮自己有个小公司，接接散活，不敢让自己的技术荒废了。周芳莉接到一个行业会议的邀请，她把章明亮捎上了。一对心怀叵测的夫妻，在雁栖湖酒店里重温旧情，彼此还都警惕对方可别拍下照片或者视频。周芳莉对自己很满意，她跟前夫在两性方面向来和谐，这种坑了你一道，还能一起上床，还颇有激情的关系，只能证明她魅力无穷。

她当然要防着他，可是她现在占尽上风，十分有成就感。情人比夫妻好，让他老婆去打理他的外套内裤，关心他吃饱穿暖之类的破事吧，他现在口气清新，估计跟她约会前还特地刷牙呢。她在充分享受一个男人好的一面，确保他干净没病，比另找男朋友还靠谱些。招之即来挥之即去，毫无负担。再说他在工作上有求于她，周芳莉就当他是卖身示好，从她手里讨点零钱花花。

直到看见杜峻峰，周芳莉动了心。这人外形好还有点气质，既不像一些帅哥那样浮夸做情圣状，也不自恋得带了一身脂粉气，穿衣粗糙，不重打扮，多半也没什么钱打扮，说起家里的老婆女儿，咧嘴一笑脸上还有酒窝。周芳莉心说好个天真无邪的大男人，不错，够单纯的，这样的人爱一回或者伤一回，都能算是一辈子的事，有意思，这一款的可以走走心。

就他那老婆，长头发小脸跟个没长开的中学女生似的，根本不是对手。当然那种女人或说是女孩，也是在男人堆里受欢迎的，样貌清纯气质柔弱，少男想她做女朋友，熟男想把她当妹妹当女儿疼。可谁能永远清纯下去？柴米油盐生儿育女的菜场主妇，还要靠清纯来抓住男人，那可笑死人了。

他老婆还没工作，听说会写点稿子，这北京城别的没有，要文艺人才，有几分才气的，只怕比修鞋修拉链的还多，何况赚得还不如修鞋的多呢。

那天周芳莉送她老妈进医院仓促见了一面，看她蓬头垢面没个人样子，家里过得也不好，连个车都没有，不用踩她，她本来就在社会的最底层嘛。

再说男人这种低等动物，就没有不跟从肉欲的。成熟男人如何定义自己的理想伴侣，十有八九都会赞同那句：上得厅堂，下得厨房，进得卧房。贵妇荡妇加厨娘，无所不能。

就拼这几样的话，周芳莉谁也不惧。她老妈自己是高干夫人，从小培养女儿做高干太太，外表仪态绝对压得住场子，中西餐说做就做，给你摆出一桌出来。至于卧房嘛，周芳莉的男朋友们个个对她念念不忘，好几个神魂颠倒向她求婚，问题是她看不上他们。

她是专业人士，高薪优职，有套好地段的大房子，还有个好继父给她铺得金光大道，就这些条件，男人真要随便抓一把在手里挑挑，就是挑剩下的章明亮那种人，在别人眼里还是好货色，二婚男照样娶个自带陪嫁的初婚大姑娘，连他出轨了都舍不得离婚呢。

能看上杜峻峰，算是他三生有幸。再说眼看快到三十五岁，周芳莉找个人安定下来的念头越来越强烈。

* * *

车唯一带着李劲松回了家，心里严阵以待，不知一会儿怎么给两位老佛爷跪着调解。出乎意料，房间打扫得干干净净，王梅和乐乐守着一桌子菜等着她们。

王梅和颜悦色，跟李劲松互相问候了几声，说：这些菜是我叫的，给奶奶接风，我呢收拾好行李了，今天没买着合适的票，明天再接着看看。

车唯一本来想着要费些口舌，说不定还要再面对两位太后之间的针尖对麦芒，哪想到王梅居然这么礼让三分，自动自觉，说话就要走了。反而心头一阵强烈的酸楚升起来，还不是为了自己，怕自己难做嘛，老妈那么一个绝对不让人也不饶人，到哪里都要当主角的漂亮女人，为了女儿，她能放低身段到这个份儿上，能把自己委屈到这个地步啊。

李劲松心头那点不快，顿时烟消云散，老大过意不去。回想起自己当初对亲家母，一下飞机就给来了下马威，这回从上海回来，一路上也想着一对二，连天爱公婆都拿下了，回来得好好会会这个唱戏的狐狸精。

可人家以礼相待，七碟子八碗摆着给你接风，李劲松是老派人，虽然自己大大咧咧，但是最重礼节重人情，硬碰硬她当然敢抡菜刀，人家给你退这么一大步，那你必须得退两步那才对得起人家。

她上前就把王梅胳膊扶住了，隔了一会儿才说：“万万没有这么干的，请亲家母来做客还请不来，可不能说我一回来您就走。不着急买票，咱好好聚几天。买这些菜干什么，让您破费了。这么多天带着乐乐，多受累呀。”

王梅听她客气也跟着更客气：“不累，自己亲人累什么，车唯一又上班又顾孩子，她在家也没怎么做过家事的，小孙也忙，他俩抓挠不过来，我走了以后还得靠爷爷奶奶多帮她。”

车唯一听妈妈还在说软话，还不放心她，眼里早一汪泪水，搭讪着去厨房给二老泡茶去了。

李劲松洗了手，先跟乐乐亲热一番，上桌跟王梅有长有短地聊起家常来了。两人拿孙天爱做话头，这一说起来可是没完没了。两人都是疼爱女儿的妈，说起天爱的懂事，在公婆跟前受的委屈，说着说着，李劲松眼泪直流，王梅心里一酸，也陪着掉眼泪。

这时候小乐乐忽然说话了："流泪眼，姥姥流泪眼，奶奶流泪眼。"

王梅想起了那时随口唱的戏词："哎呀乐乐，你真行，姥姥随口一唱，你都记住啦！"

李劲松也凑趣："乐乐这文艺细胞，准是姥姥那边继承来的，瞅你这小模样，姥姥给一打扮，奶奶刚进屋都不敢认你了。"

王梅给乐乐轻轻哼唱了那句戏词："流泪眼观流泪眼，断肠人对断肠人。"乐乐还真是印象深刻，也摇头晃脑跟着哼哼。内里的凄清之意倒被此时的热闹给冲淡了。

只是车唯一在旁边见两位母后修好，心中还是不敢放松警惕，万一她俩再掐起来，自己可要随时灭火，万万不能吓了孩子。车唯一也在心里给自己一耳光："什么东西啊，老妈对你这么好，你满心想的就只有自己的女儿。"可是王梅和李劲松这两位妈妈，心里还不是一样只有自己的女儿吗？

为了女儿，李劲松能给孙天爱的公婆端茶，为了女儿，王梅给李劲松接风摆饭。李劲松在上海看自己的外孙子，王梅在北京拉扯外孙女，两个小东西有人疼爱关心，白胖活泼，两位太后却累得各自都瘦了一圈，王梅原本就杨柳细腰，现在越发弱不禁风，上台去唱"黛玉葬花"准得穿最小码的行头了。

孙天行抵押了房子，拿到了三百万，算算房租薪水，差不多还能撑半年的。他请律师和财务做证，这笔资金的来龙去脉可不能瞎了。既然 CEO 丁蜀一直找不到人电话也关机，他去公安局报了失踪人口。

当年说好了一起创业雄心壮志，干吗现在说跑就跑，要说卷了钱跑也行，没钱可卷你跑到哪儿去？这孙子到底是怎么了，孙天行抓破头皮也想不明白。

丁蜀原本是去找钱的，现在钱没找到连人都不见了。孙天行一边拿了自己的钱出来顶住，一边自己在外面四处找钱。

以前他常笑骂丁蜀那嘴能把牛吹得在天上飞，现在自己一试，别说能把牛吹上去，整个牧场你都吹上去，人家投资人也未必愿意松口给你投钱。孙天行有时候感觉自己是在跟一群狼开会，他们红着眼睛，咻咻喘息，闻遍了他的全身还就是不下嘴咬他。这难受的滋味儿就甭提了。

技术总监李明健是个人精，早看出不对，他把往外跑的孙天行堵在会议室里，说想撤了，还是他妈的大公司保险，现在自己有老婆有孩儿输不起。孙天行一听急了眼："我他妈的还不是有老婆有孩儿？丁蜀那个王八蛋还不是有老婆孩子？丫还挺精先把她们安置到国外去了，以为自己是贪官哪，有他妈什么财产能转移出去啊，丫跟我一样穷得恨不得就剩条裤子了。明健，你也知道创业反正都这样，谁都有不顺的时候，咱们一起熬一熬，等找到钱了日子就好过了。"

李明健还是叹口气，想了想，还是摇摇头。心说我要有那先见，我他妈也早把老婆孩儿送国外待着，男人怎么说都好办，创业要拖妻带子那简直自寻死路，自己可以饿上一天两天，穷个一年半年，你能让自己吃奶的孩子饿着？你忍心看着自己的太太受穷？可不是人人都有孙天行的好福气，太太肯做牛做马地养家带孩子，李明健家里请了两个保姆，一个专门看护孩子，一个专门伺候太太和丈母娘，三个女人一台戏，四个女人天天都演电视剧，李明健一脑子代码，一回家就被大盆狗血给冲没了。

李明健还是走了，放着大公司一年几十万薪水股票不拿，除非自己创业能赚个几百万才划算。大家坐在咖啡馆里空口说得容易，到现实里赚钱可真难，还不如给人打工呢。

丁蜀走了已经人心惶惶，李明健一走顿时有大势已去的感觉。孙天行只好安心在家灭火，先辞了两个上班玩游戏的年轻人，召集小团队开会，鼓劲，打鸡血。好在大家年轻还愿意上愿景的当，驴子嘴前吊个胡萝卜，不走也得走。

孙天行拉了个广告在谈，弄好了也有几十万的收入能撑一阵子。秦静姝跟他在电话里了解了一下情况，随后给他介绍了几个投资人让他们吃吃饭。

饭桌上有鱼有虾，还是其中一个投资人买单，可是孙天行一口也吃不下去，他俩眼冒贼光把个小网站吹上了天，三年五年规划得花团锦簇，就希望他们能随手扔点钱进来，起码先让他们活下去，以后才有赚钱的指望。

买单的投资人姓楚，听了他那些计划不置可否，倒是对孙天行本人很有兴趣，笑笑说："孙总，我听过你一次演讲，现在你这口才更上一层楼啊。我这另有个项目专门做网上高端培训的，你要有兴趣可以去做讲师。"

孙天行苦笑说："行啊，等我有空去看看。"

楚总又补一句："那网站上比较好的讲师，一个月也有十万左右的收入。"现场一片惊叹之声，纷纷跟他打听网址。

孙天行在回去的路上就找地停了车，上了那个培训网站，果然做得不错，好课程一律得花钱买，那种所谓名师的课更是贵得惊人，奇在也真有人买。孙天行最近跑生意没空出去参加活动了，其实参加活动做个演讲对他来说就是休息，何况事后还有点小钱拿。

以前也有培训公司找过他，可小孙一想自己都孙总了，哪还贪这仨瓜俩枣的。

现在不一样了，攒鸡毛凑掸子有钱就要上，不能让员工饿死更不能把自己饿死，让老婆养家已经让他深感做男人的羞辱，现在不提这些了，房子怎么说也要捞回来，里面是两家人的血汗钱啊。三百万，就是找遍了天上地下，就是去卖身卖血，孙天行也得把这三百万给找出来。

* * *

自李劲松走后，孙天爱生活顺利了许多。起码跟公婆之间又像以前那样你给我买点吃的，我给你买点用的，互有往来，沈金海被李劲松调教过了，对着两边都猛说好话，全家人又渐有过去的温馨和乐之势。

不过孙天爱心里有一小块地方是冷的，像冰箱里的隔夜菜，你知道还能吃，但就是冷冰冰地提不起什么兴趣。她知道自己以后还是要防着这一家人，毫无预兆就被狠狠捅刀的感觉她忘不了。她内心从来就没有安全感，等到终于有了自己的家，有了自己的丈夫和孩子，原来还是没有。

李劲松以前跟孙天爱说过她生母的事，但一说她就捂起耳朵。孙天爱的逻辑非常简单，也非常有理：抛弃了自己孩子不管的女人，还能算是母亲吗？谁爱你，谁疼你，谁给你吃穿住用把你当块宝，谁才配当你的妈妈。生母遗弃自己，后妈虐待自己，只有养母才是真心疼爱自己对自己好，尽到了做妈妈的责任。

孙天爱早都想好了以后的生活，等小宝再大些，就陪小宝一起回娘家过暑假，自己也能照看父母，等小宝上大学，一定劝他报北京的大学，别像自己大哥那样跑美国去，也别学自己偏偏来了上海。小宝到北京上大学，可以在外公外婆跟前尽孝，等她再熬几年退休了，就回到北京去，拿着退休金，陪着老爸老妈，环游世界。

这些美梦鼓舞着孙天爱，让她忘记了从现在起到退休，其实还有二十多年的漫长时光，二十多年足以让一个孩子长大成人，也足以送走许许多多的老人，当然，孙天爱坚信，自己父母身体健康结实，绝对能等到她的梦想实现。

孙天爱这一年评上了优秀教师，她也跟别的老师一样，接了两份兼职找点外快，不过她不完全为了钱，一份工作是给培训学校讲课，她可以分享培训学校的题库，丰富见识，写好自己手头的一本参考书。另一份工作是私人家教，教一个学前班的小女孩萌萌。

沈金海有个同学姓戴，戴同学的表哥戴长河是位公司老总，戴氏集团经营房地产起家，又涉足影业，但戴长河独辟蹊径，专做儿童用品和安保系统，同时运营一家大型儿童用品电商网站。

戴家找家教的事早传遍华师校园，薪水匪夷所思地高，小孩据说也不是一般地难缠。戴同学听说沈金海的太太是优秀教师，百般撺掇，让沈金海劝孙天爱去试下，沈金海回家跟孙天爱说了，孙天爱一听这孩子的身世就呆住了。这种情节大概只有电影里才会发生吧，怎么可能是真的。

戴长河早年跟一位公司女下属小芝相恋，两人论及婚嫁，戴氏集团老总不同意儿子娶个灰姑娘，两人携手私奔，去了东北。

北地酷寒，南方的针织棉纺用品受欢迎，戴长河从批发保暖内衣做起，一年之内就有了小小家业，此时小芝已有身孕，一片祥和。谁知戴长河的运货小车被人跟踪，进货路上被绑架，小芝接到勒索电话，魂飞天外，挺着大肚子报了警。

那边带着人质来换钱，本来大家安排小芝待在安全地带，可是绑匪不见亲属绝不做交换。这边警察密密地埋伏在周围，就等戴长河脱险一拥而上。绑匪也够凶残，身上有枪，发觉事情不对跟警察混战一场。

戴长河和小芝在一个警察的掩护下往安全地带撤，可绑匪留了自己的弟弟在树林里探风声，他原本可以跑，一看亲大哥中了枪，眼睛红了，不顾一切也开枪乱射。

掩护人质的警察当场中弹牺牲，戴长河本来要护着小芝，却被小芝拼命一顶把他扑倒在地上。这时还什么真爱不真爱的，一切靠本能，本能就是他想护住自己的妻子孩子，结果却被妻子挡在身后。

其实事情发生得很快，一共不到两分钟，枪声已息。雪地洁白，鲜血如梅盛开。戴长河见小芝倒在血泊中，野兽般嘶吼，连路都走不动了。

恋爱时只知你侬我侬特煞情浓，谁知道真正的生死相许，竟然就这么明明白白。戴长河知道自己与小芝是倾心相爱，私奔后相濡以沫同甘共苦，他也知道自己为了妻子孩子可以去死，不会犹豫，可是，显然小芝对他的爱远远超过了他能付出的爱，面临危险时，她更干脆，想都不想，直接把命拿去换了他的命。原来他才是那个需要被保护的人，戴长河肝肠寸断。

小芝中了两颗子弹，医生实在回天无力，想尽办法只救出了她肚子里七个月的婴儿。小芝拉着戴长河的手，百般不舍却说不出一个字，戴长河跪下发誓永不再娶。她就在他的目光里安然逝去，终年二十六岁。

戴长河的父亲得知此事，亲自来了东北接儿子和孙女回家。然而戴长河再也不肯跟他说一句话，非说不可的话就托他秘书转达一声。

回到上海戴长河仍然没进入家族企业，他每天照看孩子，发现儿童用品中大有商机，传统零售批发业已经式微，年轻人更喜欢网购，于是再度创业，不用家里的钱而是跟银行借款，三年之内本利还清，公司里也有了五六十个人。

吃一堑长一智，何况绑架还让他永失所爱，戴长河深入简出，上班下班经常改变路线，一发现周遭有异动，立刻请保镖护在周围。连带自己和孩子，还有父母的安全保护都上了一个层级。

为此他又开始发掘安保系统的市场，产品深受中小企业主的欢迎。

女儿还在肚子里的时候，父母就为她取名叫萌萌，萌萌身受万千宠爱，却有个孤僻别扭的怪脾气，除了跟爸爸真的亲，见了谁都爱答不理，还在襁褓中就换过好多保姆，只是没有一个能留得长久。

戴长河的生母过世早，继母珠光宝气只想着自己的二儿子和小女儿，没空给他带孩子，何况戴老总外面还有一房，也有儿有女，两边宫斗不停。戴长河懒得搭理他们，一心一意做好生意带好孩子。

儿童心理专家看了萌萌的状况，长叹一声，说母爱缺失就是这样，孤独，敏感，情绪容易激动，她得多跟年长的女性交流，还有就是要多跟同龄人玩耍社交，有了小朋友陪伴她会自己调整情绪，跟同伴学习也有助成长。

孙天爱是萌萌的第七位家教老师，之前找来华师大的本科生、研究生、女博士、幼儿园老师、以前的退休护士，这小人精都给想办法撵走了。

沈金海经不起同窗半怂恿半恳求，说给孙天爱，问她是否愿意试试。孙天爱听入了心，对这天生没娘的孩子，心中大起同病相怜之感，再说也真有些好奇这小姑娘得有多难搞。

去了一看戴家的豪宅，空间宽敞不说了，竟然整个装修都是儿童房的梦幻设计，客厅里就有秋千，有海洋球的池子，跷跷板，蹦床，几辆小电动车，小海盗船，帐篷，楼梯一条通到楼上，而从楼上下来的直接是一个滑梯。孙天爱承认自己见识短浅，还从来没见过把儿童乐园搬进自己家里的。

萌萌躲在秋千后面，孙天爱也没有走过去跟她问好，表示亲热之类的。她先是四处看了看，然后用手摸摸这里，摸摸那里，一边自言自语：“这是什么呀？这个真好。这个又是什么呀？还是绿色的，会不会是大树呀？”

等她问了十来个问题后，萌萌终于忍不住跳出来，大声说：“那个不是球球，是海—洋—球！”她生得单薄秀气，眼睛明亮，把孙天爱上下打量一番。

孙天爱抬头四处看：“哎呀怎么有人说话呀？吓我一跳，这里不是没有人吗？”

萌萌得意地笑了，敌意大减：“是我在说话！我藏起来了！”

孙天爱往跷跷板那边跑：“那现在轮到我藏了！”萌萌愣了一下赶紧过去抓她。孙天爱脱了外套，跟她一起又跑又爬，在家陪儿子玩也习惯这一套了，萌萌可没遇到过这么会玩的大人，兴奋起来了。

两人捉了一会儿迷藏，又互相追着掉进了海洋球的池子里。再去比赛爬楼梯，上去之后，从滑梯上一前一后尖叫着滑了下来。

整个过程两个人都没有怎么说话，就是玩，孙天爱每样玩具都要问一问是怎么用的，萌萌就教她，有的她自己也不怎么会，两个人胡乱在一起抓抓弄弄。转眼两个小时就过去了，孙天爱看看时间说：“我要走了，萌萌再见。”

萌萌说：“你别走，你得留下陪我玩。”

孙天爱说：“不行哟，我家里还有小朋友，我要陪他玩。”

萌萌听了有些伤心，但很快振作了：“那你明天再来陪我玩。”

孙老师走后萌萌饭都多吃了半碗，喜得保姆一直念叨到了第二天。总算找到好老师了，所谓的好，也就是孩子喜欢，这也不知什么缘分，两人一见如故。

戴长河听了家中上下人等的汇报，又回放了整个监控录像，看懂了孙天爱的策略，把自己放在儿童的位置上，用平等的身份跟孩子一起游戏、交流、培养感情，这种游戏中的交流是最自由也最没有负担的，萌萌以前找的老师不是不好，是太像老师和成年人，她有抵触。

现在找来的这个是真正的中学女老师，外表清丽斯文，却想不到她有一颗童心，这么快就能得到萌萌的信任。

看着屏幕上女儿和孙天爱玩耍时开心的笑容，戴长河心说这个老师万金难买。

萌萌的家教时间是周三下午和周六下午。孙天爱跟她尽情玩耍，玩够了那些小玩具就听音乐，跟着音乐跳舞。孙天爱会把小画书和识字卡随手放在玩具附近，等萌萌自己发现了，让她讲她才讲，如果萌萌假装没看见，她也同样忽视掉。

萌萌原本就聪明伶俐，边玩边学，突飞猛进，尤其对数字很有兴趣，经常随口跟孙天爱做简单的算术当游戏，一百以内的加减法从没错过。

教了萌萌两个月，戴长河亲自开车送孙天爱回家。他是精明生意人，但要论社交就显得不善言辞，诚恳地说了几句谢谢也就没话了。孙天爱说："不客气，我也很愿意跟她一起玩，萌萌是个非常聪明敏感的小女孩，她就是太孤单了。"

戴长河在后视镜里看到孙天爱的眼里盈满泪水，他不好说什么，心里却感动，这位女老师心地善良，精熟儿童心理，实在难得。

而孙天爱没有说出来的话藏在心里："这不就是我吗？"

没有妈妈可以依靠，不知所措的小女孩。心里的伤痛不能表达，别人也不会懂，虽然她物质丰裕，跟自己当年有天壤之别，可是这种孤单和痛苦，却是发自一心。

同类会一眼认出同类，萌萌和她就是这样隔了几十年的时间，在对方的身上认出了自己。所以才这么容易交朋友。

这世界原本空荡荡的，因为你也和我一样，所以我就不那么孤单了。

有时孙天爱感觉自己跟萌萌心有灵犀，比小宝还要强烈些。小宝安全感十足，不像萌萌那样经常对她有小心翼翼的窥探和观察。一见到这个孙天爱就会想起小时候的自己，格外心酸。

孙天爱当了老师后，对破碎家庭的学生格外关照，这些孩子格外敏感，自尊心强，有的内向，有的却为了掩饰内向而强迫自己变得外向，有的还有很强的攻击性，大多数孤僻不喜欢交朋友，少部分却成了滥好人，不懂得拒绝别人，于是在班级里常常会成为笑料。

孙天爱知道，他们渴望的无非就是爱和关心，在集体中他们希望被关注又害怕被关注。她号召自己的班上大家要互相帮助，不许欺负、捉弄别人。那些比较自卑内向的孩子，她会请他们帮忙收作业本，帮她去教研室拿点东西，孩子们在这些差使里感觉自己很重要，感觉到老师很重视自己。

不懂得拒绝别人的脾气软弱的孩子，她鼓励他们大声朗读，多读一些励志上进的文章，私下也提点他们说不要任别人欺负不还手，要勇敢。孙天爱的班级集体凝聚力很强，很多学生还有侠客风采，会主持正义。

有一个男生跟后妈矛盾爆发，他躲去外婆家。后妈怒气冲冲找到学校里来了，那男生远远看见她，吓得跑进了男厕所。他挨过后妈打，全班同学都知道，看那后妈骂着小赤佬走进了教室，这时一个大个子男生背对着她把路拦住了。

接着全班同学都跑过去在她面前挤成人墙，不让她进教室。她气急败坏说要去告诉老师，要告诉校长，孙天爱早听同学们说了，快步赶来说：“你告去吧，我要报警。”

同学们见老师默许，就一齐使劲挤那女人，硬把她从教室门口给挤出去了。看着那凶女人悻悻离去，大家在背后欢呼一声。

那个男生跑回自己的座位，埋头大哭。男生们都围过去拍他的肩膀。

大家给孙天爱让了个位置，孙老师也上去拍了拍他的头，温和地说：“没事了，你好好上课，要加油。”

这个男生后来考上了重点高中，三年后考上同济，个子也长到了一米八，再也不是任人欺凌的瘦小男孩。拿到了录取通知书后，他还特地回母校去看望了孙老师。只是那时，孙老师已经不在那里了。

他徘徊在空荡荡的教室外面，回想当年老师和同学们对他的爱护，泪湿衣襟，久久不愿离去。

有些爱在你只是随手相赠，在我却要铭记一生。孙天爱自己没有母爱滋养，却希望更多缺爱的孩子能在自己的身边获取温暖和同情。

因为她深深知道，自己在绝境中怎样一步步艰难走出，长成了现在这样貌似强大的成年人，养母的爱像太阳一样照耀了她。但她的内心深处，永远住着青石村里孤零零的小女孩，她等着被爱，等着爱人，没有妈妈，她永远不能长大。

* * *

秦静姝给李云珠订了机票，开车带着保姆和元朔去送姥姥。保姆对元朔说姥姥要回家去看姥爷，秦静姝心想：不，姥姥是个勇敢的女人，她是要去面对自己的错误，如果不能纠正这个错误，人生就不能有新的开始。然而，绝不是所有的人，都能在年过半百后，还敢做这样的决定。

李云珠的样子，比起刚来北京时有了很大不同，那时的她外表还是一个刚下了讲台的女教师，不可侵犯的端庄像一层屏障，把周围人等推得老远。

而现在的她焦灼不安，那种多年来精心打造的端庄不见了，却让她格外焕发出一种美丽，这种奇异的美是秦静姝从未在妈妈身上看过的。她知道这是爱情的力量，压抑了许多年的岩浆终于爆发而出，再也不能阻挡。

来北京的时候她疲惫，冷淡，竭力保持着知识分子特有的清高和尊严。而现在的她坚定，带有些许激动，战士般一往无前。人啊，这一生匆匆而过，究竟有几天能为自己而活？

临登机前，秦静姝跟妈妈抱了抱，李云珠深深地看了女儿一眼，千言万语却无从说起。她要感谢女儿，是女儿的支持，让她充满信心，她要向女儿道歉，多年来跟女儿纠结的关系，带来了多少痛苦和折磨。这些话堵在胸口，不知先说哪一句好。

秦静姝笑了，多年的积怨，一笑作罢："妈妈，一路平安，早点回来。"

没说出的口的是那天受到的惊吓已够了，如果像张文扬一样，妈妈就那么倒下去了又会怎样呢？就算自己有钱，能给妈妈最好的治疗又如何？除了生死，人生有何大事？作茧自缚的聪明人游戏，不用玩下去了，活着就好。

她看着妈妈离去的背影，手机上收到了一条微信：秦总，您说的那位任老师我们查到了，他在网上也挺有名的，现在某某医院的住院部七楼705室，他的学生轮流请了护工照看他，还有他妹妹好像也在。

李云珠并不知道女儿在帮她打听任平林的消息，她满心想的只是该如何跟秦宽仁解释，如何处理和他这几十年来名存实亡的婚姻。恩爱夫妻这具僵尸他们两个人共同扛了这么久，一旦放下，又该如何向周围人等交代。

如果换在从前，李云珠会怕，怕得发抖，但现在的她已经全然无畏，有的只是歉疚，如果早一点，早一点是不是也可以得到一份属于自己的真实感情，是不是他也可以得到解脱呢？

秦宽仁的生活过得要比李云珠想象得更好，他胖了一点，气色不错，案头放着他整理的自己的书稿，头发也从花白染成了黑色，身上穿了件花衬衫，显得很年轻。家里窗明几净，冰箱里放着大碗的饺子，厨房里有茄子和香菜，这两样李云珠记得家里三口人都不爱吃，也不常买。

李云珠明白这一切的背后无疑有个女人，而秦宽仁甚至都不准备向她隐瞒这一点。他那么镇定地面对了她，问了几句静姝和元朔的近况之后，听她说要离婚，他也淡然无所谓地啊了一声，接着问："那咱们这家……我处理吧，少不了你的那一份就是了，静姝也大了，自己在北京有家，也会理解咱们这些事的。"

他的声音平静从容，还带着一点厌倦，李云珠敏感地捕捉到了一丝异常，她也不动声色，继续跟他东一下西一下地瞎聊着，忽然问了句："外面的人就这么一直等着？"

谈话猝然中止，秦宽仁再也不掩饰眼中的怒火，大声说："什么外面的人，你别胡说好不好，离婚是你提的又不是我提的！"

李云珠更确定了自己的猜想，也就更镇静："你那边，有孩子了吗？"

他们两人一个站着一个坐着，想象中的剑拔弩张，现实中手无寸铁却也一样狠狠地刺进了对方的心口，他们太熟悉彼此，熟悉到了厌恶的地步，他们同谋了那么久，久到让同谋成了一种习惯，以致决裂时需要那么大的力气，简直无法控制。

秦宽仁的声音颤抖，嘶哑："你别以为自己捏住了我的把柄，我烦透了你这一副高高在上的样子，你是不是觉得自己比我干净，比我高贵啊，你现在提离婚，为什么，你老了不在乎了？我也老了，信不信我就跟你一直耗下去！耗着吧，接着装！装模作样这一套你不是最擅长吗？"

李云珠把脸转向了窗外，声音还是很平静："你别激动，对身体不好。对不起，离婚就说离婚，你的事我不该问。"

秦宽仁看着李云珠，她竟然连争吵都不屑了，她甚至不愿意看他的脸，这个女人，这个女人从来就没爱过他，她对男人狠，对自己更狠，这是一生啊，就这么死水一潭地过去了。

沉默良久，秦宽仁去了书房，一直是他住书房，李云珠住卧室，分居多年。他拿了一个报纸包扔到了李云珠脚下，再无一言。

李云珠捡起了那个报纸包，打开，里面是两条围巾，一条藏青一条米色，叠在一起，盘成一卷，像一个无望而亲密的拥抱。

那张报纸是八十年代的，还有日期，是个冬天，是的，那一天确实在下雪。年轻的秦宽仁，把自己围巾围在李云珠脖子上，自己围上了她的围巾，冲她一笑，缠绵有情。只是这份心动，是什么时候，死在了同床异梦的婚姻里？他们老了，老得都想不起来了。

也该放彼此一条生路，或许，是早该。周围的人怎么看，重要吗？还是自己要过自己的人生更重要？李云珠内心有释然，也有愧疚，其实秦宽仁也早就在等着这一天，不是吗，两个人都在等，都在拖，就这么生生耗完了一辈子。

至少不用死在彼此的身边，在婚姻美满的谎言里继续南辕北辙。

办理离婚手续很简便，民政局的办事人员现在也都很客气，问了几个问题后象征性调解一下，就给发了证件。李云珠收好了自己的那张，和秦宽仁一起起身，秦宽仁开了门，让她先走。

出门时李云珠看到了一个女人，四十多岁，身材丰满，领着一个七八岁的小男孩，在门口躲躲闪闪地张望着。她冲他们笑了笑，那女人惊慌地躲过她的眼神，李云珠便不再看，也不回头看秦宽仁是否跟他们会合，她大步地向前走过去。秦静姝给她订好了机票，下午她就坐飞机回北京了。

从此一刀两断，才能去寻找自己真正的人生，李云珠庆幸自己有这样的机会，却又有些忐忑。

* * *

钱流水一样花出去，孙天行整个人快疯了，眼看着账面的钱按月减少，进账却仅仅是自己讲课的那点收入和一些小广告，五万三万的杯水车薪。

必须要找到钱，找不到投资就不光是网站存活的问题了，还有他的房子，那不仅仅是一个小小屋檐，那还是两边父母的血汗积蓄呀，还有孩子，如果房子没了，将来大家都挤回孙佑才的教授宿舍吗？

孙天行不能接受这个失败，他从小到大过得轻松自在，能偷懒就偷懒能耍滑就耍滑，反正大事上马虎过关就行，小事根本也不在乎，真的让他在乎起来的是车唯一，他觉得她这么一个好女孩，放着富二代不选来选他，简直让他无以为报。

那股男人就要沙场上见高低的劲头被激发出来了，当了小头头之后又不知死活下海去创业，这座独木桥走了快两年，从山穷水尽到柳暗花明，再到又一次山穷水尽，而且完全看不出任何再度柳暗花明的迹象。

丁蜀这时给他来了电话，孙天行接了电话就破口大骂：你丫的死哪儿去了？赶紧滚回来，他妈的我都快扛不住了！

丁蜀那边的情况只有更糟糕，他身陷一个赌球网站，身欠巨债还不起被迫入了伙，雪球越滚越大眼看快出事了，他焦急地催孙天行快报警，话没说完电话就断了。

孙天行也不敢怠慢，跑到了派出所，原来他报过失踪人口案，那接案的警察还记得，一听有了新线索，马上根据这个电话号码和他给的网址查起来。

回到网站，看着所剩无几的员工，那边负责技术的阿坚和负责设计的小青还在闹别扭，孙天行满肚子气，恨不得喊一声你们都他妈的滚蛋，不能赚钱只能花钱的东西。

但他只能闷在心里，还得回办公室去录自己的公开课，毕竟这一个月还有固定的两万块钱收入。换以前，他领着工资外加讲课额外挣两万块，那日子该有多逍遥，怎么会像现在这样，一身蚂蚁，还是食人蚁，就快把他啃成骨头架子了。

* * *

孙天爱也被一个突如其来的电话打乱了平静，她看电话号码陌生，本来不想接，不知为何还是接了，那边传来的女声竟十分熟悉，孙天爱的脑子里嗡地一响，那赫然就是她自己的声音。而她在一瞬间就反应过来，不，这不是她自己，这是她的生母。

那个女人终于来了。

这么多年，她一直在等这一刻，原来这么多年，她以为早就死了的心，一直都在渴望这一刻。而这一刻真的到来，她竟有一丝恐惧。那是跟自己几乎一模一样的声音，仅仅听声音就知道她是谁了。血缘的力量就如此强大吗？

她的声音年轻，好听，尾音略低，她说："孙天爱，你是孙天爱老师吗？天爱，是你吗？"

孙天爱听到自己淡淡地说："是我，你找我有事吗？"

那边说："天爱，我有事，我现在在学校门口，你出来就能看见，我们见个面吧。"

孙天爱机械地答应了一声。她拿起包包和衣服，径直走了出去。

她们不需要有什么凭据相认，长相就是凭据。孙天爱对着她，就像对着湖水，清清楚楚地看到自己的倒影。不过她比孙天爱矮一点也更瘦一点，一双大眼睛深不见底，满是哀愁。她穿着名贵，耳畔指间都是钻饰，身边停着一辆奔驰。

她开车带着孙天爱去了酒店，看得出颇阔绰，住的是五星酒店的套间。孙天爱脚踩在厚厚的地毯上，心里却想起了青石村的猪圈，自己眼巴巴地看着猪食，趁后妈看不见的时候，赶紧偷偷捞一把吃。

不是有李劲松带走她，她可能就饿死了。那年月在农村死个孩子根本不是稀奇事，一个没娘的孩子，更是命如草芥，谁会留意她的死活。

那时她渴望过亲娘，至少给她一餐热饭，一句好话，她盼得眼睛出血，亲妈也没有出现，幸好自己认了养母，逃出生天。

这条命是天给的，是养父母给的，唯独不是她给的，或者说，是她给了她一条命，却又把这条小命扔进了猪圈，不管她死活。

等她大学毕业，扎根上海，成家立业，这个女人出现了，穿得好住得好，长相年轻又很有钱，一来就要见面，一开口就有事找她。那么，我有事的时候，你在哪里？我能跟你见面吗？

“天爱，我叫何星月，我是你的，生母。”这句话被她切得零零碎碎，每个字都能把舌头割一下，说起来十分艰难。

何星月看着孙天爱，她太像她自己了，连那份藏于眼中的倔强和不安全感都像。很奇怪，梦想了多少次的母女相认场面终于出现了，而她并没有像从前那样，从梦中哭醒。她连眼泪都没有。而天爱也那样平静，也没有一滴眼泪。

何星月的名字是户籍民警给起的，她在何家户口本上的身份是何老太的养女，算起来应该是何家儿子的妹妹，虽然她叫何老太婆婆，也叫过她儿子爸爸。她被扔在垃圾箱附近的时候，身上还带着没处理好的脐带，那一片居民区旁边有个大工厂，不用说是哪个年轻女工出了乱子，想赶紧处理掉。

何家老太心地仁慈，看周围人都指指点点，没人动手上前，自己叹口气颤巍巍地把她抱起来了。那时何家儿子新婚，女儿远嫁，新娶来的媳妇嘴泼心硬，一进门来就跟婆婆先狠狠斗了几场，直到婆婆自认做了家务奴隶，凭她怎么欺负都不还口，这才顺意了。

抱来的女婴不受欢迎，几次被媳妇找人送走，何老太都拦了下来，女婴喂着米汤喂大的，一口奶水没吃过，更别说奶粉了。何家媳妇几次大骂婆婆收留野种，说等她坐月子的时候可别没人伺候，可是一年年过去，星月会走会跑，会帮婆婆洗衣服了，何家媳妇肚子还是没动静。何家媳妇这下慌了，求神问卜说是被家里领养的女儿给拦住了子息，得把她送走，送走了才会有儿子进怀。

这次何家媳妇把星月带到了火车站，不顾她哭泣哀求，买了张站台票带上火车，硬是把她一个人留在那里，自己后脚下车走了。

幸好星月遇到好心人，一个叔叔陪她找了乘警，在乘警、民警手里辗转几度，四天后才把她送回了何家。警察少不得批评教育一通，何家媳妇不敢妄动。然而算命的真是铁嘴，没过多久，何家媳妇真的有了身孕，顿时娇贵起来了，何老太和何星月两个伺候她一个，忙得团团转。

足月后分娩得一男婴，这下更是不得了，一老一小两个保姆从此连睡觉都不得安宁。

何星月给弟弟洗尿布，哄弟弟睡觉，做饭洗衣，打骂罚跪是平常事，幸好婆婆还可以疼她，等到了年纪，还作主让她读了书。何星月聪颖过人，从来只考双百分，只是小学毕业，还没等上中学时，何老太就病倒了。

何星月照顾婆婆，看护弟弟，还要忙于家务，借了几本别人看烂的初中课本，趁人不注意自己偷偷读。老师家访几次，清官难断家务事，何况还有个泼妇拦住了门破口大骂，谁也不敢多管。

何老太一年多后去世了，何星月在家里成了眼中钉，她带了婆婆给她留下的十块钱，买了张车票，跟自己的小学同学出去打工了。

两个十五六岁的小女孩毫无涉世经验，一上火车就被人贩子们盯住，花言巧语骗得信任，接着请她们吃喝混熟了，临到晚上，已毫无戒心，两个女孩子喝了一瓶果汁后人事不省，别人以为这一群人都是熟人，两个女孩只是睡着了，半夜里混在人群中被抱着下了车也没有人间。

等何星月昏睡了数天，终于醒来时，她已经被卖到了青石村，在老光棍孙有福的炕上。

孙家人口单薄，孙有福的弟弟孙有财自幼过继给了孙家大伯，父母和大伯相继过世，两兄弟各自守着破草屋和薄田靠天吃饭。孙有财爱读书，李劲松看上了他，果然考上大学走了。孙有福人憨不会说话，又穷又傻年过三十没人肯嫁。

人贩子们带着路上拐来的两个女孩，急于脱手，在邻村卖了一个，何星月喝了迷药后遭到蹂躏，三天不醒，便以为这个女孩就要死了，便宜货减价处理，草草卖给了孙有福。

青石村跟很多愚昧山村一样，买人卖人并不少见，老光棍买个傻女人暖暖炕，留个后代根，说起来都是积德的事。买来的女人哭哭跑跑的也常见，可是大山绵延，进山只有一条路，能跑到哪里去，青石村人心善，打女人的少，一般就饿饭，饿得没力气了自然就听话了，没力气了也就跑不了了，又省了饭食。过一年半载生了娃，一个不够再生一个，这个女人就拴牢了。

何星月过了半年暗无天日的生活，怀了孕，孙有福靠着四邻关照，给她吃上了饱饭，图她给生个儿子留个后代。生下女孩虽然失望，但下一个准该是男娃了，不怕。

这期间，村人皆认为何星月是个傻子，不说话，也不知道要吃的，呆呆傻傻跟孙有福是一对。等她生了孩子，开始有了点自由，在村里走动，一些人渐渐看出，这女子傻的是另一路。比如她看见了小伙子，有时候还会笑。这叫花痴。

何星月一无所有一无所靠，喊天不应喊地不灵，只有靠装傻让人们对她放松警惕。她只有这身体，这身体是她救出自己的一座桥。不知道她在草堆里跟多少小伙子做过了男女之事，才找到阿有这么个人。

阿有头脑活络，在外面见过世面，最远跑到过广州，一回村听说有个花痴女子，也跟人去寻开心，一来二去，竟跟何星月说上话了。阿有知道了这女人不傻而且有心计，她哭求他带她走。他心想这女人年轻能生养，带在身边洗衣做饭陪着睡觉也不赖，大不了再转手卖了，赚个路费钱。

那年孙天爱一岁刚出头，何星月跟阿有凌晨步行了四十里地，走出了大山，到县城搭车去了省城，在省城买火车票，直奔广州。广东某地风气开放，风月场所甚多，阿有花去最后一点盘缠，把何星月清洗打扮一番，换了条花裙子，送进了夜总会。

何星月又被卖了一次，不哭不闹，认了命。这倒让夜总会里的人刮目相看，按说新人来了都有些苦头吃，何星月逆来顺受强颜欢笑，连心肠最硬的人也起了一丝同情。对着她的脸仔细看一看，这还是个女孩子嘛，正该吃点好的穿点好的，好好认识认识这花花世界。给了几句好话就把她轻轻放过了。

到了这种烟花之地，何星月竟天然有份人缘。出道时花名小阿妹，皆因她那柔弱天真的样子，十成十就是邻家阿妹。

还没到十八岁，何星月就在人世上饱经了沧桑，灯红酒绿醉生梦死的场所，不知磨灭了多少人磨碎了多少心，好在她的心早已碎了，没的可磨，剩下来磨的不过是这些看不到头的时间。

她人聪明，性子机变，外表柔弱内里要强，东一句西一句，零碎学了点英语。她呆坐捧读，有股学生妹的气质，甚受欢迎，最多被人笑痴线，明明是鸡还想变凤凰呢。

两年过后，小阿妹脱胎换骨，普通话粤语皆说得流利，简单英文对话也可应付。九寸高跟鞋穿上，银光闪闪的晚礼服套上，脸化浓妆，迈起猫步在台上一走，邓丽君的情歌唱得缠绵入骨，正是贵客们赏识的那种高档货色，俗称头牌。

用妈妈桑的话讲，个女仔洗干净了脚底板的泥巴，谁还能看出她是从山里跑出来的土妞。

洪生见到何星月时四十九岁，他前妻是巨商之女，妻子病逝后数年，另娶一位急流勇退的女明星，百媚千娇，他在行内稳坐老大的地位，儿子都有了家业，也是应酬时消遣，到风月场随意走走，伺候大老板的当然都是红牌小姐，洪生见惯世面，不为所动，哪知偏偏一见何星月，如雷轰顶。

据说人人心口皆有颗朱砂痣，那是致命之伤。

不知怎的，此女像煞他私心爱慕的邻家女孩，二人本来两小无猜，后来他家辗转去了香港，另有际遇，听说邻家女孩去了工厂打工，不知所终。洪生永远记得她那双水盈盈的大眼睛，有时含笑，有时含嗔，大多时却有种说不出的哀苦，穷人家出身的女孩，命比黄连，油麻菜籽风吹哪里就是哪里，再说到了哪里不也一样是嫁人生子这点事。

何星月竟和他记忆中的少女一模一样，他就知道在劫难逃。等她出浴后，一张素脸楚楚动人，越发跟他的记忆重合了，这人他再也不能放过。

何星月也奇怪有这样的人，跟她在一起一待就是一天，没有任何要求，只是让她该干吗干吗，他坐在一旁远远地看着她。她是不相信爱不爱之类的傻话，不过陪客人谈恋爱，也是工作内容之一，何星月便给他端一杯茶慢慢饮，自己换一件碎花旗袍，软语清唱：

那天起，你对我说，永远地爱着我，千言和万语，随浮云掠过……

歌声凄楚，如丝线般一圈圈绕在指上。这时洪生问她：“你有什么心愿？”

何星月知道机会来了，越发小心，低眉顺眼地答：“在这里的人，心愿都一样，无非是攒一点钱，早点离开这儿。”

洪生又问她：“还有呢？”何星月鼓起勇气：“要再多求，就是贪心了，不过我很贪心，我一直想……想要是能再读书，就好了。”

说完她自己先干涩地笑了几声，就当这是个不好笑的笑话。洪生却没有笑，沉默了一会儿说：“好的。”

何星月毕生对洪生最大的感激，除了他让她自欢场上岸外，就是他真的让她读了书。他安排她去了香港，让她以学生身份入读大学一年级，人生最大的美梦也不过如此，何星月晚上不敢睡觉，怕自己睡着了醒来一看还在青石村，还在夜总会，还在那呼隆呼隆行驶在拐卖之路的火车上。

她自知水平实在太低，还要跟上老师英文授课，每天只睡四个小时，家教老师补习四个小时，其余时间统统交给课堂和图书馆。砖头厚的书一本接一本地啃下来，刚开始看试卷是无字天书，苦读之下大把大把掉头发，后来运笔如飞，写不胜写。人都说学海无涯苦作舟，何星月不怕苦，她自己这半生吃的原本不是饭，全是在吃苦。

这中间，洪生有时来看看她，有时就没消息，反而是她定期写信问候他，感激他，写自己每天都在学什么。洪生看了那些信，有时回，有时不回。去了她的住处，他也往往无话，她陪着他吃饭，他偶尔让她唱歌给他听听。

到了大学三年级，何星月已经去洪生的公司里兼职，打理杂务。从底层步步直升，很快洪氏上下无人不识这位何小姐，人美，年轻，却能替老板做一半的主。

十年后，何星月任职洪氏副总裁，手握实权，这时她发现自己怀了孕，十分惊喜，多方调养身体产下一子，取名天恩。感激上天恩赐，另外，她已知道自己当年在青石村生下的女儿，被养父取名为天爱。

生下天恩后何星月渐渐远离职场，多年来在香港在内地，她名下的物业产业不少，身家丰厚。洪生喜她这一点，懂事感恩，对他死心塌地一片忠心，在公司里立下汗马功劳，又为他产下幼子，虽说他有成年儿女，也有了孙儿孙女，但是小儿子聪明伶俐，最得他欢心。

何星月不止一次想去找女儿，又不止一次收回了脚步。孙天爱并不难找，青石村孙佑才算是当地名人。她派人查访，得知女儿被叔婶收养后过得很好，心头略为轻松。

后来又听说她上了华师大，在上海当了老师，成了家，有了孩子，何星月别无所求，本来想在女儿婚礼前夕去相认，再给女儿陪送一套房一辆车做嫁妆，可又怕女儿还有心结，别把她的喜事变成了不开心的事。她心里想的是等女儿的孩子长大了，要么上大学的时候，要么等他结婚的时候，自己再去相认，名正言顺给他一笔钱，算作心意。

不然的话何必打扰女儿平静幸福的生活。她不配认她，不配做她的妈。这世界诸般对不起何星月，而何星月最对不起的人就是她女儿，她甚至连这句对不起都不配说啊。

然而，洪天恩四岁被查出白血病，洪家高价寻找骨髓配型，所幸配型成功，他出院后调养恢复健康，所有的人都松了口气。没想到一年后，此病又复发，再寻找当年配型成功的人，一查才知，那人是个患有抑郁症的研究生，提供了骨髓，拿到高额报酬后，安置了家人，自己却从三十楼顶层一跃而下，跳楼自杀了。

何星月经历了一次与儿子的生离死别，这一次求生之心更盛，悬出更高的酬金，本来孩子第一次发病时也想过要找天爱，但幸好很快就寻到了合适的配型者，而这一次无论如何找不到了。

实在无路可走，何星月只有找上门来，跟女儿细说当年。

看似很长，很多血泪，说起来这一生，原来也不过短短几分钟就讲完了。

孙天爱静静地听着，没有任何表情。等她说完了，她问："所以你找我，就是为了给你的儿子骨髓配型？"

何星月心里一沉："不，不是的，天爱，我早想过要见你，就你学校门口，我都来过几回了，我不敢，我不知道该怎么说，我都是躲在旁边偷偷看你，我怕打扰你。"

孙天爱讥讽地一笑："现在为了儿子，你就不怕打扰我了。"

何星月眼里盈起了泪水："天爱，你恨我，你就恨吧，我不敢指望你能原谅我，我自己是弃儿，别人家的养女，那是什么滋味我自己最清楚了，我那时不想生下你，可是我没有办法，我还不到十六岁，被拐到那种地方，我能怎么办？走的时候我也想带上你，可是那时我自己也不知道有没有命能逃出去，逃出去，也不知道怎么样才能活下去。后来，等我总算有能力了，我再打听你的消息，那年你正要高考……我不想找借口，你恨我，我更恨我自己，恨我生了你却害得你受苦，我只要一想到你受过的罪，我就恨不得自己死了……这么多年，我没有一天心里是安宁的。"

孙天爱静静地听着她的话，是这样吗？那时的妈妈，就跟她课堂里的小女生一样，那么小，就被拐卖了，生下了自己，生她是没有办法，抛下她不管也是没有办法，那她呢？她一个小小婴儿，难道就有办法挣扎着活下来吗？

她忽然觉得很累很累，慢慢地开口："什么时候去医院，你定吧，定好了给我电话。"

"天爱。"何星月眼泪汹涌，她扑倒在了女儿脚下，抱住了她的脚。蓄积了几十年的热泪，山洪一样暴发。眼泪似能洗去世间所有污垢，重还她无瑕心灵，上天真的给她如此厚恩和深爱，能让她再世为人，还能找回自己的女儿，可是她配站在女儿面前吗？

何星月多少年没有如此痛哭过，受伤母兽的低低嘶吼，这些年来在恐惧和焦虑之中的煎熬，不为人知的苦楚，也只有在这一刻才倾泻出来，还有无穷无尽的愧疚、羞耻，做了母亲，又抛弃自己的孩子，实在无奈，却也无颜再去提起。

不知在那幽深的隧道里爬行了多久，前方忽然透出一丝亮光。人的天性中有思慕母亲的本能，孙天爱尽管痛恨童年被遗弃，却也情不自禁，想了千百次，自己的妈妈到底是个什么样的人。只听村中传说她是个傻子，又说本来是被人拐来的，后来又跟人跑了。在山村里，女人跟人跑了，不管什么原因，必定一辈子要任人唾骂嘲笑。

李劲松曾想告诉天爱她妈妈很年轻，估计是还不懂事的年轻小姑娘，可能脑子还不好，被拐来不到一年就跑了，也算她自寻生路。青石村这样的事情多了，人人见怪不惊。孙佑才后来工作攒钱，给哥哥备彩礼，娶来的悍妇还不如原来的傻女人。李劲松可怜天爱，也连带可怜起那被拐来的生母，可是天爱只要一听生母就捂住耳朵，认为抛弃孩子的女人不配做妈妈。李劲松也没话可说，是的，她内心深处也这么认为，那得多狠心，为了个男人连吃奶的孩子都不要了。

孙天爱的性格外圆内方，人人皆夸她懂事明理，不麻烦别人，而她心里始终有股不服输奋发向上的劲头，她要给养母争气，要靠自己的努力在这世界上找一个位置安放自己，归根结底，她是想让人看到她不是傻子生养的孩子。

她那么害怕，上学时拼命地背书做题应付考试，怕自己其实也是傻的，弱智，成年后不敢恋爱，怕自己也跟生母一样，随便就让人骗走，成了那种轻浮不自重的女人。离她最近的人是李劲松，其次是沈金海，他们都了解她内心深处那种根深蒂固的自卑感，所以只有加倍疼爱，才能让她稍稍解忧。

但孙天爱内心深处，重门紧锁，那里只有她自己一个人，童年的她被关在里面，不会长大也不会说话，只会眼巴巴地在那里等着妈妈的到来。她看到萌萌的一瞬间就看到了心中的自己，对，就是那样，貌似倔强，其实说不出的可怜和孤单。

这一天终于来了，那个女人，她的亲妈，终于来了。她跟众人口中的傻女人完全不一样。她受了那么多苦，轻描淡写也就说完了，只是说起自己的孩子，她忍不住哭，她说这些年心里没有一天安宁。

你不会安宁的，你抛弃的孩子一直在等你，你怎么可能会安宁。天下做了妈妈的女人，也许只有亲眼看到孩子好好地生活，心头才有片刻安宁。孩子最需要你的时候，你走了，你凭什么心里安宁。

理智告诉她何星月实在太可怜了，那么悲惨的遭遇超乎想象。就算不是自己的生母，平白这么一个人站在眼前，她也应该同情她而不是痛恨她，但是，她做不到。

孙天爱听到心里的那扇门开了，那个小女孩开口说话了："你不是我的妈妈，我早就认了妈妈，谁救了我，谁才是我的妈妈。"

孙天爱擦去了脸上的泪，收回了脚，她对半跪在地上的何星月说："我不是为了你，我是为了那个小男孩，我自己也是妈妈，就算没有血缘，我也可以为他无偿献出骨髓，随便放弃一条生命那是有罪的，我不会这么做。至于你，听你说了这些，我不恨你了，不过，我也不会认你，我妈姓李，她人很好，对我更是比亲生的还好，我说好了要给她养老。"

何星月点头："我知道，我知道他们都是好人，我打听过，养老，当然你应该给她养老，我，我想我这样的人，罪孽太深，没有福分活到老吧……天爱，我不配认你，我想送你一套房子做礼物，你看可以吗？"

孙天爱扯动嘴角，笑了："房子？这是什么，赔偿？赎罪？买骨髓，给你的孩子买一条命？都不用了，再说，你怎么知道配型一定就能行呢，也许我也帮不上你。要是那样，房子不是浪费了？”

何星月摇头，轻声坚决地说：“这不是为了今天的事，你结婚的时候，我就想过要送你陪嫁。我想让你有自己的房产，如果你愿意接受，我在北京香港也有房子，还有杭州……”

孙天爱打断了她：“我已经说过不用了。”她停了停，又极不自然地说：“谢谢你。行了，我该走了。”

她转身走到门前，听到何星月在背后小声说：“天爱，我想抱抱你。”

孙天爱的眼泪霎时汹涌，等了多少年，终于等到了，但她已经知道自己会如何回应，她背对着她，声音很冷很硬：“不用了。我等你电话。”

她出了门，没有回头。

何星月看着她的背影，想起了出逃前的那个晚上，她疯狂地亲吻着那小小婴儿，一次次地给她喂奶，因为她知道这一走，就再也不会见到自己的孩子了，这一走，孩子再也吃不到妈妈的奶，而她也再不能看着孩子的笑容，听她喃喃地叫她妈妈。

那时她自己也是个少女，可是母爱天然，那弱小生命全身心地依赖着她，而她就要自己逃了，扔下这条小生命，不知未来命运如何。何星月自己是从垃圾箱被人捡回家的，却又要丢下自己的孩子不管了。她恨了自己多少次，恨了自己多少年，被转卖了给人糟蹋，她统统忍受，这是你应该受的罪，你抛弃了孩子，你活该在地狱里受苦。

有时她觉得，她受的苦有一半也是替她的生母受的，抛弃了孩子的女人，你不该有好下场。你不知道自己的孩子将来要受什么样的苦，这些苦难应该你去承担，一个妈妈应该给孩子遮风挡雨，而不是把孩子当成垃圾一样扔了。

何星月可以什么都不要，但这一次，她绝不能再放弃自己的孩子，她已经不再是被人拐卖的无知少女，她有钱、有能力，她要跟孩子同生共死。

所以，想了多少次见天爱，实在难开口，实在怕她伤心，也怕自己会崩溃，可这一次必须要见了，她只能用攒了一辈子的力气，去面对自己长大成人的亲生女儿。一开口，却不是给她什么，而是问她要。要骨髓，去救自己另一个孩子。

天恩受尽万千宠爱，锦衣玉食，可是天爱呢？她吃的苦，何星月想一次就把自己凌迟一次。

那小小婴儿长大了，她秀美苗条，个子比自己还高。一双大眼睛中有凄苦却更有坚毅，她比自己更勇敢也更善良，听她讲完，就愿意捐骨髓救这素昧平生的弟弟，她又那么冷静，面对面说不会认她，她自己有妈妈了。上海的房子都是天价，可她说了不要就不要，连一丝渴望都没有。女儿是一个比自己更强，也更好、更高贵的人，何星月发自内心地感谢她的养父母，必定是他们给了她足够的爱，才能培养出如此出色的人。

至于自己在这世界上，飘零无依，碰到什么就是什么，她命贱如草，能活下来就算唯一的成就了。最大的愿望不过是看着天恩健康长大，结婚生子，天爱家庭幸福，和乐平安。她是死了多少次的人。被扔在垃圾箱边上就死了一回；童年被丢到火车上又死了一回；被拐卖去青石村，死了一回；丢下了孩子逃去广州，死了一回；在夜总会里出卖身体，死了一回，直到洪生把她连根拔起，栽培重造，她才真的做了人。

人说猫有九条命，九死一生，何星月自己死了得有九千九百九十九次，才博来一线生机。她还能指望着好好养老吗？能活着，活下去，已经拼尽了全力。

很多东西是钱买不回来的，尤其是这叵测的命运，人力无法扭转，谁也不能回头。

孙天爱直到走在街上，眼泪还没能止住，她渴望却又抗拒肢体亲密，一直如此，因为小时候没有拥抱和亲吻，她孤单单地长大了，有了后母，得到的只是打骂、挨饿。被收养后，李劲松会抱她亲她，但三个孩子里，她还是最疼弟弟，毕竟他是最小的，又不懂事，不像天知和天爱有大孩子的样。

天爱知道自己不该争这个，可是她心里真的有一份难言的嫉妒和苦涩，妈妈，我的亲妈妈会不会只抱我一个人呢？

每次有了这种念头，她都狠狠地骂自己，妈妈对你还不够好吗，为什么还要那么多？人太贪心是有罪的，可是，一个小女孩渴望妈妈的爱抚，算是罪过吗？

这种皮肤饥渴症，大概是有了孩子之后才慢慢痊愈的，母子之间的亲密无间，让天爱觉得自己又哺育了自己一次，心头伤痛渐有愈合之势。

看到萌萌时，她也发现了这个问题，萌萌对身体接触极其敏感，有时很想靠近她，有时却又很不自然地远离。孙天爱心头酸楚，深知这是怎样的滋味，于是经常在玩得开心时，她就忽然张开双臂，让那小女孩投进来，紧紧地拥抱她一会儿，然后若无其事，再继续玩。

班级里那些家庭破碎的孩子，都到了青春期，孙天爱会跟他们长谈，在课堂上冲他们微笑，路过身边时摸摸他们的头，拍拍他们的背。不知有多少次，一个又一个女孩子扑进孙老师的怀抱，哭了很久。

抱着她们，就是抱住了自己，就是抱住了那个不知所措的小孤女，这世界太冷酷，如果我能分一点温暖给你，那就来吧，因为我知道，那渴望温暖的感觉。

儿子小宝和孙天爱完全不一样。他白白胖胖，顽皮爱笑，天生是个开心果，爷爷奶奶恨不得把他含在嘴巴里，他扎手舞脚哈哈大笑的样子，就是天使在人间的化身。他什么都不缺，什么都有富余，甚至被娇惯得有点小赖皮小霸道，孙天爱看着他，心里想他倒是有点像舅舅天行小时候的样子。

也许有着幸福家庭的小孩都是一个样，这世界就是自己的，想怎样就怎样，理直气壮，根本想不到还有别的可能。可是对没有妈妈的孩子来说，没有妈妈，自己被这个世界隔绝在外，得到了什么都受宠若惊，失去了什么都认为自己活该倒霉，那种天生的自信和安全感，需要自己趴在地上去一点点地捡一点点地拼，最后，即使外表像是正常人，内心其实也永远缺了一块。

熙熙攘攘的街道上，孙天爱给李劲松发了条微信："妈，没什么事，就是想你了。"

李劲松给她回："天爱好闺女，妈也想你。你那边都好吧？公公婆婆没什么事吧？"

天爱看着妈妈回的信息，心头一阵温暖，感觉心情开朗许多，这么多年，也就是靠着妈妈对她的好才撑过来，妈妈就是她的靠山，她回："没事，对了我给你买了件衣服，回头给你快递过去。"

她只要逛街准会找找适合妈妈穿的衣服，看到合适的就买下，等攒多了就给妈妈快递过去，以前上大学时就是这样，现在有工资了更是买衣服不手软。

李劲松回："又买！以前的还没穿完呢。你自己多打扮打扮，妈不用那么多衣服。你要照顾好自己，照顾好孩子，别太累了。你再买妈就生气了。"

王梅在旁边说："美得你嘞，显摆吧就。"

李劲松一乐："可不，就显摆！气你。再说你还有什么可生气的，就凭我们，怎么穿还能赶上你那衣架子！"

王梅也一乐。她的票买完了，三天后的，这时光短暂的小聚，你让我我让你，反叫两个多年来针锋相对的亲家亲热起来了，这可是两个人做梦都没想到的事。

归根结底，还不是王梅指望人家对女儿好，而李劲松去了一趟上海，感同身受，深知这女儿嫁在外地的苦楚，跟王梅能聊得交上心了。

两人的共同看法就是女人太苦了，自己那一辈人不用说，女儿媳妇们也是一样的命，孩子有什么事谁会先找爸爸，肯定都先要找妈妈，在外面工作，哪个单位都是女人当男人使。从孙天爱说到车唯一，从车唯一又说到孙天行，王梅想起家里的车继业，李劲松说起自己来看孩子，把孙佑才丢在家里吃大学食堂，大家真是一肚子苦水倒不完。

然而说归说，做归做，车唯一回了家，给两位太后一人买了一条围巾，两位都不满意，当面就挑剔上了。王梅嫌花色老气，李劲松也皱眉："你天爱姐给我买了，退了吧别花这钱了。"

车唯一费力不讨好，只得赔笑。想找孙天行出出气，可是这该死的连着好几天都不回家，住在公司了。这烂摊子只能自己收拾，不然能找谁呢。车唯一替他瞒着家里诸老，又要操心太后们和女儿的琐事，这几天妈妈就要回老家，少不得离愁别绪，还要给老爸置办几样可心的礼物，婆婆的换季衣服也不能总让天爱姐给买，自己工作上还有一大堆干不完的活。

心力交瘁，车唯一对镜子照照，觉得自己跟张文扬的狼狈相也差不多了。

* * *

张天阔终于从鸟不拉屎的大山里采风回来，给自己洗澡刮胡子换干净衣服折腾了一气，这才给手机充了电。一开机十几条消息，吓了他一跳，还以为又被哪位多情的文艺女青年追杀了，这样的事也不少见，现在的姑娘们比以前奔放，做的事也比从前大胆，张天阔深感自己已经老了，跟仰慕者们谈人生谈理想的事轻易不敢招惹。

结果打开一看，统统都是女儿的。再仔细看内容，张天阔顿时瘫坐在床上，下意识地摇着头，不，不可能，他不能接受这样的事。

前不久他还参加了刘招娣母亲的葬礼，虽然他是前女婿，但该送老人就不能差了礼节，何况前岳母对他真不错，送走了自己的双亲，也该替前妻尽孝，到了办大事时，家里得有个男人出来撑脸面。虽然刘招娣一个人就比十个男人还能干，他还亲眼看见刘招娣跟着送葬车队徒步走了二十里。

他也跟着勉强走了一半，实在撑不住。刘招娣跟他可不一样，他太了解她了，那是不行也要行，不上也能上，比铁还硬，比钢还强。跟她在一起，他完全同意刘招娣说的话，他不像男人，刘招娣才像，才配做家里的顶梁柱。不，岂止是家里，张天阔无条件同意这样的人应该做社会的顶梁柱，反正肯定不能靠他这种只会写诗的文人。

生死大事引人感慨，张天阔没跟任何人说过，他一早写好了遗书，就放在抽屉里，遗书里交代了自己后事，衣服被褥什么的就随便送人，书籍都归女儿张文扬，连带他诗集的著作权。还有一小笔存款，也不多，他工资不高，吃用剩下的就一点点存了，那是他留给刘招娣的。

对于前妻，他始终心存愧疚。有时他也有男人的幻想，类似英雄救美之类的，可是要论他和刘招娣的关系，就算救也只有刘招娣救他的份儿，他能做什么，连壶水都烧不开。

这些年刘招娣养女儿，供女儿上学，给女儿买房，又去给女儿看孩子，一条龙式服务面面俱到，而张文扬居然还跟他姓叫他一声爸爸。在前岳母的葬礼上，又看到刘招娣事事精心出钱出力，张天阔心里早有了代入感。没错，等到他病了死了，必定也是刘招娣为他打扫战场，那时他再用尽体内最后一口气，跟她说一句我爱你或者我对不起你什么的，接着不等她骂他臭不要脸，立即就升天而去，留下她为他收拾残局。不用说，刘招娣必然也是会亲力亲为给他操办丧事的。

然而，刘招娣倒下了。张天阔赫然发现，自己老了，弱了，他可以扮演以前自己最看不上的那种道貌岸然的老诗人了。原本，他想趁女儿上大学的时机跟刘招娣复合，但她还是看不上他，嫌弃他。可是，张天阔必须承认，只要有刘招娣在，他心里就是踏实的。

而她居然先一步病倒了，这怎么可能，张天阔无法把刘招娣和生活不能自理联系在一起。要说不能自理，也是张天阔和张文扬生活不能自理，刘招娣是要整理全世界的。

张天阔呆坐半晌，清醒过来时发现自己乱七八糟地收拾了一包袱衣服。他知道自己要干吗了。

张文扬收到了老爸的微信："扬扬，我刚采风回来，机票已买好，明日到京。"

接着，她收到了一条微信好友添加信息，简介上写的是"周芳莉"，她当然记得丈夫的这位女上司，妈妈的救命恩人，立即就添加了。

周芳莉把一张合影发了过去，上面是杜峻峰赤裸上身昏睡，她躺在旁边比剪刀手。

这是她最近带他出去开会时拍的，她特地开了个房间把他叫进去，看得出他不大情愿却也不敢拒绝，这种感觉实在让周芳莉兴奋。这种控制与反控制的情绪如同春药，两个人第二次滚床单，熟练许多也激烈许多，杜峻峰事后还睡了过去。周芳莉当然不会放过这个机会，拍照留念。

她在最合适的时机发给了张文扬，因为这几天她发现自己怀孕了。必须当机立断。

张文扬看着那张照片，脑子里一片空白，耳边寂静如死，周遭声响全然被消音，似乎被装进了棺材里，只有自己知道自己还活着，但所有的人都已经当你死了，而你也当这世界死了，却也没有别的地方可去，眼前只有一层厚厚的棺材盖子压下来，推不动也抠不开。那一瞬间她甚至忘记了病床上的妈妈，和无时无刻不在惦记的女儿。

以前她在网上看到一个视频，一个人好端端地在路上走，背后却忽然冲来一辆失控的疯狂卡车，一下就把这个人给撞飞了。她似乎在幻觉中看到了这一幕，那个人就是自己，满心里正想着自己的事，想着妈妈什么时候好起来，想着爸爸来了如何安置，想着女儿上幼儿园的钱还没有凑足，想着债务还没还清，想着要多写稿快点写稿赚钱，解决眼前一个又一个的问题。

甚至她还在想，今天晚上应该买什么菜做饭，做了还要带到医院去给妈妈吃。

就在这时，那辆疯狂的卡车从背后，从面前，从四面八方冲了过来，把她挤成了肉酱，平摊在地上，来回碾，每一块的她都还有知觉，而她整个人，已经不存在了。她的世界也随之不存在了。

妈妈病倒，张文扬的世界被打碎了一次，她拼了命自己挣扎，慢慢从土里挖出了一条路走，这条路不够宽敞处处坎坷，但毕竟还是一条路，只要走下去，未必前面没有更开阔的新世界。

而这张照片，像一辆巨型的推土机，把她和她那条小路统统给碾压了过去，连同她心里那点若有若无的指望，都被碾平了、轧烂了，成了尘土、烂泥，而且是陌生的尘土和烂泥。她不认识这个杜峻峰，连带也不认识这个与他相爱相守多年的自己，血肉模糊，面目全非。

后来，张文扬接受记者访谈时说：

最开始确实是很痛苦的，我想不会有人毫无痛苦就结束一段感情关系，除非这段关系早已名存实亡。但我接受得很快，可能因为那时我本来已经走到人生的低谷，所以反而因此有了抗压能力，还有就是那时的我，有很强烈的自我怀疑。发生了就发生了，痛苦并不能解决问题，但痛苦却会随着问题的解决而淡化。工作救了我，我那时最需要的，是钱，不是痛苦。

第七章

chapter 7

眼泪

叔本华说：人能够做他所想做的，但不能要他所想要的。值得骄傲的事都是难做的事。

车唯一说：我本来只想随遇而安，想创业的人并不是我，可是我没有更好的选择。

秦静姝处理离婚十分潇洒，因为她对袁洛平实在感情有限，而对于她真正喜欢的异性，反而会过于谨慎，瞻前顾后，不敢做出决断。贾婷婷可以面对媒体畅谈自己的离婚感受，她把家暴的情节一笔带过，但那却是她离婚的真正原因，一个人已经敢对你动拳脚，对你的鄙视和不屑到了何种地步，根本无须多言，就算饿死街头，也不能再跟这样的人多相处一天。

每个离婚的女人说起自己的婚姻情感，都会是一部长篇小说，有柔情，有甜蜜，有震惊、心碎、纠结、不舍，也会有绝望、沉沦和猛醒。钻石是女人最好的朋友吗？也许是，但并不是每个女人都如此幸运，有这样的好朋友傍身，而每个女人都必然会有，虽未必最好但一定有的朋友，就是眼泪。泪尽之后，总有新生。

张文扬愣愣地看着那张微信照片，杜峻峰熟睡的面容她很熟悉，但出现在这种照片里，他显得那样的陌生。来不及回味出更多感受，张文扬的身体已经在行动了。

她把手机按掉，开始装食物、衣物，该去医院了。这是一张铁打的时间表，妈妈在医院里等她，她不能多耽搁一分钟，如果错过了那趟长途车，等下一辆就要再过二十分钟，而二十分钟后就会赶上交通高峰期堵车，她就会迟到一个小时。护工还有别的工作要做。

这一个小时里，妈妈身边不能没人，妈妈要小便，要喝水，要擦脸，还要有人陪着说话，最重要的是，妈妈要看见她，如果看不见她，那对病人来说就又是一场灾难。

她的速度比平时还快，出了门，已经看见车了，她快跑几步上了车，找到最后一排的位置坐下，从包里掏出电脑，打开，今天要写的题目是《初恋的秘密》。张文扬跟机器一样开动了，一篇小稿两千字，千字三百，她用坐车的一个半小时，赚到六百块，正好用来付护工这几天的薪水。

写完了如释重负，一般在这时她会奖励自己吃一块水果硬糖，如果忘了吃早饭，这块糖也能帮着抵抗低血糖。这是她在生活中给自己的唯一奢侈品。

这些糖通常放在外套的左侧口袋里，她摸了个空，张文扬这时才觉出身上冷飕飕的，原来她跑得太急，没有穿外套就出来了。她自嘲地笑笑，却又觉出脸上湿湿的，摸摸脸，全是泪水。难怪今天视线时常模糊，她还以为自己是缺觉打哈欠，眼神不够用。

还有什么事情是她忘了的，对，那张照片。她不敢看第二眼。只需一眼，那幅图景已经刻在了心里，鲜血淋漓。

在开往郊区医院的长途公共汽车上，张文扬开始慢慢地面对一个她本能在逃避的事实：

她的丈夫，小叶子的爸爸，对她一见钟情的杜峻峰同学，她的男人，在茫茫人海中被她凭空抱住，此后对她全心怜爱，照顾她疼惜她的人，他出轨了。

而且很显然，不管他是要决裂还是要隐瞒，那个女人绝没有打算善罢甘休。一张照片胜过千言万语，就算你想假装不知道，那也不能。

张文扬还记得周芳莉，她漂亮、自信、能干，开了辆好车而且技术极佳，跟秦静姝、刘招娣一样，她显然就是那种优秀职场人士，深海里的大鲨鱼，张文扬这种小虾米，还不够她塞牙缝的。

睡了就睡了，拍照就拍照了，但还一定要发给她共同欣赏，这意思很明显：不怕你知道，你应该知道，你知道了，接下来该怎么办，我也不用多说。

眼泪从脸上滑下来，打湿了衣服，张文扬边哭边把稿子发了出去，是的，她不能忘了发稿子，不能没有这六百块钱。可是，她可以没有这个男人吗？

羞辱和愤恨涌上心头时，为什么伴随而来的，还有牵动神经的不甘心和舍不得。

张文扬写情感专栏时振振有词，教导读者说在一起就要多想对方的好，分开的时候就多想对方的不好。奈何医者不能自医，关于杜峻峰，她此时想起来的，统统都是他的好。

在她生命中先后出现的异性，客观地说，其实他们也都还是不错的人，要细论起来，反而是她任性妄为，自由来去，不把他们当一回事。

张文扬记得自己如何一次次拒绝了江致远，江致远最后留下的是绝望受伤的眼神。也记得自己带杜峻峰回家，让满心欢喜的邻居叔叔阿姨大失所望，让郑先达黯然无语，却连一句责备她的话都没说。

而杜峻峰，当年从天而降的缘分，此后数年的纠缠相恋，一起在北京白手起家，一起生养女儿，互相陪伴着在这个大城市里跌跌撞撞地走，她的生命和他缠绕在一起，难道说，就要这么一刀两断吗？

至于周芳莉，换了别的女人，是不是还是一样？该出轨的人，你留不住。再多的深情，约束不了一个人的欲望。恨，怨，气恼，悲伤，把自己的心放在火上来回烤，有什么用呢？

多少年少时嚣张不羁的往事，兜上心来，张文扬除了伤痛之外，开始反问自己：这算是报应吗？

就因为你懒惰不上进，依赖妈妈，所以妈妈就累得倒下了。

就因为你全盘信赖丈夫对你的好，你认为一切都理所当然，所以他就爬上了别人的床。

就因为你平时没有花时间在认真写作上，梦做得太多写的却太少，所以你现在就要拼了命地写，把自己变成了写稿机器。

就因为你伤害过那么多人的心，所以，注定你的心也要在这种风雨折磨中，再被人狠狠地砍上几刀。

世间事有因有果，张文扬不明白什么叫大彻大悟，只是她泪下如雨时，内心并没有怨恨任何一个人。

要说怨恨，她只有痛恨自己，连自己的存在都恨了起来，如果可以不存在，是不是就不用受这样的苦了？受着这样的苦，怎么偏偏就连平时带的水果糖都找不到呢？

这一天赶上了一起交通事故，公共汽车蜗牛般爬行着，阳光照进车窗，张文扬看着窗玻璃上自己泪流满面的脸。妈妈还在医院等自己，女儿在托管班等自己，难道说，就为了这么一件事，你就要放弃自己吗？

如果真的说这是报应，那么我也全然接受了，那还能怎样呢？

如果说我要为之前所做的一切付出代价，那么我就付了，还能怎样呢？

如果说有一种外力跟地震车祸一样不可抗拒，一定要置我于死地，但我偏偏就不死，还能怎样呢？

我还要留着一口气，养好我女儿，照顾好我妈妈，我难道还能为了爱情寻死觅活，为了婚姻失败就活不下去了吗？笑话。

该来的就这么来了，那么该走的就让他走。丢掉那些没用的舍不得和不甘心吧，本来就是没用的人，还带着那么多没用的情绪，怎么咬紧牙关活下去？

她哭着哭着又笑了，张文扬看着窗玻璃上那张表情扭曲的脸，把头抬起来对着太阳，任凭猛烈的阳光晒在脸上，把眼泪晒干。

医院到了，张文扬先洗了个脸，洗掉泪容。再进病房，放下包，打水去给妈妈擦脸擦身。刘招娣身边有个小收音机解闷，轻轻地放着音乐，她见女儿来了，含糊着说了几句。张文扬回答说稍微有点堵车，后来开得挺快，也算挺顺的就到了。叶叶也乖，明天带过来看姥姥。峻峰……也挺好的，他忙。

杜峻峰的名字像烧红了的刀锋，捅了她一下，张文扬咧咧嘴，也没什么，痛习惯了就自然不痛了。她觉得这句话可以做下篇专栏的题目。

刘招娣的情况有了些好转，她的手可以慢慢地拿起水杯了。张文扬给了她一对玉石的小球握在手心转动，自己闲了就给妈妈按摩脚，说："妈你真棒，你活动活动脚趾看看？"

刘招娣跟着她的话，竭力去动自己的脚趾，虽然只是微微地晃一晃，也足以让张文扬鼓掌，夸妈妈实在是太厉害了。

这天隔壁床的赵阿姨坐起来了，羡慕地看着张文扬给妈妈按摩，感叹道："还是女儿好啊，我那俩儿子，一个都不来，儿媳妇更别提了，娶了媳妇忘了娘，我跟你说一点都没错。不过要说女儿呢也分人，你看你这闺女，伺候娘没的说，换别人，来病床上坐坐就走啦。"

刘招娣努力地点头，颤抖着手，比了一个大拇指。张文扬笑了："妈，别人夸就算了，你也夸，可真是……"

她鼻子塞住了，满眼热泪硬是憋了回去。多少年了，张文扬虽然早就认了命，跟妈妈一样认为自己又懒又笨又任性，一个十足的奶瓶女、窝囊废，可是她承认，自己内心里仍有一丝丝渴望，也许有一天，妈妈会夸自己一句。

就像自己看到小叶子会走路了，会说话了，都要认真地对她说你真棒，你真是妈妈的好孩子。刘招娣说过这样的话吗？张文扬不记得，她对女儿最大的肯定就是考试考了第一名后，给她做点好吃的，买件新衣，或者去新华书店买几本书，想让她夸一句那太难了，张文扬听到的永远是笨、没用、没出息。

上大学没有考上北大，学了金融却没进银行工作，来北京漂着也没考上研究生，改行写作也没有出人头地连家都养不了，还要靠妈妈给买房子，带孩子，张文扬承认自己没出息，承认自己是窝囊废，妈妈病倒后她每天都要替妈妈骂自己几次，让自己手脚再麻利点儿，办事再精细点儿。

她对自己的责难严厉到连杜峻峰出轨都迅速接受了。是啊，自己这么一无是处，凭什么他要喜欢自己，照顾自己，也许他有了更好的人，那就让他走吧，毕竟自己实在太糟糕了。

在这差不多两个月的时间里，生活给她的除了惩罚还是惩罚，而这一切都是她应得的，自作自受，那么她也就逆来顺受，唯一的应对就是多多劳作，此外再多写点东西卖钱。此前她得到了那么多的好，那么多生活的优待，原本她不配。

可她没有想到的是，在这个时候，她看到了妈妈给她比的大拇指。妈妈是在夸她吗？是在说你真棒吗，是在说你是妈妈的好孩子吗？

一个每天都在等着别人施舍却终日饥寒交迫的乞丐，有一天，面包从天而降，反而不知所措，原来饥饿和渴望才是常态，一旦拥有，却不敢去拿，去吃。

妈妈也还不知道，她刚刚做出了离婚的决定，她就要跟妈妈一样，成为单亲妈妈了。如果妈妈知道了这件事，她还会冲她竖起大拇指吗？

张文扬笑着给妈妈拉好裤脚，端起水盆出去倒，就在医院的洗手池边上，她拿着空水盆不管不顾地大哭了起来。

周围人来人往，没有人多看她一眼，毕竟在医院里，不幸的事情实在太多了。

张天阔下了飞机，按照张文扬发给他的路线，坐着大巴又倒公交车，到了女儿小区。他坐在小区长椅上稍事休息，却看到了脚步匆匆的杜峻峰。他喊了一声峻峰。

杜峻峰抬眼看到他，疾步赶了过来，提起行李带他回家。

翁婿两人见面不多，彼此倒很投合，只是杜峻峰忧心忡忡，六神无主，满腹心事不知从何说起。

张天阔还以为他是为了刘招娣的病焦心，大为感动，反而安慰了他几句。文人虽然无用，但善于体察心事，这几句话打开了杜峻峰的闸门，他痛悔交加，给张天阔跪下了："爸爸！我，我做了错事！我对不起扬扬！我现在不知道该怎么办了。"

张天阔听了他和女上司的荒唐事，血冲头顶，手举起来又落下去，一辈子没跟人动过粗，他知道应该狠狠揍这小子一顿，可是下不去手。自己有什么资格教育后辈对爱人忠诚，自己这一生难道不是比他还荒唐还乱七八糟吗？

可是女儿怎么办？还有外孙女，想到了扬扬和小叶子，张天阔怒火中烧，伸手胡乱给了杜峻峰两下，杜峻峰没躲，痛楚反而让他心里好受了一点。

周芳莉把照片发给张文扬，发现对方居然没反应，若无其事。周芳莉心说看不出来这女的还是个狠角色，当初给前夫章明亮的老婆发暧昧聊天的截图，那女的可是气得语无伦次的，这位反而不声不吭地装死，可别真死了，或者去报案那可就不好了。

她告诉了杜峻峰，杜峻峰一听就疯了，对她咆哮起来："你还不如杀了我算了，你为什么要去伤害扬扬？她才不会报案，她哪有空去报案，她还要去医院照顾病人……你杀了我吧，我把命给你！"

周芳莉冷眼看着他气急败坏暴跳如雷，末了才淡淡地说："我杀你干什么，我怀孕了，孩子总不能没有爸爸啊。"

这一瞬间她感到了强烈的失望，这个男人明明是她掌中之物，还从来没觉得他能有如此暴烈的一面，而且是为了那女人。拜托，如果你们感情真的够好，你还能跟别人上床？上了一回还有第二回，装什么孙子。再说就论自己的条件，瞎子都能看出比那个女人强太多啊。

杜峻峰技术不错，加上她的经营手段，一起开个夫妻店，比什么不强？再说就凭他一个没根底的人，能被她选中，难道不是撞了大运？

就说做生意吧，谁不是利字当头，能赚五百的生意和能赚五万的生意，谁都知道该选哪一个啊。同样，婚姻还不是一样，周芳莉想，就凭她这么高贵富有，各方面都能给伴侣带来巨大好处的人，谁还能不选她？岂有此理。

杜峻峰游魂似的从单位晃出去，向着家走去，他最不想见的是张文扬，最想见的也是张文扬，他希望她能像她小时候写的武侠小说里一样，拿起宝剑给他当胸一剑，那滋味准比现在要好受得多。

张文扬回家见到翁婿二人一坐一跪的情形，立刻就明白了。她很平静，也不想多说什么，当务之急是安抚好老爸，不能再让爹妈跟着堵心。

张天阔一看到女儿，又心疼又生气，还想再打杜峻峰几下，张文扬赶紧拦住了："爸，爸爸不要。"她拉杜峻峰起来："你去接叶叶吧，我买菜做晚饭。"

她平静如水，反而把两个大个子男人给吓住了。张天阔和杜峻峰都了解她的个性，没事还要伤春悲秋一番，闹起个小脾气更是不依不饶，难缠难哄，虽说在爱她的人眼中算是刁蛮可爱，可这份可爱不是每个人都能吃得消的。想不到真有大事临头，她居然如此沉得住气。

杜峻峰心里害怕，却又有隐隐的希望闪烁，会不会是她原谅我了，毕竟我们这么多年都熬过来了，原谅我一次，我以后再也不会做这种错事，不，我宁愿在家工作，守着你和孩子。

看着她给张天阔倒了杯茶，拿了个橙子回厨房给小叶子榨果汁，随手还把桌子上散放的东西收拾了，这份见缝插针的利落劲，倒真有几分刘招娣的风采。

张天阔鼻子一酸，热泪滴在手背上，赶紧擦了。老妻倒在病床上，女儿眼看又要家变，小外孙女那么可爱，难道也跟女儿一样，要做没有爸爸的孩子吗?

他去厨房想帮着择菜，张文扬让爸爸歇歇，厨房太小转不开身。张天阔平生第一次，不知道张开嘴该说些什么。张文扬反而絮絮地跟他讲了讲刘招娣的病情和日常起居，只挑好的说，给张天阔吃了一大把过于明显的定心丸。

杜峻峰去接回了女儿，小叶子看到姥爷也不认生，开心极了。张文扬买菜做饭，杜峻峰想帮手她说不用，六菜一汤做出来，先分出了一些菜装盒放进冰箱，准备明天带去医院给刘招娣吃，其余的摆好，还给两个男人一人一瓶啤酒。

吃罢晚饭杜峻峰和张文扬收拾了饭桌子，在厨房里，就着哗哗的水声，张文扬边洗碗边说："我看见那照片了，没什么，我知道了，她对你好吗？要是你俩真的好，你就走吧。我一个人带孩子也行的。"

杜峻峰万万料不到她竟然说出这么一番话。他呆住了。

张文扬洗好了碗，擦干手，转过身来看着杜峻峰："我没事，你放心，你不用担心我。她是你上司，万一关系不好了，你再失业怎么办，你们那一行也不太好找工作。"

她双目澄澈，没有半点杂念，要走就走，挽留也是徒然，各奔前程，好合好散就行了，没必要丑态百出。

毕竟相爱过。让她去恨他，她舍不得。她鼓起了所有的勇气，仅仅是可以离开他。

杜峻峰五内俱焚，她不应该打他骂他，不应该拿宝剑刺他吗？为什么她忽然就如此大度懂事了起来，是她死心了，终于不爱他、不在乎他了吗？

多年夫妻，张文扬猜得到他想什么，她努力笑了笑，眼泪滑了一行，声音倒还平稳："我觉得，以前说爱，就和你在一起了，现在说爱，就放你自由吧，反正她比我好，你找到比我好的人，也能过得好些……最开始，我也生气，也怨恨，已经过去了，真的，过去了……那个周小姐说她怀孕了，你总不能不管她。真的，你走吧，我没事，真的，我真的没事……"

杜峻峰把她抱在怀里，紧紧地，像要把她揉碎了融化在自己的身上。张文扬也抱住他的腰，用脸贴住他的胸口。

他们都想起了第一次见面时的拥抱，那时的张文扬心里爱的是别人，哭的时候想找的是另一个人，而她却偏偏抱住了他这个陌生人。那时的杜峻峰被一个陌生女孩牢牢抱住，心里想的是神经病啊要不要报警。

他们就此相识，相爱，异地恋还不够，还要在北京相依为命。也曾大半夜地跑去泡酒吧，也曾去音乐节跟着人群一起跳舞，也曾攒了点小钱就一起出门旅游，在酒店里泡方便面同吃。张文扬是情绪动物，永远是她在闹他在哄，永远是她在哭他给她擦眼泪。她也会逗他笑，给他买衣服，给他做记忆中奶奶给他做过的好吃的。

有了孩子张文扬吓得要命，杜峻峰每天给她做五餐，中午还坐车从单位回来一趟看她吃了没有。张文扬孕吐得一塌糊涂，杜峻峰来不及拿盆就用手捧着接，扯了衣服接，有几次他也忍不住跟着干呕，可是仍然要继续哄着她好好吃饭，注意营养。

杜峻峰加班到深夜，张文扬挺着大肚子下楼去接他，两个人手拉手回家。

他们争吵过，赌气过，伤心难过又和好过，厌倦过，疲惫过，动摇过，只是他们从来没有想过，有一天要分开，而且竟然是在这种情况下。

杜峻峰不喜欢自己的父亲，那种老派的花花公子，一辈子在女人丛中打滚，只想贪欢不想负责任，他爱上了张文扬，就要跟她终身厮守，有了小叶子，他下了决心要做个好爸爸，照顾好妻女，撑起这个家。他离职后创业失败，颓废了半年，看到岳母都能找到工作，自己也打起精神再出门去工作，谁知道会有这样的波折在等着他。

周芳莉怀孕了。那么精明厉害的女人，肯为他怀孕？杜峻峰确定他们做了安全措施，然而她还是怀孕了，并且她就认准了他。他对周芳莉更多是职位上天然的畏惧，他在这段关系里是被动的，这种被动让他感到羞耻，可是一个男人，总不能说自己被女人强暴。有了第一次还有第二次，总不能说自己就一点点心动都没有。

然而，这就是结果。结果就是他的生活被彻底粉碎。杜峻峰一向觉得没事就要死要活那不是男人的做派，可就在这一天里，他真的很多次想到了死。

周芳莉说了发照片给张文扬的事，他想死。周芳莉说自己怀孕了，他更想死。

张天阔打他的时候，他想死。而张文扬对他说你俩真的好了你就走吧，他觉得自己已经死了。

痛苦像潮水一样漫过了全身，杜峻峰觉得快被溺死了，只有怀里的张文扬才是最真实的。而张文扬埋身在他的怀中，心里知道最后这点温暖也要失去了，他们的告别就在此刻，于是把他抱得更紧。

洗碗池里的水哗哗流着，算是一场分手季节的人造雨水，我们希望离别的时候下雨，因为可以借此掩饰眼泪，假装我们都这样坚强，并不会被悲伤压得低下头去，假装我们很镇定地接受了这场告别，不是哭得像个孩子，而是像一个硬心肠的成年人，潇洒果断，说声再见，立即开始一段新生活。

然而生活就是一团乱麻，就是拖泥带水扯不清，人类就是这么软弱这么纠结，一边舍不得，一边要分开。

周芳莉实在想不到，居然结果会是这样，居然是杜峻峰痛哭流涕不肯离婚，而张文扬要好言好语地劝着他，还很客气地请周小姐也劝劝他。周芳莉约张文扬见面，张文扬请护工多看护半天，提前回了家，到楼下咖啡店见了周芳莉。

周芳莉有备而来，一身名牌套装打扮慑人，妆容明艳，穿着高跟鞋，个子足足比张文扬高出一个头。

而眼前的张文扬她根本没认出来，瘦小文弱，头发短短的，穿着袖口磨破的运动服，像个中学女生，不，男生，那种清秀斯文的小男生。一张清水脸，眉心眼角，都有了细纹，手指划破了，胡乱卷个创可贴。

她准备的女人之间的对话，简直无处下嘴。更可怕的是张文扬很友善地对着她笑，说多谢她那天开车及时，救了她妈妈，医生也说多亏及时送医，不然很可能有生命危险，所以真要多谢周小姐。

周芳莉喃喃地说不客气。接下来就完全不知道该说什么了。

张文扬看着她，高大，明丽，华贵，还是杜峻峰的上司，专业人士。她比自己好得多，也能干得多，张文扬从局外人的角度评判，确实她跟杜峻峰在一起更般配。

杜峻峰在事业上有了她帮助，两个人再生个孩子，肯定会有一个比现在更美满的家。自己有什么呢，病倒在床的老妈和离婚多年的诗人老爸，还有连幼儿园都上不起的小女儿。因为爱，张文扬可以依赖着丈夫，现在不需要了，她不想拖累任何人。

是的，妈妈是对的，一个人应该足够能干，能照顾自己、照顾家人，而不是把自己活成拖累，在家拖累妈妈，出嫁拖累丈夫，不，够了，你应该长大了。不依靠任何人，一个人好好地生活。

她挺直了脊背，明明知道孤立无援，心里却从来没有这么踏实过。

周芳莉发现张文扬对她全无恶意，连道谢也很真心，心说这人要不是傻的，就一定大奸大恶，能忍胯下之辱，不知道有多少厉害的后招，自己绝不是对手，天下哪有被抢了老公还客客气气跟人道谢的。

可是既然人家都不跟她闹，也没有什么道理自己先炸起来。两人安静对坐，她忍不住问了句傻话："你不生我气吗？"

张文扬说："一开始生气，现在没有，我觉得你比我好，他选你是对的。我不生你的气，你救了我妈，我永远都感激你，这是真心话。"

周芳莉无言以对。一阵突如其来的羞愧让她低头沉默，这女人或者说女孩，她真有一套，她这种人只活在传说里，在现实中必定会被人说成矫情、做作、假装圣母，可是这么一接触，她自惭形秽。

她的感激是诚恳的，她对她的认可居然也是诚恳的，而她对那个男人的爱，让周芳莉明白了，为什么杜峻峰会为了她发疯，死活不肯跟她离婚，张文扬的爱可以说就是被世人歌颂过的伟大爱情，爱他甚至爱到愿意牺牲自己的地步，有比我好的，就放你走，世界上难道真的有这种人和这种爱吗？如果真的有，换了她是杜峻峰，她也不会愿意放手。

如果张文扬扑上来撒泼斗狠，周芳莉有一百种办法对付她。如果张文扬骂她损她，周芳莉也有无数狠话正准备列队出征。可是你上去把她打翻了，踩了几脚，等着她还击，她却默默地爬起来，还跟你问了声好，这样的架怎么打，周芳莉真是毫无准备。

张文扬还有东西送给周芳莉，纸袋里装了几本怀孕期间看的育儿常识书，还有两个没开封的进口奶瓶。她说："你别忘了补钙，多晒晒太阳。”

自幼在部队大院长大，三十六计孙子兵法听得烂熟，这算是声东击西还是以退为进，还是一招地道的苦肉计？反正不管是什么计，这计策必定是成功的，周芳莉接过那个纸袋，几乎崩溃了。

周芳莉知道自己输掉了一切，她不怕人恨她，她怕这种宽容，窒息般的难受简直无法形容。她呼吸急促，张开嘴又闭上了。张文扬淡淡地说：“劝劝他吧，我也说他了。”

说罢张文扬去了前台，掏三十块结了账，她自己没喝什么，咖啡现在已经消费不起了，不过周芳莉远来是客，又是个孕妇，还是救了刘招娣的恩人，请她喝杯果汁总是应该的。

周芳莉在开车回去的路上，眼泪不断地落下，这算是什么，她得到了一个别人施舍给她的男人？她周芳莉，需要酒醉色诱，需要怀孕威胁，甚至还需要前妻大度，才能得到一个男人？

她感到前所未有的羞辱，像章明亮那种对她两面三刀的人，她尽可以放开手脚收拾他，可是这样的人，让周芳莉真不知该怎么面对，不光是怎么面对她，她甚至也不知该怎么面对自己了。

不，不对，这一定有阴谋，要真的能做到这种地步就不是人，是神了。不用说，她反正输掉了丈夫，不如做个高姿态，背地里指不定有多少阴损招数。

张天阔到了北京的头两天没有去医院，他联系了自己在北京的文友。诗人们又穷又要浪漫，什么圆明园附近的小村子，香山脚下的民居，北大周遭的小胡同，没拆迁前都曾经聚集过不少诗人和画家。

那位文友北漂多年，生活经验丰富，一听说张天阔提到的那家郊区医院，就差没叫好了，说那边物产丰富，到处是果园和菜地，东西新鲜又便宜，房租也不贵，一年几万块钱就能租个小院，院子里还有柿子树呢。

张天阔按他说的上网一搜，果然出租信息多多，他打了几个电话，约了明天见面。

刘招娣发现这几天女儿更瘦了，不过精神很好，笑嘻嘻的，神神秘秘，不知道有什么事瞒着她。她正想问问怎么回事，张文扬让她看看窗外的鸟儿，看完了刘招娣一回头，张天阔这个杀千刀的正在她面前，跟她对着脸，眼睛红了，眼泪就要掉下来："招娣，对不起，我，我采风去了，没带电话，你骂我吧。招娣，我来了，以后，我照顾你，咱不用别人了。以前都是你照顾我，现在，你就让我照顾你吧。"

刘招娣看着他，张天阔老了，不是以前那个面如冠玉的小伙子了，皮肤起皱头发也少多了，两鬓起了星星，蓄的胡子里也有白的了。刘招娣知道自己也老了，不再是以前那个双目灼灼、大谈人生和爱情都要纯洁的姑娘了。

他们俩之间纠葛无数，在外人看，也算是一对璧人，不知怎么莫名其妙就分了手，而他们俩最清楚，是沉重的生活压断了这段关系。张天阔对于生活琐事，永远是能逃就逃，而刘招娣永远是勇往直前，最后终于劳燕分飞。

几十年了，没想到在病床前，又有此一聚。两人都是百感交集。

慢慢地，刘招娣伸出了颤抖着的手，摸着张天阔的脸，那么轻柔，张天阔闭了眼睛，把脸依靠在她的手心里，眼泪从那紧闭的眼睛里掉出来，流到她的手上。

张文扬热泪盈眶，这也是她小时候的梦想吧，爸爸妈妈不再吵架了，不再分住两个地方了，只是后来她接受了父母离异的事实，开始在这段关系里苦中作乐，觉得自己比父母双全的人还优越呢，至少零用钱比他们多。而内心深处，她承认，自己早就渴望有这么一天了，看到爸爸妈妈和好。然而，并不是在妈妈病倒卧床，自己又面临婚变的时候。

小叶子会不会也有这样的想法呢？这问题把张文扬的心绞碎了。你不再是某人之女，你是女儿的妈妈，你离婚离得对吗？你女儿会不会跟你一样没有安全感，你又能不能像妈妈一样给女儿富足的生活？

她只有按捺下所有的情绪，做饭，洗衣，写作，直到深夜。

张天阔真租到了院子里有柿子树的小院，离医院的路程步行只要十分钟，他很有成就感，想不到自己到了北京城，反而是个能办事的人。不逼到这一步，谁也不知道自己有这样的潜力。

他把小院子里面的四五间房打扫一新。还网购了环保涂料，跟杜峻峰一起把房间粉刷一新。杜峻峰先在墙上挖槽另走了电线，给房间里多设置了一些灯，预留出空调的插座。

张天阔在村子里逛了逛，从村民家的旧家具里挑了几样凳子桌子。人家听说他是个写诗的，文化人，有好奇也有同情，那点旧东西半卖半送，还帮他给扛过去了。

房间里原本有两张结实的大木床，还有一些破烂家具，经张天阔精心收拾，除了床，别的都扔了，把不多的几样家具一布置，疏落有致。

张文扬上网买了些米白色和大红色的帆布，有的做了靠垫，有的做了窗帘，有的做了桌布。再把小叶子画的儿童画配上原木相框，加上张天阔写的草书条幅，往墙上各处一挂。这满满的文艺气质挡都挡不住。

离婚手续终究还是办了，说来可怜，两个人也没有什么共同财产，房子还是刘招娣出的大头，归了张文扬，杜峻峰每个月付小叶子两千五百块抚养费直到成年。此外，杜峻峰跟两个要好的同学分别借了两万块钱，又在信用卡上透支了一万，这五万块他存进了房贷卡中，算是提前还了一年的贷款。

贫贱夫妻百事哀，他深切地体会到这一点，可是原本的贫贱夫妻也能苦中作乐，相知相爱却没有白头到老，这完全是自己的错。想多给她一点，可惜自己没本事，东拼西凑也只有这么多。

张文扬亲手给他收拾了杂物，整整齐齐装了两个大纸箱，衣服鞋子，再有就是书和光碟。临行前杜峻峰又想抱她，张文扬躲开了，冲他笑笑：“你是别人的人了，别人的，我不要。”

杜峻峰的脸从红到青再到苍白，她没有一句责备他的话，可这一句，就是最锋利的剑直透后背。

张文扬看着他，想说多保重，想说你要好好的，想说我也会好好的，想说的有很多很多，张了张嘴，还是什么也没说。

拜伦说情人重逢，以沉默以眼泪相赠，其实分别亦然。只是张文扬已无泪可流，她只剩下了笑。

笑自己做事窝囊，情场更窝囊，好好的丈夫被人抢走了，还给小三道谢送礼物。

笑自己故作大度，遭遇背叛，还担心杜峻峰别得罪女上司，再面临一次失业。

笑自己这残破人生，勉强凑合过活，拖着老的带着小的，没人可靠，只剩下了自己。自己本是最没用的人，现在忽然成了家里人人都需要的人，这不好笑吗？

看枝头玉兰正盛，北京罕见的明媚蓝天下，张文扬坐在公交车上，看着车外的杜峻峰渐渐远去，想起以前异地恋，她去送他，车上车下对视良久，缠绵难舍，他干脆从窗口跳了出来，硬是错过了那辆车，坐下一趟车走，只为多陪她三个小时。

张文扬想，已经好好地爱过了，就没有遗憾了。

她强迫自己停止沮丧。毕竟，还有一大家人在等着她，掏出笔记本电脑，她又开始写稿子。这些字就是钱，就是粮食和蔬菜，叹息哭泣有用吗？既然没用，何必浪费时间。

* * *

任平林这次发病十分凶险，放化疗其实比手术更耗人，他病骨支离，进了重症病房隔离间。每天隔着玻璃，可以见来探视的人。妹妹每天按时来，再就是他的几个学生，有时还有新的学生打听到了消息赶来探望。

任平林的妹妹在走廊上，一个学生在后面喊她："任老师。"她停住脚，一看学生身边还有个人，她从来没见过的女人。身材修长鬓角星星，面容憔悴但自有一份秀丽，眼神忧伤却闪动奇异的光芒。

她长出了一口气，不等学生介绍，就伸手过去跟她握了握："您是李云珠，李老师吧，我哥哥等你很久了。我觉得……他一直在等你。"

任平林带着笑容，手上带着吊针，慢慢地被推到玻璃窗前，他的笑僵住了，脸不受控制地颤抖了起来，他的胸口堵着一声呐喊，却无法出声。

李云珠在玻璃窗的另一边，含泪看着他。这一瞬间，似乎他们又回到了从前，每天两个最早到达办公室的人，隔桌对望，只有短暂的对视，却有千言万语。

他们同时伸手，隔着玻璃，他们的手贴在了一起。玻璃冰冷，但他们竟感受到了对方的温度。

李云珠跪了下来，把脸贴在玻璃上。任平林隔着玻璃，望着她的眉和她的眼，他想了她那么久，在他眼中，她就跟记忆中的样子完全一样，丝毫没有变化。

任平林的妹妹在旁边哭了，她走开了几步，不想让哥哥看到自己的泪水，哥哥终于得偿心愿，与爱人表白心意，可是这喜悦来得太迟了。医生已经告诉了她，哥哥的病拖到现在已是奇迹，随时都可能会离世。

医生听了任平林妹妹的哭诉，他决定让李云珠进病房，但要经过一些基本消毒的程序。李云珠穿着消毒袍子，戴着帽子和口罩。她进了病房，走到任平林的床前，俯身下去，看着他，看着他的眉和眼。疾病已经摧毁了他的样貌，只是在她眼中，他的样子一如当初，仍然神采奕奕。

他们视线痴缠，再也不愿分开，哪怕一分一秒。李云珠在他耳畔轻轻地说："我离婚了。"

任平林浑身颤抖了一下，他慢慢地说："那，我们结婚。"李云珠说："好。"

说完，李云珠隔着那些管子和仪器，小心翼翼地抱住了他，她抱得那么轻柔，又那么热烈，任平林艰难地抬起左手，慢慢地环住她。

他满足地长出了一口气，就像抱住了全世界。

季子终于把宝剑送给了徐君，两心相许，今生有约，谁也不会更改。

他们的手指交织在一起，不知过了多久，其中一只手逐渐冷却下去，李云珠始终望着他，望着他，望着他。看着他的眼睛渐渐地合拢，里面最后的一点光也熄灭。

终于，她来得及陪他走这最后一程。

终于两个人说出了想说的话，他很满足，她也是。

来得太迟总比没来好，金风玉露一相逢，便胜却人间无数。李云珠给学生讲过无数次这句词，却只有在这个时候，听到了文字背后心碎的声音。

任平林的妹妹从枕头下面拿出了一件叠得平平整整的衣服，说："李老师，这是您送给他的吧，我哥哥说，要穿着这件衣服……火化。"

李云珠打开那件衣服，手指抚摸着第四颗扣子，那天小流氓们来捣乱，扯得这颗扣子松了，她给他缝上了，想不到他保存了这么多年，还要生死与共。

那一刻他们离得很近，但他们什么也没有说。

她打了一盆水，用毛巾为任平林细细清洁，她要为他尽妻子的义务，送他干干净净地走完最后的路。

他那么瘦，瘦骨嶙峋，而她心中想的，却是当年他在篮球场上大出风头的样子，五投五中，全场都在为他喝彩。她的手指温柔地抚过他的身体，想起了他那挺直的背和羞涩的笑，想起一次次开会时互相点头，他们错过了那么多时间，却还是没有错过彼此。

任平林躺在那里的样子，就像睡熟了。李云珠吻了他的唇，在他耳边说："我爱你，平林。"

她似乎听见了他的回应，他也坚定地说："云珠，我爱你。"这两句话这么短又这么简单，却从来没有真的被说出口过。

秦静姝为妈妈购置了一件珍珠白色的中式裙袍，算是李云珠的婚纱，她穿着这件衣服给任平林送葬，站在家属方跟访客互相鞠躬。任老师在北京的学生不少，每个人都着黑色正装出席，胸前佩戴白花。他改变了很多学生的人生，他的品行和学识，无可指摘。

他的妹妹戴着重孝，心里默默地说："哥哥，之前我不理解你这份感情，现在我明白了，李老师是一个值得你爱的人，你们在最后一刻，终于在一起了，我为你们高兴。这世上很多人，可能一辈子都不会有这样的感情，但是你们有，你们坚持了那么多年，这份爱值得用生命去守护。哥哥，你是在开心地笑吧，你放心地走吧，你这一生如此正直刚强，没有违背过自己的心。"

葬礼后，任平林的妹妹把他的小公寓钥匙交了一把给李云珠，说自己要回乡去料理家事，还要照顾患有冠心病的大哥，这段时间请李老师帮忙清理哥哥的遗物。李云珠明白她的用意，收下了钥匙。

那所公寓是典型的单身男人住处，任平林律己甚严，家具简单，只有不多的几件衣物，书架上堆满了书和教案。李云珠走到书房，坐在椅子上，慢慢地翻开他练字的草纸，看着他在纸上一遍又一遍地写着自己的名字。她黯然泪下，久久不能平静。

* * *

贾婷婷最近的一部音乐短片选了黎天意做男主角，黎天意在里面算是本色演出，一个不得志、苦闷、沉沦，得到爱情滋润后奋起的男歌手，除了后半截，其他情节基本就是他的亲身经历。

这部音乐短片在网上颇具知名度，也吸引到一位国际级导演的注意，他辗转找到了秦静姝，秦静姝一听，立即找黎天意："天意，这个机会太难得了，可遇不可求，快答应下来，别闹脾气，如果不是他看上的人，就算我们再怎么推荐也是没有用的。"

黎天意叹气："然后呢？我当演员？当明星？跟现在那些小丑似的，脸上扑那么多粉站在镜头前面傻笑？我还是想做音乐……"

秦静姝说："这也不矛盾，等你演了他的电影，自然会有很多人主动来听你的音乐，演戏也是丰富经历，对你写歌有帮助啊。"

黎天意抬头看看她："嗯，你就那么急着把我赶走对吧？反正咱俩也没戏对吧？"

秦静姝笑笑："你将来成了大明星，可以找个比我强得多的女人。"

她已经下了决心，不想再跟他耗下去了。黎天意是恋爱的好对象，但厮守终身，她没这个指望。何况他还得奔自己的前程。

黎天意半晌不语。末了，他去跟导演会面，一谈三个小时，接下了那个角色。回家收拾了行李，秦静姝送他直接去了片场演职人员住的宾馆。

临别两人拥抱，礼貌淡然。秦静姝如释重负，黎天意若有所失。

两年后这部电影才隆重上演，黎天意一夜成名。果然他的那些歌统统都被崇拜者们发掘出来，四处传唱。他的一点点小事也被八卦记者拍出来当头条，当年他跳下台对着秦静姝唱情歌的视频也被传得到处都是。车唯一如有兴致，还会跟周围的人炫耀：“就他呀，我太熟了，早几年，他是我最好的姐妹的男朋友。”

不过她已经成熟许多，绝对不说自己那个幸运的姐妹是谁，也绝对不会再泄露边角余料引来记者们的窥探。

我们要付出许多代价才能换得成熟，如果可以，车唯一宁愿自己还是跟从前一样大大咧咧没心没肺。然而，人生经历过了灭顶之灾，再从一片黑暗中走出来，她已不可能再像从前那样毫无心事。

孙天行的网站终于倒闭了，他把钱算到了最后一分，除了房租交到了月末，员工的工资还是都给开了。阿坚和小青另开了个夫妻店，二人公司，就在他公司对面租的房子。清清账目，孙天行发现自己剩下的任务，就是怎么在一个月内找到两百万，好把自己抵押的房子给救下来。

找了一圈人之后毫无结果，他疯了，迫不得已把这件事告诉车唯一，车唯一也疯了。

两个人先是想到车，但是两辆二手车估计最多也就卖个二十万，还得是尽快脱手才行。家里也没什么存款，车唯一的工资付了房贷后，再给全家人吃吃用用，就一点也不剩了。

孙天行想去找工作，这倒是不难，以他的资历找个年薪三四十万左右的工作不费劲，可是远水解不得近渴，就算他马上找到工作，也还是不能凭空就变出两百万来。就算他脸皮厚，再像姐姐出嫁那次一样跟公司借款，人家借一万肯定行，两万应该也行，但是两百万的借款，没有这个可能。

他们连小额贷款都想到了，可是车唯一天天看网络新闻，高利贷吃人不吐骨头，她怕得要死，不敢借。

要过年了，孙天爱跟车唯一通电话，问她有没有准备什么礼物给李劲松，事先对对口，别东西买重样了。

车唯一满心苦闷没地方说，两个好朋友虽然知道她家里的事，但也帮不上什么忙，她跟孙天爱一说，竟然听见孙天爱说："你应该早点告诉我！"

车唯一不敢相信自己的耳朵："天爱姐？你还能有什么办法？"

孙天爱深吸了口气："我没有这笔钱，但是我可以要来这笔钱，你放心吧，房子不会丢的。"

很幸运，之前的骨髓配型成功了，孙天爱用自己的骨髓，救下了洪天恩。她看着那个六岁大的小男孩，天真可爱，开口叫她姐姐，眼眶湿了，蹲下来摸摸他的头，把他抱起来放回了病床上。

洪生也赶来探望儿子，他知道天爱的身世，更知道她救了自己的小儿子，他不顾自己偌大年纪，竟给天爱深深鞠了一躬。天爱避开不敢受他的礼，也没有接受他送的限量版钻表。孙天爱的骨髓不卖钱，她救人也不是为了钱。

自从骨髓移植后，孙天爱每周都要抽空去看看天恩，有一次还把儿子小宝也带去了。天恩看来了小朋友高兴极了，让小宝叫他哥哥，天爱蹲下去，柔声告诉他："这不是小弟弟，他应该叫你小舅舅，不过，天恩你就叫他小宝吧。"

何星月在旁边落下热泪，天爱虽然一直说不认她，可是，她让自己的儿子叫她的儿子舅舅，这不就是间接认了妈妈吗？

这段关系孙天爱没有告诉沈金海，她觉得在身世问题上，被他伤害过一次已经够了，如果再跟他说了，他再去跟公婆说，家庭矛盾再来一回，那就真的无法挽回了。何况，她跟生母和弟弟之间一直保持着距离，她也不得不承认，看到了天恩，她心中有奇妙的血缘之爱在涌动。

孙天爱自小缺爱，她把养母一家当亲人，对天知她叫声哥哥，其实是把他看成自己的大弟弟，对天行她如姐也如母，小时候有时还把他背起来走。天行在小朋友堆里横行霸道，没人敢惹他，因为大家都知道要是打了他，他哥还算了，他姐准会替他出头，也不多欺负你，就是你打他几下，让他一二三四地打回来。

孙天行跟老姐的感情比跟哥哥深，小学五年级时哥姐刚上初中，班上有个多嘴女生说孙天爱是野种，孙天爱跟她打了一架，没输没赢。回家后天行知道了这事，领着几个小伙伴去堵那女生。但那女生比他们高一个头，根本看不起这些小嘎嘣豆，天行反而被她抽了两耳光。

孙天爱顿时就发威了，回了班里把那女生逼到墙角，也不多打，一定要把那两耳光讨回来。结果被老师撸了刚当上的班长。

看到天恩，她知道这世界上她又多了一个亲人，天恩跟何星月长得像，而天爱和生母，基本长得一个模样，三个人看看脸就知道是一家人。

骨髓给了他，孙天爱心甘情愿，抽骨髓的针头那么粗，她全然无惧。医生说要是病情还有反复的话，可能还需要她捐献，天爱笑了，说我随时都等着。

何星月看着女儿，心中痛如刀绞，她给了女儿什么呢？给了女儿孤苦伶仃的悲惨童年，一辈子的伤痛和阴影，可是女儿却毫不犹豫地来救自己的弟弟，她救了天恩，也救了何星月。

中年得子，何星月把这个孩子看成命根，他若是死了自己也活不成了。对天爱的愧疚已经折磨了她半辈子，她没有能力护住自己的孩子，丢了一个，如果再丢一个，宁可去死，也不想再活在深不见底的内疚中。

天爱救了天恩，她说不认她，但何星月已经觉得自己太幸运了，也觉得自己太自私太可鄙了。在女儿的人生里，她没有任何贡献，只有伤害，而需要女儿时，女儿却立即给出她的所有。何星月深深感激她的养母，她一定是个伟大的女人，有她这样的母爱和教养，才能养出如此心地光明的女儿。对于天爱，她除了感激，还有更深的愧疚，她欠了女儿还不清的债，就是把命拿出来，也无法补偿女儿。

所以，当她忽然听天爱说，跟她要两百万，何星月立即就答应了。随后才是正常逻辑里的担忧："天爱，你是什么事要用这笔钱，别多心，我就是怕你让人骗了。"

天爱也不隐瞒，把孙天行创业抵押房子的事情说了，何星月松了口气，没说二话，立即就办转账。别说两百万，就是两千万她也愿意拿。自己的儿子得救了，难道不该救恩人的儿子吗？

她对天爱的怜惜更增了一层，这苦命的孩子，她做的这些事，竟是没有一点为了自己。为了生母家的弟弟，她献了骨髓，为了养母家的弟弟，她又不得不开口跟生母要钱。这两个弟弟，不知怎么才能报答自己的姐姐。而自己这个一无是处的生母，也不知怎样才能补偿自己的女儿。

两百万的数字把车唯一吓呆了，她当时听了孙天爱的话就半信半疑，没想到刚隔了一天就收到了这么大笔钱。看着账上的数字她毫无喜悦，赶紧打电话找孙天行说这事，孙天行一听，傻了，接着暴跳如雷："你有病啊你跟我姐说什么说？没钱我去借高利贷，我去找工作慢慢还，你告诉我姐干吗呀你，我姐她一个当老师的哪有这么大笔钱？她，她到哪里去找的钱！她还真找来了！车唯一！你，你怎么那么嘴贱啊！"

多日的压抑、煎熬，这时有了出口，车唯一也生气了："我嘴贱？！好啊孙天行，你真不是东西，你创业我给你当后盾，家里的事里里外外我扛着，我养家养孩子拼了命支持你。是你搞砸了不是我！你搞砸了我还怕你压力大，我一句都没说过你！你怎么样，回头你就咬我一口是不是？早知今日何必当初，当初我，我真不该跟你在一起！

我看错你了！”

孙天行听了这话，有了几分冷静，他努力把声音平静下来：“唯一，我错了，我对不起你。你说得对，一直都是你支持我，我刚才急糊涂了，你别生我气。”

但是车唯一已经无法再忍耐下去了：“你不回家，你不照顾老人孩子，都是我在照顾。你抵押房子，我二话不说就陪你办手续。你想要干什么，你只管去，我在后面养家养孩子看顾老人，我每天还要上班，工作压力有多大你不是不知道，结果怎么样？你自己没弄好，我还得四处找人帮你，天爱姐能帮你，我也没想到，所以才电话找你商量，结果你上来就骂我！你是人吗你？我没那么贱，我再也不犯贱了。告诉你，我不管了，你抵押的房子你自己去扛着，你姐给你的两百万你自己处理，我不管了！”

她气得发抖，已经顾不得怎么斟酌语言，心里涌起太深太强烈的失望，把她的理智压倒了。

孙天行还想再哄哄车唯一，可是那边电话已经挂断了。他心知不妙，立即开车赶回家。回到家，车唯一正在那里垂泪，李劲松也在一旁铁青着脸。孙天行心里一沉，知道这回可瞒不住了。

李劲松带着乐乐在旁边玩，只听见小夫妻在电话里越吵声越大，本想劝劝，可是听到什么抵押房子，什么你姐给的两百万，她的心怦怦地跳起来，越来越急，血往上涌，眼前发黑，简直都有点站不稳了。

车唯一心情太糟，只顾自己发呆，也没注意到李劲松。还是乐乐给奶奶递了块果汁糖。李劲松把一块糖嚼得咯吱响，一块不够又吃了一块，蹒跚着去给自己倒了杯水，咕噜噜全灌了下去，脑子里轰轰作响。

孙天行回家，李劲松劈头就问：“二子，你姐给你钱是怎么回事？你，你把房子抵押了？这是真的？你瞒着妈……你，你公司现在怎么样了？”

这些问题没有一个是好回答的。孙天行脸皮再厚也无法跟妈妈嬉皮笑脸地打混过去了，他痛悔地低下头，把自己创业失败，抵押房产，二姐出手帮助给他转账两百万的事一五一十地说了。

末了他说：“妈我知道错了，唯一，你别哭了，我现在找个薪水高点的工作也不难，我打工几年，咱们再省省，就把姐姐的钱还上了……”

啪的一声，李劲松的巴掌落在了儿子的脸上。孙天行让她打得退了一步。

从小到大，李劲松从来没打过孩子们。天知品学兼优人中龙凤，夸还夸不过来，天爱贴心贴肉，顾家爱家，小小年纪就能照顾到全家人，疼她还怕疼不够。天行顽皮捣蛋却也有个分寸，不是招灾惹祸的孩子，有时考坏了，屁股上挨几下，不痛不痒就当是按摩了。这个小儿子是妈妈的心尖肉，拍他的屁股一下，自己心坎都疼。

可是今天李劲松动手了，手心都打得火辣辣地痛，孙天行的脸被打红了一大片。

他知道妈妈这是动了真怒了，他不怕自己挨打，只怕妈妈气出个好歹，赶紧扶着妈妈：“妈！妈！您慢点打，您别气坏了自己！妈！您慢点打！”

李劲松费尽力气，才把胸口那种淤塞感给往下推了推：“你干的这叫什么事啊你。你创业就创业吧，没弄好你就回头找工作，等有机会你再弄，没有机会你上个班领工资，将来也有个退休金。人心不足蛇吞象，你想赚大钱也不能拿房子出去赌啊。你这一下，坑了全家人！你，你坑了你二姐！你姐哪来的钱，她也只有房子，那房子还是公婆买的……为了你，她什么都干得出来！天爱……妈妈真对不起你……”

李劲松只觉得心口剧痛，她按着胸口瘫坐在椅子上。车唯一连忙上来给她揉胸口，让她顺过来这口气。孙天行也来揉，李劲松一把把他推开了：“滚开！我不想看见你！三个孩子里我最疼你，可就你最能惹事！你姐太可怜了，她始终没忘了自己是收养来的孩子，她是满心想报恩啊，可是妈妈不要你报，你不能把自己都豁出去了，你以后可怎么办，一个人在那么远的上海，你还想着帮你弟弟，你要有事了谁帮你啊……天爱呀！”

李劲松痛哭了起来。车唯一在旁边一边擦自己的眼泪，一边给婆婆递纸巾。

她心中苦涩，看看吧，到了关键时刻就知道了，婆婆恨儿子，心疼女儿，但是儿媳妇嘛，这就叫活该倒霉，活该你嫁了这样的人，活该你就得陪他一起倒霉。婆婆哭天抢地，觉得她女儿可怜，儿媳妇嘛毕竟是别人家的女儿，活该啊，搞不好等回头还会怪她怎么不劝住儿子呢。

想到这些，车唯一真是心灰意冷，她抱了乐乐，到阳台去玩了。对呆若木鸡的孙天行，她连看都不想看一眼了。

以前她陪着他，调侃他，鼓励他，安慰他，她要扛自己的工作，要扛整个家，还要替他扛着一半的风险，事实证明这些都没有半点用，到了他有情绪的时候，第一个发泄对象就是她，她是想救他，结果他骂她有病，嘴贱。

嗯，好吧，我再也不那么贱了，你自己去搞定，我再也不想管了。车唯一从来没有像现在这么累，如果不是乐乐暖暖一团在怀里，她跳楼的心都有了。

为了这笔钱，她甚至都想过要去求丁国志了，要是求丁国志也不行，她就真要厚起脸皮再找自己爸妈要钱了。你为了爱情奋不顾身，爱情最后对你不屑一顾，生活里的鸡毛蒜皮就能把你生生磨碎了。你愿意陪他同甘共苦，他自己却先被苦难给压倒了，压变形了，开始对你乱吠乱咬了。

这一瞬间，车唯一想起了妈妈的话，妈妈恨自己不能吃苦，不好好学戏，没能走上她那条光荣的荆棘路。然而，这世上的苦，难道自己吃得还少吗？这一出出的戏，难道不是靠自己唱念做打一个人顶下来的？

也许妈妈是对的，自己真是不如五岁红，至少人家大把赚钱，绝不会为了钱和房子的事烦恼，人家身边也追求者如云，绝对不会像自己这么傻乎乎，放着有钱人不要，非要跟穷小子过这份糟心的日子。

乐乐摸着车唯一的脸，哼唱起了姥姥的戏文："流泪眼观流泪眼，断肠人对断肠人。"

车唯一哭得更厉害了。她在阳台上哭，李劲松在客厅流泪，孙天行站在门口发呆，沉重的内疚压倒了他，他机械地转身，走出家门。

孙天行没地儿可去，他前几天刚得到警方通知，经由他提供线索，丁蜀在的那个地下赌球网站被一锅端了，涉案金额有十几个亿，还大部分被转移到了海外，丁蜀得配合调查，趁空跟他说小心点，这一段时间先别搞网站了，当心被人报复。

但是孙天行找工作只能在这一行里找，离开这一行，他就是个零，能做什么呢？再说，现在家里有老有小都靠着老婆养，他当初不正是为了要让车唯一过上幸福生活，才出去创业的吗？结果他让她过得连原来一个人的单身生活都不如了。

她爱美爱玩，现在为了孩子和老人，还穿着两年前的旧衣服，天天六点就起来做早饭，晚上加班后不能马上休息，还得陪孩子讲故事做游戏，给孩子洗澡。她以前在大学里就花钱不眨眼，工作了自己工资月月光，什么时候为了大米多少钱一斤算计过，可是，现在孙天行跟她聊天，发现她开始会因为网购到了物美价廉的大米兴奋了。

孙天行那份心酸是说不出来的。他在外面请客吃饭，几千块的饭局是家常便饭。可是在家里，车唯一要精打细算一番，才浩浩荡荡地率领全家人出去吃顿四百块的团购餐。

就为了他创业，车唯一把自己牺牲了。孙天行心知肚明，可是，他一想到姐姐，五脏六腑都痛了起来。姐姐一个中学老师，她到哪里找来这么多钱哪？

孙天行不敢问也不敢想，又想到妈妈说的话，姐姐为他能把自己豁出去，难道说，姐姐真的把自己的房子也抵押了？不然怎么一下就拿出这么多钱来。

也就是说，他创业失败的结果，不是赔上了自己的房子，而是把姐姐的房子赔掉了？孙天行知道姐姐对他好，知道姐姐是养女的隐痛，她真的能为了家人付出一切，可是自己呢？却给全家人带来了灾难。

他头痛欲裂，一个人坐在车里疯狂地刷着手机。他心绪如麻，竟又上了以前那个户外穿越网站，上面还是满满的找人玩穿越的信息。

孙天行找了一条北京郊外爬山的信息，点开了。他现在有家有口，一个人跑去四川徒步穿越四姑娘山的事是再也干不出来了，心烦意乱，到郊外去透透气总该行吧。

那些野外露营的装备还在汽车的后备厢里，都快发霉了。孙天行收拾了一下，又备了点水和干粮，打算去爬一下午山，等晚上回家，大家气都消了，他再挨个赔礼道歉。

但是，他晚上没有回家。这些天他住公司是常有的事，也不稀奇。

虽然是周末，但突然爆出了个明星出轨的大新闻，车唯一又回单位加班了，在单位，她忽然接到了孙天行的电话，她本来想不接，想想还是接了，那边传来断断续续的信号杂音，只听见他说：“……迷路了……求救……”电话就断了。

车唯一再怎么打，都打不过去了。她的心向着没底儿的地方沉下去了。她知道孙天行上的那个穿越网站，当年她曾经一次次在上面寻找他的信息，提心吊胆生怕这小子出了什么事，也正是在那时，车唯一明白了自己有多在乎他，她可不能没有他。

现在就更不能了，他是她的丈夫，是她孩子的爸爸，还是家里的小儿子，他一个人的命牵着许多人。

车唯一飞快地找到了孙天行回复的那条信息，她一边把路线信息打印出来，一边报了警。这种野外救援有流程，很快就派人出动了。

车唯一边盯着新闻发布，边催着各路撰稿人给新闻写即时评论，张文扬交稿子最快，她收了稿子赶紧发了，又跟张文扬说了这事。张文扬听了也大吃一惊，她想起以前有个编辑跟她约稿子，那个人是个户外群体里的牛人，她给那个人发了个微信。

那人听说有这种事，马上就跟车唯一联系上了，车唯一也不知该做些什么，那个人一一告诉她，如何到各个户外群里去求救，有一些义务搜救的朋友可能会帮忙，另外还有几个搜救组织的联系方式，找到了他们就让他们赶紧行动起来。

这时是冬天了，在野外过夜凶险至极，被冻死也不是没有可能。

车唯一按照他说的话一一去做，自己又抽空跑了一趟旅游频道，请旅游频道的编辑帮忙发搜救消息。

路过走廊上亮晶晶的玻璃，车唯一被自己的样子吓了一跳，眼睛红成兔子，头发乱成鸡窝，整个人像是从腌菜缸里爬出来。她狠狠地把头发拢了几把，告诉自己要振作，而她的指缝间，分明有一丝被她揪落的白发。

古人说忧能伤人，一夜白头，车唯一根本不信这些，但事实摆在眼前，而她根本没有时间为了这根白头发伤感，这件事绝不能再瞒着家中二老一个人扛了。

孙天行一行六个人，四男二女，有一对情侣不时闹别扭，大家为了他们俩就耽误了不少时间，还走上了岔路，初冬时节，虽说走热了浑身发汗也不冷，可是风越来越大，天越来越黑，路却越走越是不见头。领队号称自己把这条路都蹚平了，现在也没了话，只顾闷头打电话，但信号又不好。那对情侣又发起神经，女的嗷嗷叫着跑没影了。

大家又气又恨，可总不能把她丢下不管，找来找去，在一片小树林里找到了她，扭头一看，那男的又不见了。大家本来就体力有限，食物和水也没有多带，天黑风大，这下又要找人，还没等自己被人搜救到，就得先去搜救同伴了。

那女的哭号着喊男的名字，全然忘记自己之前怎么作天作地地闹了，她赖在另一个单身女同伴身上，就算那姑娘体力还不错，也不能背着她走，成全不了她悲痛欲绝弱不禁风的形象。

那个男的，在大家搜遍了小树林的周围之后，还是没有找到。

那女的这下彻底慌了，翻来覆去就说："我不是真的让他去死。"之前她跟男朋友吵架，那满口去死去死的，大家都听腻了，大半夜又听见她幽幽地反复说着不是真的让他去死，实在有些阴森森的。

孙天行仰天长叹，本来是出来爬山散心，结果要陪这些人演恐怖片，要说倒霉这也就见了底吧。他归心似箭，还盘算着明天要去解抵押，再跟姐姐通电话，好好问问钱是怎么来的；又想到车唯一，不知正怎么为他操心受累。

他心急如焚，忍不住狠狠给了自己一巴掌："你呀，妈是把你打轻了！"

* * *

有了张天阔照顾妈妈，张文扬压力轻些了。她把书稿整理完交给了出版公司，签好合同就开始写第二本书了。

她听说了车唯一的事，急得团团转，也不知道自己能帮上什么忙，她熬到天亮，给小叶子洗漱收拾完，送去了托管班，自己叫了辆车，直奔车唯一的家。

李劲松和孙佑才是在凌晨五点得到消息的，可怜二老天降霹雳，受到严重惊吓。李劲松本来就不舒服，这下几乎没吐出一口血来。

她认为是自己那一耳光，把儿子给打出门去的。这孩子如果不是心里苦闷憋屈到了极点，能在这大冷天里去爬山吗？亲生的小儿子啊，现在生死未卜。

孙佑才又是心痛又是生气，心说这个浑小子，等他回来了自己也要给他一耳光！

车唯一的电话响个不停，消息放出去太多，很多人来打听情况，户外圈里还有几个同行者的家属也找到她了，大家一起互相安慰，互相交换着消息。

张文扬进屋一看这混乱情形，先跟好朋友抱了抱，接着她就出门去，买了些豆浆绿豆粥包子回来了。轻声劝二位老人多少先吃点，她把乐乐抱过来，给她喂了点吃的，接着打盆温水给乐乐洗了脸和手，又给她拿个玩具玩着。

这些事反正在家天天跟女儿做，熟极而溜。一片混乱中有了她这么默默地做事，似乎气氛也安定多了。

孙佑才勉强喝了点豆浆，吃了个包子，定了定神，谢了这位热心帮忙的张小姐。李劲松完全吃不下，怎么劝她也不吃。

她揉着心口，万箭穿心，她心里对儿子说了无数次的对不起，孩子，妈不该打你啊，你心里难受妈妈知道，妈妈那会儿也是糊涂了，怎么就动了手呢，小时候最多就拍拍屁股吓唬你，长大了连句重话都没说过，妈妈这手是怎么挥出去的，真恨不得把这手砍了，只要你能平安回来啊。

她的血在血管里怦怦地流着，那巨大的声音回荡在耳边，让她连身边的人说什么都听不清楚了。

李劲松只在嘴里反复念叨：“二子，妈不该打你，二子，妈妈不该打你啊！”

孙天知在大洋彼岸也知道了这消息，他一听也急了，在实验室他是个铁打的存在，连导师都有缺席的时候，他从来都在那里专心工作，论文发了一篇又一篇，孙博士在行业中也是一时之秀，拿到了绿卡。然而他付出的代价是没有时间恋爱结婚，连续五年没有回家探亲。

每次跟孙天行说起这事，他都在视频里把胸脯拍得山响：哥你放心，这不有我嘛。等你拿了诺贝尔奖，回来给爸妈风光风光，什么都值了。

他那副顽皮无赖的样子，跟小时候一模一样。孙天知知道弟弟顾家，别的事或许他马马虎虎，要说对父母，对家人，他这一弟一妹绝对都比他上心。

但是，一转眼，就在这两天，陆续听到说弟弟创业失败，抵押房子，在北京某座野山上面失去联系了！

他火速订了张机票，也顾不上等特价折扣，反正越快越好，父母身边不能没有人。

孙天行出事了，孙天爱在上海，车唯一带着孩子，孩子还那么小也要人照顾，孙天知恨不得身上插对翅膀，立即就飞回北京去。

多年来的奋斗是为了什么，父母最需要你的时候，你却不在身边。他们永远对着镜头说自己很好很好，假装他们在过年时没有苦苦思念你，盼着你回家。

从小想当个科学家，长大也真的成了科学家，可是，就在这样的时刻，孙天知第一次对自己的梦想产生了动摇。

求求你，上天，不要夺走我弟弟。求求你，不要让我父母遭受丧子之痛。一个笃信科学的人，现在才开始祈祷，是不是太迟？可是不祈祷，又能做什么？

乐乐吃过午饭睡觉了。只剩下大人们焦心地等待着。车唯一的电话铃又响了，她早已把电话设为免提，省得她再向大家汇报电话内容，电话那边是搜救队长："在山上发现断崖，崖下有一具男性遗体，已经在运回市区的路上了，你们去认一下……"

张文扬眼疾手快，一把扶住了车唯一，车唯一眼前金星乱跳，整个人都喘不过气来。恶心欲吐的晕眩感把她压迫得站不稳了。

那边孙佑才却叫了起来："唯一，你快来看看你妈！劲松，劲松你醒醒！"

张文扬半拖半扶着车唯一走过去，孙佑才半抱着李劲松，她脸色灰白，眼睛紧闭。张文扬赶紧打120，车唯一不顾自己手脚酸软，扑上去把李劲松放平在地上，按照记忆中的一点点急救常识，猛按她的胸口，让她保持心跳。

孙佑才老泪纵横，惨呼："劲松，劲松你快起来，劲松，那不一定是二子啊，天行，天行你在哪儿啊？你看看你妈啊。"

张文扬和车唯一轮流给李劲松按压胸口，做人工呼吸，幸好这次120来得很快，急救人员带着担架进了屋，也做了一些急救措施，就给李劲松挂上水扶上担架抬上车了。

孙佑才颤巍巍地跟着车，张文扬一看车身太小，就返身扶住车唯一，说："叔叔你们先去，我跟唯一还有乐乐打车，随后就到。"

孙佑才急中还有理智，他摇头，惨然道："你们先去……认尸。"

这句话一出，车唯一扭过头去，大口呕吐了起来，她吐得整个人似乎被一只手穿过喉咙，伸进了内脏，揪住胃，猛地一拉，把她从里到外，全部翻转了过来，口水、眼泪、鼻涕，糊了满脸。

张文扬含着泪，跟急救人员说："你们快上车走吧，救人要紧。"

又对孙佑才说：“叔叔，你要撑住。有什么事咱们及时联系。”

救护车绝尘而去，张文扬把车唯一的胳膊搭在自己的肩膀上，对她说：“唯一，快点，咱俩赶紧回去，乐乐自己在家呢。”

一听到乐乐两字，车唯一也不知哪里来了一股力量，她迈开大步就冲家里小跑起来，边跑还边干呕着。张文扬跟在她后面，边跑边偷偷地擦眼泪。

后来，张文扬在采访中说：

> 我跟朋友们互相扶持着走过了人生一段很黑暗的日子，那段时间里，各有各的苦衷，奇怪的是我们在一起并不诉苦，反而会说些开心的事情来逗对方。人生原本就是苦中作乐，如果每天都在哭，那么就不会看到身边的花和天上的太阳了。人在痛苦的时候会流眼泪，但眼泪也会冲洗眼睛，让我们哭过之后，能把这世界看得更清楚。

第八章

chapter

8

悔恨

叔本华说：要清楚人类社会纯粹就是充满侥幸和失误的游戏场，当不幸降临我们时，要坦然面对，善于遗忘，不要老是耿耿于怀，难以忘却。

张文扬说：既然没有后悔药可卖，就别总想着买，吃药和花钱就能解决问题的话，那这样的问题真的是太简单了，值得庆幸。

乐乐还在熟睡，车唯一回家就瘫在女儿身边，她的手机还在疯狂地响，张文扬替她接着电话。那边已经有家属赶过去认尸了，说不是自己的家人。

那么，会是孙天行吗？李劲松在医院，能抢救过来吗？

张文扬看着好朋友那张猝然憔悴的脸，给她端了杯温水她也不喝。张文扬心里有一个可怕的猜测，正在不断地折磨她，但是她不敢说，怕一说出来，车唯一就当场崩溃了。

秦静姝收到了张文扬的语音微信，用人之际，再不找朋友，有三头六臂也办不下来这些事。秦静姝听到留言，立即结束了今天的会议，她跟自己的助理说了一声，就开始琢磨带哪几个人过去。

贾婷婷正好在公司跟几个制作人见面，她从会议室的玻璃门里就看见了秦静姝略带焦灼的脸，干脆走出来问她什么事。

秦静姝说自己的好朋友家里出了大事，老人进医院，男人又生死未卜，她一个人还拖着孩子，分身乏术。贾婷婷听了说："那还等什么，我让小静跟你去，不行的话让盈盈也去。"

秦静姝想了想，她又叫了个人，反正是周末，陈维翰在家接了她的电话，听了大致情况就问车唯一家在哪里，他直接去那里碰头。

小静和秦静姝各开一辆车到了车唯一家，陈维翰已经在楼下等着了。三个人上楼进了房间，跟张文扬一商量，立即兵分三路。小静和车唯一先带着乐乐，把她送到秦静姝家里去跟保姆和元朔玩，秦静姝和陈维翰去殡仪馆认尸。张文扬对医院最熟了，搭着秦静姝的车去医院陪着孙佑才。

车唯一也来不及说谢谢的话，她一起身，又是弯腰一阵狂呕，根本已经吐不出东西，但还是呕得撕心裂肺。

小静见了，轻声问：“你……车小姐你是不是怀孕了？”

张文扬猛使眼色还是没拦住这句话，她早看出端倪可就是不敢说，车唯一神情恍惚：“怀孕？不可能，我不能在这个时候怀孕！”

小静万般后悔自己多了嘴，她从秦静姝怀里接过了车唯一，一手扶着她，一手抱起乐乐，一阵风似的下楼去了。她开的车里什么都有，给车唯一喝个冰糖燕窝，定定心，让乐乐坐好安全座椅，给她一盒儿童牛奶。

她边开车边照顾这对母女，像自言自语也像对着车唯一说：“我最难的时候，家里三个人得了癌症，我爸我妈还有我先生，怎么就那么巧，我也奇怪了，那时我女儿刚四个月大。我带着她住在医院里，为了给他们看病，我卖了车，卖了房子。送走了我妈，我先生又病危了，没办法给女儿断奶，我带着她出去表演，挣点饭钱，什么都干，连架子鼓我都能上去打……人呀什么关口也能熬过去，这么多朋友帮你，你有福命，一定会好起来的。”

车唯一原本被一个接一个的坏消息打击得万念俱灰，听得一句“家里三个人得癌症”，也被惊得不轻。

小静的声音低沉柔美，听了让人安心，是啊，总会熬过去的，何况，还有好朋友在为自己奔走啊。车唯一拉着乐乐的手，心想为了女儿，还有肚子里这个小的，你一定要挺住。生活就是这样把人逼进了马戏团，是啊，你毕竟还没要上台去打架子鼓，你毕竟还没到了不去打鼓就没饭吃的份儿，车唯一你要挺住，挺住。

秦静姝和陈维翰赶到现场一看，已经有家属在那里悲痛欲绝地哭了。秦静姝还是不放心，仔细看了看那个年轻人，虽然摔坏了半边脸，确实跟孙天行没有半点相似。救援的人说能看见他爬行的血路，也就是说摔下去当时没死，可能是爬了一段失血过多死的。

生命无常，秦静姝和陈维翰对视一眼，各自叹息。陈维翰忽然把秦静姝紧紧地抱了一下，秦静姝也没推开他，这时有个怀抱是幸运的，有人可以稍做依靠，让自己软弱片刻。

秦静姝给车唯一发了留言，车唯一听了长出一口气，整个人都活回来了。

张文扬收到留言后给秦静姝回了一条：那你们盯住救援队的消息，我得叫唯一赶紧回医院来，孩子奶奶，怕是不行了。

小静和车唯一放下了乐乐，飞车又赶去医院，这下小静也说不出安慰的话了，就建议车唯一带够钱，最好提些现金，随时可能会用上。

车唯一这时已经无人可以商量了，她颤抖着，拨通了孙天爱的电话。

孙天爱周末正带着小宝和萌萌两个孩子玩，不知怎的突然心慌气短十分难受，此时听到了车唯一的电话，不亚于一个焦雷从天而降，当场就昏倒了。戴长河在书房听到孩子们的尖叫声，快步走出来，一看这情形，立即喊保姆过来看护孩子，他抱起孙天爱，拿上了她的外衣和包就跑，给司机打了电话。两个人合力，把孙天爱送上车，往医院开。

半路上，孙天爱醒了，却不知身在何处，忽地想起车唯一的电话，放声大哭起来："妈妈，妈妈！"戴长河听出是她家里有事，当机立断，跟司机说："去机场。"

他一边握紧孙天爱的双手，让她情绪安定些，一边给沈金海打电话，电话一通，孙天爱又大哭了起来，根本说不出成句的话，戴长河接起电话："沈老师是吗？您好我是萌萌的家长，孙老师忽然接到家里的电话，可能是，嗯，可能是家里老太太出事了。现在孙老师也比较……激动，先这样，我现在就送她去北京，跟家人会合，你先去我家，接小宝，随后你也过去，跟孙老师一起处理家里的事，好吗？”

沈金海乍一听到这么多事，也是心里巨震，戴长河做惯老板，口气虽然客气但是不容置疑，沈金海身不由己全部答应了下来，他又要天爱听电话，却只听到了那边歇斯底里的哭声。他的心沉了下来，一边为了岳母担心，一边更是有了微微的酸意。

本来他看孙天爱接手萌萌的家教很顺利，就觉得有点不高兴，因为他希望她多点时间陪伴小宝，可是天爱给他讲了一堆什么教她也是修复自己的童年伤口之类的话，在沈金海看来，这就是借口。

那个叫萌萌的小女孩，爸爸是个大老板，单身男人，沈金海跟他的表弟是同窗，深知他身家富厚出手阔绰，当初听说他家重金求聘家教老师，他同学又听说了孙天爱是位优秀教师，百般撺掇，也不过是让天爱过去试试，谁知天爱一试中选，整个人像着了魔，在家的时间越来越少了。

他还不知道孙天爱瞒着他去与生母见面，给弟弟献了骨髓，在他看来，她无法解释的行踪，多半都是跟那个戴总有关系。这一次，在天爱情绪崩溃的时候，居然又是这个男人陪在她身边，还要陪着她去北京。

虽然沈金海知道孙天爱最爱自己的养母，虽然他也知道眼前这情况，如此安排是最合理也最节省时间的，可他还是忍不住嫉妒，这嫉妒啃噬着他的心。

孙天爱已经完全没有了知觉，她木偶一样让戴长河半拖半抱着，司机给他们买了飞机票，赶上了最近一班的飞机。

戴长河也不想劝说她什么，他完全理解那种至爱离世时刻骨铭心的痛。空姐过来问要不要飞机餐，他摆手拒绝了。只要了杯咖啡，等了等，不那么烫了，递给孙天爱。

孙天爱低头啜了一小口，眼泪又哗哗地流了下来。戴长河接过咖啡，随手递给旁边走过的空姐，他握住她的手，一直握着。直到她浑身歇斯底里的颤抖逐渐消失，似乎陷入了一种半昏迷的空白中。

孙佑才坐在医院的长椅上，足足四个小时没动，泥塑石雕一般。张文扬看了他的样子实在难过，哄着他勉强喝了点水，他就摆手不要了。

李劲松入院有诸多手续要办，张文扬全给跑下来了，一张银行卡里还有八千现金，统统都垫付出去。孙佑才就是坐在那里，眼巴巴地看着急诊室的门，等着。

一直以来他是甩手掌柜，家务事不沾半点边，有李劲松为他料理好一切，小孙女也归她管，自己反正住在大学里，每天三餐就吃食堂，刷个饭盆。衣服有李劲松定期回家给他洗，顺便再归置归置东西，给他做点红烧肉大排骨什么的留着。

这么多年了他知道自己不爱李劲松，很多时候还有点烦她，烦她俗气、唠叨、泼辣，一吵架他就落在下风，落了下风就更烦她。

然而，李劲松就这么倒下了，一下子把他抛在了冰天雪地里，才发现她其实就是他的火堆，他的棉袄，他的一壶热水和一锅热饭，没有了她，他甚至就没有了生活。

什么是爱呢？之前孙佑才以为，自己跟女同学之间那种电光石火般的触电感觉，就是传说中的爱情，可是，经历岁月磨砺，他越来越明白，有一种坚实的东西存在于他和李劲松之间。三个儿女，数十载光阴，三餐茶饭四季衣服，她就是他的家。

如果说，连这都不算是爱，那么，爱到底是什么？一个女人为了你，一生劳碌奔波，没吃过你做的一顿饭，没享受过你一个真心的拥抱，她就这么走了，他不知道她心里有没有怨，有没有不甘，有没有像他一样深重的后悔，后悔自己居然就这么冷漠自私地活过了这一辈子，却从来不懂得，有种结实的爱，其实就在身边。

前所未有的恐慌抓住了孙佑才，他心跳如擂鼓，翻腾得让他难受，他觉得自己的心被人给掏走了，放在了急诊室里面的病床上，慢火热油细细煎熬。

他此时最想看到的人就是家里的三个孩子，可是，大儿子远在美国，二女儿在上海，还有一个三儿子生死未卜，连儿媳妇和孙女，都不能陪在他身边。

医生出来了，摘下口罩，没说什么，但是张文扬已经明白了。她回身看看孙佑才，孙佑才颤抖着站了起来，张了张嘴，想问，却没发出声音。

张文扬给秦静姝和车唯一发了留言，这两个人都在赶来的路上。车唯一还接到了孙天爱的电话，一听竟是个陌生男人，很客气，说自己是学生家长，陪孙老师过来的，请问医院怎么走，大家过去会合。

车唯一把医院地址发给了他，心里也疑惑，为什么天爱姐不是跟姐夫而是跟这么个学生家长一起来的。

但是已经来不及想那么多了。车唯一和小静，秦静姝和陈维翰几乎是同时到了医院。小静和秦静姝一左一右搀着车唯一，又把一条大披肩给她兜在肩膀上。

张文扬出来招手示意他们过去，车唯一三步并作两步，赶过去，看到的只是蒙上了白被单的李劲松，和呆坐在旁边的孙佑才。

李劲松操劳一生，带大了三个儿女，又给女儿带孩子，又给儿子带孩子，然而她最后孤零零地一个人走了，送走她的人只有并不爱她的丈夫孙佑才，还有她儿媳的朋友张文扬。她最爱的人，都没有在她的身边。

婆媳俩平日里其实算不得情同母女，对李劲松来说，最贴心的孩子是跟自己并无血缘关系的孙天爱，最看重的孩子当然是长子孙天知，最疼最牵挂的是二儿子孙天行，车唯一因为是天行喜欢的人，她也额外容让三分。

车唯一性格乐天大方，两人相处得总有个七八分的亲热，也就是说，心里嘀咕归心里嘀咕，外边还是肯定能过去就过去了。处得久了，李劲松知道对人夸儿媳妇和气讨喜，车唯一也知道去接婆婆的路上给她捎上一杯豆浆。谁又能知道，原来这杯豆浆，就是她最后一次逗婆婆开怀一笑了呢？

一阵撕裂的痛苦击穿了车唯一的心，她哽咽着喊了声妈，整个人就滑到了地上。

秦静姝和张文扬同时伸手把她托着扶起来，小静递上水杯，车唯一胡乱喝了几口，这才泪如泉涌，哭出了声。

陈维翰在那边给孙佑才递水，他不接，拉他的胳膊摇了摇，不见有反应。陈维翰立即冲门外喊："医生，医生快来！"

在孙佑才的一生里，大概不知道昏倒是什么滋味，这次他知道了，李劲松离开他，把他的魂也带走了。

原来人昏倒就是这样的，无限地接近了死亡，死亡并不可怕，尤其有人同行的时候。

李劲松又回到了年轻时的样子，她健壮，红润，一双手上全是厚茧子，笑眯眯地看着他："有财，你看的是什么书？"他给她看看封皮："《中国通史》。"李劲松担忧地问："有财，你来这里干什么？"他说："我要跟你走，你去哪里我就去哪里。"李劲松笑了，露出了少见的温柔："那不行。这次你不能跟着我啦。"

她放开了他的手，孙佑才拼命去抓，可还是没有抓住。

医生给孙佑才挂上了葡萄糖水，嘱咐家属们好好陪护。车唯一把孩子放在朋友家，这边婆婆过世了有后事要处理，那边公公病倒了还要人陪护，自己还在这时早孕反应发作，阵阵恶心晕眩，体力不支。

幸好身边的朋友们个个都能干，张文扬去找护工，请护工好生看护孙佑才。小静和陈维翰在奔走李劲松的后事，秦静姝把车唯一的手机放在旁边，随时等着听搜救队的消息。

车唯一泪眼模糊，她把身上的大披肩裹了裹，在心里喊：“孙天行，孙天行你在哪里啊？!”

没有盼回来孙天行，在走廊里踉跄而来的是孙天爱，戴长河跟在她身边。

正赶上殡仪馆的灵车来抬遗体，孙天爱扑了上去，她按住那床，用颤抖的手掀起了被单，李劲松熟悉的面容，此时看起来却有几分陌生，妈妈见了她，总是眉开眼笑，叫一声天爱好闺女，现在为什么倒在那里，动也不动了。

多少往事排山倒海而来，青石村猪圈旁边，她认了妈妈，妈妈抱起她，给了她一块萝卜，不同于猪食的馊臭，那萝卜清甜爽口，是一口人吃的食物。她活在地狱里，是妈妈让她重新做了人。

跟着妈妈来了北京，妈妈给她梳头洗澡，晚上搂着她睡。有一次生病了，妈妈整夜不睡守着她打吊针，给她吃水果罐头。想起了高考填志愿时妈妈流下的泪，妈妈说你舍得我，我还舍不得你呢。想起了妈妈远赴上海给她看孩子，临走却说将来要到老年公寓去住。

孙天爱比什么时候都更痛恨自己，为什么不好好地留在北京，为什么要去上海，妈妈临终前最后一面她到底没有见上！她号啕起来，那声音像是一只小兽，身体都被压扁碾碎了，却还在垂死哀号：“妈妈，我是天爱，妈妈，你睁开眼睛看看我，我是天爱，说好了我要给你养老的，妈，你不要走，你不要丢下我不管啊妈妈！我不能没有妈妈，妈你别丢下我！妈妈你说话啊妈妈。”

孙天爱哭得肝肠寸断，抱着妈妈的腿，不让那些人拉走。最后，两个人用尽力气才掰开她的手，让她放开李劲松的遗体，把她的手一左一右拉住了。左边是戴长河，右边是一脸泪水的孙天知，他看着哀痛欲绝的妹妹，痛悔地说：“天爱，我回来晚了。”

孙天爱扑到大哥怀里，两人痛哭了起来。孙天知一边搀扶着妹妹，一边跪下，把白被单拉起，盖住了妈妈的脸。殡仪馆的人见多了生离死别，看了看车唯一，车唯一边擦眼泪边点点头，他们默默地把遗体拉上了车。

戴长河见到孙家有大哥回来主事，他放心了，跟车唯一又交代了几句，车唯一谢了他送姐姐回来，他就告辞离去，没有打扰沉浸在悲痛中的孙天爱。

出了医院的门，戴长河点了根烟，狠狠地吸了一口，缓缓地吐出去。小芝离世的情形，多年过去了还是一样清晰。这世间生生死死，原是由不得人做主。不知道小芝在天上，看着他和女儿，是否还在牵肠挂肚。

* * *

这一天混乱不堪地过去了，孙天爱悲伤过度，医生给她打了镇定剂，昏睡过去。沈金海带着小宝，正在飞机上。

孙天知陪着孙佑才，在病床前自有父子久别重逢的一番话。车唯一打起精神，处理了各种杂事，还要回家去收拾一下，布置下灵堂。

张文扬也要回家去接女儿，到医院去看爸爸和妈妈了。秦静姝陪着车唯一，开车先回自己的家接了乐乐，胡乱吃了点东西，又送她回家。

车唯一的家门前堆了不少办丧事的东西，小静和陈维翰还在搬一个纸箱。车唯一默默地开了门，自己去泡了壶茶招呼大家。那边小静和陈维翰效率惊人，七手八脚，几下就把简单的灵堂布置出来了。

小静送过自己三个亲人，陈维翰送走了自己的爷爷奶奶，两人工作上都是把好手，可悲的是，办理丧事也有丰富经验。灵桌，供品，香烛，样样俱全。

小静把一套白麻孝服递给车唯一，见她垂头落泪，她解开孝服的腰带，细心地帮她穿上了。她办事周到，还买了一套男式的给孙天行准备着，还有一套小的给乐乐。乐乐还不大明白发生了什么事，穿新衣服总是高兴的，欢喜地穿上了。小静黯然无语，只是把她头发上的蝴蝶结和彩色卡子摘了，换上一朵小小白花。

孙天行踏进家门时，见到的就是这样的情形。搜救队找到了他们，掉下断崖的是那对情侣里的男朋友，女的一听说男朋友已经不在了，也发疯要去跳崖，后来被搜救队员给了几个耳光安静下来了。

就为了搜救他们，有一位搜救队员也摔断了腿。其余花费的人力物力无法统计。这几个人失联四十八个小时，也许在平时不算什么事，可一位登山者丢了命，而孙天行失去了亲爱的妈妈。

李劲松是带着悔恨去世的，临死前她还恨自己，为什么打了儿子一耳光，把他逼得生死不知。她的悔恨遗留给了孙天行，孙天行已经无法测量自己的悔恨有多少。

他慢慢地走向灵堂，看着妈妈的遗像，在那个黑边的相框里，香烛缭绕，这一切都是真的吗？他不能相信。

缓缓地跪倒在灵前，孙天行用头猛撞地板，发出沉重的咚咚声。陈维翰上去从后面一把抱住他往起拉，却怎么也拉不起来。孙天行嘶哑着嗓子：“你让我死了吧，我还活着干什么。”秦静姝也上去帮忙拉，两个人用尽力气竟还是奈何不了他。

车唯一也跪在了孙天行的旁边，她不看他，看着遗像里的李劲松：“妈，奶奶，乐乐爸爸回来了，二子没事了，您放心吧。咱们家人都回来了，大哥，二姐，人齐了。妈，您不是一直问我还要不要二胎吗？那时我总说工作忙，没空要，现在，咱们家的老二来了，您又要多一个小孙女了，您不是说最喜欢女儿了吗……”

孙天行起身，眼泪鼻涕满脸都是，他难以置信地看着车唯一，车唯一冲他点了点头：“对，我怀孕了，我也是昨天才发现的。孙天行，你是要死吗？你在这里问问妈妈答应不答应，再问问咱俩的孩子答应不答应 ?!”

秦静姝和陈维翰对视一眼，放开了拉住孙天行的手。孙天行轻轻地把车唯一抱在怀里，慢慢地抱紧了她，他的眼泪洪水一样流了出来，车唯一已哭得没有了眼泪。

他们在李劲松的灵前跪着，抱着，在他们恋爱结婚的这么多年里，没有一个拥抱是这样的百感交集。

乐乐在小静身边，看着那些金银元宝、纸钱、花篮，觉得好新鲜，四处摸着玩。小静给了她一块糖吃，心里默祷：“奶奶请你保佑你这个小孙女，让她的生活甜甜的总有糖吃，生活里这些悲伤痛苦，就让孩子离得远一点吧。”

* * *

张文扬回家接了小叶子，坐车去了妈妈住的医院，到了医院先在附近小饭店里打包了些饭菜，又买了些猕猴桃，一手抱着孩子，一手提着食物进了病房。

病房里隔壁阿姨病情加重，转院了。三张床上只有一张床上有人，刘招娣躺在床上，张天阔坐着，伏在她的床边睡着了，他身上还搭着一件衣服。

张文扬看见爸爸睡觉，先对小叶子比了手势让她别吵，小叶子很乖，下了地跑过去，小声地叫了声姥姥。刘招娣看着女儿和外孙女，努力地笑了。接着，张文扬看到她把手伸下去，两只手一用力，把小叶子抱起来坐在了床上。

再也顾不得会不会吵醒爸爸了，张文扬叫了起来：“妈妈你的手有劲儿了！”

刘招娣看着女儿，慢慢地，用两只手，都比出了大拇指。

小叶子跟着比，欢叫着：“姥姥最棒，妈妈最棒，叶叶最棒！”

张文扬扑过去，张大手臂，把妈妈和女儿都搂在了怀里。这一刻她竟觉得自己无比幸运，活着多好呀，尽管她还是拮据得捉襟见肘，尽管她离了婚孤身带孩子，尽管老妈还病倒在床上。

可是，活着，还有什么比活着本身更重要的。妈妈，你在我身边，这就最好了，妈妈，我们都还活着啊。

张天阔醒来了，听着女儿在那里絮絮叨叨地讲着朋友家的丧事，边说边用勺子挖着猕猴桃喂着妈妈。他摸摸自己身上多了的衣服，知道是老妻给盖的，心头一阵温暖后，才反过味来：“招娣，你，你的手能动了？”

刘招娣笑了，她把两只手举起来，冲他缓慢地拍了几下。

张天阔热泪盈眶，他一下就想到了自己睡觉的时候，她一定用尽了全身之力，去把那件衣服给他盖上。也许恰恰因为如此用力，她的手反而恢复了一部分的功能。

他抹掉眼泪，板起脸：“以后啊，你还是要多练习！明天就活动腿，练站着，以后练走路！”

刘招娣看着去给自己打水洗手脸的前夫，还有身边喂水果的女儿，他们是她在世界上最亲的人，是她付出最多、照顾最多的人，同样，也是她伤害最多的人。

他们俩是她眼里的窝囊废，说骂就骂毫不留情，到头来，还是要这两个窝囊废竭尽全力地照顾她爱护她，给她端水端饭，为她擦身换衣。刘招娣以为自己这一生不求人也不靠人，铁骨铮铮一人做事一人当的命，可是，山有倒时，人有病时，当她像一座山似的倒了下来时，她最看不起的两个人，撑住了这个世界，虽然摇摇欲坠，却还不致倒塌。

病情渐有起色，她的心却备受折磨，刘招娣想起了种种往事，想起了张天阔怎么低声下气地求她哄她，她还是咬紧牙关，坚决不要他这个拖累。

想起了张文扬跟她吵起来，哭着说缺少妈妈的理解和爱，而她冷冷地告诉她说少来这些没用的，你多考个好分数上个好大学比什么都强。她想起了张天阔给她念的那些诗，她却说他卖诗的钱还买不下一根扫把，想起了张文扬高高兴兴把第一笔稿费送给她，她却说就不信写稿能有当会计挣得多。

她把张天阔骂成一条丧家犬，她打过女儿，用手，也用过衣架。他们说的话，她永远嗤之以鼻，而她的话，他们必须当成圣旨去执行，否则就是大逆不道。

刘招娣永远坚强，正确，跟她的账本一样完美无缺，事实也证明了她的决定统统都是对的，所以更可以反证那父女俩是错的，偏偏这人生并非账本，并不是你什么都对，你就拥有了幸福人生。刘招娣渐渐明白，她最大的错误，其实就是她的永远正确，就是她用自己的永远正确，去排斥、贬低、打击自己的丈夫和女儿。而她到了自己病倒在床，生不如死之时，才刚刚领会到这一点。

她看到张文扬给她做饭做果汁，喂她吃喝，把她吃剩的自己胡乱扒几口就算吃过了。

女儿给她跑前跑后办手续，抱她上轮椅，又把她抱上床，她不知道娇怯的女儿居然有这么大力气。

张文扬给她换尿裤，倒便盆，她想起了小时候她抱着女儿，给她换尿布，嘴里念叨着不知你什么时候能长大。

她看到张文扬忙完了一切还要写稿子，对着电脑一刻不停地写写写。她想起了自己没收她的课外书，骂她偷偷写小说是浪费时间，她自作主张给女儿报了国际金融专业，不让她进中文系外语系。

她其实一直在狠狠地压制着女儿，她甚至知道女儿有点恨她，她也曾心凉过，又自我安慰说反正这一辈子谁也不靠。

张文扬其实还是不会做事，她永远学不会像妈妈那样，把各种琐事做得有条理，有效率，轻松漂亮，她只是用最笨的方式，去完成一个个任务。然而，刘招娣终于对着这样的张文扬，竖起了大拇指。她终于知道，比正确、效率、完美更重要的东西，是爱。

她不是不懂得爱，只是她表达爱的方式太严厉了，反而伤害了她爱的人。

刘招娣永远不知道，张文扬就为了她这一点点赞赏，在水房里放声大哭，哭完了，又若无其事地回来继续干活。她瞒住了妈妈自己离婚的消息，就像当年刘招娣和张天阔也瞒住了她一样。刘招娣害怕自己离婚的消息会伤害女儿，而张文扬，也害怕离婚的消息会伤害到妈妈。

我们总是为了爱和保护说谎，我们以为这叫善意的谎言，然而生活总是会让我们看到真相，看到狰狞伤口，也看到伤口怎样愈合。

张天阔一边吃着张文扬买的饭菜，一边给小叶子讲他租来的小院有多棒，小叶子都等不及要去看那棵柿子树了。张天阔看着小外孙女那黑头发，亮眼睛，想起了扬扬小时候的样子，听爸爸给她讲《西游记》，一定要听到结局，孙悟空到底有没有打死妖怪，他的师傅有没有因为冤枉了他向他道歉。

张文扬和小叶子待了一阵子就走了，刘招娣也吃好了，在张天阔的帮助下，她慢慢地下床，摇摇晃晃地站着，腿脚还是不听使唤，可是她一定要站住，要坚持。

张天阔扶着她，半蹲着撑着她的身体，他抬头看着刘招娣的脸，说："招娣，我们领证去吧。"

刘招娣的眼里，渐渐盈满了泪水。她费力地张开嘴，吐出了一个清晰的字：“好。”

当年工厂诗人张天阔跟财务局的女会计刘招娣相亲，他高大英挺，剑眉星目，就是穿着大喇叭裤，让她觉得他有点像街上的流氓。她清秀腼腆，面带梨涡，他看了很喜欢，就是觉得她板起脸来太严肃，有点像女英雄刘胡兰。

领结婚证那天，他们俩都有点气呼呼的，刘招娣是担心婚前的荒唐事会不会导致怀孕，虽然怀孕了现在也算是名正言顺，可毕竟这种羞人的事太出格了。

张天阔是垂头丧气满心悲伤，眼看就要跟自由自在文艺浪漫的小日子告别了，以后那么多姑娘只能看不能摸，身边只剩下这么一个好凶悍的老婆了。

两个人各怀心事，领了证互看一眼，却又忍不住笑了。刘招娣板起脸：“笑什么，臭不要脸。”

张天阔把她胳膊拉住，挎在自己臂弯里，刘招娣别别扭扭，半推半就。两人走在小城最热闹的马路上，心中除了自己的小算盘，还有一股难以遏制的柔情和幸福感。

他和她，其实是真正的一见钟情，注定要纠缠一生。只是那时，他们谁也不知道而已。而隔了这么多年，他们终于知道了。

张天阔把刘招娣抱起来，轻轻放在病床上，刘招娣搂住了他的脖子，张天阔俯身吻她，两个人的花白头发汇在一处，分不出你我。这就是所谓结发夫妻，所谓白头偕老。

* * *

葬礼那天，张文扬先去了秦静姝公司，她那边备用的衣服多，给张文扬挑好了参加葬礼的衣服，黑色连衣裙搭黑色外套，本来还有顶带网纱的帽子，张文扬觉得太夸张，就只穿衣服好了。

她现在人瘦得厉害，头发长了些也刚过耳朵，被贾婷婷的造型师阿璇看见，技痒难耐，剪了几下，再喷点定型水，头面一新，顿时脸上焕发出一种冷艳来。

小静还建议她化点淡妆，张文扬说不要，小静说：“也好你皮肤不错，再上点粉提亮点就更好了。”张文扬说：“这是葬礼啊，没必要化妆吧。”小静说：“有一天我操办了两场丧事，每次都要化妆，哭花了还要补妆，我希望自己在什么时候都是美美的。”

张文扬深受震动，听从建议还是打了点粉在脸上。以前她也爱打扮，自从妈妈病倒后，张文扬不知道多久没收拾过自己了。

在电梯里看看镜子，她发现自己似乎又回到了大学时代，得抑郁症那段时间最瘦，被人拍了照片在网上传，还说她是系花。化妆就是易容术，让她暂时性重返青春。而她心里明白，青春已是落花流水，那时的深情热爱，一去不再回头。

镜子里的她是个瘦削女子，表情冷淡，眼中有着警觉和焦虑，再也不是迷糊莽撞的校园美少女，路痴，脸盲，说错话认错人做错事，青春就是有的是时间去犯错，而现在的张文扬，她再也任性不起。

李劲松的葬礼来的人不多，毕竟她不是什么高官名人，也不是单位小领导，她从前是个农村姑娘，进了城花了很长时间学着做个北京人，但她和孙佑才，骨子里还是一对青石村来的农村人。

李劲松的娘家人除了至亲，还来了个大表哥，摆出舅舅的款儿，四处挑剔，一听说孙天知是外国回来的科学家，心里有些怕，万一他做了官，那不是想巴结还巴结不上嘛，顿时百病全无，再也不指手画脚了。

孙天知搀扶着孙佑才，带着弟弟天行和妹妹天爱，沈金海领着小宝，车唯一领着乐乐，大家身穿重孝站在家属席，向着来客们鞠躬。

一些老邻居、老同事来过了，秦静姝和张文扬也拜过了。陈维翰也来了，来了先去办事窗口打听消息，回头过去找孙天知，说还可以为逝者举行一个小的告别仪式。孙家兄妹根本不懂这些，只有感谢他又帮上了大忙。不要问陈维翰为什么知道，经历过的人就是知道，没有经历过的人，就是不会知道。

那个小仪式就是播放哀乐，亲人手捧骨灰盒，绕场一周，寄托哀思。

宾客们默默地环绕四周，正等着孙天知捧起骨灰盒，远远地又有人来了。

何星月披麻戴孝，头上系了孝带，现在的孝服已经尽量简化，一般孝子们只是腰上系条白布，但她穿齐了全套，整个人成了一堆雪。

远远地看着李劲松的灵堂，她在台阶下面就跪了下去。何星月一步一叩头，爬着过来了。

孙天知不知道这是谁，和孙天行交换了一个疑惑的眼神，抢过去扶她，但何星月趴在地上，不动，拉不起来。

孙佑才也走过来劝，何星月抬头，小声说："孙教授，我是天爱的生母。你和大姐给了天爱一个家，今天让我送送大姐。"

由于震惊过度，孙佑才说不出话。孙家兄弟也无法阻拦她。何星月一步一叩，无比虔诚。在场有了岁数的人都落了泪，纷纷议论说，不知劲松生前做了什么大善事，这个人是来报恩的，她把劲松当神佛拜呢。

孙天爱看着生母慢慢地爬行到了养母的灵前，心中万般感触，化作热泪奔涌。她抱起了李劲松的骨灰盒，哽咽着说："妈妈，我只认你一个！"

何星月跪在灵前，对着李劲松的遗像说："大姐，我一直想见见你，可是没有脸来，想不到第一次见面，就是来送你。大姐，你的恩情我今生不报也有来生，生生世世我都感激你！"

她埋首下去，给李劲松磕了九个头。孙家兄弟左右搀起了她，孙天爱捧着骨灰盒，随着哀乐，绕场一周。

妈妈，我来送你了，我真不该嫁到上海去，我应该守在你身边，陪你说笑，挣了工资给你买新衣服穿，你有了头疼脑热，我给你端杯热茶，陪你去医院。可是我没有做到。你疼我爱我，救了我的命，从小我就发誓要给你养老，可终究没有做到。妈妈，以后谁再叫我天爱好闺女，谁再把我搂在怀里疼？因为你，我不再是农村里的小孤女，可你走了，原来我注定还是个孤儿。

妈妈，我来送你了，我不该出国，不该离家那么远，我在清华成绩不错，接着读研读博留校应该没什么问题，可我还是觉得应该到专业最好的地方去。在美国，工作真的是投入了多少时间都不够，我现在知道了父母对我有多重要，不是每周两次视频聊天就能填满我们之间空白的亲情。我是你的长子，从小你跟别人说起我都带着骄傲，我也希望能有一天，真的给你和爸爸带来荣耀。可你就这么走了，我连弟媳和她的朋友们都不如。你是伟大的母亲，而我不配为人子。

妈妈，我太浑蛋了，你打我吧你骂我吧，妈你不要生我气了，我不该去创业，我不该头脑发热抵押房子，我害了你，害了姐姐，我害了这个家，我不是人，我不该去爬山，你是被我气死的，为了我担心死的，妈妈，你从来都没有说过我爱你这样的话，可是我知道三个孩子里你最爱我，而我也最爱你，你打我呀妈妈，我该打，你要是能活过来，我愿意替你去死啊妈妈。

劲松，这么多年你为了这个家，熬干了血汗，无怨无悔，你是慈母，一手拉扯大了孩子们，你是贤妻，照料好了一切让我后顾无忧，我呢，我是个无用的废物，有了你我才有家，我还不知珍惜，以前狠狠地伤了你的心。劲松，我不敢奢求你原谅我，我只希望下一辈子我们还在一起，让我也为你付出全部，让你也享受被人疼爱、无忧无虑的幸福。你把这份幸福给了我和孩子们，自己吃苦受累一生，我对不起你啊。

最后，孙天爱亲吻着骨灰盒，不愿意放开，她又一次哭得昏了过去。

招待毕宾客，秦静姝和张文扬跟车唯一说了几句话，陈维翰跟在后面，三人正要告辞，孙佑才伸手拦了一下，他招手把两个儿子叫来，站在自己身边，对他们说："你们妈妈临走，是这位张文扬张小姐帮着抢救，她在医院陪着我，送走了劲松。还有这位秦静姝秦小姐，陈维翰陈先生，他们帮着咱里外忙活，后事一大半都靠他们出力。你们俩，还没有人家朋友做得多。大恩不言谢，去，你们给人家鞠一躬。"

孙家两子深深鞠躬致谢。三人手足无措，连说不用这样，应该的。

张文扬临走对孙佑才说："叔叔，医生还交代说您等办完了事，最好再回医院去检查一下，卧床休息几天，别忘了。"

孙佑才喟然长叹："我也不知道检查不检查的还有什么意义……"孙天知说："爸爸，我陪您去，一定得去。"孙天行说："爸你要去，我现在只有你了……"一语未终又哭了。

李劲松走了，这个家成了散黄鸡蛋，虽然该回来的人都回来了，可是每个人的心都空了。

***

在医院里，孙天爱吊着水，沈金海给她端了碗粥，孙天爱没有吃。沈金海把碗放下，问她什么时候启程回家。孙天爱说想在北京多待几天，有些担心爸爸的身体。

沈金海说："那我就跟小宝先回去了。"孙天爱说："让小宝也在北京住几天，陪陪姥爷。"

沈金海的语气就有些生硬了，说："不是有乐乐陪着吗，我爸妈离了小宝可是吃不下饭的。"

孙天爱生气了："可我们家现在是什么情况你亲眼看到了，我妈走了，我爸一个人还要住院，我不应该带着孩子陪陪他吗？”

沈金海再也忍不住，冷哼了一声：“又是给人当家教，不回家，又是跑出来个生母，这些事连我你都瞒住了，你还想怎么样？”

孙天爱从病床上坐起来了：“金海，这个时候我真的不想跟你吵架，可是当家教还是你给我联系的，家教时间是跟你商量过定下的，这我有什么错？我的身世跟你说过了，结果你转头就告诉爷爷奶奶，让他们看不起我，在家里闹矛盾，生母来找我的事，我还能跟你说吗？”

沈金海声音高起来：“都是你有理。孙天爱，我也不想在这个时候跟你吵，姥姥上次来上海也说希望我们相处和睦，我百般忍让，你就得寸进尺，姥姥过世这么大的事，你敢一个人跟着个陌生人就跑了，丢下我和小宝，不知道的还以为你私奔了！”

孙天爱气得浑身发抖：“血口喷人，我妈过世我整个人都崩溃了，是戴先生马上就送我上飞机，陪着我回家，不然我连路都走不动了……”

沈金海说：“他是抱着你还是背着你走的一路啊？我真不愿意听你这些丑事！你是做家教吗，你不是要给人当填房吧？”

眼前金星乱转，两耳嗡嗡响，孙天爱简直说不出话来。而在沈金海眼中，这绝对是做贼心虚，女人啊，个顶个都愿意跳高枝，念了书的女人也一样，做家教的人都把简·爱当偶像吧，有钱人就是好啊，买张机票就把人给带走了。

何星月在这个时候走了进来，她一身白衣，身后两位黑衣男子。她很温和地对沈金海说：“怕是你有点误会，天爱跟她妈妈的感情你是知道的，她受到很大打击，听说下了飞机来医院她人都不行了，直接上病床打吊针，现在这样子你也看到了，她话都讲不出了，夫妻就互相包容一点吧。”

沈金海在气头上："用得着你来教训我吗？你是谁啊你来说这些？"

何星月依然很平静："对不起，我不是教训你，你听就听了，不听就不听，没什么。不过你别再跟天爱吵了，她身体不行，有什么事情等以后再说，今天不要说了。"

沈金海看看天爱，天爱闭着眼睛，泪水不断从眼里渗出，说："你走。"

沈金海大怒，去抱小宝，小宝伸手要抱，回头说："妈妈？"

天爱撑起身体，拉儿子的手："宝宝跟妈妈在一起。"

沈金海毫不客气一把把小宝的手夺过来："走了，爸爸带你回家去。"

何星月咳了一声，后面的黑衣男子把沈金海拦住了。孙天爱喊："宝宝！"小宝溜到地上，跑回妈妈身边。

沈金海气得满脸通红，大声说："孙天爱，你这是要干什么，你还找了外人来对付我吗？好，我告诉你，我今天就回上海，要么你带孩子跟我一起走，要么你就别回去了！"

说完了他扭头就走，狂怒之下把门摔得砰砰响。何星月静静地不出一声，递给小宝一盒儿童饼干。满屋寂静，只听见孩子嚼饼干的咔嚓声。

* * *

秦静姝和陈维翰驱车回到市区，先到陈维翰公司，秦静姝停车等他出去，陈维翰却没有动，他说："我一直想说……"秦静姝说："今天不行，等明天吧，明天我们一起吃饭。"陈维翰说："我明天就出差去美国了。"秦静姝灵光一闪："看来你们并购成功，子公司也要上市了？"陈维翰笑着点点头："还是那么聪明，瞒不过你。"

秦静姝说："这样好，你这次去，要么是先升了职走，到那边能说上话，要么是在那里立功了，回来升你，总之都是好事。”陈维翰学她的口气：“年轻人，前程远大。”

两人一起笑了笑，把葬礼带来的压抑感冲淡了许多。陈维翰侧身过去，轻吻秦静姝的脸。秦静姝笑：“你上次说我随便，自己这又算什么？”陈维翰凝视着她：“告别吻，明天我就走，大约一个月两个月都回不来，如果飞机失事了，那这就是我提前跟你说再见。”

秦静姝有些失神：“别胡说，都是天天出差的人，哪儿有那么多飞机失事。”陈维翰一笑：“我还以为你会向我求婚。”秦静姝笑说：“对不起，我还没选好戒指。”

开车回公司的路上，秦静姝不知怎么脸上那一小块越来越热，摸了一下却又觉得冰凉。人啊，无论是爬个山就掉下悬崖的年轻小伙子，还是饱经沧桑的老母亲，说走就走，生死全不能自己做主。那么，爱情呢？

公司里照旧一片忙乱，贾婷婷的演出现在是公司的工作重心，每次演出后视频要及时修整，上传，推荐给媒体，另外她的采访，出席的活动，都要配有专门的图片，还有一些关于她宣传的产品，商业广告，软性宣传的文章，要搭配传播出去。贾婷婷现在走欧美时尚路线，还接到了时装周的邀请。负责造型的阿璇现在更忙了，招了两个服装学院的学生来实习。

秦静姝赶着把这几天的事处理了一下，手机上来了条袁洛平的留言，说要来看元朔。秦静姝有些吃惊，袁洛平日理万机还要换小女朋友，对儿子虽然也心肝宝贝地叫着，可是三天打鱼两天晒网，要说一两个星期不见人影那也是平常事。上周他带元朔去过了动物园，按说没这么快又来。

秦静姝想了想，到网上搜了一下袁洛平公司的消息，果然一片唱衰，什么资金链断裂，什么融资失败，什么烧钱模式走到尽头之类的，反正红也好黑也罢总能让吃文字饭的人挖出点什么。秦静姝没空细看这些，她给袁洛平回了个微信说："好，六点左右吧。"

李云珠这些天忙于收拾任平林的遗物，家里就剩保姆带着元朔，好在再过俩月，元朔就能上幼儿园小班了。秦静姝回家，先给自己淋浴打理一番，换上家居服，这才抱起儿子亲热。

元朔是个白嫩漂亮的小男孩，又不爱理发，跟张文扬家的小叶子站在一起，别人总说他俩是孪生姐妹。不过他的性格全然是小男孩的顽皮淘气，最喜欢小车车，喜欢的方式就是拆，拆出的零件也有一大箱了。

袁洛平一进门，熟门熟路换了鞋，摘下领带，脱了西装外套，先直奔小吧台给自己泡了一大杯铁观音。然后到阳台元朔的玩具角那里，把一大箱子零件拖出来，三下两下，组装好一辆小车，接着再来几下，又出来一辆。元朔跑过去叫声爸爸，就蹲在旁边看，父子俩见面不多，只要在一起玩倒是很融洽。

秦静姝问他吃饭了没有，袁洛平说没有，秦静姝进厨房，现成的蛋炒饭和芹菜香干，还有碗萝卜丝鲫鱼汤。袁洛平吃得碗底朝天，家常饭菜格外香甜。

他边吃边问："要不，你看看，咱俩复婚吧。"

秦静姝以为他说笑，跟着说："好啊，你不是最喜欢法国南部的别墅嘛，去买个大点的，把客人都请过去。"

袁洛平苦笑："那是不成了，我郊外那个住处都卖了。"

一听这话秦静姝心里冰凉："股市上栽了是吧？早跟你说别在里面放太多钱，不听。"

袁洛平不语，反正股灾里炮灰不止他一个，早年那点积累，这下化为乌有，连同小女朋友和别墅也乌有了，就当没有过，他还有套公寓可以住，虽然跟以前三百多平方米的别墅是不能比了，也还有车可以开，福特，跟保时捷也没法比了，钱也还够用，但以前的排场是回不来了。

前所未有的落魄，让他倍加依恋前妻和儿子。放低身段迁就，好好一个大男人开了口，怎么也得给点面子吧。想不到秦静姝根本没当回事，反而显得像他求着她似的。

他又说了一次："你觉得怎么样啊，复婚的事？"

秦静姝也认真起来："为什么忽然说这个？我和你要能在一起生活，也不至于离婚啊。"

袁洛平叹气："什么时候了，你还这么嘴硬。那你这些年都不找别人，算怎么回事？对还有个唱歌的，那人我一看就知道跟你长久不了。反正我也玩够了，你也差不多得了，孩子上幼儿园，你在家歇着，咱们要不再生个女儿吧，一儿一女一枝花，你到国外生，将来还能移民呢。"

秦静姝发现此人的自恋严重到了无可救药的地步，三言两语已经替她安排好了一生，却完全不问她是否愿意，她也不生气，反而笑了："嗯，是不错，要不你自己生吧，科技发达，到国外试试，我给你出钱。生好了你自己移民就行了，我还要在国内做事的。"

袁洛平正收拾餐具去厨房，气得险些把碗摔了："我说正经话，你就胡扯。"

秦静姝说："什么是正经话呢，对，复婚，你有问我意见吗？我的回答是不，我那时就不愿意跟你结婚，现在也不愿意，就算一起生了孩子，我也还是不愿意。听清楚了没有？想在家歇着，自己歇，想生女儿，自己生，你什么都能搞定，千万别找我。"

袁洛平洗了盘子碗，心里想这该死的女人怕是要骄傲到死了，也就奇怪了，自己偏偏就搞不定她。男人不能穷啊，穷了你前妻宁愿跟个男歌手厮混也不要你了。等老子真的买了法国南部的葡萄酒庄，再找个法国女人，那时你自己后悔得哭去吧！

秦静姝反思这些年来遇到的异性，发现自己跟他们的关系近乎儿戏。高兴了，有火花，就一起寻欢作乐，不高兴，没感觉，就让他们赶紧在眼前消失。

袁洛平还算是维系关系比较久的，而且还不幸跟他一同制造出了元朔小宝贝，秦静姝实在是不愿意怀孕生子，更不愿意结婚，但生下元朔后，她觉得为了这个小天使一切都值得。

她并不觉得离婚本身对孩子有何负面影响，反正自己努力做好妈妈，给了元朔一切该有的，目前也看不出元朔有什么心理阴影。至于父亲的角色，袁洛平应该说也算是尽力而为，尽管她看不惯他的做派，他那类大男人，也算做到了及格线以上了。

她鼓励妈妈去寻找真爱，声称自己也要找到自己真正想要的东西，这东西到底是什么，秦静姝心想，应该是尊重、平等和信任。这几样东西，似乎在两性之间，从来就没有存在过。

袁洛平总觉得自己尊重女性，因为他肯给女人开门拉椅子为她们买单，而这种表面上的尊重，背后却藏着一种居高临下的看不起，他内心认为，女人是柔弱无用愚蠢的动物，照料她们能显出他的大男人气概，以及充分的好教养。要说真的走进婚姻，他顿时就会原形毕露：一切以我为中心，我是一家之主，我养家，所以你就要听我的，这样你也省得谋生，也省得思考。

尽管秦静姝并没有占他什么便宜，但是他却从来没有平等对待过她，他没有付出尊重，所以秦静姝也无法信任他。

而黎天意之于秦静姝，恰恰因为他和她之间有种事实上的不平等，令他们不能彼此信任。自从住到秦静姝的屋檐下，黎天意在江湖上多了个身份叫秦小姐的男朋友，他在外面接的工作多了，重视他的人也多，然而他并没有感受到尊重，相反他敏感地认为别人都当他是吃软饭的，尊严深受伤害。

秦静姝喜欢他吗？不是不喜欢，但也没有喜欢到为了他疯狂的地步。而黎天意以一贯的感情经验判断，一个女人没有为你疯狂，那么她就还是不爱你。他觉得自己是足够爱她了，可是她并不爱自己，那留下来纠缠还有什么意思。

对陈维翰，秦静姝有种复杂的情愫，他可以让她信任，但似乎并不是爱人之间的，更像是工作伙伴，毫无疑问，有事了她会第一时间找他，因为他太可靠了，而且她拿稳了他会为了她不顾一切。但这样的关系，又存在着不平等，陈维翰是她的下属、徒弟，一步步努力走到职场上跟她可以平等的位置上，可是他对她永远仰视，他自己总是显得卑微。

秦静姝心里叹气：年轻人，前程远大的年轻人，我现在是个喝得烂醉都找不到一夜情的老太婆了，实在没力气跑到美国去追你了。

贾婷婷跟自己的全女班有个破事儿时间，大家就聚在一起专门说这些破事儿，秦静姝有时也会参加，她在全女班没有老板架子，有啥说啥，像小静跟着她办过丧事，越发成了半个朋友了。

听罢秦总这好一堆烂桃花，大家叽叽喳喳吵成喜鹊窝。盈盈是文艺女青年，说明明跟黎天意是真爱，眼看他就成了大明星，老板跟过去做他的隐形爱人，又帮他理财又可以睡他，多少人梦寐以求啊。

阿璇笑她太好色太单纯了，她做造型这一行可久了，以前还不是做过某某明星的地下小情人，名义上说是造型师，实际上什么都帮他做，还有联名银行卡，结果他跟别人打得火热还不许自己吃醋、爆新闻，因为早签过保密协议，倾家荡产也赔不起传出的一条绯闻。

小静悠悠地说还是原配好，她先生病逝几年了，再找什么人都觉得不如他，小静劝秦总还是跟孩子爹重归于好吧，大不了你养他，让他当全职老爸，他就不会那么牛 × 不把女人当回事了。

只有贾婷婷站在陈维翰一边，说易得无价宝，难觅有情郎。小静说这人她见过了，瞎子都能看出他对秦总那叫一个死心塌地，可是呢就长得普通，个子也不高，反正要跟男模特比那是天壤之别啊。再说看样子也没什么钱，大公司里打工的，配不上咱们老板。

贾婷婷拨弄着吉他，说："爱不爱的，修炼的还不就是一个死心塌地。钱嘛，我们自己挣。"

大家讨论得热火朝天，卡布奇诺一杯接一杯，秦静姝却悄悄起身离去。

她知道自己的问题在哪里，她就是不能对别人死心塌地。她始终为自己留着一部分足够的自由，让自己可以来去从容，不至于为了感情就把自己埋葬掉。

她庆幸自己是个独立的女人，没有独立是谈不到自由的，而这自由何等可贵，她绝不愿意轻易放弃。

* * *

杜峻峰每周来看小叶子三次，每次都是晚上。小叶子发现了爸爸不在家里住，很奇怪，张文扬说爸爸要帮姥爷在乡下修小院，小叶子信了，雀跃了，一想到能在柿子树底下玩，她美得连做梦都念叨了。

杜峻峰神情颓唐，只有见了女儿才露出笑容。以前觉得张文扬娇惯难缠，现在知道她那不过是女孩子家家闹点小脾气，真的有事她肯定站在你一边，跟你一条心，毕竟他们俩相濡以沫那么多年，感情不是一般的深。

周芳莉那才叫一个难伺候，而且她事事诛心，又要你卖力又要你低头。他疲于奔命，能体谅她大龄怀孕的艰难，可这种无休止的猜疑，没事找事，真让人累死了。

分开之后，他觉得自己才真正看清楚了张文扬，才明白自己当年有多么幸运。她任性却也天真，她爱黏人却有一份真情实意，她的小脾气小麻烦总是不断，可是她不会没事跟你斗心眼，玩阴谋，没事就给你上纲上线逼你低头认罪让你承认自己是她的奴隶。

她妈妈病倒了，她冲他发泄了不少负面情绪，可她不找他能找谁呢？杜峻峰自己失业的时候，还不是一点火就着，也冲张文扬大吼大叫过吗？

一切往事都成了泡影，他只记得以往的甜蜜，还有她给他的安全感，无论境遇多么糟，他知道她是完全属于他的，无论他混得多惨，他知道有妻子女儿在等他。

他的心被腌在了一口满是悔恨的泡菜坛子里，不见天日。他就这么轻易地失去她了。张文扬那么大度，还说他和周芳莉才特别般配。杜峻峰看着她越来越瘦，心如刀割，虽然以前自己也帮不上她太多，但至少也能分担一点，不会让她这么累吧。

而在张文扬看来，离婚的伤痛虽然还在，但生活开始对她露出笑脸，她的书签了出版合同，稿费没多少，还不到两万块，但是这几个月都有了盈余，这两万块加上她攒一攒的钱，可以把小叶子送进家附近的幼儿园了。

现在刘招娣的状态越来越好，第一件事就问日常开销。她拿出一张卡，白总给她开的工资全在上面，还没动过，以后医院里的费用就从这里走了。虽然张天阔也有点积蓄愿意拿出来用，但是刘招娣还是坚持花自己的钱。靠张天阔那点小钱，只怕没住满一个月就欠费了。

这样，张文扬的经济压力陡然一轻，有了爸爸照看妈妈，她也可以抽时间在外面跑一跑，拜访一下杂志编辑部，跟各路媒体编辑们喝喝茶，联络一下感情了。

多跑动机会多，她的小说被一个编辑推荐给了电影导演，张文扬查了网上资料，那导演倒是真的拍过好几部票房口碑都不错的电影，她真害怕自己再上当。

不过这次去见了导演，双方都是眼前一亮。这位梅遇鸥导演风度翩翩，浑身书卷气质，张文扬借来穿的那套出席葬礼的黑色小礼服，秦静姝索性送给了她，她再围一条长长的红色围巾，化点淡妆，走出去收获不少惊艳的目光。

只是这些惊艳她领略不到，生了娃，离了婚，家有病人，张文扬觉得自己的躯壳有八十岁了，至于灵魂，已经掉进钱眼，一天到晚想着怎么多挣钱，怎么买衣服食物，付清账单。

梅导演心想如此美貌的女作家也算是平生仅见了，必须好好聊聊人生和理想。张文扬心想这导演看着人不错说话也挺实在，只要他肯出现金，多少钱我都立刻把改编权签给他。

本着双方满怀善意的出发点，二人很快就达成了共识。张文扬把小说改编权口头上卖了十八万。扣税后差不多十五万。想不到这人这么好说话，梅导承诺回去立即做合同。

她谢绝了梅导邀她共进午餐的好意，裹紧围巾，走出酒店长出一口气，从包里掏了一颗糖放进嘴里，想了想，又剥一颗，算作对自己至高无上的奖励。

没到手的钱就还不是钱，但是还秦静姝的债有指望了。她在回去的公交车上拿出笔记本电脑，继续写稿子。

以前她看不上那些鸡零狗碎的专栏和什么你爱我他爱你之类的情感问答，还有明星们一会儿出轨一会儿晒恩爱的无聊娱乐新闻。可正是这些小稿，让她糊口谋生，给妈妈垫付了医药费。张文扬开始有了稳定的读者群，他们跟她一样，受过良好教育，不同的是他们基本都有稳定工作，不像她这样，经常自嘲是讨了一口吃一口，讨不到就没的吃。

文艺饭是一口看似浪漫实际心酸的饭，张文扬越写越理解老妈为什么强迫她学理别学文，报金融专业而不是中文专业，追求理想的代价十分高昂，年轻的她毫无概念，所谓的自由职业看似清高，实际上没有医疗保险没有养老金，没有固定收入，多年来在妈妈和丈夫的呵护下她衣食无忧，等现实露出狰狞面目，她才慌了手脚，仓皇迎战。

她发自内心地感谢自己的姥姥，虽然她们并不相爱，但确实是姥姥的死，才提醒了她，让她发现自己既无用又没钱，而妈妈老了孩子还小，张文扬庆幸自己醒悟得还不算晚。

别人在跑道上都找到了自己的节奏，她游逛了这么久，终于奋起直追。

张天阔的小院油漆已干，环保涂料内外都没有什么味道。外表是几间老房子，里面却别有天地。墙壁是米白浅蓝两色，窗帘桌布靠垫是米白和大红，墙上挂着满满的儿童画和书法作品，老榆木桌子板凳洗得干干净净，上面放了一瓶芦苇。

小院子里的地也用水冲过，纤尘不染，柿子树上有喜鹊飞来飞去，树下专门给小叶子留着几个小板凳。小叶子一看见喜鹊和小板凳就撒欢了，自己在院子里玩得不亦乐乎。

张文扬给老爸老妈网购了蚕丝被、羽绒床垫、枕头，全套贡缎床上用品。车唯一刚把她在医院给李劲松垫付的八千多块还给她，她就一把全花了出去。

见过了好朋友家里的生离死别，张文扬对自己的生活只有庆幸，她要给爹妈布置婚床，要给老妈一个浪漫优雅的新房。她们那一代人活得太辛苦也太压抑了，习惯了清贫不知道何为生活享受。行李凑到一起就过日子。妈妈，你应该享受到好东西，让我给你好一点的生活吧。

刘招娣经由医生复查，批准出院。她不愿意坐轮椅，坚持使用拐杖，一点点撑着自己往前走，这样总比坐在那里不动，让别人推强。

张天阔跟在她身边，陪着她走，看她实在走不动了，就把她背起来。刘招娣开始还推他，不愿意，后来也就趴在他的背上，任他背着走了。

张天阔背着她，也不快走，慢慢悠悠，还随处指点着风景给刘招娣看。刘招娣忍不住说他："走快点啊！"她现在说话还是口齿不清，但基本能听出说的是什么了。

张天阔笑笑，无奈地说："老喽，走不动啦。"

刘招娣看着他头上斑白的头发，有一块谢顶露了头皮，一阵心酸，把脸伏在他背上，悄悄把泪擦了。

张文扬满心欢喜，给老爸老妈看她布置的豪华婚床，没想到这次二老统一战线，异口同声骂她乱花钱，这两位都是小城苦出身，一看就看出这些东西绝不便宜，女儿对自己好那没的说，可是搞这么奢侈是干吗，不过啦？

张文扬不生老妈的气，也不敢生，她生老爸的气："喂喂爸你好歹还是个诗人，你还管被子多少钱一床啊？"

张天阔说："杜甫还写布衾多年冷似铁呢，我怎么就不能管被子的事了，你呀，赶紧退了，我和你妈盖了不踏实。"

刘招娣想不到多年教育终于见到成果，这位老文艺青年从不说人话到口吐人言，她十分欣慰，点头附和。

但这话里有破绽，张文扬劈头就问这对离异老夫妻："这么说，你们又打算盖一床被子啦？你们问过我吗？"

刘招娣脸红了，张天阔也小尴尬了一下，随后就回："怎么啦，还用你管！你管好自己！"

张文扬看着老爹老妈，忽然起了恶作剧的念头，板起脸说："要不说说你们那时为啥离婚吧，我现在长大了，告诉我一下呗。"

张天阔抓头发："忘了，真忘了，反正也不知什么小事就吵起来了，然后你妈就说离婚，我说离就离，还以为她是吓唬我，谁知道她来真的。”

刘招娣想起当时的情形却历历在目：“你那天又把饭锅烧煳了，我还得喂孩子，还要做账，还有，你，你跟那个白雪！写的信我看见了！”

张天阔这才恍然大悟：“天哪，那个白雪是男诗人啊，他专写情诗的，你看到的是他发给我的稿子吧？”

那是压倒刘招娣的最后一根稻草，万般心痛她统统嚼碎了咽下肚子，多年之后说起，却成笑谈。

张文扬坐在妈妈身边，给她按摩脚，张天阔学着，给刘招娣按摩另一只脚。二老忘了要女儿退货的事了，一边把陈年旧事聊个不停，要争出谁是谁非来，一边还随口称赞这床垫够软和的，羽绒的就是好。

这是小时候梦想过的情景，却在长大后终于成真，张文扬终于有了父母双全的家，而自己却离了婚。

她一边笑一边在心里流泪，妈妈，什么时候我能鼓起勇气告诉你，我跟从前的你一样，也成了单亲妈妈？你会不会骂我没用，护不住自己的家呢？

趁着张文扬出去做饭，看护小叶子，张天阔帮着刘招娣起来练习站，他轻声说：“你怎么没问她离婚的事？”

刘招娣眼中泛泪，含糊着说：“扬扬太可怜了，我……我不忍心问，我想起我那时，我那时……”

张天阔抱着她，一对父母为了女儿黯然神伤，却不敢在女儿面前流露分毫。张文扬以为自己跟爸爸一起瞒住了刘招娣，却不知自己才是那个被父母瞒住的人。

* * *

一场葬礼累垮了孙家所有的人，只有孙天知还能打起精神。他先催着弟弟把房子解了抵押，同时自己给里里外外的费用算了笔细账，其中朋友们垫付的部分尤其要一一还清，人情大过了天，但钱上面就别让人家受损失了。

亏他提醒，车唯一才把张文扬在医院垫的钱还了她。孙天知回想张文扬的模样，对车唯一说："唯一，你这个朋友我有点面熟，不知道在哪里见过。"

车唯一要不是心情实在沉重，就要大开他的玩笑了。孙天知早年就出国，那时张文扬还在省城念书，除非是前世有缘在梦里见过，可是这些话她说不出，只有短短地问："在哪里？"

孙天知说："有点想不起来，但我肯定是见过她。"

车唯一看他那认真的样子，勉强一笑："好啊回头我介绍她给你认识，你俩好好聊聊。"

孙天知仍若有所思，说："那就不用了，我再想想。"

孙天爱带着小宝，跟着孙佑才住回老宿舍，那是孙天爱长大的地方，睹物思人，时时落泪。她带着小宝在大学校园里走着，告诉小宝这是妈妈和舅舅们玩耍过的地方。小宝仰着脸："舅舅，小舅舅。"

一句话提醒了孙天爱，这些天只顾了自己伤心、照顾爸爸，忘了问问何星月天恩怎么样了，她打电话过去，何星月很惊喜，说天恩恢复得不错，已经要出院了，还打听小宝呢，说想跟他一起玩。

另外何星月告诉孙天爱，她知道李劲松的事，是因为她打天爱的电话，接电话的是戴长河，他告诉她的。

孙天爱又给戴长河打了电话，问候萌萌，戴长河听说是她的电话，赶紧从秘书手里接过来，说萌萌都还好，就是很想念她。不知道孙老师家里大事办得怎么样了，何时回沪。孙天爱想起沈金海，胡乱说了几句都好，语焉不详就挂了。

打完电话孙天爱松了口气，她给爸爸做些营养清淡的食物，小宝陪着外公玩。孙佑才见女儿孝顺，外孙可爱，也开解了许多。只是小宝自己玩的时候，父女俩还会对坐流泪，追忆李劲松的好。

孙佑才慢慢地打听清楚了孙天爱生母的来历，还有那两百万，他落下老泪：“孩子，都是天行害了你，他，他可气死我了！”

孙天爱边抹眼泪边劝：“爸，不怪他，他也是没办法了，唯一也就是跟我诉诉苦，都赶上了，能说谁对谁不对呢。您不是还说妈临走前，后悔打了二子一下嘛。再说，他心里也够难受了！这些天我看着天行，瘦成另一个人了。我是他姐，能不帮他吗？”

孙佑才闭紧了眼睛，眼泪不断地涌出来。他又一次深深地体会到了李劲松临终前的心情，是啊，要不是气急了，能舍得打她最心爱的小儿子嘛。天爱这孩子，太命苦了，当初把她留在家，是可怜她，可谁知道她从小到大，为了这个家，付出这么多。

孙天行这段日子，好似在地狱里煎熬。他办完了解抵押，也间接从爸爸和哥哥口中听说了这笔钱的来历。他一想到这笔钱，几乎算是姐姐用骨髓换回来的，恨不得替妈妈死一次，然后自己再死一次。只是这样的死有什么用处，活着才能赎罪。

遭此巨变，孙天行整个人形销骨立，说话声音低沉了许多，原来那副爱耍笑爱玩闹的顽皮样再也没有了。

他开始在培训机构里抓紧讲课挣钱，又把自己做的课整理资料，预备出一本新媒体营销的书。虽然创业失败，但他在行业内名声不算差，很快有两家公司欢迎他去，一家还是创业公司，去了做合伙人，有股份，但工资不高，另一家是中型网站，他过去做负责营销的副总，年薪五十万外加年底分成。他立即跟后者签了合同。

车唯一的这次怀孕跟怀乐乐的时候很不一样，她怀乐乐的时候整个孕期都很轻松，没有太明显的孕吐，但这一次她吐得翻天覆地，完全没有一点力气，不得不跟领导请假，半天去公司盯新闻，半天在家办公。

领导看到她还没等说完，就当面吐个一塌糊涂，立即批准。

婆婆忽然离世给了车唯一很大压力，她跟孙天行一样也有着深深的自责，有时在梦中惊醒，还在想：是不是如果当时自己多一些急救常识，婆婆就能救回来呢？

而且，毕竟是她跟孙天爱说了房子的事，毕竟这事是她跟孙天行吵架，才被婆婆知道的，车唯一觉得自己一样是个罪人，而且朋友们为了自己家里的这些事奔走，出了多少力，要用古装电视剧里的滥俗台词说，就是当牛做马也报答不了。

她轻轻抚摸着肚子，跟里面的孩子说话："宝贝，妈妈什么也不求，妈只要你平平安安就好了，千万别像你爸那样自己去冒险，千万别像你奶奶那样忽然就倒下了，人生无常，平安就是妈妈最大的期望了。"

车唯一在葬礼后两天给了妈妈电话，说了婆婆的事，希望妈妈再来帮几天，带下乐乐。王梅不敢相信自己的耳朵，好好的一个人就这么凭空没了？她在那里为亲家落了泪，虽然有过冲突，但后来重归于好，而且毕竟李劲松对女儿很好，有时她还嫉妒婆媳俩那亲密无间的样子。

可她没接女儿的话，搪塞着说最近一段时间要去省城讲课，答应了人家，不去不好。

车唯一心里失望到无法形容，嘴上也只好违心地说："那行吧，妈你要是讲完了，就过来帮帮我吧。"

挂了电话车唯一哭了，妈妈这人绝对爱虚荣胜过爱女儿，要不然，在自己这么难的时候，为什么她都不伸手帮一把？难道说婆婆和妈妈的那点芥蒂，一直遗留到身后还解不开吗？

王梅放了电话，泪如雨下，一半为了李劲松，一半是为了自己和女儿。

就在她回乡后的一周内，车唯一的爷爷奶奶相继入院，车继业的两个哥哥不但不帮手，还打起了老房子宅基地的主意，人还没死就闹起分遗产，车继业被他们气得死去活来，从乡下回小城的路上，出了车祸，万幸人没大碍，但左腿骨折，右腿骨裂，这段时间一直坐着轮椅。

王梅请了保姆，整理家务做饭菜洗衣服，也来不及挑剔那么多了。她就负责贴身照料车继业，每天跟保姆一起把他扶上轮椅，推出去晒太阳。晚上有时车继业要小便，扶起来费劲，王梅还特地在乡下买了个现在很少看见的夜壶，等他解完了，她出去倒了刷洗，擦干，再拿回来。

车继业看到王梅如此用心地伺候自己，男儿有泪不轻弹，这时也忍不住了。

他说："我真没用，让你受累了。"王梅说："你说啥呢，咱俩是两口子，我不照顾你谁照顾你，难道你还想找别的女人呀？"车继业连那点伤感都被吓回去了，一叠声地说没有没有。他这辈子在王梅面前一直都紧张，生怕得罪了这位娇滴滴的大明星。

王梅一辈子受尽宠爱，最繁重的活儿也不过就是年轻时边唱戏边给女儿喂奶，还有最近去了北京给女儿带孩子，但现在她面无惧色，挺直了那把一尺九的杨柳细腰，硬是能把车继业这一米八的大男人给抱起来，挪到床上。

两人相依为命，只盼尽快养好了身体，还要去医院看护一双老迈父母。这时忽接女儿电话，听到了亲家母的噩耗，王梅也只能编谎话骗女儿，到底她是演戏的人，说得跟真的一样。

挂了电话，车继业深深长叹，他明白王梅的苦心，女儿没经过大事，这下婆婆去世了，还是因为儿子的事，公公和大姑姐悲伤得都卧床了，闭上眼睛也知道有多少事要她忙活，按说应该去给她看孩子，去给女儿撑腰，可是这边二老拖一天是一天了，车继业又无法行动，即使过去了，不也还是给女儿添麻烦吗?

王梅把头靠在丈夫肩膀上，车继业搂着她，贴着脸，任凭她的眼泪流在自己的脸上。他是干实业的出身，最务实，当天就开始练习拄拐杖了。一定要让自己能走动，要让妻子减少点负担，这样，自己才能照顾好爹妈，王梅才能放心去北京。

只是他们不知道，车唯一的困境远远比他们想象得更严重。而在她受困于孕期抑郁的同时，孙天行也沉浸于丧母之痛不能自拔，两个人竟如沉入深深海底，无力向上游，只能眼睁睁地看着被鲨鱼包围，一点点啃噬肢体，无从抵御。

半夜里，车唯一大睁着眼睛，孙天行也大睁着眼睛，他们互相听着彼此的呼吸，却又调整自己的呼吸，希望尽量平稳，给对方熟睡的假象。他们很少交谈，最多问问彼此钱是否够用。孙天行把家用打到车唯一卡里，车唯一却也懒得花。

李劲松走了，各种家事原本她承担了一大半，现在车唯一有一搭没一搭地做着，最多也就顾住乐乐就好了，自己和孙天行能凑合就凑合了。

家里各处都蒙了灰，跟车唯一的心情一样。孙天行看不见那她也看不见，反正做或不做，这个家都糟到了底，也不会更糟了。

车唯一对周遭的一切都起了厌倦之心，尤其是自己的工作，这些八卦新闻到底有什么价值，跟自己念书时所谓的新闻理想相比，天差地别。那时车唯一也憧憬过自己去非洲报道当地的战乱和灾荒，期望新闻改变世界，让人类生活得更好，可是现在，她每天关注的就是女明星们穿了什么衣服去参加活动，有没有撞衫以及她们又换了哪个男朋友。

在李劲松的葬礼上，车唯一抽空还是要看手机听电话，出于职业习惯，她还是要盯自己频道的新闻，看到的是某明星风光大婚，新闻专题详细到桌子上摆的香槟是什么牌子都要报道。

一边是凄凉至极的亲人葬礼，一边是繁华到不堪的娱乐圈大派对，车唯一心想，这还真是个荒谬的世界啊。

孙天行在忙自己的工作，他疯了一样地投入进去，借此忘情，让自己从深重的罪恶感中逃离一会儿。他也不断地在培训网站上做课，再把自己讲的内容沉淀成文字，积累渐多，等着成书。慢慢地这部分收入也颇为可观，跟工资差不多了。

车唯一向来独立，独立的结果就是孙天行想当然地认为她能搞定自己的生活。他从小看多了老爸的甩手大掌柜，以为家庭关系天经地义如此，自己负责洗碗擦地，已经算是新一代的好男人。

有一天，他跟秦静姝在一个自助酒会上碰到，秦静姝对他爱答不理，听他说话就只有冷哼一声，没别的表情。

孙天行倒了杯酒："秦总，小弟还没给你道谢，你帮我那么多。"

秦静姝不端酒杯，斜眼看看他，一看他瘦得也真成了孙猴子，那副油腔滑调的德行也有些言不由衷，心头微起怜悯，说："酒我不喝，你要有空，孙总，少出来吃饭，你老婆现在很辛苦，多陪陪她吧。"

孙天行借着点酒意说："就你们女人辛苦，我们男人就不辛苦？"他还想抖落抖落自己那一肚子的牢骚悲愤，秦静姝简直懒得听他多说，脸上刷的下了层严霜："你还要不要脸？是你要怀孕生孩子了吗你辛苦？谁不是在外面工作八小时回家还得做家务，车唯一的工作难道比你轻松？看来我得提醒你一下，车唯一现在是孕妇，而且她为了你，为了你妈的事，受了多大的累，受了多少惊吓，你身为丈夫还不多照顾她，还有脸在外面撒起酒疯来了。我告诉你，孙天行，我后悔帮过你！你要还有良心，从现在开始，多花时间陪着车唯一，让她平安地生好孩子，坐好月子，她要是有什么三长两短的，那就是你做的孽，你呀，你就应该冻死在野外！”

说完了秦静姝也不看他的脸，起身就走。孙天行被骂得狗血淋头，一时愣在了当场。

人贱有天收，老友遇人不淑，怎么找了这么一块料。三个人里还要数车唯一没离婚呢，秦静姝自己和张文扬找的人嘛，可也不怎么样。这世界是怎么了，男人遇事就统统变成了浑蛋，拱手成全女人做英雄，到头来，他们还说是女人抢走他们的风头呢，还抱怨女人辛苦男人就不辛苦吗，呸。

早年有首滥大街的歌，“男人就是累男人就是累”，那时秦静姝正大着肚子去办公室跟客户开会，听了这歌大大地恶心了一通。

你们都这么累，那女人就不要活了，生儿育女操劳家务，在外面学习工作还得大讲男女平等。你要娇气点就是公主病，男人固然不背你这个累赘，女人也第一个看不起你，你要是一个人赤手空拳打江山，这就叫女汉子，男人和女人异口同声说你没有女人味，说你太强势，说你活该嫁不掉。

女人得打扮得像观音，大肚宽容像弥勒佛，职场打拼要有七十二变三十六计，回了家嘛还得会生活，受了挫折打击还得心态好，正能量，有智慧，要优雅。男人呢？男人们正动情演唱“男人就是累男人就是累”。

这时代看似给了女人多少好处，其实是封建社会里全盘依赖男人那一套你依赖不上，真正的自由平等你也没享受着，男人们还自说自话地越来越脆弱了。女人强，他们说女人不温柔，抢他们的饭碗，阴盛阳衰，女人弱，那是不求上进活该被社会践踏宰割，根本没有活路。

车唯一不知道老友替她出头教训丈夫，只知道那晚孙天行回家早，闷声不响把厨房和卫生间洗得雪亮，又主动带着乐乐让她好好洗个热水澡。

她中午下了班打车回家，肚子隐隐作痛十分不舒服。这些天她也学着张文扬，给乐乐找了个托管班，可是乐乐不开心，每天早晨送她去都经历一通挣扎哭号，只要车唯一回家，就赶紧第一个去把女儿接回来。

乐乐到了家高兴了，自己抱着一碗牛奶麦片吃得有模有样。车唯一夸了她几句，一边打开电脑开始工作，一边留神女儿的动静，提醒她要嘘嘘的话喊妈妈。

这一天的新闻专题是明星的晒娃照，不管真假明星，都把自己和乐融融的家庭照发出来供粉丝们点赞、羡慕、瞻仰，生活幸福是成功指数之一，而成功指数高就意味着广告身价高，拍戏报酬高，时装周的座位给你坐头排。

名利场是逆水行舟，不进则退，大家连幸福程度都要明争暗斗，这江湖地位能换算成真金白银，不斗还不行。

做专题的编辑是个新手，车唯一要指点她把相关图片和信息都细致分类，另外还催自己熟悉的几个娱评人写评论，又找了张文扬，让她去跟明星经纪人联系做个小采访，独家热闻马上就发。

乐乐吃完了麦片，把碗拿在手里玩，车唯一抽空一看，女儿今天用的是个瓷碗，不是那种摔不坏的儿童碗，怕她打碎了割伤自己。乐乐咯咯笑，就是不放下那个碗。

手机响了，孙天爱来电话说假期结束自己要回上海了，想跟大家一起吃饭，爸爸的意思是也要单独请她的朋友们一起吃饭，好生感谢一下人家，车唯一答应了几声好好好，边打着电话，边起身去给乐乐换个碗。

很清楚，就是这一瞬间，车唯一似乎听到体内传来了声音，像是一声微弱的，从未发出过的呼喊，只存在于她的听觉中，却粉碎了她身边所有的世界。

她下身一热，血迅速地浸透了裤子，沿着腿流下来。孙天爱在那边听不到她的声音，着急地问："唯一你怎么了？说话呀。"

车唯一很镇定，她听见自己很清晰地跟孙天爱说："我，可能是流产了。"

啪的一声，乐乐还是把那个碗打碎了，她很机灵，绕过了碎片，看着妈妈。

车唯一脸色灰白，处理着自己，一边说："不怕，不怕，不怕。"说给自己听，也是说给女儿听。因为怕也没用，怕也是该发生的还会发生，怕也是一样，最后一根稻草，还是要压下来。

孙天行火速赶到医院的时候，车唯一已经躺在那里挂水了。

他扑到床前，问她有没有事，又仔细地看她的脸，这么多天了，孙天行发现自己似乎很久没有仔细看车唯一的脸了。

这不是他熟悉的车唯一，那个水果一样鲜美，乐呵呵的漂亮女孩，她的脸整个垮了下来，有一种蜡像似的死白，生气全无。

孙天行从来没有见过她这副样子。他越看越害怕："唯一，唯一你没事吧，唯一咱以后还可以再生……"他说不下去了。

车唯一也根本没有听见他在说什么，她眼神空洞，漫无目的地看着斜上方的天花板，躺着真好，真舒服啊，第二个孩子安安的一条命，给她换来的休息时间啊。

每天上班加班，下班还要做家务管女儿，洗衣服做饭，孙天行失踪，婆婆过世又让她一阵子好忙，几个朋友帮了她，可是最应该帮她的丈夫，在哪里呢？

她第一次如此心灰意懒，不想看见任何人，也不想做任何事。孙天行在她身边呆坐，一次又一次地在心里骂着自己，可是，跟之前的所有自责和羞愧一样，毫无用处，也解决不了任何问题。

孙天爱领着小宝和乐乐进来，两个孩子上前叫人，乐乐看见爸爸很高兴，说："爸爸胡胡长。"孙天行摸一把下巴，真的，胡子忘刮了，整天神不守舍，自己躲在丧母之痛中，全然不顾其他。

所以，他就顺理成章地继续抛下一切，都让车唯一扛着吗？还有孙天爱，他艰难地叫声姐，再也不知道该说什么。

孙天爱看着憔悴的弟弟，病床上的弟媳，脚下两个不懂事的孩子，心里酸楚，却忍住了眼泪。她只是轻声地说："妈不愿意看到咱家这样……"

一听到妈这个字，孙天行又崩溃了，他呜咽着说："姐，姐我真不知道该怎么活下去了，我对不起妈妈，对不起你，对不起唯一，还有，还有这孩子……"

孙天爱摸着弟弟的头，像回到了小时候，爸爸妈妈待她好，哥哥和弟弟也对她亲密，哥哥是天生优等生，什么事都不用人操心，弟弟是哥哥和姐姐的小尾巴，一天到晚就靠着姐姐拉扯。

转眼间大家都长大了，各奔东西，临到孙天爱出嫁，弟弟跟公司借了一万块钱，帮姐姐添箱，出嫁时是弟弟背着姐姐送嫁。孙天爱不可能不帮他，可是，如果知道这笔钱之后引起的这些乱子，孙天爱宁可从没有做过这件事。

小宝看着乐乐，喊："姐姐！"乐乐过来拉他的手："弟弟到这边。"两个小不点手拉手地去玩了。

车唯一不想看他们姐弟情深，翻身向里面，她在此时遗憾起自己没有兄弟姐妹，又想起刚流产的孩子，难受得要命。

张文扬到了医院时，秦静姝刚走，车唯一身边一大瓶花，秦静姝还给她换了个大靠垫。张文扬知道秦静姝会买花，她专门煲了虫草鸡汤给车唯一送来，另外给乐乐带了不少零食玩具和小画书，知道车唯一这段时间估计没空照看孩子，她带来这一大包，乐乐看得眼花缭乱开心极了。

见了她来，车唯一才红了眼睛，张文扬拉着她的手，轻轻拍着手背，一切尽在不言中。她们都是独生女，朋友就是此生不会再有的姐妹。

车唯一说：“活着真没意思。”张文扬强颜欢笑：“别呀，你不是还要走遍天下去看帅哥吗？”车唯一也跟着笑了，眼泪却滚了下来。

孙天知恰在此时过来看望，又跟张文扬说了些道谢的话，张文扬起身告辞，车唯一说：“大哥替我送送。”孙天知答应一声跟张文扬出了门。

车唯一心想：这位科学家大哥见了自己美丽的女朋友，一见面就说也不知在哪里见过，贾宝玉见林黛玉不就是这对白嘛，搞不好被月下老人的红绳牵住了。

要说孙天知这人可比孙天行强太多了，响当当的国际顶尖科学家。别说北京城里，放在地球人里都可以说是最优秀的那一部分，要是大哥跟自己最好的女朋友成了一对，这大龄光棍青年有了着落，那单亲妈妈也有好归宿，两全其美，也算是一片灰暗中的小火花了。

尽管愁肠百转，车唯一想到这两人要是有戏，也忍不住燃起一丝欣喜。

* * *

张文扬跟孙天知见了几面，毕竟不熟，也没什么话说，他不断地谢她，她也不断客气，还问了问孙佑才现在的情况，孙天知说：“情绪比较消沉，这一段时间饭量小，人也瘦了，等过几天带他去做一下全面的检查。”

张文扬说：“应该，老人家尽早检查，有了问题也可以提前医治，就不会……”她没有说下去，孙天知也明白她说的是就不会像李劲松那样突然发病来不及抢救了。想起这惨剧，两人都是黯然无语。

到了医院大门口，孙天知说：“我想起来是在哪里见过你了。”

张文扬诧异一笑：“哦？可我真的不记得呀。”

孙天知拿出手机，从中调出一张照片，里面是孙天知跟一位非裔科学家的合影，背后有很多人，离他们最近的是一个人的背影。

孙天知不断放大这张照片，可以看到那个人的手里拿着平板电脑，屏幕上显示着照片，小小的，有些模糊——那是大学时代的张文扬，秀发明眸，灿烂微笑。

张文扬认识那个背影，那是江致远，他拿着电脑，看着她的照片，浑然不知自己已被摄入镜头，而这一幕，又越过重洋，被张文扬亲眼看到。

孙天知轻咳一声："那天我们开会大家聚了聚，别人都玩着，只有他在旁边看照片，反复看。致远是我读博时的学弟，科学天才，人又年轻，连续两篇论文都引发了业界讨论……不过这些不是重点。他，嗯听说他离婚了，就去年的事。"

张文扬看着那张照片，眼睛微湿，凄然一笑："他是我大学同学，很多年没联系了。"

孙天知想再说几句，奈何交浅实在不便言深，两人道别分头回去。

张文扬坐上公交车，又打开了电脑，这一次无论如何，脑子里都没有丝毫思路，她心中全是刚才看到的背影。

江致远似乎比从前高了一点也壮了一点，但发型没变，她不知道转过脸，他还是不是那副戴着眼镜笑眯眯的样子，就像初遇时他搭讪她时一样。

再回头已百年身，她不是那时候的小女生，他应该也不再是那时的小神童了。

几乎是用鞭子抽打着自己，张文扬写完了稿子发给编辑。她到了家附近那站下车，去托管班接了小叶子。母女俩回家吃饭，收拾，带好大包小包的日用品，又出门赶公交车。

下午人少，小叶子熟练地倒在妈妈的腿上，呼呼睡起了午觉。张文扬把围巾折一下给女儿盖上，自己打开电脑，继续写。

坐上二十二站地，大约一小时二十分钟，就到了张天阔租的小院，这段时间里，张文扬要写一篇书评，一篇情感专栏的稿子，还要给自己的新书写个前言。

钱固然时时不够用，时间却更金贵。她写着，不时给女儿拉一下围巾，挡住车窗外刺眼的阳光。

阳光正好，穿过了柿子树的枝叶，在大床上洒下点点光斑。张天阔在外面熬着中药，刘招娣在算账，她把张文扬保存医疗单据的小包包打开，里面厚厚一叠单子，居然从大到小，分门别类放得很整齐，实在不大像女儿的风格。

这场病花了将近九万块钱，公费医疗能报的有五万多。这些是能看到发票的，那没有发票的呢?

川流不息的营养品，各种饭菜、滋补汤，各种偏方，请护工的钱，给小叶子上托管班的钱，还有月月准时催收的房贷……

一家人的细账，瞒不过一位老会计的眼光。不知道张文扬得写多少稿子，才换回这些单子。再一想张天阔告诉她杜峻峰出轨离婚的事，刘招娣真是眼睛里都要哭出血来。

自己的收入刘招娣心中有数，除了在这边兼职的收入，还有每个月的退休金，省城商铺还有按年结算的租金，一年下来也有将近十几万，更不用说安城的房子还空着，根本没租出去。

她不缺钱，但她病倒了，女儿没跟她要一分钱，自己努力写稿，维持住了这个家。

在刘招娣眼中，张文扬一向都是懒笨馋不求上进，她对女儿爱的方式就是老母鸡一样尽量把她按在自己的翅膀根底下，只要一伸头，她就狠狠一啄，让这只不知天高地厚的小鸡尽快缩到妈妈温暖的羽毛下。

这世界有多冷酷，做女人有多不容易，刘招娣太清楚，她希望给女儿多一些安乐岁月，至少在自己的有生之年，护住女儿，不让她风吹雨淋多受挫折，然而，她就这么倒下了，全部重担都压在了女儿身上，女儿竟全力支撑住了。

她的苦苦支撑，比崩溃倒下还让刘招娣心酸。

她毫无觉察，女儿已经长大了，在灾难降临时，毫不犹豫地站出来，细心地照顾她，爱护她，像伺候婴儿一样地伺候她，哄孩子一样地哄着她。

刘招娣恨自己生了这场病，却也有几分感激这场病，因为这场病提醒了她，让她不再那么高高在上地俯视自己的两个家人，是的，除了女儿，还有被她骂了一辈子的前夫。

张天阔还是不会做事，扶她、抱她、背她，都是笨手笨脚，给她端个饭菜，碗也打了几次。可刘招娣不再挑剔他了，看他那副手忙脚乱生怕挨骂的样子，她痛恨自己，不知道自己怎么恶形恶状，让丈夫这么害怕她。

张天阔收拾出来的小院刘招娣很喜欢，她问了问，也对租金的便宜感到吃惊。她又在心里琢磨，如果可能的话，买下来就好了。

小叶子在车上大睡一觉后醒了，张文扬抱她下车，母女俩走到了小院，小叶子在柿子树下玩开了。

张文扬进屋先问问妈妈今天过得怎么样，手脚不停，从包里拿出保温桶，倒了几碗汤出来，还热着，先给妈妈，再喊老爸，自己和女儿也喝一碗。她为了看望车唯一特地买了走地鸡，配着虫草炖了一大锅，这些天这么多事，大家都要好好补补。

看着那些单据，张文扬吃了一惊："妈你怎么动我东西啊？"

她怕刘招娣看了难受，赶紧要收起来。刘招娣按住不让，分出一大半："这些可以报销，等过一阵子，我跟你爸回安城去，办报销手续，还有，别的事也处理处理。”

张天阔笑着喝汤，不说话。

张文扬心有灵犀，抱起小叶子转了一圈：“叶叶哎，你要看到姥姥做新娘子了！”

刘招娣随手给了张文扬一记栗子，打完又心疼了。

张文扬咧咧嘴：“妈你就打我的时候特别灵便！多打几下吧练一练手。”

想不到刘招娣转过头去，肩膀耸动，哭了。张文扬慌了：“妈妈我说着玩的，对不起，我错了。”

刘招娣眼泪成串地掉下来了：“是我错了，扬扬，妈妈对不起你，我后悔，后悔打过你……后悔骂过你……后悔没让你学文……妈妈对你不好，现在好后悔。扬扬，妈妈拖累你了，这些天把你累得……妈妈以前还骂你没用……我好恨自己……”

张文扬抱住了妈妈，想起了以前看的一本小说上写“爱就是不用说对不起”，那是外国小说，她说不出口。她也想对妈妈说对不起，自己多年的没出息，不知老妈怎么忍耐的，可这也同样说不出口。

我们的爱就是这么曲折迂回，满怀心事却面对面无法说出，我们擅长忍耐和伪装，我们害怕放下面具，露出软弱的、鲜血淋漓的心。

* * *

秦静姝上班时接到陈维翰电话，说马上就要登机了，秦静姝说了声一路平安。

陈维翰说了声我爱你。秦静姝愣了愣，说：“有什么话，回来再说。”陈维翰轻轻笑：“万一回不来了，你可别忘了我的话。”

秦静姝厉声喝止：“谁没出过差，老老实实地飞过去好好干活，少说这些不吉利的。”

放下了电话，秦静姝心说自己真是不够勇敢了，前一天晚上还在想，要不要到机场去找他，现在话到了嘴边，硬是不敢说出来。是不是因为自己年纪大了勇气渐少，始终不够自信，不敢再去开始一段认真的关系？这问题无法回答。

车唯一躺在床上，看着眼前玩耍的乐乐，心里想着这个夭折的孩子或者说是胚胎，不，他有名字，他叫安安。这孩子是感受到了什么吗，安安？是看到了家里的危机，还是怕她无法胜任两个孩子的妈妈？是不喜欢她现在的状态和生活，还是太爱父母，所以干脆自己放弃了出生，为他们减轻负担？还是仅仅因为她又累又受惊吓，经历丈夫失踪和婆婆过世两场风波，身体实在撑不住了？

如果不坐那么久就好了，如果站起来时再慢一点再轻一点就好了，如果不上班在家休息就好了，如果，如果没有嫁给孙天行……

车唯一闭紧眼睛，泪下如雨。到今天她才看清楚他身上的那些毛病吗？油滑，脆弱，遇到了责任先想到的是逃避，他在嘻嘻哈哈的时候可以做伴，可是两个人挑起这一个家，你看看他干的这都是些什么事啊！

张文扬在采访里说：

> 我对很多事情都后悔过，开始我觉得后悔会带来双倍的痛苦，不如不要沉浸在后悔中，专心好好努力现在。但后来我觉得后悔也是一种反省，如果没有后悔的事，我们就不能真的认识清楚以前经过的人生。悔恨，自责，羞愧，这些情绪会把我们拖到最深的海底，但潜过水的人知道，有些珊瑚树，你不到最深的海底，就不会看到。

第九章

chapter

9

纠葛

叔本华说：任何人都不要抱怨卑鄙和下流，因为在这世上只有卑鄙和下流才是威力无比的。

张文扬说：我没有时间，也没有兴趣去报复，生活教给我要去爱、去努力，但没有教我去恨谁、报复谁。

车唯一出院后，秦静姝和张文扬又跟她吃了个饭，庆祝她身体康复。张文扬坚持买单，她也汇报了自己卖了小说改编权，顺利拿到十五万的好消息，现场转账给秦静姝还钱。

秦静姝收了钱，说：“卖便宜了，现在电影票房动不动就上亿，就给原作者这点钱简直就是眼睁睁地欺负你。”

张文扬说：“已经很好了，我现在就拿到钱了，我还是第一次挣这么多钱呢，真的已经很好了。写稿我一个月差不多也能挣一万，我妈那边都不要我花钱了，其实要花钱也没什么，我能行。”

秦静姝叹口气：“文扬你真是让我想不到，就你这么个林妹妹，活生生能把自己逼成王熙凤。老人生病孩子小，男人不是东西还变了心，这么多事，你倒越过越好，人还越来越水灵了。我觉得你比我第一次看见你的时候还漂亮，那时看你就是个娇滴滴的小姑娘，女文青，现在气场全开。我们公司贾婷婷你知道吧，她正巡回演唱，演唱会就叫‘女人的力量’，等你有空我给你票，咱们一起去听。”

张文扬笑了：“我哪有那么好啊，还有，老杜人没那么糟，不要说他不是东西……他现在过得挺不开心的，不过我也不想听他诉苦。我一个人能行，有没有力量我不知道，但是我觉得确实比以前强多了，能挣到钱，也能照顾到家人。小叶子上了托管班，我妈有我爸照看，得空我还能出来跟你们吃顿好饭，很满意了。”

平时最爱说话的车唯一，这时却默默无语，听着两个好朋友有说有笑，懒懒地提不起精神。张文扬担心地问：“唯一，要不咱们撤吧，你别太累了。”

车唯一摇头：“你俩接着说，我听着高兴。”

秦静姝看她那苍白的脸色，无名火熊熊燃起：“等我这就打电话骂孙天行去！”

张文扬按住她的手：“别，夫妻的事咱们别掺和，再说我相信唯一能解决好。”

车唯一勉强一笑：“真的？你相信？我倒不大相信呢。静姝，不用骂他，骂也没用，一个人要靠别人骂才能懂事，就连三岁孩子都不如了。”

秦静姝感慨：“以前我看你们俩，那都是幸福的小女人啊，都是大学里谈恋爱走到了结婚，按理说根基最牢固了，想不到这后来……”

车唯一自嘲地笑了笑：“幸福我不指望了，我现在就希望家里别再出人命就好了，老的走了，小的也走了……”

话说到这里，三个人都静了静，却在心里赶紧找话说，想冲破这突然笼罩下来的悲伤。

张文扬说：“还是你好，大女人爱怎么样就怎么样，喜欢谁就是谁，陈先生现在什么情况，从美国回来了吗？黎先生越来越红了，上回我给时装周写评论，看新闻贾婷婷坐头排，黎天意受品牌邀请走秀，好开心，你公司可越来越兴旺了。”

秦静姝说：“公司是还行，以前我觉得自己最多给十个人发工资，现在不知不觉快四十个人了，除了贾婷婷单独有个五人班底，这边公司里的副手也成长起来了。陈维翰回来了呀，你还挺惦记他，也没怎么样，他要是找了别人，我就立刻打扮好去吃喜酒。”

张文扬点头：“嗯，《倚天屠龙记》里的赵敏就这么干的，去了就把新郎带走了。”

秦静姝一时语塞，好气又好笑，扑过去拧她一把，张文扬忙伸手抵挡，车唯一笑着去拉架，这一瞬间，三个人心头同时在想：这样的好时光，希望能长有长在。

古人说及时行乐，有花堪折直须折，莫待无花空折枝。此刻应该就是枝头花开之时，能开心一笑就笑笑吧。

车唯一问秦静姝家太后怎么样了，秦静姝说："我妈才叫厉害了，她去了老家郊区那边支教，还要筹款兴修校舍，我正在公司页面上筹善款呢。想想也惭愧，我自己师大毕业，没为教育事业做些什么，我妈出力，我就出点钱吧。"

她给大家看了张照片，李云珠在简陋的教室里讲课，神情专注。而远在千里之外的李云珠并不知道女儿和朋友们正凝视着她，仰慕着她，她正一遍遍地跟学生解释"奇文共欣赏，疑义相与析"。

忙到后来，也忘了吃饭，年轻老师们给她留了些饭菜，冷了，李云珠吃了几口，不知身在何处。想到任平林，如果我们当年有机会在一起，老了就在这边教书，看看青山绿水，陪着孩子们成长，死了就埋在门口的大树下面，永远也不分开，那该多好。

* * *

除了一如既往地写稿赶稿外，张文扬还另开了个公众号配合电影的宣传。梅导演有时也会半夜电话她，借改编剧本为题，要扯扯往事看看未来什么的，张文扬一笑置之。大导演身边不知围绕多少女明星，成名的未成名的，个个都吃容貌身材的饭，张文扬靠的是一颗脑袋一双手，大家根本活在两个空间。

梅遇鸥导演自命风流倜傥，拍了几部电影口碑票房也不错，想通过各种渠道认识他的人不在少数，他还没遇到过张文扬这种对他毫无兴趣的女人。他见了她，心中有所动，屡次试探，却都似乎撞在了玻璃门上。

她当然不是不解风情，写爱情小说的人按说什么不懂？要论经历，离婚女人更是过来人了。欲擒故纵也是种策略，只是他连她使用这种策略的意图都摸不透。未知与神秘向来会令魅力成倍增加，梅遇鸥甚至动了念头，想让张文扬在戏里扮演一个角色，看看她有无演艺天赋可以发掘。

这话不说还好，一说张文扬宁死不从。她知道自己的底细，别看烂桃花多，谈两次恋爱离一次婚，可万万没想过要走到台前去哭哭笑笑给别人看，更别说不问生张熟李抱着就热吻了。无论在生活里还是镜头下，她都学不会演戏这回事。

梅遇鸥不死心，有次约谈剧本，他让编剧和助手先去，自己在远处用摄像机录了一段，他看到镜头里的张文扬，先是一个人在等，表情空茫，接着看到人来，赶紧起身，礼貌性地微笑，寒暄，坐下来，不知听了句什么话，脸上有种不安一闪而过。

他发现她非常非常寂寞，却又充满了警觉，还有种对于意外尖锐的敏感，似乎她已经随时做好了准备，去迎接打击，而那打击必然要来，她知道不可抗，于是也就不抵抗，只是准备了接受。

想知道那寂寞从何而来，那警觉又将去向何处，这应该就是所谓灵魂的吸引。

车唯一在当日新闻中看到“梅导演与神秘女子私会，神情亲密疑似恋人”的绯闻，本来没啥感觉，安排编辑随便处理一下，把这个新闻归类到他们最近的新电影专题里面，毕竟这电影也是好友的小说改编，必定要多加关照。

谁知打开一看里面的图片，车唯一扑哧一声笑了出来，那里面的短发女子眉清目秀，若有所思，不正是自己的闺密张文扬吗？梅导本人也算是导演中的青年才俊，镜头中他侧身向着张文扬，张文扬用手指着一叠文件，应该是剧本打印稿，活脱脱像那幅广为流传的 1987 版《红楼梦》海报中的“宝黛读书”，其中无限遐思、暧昧涌动。

身为一名八卦娱乐新闻的老编辑，车唯一毫不犹豫，立即把张文扬在网站上的专栏，个人简介里的生活照，还有她在其他媒体发表的作品，在读书频道上的小说连载，一股脑地做成了专题，在娱乐频道的明星频道里大力推荐：“**新晋导演与美女小说家私会被偷拍，疑似热恋中。**”

她亲自写了一大段对美女作家的溢美之词，夸她写得像杜拉斯长得又像林黛玉，顺便不轻不重地踩了导演的两任前女友几脚，要激她们出来说话，用了不少什么“据知情人士称”“从渠道获悉”之类的词，最后简单说一句，由张文扬小说改编，梅遇鸥导演的电影正在拍摄中，不日将与大家见面云云。表示我这就是个宣传软文，当真不当真的，看你们喽。

恰逢此时新闻荒，明星们罕见地没有什么像样的新闻，好容易爆出一个偷拍热恋的，虽然男的不怎么红毕竟算是个导演，女的固然没名气可也有几分姿色，那张图也拍得角度唯美，娱乐编辑见领导重视，唯恐天下不乱地把“宝黛读书图”给并排放在旁边了，左右对照，真有几分神似。

秦静姝看了这条新闻，心念一转，领会了车唯一的意图，下令让自己公司的员工先暂停手里的工作，集中一个小时之内，全力去推，去转发、评论、点赞这条新闻，务求在各大论坛和社交媒体上，都让这条新闻挤上热搜榜。

员工们一听老板下这种命令，想起她上次力推的是贾婷婷，贾婷婷红了，后一次力推的是黎天意，黎天意都成国际巨星了，这一次推的虽说只是个女作家不是歌手演员，但是老板的眼光大家有信心，错不了，推！

不管这位张小姐是谁，你呀，你眼看就要红了。

对张文扬来说，经过了老妈重病和丈夫出轨，生活里已经没有什么事能吓倒她了，除非是稿费没到账。谁知意外又接踵而至，她一个专门写八卦娱乐评论的人，一上网满屏都是自己的大照片。

她哭笑不得，心说这再没有别人，车唯一啊车唯一，开玩笑也得有个限度，要当明星那是你家太后的梦想，可绝对不是我的啊！

她给车唯一打电话，车唯一去开会没回。想跟秦静姝说说，结果电话过去，秦静姝说：“别急，我正在给你推这条新闻，我告诉你这机会可遇不可求，如果专业宣传接这么一个案子，至少也得花个十万八万的。”

张文扬想不到朋友要出力帮自己出这种风流名声，急得连说不要。秦静姝镇静自若：“你懂什么，不要也得要。你看车唯一多讲义气，她这活儿干得叫一个稳准狠。我告诉你，别的先不说，就推这么一把，至少你的书能多卖出去一万本。等到电影上映了，还能再大卖一波。你呀任凭风浪起稳坐钓鱼台，如果接受文字访问的就算了，要出镜的你先问过我，到我公司来，给你做做造型换换衣服，你底子好，打扮打扮，出去艳压他们。”

张文扬不敢反驳秦静姝，秦总在工作状态中总是威风凛凛，一夫当关，万夫莫开。她的话一点不错，随后张文扬就接到图书编辑的电话，喜滋滋地说：“图书网站上这本小说空降榜首了，等着接受采访吧。”

果然，首先行动起来的就是张文扬供稿的网站和杂志，编辑都是熟人，好说话，能帮人，张文扬文字答了两个访问，都是谈人生谈新书的，绯闻一笔带过。

接着又来一个报纸八卦版的娱乐记者，就从头问到脚，恨不得把她整个人都切碎了炒炒撒把葱花就装盘上桌。张文扬也是写八卦写多了的人，腾挪躲闪就是不给猛料——也真的没什么猛料可以贡献。

聊到最后反客为主，张文扬把自己的新书资料发给她，让她帮忙给推荐推荐。

好容易把这些事都打发完了，张文扬去接了小叶子，却见杜峻峰已经在那里了。他瘦了些，精神颓丧，杜峻峰看张文扬，反比从前滋润了，表情从容，人面桃花。

小叶子已感觉到了气氛不对劲，所以跟爸爸妈妈同时在一起的时候，她就会特别地乖，生怕因为自己不乖，让爸爸和妈妈再有矛盾。两个大人一路沉默，回了家。

张文扬给小叶子煮的绿豆汤，里面放了勺糖桂花，想想也给杜峻峰来了一碗。杜峻峰默不作声喝光了。趁小叶子去阳台上玩，张文扬小声问："周小姐快生了吧？"杜峻峰嗯了一声，张文扬说："那你早点回去吧，我这没什么事。"

到了这时候，她还是护着他。杜峻峰心里酸苦不堪，想说什么，却又说不出来。他去水池那里洗了碗，狭小零乱，这是他熟悉的家，周芳莉的大房子优雅精致，定时有人来打扫，他身在其中，只觉得自己也是多余的。

这房子是他跟张文扬筑巢一样筑起来的，在里面可以做一对相依为命的鸟儿，到了周芳莉的家里，他只配做她的男仆，还要看她心情好不好，心情不好的话连仆人的地位都没有，直接当他是仇人，怪他让她怀孕，受了这么多苦。

他没话可说，当然都是他的不好，这些更不能对张文扬说，事到如今，他还有什么资格在她面前诉苦。

杜峻峰把厨房清理得干干净净，擦干手，跟小叶子亲了一个，走了。

他们还不知道，有一场如同鸦群般盘旋在头顶的网络风暴，正在悄无声息地逼近，乌鸦的翅膀甚至已经拂过了脸颊。但是即使知道，也无能为力，自从有了所谓的"人肉搜索"以来，还没有人能从这场风暴中顺利脱身。

* * *

那份婚礼请柬已经在车唯一案头压了三天了，娱乐圈又一桩盛事，富二代迎娶女明星。编辑们都赶到现场做直播去了。她早些下了班，把乐乐接了送到孙佑才那边，让她跟爷爷玩。

孙天爱和小宝回了上海，孙佑才正感寂寞，看到乐乐很开心，孙佑才抱着乐乐，跟车唯一说："要不以后我去接乐乐吧，你那工作也是太辛苦，二子也帮不上你。"

车唯一说："您自己的身体最近也得多保养，哪能都让您受累呢。我要是忙不过来就送乐乐来您这儿，要能忙开就不用了，横竖她也快上幼儿园了。"

乐乐听了搂住爷爷："我不去幼儿园，我要跟爷爷玩，我要跟奶奶玩！"

孙佑才听了心里酸痛，说："好好好，乐乐真乖，爷爷带你玩啊。"说着他扭过头去抹掉了眼角的泪。

车唯一也红了眼圈，搭讪着又说了几句，打个电话给他们叫了个外卖，这才走了。

她回家去打开衣柜，出席场合的衣服就那么几件，还都是两年前的，自从孙天行创业，她再也没买过像样的衣服了。

一件 V 领小礼服，藏蓝色压银边，嫌老气，还有一件绯红色露胸露背，又有点轻佻，末了她穿了条浅灰色中长裙，上面有件同色半透明小外套。本来想着去人家婚礼，多少该穿点鲜艳色彩妆点气氛，可家里最近这些事，实在也不该穿得花红柳绿。

车唯一看了看镜子里的自己，皮肤很干，眼神疲惫，连眼袋都出来了，敷了半天面膜又狠狠地冲了个澡，人才精神了一点。头发挽起来抹点定型水，趁着皮肤湿润化了个淡妆。

左右照照，跟刚毕业时肯定不能比了。镜子里的她外表似乎还是从前的样子，只是应了那句金玉其外败絮其中的话，身体状态大不如前，精神更是落在谷底。

这婚礼车唯一不能不去，她收到的是贵宾请柬，印刷精美不必说，封面上还装饰一块紫色透明水晶，有钱人并不只活在传说里，现实中人家就这么挥金如土。

万马集团的继承人丁国志，迎娶三线小明星纪思琪。纪思琪童星出身，早年在曲艺界出道，有个艺名叫作五岁红。车唯一对她太熟悉了，五岁红的发迹史在齐镇无人不知无人不晓，王梅更是为此纠结多时。

只是王梅不知道，时下风气，再红的明星，也把嫁入豪门当作人生目标，而车唯一这大傻瓜，早早就为了爱情放弃豪门。

当初她有一腔血勇，为真爱视钻石如粪土，而后工作累成狗，生了孩子两头忙活，看婆婆妈妈脸色，还得管孩子吃穿住行，买个房子耗尽积蓄，创业抵押房子简直闹到家破人亡，为此还失去了自己未能出世的孩子。

车唯一想，这一切，都是值得的吗？只有愿意不愿意，没有值得不值得，那么，她愿意吗？

婚礼极尽奢华，场地大如足球场，处处鲜花墙，芬芳四溢，据说仅鲜花一项的花费就有几十万。各家网站抢占好位置进行直播，光是婚礼开始前的红毯秀，就让各个明星亮相走了有将近一个小时。

车唯一吃不下席上珍馐，时时得去盯一眼编辑们做的直播。她起来坐下，边工作边吃饭的样子，引起了席上一个人的兴趣。这人四十上下年纪，身材健硕，发型衣着十分考究，给车唯一递了张名片，车唯一看了下，投资人杰森杨，隐约也有印象，记得他是某家新媒体的股东，当年搞融资上市，好大的动静。车唯一也递了自己的名片。

杰森杨扫了下："巨风网站娱乐频道的副主编，哦，你们主编原来是小袁吧，她今天没来吗？"车唯一说："小袁去年就跟明星雪雪合作了，雪雪的私人工作室就是小袁做的。"

杰森杨说："那现在这个主编是谁？"车唯一苦笑："没有主编，一直就是我一个人干两个人的活，直接向总监汇报。"杰森杨说："你们钱总监我认识，他这几年都忙的是时尚圈的事吧。"车唯一说："是啊，没办法，大家都忙。"

杰森杨心里盘算，也就是说，这家网站偌大的公司，娱乐频道流量差不多占三分之一，现在都靠着一个副主编维持，这个车唯一看来能量不小，要不就凭这婚宴的排场，至少也得请他们网站的总编来出席，她能坐在这里，可见自有她的能耐。杰森杨起了爱才之心，对车唯一越发笼络起来。

车唯一还以为他看自己孤身一人，所以过来搭讪，问三答一，刻意保持距离。

仪式冗长，到了新郎新娘挨桌敬酒环节，五岁红已经换了第六套衣服，中式龙凤旗袍，据说都用的是真金丝刺绣，富丽堂皇，就是人显得有点累，面有倦容。

到了车唯一那里，丁国志眼睛亮了亮却又很快熄灭下去。不快乐跟没钱一样，都很难掩饰，当然有钱而不快乐，总比没钱还不快乐要好一些。

车唯一坐下后觉得这筵席也差不多快结束了，跟杰森杨道了声再会就去本网站频道的直播台那里去了，各个媒体三三两两，正在那里低头议论。

小同事一见车主编，兴奋得脸色发红："头儿，大新闻嘿！你看看！"

车唯一凑过去一看，某个八卦公众号曝出本次婚礼现场新闻：《世纪婚礼惊天秘闻：新娘怒掴新郎！》还配了两张模糊不清的照片，看衣服确实就是今天的两位主角。

“头儿，这事大家都发新闻了，你看咱们也发吧？”小编辑跃跃欲试。

车唯一看看同行们，心说大伙儿一起来拿着红包吃着喜酒，还要爆人家的料，可这确实是新闻，不发也不对，而且别的网站都发了你不发，那不成了新闻大战里的失败者。车唯一点头让编辑发消息出去，但低调处理不要放重要位置。

她这边看着丁国志夫妻敬酒已经快到了最后一桌，自己就蹭着场地边上走，幸好百合都已剪了花蕊，不然肯定一身花粉。

等他们一敬酒结束，走进灯光阴影，左右无人，车唯一立刻跟上去，却见五岁红狠狠地一甩丁国志的手，低声说：“滚开！”丁国志也就势把手插裤兜。

车唯一也顾不得这两人的尴尬时刻，赶上去一拉丁国志的袖子，丁国志看了是她，眼睛又是一亮，车唯一没空跟他叙旧，低声说了一句话：“快找你们宣传负责人去盯下新闻。”

说罢扭头就走，生怕这处处镜头的地方被人给拍下什么暧昧画面，那可又是一条新闻。没有消息才是最好的消息，尤其是大喜之日的男女之事，大众最为喜闻乐见。

丁国志不傻，见她这来去匆匆只为说一句话，就知事情不妙，找了临时的婚礼筹办部门，却见人人都一头汗，正四处求告，请记者大人们给撤了那条耳光新闻。丁国志一看，脸色微变，但也没慌，无非多花点钱，他一个电话打给了著名公关公司的副总，说了个数字，对方立刻承诺马上就去干活。

时间也不长，车唯一回到自己网站直播的位置，小编正满头雾水地找她：“头儿，上面说让咱们把消息撤了。”

车唯一不动声色：“让撤就撤，那还问什么，本来这喜庆日子，发这也不好。咱们有发过的新娘的娱乐新闻，做一下延伸阅读。”

等到婚礼结束，各大网站婚礼专题出炉，个个都是世纪婚礼温馨豪华场面动人，报道一片祥和毫无杂音，连带下面的评论都被删得只剩下赞美和祝福了。

车唯一没等到婚礼结束，惦记女儿，跟编辑嘱咐了一声，悄悄离去。出去时忽听背后有人说：“车小姐我送你。”

她回身一看，杰森杨跟着她出来了。她正想推辞，杰森杨正色说：“我想跟你谈谈工作，有个项目你看是否有兴趣。”

车唯一上了杰森杨的车，两人果然说了一路八卦网站的现状和前景，杰森杨这边刚好有预算，想做个娱乐小网站，以社交媒体为出口，专业八卦一些年轻人喜欢的猛料、观点、话题之类的。

听说投资有差不多五千万，车唯一心里长叹一声，这不就是孙天行梦寐以求的机会吗？

她从来就不想创业，不想担责任、担风险，可这段日子，该担的担，不该担的也在担，还能坏到什么地步去呢？

杰森杨跟她聊得很深入，临到她家小区，意犹未尽：“车小姐如果有兴趣，这个网站我交给你去运营，盈利压力也不大，当然越早盈利越能证明你的实力，这不用多说。”车唯一说回去考虑考虑。杰森杨一笑，又说：“你们钱总监想要这个位置很久了，我还没有答应他，毕竟一个项目花投资人的钱，也要聘用真正实干的人才，你说对吗？”

车唯一做了一个深呼吸，说：“对，我回去把一些想法写出来给您发过去。”

回到家里，孙天行已经接回乐乐，哄睡了。车唯一看看四周，地板擦了，杂物收拾了，坏掉的灯泡也换了，孙天行还给她煮了红枣银耳粥，等着她回来吃。

车唯一坐在沙发里，浑身疲惫，孙天行端来一盆热水，放在地上，把她的脚放了进去，轻轻给她捏着。车唯一也不说话，任他揉捏。

那丝暖意自脚尖上行到小腹又到了胸口，她看着孙天行低着的头，那后脑勺上，赫然也有了白发。她想起了自己那时听说他爬山出事的消息时，急痛交加，也白了头发，心里又硬了起来。

孙天行不知她在想什么，只知道她这段时间异常冷淡，回家除了伺候女儿外什么也不做，整个人都没有精神。他在新公司工作开展得不错，自己也拼命做培训，积累教材，眼看第一本书都要成型了。

被秦静姝臭骂一顿之后他浑身冷汗，决定以后还是要多花时间陪老婆孩子，谁知他愿意陪，家里还没有人给他陪，他只好自己做完了家务，去爸爸那里接乐乐。

孙佑才见了他，余气未消。孙天行坐下就跟他说："爸，现在我有四十万了。"没头没脑地来了这么一句，孙佑才不知他在说什么。孙天行说："我工作里的提成，还有讲课的收入，还有一些别的，加起来差不多四十万，我想先给我姐还上点。不能让她欠着别人的，我姐不是去卖……去卖骨髓！我如果知道，不会让她这么做的！"

孙佑才见儿子瘦得不成人形，眼睛却从黑洞里烧出两把火来，心里也痛起来，语气也缓和了："二子，那你回头问问天爱吧，你姐，唉你姐呀，太命苦了，还有……你妈！"

孙天行从沙发上出溜到地上，抱着爸爸的腿，把脸埋在他的膝盖上，整张脸都浸在了眼泪里面。

孙佑才老泪纵横："你妈临走还怨自己不该打你，你呀！儿子，是，她不该打你，是我应该打你，养不教，父之过，是我的过错……"

乐乐张着眼睛，看着爸爸和爷爷，不明所以，只觉得鼻头酸酸，也想跟着哭。

* * *

孙天爱并没有想到弟弟如此纠结惦记着要还钱给她，她带着小宝回到上海，家中气氛如坠冰窟。沈金海原本对她千依百顺，但他心里有刺，再经历了岳母的葬礼，怒火熊熊，实在难以压制。

孙天爱见了他给她摆出的冰山脸，自己也懒于解释，养母猝然离世的悲痛还在她心中驱之不去。她回校继续上课，也按时去戴家给萌萌上课。

萌萌有半个月没有看见孙老师，茶饭不思，早问了无数次，每周一到家教时间，任谁说也不听，准时到门口等着。等了一回没有，再等。在家里等不够，还出去大门口张望。

一听说她回来，萌萌早就在玄关处准备好了，门一开就张开手臂，叫着孙老师，猛地扑上去把她抱住了。两人亲密融洽，孙天爱却也从未见她如此激烈外放地表达。

孙天爱弯腰抱住她，想不到她小小身体剧烈抽动，脸埋在她怀里痛哭起来。

这孩子对她的依恋她是知道的，但也没想到竟然如此深厚，孙天爱慢慢蹲坐在地上，跟萌萌紧紧地抱在一起。

恍然间，她觉得自己抱住的是童年的自己，那凄苦无依的小女孩，好不容易找到了妈妈，真想永远沉浸在这温暖中永不放手，而自己的妈妈呢？辛苦养育她长大，却没等她报答，又抛下她走了。她眼泪一颗颗地掉进萌萌的头发里，萌萌的眼泪打湿了孙天爱的衣服。

两人相拥流泪，也不知过了多久，戴长河轻咳一声，喊：“萌萌，你不是有礼物送给老师吗？”

萌萌听到爸爸喊，抽身出去拿礼物了。孙天爱擦了擦脸，站了起来：“戴总您没去上班吗？”戴长河说：“这些天我都上半天班，在家陪萌萌，她情绪比较低落，半夜有时候还哭醒，怕孙老师不回来了。”

礼物是十多张画，有蜡笔也有水彩，还有铅笔素描。萌萌零碎上过一些美术课外班培训，她很有天分，画的画不大像孩子的画，图案多样，色彩传神。背景有天空、草原、森林、宫殿、自己的家，上面的主角只有两个人，要么是她自己，要么就是她和孙天爱。

画中的孙天爱只比她大一点，好像是小姐妹。还有几张画上写着：孙老师是我最好的朋友。

看着这些画，孙天爱忍住眼泪，笑着说："萌萌你画得真好，以后要坚持画下去哟。"

萌萌也笑了："你终于回来了，你回来了，我就不用画了。我画画是因为想你呀。孙老师，你一定也很想我吧。"

孙天爱边擦眼泪，边用一只手搂着她："是！老师很想你。"

她也有礼物送给萌萌，这次回北京家里，以前她那些女孩子的小玩意儿都收得好好的，都是从前爸爸妈妈给她买的，孙天爱是农村女孩出身，爱惜物品，多少年了还光洁如新。

她送了几样给孙天行家的乐乐，还特地挑了几样带回上海，留着送给萌萌。

萌萌一看，有一个巴掌大的木偶娃娃，是个笑眯眯的小女孩在跳舞，还有一对发卡，一个蝴蝶结。她对发卡蝴蝶结倒无所谓，只对那个木偶娃娃爱不释手，捧在手里脸都红了："孙老师，这个是给我的吗？真的吗？"

孙天爱说："对呀，送给萌萌的。她的名字叫小天爱，以前我是小天爱的姐姐，现在开始，你就做小天爱的姐姐吧。"

说着，她眼睛又红了。那时刚到北京，虽然有天知天行一起玩，到底他们是男孩子，李劲松特地去友谊商店，专门给她买了这个娃娃，说这是给天爱做妹妹的，叫小天爱。

大约有一年多的时间，孙天爱都抱着小天爱一起睡。开心不开心的事，都说给小天爱听。这么多年了，小天爱还是笑眯眯地跳着舞，而她已经长大成人，与妈妈天人永隔。

要走的时候，萌萌抱着孙天爱的腿不放手。还是戴长河劝了又劝，她才依依不舍地放开了孙老师。

戴长河开车送孙天爱回家，谢谢她送礼物给萌萌，萌萌的娃娃至少也得有上千个，从来没见她那么欢喜开心。戴长河又问："孙老师现在工作顺心吗？我投资了一家私立学校，双语的，正在招聘老师，虽然社会保险不如正式编制的老师，但是收入肯定比普通学校的老师高多了。"

孙天爱说暂时没有这个考虑。戴长河见她离开了萌萌就神情倦怠，说话也懒懒的，料想她还是没有从丧母之痛中走出，也就不再多说了。

到了孙天爱家小区的地下停车场，孙天爱下了车，戴长河开了后备厢，从里面搬出一个大箱子，说这些是送给小宝的玩具，都是自己代理的产品，不花什么钱。孙天爱谢了他的好意，戴长河一直给她搬进电梯，才挥手道别。

小宝平白得了这许多玩具，高兴得欢呼起来，天爱也边陪他玩，边告诉他说这是萌萌姐姐送给他的，改天去给萌萌姐姐说谢谢。

沈金海在旁边一声冷笑："谁的姐姐？叫那么亲热。我儿子可没有这么好的亲戚。"

孙天爱听他话头不善，就质问："让孩子懂礼貌，收到礼物会道谢，有什么不对？"

沈金海恨恨地说："我们不缺这点礼物，谁让你收的？你有点鬼迷心窍，自己的行为应该有个分寸，上次的事你还没跟我解释，现在你一回来就又急着跑到别人家去了，你自己想想吧，如果是我一次两次往别的女人家里跑，如果是我跟别的女人孤男寡女一起飞去北京，你会怎么想？"

孙天爱直起身子，尽量平静地说：“如果你也是遭遇了父母过世这样的大事，我就什么也不会多想，只会想着安慰你，绝对不会没事找事起疑心。我的身世跟你说过了，我妈现在不在了，我，我简直都想跟她一起走了，没空想你说的那些乱七八糟的。那个小女孩萌萌，她也是个可怜人……”

沈金海打断她：“我告诉你谁最可怜，你跑去奔丧，把儿子抛在别人家他最可怜了。见了我还问妈妈哪儿去了，是不是不要他了。你看得见别人看不见自己，别人的孩子可怜，自己的孩子你不管？你就能这么扔下自己的孩子，跟别人跑了？”

这句话利刃般直插心口。自己最害怕听到的评价，自己最痛恨生母的地方，都是这一句：“丢下自己的孩子，跟人跑了。”

孙天爱嘴唇颤抖，好几次张张嘴没说出话，于是也就不再说了。毁天灭地的痛，那是你一个人的事，本以为将你心换我心的爱情，说穿了也只是各人顾各人吧。说什么白头到老天长地久，眼看真有大事发生，谁也指望不上，就连一点点的理解和同情都不会有，只有责难和挑剔。

眼看她不说话了，在沈金海眼中全是默认，他气得咬牙切齿，之前有多爱，现在就有多恨。

他对她情根深种，放着上海本地人不要，一定要娶这北京姑娘，不，还不是北京姑娘，她是从偏僻农村里来的，隐瞒身世本来就不对，还为这事让父母跟着受了委屈。样样都对她忍让包容，结果就是她一见到大老板就变心。女人，虚荣的动物。

再怎么谈，孙天爱不再开口了。任凭他软话硬话好话歹话什么都说尽，她就是木着一张脸，什么都不说了。

* * *

因为绯闻的助力，张文扬果然慢慢走红，她这一本小说销量走高，电影在拍摄中的宣传也会带上她一起，越发多了与梅导演同进同出的机会。张文扬还在继续接稿写稿，现在连带她那些散碎小稿也有人来商谈，要结集出书了。

张文扬没意见，能出就出，反正都拿过一次稿费了，再挣几万块钱，就提前还了房贷，少点利息。

周芳莉这次怀孕反应很大，还住了两次院保胎，杜峻峰跟她的关系已经是半公开，随叫随到伺候着她孕检，日常生活也多加照料。即使如此，还是架不住周芳莉眼界高，品位挑，绝不是杜峻峰能搞定的。

不过她进三步也会退一步，杜峻峰这种人不是章明亮，只要能有好处，不择手段什么事情都做得出来。杜峻峰为了她能把感情那么深的老婆都甩了，周芳莉也领这个情，她还动过念头要不要赔张文扬点钱什么的，毕竟看她那样子挺落魄的，后来转念一想，也不要做好人做过头了，她张文扬喜欢扮圣母，就让她去扮，自己没这个瘾，再说杜峻峰也算是净身出户，不欠她什么。

这些天周芳莉常看新闻，张文扬的名字居然开始上新闻了，看新闻上的图片，周芳莉有点酸酸的，张文扬在偷拍图片里还眉清目秀，身段窈窕，而自己肚子显怀，脸上也有了蝴蝶斑，外形上来看，倒是被比下去了。她心情不爽，特地叫了杜峻峰过来，给他看看这新闻，杜峻峰脸色一变，阴沉了下来。周芳莉看得出他余情未了，借机跟他闹了一通。

除了各种宣传活动，晚上赶稿子，张文扬要做的事情就是给妈妈收拾行李。张天阔和刘招娣二老要回安城，一来是给刘招娣办理报销，顺带处理她在省城的商铺收益，二来是两人毕竟还是老派人，复合了怎么说也要领个证，以示作风端正。

再也不能像刚来时一人一包潇洒前行，张文扬给妈妈收拾了大包换洗的棉质内衣，大批毛巾，还有她的外衣、薄毛衣、绒裤、袜子，都由她挑选购置，顺便也给老爸从里到外买了几身。

张文扬终于挣到了点钱，虽然不多，但买些衣服还是能轻松做到的。

二老见到女儿如此用心，又是欣慰着感动一番，女儿也已为人母了，而且像小母亲一样，照顾着自己的爸妈呢。

刘招娣把东西一样样整理了，叠好，放进旅行包，张天阔在旁边看着她弄，自己不敢插手，就给刘招娣按摩腿。这些天刘招娣锻炼有成，自己能多站一阵子了。

张文扬订了机票，打了车，带着小叶子送父母去机场，特地去早了一点。一家三口领着小叶子，在首都机场的航站楼里转了转，看看外面的飞机、里面的店，多少年了，没有这么悠闲共聚的时光。

小叶子玩得太尽兴，在椅子上休息时，又倒在妈妈怀里睡着了。张文扬给她盖上大围巾。刘招娣看着小叶子说："真像她爸。"

张文扬连忙解释："对了，峻峰今天上班不能来送你……"

刘招娣看着女儿，那张为了隐瞒她当面说谎的脸，那张她印象中跟小叶子一样稚嫩，现在却已有了浅浅纹路的脸，她泪盈眼眶："扬扬，你离婚的事，妈知道了。"

张文扬垂下头："我就是怕你担心我，也怕你会骂我……"

刘招娣轻轻抚上女儿的头发："妈妈不会的，扬扬，妈妈明白。"

很怕弄醒小叶子，张文扬慢慢地、小心翼翼地把头枕在了刘招娣的肩膀上，刘招娣搂着女儿，不知多少年没有这么亲热了："没什么，都会好的，孩子，妈妈让你受苦了……"

张文扬摇摇头："妈，人都是要长大的，我也一样，你熬过去了，我也会的。"

送罢父母，带着女儿回了家，张文扬给小叶子做了午饭，让她自己抓着勺子慢慢吃，自己一边陪女儿吃饭，一边刷手机看新闻。她和梅导演的那条绯闻还上了热搜榜，她心里叹息但也无奈，翻开去看评论，这一看，惊得当场呆住了。

原来下面的评论里有一条这样写：

> 我是张作家的粉丝，关注她很久了，听说她最近离了婚，插足她婚姻的是一个姓周的不要脸的女人，周小三的车牌号是×××××，驾照是×××××，她的工作单位是航天部下属的某某公司。

这条评论被转了数百次，还有人根据车牌号搜索出了周芳莉的真实姓名，连带她的微信、QQ号，甚至连她的家庭住址都给发上来了。

张文扬立即电话车唯一，两人也来不及寒暄，车唯一听了这事，放下电话就让编辑去后台删评论。这种真实信息的曝光，对普通人来说是灭顶之灾，何况大众深具正义感，对于打小三历来都充满热情。

对大网站来说，固然能带来流量增长，但多半也可能会带来名誉官司，绝不能耽误，马上删。无奈删不胜删，网站还开始接到投诉电话：

“你们是不是被小三收买了呀？周小三给你们多少钱？这么大的网站都听她的，她是不是有背景啊？”

很快，这些消息被人截屏，发图配合文字说明，开始在各大网站和论坛，还有朋友圈里流传。

周芳莉看到的时候心里咯噔一声，她心说来了终于来了，就知道张文扬这个人阴得很，哪有被抢了老公还不声不响客气道谢的，她还送她东西，她绝对不敢用，半路就扔了，生怕她给她暗地里下了毒。

现在才知道，毒药不算什么，人心才是最毒的，这个女人借着自己走红，给她扎了一刀，偏偏说的也是事实，让她没办法义正词严上去反驳。

真实信息被传得到处都是，看那些评论，口水滔天活人都能被骂死了。这段日子周芳莉在家待产，没有去单位，偶尔为工作去一次，却见同事们眼神不对。领导也没说别的，只是委婉地劝她交接工作，话说得冠冕堂皇，时间紧任务重，祝贺她要迎接人生新阶段，但是该做的工作千万不能中断，所以请她把手上的项目转交一下，指点指点接手的同事。

周芳莉心知肚明，这样一来，转出去容易，转回来难，之后想重回工作状态还不知道要面临多少波折。她快三十六岁了，生孩子已经是高龄产妇，每次产检都得挂专家号，而且出现了妊娠期高血糖，需要住院调养。重重压力，真有些顶不住。

走出公司门口时，她听到背后有人说了一句："贱三！"她猛地回头，却见人人埋头工作，根本没有人冲她说话。

周芳莉心乱如麻，打车回了娘家，开门的是保姆，惊讶地看着她，她直接问："我妈呢？"

里面闪出一位女护士，看着比她还年轻几分，水嫩的娃娃脸上一层霜："小声点，周老正在休息。找你妈你不会打电话吗？"

无名火起，周芳莉早知道继父这一年来身体不好，常住院，据传搭上个小护士，没想到见面交锋，对方如此嚣张，根本不把她放在眼里。

她当然知道继父有午睡的习惯，可是一个大肚子孕妇回娘家，不是要被人这么呵斥的。

她直接顶回去："你谁呀，在我家里还这么横！"

小护士一撇嘴，声音尖了起来："你的家？我只知道这是周老的家，别人一概不认识，你别打扰病人，该干吗干吗去。”

保姆一看事情不好，赶紧轻声告诉周芳莉：“这几天，嗯就这几天，赵大姐搬出去了……你给她打电话吧。”

周芳莉只觉得脑子里轰的一声，但理智提醒她，千万别在这时闹起来，如果跟继父翻了脸，以后只有更糟。

她忍气瞪了那小护士一眼，小护士毫不让步，堵在门口，就没有让她进去的意思。

杜峻峰这一天在外面拜访客户，那客户原来是跟周芳莉打交道的，跟他一见上下打量一番，杜峻峰莫名其妙，虽然知道自己外形还不错，可也没帅到这份儿上，为什么那人一副围观名人的样子？

到了中午他要告辞，客户还留他吃了个工作餐，正在吃的时候，又有两个小姑娘跑过来看他：“就是他，就是他。”

杜峻峰实在忍不住，嘴里把饭粒咽下去，问：“到底是怎么回事，你们干吗老看我？”

那小姑娘惊讶地睁大了眼睛，想了想还是告诉他了：“你红了你不知道啊，不是说你家被小三插足，你离婚了吗？”

一口饭噎在喉咙口，杜峻峰再也吃不下去了。

张文扬也被这事闹得心浮气躁，虽然网友们出于同情还都去买她的书了，她不想要这同情，问秦静姝要不要自己出来对此事做一个说明，就是大家和平分手，请网友们不要再继续围攻杜周二人。

秦静姝一听，皱起了眉头：“当然不行！现在你就忍住，以逸待劳，反正你在里面的形象是正面的，你是受到伤害的妻子，为了名誉沉默，这有什么不对？等到这事再发酵一下，下个月，你们那电影也杀青了吧，那时如果有采访，你挑一个影响力最大的接，然后再去说明你的想法。到时候我让阿璇给你做造型，这条新闻让盈盈写，等贾婷婷有空了，给你们电影录个祝福票房飘红的视频，在发布会上播，你看，这才是最好的做法。”

既然秦总已经这么安排了，张文扬也不好说什么。朋友这时候都在出死力帮你，总不能不接受人家的好意。

她带着小叶子去参加了一个儿童活动，玩累了回家吃饭，哄了孩子午睡，她才有空打开电脑，先把该写的稿子写完交了。接着一看新闻评论区，果然，针对周芳莉的那部分信息，还在网上疯传。

张文扬的心沉了下去，她看看微信，周芳莉已经气疯了，她在一段段的语音留言里大骂：

“我就知道你是假装好人扮圣母，你太恶毒了，当面说谢谢背后下黑手，你要报复我你当面来，你这样在网上毁我太阴暗了。”

“我告诉你，我保留证据，如果对我的言语诽谤升级，我就去告你，我受罪你也别想好！”

“你是不是嫉妒我啊，我就是比你强，比你有魅力，你一个一无所有的女人能跟我争什么，我本来挺可怜你的，还觉得有点抱歉，现在看看，原来你憋着这股子坏呢！”

“咱谁也别玩阴的，有本事面对面，我告诉你我现在是孕妇，杀人我都不判死刑，就你那样假惺惺的，那么假一人，我杀你都不解恨。”

……

张文扬后来见了她的留言就删，心里还想，搞不好我得先去报警，她情绪这么激动，万一真闹到我家来可怎么办。周芳莉可是开车来过家里的，她越想越怕，跟秦静姝说了一声，带着小叶子去秦家暂住了。

* * *

公司副总编辑找了车唯一谈话，大意是挑了几样她工作中的失误，又说最近娱乐频道流量有下滑之类的。车唯一说现在整体流量都在偏向社交媒体，这也不是娱乐频道自己的问题吧。副总皱起眉头，反而打了个哈哈：“唯一，你工作能力出色大家都是知道的，但是你看这么多年了，为什么还不能升你，你情商还要修炼。我跟总编这么多年，我什么时候顶撞过他？你得把握说话这门艺术。”

车唯一心说相声这门艺术，还讲究说学逗唱呢，切。这么多开场白都是铺垫，末了副总告诉她，娱乐频道要空降一位主编，电视台女主持，网名兔红莲，这回来网站当主编，算是小庙来了大菩萨，屈就了。

车唯一知道这是职场常态，也不多说，回去整理工作给编辑们开会通报消息，果然也免不了一阵议论纷纷人心惶惶，但见车唯一面无忧色，小编辑们也就各自去干活，去社交媒体传播小道消息外加发表意见了。

兔红莲人美，话多，通身大牌，跟秦静姝一样自带老板气场，不过她那个气场比较华丽，满脸表情乱飞，比较唬人。车唯一没说废话，把手头工作跟她说了一下，文件打包分享，就直接开始干活了。

经过兔红莲大力改进，整个频道流量下降了百分之三十，有四个编辑提出了离职。车唯一统统批准，兔红莲挨个问为什么，小编辑们有个性，有一个就直接说：“我就不爱服从瞎指挥！”说罢扬长而去，气得兔红莲要继续开会，整风。

可是开会归开会，总不能把频道内容放下不去弄，车唯一一切服从她，说停就停决不多耽误一秒，反正开会可以坐着画小人。

等她画满了一本儿童画之后，这回是总编辑来找她了，上来就问她是不是有情绪。

车唯一说：“是人就会有情绪，不过我不会把情绪带到工作里。”

总编辑说：“你是骨干员工，应该多体谅人事安排上的苦衷。”

车唯一说：“我体谅啊，也请领导理解我只是副手，不是做决定的人，现在流量下滑，您别找我谈，我不能做主。”

总编辑说：“那让你现在去做主编，兔红莲给你做副手怎么样？”

车唯一笑笑：“那可不行，她现在就有情绪，这么一来肯定情绪更大，我受不了。”

口水话谈了一车，总编辑发现平时看着好脾气的车唯一是块滚刀肉，竟然软硬不吃，他也火大：“那你说说到底怎么办吧。”

车唯一起身：“没怎么办，如果是我的责任我就领，等我回去写辞职信。”

隔天兔红莲不见踪影，据说跑到体育频道去祸害那些体育编辑们了。车唯一写了辞职信，到人事部门那里一算，年假还有七天，加上周末，九天时间，她带着乐乐来了个港澳自由行。

迪士尼足足玩了三回。名牌店以前不敢进，这次进去狠狠心，挑了一身母女装，她和女儿同花色的两条裙子，一下就花了一万多。这段时间孙天行把家用打给她，她还没有动过，这回带乐乐尽情吃喝玩乐，挥霍一空。

度假回来。车唯一容光焕发，还胖了一点。她回公司办理离职手续，跟老同事们吃了告别饭。最后摘下那张员工卡，轻轻放在自己的工位上，卡上是五年前的车唯一，笑容甜美刘海清纯，再也回不去的从前。

家里被孙天行清扫得干干净净，还摆了花。车唯一回来先到客厅一角，在婆婆的遗像前面上了香。乐乐也跟着拜拜，车唯一把女儿头上的小白花摘下，放在了奶奶的遗像前。

杰森杨接到车唯一的电话并不意外，他也直截了当地跟她说了工作要求和条件，工资高了一点但也有限，重点是业绩提成。车唯一听了她的工作范围，等于是运营和营销都要做，老板不傻，花一个半人的工资让她干一个团队的活。

但车唯一听见自己回答说："好的，就这样吧。"

* * *

周芳莉总算跟妈妈赵桂荣见了面。赵桂荣年近六旬，依然薄施粉黛，平常也穿纺绸旗袍，风韵犹存，反而衬得周芳莉灰头土脸。赵桂荣听了女儿说起回继父家的经历，毫不动怒，轻声说："是我不好，应该提前跟你说一声，你爸，周老现在有人照顾了，我在外面住也挺好的。"

她说的"挺好"并不是假话，几套房产足够她滋润地生活。当然，以前高干太太那种专车接送之类的待遇是没有了，有些原本能去的场合也不能去了。

算起年纪，那小护士比周芳莉还小一岁，娃娃脸显年轻，说是二十几也没问题，大约周老这种上了年纪的人，就喜爱这一款的活泼稚气。

赵桂荣告诫女儿要赶紧抓好手里的资源，万一以后继父的关系用不上，她在工作圈里为难，说着说着赵桂荣难免又感慨，觉得当初没努把力，让女儿嫁个高干子弟，实在算一处败笔。

但真正的高干家庭其实看不起她们母女，有些大门根本进不去，来巴结她的人，往往地位比她低，把女儿嫁到那等人家又不甘心。等周芳莉自己一选，唉，这两个女婿赵桂荣一个也看不上。女人嘛，要找就找比自己强的，趁青春貌美时，有权的有钱的，赶紧抓一个在手心里，纵然不一定能抓牢，还多少有好处够你受用的。

所以新人出现，取代了她，她不哭不闹，还详细地把周老每天的起居注意事项写清楚，当着保姆和周老的面一一传授给小护士，最后留一个懂事柔顺的形象，希望将来还有缓和的余地。

对于女儿她有心痛也有恨铁不成钢，多好的条件都给她了，自己还不能有份像样的人生，那真不是当妈妈的错。周芳莉看着妈妈那张淡妆一丝不苟的脸，听着她不咸不淡的话，心中只觉大势已去。

她一向享受的是高干子女的待遇，在真正的高干子女堆儿里却是不折不扣的外人，没有真正的朋友。仗着人聪明学习不错，本来走得一帆风顺，可谁知道选错男人就是人生最大的漏洞。周芳莉只觉得自己和肚子里的孩子，都在向着黑洞里掉。

杜峻峰送周芳莉去住了院，妊娠期高血糖这种病可大可小，还是住院调养为上。周芳莉住的房间里还有两个孕妇，一天到晚刷手机，当然没事也要聊聊八卦，说说网上的新鲜事，最热衷的就是骂小三了。

周芳莉住了三天，听了无数闲话，虽然人家不知道身边的就是她，但在她听来句句都是骂她。实在待不下去，只得不顾医生劝阻，提前出院了。

原本她觉得自己怀孕正是时候，年纪到了，该生要赶紧生，当机立断拆了杜峻峰的家，他没有后路了，还不对自己一心一意的。哪知现实跟她想象的完全不一样。

杜峻峰对她还不如章明亮，反而是章明亮时常给她发些孕期保养信息，还定期给她快递一些母婴用品。

一样都是当过孩子爸爸的人，章明亮送东西送得无微不至，杜峻峰就是拨一拨才动一动，周芳莉气急了说我这可是为了给你生儿子。

杜峻峰闷哼一声不置可否，从他的角度来看是儿子还是女儿根本不重要，反而一说起孩子的事，他就满脑子想着小叶子的样子。

在去托管班接孩子的路上，小叶子忽然问他爸爸和妈妈是不是离婚了，他犹豫了一下，也只好狠心说了是。小叶子趴在他怀里哭了，杜峻峰对自己的痛恨到了无以复加的地步。

他来自离婚家庭，张文扬也来自离婚家庭，两人早已发誓此生绝不轻易离婚，不让自己的孩子再重蹈覆辙，然而，人生就是这样荒谬，你只是稍微放纵一下欲望，这道扣分题就彻底改变了你的命运，连同孩子的一起。

小叶子毕竟还是孩子，对这件事接受得还不错。因为不接受，你的世界也是变化了，不接受也得接受。

张文扬在秦静姝家搭伙，小叶子和元朔玩得很好，两人在一起聊的娃娃话经常把张文扬和保姆逗笑，这天却听见元朔稚气地说我们离婚吧，小叶子说好。张文扬吓了一跳，慢慢盘问这两个孩子，发现元朔固然对离婚一词满不在乎，小叶子竟也笑嘻嘻的。

张文扬问小叶子离婚是什么，小叶子说就是不在一起玩，也不在一起住了，就像你和爸爸。

搂着女儿，张文扬心里百味杂陈，说好了要瞒住女儿，结果还是没瞒住。世事难料，到底同样的命运还是落在了女儿身上。

她另一手把元朔也搂过来，对他们俩说："父母离婚其实也没有什么，重要的是爸爸和妈妈还都很爱你们，一定要记住爱才是最重要的。"

两个孩子似懂非懂点点头，自顾自去玩了。张文扬呼出一口气，觉得无法形容的疲惫压在身上，恨不得就此长眠，万事不理。

杜峻峰的脸上青了一记，周芳莉把手机砸在了他的脸上。

她在网上听到了一段"史上最嚣张的小三向原配示威"的录音，"你太恶毒了""我去告你""我受罪你也别想好""我恨不得杀了你"……如果不是确定就是自己的声音，周芳莉几乎也要站在网友一边，认为这个第三者实在太嚣张了。

可是，这是她跟张文扬私人电话的留言！

这阴险的女人，之前黑了她一道不算，之后还变本加厉，录音后把她的话放到网上去任人唾骂！

她举起电话给杜峻峰听，杜峻峰听了脸上不断变色，末了问她：“你真的这么跟扬扬说的？”

他情急之下，还是叫着张文扬的小名，他袒护谁那也不用说了。

周芳莉怒发冲冠，胳膊抡起来啪的把手机砸在杜峻峰的脸上，要不是砸偏了些，估计杜峻峰的眼睛就不保了。

杜峻峰受了这一击，这些天来的郁闷再也压不住了：“打我干什么？你怎么不反省你自己，骂人，打人，都是你欺负别人可以，别人动你就不行？你活该！”

周芳莉手抚着肚子，咬牙切齿：“杜峻峰，这可是你说的话！我和孩子都听着……”

杜峻峰打断她：“别老拿孩子说事，你应该学学怎么给人当妈，就你这样总是恶狠狠的样子，你当不好母亲，你不配给孩子当妈！”

周芳莉狂叫一声：“滚！你滚！”说完就歪在那里，鼻涕眼泪全涌了出来。

杜峻峰真想走，可是看她一个大肚子孕妇可怜兮兮的样子，实在也不忍心，叹着气，自己去卫生间浸了块凉毛巾捂在脸上，又去厨房给她倒了杯温水，里面加了两片柠檬。

* * *

车唯一在新办公室里听到了那段录音，她已经跟杰森杨签了工作合同，现在的头衔是松鼠娱乐网站的总编辑。总编辑三个字吓死人，其实手下统共两个人，一个编辑做国内新闻，另一个盯国际新闻，重要的大事、专题，都要她自己动手去粗取精。正琢磨找新闻点，这段录音算是从天上掉下来的。车唯一把这段录音加了个导语推荐，又火速找了几个娱乐评论人来给评论。

大家一听说小三骂原配，顿时正义之火熊熊燃烧起来，博古通今，就着娱乐圈里出轨插足小三前妻之类的事，八卦得津津有味。

这个专题浏览量不错，大众口味的话题就是受欢迎，车唯一同时也关心自己老友，电话问张文扬现在什么情况。

张文扬说："那女人想找我打官司，我不怕，我告诉她说，先去查查那些曝光她私人信息的发言地址，还有发录音的地址，查清楚就知道是不是我了，反正我没有做，我也不害怕她去查。对了我还劝她别太生气，不然对孩子不好。"

车唯一叹为观止："你这叫无招胜有招，还劝她别太生气，我看她准一下就被你给气死了。元朔和叶子玩得好吗？等周末我和乐乐过去陪你们一起啊。"

当晚，周芳莉入院，她也有准备，自己电话叫了120。杜峻峰背着待产包随同前往。他想的全是当时陪张文扬去医院生产的情景，可是如今，物是人非。

他绝对不相信张文扬会阴周芳莉，以她的为人，不可能表面假装没事，背地里去黑人，张文扬内心有一份文人的清高臭脾气，这种小人行径，杀了她也干不出来。杜峻峰中间电话问候过张文扬，听说她在秦静姝家里，心头略为放心。

周芳莉的情况不大好，高龄，早产，医生听说她受了气，情绪激动，便坐下来跟产妇和家属商量，要不要考虑剖宫产，现在就可以做，顺产的话也不是不行，相对来说可能有风险，因为现在能看到胎儿脐带绕颈。

周芳莉一听就一口回绝了，谁不知道顺产比剖宫好啊，恢复得快，对孩子也好，医院总是建议剖，还不是为了赚钱。

周芳莉说还是想自己试试。医生说："那好吧，别说我没提醒过你们。"

阵痛袭来，她暗自鼓劲："要挺住，周芳莉，你要挺住，有什么账都等以后再算，现在你就好好地把孩子生下来！"

* * *

在新单位忙活了三天，车唯一回家累得筋疲力尽。孙天行晚上早回家做了晚饭，她也懒得吃，孙天行默默地收拾桌子，看她飘着走进洗手间去洗澡，洗完就睡了。也不问他怎么样，也不问孩子怎么样，她的人虽然就在身边，灵魂却似乎已经离窍而去。

他收拾了厨房，看着空荡荡的客厅，似乎又响起了以前李劲松的唠叨声，还有王梅的抱怨，两位太后争锋的日子，曾经让小夫妻苦不堪言，现在想想，多么怀念那时的热闹啊。

陈维翰从飞机上下来，第一件事就想打电话给秦静姝报平安，想了想又按了。他还有一大堆事情要做，还有此次去美国的工作得整理成报告上交给领导。

工作让他成长很多，眼界大开，他给秦静姝的小公司寻到了一位买家，如果那家国际大传播公司进来，收购了他们的小企业，应该是件两全其美的事。陈维翰满脑子盘算，差点错过了就在眼前滑过的出租车。

张文扬参加了电影杀青的酒会，那身参加葬礼的裙子已经陪她应付了好几个场合。她想买套新的，去专卖店一看，基本都上万起价，实在下不了手。

她的钱字字血汗，可以给老妈买穿的，给女儿买吃的，给老爸买些书，这些正事她花钱不会手软，平白给自己买一套名牌衣服，张文扬觉得真没有必要。

她又去了秦静姝公司，反正她那里常年备用的小礼服有上百套，随时供艺人或者同事出席活动使用。张文扬在里面挑中了一条黑白条纹的连衣裙，上身一试觉得也不错，就是后面有个大露背凉飕飕的。

秦静姝看了看，摇头说不行，亲自给她选了一条水蓝色长裙子，张文扬觉得太夸张了，但上身一看，果然衬得她整个人都明媚了起来。贾婷婷借了一套演出时用的水钻首饰给她，阿璇给她上了半个小时的妆，又做了头发。

最后，小静把一个亮晶晶的晚宴包塞到她手里，里面是手机钥匙和她口袋里的一百多块钱零钱。张文扬死活不肯这副模样出门，非在外面又罩了一件外套，正好搭着小静的车过去。

秦静姝看着老友打扮好了明艳耀眼，心中为她高兴，告诉小静陪她去了那边，多拍些照片回来，回头转给车唯一做新闻。

去了一看，张文扬这身打扮根本不算什么，还有人穿得浑身亮片像美人鱼似的，最抢镜的是一位穿龙袍的，那派头，恨不得再来一群太监宫女伺候着。

梅遇鸥导演一身燕尾服，远远看见她十分欣喜，端详一番，拉住她的手就走到活动背板前，张文扬没提防他上来就牵手，一下走到镜头前，也不敢挣扎，只能跟别人一样端出满脸笑容，耳边只听什么看这里，看这里，眼睛也只好跟着看过去。小静在人群中找好角度，啪啪啪连拍了几十张，尽可以交差了。

镜头中的张文扬比她本人多了一层光芒，浓妆让她的五官鲜明许多，那件水蓝长裙在现实生活中穿格格不入，一到镜头下面美得飘飘欲仙。摄影师们见惯明星各种形态，今天忽然有张新面孔，带着点生硬和茫然，还有几分文艺气质，拍起来大有兴致。

梅导很有拍照经验，他在最后几秒钟把头低下去，微微凑近张文扬的脸，自己再稍侧过身去，摄影师们顿时抓拍到了一张当众送吻的香艳图片。张文扬浑然不觉，只顾笑着，一张脸都像在冰箱里冻过似的僵住了。

在给电影写观后感时，张文扬写：

……参加这部电影的杀青酒会时，我一直有种强烈的不真实的感觉，电影是造梦工厂，但这个梦一经制造，从此就不再专属于我。我是第一次看到这部电影，也是从此就要和她分离，就像离开一部分的自己，此后她的命运，与我再无交集，大概爱情也是这样，一次次的重逢和分离中，我们会逐渐明白什么才是最重要的。

第十章

chapter

10

了断

叔本华说：为了解人生有多么短暂，一个人必须走过漫长的生活道路。

秦静姝说：我走的路也不算少了，最长的路，还是人心里的路。

沈金海的父母对李劲松的过世也表示了足够关心，原本二老想专门去趟北京出席葬礼，但时间太仓促，沈金海匆匆去了又回，回来后满脸阴沉，问什么都不说话。

二老看儿子带着孙子去，却孤身回来，实在担心，打电话给孙天爱，孙天爱忍住悲痛，好好抚慰了他们两位一番，毕竟能在此时关心妈妈葬礼的人，也还是满怀善意，毕竟妈妈在临离开上海时，也嘱咐她要善待公婆。

二老在天爱这里得不到解释，就反复追问儿子，当听说儿媳妇竟是由家教人家的家长送去北京时，两人都呆了一下，接着就是数不清的问题："那男的是什么人？为什么他们两个会遇到一起？婚葬大事，哪能让外人跟着掺和？什么，他还是个大老板？单身的？啊哟，啧啧，这可真是想不到！"

沈金海心说你看吧，这根本就是人之常情，谁听说这样的事，会不起疑心？除非是圣人，我可不是！想来那位戴老板也不是！他不知道避嫌，还是他蓄谋已久，就想这么做，把生米煮成熟饭，让她没有了退路？

这男人还专门给他打了电话，根本就是有恃无恐啊。

要威胁到一个男人的自尊心，大概以此为最。你的爱人身边出现了比你好得多也强大得多的追求者，更严重的是似乎她的心也不再专一于你了，你能怎么办？

沈金海了解孙天爱，他知道她的弱点，她平生最怕的事情，所以他特地借抛下小宝不管这件事来说她，让她心里吃一记狠的，明白这事有多严重。

这其实也是沈金海最害怕的事。最怕她真的铁了心，一去不回头，那么他的全部心思，就算是白费了，跟她在一起的这么多年，也算是他瞎了眼。

孙天爱不想去探究沈金海是怎么想的了，她把心思放在教学和两个孩子身上，公婆给她脸色看她也不想在意了，反正一个人如何看待另一个人，偏见已成，就再难挽救。

小宝和萌萌更依恋她了，只是每次小宝叫她妈妈，依偎在她身边呼呼大睡时，孙天爱常常心里酸酸的，久久不能入眠。想起小时候蜷缩在黑夜里的自己，想起在公主房里独自入睡的萌萌，没有妈妈的孩子谁来心疼，就算拥有的财富和物质再多，又怎么能代替妈妈呢？

秋风渐起，下班路上，平时孙天爱路过小店总要进去转转，如果有适合李劲松的衣服，或者适合婆婆的衣服，她总会买下来孝敬老人。现在婆婆对她没有好脸色，妈妈又走了，买了衣服，她送给谁呢？想起这些，心里又是一阵难受。

一辆车停在她旁边，戴长河摇下车窗："孙老师，萌萌病了，不知道你能不能去看看她？"孙天爱一听，赶紧上了车。她给沈金海发了微信，说自己要加班。

萌萌的脸烧得通红，她的床是城堡状，还有一顶公主蚊帐，可怜这位小公主病倒在大床上，身边也没有人陪着。

戴长河说："有医生来给她打过针了，就说让多观察，希望能退烧，要不然明天就去住院，她嘴里只念叨孙老师，不让保姆陪，哭了又哭，实在没办法，请孙老师来帮帮忙。"

孙天爱去洗了手，又拧了把毛巾，轻轻地给萌萌擦脸擦手。

萌萌半睁开眼睛，看到她，笑了，眼泪却滚下来："老师，你怎么来了，我是在做梦吧。”说着她又把眼睛闭上了。

天爱再也忍不住，她半卧在床头，伸出手来，把萌萌搂在了怀里，让她贴住自己：“没有，不是做梦，是我在这里，萌萌，我陪着你呢。”

萌萌把头使劲抬起来，枕住了孙天爱的胳膊，心满意足，闭上眼睛，竟呼吸沉沉地睡着了。孙天爱就这么搂着她，一动不动，中间戴长河来张望几次，心中万般过意不去。

天色渐晚，天爱轻轻地把胳膊从萌萌头下面抽出来，想起身离开，萌萌却在这时张开眼睛，四目交投，有些说不清道不明的东西豁然开朗。

萌萌清晰地说出了那句久藏心底的话：“妈妈，别走。”

孙天爱愣在了那里，不知该如何是好。她在这个时刻，彻底地明白了养母李劲松的心情，是的，这么一个柔弱无依的小女孩，含着眼泪看着你，叫你妈妈，你不可能扔下她不管的。

她返身回去，抱住了萌萌，萌萌把头埋在她的怀里，再也不愿意离开。

终于哄得萌萌又睡了过去，摸她额头已经不烫了，孙天爱放了心，她起身开门，一出来差点撞上外面的戴长河，他端了把椅子在外面坐着，每隔一会儿就在门缝里张望。两人都很尴尬。戴长河说：“多谢孙老师，我送你回家去。”

到了孙天爱家小区地下停车场，孙天爱并没有急着下车，她想了想，还是开了口：“您是不是很奇怪为什么我跟萌萌特别投缘？”

戴长河小心翼翼地说：“因为孙老师比别人心善，另外就是，可能真有缘分吧。”

孙天爱说：“其实我，我也是个没有妈妈的孩子。小时候在农村，生母是被人拐卖来的，生了我之后就逃出去了，我长到五岁，后妈容不下，是我养母救了我，收留我在家里长大，爸爸妈妈和哥哥弟弟，他们都对我特别好，尤其是妈妈……那天她突然就走了……我觉得天都塌了，觉得自己……好像又被遗弃了一次。所以我很理解萌萌的感受，我明白，没有妈妈是什么滋味，我也知道，在那里等着妈妈来看自己，是怎样的苦……”

戴长河递了张纸巾给天爱，天爱接过去擦了脸：“我希望您以后，多花时间和心思陪着萌萌，有些事情是别人代替不了的……”

想不到孙老师竟有这样凄惨的身世，戴长河听了心里震动，他连声答应，又说：“我本来就想过要给萌萌找个干妈，如果孙老师愿意的话那就太好了。就像您说的，有些事情别人代替不了，在我看来，萌萌现在只认您，她谁也不认。”

孙天爱默然，说：“以后我尽量保证给她上课的时间，我家里，我家里可能有点意见。”

戴长河听了连声道歉，也不好多说，开了门，送她去电梯，然而，一出车门，两人却看见，满眼恨意的沈金海站在不远处。

孙天爱眼看他又要误会，心中不知怎的，十分厌烦，但还是努力压制：“金海，这是我学生的家长，萌萌的爸爸，戴总。”

戴长河往前走了几步，看沈金海没有握手的意思，尴尬地点点头：“沈老师，我们通过电话。”

沈金海却回了句谁也想不到的话：“现在都被我堵到车里了，还有什么可说的？”

孙天爱气上心头：“你这样疑神疑鬼要到什么时候？”

沈金海大声说：“我是亲眼所见！你不是说你加班吗？你加班加到别人家里了……”

戴长河打断他：“沈老师，今天我女儿病了，哭着找孙老师……”

沈金海一把推开他，面对着孙天爱，伸手揪住了她胳膊：“你到别人家里加班去了是吗？又丢下自己的孩子不管，去管别人的小孩？还是家教根本就是个借口？你现在就解释啊，我在这里等你很久了，你们的车也到了快半个小时了，停在那里你们搞什么名堂？你这是睁眼说瞎话吗？”

戴长河看到他伸手拉扯孙天爱，上前劝解，沈金海回手给他一拳，打上了他的脸：“滚！你有钱了不起，可以这么明目张胆地勾引别人的老婆？你们太不要脸了，我打你都脏了手。”

孙天爱大喊了一声：“住手！”三个人一时都静了下来。孙天爱出乎意料地冷静：“有什么事情回家再说吧。戴总，谢谢您送我回家，您也早点回去陪着萌萌吧，她要再有什么事，您给我打电话。”

戴长河捂着脸，答应了两声，还想解释一下，再看沈金海那脸色，他回身上车，走了。

孙天爱和沈金海一前一后地上了电梯，在电梯里，一对夫妻谁也不看谁，脸色铁青。

电梯开了，沈家妈妈正在门口张望，一见孙天爱就没好气：“怎么这么晚才回来？金海一直在下面等你回来，你以后什么时候回家能不能先说一声？”

沈金海冷哼一声，回了家，孙天爱不想接婆婆的数落，默默进屋脱了外衣，进卫生间正要洗漱，沈金海忽然踹开虚掩的门，冲进卫生间，把她按在墙上，质问她：“你说，你跟姓戴的在车里做什么了？你现在真是越来越大胆了，就在我的面前，你就……”

啪！孙天爱挣扎不过，挥手给了他一记耳光，颤抖着说：“你侮辱我，也是侮辱自己……”

沈金海回手给了她两记耳光，打得重而且响。孙天爱的鼻子里流出了血，她晚上没吃饭，浑身无力，被沈金海牢牢地按着动弹不得。

沈金海狠狠地揪着她的两条胳膊，手指陷到肉里，像要揪断，对着她的耳朵说："在古代，你就是淫妇，可以浸猪笼。在今天，你跟人通奸，也是无耻下流。你就像你妈，对，你生母就是这样的人，你以前还跟我说怕成了这样的人，你看看你自己，一点都没错，你就是这样的人！"

他放手往下重重一摔，孙天爱倒在了地上，膝盖磕得地面咚咚响，沈金海像迈过一堆垃圾一样迈过她，走了出去。

平素呼吸声略大，公婆都要询问询问，这次听着儿子教训媳妇，二老就跟没听见一样。

在卫生间湿硬的瓷砖地上，孙天爱想的，仅仅是今晚到哪里去睡呢。

爷爷奶奶一来就会跟小宝黏在一起，晚上也带着小宝的婴儿床去客房住。主卧是沈金海住，客厅有沙发但是没有被子。

孙天爱发现，在这大上海，她看似有家，还是美满幸福的家庭，有丈夫、孩子、长辈，但事实上，她仍是孑然一身，连个容身之处都没有。

这就是她一心追求的，没有青石村，没有北京城，只有自己创造的小家、崭新的新生活吗？凶神恶煞的沈金海，就是她当初选好，一心深爱的良人吗？

她想起了生母，忽然间领略到了生母出逃时那种矛盾不舍的心情，这个家不能待下去了，可是孩子，我的孩子怎么办呢？

为什么过了几十年，女人还是在这样的选择中进退两难？自己想要逃出生天，却又为了孩子难舍难分，这是一种千百年来的原罪，因为你是女子，所以你必须承受，是这样吗？

孙天爱从地上勉强爬起来，她的膝盖钻心地痛，镜子里的她脸颊红肿，鼻血未干。她看着镜子里的自己，慢慢地把头发拢了拢，开门出去到玄关，拿了外衣和包，悄无声息地拧开门锁。

社区派出所的值班民警人不错，给她倒了杯茶，做了笔录，又陪她去验了伤，孙天爱的脸、双腕、臂弯都是瘀青，膝盖和小腿大片血肿，但幸好没有骨折。

周末，警察敲响了沈家的门，沈家二老做梦也没想到警察上门，把儿子铐走了。二老哭天抢地，痛骂儿媳妇这祸水搅得家宅不宁。

在派出所一家人聚在一起，孙天爱红肿着脸，表情呆木，听着沈家三口对她的诸多控诉，她心中只剩下冷笑，抱着小宝把头贴在他的头上，小宝不知道发生了什么，看着警察局，处处都觉得新鲜。

戴长河也被叫来做证人，他对警察说明事实，而且出人意料的是，他提供了当天车中的录像作为物证，他专门做过安保系统，家里、车里、公司里，到处都是摄像头，有多个角度。

视频中可以看到，车中两个人之间无任何亲密行为，分坐前后排，孙天爱为人保守，无论坐谁的顺风车或是打车，她都习惯坐在后排。唯一的交流是戴长河递了张纸巾给孙天爱，两个人更是连指尖都没有碰触。

孙天爱语气冷淡，面无表情，把那天的对话又重复了一遍，原本她不愿意跟别人说起自己的身世，但这时觉得已经无所谓了。戴长河听了第二次，仍然觉得惊心动魄，针扎似的痛。

在场民警也面露不忍，想不到这女子如此凄惨，遭遇家暴，被丈夫误会不说，原来还是被人领养的弃儿。

戴长河脸上青伤尚在，他倒没有提，只是轻描淡写地说："沈老师因为误会跟我发生了一点冲突。如果还有问题的话，我还可以提供孙老师在我家里的视频，她都是跟我女儿在一起，教学上课，视频有时间记录，绝对不能作假。您可以按照时间看，也可以抽查，任何一段都可以。除了上卫生间，我不让我女儿离开监控。"

沈家三口哑口无言，随后就是一大波眼泪袭击，哀求孙天爱千万不要再追究了，都是一家人，有话好说。

沈金海到了这时才彻底清醒过来，他看着孙天爱红肿的脸，淤血的胳膊，眼泪直流：“天爱，天爱，我是鬼上身了，我不可能打你！不，那不是我，我是中邪了！你看在宝宝的分上原谅我！我再也不会了！我不应该怀疑你！我，我就是太爱你了，我太爱你了所以我就失去理智了。我简直，我罪大恶极！我死一万次也补偿不了你！”

跟大多数中国男人一样，沈金海平时羞于说爱，但他当着一群陌生人的面说出了口，他看着孙天爱麻木的样子，知道她的心已经死了，不行，这绝对不行啊。

难道一个男人不能为了真爱疯狂一回，难道她就真的不能原谅他吗？

孙天爱看着他的眼泪，觉得很讽刺，李劲松过世，他没有哭，忙着追问她是不是出轨有外遇，她被他打得像条丧家犬，他也没有哭，把自己满腔怒火都宣泄到她的身上。

这会儿真相大白，证明他是冤枉了她，可能他就要因此坐牢，他哭了，痛哭流涕说爱她了。

一个人爱另一个人，原来就可以这样做，可以诬陷、辱骂、暴力对待，然后说自己被爱冲昏头脑。

不，被爱冲昏头脑的不是你沈金海，而是我孙天爱，我昏了头才会嫁给你这样的人，自己的选择只能自己承担。

沈家妈妈看孙天爱没有反应，狠狠地擦了眼泪：“你到底什么意思，你是想我们全家人下跪给你道歉吗？好啊，那就来吧！”

她扑通一声跪在孙天爱面前：“婆婆跪媳妇，你等着天打五雷轰吧你！你跟外人不清不楚，还把自己的老公送进来坐班房，你真狠毒，你这是要赶尽杀绝了，你将来有报应的呀！”

这种家事案件是最让民警头痛的，往往费尽了口水两边劝解，最后还费力不讨好，里外不是人，你说能劝人家妻子去告丈夫，拆散人家的家吗？这不合人情；还是劝妻子忍气吞声，回家继续挨打受虐待？那又违法。

这种家暴案，十个有九个是劝解、道歉、妥协，还有不少一家子当场就和和气气的，目标一致调转枪口，反过来指责警察多管闲事的。

而后，当然也是十个有九个要再出于同样的原因回来，把所有的过程再重演一遍。

这次的女教师跟别人不大一样，她看着文静秀气，不像难说话的人，可是就不放口说原谅丈夫。看到婆婆下跪，她避到一边，不说话也不作声，让儿子看墙上的锦旗，教孩子认字，不让他看奶奶这种民国大戏似的演出。

轻微伤是确切无疑的，各种证据也证明丈夫是冤枉了妻子，最后，沈金海被判行政拘留两天，罚款五百。

孙天爱在学校跟校长说明了情况，申请到一间小小的单身宿舍，她带着儿子住进去了。然而好景不长，公公婆婆携手来学校大闹，还四处发放小传单，上面写孙天爱枉为人师，与外人暧昧不清，还诬陷丈夫家庭暴力，让丈夫坐牢，这样缺德的人，不配当老师。

那天恰好是开家长会的日子，一位优秀教师的男女纠葛事件，真是成年人最好的八卦。

不明真相的家长纷纷议论：“这样的人，还配来教书吗？就算再会教学，人品这么低劣，还不把学生给教坏了？”

有激进的家长早联名去了校长室，要求校长给出解释，处分这样的教师，弘扬社会正气。

恰逢孙天行出差来上海，跟姐姐约着见面，平时不知天爱有多高兴，马上就邀弟弟去家里住，这次却推三阻四语焉不详，孙天行一听就知不对头，到了学校，稍一打听，听说孙老师被丈夫家暴，公婆还闹到学校里来了，多半工作不保。

一个焦雷打在背上，也不会比这更痛了。姐姐家变是因为妈妈去世，学生家长送她回京，才引起误解，可妈妈怎么好端端就会去世？孙天行一拳擂在墙上，此刻他恨死了自己。

他心急如焚，赶去教师单身宿舍，迎面一看姐姐的脸，还有伤痕。孙天行也不说话，横下一条心，扭头就走。

孙天爱扑上去抱住他的腰："二子，你上哪儿去？"

孙天行掰她的手："姐你别管我，我揍死这孙子王八蛋！他敢打你，这不行！"

孙天爱不放开他："他打我他也付出代价了，行政拘留有案底，你去打他算什么，你把人打坏了，你自己不要坐牢吗？二子，二子回来！你就算不听我的，你得听妈妈的话，妈从小不让咱们打架惹事……"

说起妈妈，姐弟俩抱头落泪。这一刻似乎又回到了童年，傻乎乎的小学生孙天行去给姐姐出头，反而让大女生扇了耳光，孙天爱把那女生逼到墙角："你敢打我弟，这不行！"

孙天行这次来，还带了张卡，要先还给孙天爱四十万，自己现在能力尚可，慢慢一点点还清，如果姐姐离婚了，他再攒攒把首付攒出来，给姐姐买房子用。

孙天爱当然不同意，但孙天行还是坚持把钱打到了天爱的卡上。小宝很少见到舅舅，一见两个人就分外亲。

孙天行说要不就把小宝带到北京去，跟姥爷在一起，再过一段，就跟乐乐小姐姐一起上幼儿园，反正有孙佑才的关系，肯定能上大学附属幼儿园，没什么困难的。

孙天爱说："再说吧，我不想和孩子分开，他已经没有爸爸了，别再成了没妈的孩子。”

说到这里两人都是黯然。孙天爱在学校虽然没被停课，但是家长意见太大，校长百般解释无效，也找她谈了话，委婉地说学校现在在郊区有个共建校区，要不孙老师到那边去吧，可以做教导主任，升一级。

孙天爱听了也没有异议，只说把这一届的学生送走，眼看再过两个月就中考了。

沈金海上完了本科生的课，一出来就碰见了孙天行，见他面色不善，刚想寒暄，孙天行直接问：“你爸妈会闹，我就不会闹吗？你还想不想要这份工作了？”

一听这话，沈金海沉默不语，跟着他走到了人迹罕至的实验楼后面，孙天行再也忍不住，左右开弓，两拳把他打倒在地上，拿脚乱踹了几下，指着他说：“姓沈的，你打女人你还算是男人？我姐在上海她就靠着你一个人，跟你恋爱结婚，给你洗衣做饭生孩子，你忍心打她？你还怀疑她出轨，我姐那人一个心眼儿，认定谁就是谁，人家学生家长对她尊敬，恨不得把她当菩萨供着，你就那么多乌七八糟的想法，冤枉自己的老婆，还打人？你这个畜生，要不看你是小宝的爸爸，我今天弄死你！”

沈金海没说话，默默地爬了起来，孙天行看着他浑身是土那狼狈相，心下微微不忍，可一想到姐姐脸上的伤，又气得想揍他几下，深呼吸几回还是忍下了。

沈金海见他不再追打，开口问：“天爱，还有宝宝，他们好吗？”

孙天行说：“好个屁，你还有脸问，你爹妈上门去败坏我姐，她工作都快没了，你也是当老师的，知道名誉有多重要，这种龌龊事一传，你让她怎么做人。我告诉你，我姐要是丢了工作，我就也来砸你的饭碗，一报还一报，你别想好你！”

沈金海低下头："我想去道歉，你说她会不会原谅我？"

这些天他坐卧不宁，整个人瘦脱了相，低声下气向着孙天行恳求，想抓住一根救命稻草。

孙天行呸了一口："早干什么了你，你是应该道歉，可能不能原谅你，那在我姐，你别想美事，打了人道个歉就完了，以后你继续欺负我姐是不是？告诉你，姓沈的，你可别以为我姐不是亲生的，她就没娘家！她还有爸爸，有哥哥，有弟弟，你再动我姐一下，我揍不死你！"

* * *

在回京的飞机上，孙天行还是愤恨难消，人啊，受了教育反而是受了束缚，他希望自己跟地痞流氓一样，白刀子进红刀子出，谁敢伤害自己的姐姐，谁就放点血，让他知道厉害。

他心疼姐姐，连带却又想起了车唯一。车唯一的处境，实在就跟孙天爱一模一样，孤零零一个人在北京，家里外头一把手，创业那两年，自己光顾着在外面跑，搞得一团糟，唯一扛了多少事，他不能假装看不见，就为了他登山失踪，她都长出白头发了……

孙天行在高空上落下两道热泪，为了姐姐，也为了车唯一。他想起秦静姝骂他的一大段话，觉得句句真理，真的，自己怎么这么不是东西，为什么不能再待她更好一点。在这北京城，如果他再对她不好，那车唯一不就跟自己姐姐一样，孤身飘零到外面去了吗？想到这里，他猛打一阵冷战。

孙天行在城隍庙买了些小吃带给车唯一和乐乐，回家看家里没有人，他先把家里清扫收拾了。以前他是妈宝男，浑身懒肉，结婚后车唯一干家务多，他能赖着不干就不干。

现在他完全变了，车唯一整天工作累得像狗，他反而工作相对轻闲了，那就把家里拾掇拾掇，摸着家里的一样样东西，又想起了老妈边唠叨边干活的样子，再想想姐姐脸上的伤，孙天行眼睛湿了。

车唯一深夜才回家，乐乐原本闹着要等妈妈，孙天行哄着讲故事，她也就不情愿地睡着了。车唯一先去卧室，一看小夜灯下，父女俩睡成一团，她再去看厨房，干干净净，慢炖锅里的皮蛋粥还热着。她喝了粥，简单洗漱一下，慢慢地卧到那熟睡的父女俩旁边。

这一觉睡得香而且长，还是乐乐把爸爸和妈妈叫醒的，她很少早晨一起床就同时看见爸妈，乐得满床直跳。孙天行亲亲女儿，把她抱走去把臭臭，车唯一起身洗漱，正要张罗早饭，孙天行把乐乐梳洗好了还给她："你俩等着，我去做。"

早饭很丰盛，除了有粥有奶黄包，有煎鸡蛋，有蔬菜沙拉和西红柿小面条，孙天行还买了一大箱核桃，一个个夹开了给太太女儿吃。

车唯一和乐乐吃饱了，乐乐擦手抹嘴，孙天行把盘子碗收拾了去洗洗。一家三口行军似的出了门，孙天行开车先送了乐乐，再送车唯一去单位。

临下车他俩亲了一下，虽说很久没亲热，有点不自然，孙天行还是咧嘴笑了："晚上要能按时下班我就带乐乐来接你。"

当然是不能按时下班的，车唯一的新工作强度要比旧的工作更高，除了每天审阅新闻推荐八卦之外，她还要直接跟明星们的经纪人联系，渴望从他们手里挖点独家的料。别人不好谈，但是贾婷婷靠着秦静姝的关系，是第一个跟他们合作的。

车唯一忙到了半夜，看着贾婷婷最新一期的演出在自己的网站上独家首播，才长出了一口气。

她没有打电话找孙天行接她，自己坐地铁回了家。一看又是之前那情形，父女俩相依为命地睡着了，锅里给她留着热汤。车唯一喝着汤，看着打扫得干干净净的家，想起早晨的那个吻，她觉得自己冰冷干枯的心，在一点点地活转过来。

可是孙天行你不嫌这些努力来得太晚吗？你就不能早点这么乖，这么靠谱吗？那咱家就不会这么多事，奶奶也不会……车唯一看了一眼李劲松的遗像，过去上了炷香，她坐在李劲松遗像面前，思绪起伏。

孙天行半夜醒来，看见外面亮着灯，还有檀香味，过去一看车唯一给李劲松上了香，他也不说什么，去默默地把车唯一的汤碗收拾了，擦了桌子，又回到车唯一旁边，坐下了。

他清清嗓子，把孙天爱家里发生的事跟车唯一说了，孙天爱和车唯一关系不远不近，但毕竟大家都是职业女性，又都远嫁离家，平时挺聊得来，这会儿听说天爱姐竟然被打了，还被公婆败坏名声，气得腾地起身："告他，告死他！保留证据，找律师，这家人太坏了，这不是全家人欺负她一个吗?!唉！"

孙天行劝她别激动，说自己去打了沈金海，沈金海也还有悔意，可能想跟二姐复合，他说着自己激动起来了："好马不吃回头草，我姐要是回去了，他再打她怎么办？这孙子不是好东西，枉费我姐平时对他那么好，一个心眼非要嫁他……"

车唯一斜了他一眼："说别人时照照自己，我对你怎么样？你这东西，对我好吗？"

孙天行厚起脸皮，百般撮哄，最后把耳朵送过去让她扭，才博来车唯一开颜一笑。

生活就是这样，一次次收拾起破碎的心，一次次又重燃希望。多少次的重归于好，才能造就铁打的恩爱夫妻。车唯一和孙天行都不指望这婚姻是铁打的，他们指望的只有眼下和现在，一点点把裂开的伤痕缝补了，贴皮贴肉，还要继续拉着手走下去。

* * *

刘招娣依偎在张天阔的怀里，细细体味着这为数不多的甜蜜。她一生何尝靠过别人，然而这场病摧毁了她也唤醒了她，让她知道生命原来如斯脆弱，原来自己并不是无所不能的女金刚。女儿把她抱来抱去，汗湿额角，为她接大小便还赔上笑脸，生怕她闹脾气。张天阔待她更是小心翼翼，虽然手脚笨，可是他毕竟有份男人的力气，抱她不吃力。

刘招娣禁不住想：“难道说，这就是女人需要男人的地方？就是图他们身高力大，可以把自己如一袋货物一样背起扛起？”

在病中两人培养起难得的默契，张天阔身为诗人，生活此时给他硬生生地撕裂了一个口子，让他得以窥探到生活的肌肉纹理，血淋淋的真相。他对女人的身体有了更多了解，不是两性角度的，而是病理方面的。

他知道该如何按摩才是对的，知道要怎样抱才会让刘招娣更舒服，不然她就受了罪。这女人受罪也咬紧牙关不吭一声，他了解她，以前越是了解，越是害怕，怕在她身上倒映出自己的无能，而现在越是了解，他越是疼惜，他看到了坚强外壳下她深藏的脆弱，那脆弱甚至不如自己的无能来得坦荡。

他承认和接受自己在生活能力上的缺陷，而且在公众舆论里，并没有要求一个男人对家务样样精通，反而是才子风流更受赞赏，但一个女人呢？如果一个女人事业上有成就，那她就是母老虎，别人不敢亲近，如果她家里收拾得不好顾不及丈夫孩子的三餐一宿，那一定就是众人眼中的坏女人懒女人。

而刘招娣事业家庭两不耽误，跟超人一样，简直插上对翅膀就能飞，可惜，她永远也没有一对翅膀可以插。老了，病倒了，那份孤苦无依，只有比别人来得更甚。

老两口在省城处理了商铺的房租，张天阔发现刘招娣两处商铺收入颇丰，不禁又是一阵惭愧。刘招娣点完自己的账目，摇着轮椅，跟张天阔去商场，给张天阔买了一身高档西装。

张天阔嫌贵不想要，刘招娣说：“就爱看你穿西装。”张天阔听她说了一个爱字，心弦微颤，把那套西装穿上了，果然气宇轩昂。

安城街头上，走过无数男女，年轻时的刘招娣和张天阔，也曾挎着胳膊一起走过。而今，女的一头花白头发，坐着轮椅，男的虽然依然高大却有些驼了背，推着老妻，缓缓地又自这街头走过。

民政局装修过了，比当年气派得多，职员很年轻也很有礼貌，不过见了老夫妻的模样，还是难免露出惊讶。

两人办了手续，办事员还说了声百年好合。他们对视一眼，真的，要说一百年，也过去快一大半了。刘招娣收好了结婚证，张天阔低下头，在她额上轻轻一吻。刘招娣忍不住笑了，想骂他臭不要脸，可是再也骂不出口。

张天阔带着刘招娣回了自己的单身宿舍，他把那些凌乱的行李简单收拾了一下，又把书装了箱，在抽屉那里翻翻，递给刘招娣一张纸，刘招娣一看，上面是张天阔的遗嘱，声明要把自己那点存款留给“……我的妻子刘招娣，虽然我们离了婚，但她在我心中仍然是唯一的伴侣，法定的夫妻”。这算是他最不风花雪月的情话，他只是老老实实地承认自己是个无用的男人，就剩这么一点钱，希望能留给她。

然而对一位老会计来说，这比什么情话都来得管用，直击人心。

刘招娣泪湿眼眶，嘴上却说：“写这些不吉利的干什么。”

张天阔难为情：“……就是钱太少了……”

刘招娣哼了一声，翻了个白眼，难道还能指望他那些三块五块的稿费吗？还好意思说呢。可是到底他是惦着她的，这段日子一直荡漾着辛酸的甜蜜，人生滋味，大致如此，他们仍然活着，就有时间去学会谅解和接纳。

＊＊＊

张文扬跟着保姆做了大扫除，大户型的扫除分外累人，但张文扬不想白吃白住。她哄睡了小叶子和元朔两个孩子，写完稿一看都快十二点了，秦静姝还没有回来。给她发了条微信问候，也没回。

她心说看来这是忙活得忘记时间了，自己梳洗一番和衣睡倒，留着耳朵等着她回来说一声。

这番功夫还是等杜峻峰加班回家练出来的，在医院给老妈陪夜，更上一层楼，耳朵赛警犬，一有动静立即从梦里硬生生把自己拔出来。

秦静姝是陈维翰给背回来的。他开车送她回家的路上，秦静姝就睡了过去。他停好了车叫她，还是不醒。陈维翰把秦静姝当一卷铺盖，往肩膀上一搭，没办法，他只比她高六厘米，公主抱不适合这种个子高又醉醺醺的女人。

这天晚上是贾婷婷的巡演庆功宴，全女班喝了个不醉不归。最后一场演出贾婷婷隆重推出了小静，唱了一首伤情歌之后，甩开大裙子露出皮短裤，跳上高高的乐队台子，秀了一手架子鼓，把全场气氛推到高潮。

看着台上光彩照人的小静，秦静姝感慨万千，这就是女人，做助理，做司机，干不完的琐事，还是孩子妈妈，一个人送走了自己家里患病的亲人，在茫茫世上给自己和孩子扒一口饭吃，还每天打扮好了，要听音乐、唱歌，跟孩子一起跳舞，给大家领盒饭，自己拿个鼓槌在手上转。生命力无穷无尽，只要给了一点机会，她立即发光发热给你看。

庆功宴上，陈维翰也列席，小静跟他在一起办事多，两人干了一杯橙汁，算是结拜了。大家起哄要他们喝交杯酒，小静说：“我要是喝酒了，那秦总可要吃醋了。”秦静姝说：“随便喝，你们随便喝，我口轻，不爱吃酸辣。”

一片笑语盈盈，真有豪放女跑过去跟陈维翰喝交杯酒，吓得他四处跑求饶，说自己还要开车啊。

贾婷婷独自对着窗口，慢慢地喝着一杯矿泉水。秦静姝过去跟她肩并肩站着，两人什么也不说。半晌，还是贾婷婷先开口：“确诊了，乳腺癌。”

秦静姝面无表情，把大半杯酒一口干了。那酒味涩而辣，火一样烧到胃里。

贾婷婷反倒笑了：“没什么，现在就我们俩知道这事，万一我有什么事，你就是我的遗嘱执行人。”

秦静姝热泪涌出，拿手指捻去泪滴，说：“什么话呀，能有什么，什么都没有！好生等着做手术，我倒要看看你的光头造型。”贾婷婷笑得更促狭：“那你要不要剃光头陪我。”秦静姝一咬牙：“陪！”

说罢两人紧紧拥抱，人生到此，竟也再无更多话可说。要走多长的路，才知人生短暂，而最长的路不在脚下，而在心里。

这一晚秦静姝让自己喝醉了，自从有了孩子之后，她从来没有这样失态过。别人都说秦总乐大发了，当然了，贾婷婷的巡演大赚了一笔，最后推出小静又呈现强劲的上位之势，这些都是看得见的钱钱钱，一个老板最高兴的事，除了赚钱还能有什么。

贾婷婷带着小静满场飞，见了做媒体的就让她去寒暄陪酒，当晚就约下好几个专访，摆明就是要拉她起来，重回舞台。

小静跟着贾婷婷，恍然又想起当年出道时，那副年轻气盛不知天高地厚的模样，现在尝尽沧桑，她满脸是笑，见人就半鞠躬，只求给人留下一个谦和好亲近的形象，好给自己铺就日后的江湖路。

她不努力不行，不低头也不行，今天赚来的，就是明天要花的，手里能抓到什么，将来就是儿子的大学学费，留学的机票钱，虽然孩子明年才上小学一年级，可是一个妈妈，早早就为孩子操心了这后面的一生。

陈维翰一直不远不近地跟着秦静姝，她进了卫生间呕吐，他在外面等着。她一出来，他就递了杯水给她，她进嘴一品，说："不要这个，上酒。"说着又嘻嘻哈哈地跟别人斗酒去了。陈维翰越看她这种前所未见的狂放，越是担心，越要跟在她后面。

果然，她是硬生生把自己灌了个烂醉，陈维翰上前一搀，她就倒进他怀里，醉眼蒙眬："不是说要我求婚吗？来，我向你求婚……"

说着就要挣扎下地去跪一条腿，陈维翰两臂用力，把她拔起来，大声说："喝醉了说的话不算！要求也是我求，还轮不到你。"

众人哈哈大笑，纷纷觉得这小插曲一等一的可乐，哪知道当事人心中翻江倒海。

小静帮着把秦静姝扶到了车里，陈维翰开车送她到了家，开门一扛，把自己仰慕万分的上司加爱人当一口袋大米，直接扛着上了电梯。

张文扬听见声音，赶忙起身去开了门，酒味扑鼻，秦静姝不省人事，陈维翰西装也皱了，张文扬直接引陈维翰去秦静姝的卧室。主卧够宽大，一张米白大床配着海蓝色地毯，床头还挂着个罗盘和救生圈。

陈维翰把秦静姝放在床上，却被她勾住脖子，脱身不得。张文扬抿嘴一笑，自言自语说："再过一阵子天都快亮了，我要去睡了。"

她心想老友这人外刚内软，干事业杀伐决断攻无不克，感情上却这么拖泥带水优柔寡断。是人都能看出陈维翰是她良配，偏偏她自己当局者迷。

想到当局者迷四个字，张文扬叹气，自己还配说别人吗？都被那彪悍小三逼得有家不能回了。

陈维翰就着秦静姝搂他脖子的姿势缓缓卧倒，秦静姝脸上残妆加上一股酒气，扑在他脸上，他没有什么意乱情迷的感觉，充其量也就是不嫌弃。

他虽然是个单身汉，却有爱清洁的好习惯。什么电影电视剧里写男女醉酒乱性之类的，只能说这些人根本就是把酒醉当了借口。真的喝多了，十有八九都跟秦静姝这样昏迷过去了，只有别人脱自己衣服的份儿，还能上手去脱别人衣服上演激情戏，那根本不可能。

陈维翰体力不错，但是一路连背带抱一个大活人也闹得浑身是汗。跟秦静姝相拥在床上，唯一做的事就是克服晚上没有洗澡刷牙的不适感，合眼入睡了。

早晨六点陈维翰睁眼一看，床上空了半边，秦静姝不见了，想不到自己比烂醉的人睡得更死。他看卫生间门半开，里面全无动静，就进去痛快洗漱一番。

秦静姝端着一个大托盘进来，放到窗口小桌上，随手开了窗。陈维翰从卫生间出来，秦静姝招招手，他到对面坐下，托盘上有全麦面包、火腿、白煮蛋、两大杯咖啡，还有一小盘坚果、一盘切片的橙子和香蕉。

两个人头发都洗得湿漉漉，散发着同一股椰子香的洗发水味儿。

陈维翰边吃边问秦静姝："你没事吧，头疼不疼？"秦静姝说："还好。"两人闷头把早餐吃得差不多了，陈维翰起身端了托盘想去洗刷，秦静姝从后面抱住他，把脸埋在他背上："贾婷婷得了癌症，乳腺癌。维翰，我很怕。我怕我会不会也像她那样，人生刚刚有了起色，就遇到这种残忍的事，我怕，我怕自己倒下了，还有很多事情来不及做，我怕自己会丢下儿子，还有父母，还有朋友们，还有同事，还有，还有你……"

陈维翰也来不及计较自己被排在最后一位，只想找个地方赶紧把托盘放下，好回手抱她。奈何实在无处可放，他就把托盘高高地举过头顶，再转身过去让秦静姝抱着。

秦静姝原本泪眼模糊，看他这副高举托盘的滑稽相，破涕为笑。

陈维翰一只手拿了托盘，腾一只手抱住秦静姝，把脸侧过去吻她的头发。

秦静姝在他耳边说："昨晚上的事，被他们拍照了。"陈维翰说："什么事？"秦静姝说："求婚啊，我喝醉了向你求婚的视频，现在朋友圈里正在传。"陈维翰哭笑不得，但转念一想："算了算了就算你求婚了好吧，我就不问你戒指在哪里了。"

张文扬和保姆领着孩子在外面吃了早餐，保姆带着两个孩子玩，张文扬坐在阳台上赶稿。秦静姝和陈维翰出来，秦静姝去煮了咖啡，陈维翰忙着在微信上解释那一大堆关于求婚的恭喜。

秦静姝递了杯咖啡给张文扬，张文扬合上电脑，接了杯子，冲她一笑。秦静姝被她笑得脸红，随手轻轻给她一巴掌。张文扬迎上去跟她击了个掌。

* * *

为了老友满心欢喜，自己却是一头虱。梅导演来接张文扬去参加一个活动，路上听说她在乡下有小院，倒是很感兴趣，问长问短，还说有机会要过去看看。

张文扬随口答应，心说万一真去了，被家中二老看到，不用说又要把他当女婿招待了。幸好网上这些乱七八糟的事二老不知道，要知道了不知怎样忧心。

活动上两人被记者问是不是如绯闻所说正在热恋中，梅导说："人与人之间有很多可能性，就像我们电影里的剧情，原本不相干的两个人，却因为错认开始了一段情缘，所以说，这种巧合擦出火花的情节，在现实中也不是没有可能发生的。”

于是八卦报道都以梅导的话为准，有很多可能就是有可能，有可能就是有暧昧，有暧昧就是将来还有戏，有戏就有的八卦。张文扬自己是写八卦为生的，现在被八卦了，只能自叹算是报应。

周芳莉在产房里号呼一天一夜，迫不得已，还是做了剖宫产手术，所幸大人孩子都平安。

杜峻峰在外面陪着煎熬，赵桂荣也来了，带着她给找的月嫂，捧上鲫鱼汤。一等病房可以进去探望，杜峻峰赶紧去隔壁把孩子小车推进来了。婴儿红红皱皱的脸，正在睡觉，男孩，重七斤半。杜峻峰和周芳莉互看一眼，这种为人父母的喜悦第一次真的让他们俩之间心意相通。

精力稍微恢复，周芳莉忙着拍照给朋友们和同事客户发去看，章明亮也在其中，他的回复很简单：“我去看看你。”周芳莉心头一暖。

然而，他的来意是她完全想不到的。章明亮过来后先看了看房间，杜峻峰出去张罗买吃的不在，月嫂抱着孩子坐在旁边，周芳莉在刷手机，抬头看见他笑了笑，心里还庆幸杜峻峰不在，不然场面就有点尴尬。

章明亮声音很轻：“你还在上网啊，没看见那上面都在骂你吗？”

周芳莉一阵反感：“我才不管他们，那女人，哼，等我出了月子就去搜集证据告她！”

章明亮嘿嘿一笑：“告她？如果不是她呢？”

如同一桶冰水直接淋在头上，周芳莉忽然心中雪亮：“是你！你做的！你，你是不是在我手机里装了窃听软件？你这浑蛋！乡巴佬，窝囊废，你不是人！”

章明亮等的就是这一刻，他看着状如癫狂的周芳莉说：“是的，我就是个乡下人，你知道对我来说，那份工作有多重要，你害我丢了工作，让我丢脸，现在你比我更丢脸，也要丢了工作了，我倒要看看，你这种名声，怎么再出去找工作。就算找到了，每个人都知道你是什么人品。周芳莉，你不把我当人看，想怎么样就怎么样，现在看看谁还拿你当人看！”

周芳莉的脑子里经受了一场大地震，所有建筑全部倒塌，耳朵里轰轰作响，她勉力撑起身体：“我要去告你……我要让你坐牢。”

章明亮欣赏着她痛苦扭曲的表情，轻声说：“知道我为什么现在来吗？其实本来想等你出了月子再告诉你，气大伤身，毕竟夫妻一场嘛。可是我的签证下来了，技术移民申请成功，家人都过去等我了，我一会儿就去机场。所以你去告吧，我看看你怎么找证据，怎么起诉我。”

说完，他把带来的巨大花篮往墙角一扔，大踏步出了病房。杜峻峰正走进来，跟他碰了个照面，杜峻峰一愣，章明亮满脸是笑：“有空去做下亲子鉴定吧，谁知道是不是你的。”

杜峻峰连轴转在医院熬着，本来就有些精神恍惚，听他笑笑地说出这种话，如劈面一闷棍，一时不知该如何应对。周芳莉瘫在床上泪流满面，他赶过去扶起她：“你怎么了？发生什么事了？他怎么你了？”

周芳莉不说话，只是流泪。月嫂抱着孩子，想让他过来吃奶，周芳莉狂吼一声：“滚开！”

杜峻峰劝解：“你怎么了？别这样，吓着孩子怎么办。你自己也得注意身体啊。”

周芳莉抹了把脸：“不是你前妻……是他！我想错了！是他给我手机装了监控软件，他处心积虑地等着害我……”

杜峻峰渐渐听出话头：“我早就告诉你了，扬扬不是那种人。你，你冤枉了她，你还骂她，你……”他还有好多话，但一看周芳莉那惨状，也不忍心再说下去了。

原本是喜事，却满天愁云惨雾，周芳莉回了奶，吃不下饭，备受折磨。杜峻峰想想此事从头到尾，自己和周芳莉都是自作自受，唯独张文扬是无辜的。他满腔恼怒，可是对着一个卧床的产妇如何能发泄得出。

张文扬接到杜峻峰电话，听说此消息倒是松了口气，小心翼翼地问："那她没事吧？那，我跟叶叶可以回家了吧？"

杜峻峰鼻子发酸："对不起，扬扬，对不起。"

张文扬听到他声音哽咽，心里也酸苦："别难过了，你照顾好大人孩子吧，现在都要靠你……"

杜峻峰听了她的话，百般滋味，他想告诉张文扬，那前夫趾高气扬的样子，让他做亲子鉴定那幸灾乐祸的语气，在他心里种下了毒，有了新生儿的欢乐已经荡然无存。

是他的吗？他不知道。可是他已为了这女人和这孩子，抛弃了自己的妻女，让他在这时开口去说做亲子鉴定，无异跟周芳莉撕破脸决裂。他已经拆了一个家，难道又要再拆一个家吗？

* * *

贾婷婷忽然公布婚讯，成了业界一条爆炸新闻，车唯一的新网站独家抢先推出此事来龙去脉，并第一时间采访到贾婷婷本人，流量大增，她的娱乐网站一跃成为媒体新秀，备受关注。

数据好看了，投资人和老板的脸色也好看，广告和赞助商也源源不断地来了。孙天行忙活自己那一摊子事不算，还抽空给车唯一看合同，帮她谈下好几个品牌合作。两夫妻有唱有和，做得风生水起。

小静因为在巡演上一鸣惊人，也接到了不少演出的邀请。她主攻快歌，走唱跳路线，贾婷婷把自己的舞团给她用，增色不少。张文扬为她新歌作词，一口气写了十来首，几乎没累得一夜白头。有付出就有收获，她从此又多了一份写歌词的活，对她来说就又多了条路走。

秦静姝问贾婷婷："那个人，你确定吗？"贾婷婷点点头："就是他了。"

等见到了邓家安本人，秦静姝放心了。此人外表普通，穿着低调名贵，明明不年轻了，却一双眼睛都落在贾婷婷身上，不曾稍离，竟如少年般热恋。大概自己也觉得不好意思，搭讪着说让秦小姐见笑了。秦静姝摇头，两人眼中只有彼此，自己的存在纯属多余，于是退出去忙别的事了。

邓家安早年做制衣工厂起家，后来越做越大，涉足许多时尚行业，成立集团公司后，时常投资娱乐业。他在电视节目里见了贾婷婷，半晌无语，想起了自己积劳成疾的妈妈，一个人拉扯三个孩子长大。他也算是勤奋有能力之人，十七八岁就外出打工养活自己，二十几岁就当上了小厂长，然而，等到他带了赚来的一口袋咸菜叶子似的钞票，兴冲冲赶回家孝敬妈妈时，妈妈已经卧床多时，怕影响他做事没告诉他，为了省钱又不去医院，拖来拖去，病入膏肓。瘦成骷髅的妈妈拉着他的手，忍着病痛，还努力地笑着夸他是个好仔，说妈妈可以放心了。

后来他娶妻，生子，有了家业，没想到太太锦衣玉食闲极思动，跟他闹离婚，分了笔钱跑出去找了个比自己小十多岁的男朋友。邓家安也算阅人无数，但是他对女人的认知就分两种，一种是母亲那种含辛茹苦，为了儿女牺牲全部的伟大女神，另一种就是太太那种漂亮肤浅，爱慕虚荣，讲金不讲心的。自打他有了钱，事业蒸蒸日上，身边第二种人越来越多，包括那些女明星，无论外表多高贵体面，私下照样话里话外暗示他赠送名贵礼物。

贾婷婷令他大吃一惊，他从来没想到会有另一种女人，不是苦情兮兮逆来顺受的，也不是撒娇发嗲想尽办法要在男人身上捞好处的，她有份坦荡独立的气质，句句话都能说动人心。

她说自己也有人生低谷，怀疑自己的能力，邓家安想起了办厂艰难时自己每天只吃一个馒头；她说自己每天努力练琴，炒菜时还跟着音乐跳舞，邓家安想起了自己熬在厂房里跟工人一起苦干；她说单亲妈妈们要加油，不要自卑，要为生活全力以赴，要为了自己和孩子奋斗，自己就是孩子最好的榜样。邓家安跟许多观众一样哭了，他想起了四处找杂工做，回家路上还在捡垃圾的妈妈，想起妈妈挣了钱，给孩子们买鱼吃，那种最便宜的小杂鱼，她要在冷水里收拾很久，一双手常年红通通的。

电视节目还在继续，但是他已经全无心思。马上在手机上搜了贾婷婷的经纪公司，把联系方式给了自己的副总，让他去安排谈合作。

此后，他成了秦静姝公司的赞助商和贾婷婷的忠实粉丝。贾婷婷找了个机会与他见面，本来想十几分钟打发了这个痴情的追求者，没想到两人细诉平生，一说就是三个小时。末了，贾婷婷叹了口气，说："如果早一点遇到你就好了，我最近身体不适，做了体检，怀疑是乳腺癌，还在复查中。"

邓家安却毫不踌躇："不管你有什么病，我都想娶你，我不是为了你是明星，我是为了你这个人……我也不会说话，我就是想要你这个人……"

贾婷婷在巡演前三天给自己放了个假，邓家安陪她去了澳洲，悉尼风光如画，邓家安置下一套临海别墅，四卧三卫，等她一到，直接办理手续写了贾婷婷的名字。贾婷婷心下感动，钱她此时不缺，但在追求者中这样大手笔的却是绝无仅有，而更打动她的是他接下来说："这是你的婚前财产，如果，万一你的病有什么不好，就让你儿子继承。"

中年人的心地不似少年人那样热烈单纯，何况贾婷婷早算是历尽沧桑，然而她仍然被爱情击中软肋，再也不想抵抗。当晚，她与邓家安在四处盖着白布的公寓中相拥起舞，她轻轻地唱了一首《南海姑娘》给他听。两人都觉得良辰美景得来不易，相依相偎，坐到天明。

复查结果出来了，贾婷婷第一时间告诉他，邓家安当机立断："我们结婚吧。"贾婷婷心如止水，说："好。"

贾婷婷让邓家安在楼下车里等她，抽空去问自己的女伴们意见。大家众口一词："你喜欢就最好了。"然后大家又热火朝天地讨论伴娘礼服怎么穿。贾婷婷看看小静的眼神，直接告诉她："有婚前协议，财产上不会吃亏，是，他送了我大钻石，很大的。"

小静眼泪溅出又赶紧擦去："太好了！我太高兴了。"女生们纷纷起身把贾婷婷围在中间，抱成一团。秦静姝在这帮乱糟糟喜泪横流的女人中，心境无限荒凉。

陈维翰中午推了客户的饭局，对着电脑做方案。最近他刚升职，自己有了一个小办公室，外面也坐着助理。他特地交代了助理不要让别人打扰，等他手头工作告一段落，抬头透个气，却看见秦静姝静静地坐在沙发上看着他。

他又惊又喜怀疑是梦，秦静姝眼中却有无限哀戚。陈维翰心念一转："是不是贾婷婷的病……"秦静姝摇头，纵身入怀，抱住了他。

相识多年，两人才有一吻，秦静姝的嘴唇比他想象的更柔软。陈维翰意乱情迷，深深投入，而秦静姝只是在想生命如此短暂又如此美丽，令人留恋。

吻过后秦静姝恢复常态，调侃陈维翰："这次我又忘记带戒指可怎么办？"

想不到陈维翰早有准备，回身从办公桌抽屉里拿出个盒子，打开，里面是一对朴素的白金对戒。

秦静姝再也说不出玩笑话。两人给对方戴好戒指，安然相拥，再无一言一语。美妙时光只是短短十几秒，接着各回各的工作里去，各自有一大堆事要做。

张文扬在小说里写道：

> 毁坏的一切需要重建，失去的却不一定能够找回，在生活中我们慢慢历练，曾经痛入骨髓的，最终云淡风轻，我们承担，我们成长，我们学会了笑着忍耐，沉着等待，默默努力解决自己的问题，而随着一个个问题的解决，我们就会逃离险境，走到安全的地方。

第十一章

chapter

11

重聚

叔本华说：尽管在人的一生中，外在变化不断发生，但人的性格却始终如一，这好比虽然有一连串的变奏，但主旋律却维持不变。无人能够脱离自身个性。

车唯一说：故乡变了，故乡的人也变了，在他们的眼中，也许我也变了，但只有我自己知道我没有变。

车继业在成为王梅的丈夫，车唯一的爸爸之前，最重要的身份始终都是车老头家最有出息的儿子。他的父母双亲是典型的庄稼人，只知道干着又苦又累的农活，处世态度就是听天由命和忍让。

他家三个儿子，大儿子浑头浑脑成日在村子里生事，后来靠关系走后门去参军当兵，转业回村有了份村委会的工作，抖起小干部的款儿，见高拜见低踩。二儿子奸懒馋滑坏都占全了，中学让一个女生怀孕了。家长打上门来，车家卖了一头牛赔人家钱。车老二现在一把年纪了，还跟一起打牌的老太太们不三不四。

车家的三儿子车继业，长相英俊挺拔，品性端方，学业优秀，还深具人缘，靠着亲戚资助，稳稳考中省城工业大学，毕业后分去大厂，擅搞技术革新，成为最年轻的工程师。

看准了改革大潮，他回故乡县城创业，恰好当时的县委书记是他高中同学，车继业贷款开起了工厂，培训了一拨拨的工人，让原本只是十里八乡来赶集的农村人进了城，有了工作，穿上了工作服，按月发工资，干好了还有奖金。整个二十世纪八十年代，他的名字都是那一带最响亮的。

他自己当然也因此致富，有了车房，还娶到仙女似的太太，生下花朵般的女儿，一家人在县城里过的日子不比大城市差。而这些年里，他对两个哥哥的拉拔帮补是说不清的，两个哥哥给他惹的麻烦，等他去擦屁股的破事，也是说不清的。

女儿取名唯一，是得天独厚的独生女，跟爸爸一样品学兼优成绩好，读了名牌大学，然而两个哥哥对老三的鄙视和嫉妒愈演愈烈，有什么了不起的，一个小丫头又不是儿子。两个哥哥找他出钱出力都理直气壮，我是哥哥你是弟，你得供着我还得敬着我，里子面子都要。

车继业摔伤了腿，父母双双住进医院。大哥二哥一大家人，没有人愿意管，有个在县城工作的侄女车茉莉念着爷爷奶奶，隔三岔五要去照料。大哥和二哥两个人各自也混了份退休金，成天打打小麻将四处闲逛，有人问老人家怎么办，他俩都说老三能干，都靠他了，自己是无用之人，去了也帮不上忙。

车继业不会计较父母那几间老屋，但哥哥们可是看在眼里。老人病重垂危，两人竟先为了谁继承这点遗产大打出手，惊动了公安局。车继业在当地名声好地位高，村主任还年轻，一看这也是他要喊叔叔伯伯的两位老前辈，就暂时按下，电话找车继业处理。

车继业听了，气得死去活来，留下保姆和侄女茉莉照看二老，自己拄着拐，扶着王梅的肩膀去处理这件丢人的家务事。

路上他气息粗重，王梅练功的底子显出来了，用肩膀承担了他大半体重，两人在乡间小路一路疾走。老年迟暮，相依为命的苦楚，全在心头。

两位哥哥一个扭了手一个破了头，看到他来气息都粗起来，指手画脚，要听听老三怎么说。王梅冷冷地瞪着他们俩，开口便斥：“你们都多大的人了还这么胡闹，知不知道爷爷奶奶都快不行了，不去医院守着，先惦记分遗产，要不要脸？老三怎么说，老三自己摔断了腿，你们谁去看一眼，打个电话给他了？有事知道找老三了，不嫌害臊！”

大伯子脸都不红：“家里的事不用娘们儿插嘴。”二伯子这时跟大哥站一边：“对，母鸡管下蛋管不了打鸣，男人的事女人别在一边瞎说。”

车继业气得浑身颤抖，扭头就对警察和村长说：“该怎么办就怎么办，我不管了，他们俩……他们俩随他们去吧。”

车大车二一看老三真要撒手，直着脖子喊，恨不能把这个弟弟拖回来给他们处理烂事。最终车继业还是心软，喊村长过来，递了烟给他，哀求人家给帮帮忙，说服教育就完了。

两人回家，王梅歇了会儿就起身做饭，还没等锅里面熟，电话响了，保姆说：“老爷子看样子不好，医生正在抢救。”

车继业赶紧电话找了个熟人，开车来送二人去医院。老爷子固然抢救回来了，老太太又急又气，心力衰竭，临终要见大儿子二儿子，车继业只是摇头流泪。

老太太也明白两个儿子的为人，颤巍巍地说：“苦了你了，三子。”

车继业满眼是泪，王梅也背过身哭。老太太把自己耳上一对金饰摘下，放在王梅手心里：“给唯一留着当个念想。”话说完了，人就安详地去了。

车继业、王梅、保姆再加上连夜赶来的侄女茉莉，一起张罗老太太的身后事。老爷子不知道老伴走了，半清醒半糊涂地喊老伴起来给他做捞面。

* * *

车唯一此时在北京事业正旺，秦静姝的公司跟她深度合作，独家消息都从她这里披露，营销方面孙天行全力协助，车唯一自己也慢慢摸出了门道。

原本她为人大方活泼，漂亮性格好，社交本来就是强项，而所谓营销也就是卖东西，本来也建立在双方愉快交往的基础上。哪怕是菜市场，一样卖白菜，你笑得比别人甜，生意就会比别人好。

此时新媒体大潮席卷而来，品牌纷纷试水。一时间营收数据让老板笑得合不拢嘴，早早做起上市的美梦了。

自流产后车唯一身体虚弱，高强度工作还要带孩子，实在雪上加霜，好在公公孙佑才帮手带乐乐，孙天行也卖力做家事，照顾全家。

公公和丈夫越是卖力帮手，车唯一心里越是对妈妈有些不满。老妈可真是，看孩子是累，可也不能这么一躲回老家就扔下不管哪。其实带乐乐也就这半年，她就上幼儿园了，时间一眨眼就过去了。

但王梅就做得出，亲家过世她都不来看看，可见她因为以前的事记恨了婆婆。

孙天行可不敢批评岳母，但也猜测丈母娘多半跟老妈积怨太深，他返回头劝解车唯一，说老人们都应该享一下退休后的清福，咱俩多努力，眼看情况都越来越好了，再说爷爷带乐乐，也能缓解他没了老伴的伤痛。

女伴聚会上，两个女朋友看出车唯一的变化，整个人气息凛冽起来，那套装穿得比秦静姝还贵，手提一只普拉达新款包，脚踏名牌高跟鞋。

秦静姝知道这是新贵的毛病，处处都显得用力过猛，但都是老友也不能笑话她，就猛夸她打扮得体气势逼人。车唯一笑笑，手里拿根筷子转，问候两位女朋友家各自的太后。

张文扬先跟大家汇报老妈老爸复婚的好消息，而且老妈状态大好，竟然又开始做账了，说老爸那个小院子租得便宜，她要考察考察周边地价，价钱合适就买一个。

张文扬咂咂嘴："我妈这人啊，是我一辈子的偶像，买什么什么升值。"

秦静姝给大家看照片，李云珠在深山里建起了希望小学，那招牌是她自己写的，"云林小学"，至于云是谁，林又是谁，秦静姝作为一个秘密，藏在心里，不想告诉别人。

车唯一说起自己家这摊事，大家又纷纷为她大姑姐孙天爱鸣不平，张文扬说："也许这算是塞翁失马，像我离婚了，但是事业上却有了发展，人啊，就是要一点点被逼出最后一分潜力来。唯一，早几年咱俩还说静姝这样的女强人实在做不来，你看看你现在，比她还拼。”

两位女强人不约而同长叹一声，张文扬理解两位好友的心情，自己也叹了口气。都说学如逆水行舟，不进则退，其实生活也是如此，仅仅是为了不被压成肉饼，只好奋起反击，偏偏你一还手了，还个个就都怕了你了，再怎么严峻的形势，也渐露笑脸。

三人又说起车唯一最近的网站工作，兴奋起来，在桌上想出不少好点子，说着说着，车唯一便打开电脑，立即把能修改的当场就发出去给下属做修改，这份果断让秦静姝也叹为观止。

三个女人一直聊到深夜方散，挽着手臂走在北京街头。秦静姝高挑潇洒，车唯一依旧曲线傲人，张文扬最近被拍八卦拍得多了，越发修饰得秀丽。一年一年，时间慢慢地把自己内里最好的那一部分给锤炼了出来，在偌大的北京城，三个人住处的距离加起来将近两百公里，然而，相识多年，所幸她们从未分开。

* * *

孙天爱送走了中考生，这届学生很争气，全班整体成绩都高出了平均分。不管别的家长怎么非议她，这班学生和家长对她只有赞美。

在校长室里，孙天爱递交了辞职信。校长惋惜这样的好老师竟要辞去公职，但也庆幸摆脱了麻烦。他还是挽留再三，毕竟女老师已婚已育，教学成绩斐然，这样的人才不容易找。但孙天爱已经决定了，只是求校长给她写封推荐信，证明她的教学成绩。校长满口应允。

孙天爱以自己的本科成绩单、研究生成绩单和论文，还有教学经历等资料，向美国几所大学发出了申请，方向是教育学硕士。她知道自己年纪大了，还有孩子，但是她少年时的倔强没有一点改变——我不喜欢北京，那我就要去上海，做一个全新的自己。现在，上海让我遍体鳞伤，那么，我要去美国，我要做全新的自己。

孙天知听说了妹妹的决定，全力支持，帮她整理了资料，在自己的学校里也发了一份申请，还去教育系寻找老师的帮助。

教育系有位老教授听说了他妹妹的遭遇，非常同情，介绍他去自己学生开的一家国际双语学校，女校长顾美琳曾经是老教授的旁听生。

顾美琳接待了孙天知，心平气和地听完了他说的一切，给他指了路，除了有学业成绩方面的申请，最好这边再有公司聘用她，这样办理工作签证，就方便得多了。她认真地看了下孙天爱的资料，当场就说，希望跟她约一个远程的面试，如果两下合适的话，她可以聘请她来学校做老师。

孙天爱在两天后，在视频中与顾美琳和另一位校长面对面。顾美琳是中国女性，修眉秀眼神采奕奕，另一位校长是阳光灿烂的美国男子，笑起来一口整齐的牙齿。孙天爱中英文俱佳，对答如流，还有一小段试讲她用的是自己公开课的内容，用英文翻译《亡羊补牢》的故事。现在国内教育也鼓励发散思维，她教学生语文，但从来都以各种方式支持学生努力学好英文。

两位校长都对她表示了肯定。男校长离开后，顾美琳忽然说："你小时候在农村长大，我其实是在小镇长大，那里后来成了县级市，我读了师大后在本城的教育局工作，但我丈夫出轨了。我考研到了北京，又从北京来美国，读完书之后遇到机会创业，走到了今天……想跟你说这些，因为你让我想起了当年的自己，也曾经有这么一段很痛苦、很低落的时间，但我们都没有放弃为了生活努力。你说，对吗？"

孙天爱听完后眼泛泪光，用力点头。

顾美琳冲她一笑，把桌子上的相框转过来对着镜头："这是我先生，我儿子四年级，这是我女儿，也上幼儿园了。天爱，你一定对自己也有怀疑，也会担心年纪大了，以后前途如何之类的问题，但我想说我支持你。你不要怕，你已经很勇敢了。"

对着那张一家人在游泳池边开怀大笑的照片，孙天爱哽咽着说：“谢谢你。这些话对我真的很重要。”

沈金海多次探望过天爱母子，也多次恳求过天爱回心转意，但得到的回复总是不。

而且，孙天爱会尽量挑人多的场合见他，她甚至把附近的派出所电话设置了快捷键。一朝被蛇咬，十年怕井绳，防备之心一起，再也谈不上夫妻情分，只是看到小宝困惑地看看爸爸又看看妈妈，她心里总是一阵酸楚。

这天，沈金海带了新鲜荔枝来，正赶上小宝午睡。孙天爱把门虚掩着，方便随时能开门逃脱。

她对他说：“咱们离婚吧，反正也没什么财产，房子是你的，孩子跟着我。”

不等他回应，她又说：“我不想起诉离婚，不然，有上次报案的记录，起诉离婚对你不利。”

沈金海木然地抬起头，看着她，孙天爱回看他，无爱无恨，就像看一个陌生人。

“天爱，我不是有意要那么粗暴的，你了解我，我从来不是那样的人，我气疯了，我嫉妒，我误会了你和那个女孩的爸爸，我恨自己，我恨不得把手砍下来给你……我知道你的脾气，你说出口的话就一定要做到，可是你看看孩子……你一个人，带着孩子，到哪里去……天爱，我求求你，我错了，我错了，我错了……”

这道歉来得太晚，苍白无味，孙天爱看着他，只是担心他别又像那天晚上一样暴起伤人，捏她掐她，把她当成垃圾往地上摔。

孙天爱从来没有忘记过自己的童年，她毕生痛恨暴力，找师兄沈金海，也是因为他有一份南方男人特有的温柔细致，恋爱中都是以礼相待，绝不强迫，大声的话都没说过。因此她才对他敞开心扉，定下白首之约。

谁知道，完全靠自己选择的婚姻，也仍然破裂无法收拾。

戴长河因为孙天爱的关系认识了何星月，发现两人竟然有部分业务上的交集，这下关系拉近了几分，时常联系。天恩有时也会被保镖送来戴家，孙天爱带着他和萌萌，还有小宝，三个孩子玩在一起。

三个小的本来各有脾气，尤其萌萌有些孤僻难缠，可他们三个竟然玩得亲密无间不分彼此，真是谁也想不到的。加上孙天爱，四个人时常笑作一团，尖声欢叫，戴家大宅里难得充满欢笑。

戴长河听孙天爱说要申请去国外，到国际学校教书，过后私下对她说："老师，萌萌真的离不开你，如果你和小宝愿意常住这边教教萌萌，我随时欢迎，我可以搬出去住。如果这样你觉得不好，我就只有去报你在的那所学校，让萌萌跟过去继续做你的学生了。"

孙天爱点点头："我也在为这事为难，如果您能支持那就太好了。其实以现在的趋势来看，这一代的孩子会有更多人到国外去接受教育，我看好这份职业的未来，也想趁这个机会带小宝出去，让他适应一下以后好在国外念书。等我在那边安顿好了，萌萌可以随时到我家来玩，来一起住，我会照顾好她。"

戴长河点头答应。没过几天，他把平板电脑推到孙天爱跟前，上面有 3D 图，是一套公寓房子："孙老师，我去查了一下，那个地段不错，是学区，地产也在升值，我看好了这套房子，正在请中介尽快办手续，您过去了就直接入住，不过您得先考驾照，那边去超市、学校都不远，车程大约十分钟。"

孙天爱推辞不从，戴长河坚持要她答应，最后说明这房子写的是萌萌的名字，她必定是欢迎孙老师和小弟弟去住的。

晚上，萌萌问戴长河："爸爸，你不能和孙老师结婚吗？"

戴长河知道女儿早慧，但这个问题还是问得他有些为难，他想了想说："我跟孙老师，就像你和小宝、天恩差不多，关系很好，也会互相帮助，但是，这个不是要结婚的关系。我只跟你妈妈结过婚。"

萌萌说："我知道啊，你们不结婚怎么会有我呢。可是你不跟孙老师结婚，我叫她妈妈好像不对啊。我也知道我亲生的妈妈去了天上做仙女，可我觉得她可能不喜欢我了，要不为什么不下来看看我。"

戴长河眼圈红了："你妈妈非常非常喜欢你，她很爱你，也爱爸爸，是坏人把妈妈害死了，妈妈没办法了才去天上做仙女，她会每天都看着爸爸和你的。"

萌萌把头枕在爸爸的胳膊上，很久没出声，戴长河以为她睡着了，却感觉到胳膊上热热的。他知道女儿哭了。

这种不出声的哭也像她妈妈小芝。他把萌萌像婴儿一样搂在怀里，心想这人世坎坷艰难，无穷无尽，没有了妈妈的孩子，就是没有母鸡护着的鸡雏，风吹雨打谁来呵护。

他又想到孙天爱说自己的身世，内心涌起深深的同情。有时他确实也有些嫉妒，为什么她就轻易赢得了女儿的心，为什么女儿有时候看起来对她比对爸爸还要亲。他现在明白了，这是同病相怜的丝线，串起了两个人，就像失群孤雁遇到了另一只孤雁，她们需要一起飞也只能一起飞。他作为男性，永远无法深入到女性那曲折幽微的内心世界里去。

戴长河敬重孙天爱，他也承认，他娶她为妻应该是最好的结果，但是，他答应了小芝的事呢？小芝临终前的眼神他永远不会忘记，他对小芝的了解，几年下来也没有那短短的一分钟来得多，焦虑、担心、不舍，还有那全心全意的爱恋，她在生命的最后关头，简直焕发出了一种神性照耀了他，让他身不由己地跪了下去，告诉她一定会好好带大孩子，永不再娶。

这些年来戴长河做生意顺利时，便会觉得是爱妻在天有灵保佑着他，如果不顺利，他也觉得是爱妻在保佑他，毕竟还没有令他一败涂地，还是衣食丰足地过着日子。他告诉萌萌说妈妈做了仙女，在他心中，也真有几分相信小芝是回到天上成了神灵。

那么，小芝，你告诉我，我该怎么办？他在心里默默地念着，把胳膊从睡着了的萌萌身子下慢慢抽出来。

何星月听天恩说姐姐不做老师了，心知不妙，打电话去天爱的学校打听，又给戴长河打了电话，几下拼凑才知道：原来自己的女儿受了夫家这样的欺辱，她就这么咬紧了牙关半句话不说，眼看就要一个人跑到美国教书去了。

何星月定了定神，心里盘算了一下，当天就飞去了美国。

顾美琳接待了这位看来是急着给孩子找学校的家长，并带她参观了学校，做了详细的介绍。何星月发现，原来女儿找的工作很不错，学校的硬件设施和整体氛围都相当好，她不由真的滋生出了要给天恩报名上学的念头。

又在美国待了差不多一周，顺便处理一些集团公司里的事务，何星月联系自己的理财顾问，在国际学校的附近买下了一栋房子，三层，两个车库，无论如何，她要把房子过户给她，让女儿在这世界上有个立足之地。

何星月在飞机上反复思量，自己命苦也许是前生作孽，为什么女儿还要面对这样叵测的命运，难道说苦难也是会遗传的吗？她在机舱里柔和的夜灯下落下泪来。

孙天知回国来参加大学的面试，他的科研项目好几所学校都很看好，临行前，他特地去约江致远吃饭。

两人吃了点东西，喝了杯啤酒，说了些各自工作上的进展，孙天知忽然问：“致远，你有没有打算回国？”

其实这也是每个留学生都要面对的一个终极之问：“回国还是

留下？”

江致远一愣，有些奇怪他为什么要问自己这个问题，但还是回答：“我也在犹豫。毕竟我是独子，将来还要照顾父母，爷爷奶奶外公外婆也都上了年纪……其实我要回我本科母校，也就是回我家，应该是随时可以找个教职……”

“不，”孙天知打断了他，“致远，以你的才华和资历，你完全可以在北京找工作啊。”

江致远一笑：“要是这么说，我早在高考时就可以上清华，跟你就真成校友了，那时我都不向往北京，现在干吗要考虑北京啊。我要不就在这里，要不就回家，没有理由非要去北京。”

孙天知摇了摇头，说：“这次回家，我认识了一个人，她帮了我，帮了我家很多。她经历也很不幸，母亲生病，自己又离了婚，带着孩子，还有一双父母要照料，很不容易，但是她很坚强，很能干……”

江致远听他字斟句酌地说着，险些插嘴说这女人这么好，那你要追就去追啊，你要报恩就去报啊，我支持你。

不过到底他是聪明人，隐隐觉得这些话似乎跟自己有什么关系似的，果然，孙天知看了他一眼，说：“这人你也认识，她叫张文扬。”

自从出国以来，江致远再没听过这个名字了。异国他乡，事隔多年，没想到这三个字还能让他耳朵一下烧红起来。离婚了，带着孩子，年迈的父母，很不容易，这些词怎么可能会跟她联系在一起，张文扬不是那个随便一颦一笑，都能让男生为她前赴后继的小女生吗？猛然间，他想起离别时的拥抱，此生第一次心碎，就是为了她。

江致远到了美国后，从未打理过生活俗务，难免有些手忙脚乱，有位女同学对他百般照料，她是混血儿，本地华裔，笑容灿烂长发飞扬，只是江致远买戒指求婚时，心中深深遗憾，他曾经想过要给张文扬买戒指，圈住她不安分的心，可是真的要做决定时，原来你身边是另一个人。

女同学跟江致远结婚一年后和平分手，江致远接受她对他的指责："你从来就没有爱过我。"是的，他承认。他只是被她天真热烈的爱打动了，才跟她走进婚姻。

可是不行就是不行，你爱还是不爱，无法作假，就像试管里的药剂，差之毫厘，谬以千里。

江家长辈对这根独苗万事满意，唯独婚事不能接受这样的结果。虽然全家都是高级知识分子，但也难以免俗地会憧憬孙子孙女绕膝的天伦之乐。原本觉得这媳妇是混血，心中有些腹诽，不过既然结婚了，早点生下后代抱回国内养，还不是跟咱们中国孩子一样吗？没想到，不但孙辈没看到，连混血媳妇也飞了。

江致远的爷爷经历了一次小中风，越发对此事想不开。江奶奶回想前尘，轻轻叹口气，真不如当年多下些功夫，留住那个经管学院的女孩子。

搞科研的好处是可以寄情工作，有冠冕堂皇的借口逃避俗世追问，江致远被亲人催急了，几乎想说自己是同性恋，转念一想搞不好家中各位长辈观念开放，立即就要见他的男朋友，然后催他们结婚领养个孩子什么的，这些事他们干得出来，还不如闷头装死。

孙天知见他脸色变幻不定，又开了口："张小姐跟我弟媳是好朋友，当时我家出事，弟弟和弟媳都不在身边，是她陪着我爸爸，送走了我妈。你还记得年前咱们聚会吗？你那时看电脑照片，我觉得眼熟，一看张小姐我想起来了，就跟她提了你。"

江致远问："她怎么说？"

孙天知笑笑："她表情就跟你一模一样，大概你们心里想的事情也差不多，反正想什么，只有你们自己知道。"

干了一杯啤酒，孙天知起身结账，回来对江致远说："致远，国内现在环境还可以，咱们回去不愁没有工作，我要回去面试了，你若有兴趣，我去的地方都替你发一份简历。”

江致远知道他这用意是劝自己回国去找张文扬，在国外大家很少谈私事，这位孙师兄这样热心相待，是为了同门之情，更是为了回报张文扬的雪中送炭。

可是，他就那么确定张文扬还愿意接纳他吗？江致远追想刚才那一瞬间自己失态时的思绪，印证了孙天知说的“你们心里想的大概差不多”，一张脸慢慢涨红，好似第一次喝酒便醉倒的情形。

* * *

网站经营得蒸蒸日上，车唯一领了几个业内的奖项，也开始登上各种论坛发表演讲了。杰森杨让她趁热打铁，主办一个网络电影节，发动各方网络媒体，组织导演和明星们前来参加。

车唯一立下军令状，立刻招了几个新人，开始风车似的忙了起来。多年来她在业内有善缘积累，大家也看出她事业在上升，越发给面子，车唯一忽然成了重要人物，几个大明星确定出席的消息一出，四面八方都开始有消息向她涌来。

赞助商们不断登门以求冠名就不用说了，那些政府的宣传部门开始对她爱答不理地打官腔，眼看网上新闻渐多，还传出大明星要来走红毯的消息，也都着了急，纷纷主动要求电影节在本地举办，还给提供各种便利。

车唯一不想得罪人，但也存了一点点私心，她把这次电影节的地点定在了家乡齐镇。

齐镇也是国家级旅游景区，只是不温不火，一向不是旅游热点。前几年还出现过游客被宰事件，被曝光了一回，负面新闻导致游客数量暴减，旅游带来的收入也暴减。

旅游局局长姓陈，跟车唯一家原来还做过邻居，车唯一直接给他打了电话，叫了声叔，把事情说了。陈局一听说有将近五个一线大明星要光临齐镇，激动得连声音都颤抖了，当下就跟车唯一要了电影节有关的资料，发给了镇长。镇长一看马上作为大事层层汇报，惊动了省城领导和文化圈。

要说一个人在北京有多红，地方上还是感受不到，一旦切身利益相关，立刻你的一切都在家乡口口相传了。

车唯一眼看这件大事要成，才跟父母电话告知这几天要回乡办事的消息。只是电话那边，王梅的答话含糊不清，又有点像李劲松过世时般吞吞吐吐。

车唯一心说您这又是担心什么呢，我又没叫您回来帮我看孩子，连声追问下，车继业叹气，说："就告诉她吧，也没什么好瞒的了。"王梅这才一五一十把家里这段时间发生的事细细告诉女儿，说着说着，声泪俱下："……乐乐奶奶走得太突然了，我跟你爸都很难过，可那几天你爸天天住院治腿，我得陪着他，我们也商量想去，可就算去了，也只有给你添麻烦，帮不上你反倒拖累你。想你一个人在北京遇到那么大的事，妈也不能陪你，不能去帮你抱着乐乐，想起来就哭，你爸也心急，好容易不坐轮椅了，他就拄拐杖练走，这腿也不是一时三刻就能长好的。这些天爷爷奶奶住院，我和你爸要去照看老人，你大伯和二伯不闻不问的，还为了争遗产都打进公安局了……唯一，你奶奶走了，这就是昨天的事啊，我跟你爸还在犹豫要不要告诉你，你跟小孙都忙，你俩也没有空回来……"

万万想不到家里有这么多事发生，车唯一心都裂开了，她喊了一声妈，在自己装修豪华的大办公室里放声哭了起来。

王梅听见女儿哭，赶紧收了眼泪千哄万哄，末了还提醒女儿这是在工作，记得给自己补个妆呀，可不能哭花脸见人。

近年电影市场大热，票房动不动就上十几个亿，钱多的地方媒体就多，品牌就多，明星就多，公关就多，这个网络电影节适逢其会，各路资源一拍即合。

听说有一线明星出席，二线明星答应得也就痛快，三线明星干脆就上赶着来了。

正在宣传期的电影不用说，就算没有红地毯，剧组都要铺一块在外面走走的，绝不会放过这个宣传露脸的好机会。其他准备上映的，刚刚开机的，乃至签下了热门小说还没开机但号称国际大制作的，一股脑都冲着这个本土化网络化的电影节来了。

梅导和张文扬，秦静姝和贾婷婷，小静，还有陈维翰，都被车唯一列入第一批邀请的名单，原始名单里有大明星、名导演、名记者、重要媒体和政府大领导，还有当然就是主办方认为很重要的人了。对车唯一来说，没有人比她的好朋友们更重要了。

名单递到杰森杨那里，他也正为了电影节筹备兴奋不已，大笔一挥，加上了好些场面上的宾客，除了投资人就是大老板。另外他看看车唯一，笑眯眯地把孙天行的名字也添上了，说："作为某网站的副总，咱们也请上他一起吧，等于给你找了个副手，还能替你跑腿，就不知道孙总有没有空赏光了。"

车唯一没心情开玩笑，勉强笑笑说："有空没空他都得去。"杰森杨一听哈哈笑起来，说："好霸气的太太，我们家也是呀，我太太叫我去什么活动，舍命也得陪君子。"

孙天行回家听了车唯一哭诉，忙说这还等什么，他立即给公司电话请了几天假，然后就开始整理行装，背起双肩包拖着拉杆箱就要出发了。车唯一说："你要不明早再走。"孙天行说："这是大事，既然你们家就爸爸能主事了，他又行动不便，我不去怎么能行，我刚在网上买了火车票，睡一宿就到了。你放心。"

两人匆匆亲了一下，孙天行起身就走。车唯一看着他拖箱子的背影，不知怎么想起了当年在大学里，他那副嬉皮笑脸的德行：“我要做你老公。”她狠狠地撕他的耳朵，可是心中未尝没有一份甜蜜。从青涩恋爱，熬成柴米夫妻，这就是人生。孙天行不是不能办事的人，这时候，也只有靠他了。

* * *

上一次来齐镇，还是跟车唯一办婚礼时，孙天行在清晨六点下了火车，呼吸了一口小镇的新鲜空气，心说这地方山清水秀的比北京强多了，要不怎么会养出车唯一那么水灵的姑娘。

穿过那些拉客住店坐车的人群，他打了个出租车直接到了岳父家。王梅昨天夜里听说女婿要过来，怎么也没想到这么快，刚起床人就到了眼前，手里提着煎蛋饼、豆腐脑、胡辣汤和包子，在楼下把早饭买了带上来了。二老连同保姆都一起吃上了现成饭。

车继业原本对这个北京女婿有点嫌，觉得他飞扬跳脱像个小男孩，一看就不能担事，怕女儿会吃苦，这次他连夜奔过来还给买早饭，边吃包子边开着电脑，一会儿打字一会儿语音地忙活，看着也真有些能干的模样了。

王梅不必说，疼爱女儿的妈妈都心疼女婿，特意去给找了双新拖鞋，催孙天行换上。

孙天行咽下嘴里的饭，说：“妈您不用忙了，一会儿给咱办事的人就过来了，我收拾收拾家，您给指挥，看看桌椅板凳怎么搬。”

王梅和车继业本来就愁家里出了大事人手不够，车家的兄弟指望不上，侄儿们都打工在外，跟家里联系少，只有一个侄女车茉莉知冷知热，体贴叔叔婶婶，让他们快点回家歇息一晚，自己在医院陪护爷爷。

王梅心说咬紧牙关也要自己上，也无非就是诸多琐事，让保姆照看好车继业，自己怎么也得撑下来。

这下孙天行赶到，三言两语，来了一屋子年轻人，手脚麻利，转眼就把灵堂摆起来，大家穿上孝服，点上香烛，车继业这下放了心，坐在灵前，哭了一声娘，泪如泉涌。有心痛却也有欣慰，自己也有依靠的人了，有女婿这么尽力，不怕丧事不圆满。

那边有专人去殡仪馆跑老太太火化的事宜，孙天行又去了医院，跟车茉莉相认。

车茉莉穿着寒酸，清秀俊俏，一双凤眼哭得红红的，却很有脑子。她跟孙天行核对了一下要办的各种事，真是他能想到的她也想到了，他想不到的她也给补齐了。

孙天行心说这是一个绝好的行政人才，忙中偷闲，问她此时工作如何，车茉莉说现在在家里就图能照顾爷爷奶奶，因为小时候她是奶奶带大的，虽说二老也重男轻女，但待她总算比亲爹妈强。她爹妈眼中只有儿子没有女儿，她考上了大专，全靠自己打杂工才念完。本来还想专升本，可爷爷奶奶都病倒了，只有三叔三婶给出钱出力，她也就回老家找了份工作，挣钱帮补爷爷奶奶，抽空伺候二老，算报答养育之恩。

孙天行是北京男生，这些苦情事小城里常见，对他来说却是闻所未闻，回想车唯一表面神气活现，内里却总有份若有若无的自卑感，更是感慨多了一层。

原来在这种地方，无论你如何优秀，只要你是个女孩，你就输在了起跑线上。也难怪那些办事的人只冲着他毕恭毕敬，对车继业也叔叔大爷地叫着，却根本没把王梅放在眼里，女的嘛，女的就不是当家主事的人。

在坐车赶去殡仪馆的路上，他一路游说车茉莉来给电影节帮忙，车茉莉一口答应说："唯一姐是车家出人头地的人，我也跟着姐姐和姐夫多学东西，要说电影，我平时也很喜欢看电影的，爱看托纳多雷还有小津安二郎。”

孙天行真想不到在这小县城能听到这两位导演的大名，顿时对车茉莉刮目相看。

人手齐备，丧事圆满，车家二老老实本分，车继业又拉拔过许多同乡，车家在村中人缘不错，连村长都来了。顺便告诉车继业他两位哥哥在公安局又互殴起来，还打伤了劝架的民警，被拘留了。车继业听了只长叹一声，狠狠地说活该。

车家爷爷在医院，一时迷糊一时清醒，只知道不少邻居老乡川流不息地来看他，过了几日又不见了人。这天车茉莉守着他，他忽然问：“你奶奶是不是走了？”

车茉莉一听眼泪掉下来了，看爷爷双眼明澈，知道他清醒着，也就答应了一声是。

爷爷叹了口气，也没有问自己的三个儿子，又说了一声：“想吃个捞面。”

车茉莉边擦眼泪边往外走，说：“我给您做。”医院有个护士跟她是初中同学，诸多照顾，一听这事借了个电饭锅给她，又把午饭买的手擀面分了一半给她。车茉莉在病房里煮了面，爷爷看着袅袅的白气，孙女忙碌的背影，缓缓合了眼睛。

车茉莉捞了面条在碗里，喊爷爷来吃，却见爷爷已经去了，惊得一碗面条全泼在地上，泪如雨下：“爷爷，你吃面啊，我给你煮好了！”

孙天行忙过了奶奶的丧事，本来买了票要回京，这下又走不掉了。车继业连续失去父母，哀痛伤身，自己也撑不住去医院吊水了。王梅几天下来忙乱不堪，也累得瘦骨憔悴，幸好车家远房亲戚还有女眷，都留下来陪她，替换着做些琐事。

* * *

这些天车唯一把乐乐托付给张文扬照看，小叶子和乐乐两个小姑娘一个文静些，一个顽皮些，天然就是玩伴，张文扬自己也要写稿，孩子们全靠着刘招娣和张天阔照料。

刘招娣眼前事事都算顺心，身体也渐渐恢复，在家里坐着轮椅四处收拾，给孩子做这样吃那样吃，两个女孩子也渐渐懂事，知道给姥姥拿东递西，没事再听听姥爷给念诗，一老两小坐在柿子树下面，书声琅琅。

车唯一开车来看时，也大受感动，对张文扬说："文扬，还是你好！我现在闹得一个家四分五裂，简直不成样子了。要说挣钱是比以前多了，可这日子过的……"

话音未落，又是一串电话，车唯一带着两部电话，电脑也随身携带，不知道什么时候就有人来联系，有事找她。张文扬给她比了个手势，让她赶紧去忙吧，这边有她在，放心好了。

车唯一放下女儿的换洗衣服和一堆零食玩具，坐也没坐就走了，远远地看了乐乐一眼，生怕女儿看见她又要缠住不放。

电影节的事进展很顺利，来的重头人物越发多了，车唯一把手头事务交接给老板杰森杨。他现在红光满面，成为京城最炙手可热的人士，人人都希望到电影节上露个面，确保自己还是业界的重量级人物。

跟电影不沾边的也希望去跟明星们交际交际，一个场子一旦铺开，就成了名利大漩涡，转动越来越快，直到把所有人都拖进去。

而车唯一忧心如焚，不知家里连遭丧事，父母能否承受得起这样的打击。一边自己张罗活动锣鼓喧天，一边却是家里老人接连离世，人生哀乐实难分辨。

车唯一带着简单的随身行李回了齐镇，旅游局局长陈局亲自接站，送她回家，自己也跟上去给车家二老的遗像上香。车唯一来不及放下包，先搂住妈妈，放声大哭。王梅人瘦了许多，车唯一心想自己先前还错怪妈妈不肯来帮自己，痛悔加倍。

王梅心说女儿一个人在北京拳打脚踢，不知吃了多少苦，家里外头女儿该有多难。两个人都哭对方的苦，心痛着怀里的人，反倒把自己忘了。只是百忙中车唯一也没忘了给妈妈带个新买的包，王梅瞥了一眼知道是爱马仕，虽然心疼，却也笑了，这爱漂亮爱名牌的脾气一辈子不改。

陈局老于世故，在这边早跟几个车家亲戚聊得火热，普通人见了局长总以为是个人物，小地方的领导更是让人高看，又听说可能县长也要来，这下可不得了，话传话，八竿子打不着的亲戚也要来凭吊了。

车唯一跟王梅去医院看车继业，车茉莉正给叔叔端饭倒水，车唯一平时没留意过这个小堂妹，只知道大伯家看不起女孩，她又是最小的，平时就当个小猫小狗往爷爷奶奶家一丢，根本没人管。想不到这危难时候，是她不声不响站出来挑起大梁。

孙天行从殡仪馆赶过来会合，事情办得差不多了，他选了几个墓地给车继业挑选，人走了入土为安，讲不了什么风水吉日。

王梅和几个亲眷收拾老人的遗物，发现车爷爷衣服口袋里藏了个小纸条，上面歪歪扭扭写着："房子和地给老三，钱给茉莉。"下面还签了自己的名字。看来是他自己知道来日无多，偷偷写下了遗嘱。王梅可不贪图这份财产，多年来对老人偏心大哥二哥，只顾着搜刮三儿子，也颇有微词，但看着这小纸条，忍不住一腔热泪洒下来，到头来他心中有数，知道谁冷谁热。

二老的存款不多，一辈子为儿女熬干了也只不过剩了几千块钱，在医院的费用将近十万块还都是车继业出的，办后事的钱倒是孙天行出了。

车茉莉捧着爷爷的小纸条，大放悲声，这些天的煎熬劳累，终于有了出口，爷爷奶奶对自己是疼爱的，从小是爷爷奶奶把自己拉扯大，爷爷背都弯了还驮着她走。虽说他更喜欢孙儿，可是车茉莉对这些点点滴滴的好，一辈子都不会忘，自幼父母对她视若无物，这点爱也就是她得到的仅有的爱护了。爷爷奶奶没有留给别人东西，只给了三叔，再就是给她，也就是说，他们看到了她的付出。她要尽自己的力，好好送走爷爷奶奶，想不到的是，爷爷最后还是心里有她。

一向卑微惯了，忽然被人这样好好对待，车茉莉百感交集，顿着脚，悲切哭诉："爷爷，你到底没吃上捞面呀！"身边的人无不落泪。

县长果然也来参加了车家的葬礼，虽然只是匆匆一面，但是有他出场，镇长和几个镇里的干部也都踊跃前来，旅游局局长成了功臣，四处张罗。

仪式一旦形成，就要排位次。车家大伯二伯蒙车继业说情，从监狱里暂时放了出来参加丧事，身边还有警察监管。虽说两人也号啕大哭双亲的离去，但周围人等议论更多的是他们生前不闻不问，老人还在就争遗产的丑事。

车继业做主，他和王梅在家属主位，后面跟着的是孙天行、车唯一、车茉莉，三人并排。倒把两位嫂子和一众侄儿排后了。

原本两个嫂子也是牙尖嘴利，常联合起来问三弟要这要那，现在自家男人如此丢人，也就委委屈屈地服从了安排。车茉莉平生第一次站在了比较重要的位置上，抱着爷爷奶奶的遗像，伏在地上，似要把这辈子的委屈都哭出来。

县城规矩，两老年已高龄，还是相继去世，白头到老，路上还成双成对，算是喜丧。鞭炮噼啪放了一万响，车继业摔了孝盆，拿了哭丧棒，孙天行和车唯一搀扶着爸爸，车茉莉搀扶着王梅，后面是亲属们，哀乐声起，灵车缓缓开出。

路上要给亲人喊魂，王梅的高腔一出，凄切婉转，竟把众人都听呆了。车队绵延长达半公里。送了老人回来，流水席开，王梅的老同事们粉墨登场，卖力唱了一天戏。

葬礼间隙，孙天行还忙叨叨地被抓去寒暄认亲，车唯一就只对车茉莉和颜悦色，姐妹相称。

众亲友背后八卦数落她欠礼数，但听说车唯一要在这里办什么活动，连县长都给三分面子，得罪不起。车家大伯二伯还想在遗产上做文章，被村主任给劝住了。车继业本来从未想过要那份微薄产业，但又怕自己放手，大哥二哥还不知道要争到几时，干脆跟村长商议好，办理了交接手续，老屋上了几道大锁，反正这样还能落个清静。

村长也精，当着车家人和村里人公布了车家二老住院的各种票据，足足十万多，买下老屋都绰绰有余。亲兄弟明算了账，一段恩怨就此了结。

晚上一家人守灵，烧纸，车继业想起爹娘含辛茹苦的一生，老泪纵横。车唯一看到爸爸伤心，心如刀割，再看妈妈也抹着眼泪，素脸无妆，露出了老态。孙天行看着这一家人，想起已经走了的妈妈，咧嘴跟着哭了一场。

王梅拿了根棍子，在火盆不远处画了个圈，拿了许多元宝烧纸过去点燃，嘴里念着："乐乐奶奶，我的老姐姐，咱们交心交晚了，你走得急，我跟老车也没去送送你，你别怨我，实在没办法的事。老姐姐，你在那边要好好的，保佑家人，自己也要照顾好自己，你呀……我真不该跟你吵架呀……"

孙天行泪流满面，喊了一声妈妈，拿棍子挑着纸给烧完了。

当晚，车家老夫妻互相依偎着在床上半躺半靠地睡着了，小夫妻俩偎依在一起，守着灵，如此短时间中又经历了一遭丧事，更觉生命可贵，姻缘不易。

孙天行亲吻车唯一的头发，说："车唯一，你最好死在我前面，要是我先死了，真舍不得你伤心。"

车唯一含着眼泪说："最好咱俩都别死，不然乐乐可怎么办哪。"

一说到女儿，两人都心痛起来，再看看床上的二老，想想走了的乐乐奶奶，孤身在京的乐乐爷爷。中年人哪有谈死的资格，当牛做马，风吹雨打，只能奋力地活着。两人在这半年里经历了三场葬礼，只感觉老去是一瞬间的事，而自己幸存下来，也算劫后余生。

悲伤若有足够的宣泄渠道，便不会太伤人。车继业原本双亲重病，自己又摔坏了腿不良于行，但患难时有爱妻扶持，贴心伺候，有懂事的侄女分忧，最后盛大的丧事是女婿一手操办，看在女儿的面子上来了许多贵客为二老送行，也算十分圆满。

他心疼女儿女婿这些天的辛劳，亲自摇着轮椅下厨，给车唯一做了一顿她自小爱吃的家乡菜，也招待女婿，慰劳老妻。

饭桌上大家谈论起电影节，车唯一要爸爸妈妈也跟去看热闹，没想到爱出风头的王梅一口拒绝，说现在车继业的腿不能这么折腾，再说有孝服在身上，不该去参加这种场合。

车唯一说："妈那你可看不到我走红毯了，五岁红也来呢。"

王梅低头一笑，说："不管是谁，也没有我女儿一半好看。"

车唯一眼眶湿润，感慨万千，忽然觉得有了妈妈这句话，红地毯不红地毯的，一切都不重要了。

* * *

电影节轰轰烈烈地开起来了，孙天行车唯一两口子各穿华服，忙得跟风车似的。杰森杨率领公司其他人等在红毯两侧做网络直播，自家网站，当然占据了媒体最好的席位和角度，旁边就是车唯一原来的单位巨风网。秦静姝的网站虽然影响力不大，但胜在有贾婷婷这样的当红歌星，也占了个好位置。

贾婷婷跟邓家安携手走红毯，晒出巨大钻戒，抢占所有头条。五岁红虽然是豪门少奶奶扮相明艳，但在接受采访时透露出要离婚的意图，惹得不少记者追问，也上了不少版面。

张文扬也随电影剧组走了红毯，她一袭白色礼服，身边是风度翩翩的梅导，许多人都来恭喜两位，直接把绯闻要弄假成真，不管张文扬怎么澄清也没有用，一对璧人又留下许多合影，满网流传。

众人皆忙，只有张文扬算是清闲。她走完了红毯，赶着换了条舒服随身的棉麻裙子，找个角落躲起来给车唯一写独家稿件，点评各个明星的衣品。

三人足足等到第一天开幕式结束，才透了口气聚在一起。陈维翰掌镜，给三个女朋友在电影节背板前拍下一系列美图。他平时就爱好摄影，把三人拍得如天仙一般，姿态万千。

车唯一说：“他还是比较爱秦静姝，才会拍得这么好，看看孙天行给我拍的，不是显胖就是闭眼睛，好容易在西湖边拍个跳起来的照片，硬是被他拍得跟要自杀投湖似的。”孙天行叫苦说：“以后一定好好学习摄影技能，这手残的毛病改不了，爱是确实爱的，一万个爱一百万个爱。”

秦静姝和张文扬看着他俩打情骂俏，为老友高兴又各有感慨。陈维翰心细，早把酒会上的小吃水果扣下了一批，正好拿来献宝。几个人也不顾身上还穿着礼服，风卷残云般吃了起来。

车唯一问张文扬梅导怎么不叫来一起，张文扬说哪哪儿都不挨着，根本没这回事。秦静姝就幽默了一回，给张文扬念了几句信天游的词：“大红果子剥皮皮，外人都说我和你。本来咱两个没关系，好人担了些赖名誉。”

张文扬笑得喷了茶，说：“秦静姝你这嘴啊，越来越贫，快赶上老孙了。”孙天行凑上来想听听什么事又说老孙了，被女朋友们赶到一边去了。

是时绿树荫浓，夕阳西下，花影重重，凉风扑面而来，三个女朋友在美景映衬下，更觉畅快。虽然谁家都有糟心事，可是此时此境，实在难得。车唯一与孙天行相视微笑，孙天行跟上大学时一样，拉着车唯一的手，放在自己嘴上亲了亲。

陈维翰聚精会神，拍了许多照片，喊秦静姝帮他挑选，秦总一反常态，看了都说好。陈维翰难以置信，秦静姝端着酒杯，风中长发飞扬，说："你拍的，都挺好看的。"

张文扬眺望远处的青山绿水，心中的郁闷一扫而空。爱啊恨啊，身边来了走了的男人啊，都不重要，既然自己一个人就可以如此快乐，何必非要有人做伴。

看着两位好友双双对对，她毫无遗憾。晚上梅导约她去把酒谈心，她没回，一夜好梦，赶早班车回京去照看双亲和女儿了。

* * *

电影节十分成功，作为第一届网络电影节，名利双收。杰森杨兴高采烈，把网站上市列入日程。车唯一从总编辑升上去，直接就任了首席执行官。创业有成，这原本是孙天行想要的，但想要的未必就能得到，车唯一原本希望辅助丈夫，没想到无心插柳，最后成就了自己。

这次回乡也有收获，堂妹车茉莉在电影节上做了许多流程上的细碎之事，大受好评，跟梅导的副手、一位年轻有为的副导演擦出火花，那位副导演手头还有部处女作电视剧在拍，拉车茉莉进了剧组。电视剧完成之日，就是两人定情之时。

孙天知谋定了教职，飞回北京，那边孙天爱却拿到了签证，要从上海飞去美国。她带着小宝回北京跟家人道别，孙佑才送给女儿几件妈妈留下的遗物做念想，孙天爱一眼看到了自己给妈妈买的金项链，还原封不动地在盒子里放着，顿时泪如雨下。

"太晚了，"孙佑才喃喃地说，"现在想再找她说说话，太晚了啊。"

孙天行不同意姐姐去美国，他费尽唇舌，想说服姐姐在北京找个工作，但是孙天爱已经决定了，要去美国重新开始。

孙天行又打了二十万进了姐姐的卡，孙天爱本来坚决不收，又怕辜负了弟弟的心。她说：“这钱，姐没想过要你还。”

孙天行泪水在眼中打转：“姐，我就没想过要用你的钱！现在你又要走那么远……你一个人……”

孙天爱忍不住又像小时候那样搂他肩膀：“二子别哭，别哭。”

终于还是要走了，要离开自己亲爱的家人，还是那么依依不舍。最爱的妈妈已经不在了，还有弟弟舍不得她走。可是人生就这么一条路好走，也只有自己能把自己的路走完。

带着小宝去了天安门，去了颐和园、故宫，天爱想起自己当年在北京的生活。那时过得清苦，但一家人其乐融融，爸爸妈妈宠爱她，哥哥和弟弟亲近她，这个家真的是她生命中的阳光，让她能摆脱童年的悲痛，长成一个阳光健康的人。

她把给妈妈买的项链挂在胸口，手摸着那颗心，心里说：妈妈，我要走了，我永远爱你，纪念你，希望你保佑我和你的外孙，走到哪里，我们都要在一起。

戴长河在孙天爱到美之后的两周，出现在她的门外，萌萌大声喊着妈妈，冲着孙天爱跑过去，孙天爱张开双臂，将她紧紧地抱在怀里。

孙天爱回上海前最后一个活动是去参加媒体颁奖典礼，车唯一作为自己网站的首席执行官，盛装登台，领到了年度风尚奖。孙佑才、孙天知、孙天行抱着乐乐，孙天爱带着小宝，王梅扶着车继业，大家正装出席，浩浩荡荡坐了一排人。

秦静姝和张文扬也来观礼捧场，小静也得到一个年度最佳音乐新人奖。

王梅身穿中式织锦旗袍，轻妆淡抹已然风韵万千，车继业看着她，依然迷恋如初见一般。王梅看着台上的女儿，眼闪泪光，轻声说："我觉得唯一是今天最好看的。"车继业同样小声说："你才是。"王梅含泪而笑。

这时车唯一致辞："……谢谢我的父母，我的爸爸妈妈就在台下，谢谢我的家人，是你们的支持和鼓励让我走到今天。我爱你们。"

王梅的眼泪终于畅快地流下来，她不怕哭花了妆，毕竟她已经不用登台。这些荣誉和赞美是属于女儿的。当年唱完戏就揣在怀里喂奶的毛毛头，转眼就长得这样高大，王梅觉得自己变得好小，似乎比乐乐还要小，只是仰望着女儿，就心满意足。

孙天行看着车唯一，台上的她光彩照人，然而在他心中，她永远是那个笑哈哈的大学女生，揪他的耳朵，捅他的胳膊，跟他去吃食堂小炒，然后再看电影。他不再做创业梦，他想好好地跟太太和女儿在一起，永不分离。他不再飞扬跳脱，不再做发财梦，他知道做好一顿饭也要竭尽全力，他得锻炼身体，以后还有很多年，他要陪着妻女度过。

* * *

刘招娣真的说到做到，坚持做账挣钱，一年后将省城商铺卖掉，拿到一笔钱，张文扬已成畅销书女作家，也给妈妈出了一半钱，母女联手买下了一处京郊小院，原来是没做起来的农家乐，有菜园有果树。刘招娣找了自己的大姐二姐来帮手，把果菜打理得枝繁叶茂。

张天阔将小院设计拾掇得文艺范儿十足，张文扬在自己的社交媒体上发了些广告，客似云来，"柿子树小院"成为京郊游玩又一新热点，还时常举办诗歌朗诵会等文艺活动，当年回本，兴旺得很。

刘总会计师精神气十足，一年复健下来，已经能扶着丈夫行走，免不了还是要骂他不能干，只是骂完了老夫妻相对一笑，能干就能干，不能干就不能干，并不妨碍两人越老越黏在一起。

周芳莉是倔强之人，实在咽不下前夫这口气，她同样申请了技术移民，孤身带孩子奔着章明亮猛追而去。杜峻峰再三挽留，最终不得不面对自己成为一个两度离婚男人的事实。

而他心中其实始终有疑虑，那就是周芳莉的孩子到底是不是他的，最后她也没说明。如果是他的，为什么她坚决不肯把孩子留给他，如果不是他的，难道她就只是为了要手段跟他结婚？那为什么又这么轻易就把他放弃掉？

杜峻峰情场失意，寄情事业，跟几个老同事二次创业，小有所成，后来回母校招聘时，娶了一位满脸稚气的应届毕业生，女孩子有张明媚圆脸，活泼娇憨，令他抚平创伤。

秦静姝和陈维翰的婚礼搭了贾婷婷婚礼的顺风车，全公司集体去了悉尼。秦静姝不抢贾婷婷的风头，与陈维翰在上飞机前低调领证。

李云珠闻讯赶到，千里迢迢坐了一日一夜火车，到现场为女儿主婚。母女再度见面，心中各有感触。秦静姝终于得到了妈妈的祝福，泪洒当场。

贾婷婷结婚后就开始深度治疗，坐在病床上还抱了吉他弹，一头秀发全部剃光。

秦静姝来探望贾婷婷，她言而有信，脱了婚纱，就剃了个大光头陪她。贾婷婷笑得落泪，谁知秦静姝闪开，她的单亲妈妈团队统统出现在眼前，个个都剃了光头。

大不了两个月内使用各种假发嘛，不知道假发更有时尚感吗？

光头女们再度又哭又笑地拥抱在一起，无限力量，无限决心，无限勇气。秦静姝忽然觉得，自己从来没这么年轻过，似乎什么冒险都敢去尝试。

张文扬受此力量感召，写了文章为她们加油助威。

梅导的电影票房一般，口碑不错，张文扬借着电影和绯闻的势头，小说长期盘踞畅销榜。

她穿戴整齐，在书店里为近百名读者签售，一位大胡子戴眼镜的男读者把书递给她，她抬头看了他一眼，很快签完合上递给他，然后签下一位。

签售快结束时，那大胡子又排队过来了，翻开那一页，上面写着：

To 江致远

张文扬

他指着那行字：“喂，你认出是我啦？你怎么认出来的？”

张文扬白他一眼：“你以为留起胡子就变了一个人哪？你还是你呀，有什么不认识的。”

她还想说，装神弄鬼地排队，我早就远远地看到你了，还想假装是我读者，我就不信你有空看爱情小说。

江致远好气又好笑，满心的话想说，想告诉她他在北京找了教职，打破了家族传统，日后要定居北京，想告诉她他搜索了所有资料，看到她跟某导演的暧昧照和绯闻心如刀绞，再也不能忍耐，想告诉她江奶奶全力支持他来找她，外公外婆做菜手艺又有精进，还等着他俩回去品尝。

兜兜转转，他还是想她，就是不知道她是不是还想着自己，或者说，是不是跟自己想她一样地想着自己。

想了这么多，他出口却说的是：“你瘦了，怎么也不多吃点？”

多年不见，就说这些没要紧的，张文扬忍不住还是挑眉扁嘴，轻哼一声。江致远见她露出那副熟悉的少女神情，娇痴无邪，也仿佛回到了少年时，脱口而出：“哼什么哼，你是猪啊？”

忽地往日情事兜上心来，张文扬难以置信，当下就想还口：“你才是猪。”话到嘴边已领悟到不再是从前，于是又咽了回去。而江致远看她嘴唇微动，早知道她要说什么。

这一瞬间，两人心意相通，相视而笑，旁若无人，竟忘了全场宾客面面相觑，众目睽睽，这一刻世界上只剩下两个人，一个是十七岁的大一女生，一个是十九岁的研一男生，注定了他们要相逢相爱，注定了离别之后再重逢。

故人是你，旧爱是我，我们是否可以重新来过？

请你告诉我。

（全书完）

后　记

《女儿的选择》结束时的那个晚上，正是五月底，北京已经热了。打出张文扬与江致远的重逢，许久不愿写下最后几行字。这是一个早早设定好的结尾，但是随着创作的进行，也曾被我搁置起来，但阴差阳错，最后想来想去，还是忍不住要做一个这样的完结。

大团圆不光是中国人喜欢，我觉得人类的本性中就有对完美圆满的渴求，无论是中国古代的落难公子中状元，历尽坎坷终团圆，还是现在全世界都看好的精英阶层，有体面工作和光鲜生活，大同小异，终归就是满足我们欲望深处的贪心，上个好大学，找个好工作，拿份高收入，还要遇到同样完美的真爱对象，顺利结合，再生儿育女，一同过着跟牙膏洗衣粉广告一样打过柔光的完美生活。

这就是幸福吗？不一定。现实是我们在学生时代可能已经怦然心动，遇到了真爱却又错过；我们追求理想却头破血流，一次次付出代价；我们自己的想法与父母的想法总是不同，即使自己做得再好，也很难得到父母的认同——而这恰恰是我们最在意的事。即便一切如幸福说明书所言，读书工作婚姻生育种种关卡都顺利通过，我们就真的能够享受到天伦之乐这样至为平凡但也至高至大的幸福吗？

这本书想讲的就是这批人的故事。张文扬、秦静姝、车唯一，以及孙天爱、贾婷婷，还有小静和车茉莉；老一辈的刘招娣、李云珠、王梅、李劲松、何星月，可以说，她们都算是天赋与努力并重，要奋力打破环境的藩篱而前进，终究她们也算是有所收获，没有被轻易埋没。但是这过程中笑泪交织，辛苦无比，要把一生的运气都赌上，才换得命运矜持地点头。而这其中的重重磨难，很多竟是来自亲人，来自女性身份的原罪。

何星月和孙天爱一对命运悲惨的母女，我写她们的时候想到许多令人发指的社会新闻，也想起了曾经有读者倾诉她身为高学历人士，却始终不能对领养身份释怀的痛楚。

刘招娣的名字就说尽了自己前半生的故事，但这样的名字前面加一个总会计师的头衔，她付出了多少辛劳不言而喻。自己把自己活成了钢铁超人，所以跟最疼爱的女儿格格不入。张文扬一直都在跟妈妈对着干，到头来，她发现其实自己也活成了妈妈那样的女金刚，因为不是这样，就无法对抗外面的风雨，保护自己和自己的亲人。

李云珠把自己活成了榜样，特级教师，人中楷模，她却不敢追求真爱，宁愿维持一段表面上很完美的婚姻，同时她看不上女儿追求自由独立的人生，一定要干涉女儿的婚恋生育，因为她是教师，一生努力维护的就是“对的事”。所以秦静姝未婚先孕是错的，离婚也是错的，没有找个安稳公职反去创业是错的，拖着孩子再交男朋友也是错的。直到最后李云珠发现，自己一切都对的人生如此虚假，想去大错特错一回时，已太迟了。

王梅算是老一辈女性中的人尖子，她事业上出类拔萃，婚姻也美满幸福，她却觉得女儿的工作实在不值，在大公司里做一份天天加班的牛工，怎么能比得上一夜成名日进斗金？她自己没有大红大紫，留下永远的遗憾，而这遗憾女儿不能为她填补，则让失落感加倍。就像所有半生郁郁不得志的家长，总希望在儿女身上实现自己的人生志愿，十有八九是要落空的。

说到底，我想写的主题，跟《世间儿女》一样，希望这世间能多一点理解和宽容，尤其是亲人之间，尤其是母女之间。女性本身承载着社会的重压，虽然让优秀女性更具坚韧上进的特质，却也会增加性别本身特有的焦虑和苦恼。我们都不能假装身处一个男女绝对平等的环境中，事实上，女性天然要在生育后代上承担更多，也要付出更多。我小说中的角色，无论是母亲还是女儿，在离婚的同时都成了单亲妈妈，她们不能放弃孩子，这似乎是一种天然的约定。虽然现实中也有不少女性离婚时放弃抚养权，为了让自己再婚更顺利，但选择做单亲妈妈的更多。

离弃自己孩子的母亲，像何星月，即便她有再多苦衷，她仍要承受内心的折磨，承受女儿与她面对面却不相认的后果。这不是文学手法上的夸张，而是母亲和孩子之间的天然情感联系，注定要比父亲来得更多，所以与母亲的分离，也注定带着生命中最深沉的痛苦。

《女儿的选择》写了女性的奋斗和成长，也写了母女之间的分离，一代代的女儿就是这样挣扎着从母亲的羽翼下飞出，飞向属于自我更加高远的天空。我收到了许多读者的回馈，在刘招娣要回家去参加母亲葬礼，短暂回顾她的生平时，收到的评论和赞赏都达到了最高点，我深深地理解这是为什么。

很多人都有刘招娣这样一个妈妈，很多人自己其实也是刘招娣，女性的隐忍、自强、不断奋斗中却带着千丝万缕的辛酸和柔情，这样的故事，无论是在乡村的田野，县城的办公室，还是大城市豪华的办公楼中，都在上演。我们渴望成功和认可，但我们更期待爱和宽容。

完成这部小说后，有一段时间会经常梦见自己创作的角色。三个女主角我再熟悉不过，她们就是我的朋友，我看着她们风光，更知道这风光背后有多少不容易。三个母亲我也非常熟悉，我和朋友们的妈妈，我每天去公园遛弯遇到的衣着整洁谈吐不凡的阿姨们，她们就在我们身边。

最后想说，原本《女儿的选择》的结局并没有这样相对圆满，是一个大悲剧的结尾，我自己写到后来甚至不敢去写，每写一点都觉得难过，所以还是回到原来的设定上，让每个人的付出都有所收获，让每个角色都各得其所，至少也留下一点希望和光明，而不是彻底的幻灭。

但愿我能写出，两代女性的奋斗和艰辛，对命运不甘，亦未曾屈服，而是起身迎战，从不低头。生命的力量在于战斗，无论是谁，都要完成这一个人的战争，最终走向一个人的自由。

人生路漫漫，我与你是生死至交，深爱彼此，而随着成长，我们注定分离，成为各自独立的人，去走自己的路。每对父母和子女，都注定如此。

多谢读者的支持，无论是以何种形式阅读了这个故事，都希望这次相逢能带给你一些什么，希望你能找到属于自己的幸福。

丛虫

2016 年 9 月 1 日

另：本书经历诸多出版上的磨难，原名《天伦之乐》改为《女儿的选择》，愿天下的妈妈和女儿们，都能选择爱和宽容。

我们并非自己选择了来到世间，但我们终将选择成为怎样的自己。

感谢中信出版集团，感谢编辑朋友们，感谢读者朋友们。

丛虫

2019 年 3 月 8 日